Das Kreuz des Nordens

Hendrik Falkenberg

amazon publishing

Das Buch

Spätsommer an einem abgelegenen Küstenabschnitt: Die warmen Strahlen der Morgensonne fallen auf ein Holzkreuz, das auf einer Anhöhe thront. Die friedvolle Szenerie ist der Schauplatz eines Dramas. Blut rinnt über drei Nägel, die durch die Hände und Füße eines Mannes geschlagen wurden. Ein Zittern durchläuft den Körper, als der Gekreuzigte langsam seine Augen öffnet und mit verschwommenem Blick hinaus auf das Meer blickt. Erst Stunden später erlöst der Tod den Mann von seinen Qualen.

Der junge Sportpolizist Johannes Niehaus wird in seinem zweiten Fall mit Fanatismus und kalter Berechnung konfrontiert. Die Suche nach dem Täter hat gerade erst begonnen, als weitere Menschen in Gefahr geraten und die Zeit zu einem gnadenlosen Gegenspieler für den Nachwuchsermittler wird.

Der Autor

Hendrik Falkenberg, geboren 1978, hat Sportmanagement studiert und arbeitet im Umfeld von Sportübertragungen im Fernsehen. Einen Großteil seiner freien Zeit widmet er dem Lesen und Schreiben von Büchern. Wenn er gerade mal kein Buch in der Hand hält, beschäftigt er sich bevorzugt mit Sport, Musik und Reisen. Er hat gern Familie und Freunde um sich und ist bei schönem Wetter am liebsten draußen in der Natur, um den Alltag für eine Weile hinter sich zu lassen. Das Meer übt eine magische Anziehungskraft auf ihn aus, sodass er auch seine Erzählungen bevorzugt an der norddeutschen Küste ansiedelt.

Hendrik Falkenberg

DAS KREUZ DES NORDENS

2. Fall für Hannes Niehaus

amazon publishing

Deutsche Erstveröffentlichung bei
Amazon Publishing, Amazon Media EU S.á.r.l
5 Rue Plaetis, L-2338, Luxembourg
Dezember 2015

Umschlaggestaltung: bürosüd° München, www.buerosued.de
Lektorat: Joern Rauser
Satz: Monika Daimer, www.buch-macher.de
Gedruckt durch Amazon Distribution GmbH
Amazonstraße 1
04347 Leipzig, Deutschland

ISBN: 978-1-50393489-4

www.apub.com

KAPITEL 1

Die Nacht war still und mild. Der Mond warf einen silbernen Streifen auf das nahezu unbewegte Meer. Obwohl der kalendarische Herbstanfang fast einen Monat zurücklag, gab sich der Spätsommer noch immer nicht restlos geschlagen. Mit nachlassenden Kräften kämpfte er um jeden einzelnen Oktobertag. Das farbige Blättergewand der Bäume raschelte leise, als es von einer leichten Brise in Bewegung versetzt wurde. Am Horizont kündigte ein rötlicher Schimmer den Sonnenaufgang an. Frischer Tau lag auf den Gräsern und schimmerte im einsetzenden Tageslicht. Erste Vögel durchbrachen die Stille und läuteten mit ihrem noch zaghaften Gesang das Ende dieser Nacht ein.

Als die Hammerschläge begannen, verstummte das Gezwitscher schlagartig. In einem gleichmäßigen Rhythmus war das Geräusch von Metall auf Metall zu hören. Hell und scharf klang es weit durch die Morgendämmerung. Kurz darauf kehrte wieder Stille ein, bevor die Vögel erneut ihren Anspruch auf den anbrechenden Tag anmeldeten. Der oberste Rand der Sonne tauchte schon am Horizont auf, als erneut ein gleichmäßiges und diesmal schnelleres Hämmern einsetzte.

Hätte sich ein früher Spaziergänger an diesen abgelegenen Küstenabschnitt verirrt, er wäre wahrscheinlich verwundert stehen geblieben. Gebeugt kniete sich eine schemenhafte Gestalt auf dem grasbewachsenen Hang, der sanft zum Strand hin abfiel. Immer wieder hob und senkte sich der Arm, wie bei den gleichmäßigen Bewegungen eines Schmiedes. Der Schatten veränderte seine Position etwas, bevor das Werkzeug abermals auf Metall schlug.

Der letzte Nagel war leicht rostig, seine Spitze jedoch so scharf und glänzend, dass er sich der Wucht der Schläge nicht widersetzen konnte. Der Widerstand erhöhte sich, als er das Fleisch durchstoßen hatte und auf einen harten Holzbalken traf. Ein angestrengtes Atmen war zu hören. Immer wieder bearbeitete die flache Seite des Hammers den widerspenstigen Nagel. Nach einem letzten beherzten Schlag hatte er sich tief in das Eichenholz gegraben.

Für einen Augenblick herrschte wieder Ruhe, während die Sonne ein weiteres Stück am wolkenlosen Himmel heraufstieg. Ihr Lichtstrahl ließ drei massive Nägel aufblitzen, an denen sich frisches Blut mit Rost und Eisen vermischte. Schnaufend wurde das untere Ende des Holzbalkens an ein Loch im Boden herangeschoben, bis es leicht darüber hinausragte. Das Keuchen wurde lauter, als der Balken am anderen Ende gehoben und Stück für Stück in das Erdloch eingelassen wurde. Anschließend stopften zwei Hände den verbliebenen Zwischenraum sorgsam mit Erde aus, um einen sicheren Stand zu gewährleisten.

Die Gestalt trat ein paar Schritte zurück und blickte auf ihr Werk, das von der Morgensonne freundlich angestrahlt wurde. Der Anblick wurde mit einer Digitalkamera festgehalten, bevor sich die Person Hammer und Spaten über die Schultern warf und zügig davonschritt. Sie drehte sich kein einziges Mal um.

Zurück blieben die Vögel, die wie an jedem Morgen lebhaft ihr Revier abgrenzten und nach der ersten Mahlzeit des Tages suchten. Zurück blieb auch das schwere Holzkreuz. Fest im Boden verankert, wirkte es auf der Anhöhe fast wie ein Gipfelkreuz. Seine Umrisse waren auch vom Meer aus gut zu sehen. Doch erst ein Blick aus der Nähe hätte gezeigt, dass sich noch immer ein Mensch auf diesem abgelegenen Hügel aufhielt. Die Arme weit auseinandergebreitet und das Gesicht dem Meer zugewandt, hielten ihn nur die Nägel aufrecht, die durch die Handgelenke und Füße in das Holz getrieben worden waren. Regungslos hing der Körper an diesem geschichtsträchtigen Symbol, an dem auch schon vor Tausenden von Jahren Menschen ihren letzten Atemzug ausgehaucht hatten.

Ein bräunliches Tuch war um die Hüfte des noch jungen Mannes gewunden. Anders als der jüdische Wanderprediger vor fast zweitausend Jahren trug er jedoch keine Dornenkrone und zeigte auch nicht die Spuren einer Geißelung. Friedlich schien er einen halben Meter über der Erde zu schweben und wirkte dabei fast würdevoll und majestätisch. Wäre da nicht das Blut gewesen, das an den drei eisernen Nägeln hervortrat und auf der hellen Haut langsam herunterrann. Die ersten Tropfen fielen auf den Boden und erinnerten daran, dass ein solches Holzkreuz in einer lange zurückliegenden Zeit eine grausame Folter- und Hinrichtungsmethode dargestellt hatte.

Behutsam spielte ein Windhauch mit dem Lendentuch, während der makellose Körper an eine Skulptur aus Marmor erinnerte. Leblos wirkte er, bis plötzlich ein leichtes Zittern durch den Leib lief und der Gekreuzigte die Augen öffnete. Schwerfällig hob er den Kopf und blickte mit verschwommenem Blick auf die ruhige See hinaus. Kein Laut kam über seine Lippen, und nach wenigen Augenblicken ließ er den

Kopf wieder zur Seite sinken. Inzwischen hatte sich die Sonne vollständig aus dem Meer erhoben. Warm schien sie auf das bleiche Gesicht des Mannes, der im Gegensatz zu seinem biblischen Vorfahren nie wieder auferstehen sollte.

KAPITEL 2

Missmutig stieg Johannes Niehaus aus dem Linienbus und vergrub fröstelnd die Hände in den Taschen seiner Jeans. Da die letzten Tage noch einmal von einem kräftigen spätsommerlichen Hoch bestimmt gewesen waren, hatte er beim Verlassen seiner Wohnung auf eine Jacke verzichtet. Ihm blieb keine Zeit, diesen Fehler zu korrigieren, denn an seinem ersten Arbeitstag nach dem Sonderurlaub wollte er lieber nicht verspätet bei seinem Chef aufkreuzen.

Resigniert setzte er sich in Bewegung. Auf das Wiedersehen mit seinem Vorgesetzten freute er sich so sehr wie auf eine Wurzelbehandlung beim Zahnarzt. Viel zu schnell waren die zwei Wochen vergangen, in denen er mit der Kanu-Nationalmannschaft ein Trainingslager im ungarischen Szeged absolviert hatte. Es war ein ungewöhnlicher Zeitpunkt für diese Trainingsmaßnahme gewesen, denn die Weltmeisterschaft war erst kurz zuvor – als Höhepunkt der Saison – zu Ende gegangen. Doch Hannes war für diese Unterbrechung vom Polizeialltag überaus dankbar gewesen. Zum einen hatte er so die kräftezehrenden Erlebnisse seiner ersten Mordermittlung einigermaßen verarbeiten und zum anderen genügend Abstand zwischen sich und seinen neuen Vorgesetzten bringen können.

Doch an diesem Donnerstag war die Auszeit unwiderruflich zu Ende. Natürlich war zu erwarten gewesen, dass Hannes nach dem unfreiwilligen Dienstende seines vorherigen Chefs Fritz Janssen schnell einen neuen bekäme. Dass es sich dabei aber ausgerechnet um Henning Federsen handelte, bedeutete fast einen Schicksalsschlag. Zu Fritz hatte es ein geteiltes Meinungsbild unter den Kollegen gegeben, im Fall von Federsen war es eindeutig. Hannes kannte niemanden, der dem Kriminalhauptkommissar auch nur ansatzweise Sympathie entgegenbrachte, noch nicht einmal die Kantinenchefin Frau Öztürk – und nach einem sonnigeren Gemüt, als sie es hatte, musste man lange suchen. Bereits nach seinem ersten Tag unter dem neuen Kommando konnte Hannes die Meinung seiner Kollegen voll und ganz nachvollziehen. Zunächst hatte er noch vermutet, dass Federsen einfach nur verkatert war. Doch nach einer Woche hatte er diese Einschätzung revidieren müssen.

Hannes wusste, dass es im Kollegenkreis auch zu ihm selbst sehr unterschiedliche Ansichten gab, schließlich war er als Sportpolizist nur eine Art Teilzeitkraft. Zudem galt er mit seinen zweiunddreißig Jahren als einer der jüngsten Ermittler, der erst im Sommer von der Verwaltung in den praktischen Dienst gewechselt hatte. Ihm war auch zu Ohren gekommen, dass er angeblich nur deshalb so viele Privilegien genießen durfte, weil der Leiter der Mordkommission, Steffen Lauer, selbst ein leidenschaftlicher Sportler war. ›Vielleicht wurde ich Federsen zugeteilt, damit das Geschwätz über meine Vorzugsbehandlung endlich aufhört‹, überlegte Hannes, als er die Eingangstür zum Präsidium aufstieß.

»Du hast ja ›ne Laune! Und das schon am ersten Tag nach deinem Urlaub«, begrüßte ihn eine Kollegin, der er fast die Tür an die Stirn geknallt hatte.

»Sorry, Isabell«, rief Hannes erschrocken und verzichtete auf den Hinweis, dass es sich bei einem Trainingslager eigentlich nicht um Urlaub handelte. Zumal sein Dauerkontrahent Ralf auch nach Szeged gereist und ihm nach Kräften auf die Nerven gefallen war.

»Ich hab so ›ne grobe Ahnung, was der Grund für deine miserable Stimmung sein könnte.« Isabell grinste ihn frech an. »Federsen ist schon hier und wird sich bestimmt freuen, dich endlich wieder in seinen Klauen zu haben.«

Hannes brummelte etwas Unverständliches.

»Wirst dich schon noch an ihn gewöhnen«, versuchte ihn seine Kollegin aufzumuntern. Ebenso wie Hannes gehörte sie zu den jüngeren Ermittlern. »Zwischen Fritz und dir hat es am Anfang auch nicht gepasst, aber dann habt ihr euch doch schnell zusammengerauft.«

»Das war aber nun wirklich was völlig anderes«, wandte Hannes entschieden ein. »Fritz hatte zwar seine Launen, war aber definitiv kein Ekelpaket.«

»Hast du eigentlich was von ihm gehört?«, fragte Isabell neugierig, denn das jähe Karriereende von Fritz Janssen war im Präsidium noch immer ein heißes Thema.

»Nein.« Hannes war bei Fragen nach Fritz stets wortkarg und machte sich auf den Weg zur Treppe. »Ich muss jetzt hoch, sonst fängt der Tag gleich richtig ätzend an!«

Doch auch sein fast pünktliches Erscheinen änderte nichts daran, dass er von einem schlecht gelaunten Vorgesetzten erwartet wurde. In guter Stimmung hatte ihn Hannes nur einmal erlebt, und das war an dem Tag gewesen, als Fritz Janssen mit Karacho aus dem Polizeidienst geworfen worden war.

»Sie sind also zurück von diesem … Sonderurlaub auf Staatskosten«, fuhr der Kommissar den jungen Polizisten an, als dieser seinen dunkelblonden Strubbelkopf zur Tür hereinsteckte und nach einer kurzen Begrüßung eigentlich schnell in sein Büro verschwinden wollte.

Hannes zog es vor, diesen Vorwurf zu überhören, und nickte nur kurz. »Ist in den letzten zwei Wochen irgendwas passiert?«

Doch Federsen ließ sich nur ungern in sachliche Bahnen lenken.

»Was glauben Sie denn? Und an mir ist alles hängen geblieben, zumal ich einen Assistenten bekommen habe, der mal im Training und mal bei irgendwelchen Wettkämpfen herumhängt!«

Hannes rollte innerlich mit den Augen. Schließlich verfügte sein Vorgesetzter über das im Präsidium nur allzu bekannte Talent, sobald eine neue Aufgabe anstand, so schnell unauffindbar zu sein, wie Erdmännchen in ihrem Loch verschwinden.

»Wobei kann ich Ihnen helfen?«, bot Hannes scheinheilig Unterstützung an, und seine Taktik ging auf.

»Bis ich Sie ins Bild gesetzt habe, mache ich es lieber selbst«, nörgelte Federsen und blies seinen – trotz der geringen Größe – mächtigen Körper für die nächste Ankündigung noch weiter auf. »Außerdem bin ich in einer Stunde mit dem Präsidenten verabredet, der ein paar Empfehlungen präsentiert haben will. Fragen Sie Ihre Kollegen, was Sie in den letzten zwei Wochen verpasst haben.«

Der abweisenden Kopfbewegung hätte es gar nicht mehr bedurft, denn das ließ sich Hannes nicht zweimal sagen. Erleichtert zog er die Tür zu, bevor sein Chef es sich noch anders überlegen konnte. Langsam ging er durch sein Büro, dem man die ursprüngliche Verwendung als Kopierkammer nach wie vor ansehen konnte. Wenigstens die Pflanze in der Zimmerecke schien ihn vermisst zu haben. Ein paar kümmerliche Blätter hingen noch an den Ästen, während sich das restliche Laub am Boden um den Topf versammelt hatte.

Als sofortige Rettungsmaßnahme kippte Hannes ein Glas abgestandenes Wasser auf die Wurzeln. Dann schlenderte er den Flur entlang, um jemanden zu finden, der ihn über die Ereignisse der letzten Wochen informieren konnte.

Wie sich herausstellte, hatte Hannes nicht viel verpasst. »Zumindest nichts, bei dem sich dein Boss besonders hervorgetan hätte«, wie es sein Kollege Marcel boshaft ausdrückte. Marcel war zwar der Vorgesetzte von Isabell, stand als Kriminaloberkommissar aber eine Stufe unter Henning Federsen. »Wir hatten einen Drogentoten, der von einem anderen Junkie erstochen wurde, und dann noch eine Frau, die an den Folgen eines Stromschlags gestorben ist. Das hat sich allerdings als Unfall herausgestellt.«

Zurück in seinem Zimmer verfluchte Hannes seinen Chef als geborenen Wichtigtuer und überlegte, wie er seine Zeit vertrödeln sollte. Es würde ihm nichts anderes übrig bleiben, als noch einmal mit Nachdruck nach einer Aufgabe zu fragen.

Dieser Vorsatz wurde jedoch hinfällig, als Federsen fünf Minuten später in das Zimmer stürmte und Hannes mit rotem Kopf in das angrenzende Büro befehligte. Schnaufend ließ sich der übergewichtige Kommissar in den Drehstuhl fallen und blickte seinen jungen Assistenten finster an. Da der aufgrund einer Pigmentstörung über ein blaues und ein grünes Auge verfügte, konnte sich Federsen nie entscheiden, in welches er bei seinen Rüffeln schauen sollte. Sein Blick hüpfte zunächst wie immer von links nach rechts, bevor er den Stuhl knarzend in Richtung Fenster drehte. Abwartend betrachtete Hannes seinen Chef im Profil. Vor ihm saß ein kleiner Mann, dessen rot geflecktes Gesicht von vereinzelten grauen Bartstoppeln bedeckt war und in ein leichtes Doppelkinn überging. Die roten Adern in den Augen konnte Hannes selbst von der Seite erkennen. Mit nikotingelben Fingern zog der Hauptkommissar eine Zigarette hervor und zündete sie hektisch an. Über das Rauchverbot im Präsidium setzte er sich seit dessen Einführung zumindest im eigenen Büro beharrlich hinweg. Hannes konnte sein früheres Urteil auch diesmal nicht korrigieren: Nach seiner Meinung saß das größte Arschloch der gesamten Stadt vor ihm.

»Ich war gerade dabei, unserem Präsidenten meine Vorschläge für eine optimierte interne Organisation vorzustellen, als eine Meldung von einem TV-Sender reinkam«, verkündete Federsen. »An einem Ufer irgendwo im Niemandsland wurde ein Kreuz entdeckt, das dort erst vor Kurzem aufgestellt worden sein kann.« Er verstummte und kostete seinen Wissensvorsprung mit wichtiger Miene aus, während Hannes überlegte, was daran so bemerkenswert sein sollte.

»Ist das verboten?«, fragte er, um die Stille und offensichtliche Selbstgefälligkeit zu durchbrechen.

»Das Problem ist natürlich nicht das Kreuz.« Federsen zog ein paar Mal schmatzend an der Kippe. »Das Problem ist vielmehr, dass an diesem Kreuz ein Mensch festgenagelt wurde.« Zufrieden registrierte er, dass er mit diesem nicht unwesentlichen Zusatz seinen Untergebenen stark beeindruckt hatte. Doch dann verdüsterte sich sein Gesicht wieder.

»Wir beide sollen diesen Fall übernehmen. Ich habe natürlich darauf hingewiesen, dass hier einiges aufgearbeitet werden muss, da Sie sich zwei Wochen lang ausschließlich mit Sport beschäftigt haben. Der Präsident ist aber der Meinung, dass meine Erfahrung gefragt ist. Insbesondere, weil sich da draußen schon ein Kamerateam herumtreibt.«

Hannes schätzte die Situation realistisch ein und unterdrückte mühsam ein Grinsen. ›Pech für dich, dass du gerade beim Chef warst und dich nicht schnell genug außer Reichweite bringen konntest‹, dachte er hämisch. Die kurzfristig gute Laune verging ihm jedoch bei den nächsten Worten seines Vorgesetzten.

»Wir fahren sofort los und schauen uns den Tatort an. Die Rechtsmedizin ist auch schon unterwegs, und wie ich gehört habe, erwartet uns kein erfreulicher Anblick.«

Nachdem Federsen den Polizeiwagen am Rande eines Feldwegs geparkt hatte, stapfte er mit Hannes über zwei abgeerntete Äcker. Der Fahrstil des Kommissars war für Hannes äußerst gewöhnungsbedürftig gewesen. Konsequent hatte dieser zu spät in einen höheren Gang geschaltet, sodass der Drehzahlmesser im roten Bereich nahezu festgeklebt war. Als die beiden Ermittler nun eine kleine Anhöhe erreichten, blieben sie im selben Moment stehen.

»Da soll mich doch der Teufel …«, knurrte Federsen. Hannes konnte ihm nur zustimmen.

Leicht abfallend erstreckte sich vor ihnen eine Wiese, auf der in etwa fünfhundert Metern Entfernung ein großes Holzkreuz erhaben emporragte. Es sah so aus, als wolle es den Seefahrern die Richtung zum sicheren Land weisen und sie zugleich vor allen Gefahren aus der Tiefe beschützen. Doch schon aus der Distanz war zu erkennen, dass an diesem Kreuz etwas hing, das an eine große Puppe erinnerte. Hannes schluckte hart und folgte seinem Chef, der zielstrebig auf den ungewöhnlichen Tatort zueilte.

Von der Ostsee wehte ein frischer Wind den Hügel hinauf und trug einen salzig-modrigen Meeresgeruch mit sich. Hannes spürte die Kälte durch die Fasern seines dünnen Wollpullovers kriechen. Zu allem Überfluss bedeckten schwere Wolken den Himmel und ließen einen feinen Nieselregen fallen. Um das Kreuz waren in großzügigem Abstand Metallstangen eingeschlagen worden, an denen Absperrbänder der Polizei flatterten. Davor drängelten sich mehrere Menschen, und Hannes wunderte sich, wie schnell sich die Neuigkeit in dieser abgelegenen Gegend herumgesprochen hatte.

»Hyänen von der Presse«, sagte Federsen.

»Wieso sind die eigentlich vor uns hier?«, fragte Hannes.

»Entdeckt wurde das Kreuz von Fischern auf einem Boot. Sie sind näher rangefahren und haben erkannt, dass da ein Mensch dranhängt. Dann riefen sie zuerst beim Fernsehen an. Wollten wohl auch ihre fünf Minuten Ruhm haben.« Verärgert spuckte er auf den Boden. »Es sind zwei junge Kerle, und nachdem sie die Kamerateams angelockt hatten, haben sie auch noch ein Foto auf Facebook hochgeladen. Die Bilder dieser Sauerei gehen jetzt wahrscheinlich schon um die ganze Welt. Eine schöne Generation wächst da heran!«

Vorwurfsvoll schaute er Hannes an, als wäre dieser aufgrund seines Alters persönlich für dieses Verhalten verantwortlich. Inzwischen hatten sie die Absperrung erreicht, und Federsen drängelte sich grob durch die aufgeregte Pressemeute. Hannes folgte ihm mit gesenktem Kopf und versuchte erfolglos, dem Schwenkbereich der Fernsehkameras auszuweichen.

»Könnt ihr diese Bande nicht weiter auf Abstand halten?«, maulte Federsen den erstbesten Kollegen an. Der zuckte nur mit den Schultern.

»Die haben doch sowieso alles gefilmt, hatten ja genügend Vorsprung. Bin schon auf die Nachrichten heute Abend gespannt!«

»Deine Visage wird bestimmt nicht gezeigt«, bellte Federsen. »Sieh zu, dass ihr den abgesperrten Bereich vergrößert. Von den Pennern will ich in fünf Minuten niemanden mehr sehen! Wahrscheinlich haben die schon alle Spuren zertrampelt.«

Als der gescholtene Polizist mit einiger Mühe den Radius der Absperrung zu erweitern begann, marschierte der Kommissar mit großen Schritten auf das Kreuz zu. Hannes beeilte sich, ihm zu folgen. Er konnte das schwarze Haar der Rechtsmedizinerin Maria Stern erkennen, die interessiert an dem hölzernen Gebilde hinaufschaute. Eher beklommen folgte Hannes ihrem Blick. Die einsetzende Gänsehaut war weniger der ungemütlichen Witterung zu verdanken, auch wenn sein Pullover inzwischen ziemlich klamm war.

Der Gekreuzigte hing mit ausgestreckten Armen und nach vorne gefallenem Kopf über den Polizisten. Er war ungefähr in Hannes Alter, und sein Körper war auffällig gut geformt. Die bernsteinfarbenen Augen standen offen und schienen Hannes direkt anzusehen. Nur mühsam konnte er sich von diesem starren Blick lösen. Die dunklen, mittellangen Haare des Toten klebten nass am Kopf, und das Regenwasser lief in schmalen Bahnen über den nackten, haarlosen Oberkörper. Hannes' Blick glitt von den Armen über den flachen Bauch zu dem Leinentuch an der Hüfte und verharrte schließlich auf den Füßen. Der rechte Fuß war über den linken geschoben worden und ein einzelner Nagel heftete beide Gliedmaßen fest an das Holz.

Hannes schluckte mehrmals hintereinander und konnte sich dennoch nicht gegen die Reaktion seines Körpers wehren. Schnell verschwand er hinter einem nahen Busch und übergab die Reste seines umfangreichen Frühstücks der feuchten Erde. Kalter Schweiß vermischte sich mit dem Regen und rann ihm in die Augen. Nachdem er mehrmals tief ein- und ausgeatmet hatte, wischte er sich mit dem nassen Ärmel über den Mund.

Langsam ließ die Übelkeit nach, dafür stiegen Ärger und Scham in ihm auf. Schon bei seiner ersten Ermittlung hatte sich sein Magen als ernster Widersacher entpuppt, was noch immer Frotzeleien mancher Kollegen nach sich zog. Er hatte gehofft, dass es sich damals um einen einmaligen Vorfall gehandelt hatte. Doch offenbar sah sein Verdauungstrakt den Anblick toter Menschen weiterhin als eine unerträgliche Zumutung an. Dass er sich nun auch noch ausgerechnet vor seinem neuen Chef und der attraktiven Maria eine solche Blöße gegeben hatte, ärgerte ihn so sehr, dass er den Busch nur zögernd verließ.

»Glückwunsch, wer weiß, auf welche hilfreiche Spur Sie da gerade gekotzt haben«, tönte ihm Federsen auch prompt entgegen. »Bleiben Sie lieber beim Sport, wenn Sie sich an solche Anblicke nicht gewöhnen können.«

Mit knallroten Ohren schleppte sich Hannes wieder zum Tatort zurück. Doch der Triumph blieb für Federsen weitgehend aus. Bis auf wenige Ausnahmen blickten alle Polizisten betreten zu Boden, und es war deutlich erkennbar, dass sich der Kommissar durch die Bloßstellung seines Mitarbeiters bei vielen einen weiteren Minuspunkt eingehandelt hatte.

Offensichtlich auch bei Maria. Wütend funkelte sie den Hauptkommissar aus ihren braunen Augen an, und in ihrer Empörung war ihr spanischer Akzent ausgeprägter als gewöhnlich.

»Es hat halt nicht jeder Mensch ein Metzgergemüt, Herr Federsen. Und wenn Sie mit Ihrer Alphatier-Nummer durch sind, können wir vielleicht über diesen toten Menschen hier sprechen?«

Federsen musterte sie böse. Seine Gedanken waren nicht schwer zu erraten. Er konnte die Frau nicht ausstehen. Eigentlich konnte er überhaupt keine Frau ausstehen, die sich im Umfeld der Polizei bewegte. In seinen Augen war das nach wie vor Männerarbeit. Und zwar für echte Männer, nicht für solche Weicheier wie seinen jungen Mitarbeiter.

»Ach ja?«, grollte er. »Dann fangen Sie doch gleich mal damit an! Haben Sie eine Vermutung zum Tathergang?«

»Noch nicht, dafür muss ich den Körper in der Rechtsmedizin erst genauer untersuchen. Aber …«, Maria hob die Hand, als Federsen bereits eine selbstgerechte Erwiderung ausspucken wollte, »… was unmittelbar auffällt: Der Körper zeigt zumindest auf den ersten Blick keine Spuren einer Gewalteinwirkung. Die Nägel mal außen vor gelassen.«

»Wollen Sie damit sagen, dass sich der Kerl freiwillig hat kreuzigen lassen?« Federsen stieß sein unangenehm bellendes Lachen aus, das er nur selten von sich gab.

Mit verschränkten Armen beobachtete Hannes seinen Chef, der sich gerade eine neue Zigarette aus der zerknautschten Packung zog. Es benötigte mehrere Versuche, bis sich das Feuerzeug zu einer kleinen Flamme erbarmte. Mehr hektisch als genüsslich nahm er einen tiefen Zug und blies den Rauch in Marias Richtung.

Wütend trat sie einen Schritt zur Seite und deutete gleichzeitig nach vorn. »Mir ist gleich die kleine Fußstütze aufgefallen, die an dem Kreuz angebracht worden ist und …«

»… vielleicht sollte er es bequem haben?«, fiel ihr Federsen ins Wort und brachte sie kurz aus dem Konzept.

»Sie können mich … bequem? Das kommt einem Laien vielleicht so vor! Sollte dieser Mann nach der Kreuzigung noch gelebt haben, dann hat diese Fußstütze sein Leiden eher verlängert. Ohne sie wäre er nämlich schneller gestorben. Durch die ausgebreiteten Arme fällt das Atmen schwer, und der Kreislauf wird extrem belastet. Die Stütze wurde daher bestimmt nicht aus Rücksichtnahme angebracht.«

»Wie viel Zeit kann ihm dieses Stück Holz gebracht haben?«

»So gut kenne ich mich mit Kreuzigungen nicht aus. Ist nicht gerade Alltagsgeschäft, und ich …«

»Also gut, da unsere kompetente Rechtsmedizinerin bisher nur das Offensichtliche widergeben kann …« Federsen drehte sich um und winkte einen hageren Mann in weißem Overall zu sich. »Wie sieht es bei der Spurensicherung aus?«

Der Mann näherte sich und schob die Kapuze zurück, unter der graue Haare zum Vorschein kamen. Neugierig trat auch Hannes näher, um keine Information zu verpassen.

»Bisher haben wir nichts Hilfreiches gefunden, wie zum Beispiel Reifenspuren«, teilte der Kollege mit. »Auch keine Gegenstände. Fußspuren gibt es natürlich jede Menge, da die Presseleute hier schon rumgelatscht sind. Aber seht mal dort.« Er deutete auf das untere Ende des Holzkreuzes. »Wir haben lockere Erde beiseitegeschafft, und man kann erkennen, dass mit einem Spaten ein eckiges Loch ausgehoben wurde. Es ist etwas größer als der Balken, daher wurde der Zwischenraum mit weicher Erde aufgefüllt. Wahrscheinlich stammt sie von diesem Haufen hier, der vom Aushub übrig geblieben ist. Wir werden die Erde zur genaueren Untersuchung mit ins Labor nehmen.«

»Das Kreuz kann doch unmöglich von einem einzelnen Menschen und ohne Hilfsmittel in dieses Loch gesteckt worden sein«, meinte Federsen.

»Kaum denkbar«, stimmte ihm ein anderer Polizist zu. »Komplett ausgeschlossen ist es aber nicht. Mit der richtigen Technik und den entsprechenden Muskeln könnte es möglich sein. Allerdings, die Balken – das ist massives Eichenholz, da kommt schon einiges an Gewicht zusammen. Dazu natürlich noch der Körper des Toten. Von uns hätte das Gewicht wahrscheinlich keiner stemmen können.«

Maria hatte da zwar ihre Zweifel, als sie Hannes betrachtete, der die Holzkonstruktion gerade prüfend musterte, sagte aber nichts. Sein durchnässter Pullover klebte ihm inzwischen so eng an der Haut, dass sich der muskulöse Oberkörper des Kanusportlers darunter abzeichnete.

»Wir würden langsam abbauen und alles zum Abtransport vorbereiten, wenn das für Sie in Ordnung ist«, schlug der Kollege der Spurensicherung vor.

Prüfend ließ der Kommissar seinen Blick über die Umgebung gleiten und antwortete erst einmal mit Schweigen. Hannes fragte sich, ob Federsen wirklich nachdachte oder sich nur wichtigmachen wollte.

»Ja«, antwortete sein Chef schließlich und schüttelte sich, als eine heftige Windböe die Gruppe zum Schwanken brachte. »Ihr werdet ohnehin erst im Labor weitere Untersuchungen machen können, und ich will mir hier keine Lungenentzündung einfangen. Alles deutet auf einen Ritualmord hin. Wahrscheinlich stecken irgendwelche Satanisten oder andere religiöse Spinner dahinter. Hoffentlich finden wir schnell den Namen des Opfers heraus, denn seine Papiere dürfte er ja kaum in diesem Lendenschurz stecken haben.«

Federsen würgte erneut ein Lachen heraus, während Hannes noch eine Frage an die Spurensicherung stellte.

»Was glauben Sie, wie lange das Kreuz hier schon steht?«

»Gute Frage. Das lässt sich eigentlich nur aufgrund der Beschaffenheit der lockeren Erde hier am Fuß des Kreuzes klären. Wir werden das nicht ganz eindeutig feststellen können, aber die Erde dürfte nicht erst vor ganz kurzer Zeit da hineingestopft worden sein.«

»Was heißt ›ganz kurze Zeit‹?«, schnauzte Federsen. »Können Sie nicht etwas präziser sein? Die Leiche sieht ja noch ganz frisch aus, der Kerl wird also nicht schon seit Wochen hier rumhängen.«

»Seit Wochen sicherlich nicht, hierzu wird Ihnen aber Maria nach ihrer Untersuchung mehr sagen können. Ich denke, dass der Aushub bereits mehrere Tage alt ist. Wenn Sie es noch konkreter wollen, dann würde ich auf ungefähr zwei bis drei Tage tippen.«

»Danke«, brummte Federsen und drehte sich um. »Wundert mich nicht, dass der Kerl in dieser Einöde erst jetzt entdeckt wurde. Herr Niehaus, wir fahren zurück. Und Frau Stern: Ich erwarte, dass Sie mich informieren, sobald Sie den Toten auf Ihrer Metallplatte untersucht haben!«

Ohne Maria eines weiteren Blickes zu würdigen, setzte er sich in Bewegung, und mit einem entschuldigenden Schulterzucken folgte ihm Hannes. Kurz darauf ging der Nieselregen in einen Sturzbach über und überflutete das ungleiche Ermittlerpaar. Als sie unter dem Absperrband durchkrochen, gönnten sie der neugierigen Menschenansammlung und den Pressevertretern keinen einzigen Blick. So entging ihnen, dass sie aus zwei halb zusammengekniffenen Augen aufmerksam beobachtet wurden.

KAPITEL 3

Frierend zog Hannes seine Wohnungstür hinter sich zu und riss sich sofort die durchnässten Klamotten vom Leib. Er nieste mehrmals kräftig und war von Gänsehaut überzogen. Federsen hatte sich nicht dazu herabgelassen, seinen Kollegen mit dem Dienstwagen nach Hause zu bringen. Stattdessen hatte er ihn an der erstbesten Bushaltestelle abgesetzt und aufgefordert, sich spätestens eine Stunde später wieder im Präsidium einzufinden.

Hannes hinterließ eine Wasserspur auf dem Flurboden, als er seine Zweizimmerwohnung durchquerte. In Ermangelung einer Badewanne drehte er die Dusche für mehrere Minuten heiß auf. Seufzend stellte er das Wasser schließlich wieder ab. Zwar war er an diesem Tag wider Erwarten nicht in Langeweile ertrunken, einen derart ereignisreichen Tagesverlauf hätte es dann aber doch nicht gebraucht.

Im Kleiderschrank schob er den Stapel mit T-Shirts in die hinterste Ecke und zog stattdessen die dicksten Pullover nach vorn. Fertig und diesmal wettergerecht angezogen, verließ er rasch das Haus. Nachdem der Bus auch zehn Minuten nach der fahrplanmäßigen Abfahrtszeit nicht auftauchte, winkte er sich ein Taxi heran.

»Schon gehört?«, fragte ihn der gut gelaunte Fahrer.

»Was gehört?«

»Von der Kreuzigung irgendwo an der Küste. Jemand wurde ans Kreuz genagelt. Genau wie Jesus. Kommt schon die ganze Zeit im Radio.«

»Ja«, antwortete Hannes matt. »Und nicht nur gehört. Gesehen hab ich es auch.«

»Ach, läuft es im Fernsehen? Das muss ich mir heute Abend unbedingt ansehen! Ist schon eine verrückte Welt, was?«

Dem konnte Hannes nicht widersprechen. Er ließ den Fahrer weiter über die Ausmaße der verrückten Welt philosophieren und hing seinen eigenen Gedanken nach. Tatsächlich konnte das nur die Tat eines Verrückten oder einer ganzen Gruppe von Durchgeknallten sein. Wer kam schon auf die Idee, einen Menschen ans Kreuz zu nageln?

Am Präsidium angekommen, bezahlte er mit einem Zwanzig-Euro-Schein, was ein Trinkgeld von drei Euro bedeutete. Das Gesicht des Mannes wurde noch eine Spur fröhlicher. ›Wenigstens einer, der heute gute Laune hat‹, dachte Hannes, als er eilig aus dem cremefarbenen Mercedes kletterte.

Auf direktem Weg stürmte er ins dritte Geschoss und sah auf die Uhr. Seit ihn Federsen aus dem Wagen geworfen hatte, waren anderthalb Stunden vergangen. Da war eine weitere Standpauke zu erwarten. Beherzt durchschritt er sein Büro und öffnete nach kurzem Klopfen die Tür zum Zimmer seines Chefs. Doch die Befürchtung war unbegründet gewesen, denn das Zimmer war leer.

In diesem Moment musste Hannes an seinen ehemaligen Vorgesetzten denken, der von allen nur ›der alte Fritz‹ genannt worden war. Fritz hatte das Büro damals spartanisch eingerichtet, während es nach Federsens Einzug fast genauso überquoll wie der Aschenbecher auf der Fensterbank. Der Schreibtisch war von mehreren unordentlich aufgeschichteten Papierstapeln bedeckt. Überall standen Pflanzen herum, die ihm seine Gattin in regelmäßigen Abständen mit ins Büro gab. Wie Federsen es geschafft hatte, eine Frau für sich zu begeistern, blieb für Hannes ein ungelöstes Rätsel.

Er schloss die Verbindungstür und fuhr seinen Computer hoch. Während des Startprozesses schweiften seine Gedanken noch einmal zu Fritz, was gemischte Gefühle in ihm hervorrief. Auch mit seinem früheren Chef war es anfangs ein schwieriges Miteinander gewesen, allerdings hatte sich das rasch geändert. Hannes hatte zudem einiges von ihm lernen können, was er über seine bisherige Zeit mit Federsen nicht behaupten konnte. Fritz war in seiner Karriere äußerst erfolgreich gewesen, hatte aber auf eine etwas eigene Art ermittelt. Schon früh hatten ihm mehrere Kollegen prophezeit, dass ihm seine Methoden irgendwann das berufliche Genick brechen würden. Letztlich hatten diese mahnenden Stimmen auch recht behalten. Dass der Kommissar allerdings kurz vor seiner Pensionierung sogar im Gefängnis landen würde, hätte sich wohl selbst dessen jahrelanger Intimfeind Federsen nicht vorzustellen gewagt. Auch für Hannes war es ein einschneidendes Erlebnis gewesen, insbesondere da sich Fritz zu einem echten Mentor für ihn entwickelt hatte. Der Leiter der Mordkommission, Steffen Lauer, war seitdem äußerst vorsichtig und nahm seine Mannschaft an eine deutlich kürzere Leine. Die Freiheiten bei der Gestaltung der Ermittlungen waren nun spürbar eingeschränkt. Federsen gefiel diese engere Führung gar nicht, und er machte dafür immer wieder lautstark den gefallenen Ermittlerstar verantwortlich, der ihnen das alles eingebrockt habe.

»Immer diese Rechtfertigungen«, brummelte er entsprechend angefressen vor sich hin, während er Hannes' Durchgangszimmer betrat, um zu seinem eigenen Büro zu gelangen.

Als er den jungen Polizisten bemerkte, verdüsterte sich seine Miene weiter.

»Da sind Sie ja endlich! Ich konnte mich gerade vor Steffen rechtfertigen, warum die Presse schon die Kreuzigung herausposaunen konnte, bevor wir etwas davon wussten. Jetzt sorgt er sich natürlich wieder um seine Position, dieser…« Gerade noch rechtzeitig bremste er sich. Dann baute er sich vor Hannes auf. »Wir müssen schnell Licht in diesen Fall kriegen! Steffen erwartet einen täglichen Bericht.«

»Aber womit sollen wir anfangen? Solange wir noch keine Ergebnisse aus dem Labor haben, treten wir doch ohnehin nur auf der Stelle.«

»Ich werde Ihnen schon Beine machen«, grollte Federsen. »Finden Sie heraus, wer der Halbnackte am Kreuz war. Sein Bild dürfte inzwischen über alle Bildschirme geflimmert sein. Vielleicht hat sich jemand gemeldet, der ihn kennt. Setzen Sie sich außerdem mit den beiden Kerlen in Verbindung, die das Kreuz entdeckt haben. Die sollen ihren Hintern sofort hierher bewegen, damit wir sie befragen können!«

›Und was tust du?‹, fragte Hannes stumm, während sich Federsen schon abwandte und die Zimmertür aufstieß. Das Letzte, was Hannes von ihm sah, war das Aufleuchten des Feuerzeugs, als sich der Kommissar eine neue Zigarette anzündete.

Offenbar hatte bisher keiner den gekreuzigten Mann erkannt oder vermisst, zumindest hatte sich niemand bei der Polizei gemeldet. Ein Suchlauf im Polizeicomputer hatte ebenfalls keinen Treffer gebracht. Erste Informationen konnte dagegen die Rechtsmedizinerin Maria Stern liefern, die sich kurz darauf telefonisch bei Hannes meldete. Wahrscheinlich verspürte sie wenig Lust, sich an diesem Tag ein weiteres Mal mit dem Kriminalhauptkommissar auseinanderzusetzen.

»Der erste Eindruck hat sich bestätigt«, eröffnete sie Hannes mit dunkler Stimme. »Die Löcher von den Nägeln sind die einzigen Wunden des Mannes. Es gibt keine Anzeichen, dass er sich gewehrt hat.«

»Du meinst, er hat sich freiwillig opfern lassen?«, fragte Hannes ungläubig.

»Er kann auch betäubt worden sein, wir sind an der Blutuntersuchung dran. Wie kommst du auf Opferung? Ist das eure momentane Theorie?«

»Keine Ahnung«, erwiderte Hannes. »Aber ich muss Federsen schon zustimmen. Auch mir kam als Erstes irgendein religiöses Ritual in den Sinn. Wie lange hing er da draußen?«

»Kann ich noch nicht endgültig sagen. Die Wunden sind nicht frisch, es dürften zwei oder sogar drei Tage vergangen sein, bis er gefunden wurde. Sein Alter schätze ich auf Anfang dreißig. Mehr Infos habe ich im Moment noch nicht. Hast du heute noch Lust auf ein After-Work-Bier?«, wechselte sie übergangslos das Thema.

Sofort schoss Hannes das Blut in die Ohren. Er mochte Maria sehr gern. Sie war in seinem Alter, hatte eine ausgezeichnete Figur, eine tolle Stimme und eine eindeutige Wirkung auf ihn – trotz ihres aus seiner Sicht mehr als gewöhnungsbedürftigen Jobs.

»Das wäre perfekt!«, freute er sich. Doch dann fiel ihm ein, dass er am Abend bereits einen Termin hatte, den er nicht verschieben konnte. Da der Freitagabend aber noch nicht verplant war, bot er ihn als Ausweichtermin an.

»Okay«, sagte Maria. »Morgen erwartet uns sicher auch kein toller Tag, also dürfte der Drink dann genauso gut schmecken. Ich melde mich, sobald ich mehr über den Toten weiß.«

Hannes musste sich kurz sammeln, bevor er Federsen die ersten Ergebnisse aus der Rechtsmedizin mitteilte. Anschließend widmete er sich den Nachforschungen zu den beiden Fischern, die auf das Kreuz aufmerksam geworden waren. Die Suche stellte keine große Herausforderung dar. Hannes schaltete den Fernseher im Konferenzraum ein und musste nicht lange warten. Der Gekreuzigte war das absolute Topthema des Tages. Offenbar nahm der Sender jedoch Rücksicht auf empfindsame Zuschauer, da keine Nahaufnahmen des Toten gezeigt wurden. Hannes zuckte etwas zusammen, als er selbst im Bild auftauchte, wie er hinter Federsen unter dem Absperrband durchkroch.

Kurz darauf wurde ein Interview mit den beiden Fischern ausgestrahlt. Aufgeregt schilderten sie ihre Entdeckung, ohne dabei wirklich Erhellendes von sich zu geben. Der Sender blendete auch die Namen der beiden Männer ein, und so war es eine Kleinigkeit, ihre Kontaktdaten herauszufinden.

Es handelte sich um zwei Brüder, beide Anfang zwanzig. Der Jüngere hatte auf seinem Facebook-Profil mehrere Fotos des bizarren Fundstücks veröffentlicht. Es waren leicht unscharfe Bilder, die wohl aus größerer Entfernung aufgenommen worden waren. Dennoch entfalteten sie eine beklemmende Wirkung, was die zahlreichen Kommentare unter den Fotos bestätigten.

Telefonisch erreichte Hannes nur die Mutter der Geschwister. Sie teilte ihm mit, dass ihre Söhne noch einmal aufs Meer rausgefahren waren und erst später wieder zurückkämen. Da das Wohnhaus der Familie auf dem Weg zu Hannes' abendlichem Termin lag, kündigte er sich für einen persönlichen Besuch an. Federsen hielt davon wenig. Nach seiner Meinung sollten die beiden »Rotzlöffel ihren Hintern gefälligst ins Präsidium bewegen«, nachdem sie unverfrorenerweise die Presse und nicht die Polizei über ihren Fund informiert hatten.

»Blasen Sie den Grünschnäbeln ordentlich den Marsch für ihr unverantwortliches Handeln«, war die klare Forderung, die er Hannes mit auf den Weg gab.

Hannes legte einen kurzen Zwischenstopp zu Hause ein, um seinen alten Ford aus der Garage zu holen. Gegen neunzehn Uhr traf er in dem kleinen Vorort ein, in dem die Fischer mit ihrer Mutter wohnten. Hannes hatte eine Adresse in Hafennähe erwartet, doch die Familie wohnte mehrere Kilometer vom Meer entfernt direkt hinter einem Ortseingangsschild an der Durchfahrtsstraße.

Er parkte vor der Gartenpforte, und als er sich der blauen Haustür eines Klinkerhauses näherte, schlug dahinter kläffend ein Hund an. Mit dem Drücken der Klingel steigerte sich das Gebell und übertönte fast das Läuten. Als die Tür von einer Frau mittleren Alters geöffnet wurde, stürzte sich ein weißer Terrier auf den Polizisten und umsprang seine Beine. Dabei stieß er eine Mischung aus Bellen und Knurren aus.

»Johnny, es ist gut jetzt«, fuhr ihn die Frau mit scharfer Stimme an und zeigte fordernd in Richtung Flur. Zu Hannes' Überraschung gehorchte der Hund sofort. Er hatte keine besondere Schwäche für kleine Hunde und schon gar nicht für Terrier.

»Entschuldigen Sie seine schlechten Manieren«, sagte die stämmige Frau und beäugte etwas fassungslos die verschiedenfarbigen Augen des abendlichen Besuchers. »Sind Sie der Polizist, der angerufen hat? Meine Jungs sind seit einer Viertelstunde wieder zu Hause.«

Sie lotste ihn in eine etwas abgenutzte Wohnküche, in der es nach altem Fett roch. An einem groben Holztisch saßen die beiden Männer, für die der heutige Tag sicherlich unvergessen bleiben würde. Beide trugen dunkelblaue Marinepullover und schoben sich noch schnell die letzten Stücke des Steaks in den Mund, bevor sie sich erhoben, um den Ermittler zu begrüßen.

»Wären die beiden nicht um jede TV-Kamera herumgeschlichen, hätte ich sie nicht noch mal für einen Fang aufs Meer rausschicken müssen«, erklärte ihre Mutter vorwurfsvoll.

Hannes nutzte die Gelegenheit, den jungen Männern ebenfalls ins Gewissen zu reden, was jedoch nur begrenzt auf fruchtbaren Boden fiel. Die beiden schienen sich vielmehr für seine zweifarbigen Augen zu interessieren, die sie immer wieder verstohlen musterten. Leider verlief auch der Rest des Gesprächs wenig ertragreich, da sie nicht mehr zu sagen hatten, als sie den verschiedenen Kamerateams bereits mitgeteilt hatten. Sie waren nur selten mit ihrem Boot an diesem Küstenabschnitt unterwegs, hatten sich aber doch über das Kreuz gewundert, da sie es zuvor nie gesehen hatten. Beim Näherkommen hatten sie entdeckt, dass etwas an den Holzbalken hing, und ein Blick durchs Fernglas hatte endgültig Gewissheit gebracht.

»Wann sind Sie das letzte Mal an dieser Stelle vorbeigefahren, bevor Sie das Kreuz bemerkten?«, fragte Hannes.

»Ist bestimmt zwei Wochen her«, antwortete der Ältere. »Haben Sie schon rausgefunden, wer den Mann da angenagelt hat?«

»Und vor allem, warum?«, ergänzte sein Bruder.

»Das werde ich Ihnen bestimmt nicht erzählen. Sonst kann ich auf Ihrer Facebook-Seite morgen den aktuellen Stand unserer Ermittlungen lesen.« Hannes schmunzelte und erhob sich.

Letztlich konnte er die Aufregung der beiden nachvollziehen. Etwas Spannenderes war ihnen bisher sicher nicht passiert. Sollten sie ihre momentane Wichtigkeit also ruhig auskosten. Schließlich war es unwahrscheinlich, dass sie ein weiteres Mal Zeugen in einem Mordfall sein würden. Eine Wiederholung der Moralpredigt sparte er sich.

Kurz darauf lenkte er den klapprigen Ford in Richtung Meer. Um zwanzig Uhr würde er zum ersten Mal den Kurs besuchen, an dessen Ende er der Besitzer eines Sportbootführercheins sein wollte. Lange hatte er überlegt, ob er sich tatsächlich darauf einlassen sollte. Seine Unschlüssigkeit beruhte allerdings nicht auf generellen Zweifeln, denn ein eigenes Boot hatte er schon immer gern besitzen wollen. Der Grund war das Boot selbst, zu dem Hannes völlig überraschend gekommen war.

›Lena‹ hieß es und hatte noch bis vor wenigen Monaten seinem ehemaligen Vorgesetzten Fritz Janssen gehört. Der hatte den alten Krabbenkutter vor einigen Jahren gekauft und in mühsamer, aber enthusiastischer Kleinarbeit wieder seetüchtig gemacht. Vom Dienst suspendiert saß er seine Gefängnisstrafe ab und hatte keine Verwendung mehr für den Kutter. So hatte Hannes eines Tages einen Umschlag mit Schlüsseln und Papieren aus seinem Briefkasten gefischt. Auch ein handgeschriebener Zettel war beigelegt gewesen, auf dem jedoch – ganz im Stil des ›alten Fritz‹ – nur drei knappe Sätze gestanden hatten: ›Ich werde mit der guten Lena ja leider nicht mehr auslaufen können. Hoffentlich fühlst du dich auf ihren Planken genauso wohl wie ich. Tut mir leid, wie alles gekommen ist. Fritz.‹

Hannes hatte keinen Kontakt mehr zu seinem ehemaligen Mentor gehabt und lange gezweifelt, ob er dieses Geschenk wirklich annehmen sollte. Noch immer kämpften widersprüchliche Gefühle in ihm, sobald er an Fritz dachte. Am Ende war der Sog des Meeres aber unwiderstehlich gewesen und Hannes hatte sich für den Erwerb des Sportbootführerscheins entschieden.

Ironischerweise fand der Lehrgang in einem alten Bürogebäude des kleinen Hafens statt, in dem der erste und letzte gemeinsame Fall von Fritz und Hannes seinen verhängnisvollen Anfang genommen hatte. Als Hannes am Rande der kleinen Kaimauer parkte, blieb er noch kurz sitzen und hing seinen Erinnerungen nach. Dann schüttelte er den Kopf, als wolle er die düstere Stimmung abstreifen, und öffnete die Tür.

Da ihm bis zum Kursbeginn noch eine Viertelstunde Zeit blieb, schlenderte er zum Anleger und entdeckte sofort seinen Kutter. Aufgrund der fortgeschrittenen Jahreszeit waren nur noch wenige Freizeitboote vertäut, während im Hochsommer voller Betrieb geherrscht hatte. An einem anderen Anleger dümpelten einige kleine Fischerboote als kläglicher Rest eines früher mal lebendigen Fischereiwesens.

Hannes blieb vor dem Bug eines etwa fünfzehn Meter langen Schiffes stehen, das komplett aus Holz gebaut war. Am oberen Rand war es braun und am restlichen Rumpf weiß gestrichen. Der Name ›Lena‹ leuchtete in schnörkeligen weißen Buchstaben auf dem dunklen Untergrund. Das Steuerhaus war ebenfalls braun und wurde von einem weißen Dach abgeschlossen. Die Ausleger und das Geschirr für den Krabbenfang hatte Fritz entfernt, sodass die ›Lena‹ ein zwar altmodisches, aber durchaus ansehnliches Freizeitboot darstellte.

Vorsichtig scheuchte Hannes eine Möwe vom Bordrand, kletterte an Deck und sah sich neugierig um. Da er den Schlüssel vergessen hatte, konnte er lediglich durch die schmierigen Scheiben in das Innere des Steuerhauses blicken. In der Dunkelheit waren nur die Umrisse des Steuerrades und einige Schalthebel zu erkennen. Die Luken zum Schiffsbauch waren ebenfalls fest verschlossen, wie er nach kurzem Rütteln feststellte. Dort unten hatte Fritz einen kleinen Wohnbereich mit Kojen, Miniküche und versenkbarem Tisch geschaffen.

»Was haben Sie auf dem Boot zu suchen?«, hallte in diesem Moment eine Männerstimme herüber, und schnelle

Schritte näherten sich. Hannes fuhr hoch und verlor dabei auf dem feuchten Holz den Halt. Rumpelnd fiel er der Länge nach hin, und sein Hinterkopf knallte auf den Lukenrand. Als er wieder klar sehen konnte, blickte er auf zwei dunkle Hosenbeine, die in kräftigen Stiefeln endeten. Kurz darauf packten ihn zwei grobe Pranken und beförderten ihn unsanft wieder in eine stehende Position.

»Wieso treiben Sie sich hier rum?«, fragte ein älterer Mann mit grauem Vollbart. Seine schwieligen Hände hielten die Schultern des Polizisten weiter fest umklammert. Er trug eine feste gelbe Öljacke und präsentierte beim Sprechen eine große Zahnlücke im Oberkiefer. Das war der Moment, in dem sich Hannes an ihn erinnerte.

»Sind Sie nicht Ole, der Freund von Fritz?«, fragte er und versuchte erfolglos, sich aus der Umklammerung zu lösen.

»Stimmt«, erwiderte der Mann überrascht. Als er Hannes näher musterte und dessen Augen bemerkte, schien auch er sich zu erinnern. »Du bist doch dieser Nachwuchspolizist, mit dem Fritz zum Schluss zusammengearbeitet hat!«

Als Hannes nickte, wurde er endlich aus dem festen Griff entlassen.

»Na, das war eine tolle Leistung«, murrte der Mann, und die Furchen in seinem Gesicht vertieften sich. »Fritz sitzt im Knast, statt hier seine Frührente zu genießen. Wieso schnüffelst du eigentlich auf seinem Boot rum?«

Hannes erklärte ihm kurz den Zusammenhang. Ole musterte ihn stirnrunzelnd, als er von dem Vorhaben, einen Bootsführerschein zu erwerben, erfuhr.

»Hier schippern schon genug Leute herum, die sich nach ein paar Stunden Theorie wie echte Hochsee-Kapitäne fühlen. Aber wenn Fritz will, dass du seine ›Lena‹ auf Grund setzt, soll mir das recht sein. Wie geht es ihm?«

Hannes musste leicht schuldbewusst zugeben, dass er keine Ahnung hatte. Mit Fritz' Gesundheitszustand war es schon vor den schweren Sturzverletzungen nicht zum Besten bestellt gewesen. Er hatte Prostatakrebs mit Metastasen in der Wirbelsäule. Aufgrund heftiger Rückenschmerzen hatte er sich oft nur in gekrümmter Haltung fortbewegen können und musste regelmäßig Schmerzmittel einnehmen. Doch auch seiner mentalen Verfassung war der Gefängnisaufenthalt sicher nicht förderlich. Schließlich war er immer am liebsten seinen eigenen Weg gegangen und hatte Vorschriften und Regeln mit ausgeprägter Vorliebe ignoriert.

»Du wirfst Fritz immer noch vor, was im Sommer passiert ist«, vermutete Ole – und lag damit zumindest ungefähr richtig. »Ich will dir keinen großen Vortrag über Lebenserfahrung halten, aber ich kenne Fritz seit der Schulzeit. Er war immer ein feiner Kerl! Sein Gerechtigkeitssinn hat ihn oft in Schwierigkeiten gebracht. Dass er ihn am Ende ins Gefängnis bringen würde, konnte aber keiner erwarten. Ich hab ihn vor zwei Wochen besucht. Sonst tut das ja niemand. Er macht sich große Vorwürfe, dass er dich in so einen Schlamassel reingeritten hat. Bestimmt würde er sich freuen, wenn du bei ihm auftauchst.«

Hannes verzog leicht das Gesicht. Er hatte auch schon ab und zu über einen Besuch nachgedacht, sich aber nicht dazu durchringen können. Schließlich würde ein Treffen die bizarren Geschehnisse des vergangenen Sommers wieder neu aufleben lassen, und das war eine wenig verlockende Aussicht. Ole schien sein Schweigen richtig zu deuten.

»Du solltest dich mal in seine Situation reinversetzen und ehrlich darüber nachdenken, wie du dich an seiner Stelle verhalten hättest. Dann wird dir ein Besuch leichter fallen.«

Hannes war das Thema unangenehm. Er blickte auf die Uhr und kletterte über die Bordwand zum Steg zurück.

»Ich muss mich beeilen, mein Kurs fängt jetzt an. Aber vielleicht werde ich Fritz wirklich mal besuchen. Sobald ich Zeit hab.«

»Jaja«, brummelte Ole verdrießlich und blickte dem davoneilenden Ermittler hinterher. »Alles hat seine Zeit und trotzdem hat nie jemand Zeit.«

KAPITEL 4

Es ging einfacher, als ich dachte. Leicht gefallen ist es mir trotzdem nicht. Schließlich war es das erste Mal. Früher habe ich oft darüber nachgedacht. Wie es wohl wäre. Ob ich es könnte. Doch erst er hat mich dazu gebracht. Ich konnte es ihm nicht durchgehen lassen! Ich musste ein Zeichen setzen! Ein starkes, das alle sehen und verstehen. Sie müssen es einfach verstehen! War es aber auch richtig? Denn ich schäme mich und fühle … Angst? Ja, Angst vor mir selbst. Gab es keine andere Möglichkeit? Ich habe seinem Leben ein Ende gesetzt. Ich war das, ich. Ich habe einen Menschen getötet! Obwohl ich es nicht wirklich wollte. Oder doch? Ich habe es zumindest in Kauf genommen. Hat er zum Schluss bereut? Wollte er es rückgängig machen? Ich darf nicht zweifeln. Er hat es verdient! Es war das Richtige. Er wird ein abschreckendes Beispiel sein. Alle haben es gesehen! Nur bei harten Maßnahmen sehen sie hin. Ich habe es erst auf sanfte Art versucht, doch es hat nichts gefruchtet. Hätte ich es weiter versuchen sollen? Warum müssen erst schlimme Dinge passieren, damit sie es endlich erkennen? Hoffentlich hat mich niemand gesehen! Nein, es war sorgfältig geplant. Ich habe alles im Griff und weiß, was ich tue! Es war so einfach, lächerlich einfach. Ohne einen Grund hätte ich das nicht gekonnt. Es gibt genügend Gründe. Ich kann es wieder tun, muss es wieder tun. Ich habe die Kraft dazu, ich muss die Kraft haben! Einmal noch, nur noch einmal.

KAPITEL 5

Am Freitag trudelte Hannes erst mittags im Präsidium ein. Die Polizeiführung hatte eingewilligt, dass die Vormittage in der Woche für sein Kanutraining reserviert waren. Federsen blieb nichts anderes übrig, als diesen Umstand zähneknirschend zu akzeptieren und sich auf spitze Bemerkungen zu beschränken. Hannes spürte nach dem intensiven Krafttraining noch ein angenehmes Nachglühen in den Muskeln. Schnell schluckte er die Reste des belegten Baguettes herunter, als sein Chef die Tür öffnete und ihn in sein Zimmer beorderte.

»Hat sich was Neues ergeben?«, fragte der Sportpolizist neugierig.

Federsen schob ihm einen Stift zu. »Das hat es. Sie können es auf dem Whiteboard direkt mitschreiben!« Genüsslich lehnte er sich in seinem gepolsterten Drehstuhl zurück und rollte ein Stück nach hinten, um seinem Bauch etwas mehr Freiraum zur Tischplatte zu gönnen. Dann hielt er kurz inne, ließ sein Feuerzeug eine Flamme ausspucken und zündete sich eine Zigarette an. Nach drei tiefen Zügen kam der Kommissar wieder in Gang, während sich die Raumluft zunehmend verschlechterte.

»Fakt eins: Der Tote am Kreuz hieß Alexander Kramer, war Anfang dreißig und wohnte seit fünf Jahren hier. Er hatte eine Zweizimmerwohnung gemietet.«

»Wie wurde seine Identität herausgefunden?«, fragte Hannes, während er die Informationen auf die Tafel kritzelte. »Hat sich seine Freundin oder Familie gemeldet?«

»Nein. Alexander Kramer war Single. Seine Familie haben wir noch nicht erreicht. Die Information ist erst wenige Minuten alt. Ganz falsch liegen Sie aber nicht. Wir konnten ja kaum verhindern, dass sein Bild in den Medien gezeigt wurde. Auch wenn es sich bislang nicht um Nahaufnahmen handelte, war es nur eine Frage der Zeit, bis ihn jemand erkannte. Eine Frau hat sich gemeldet. Zwar nicht seine Freundin, aber dennoch … seine Partnerin. Eine so enge Partnerin, dass sie ihn trotz der zurückhaltenden Berichterstattung erkannt hat.«

Verständnislos blickte Hannes seinen anzüglich grinsenden Chef an. In Erwartung der nächsten Information verharrte sein Arm ausgestreckt vor der Tafel. Federsen ließ ihn kurz zappeln, bevor er endlich mit den Details herausrückte.

»Eine Inga Bertram hat ihn identifiziert. Eine seiner Sexpartnerinnen. Alexander Kramer war Pornodarsteller. Tja, jetzt hat der Kerl noch mal einen großen Auftritt hingelegt!«

Auffordernd wedelte der Kommissar mit der Hand, und verärgert über diese Geste fügte Hannes die neue Information auf dem Whiteboard hinzu. Bevor er eine Nachfrage stellen konnte, setzte Federsen das Diktat fort.

»Fakt zwei: Kramer hing schon seit zwei oder drei Tagen an diesem Kreuz. Gestorben ist er allerdings erst einen Tag vor der Entdeckung.« Zufrieden beobachtete er Hannes' entsetztes Gesicht.

»Aber das heißt ja …«

»… dass er mindestens einen Tag lebend am Kreuz festgenagelt war«, vollendete Federsen die Rechenaufgabe. »In der abgelegenen Ecke hätte er schreien können, so viel er wollte, da hätte ihn sowieso niemand gehört. Aber das ist noch nicht alles. In seinem Blut wurden keine fremden Substanzen gefunden. Es ist also davon auszugehen, dass er von seinem Aussichtspunkt bei vollem Bewusstsein stundenlang den Blick aufs Meer genießen konnte, bis ihm ein Kreislaufstillstand endlich das Licht ausgeblasen hat.«

Hannes schluckte und fand, dass Maria nicht ganz richtig gelegen hatte. Federsen hatte nicht das Gemüt eines Metzgers, sondern eher das eines Folterknechts. Ungerührt setzte dieser seine Präsentation der neuen Erkenntnisse fort.

»Fakt drei: Die Spurensicherung hat nichts gefunden, was uns auch nur irgendwie weiterhelfen kann. Was mich kaum überrascht. Sie gehen weiterhin davon aus, dass irgendjemand dieses Kreuz zwei bis drei Tage vor seiner Entdeckung aufgestellt hat. Wahrscheinlich wurde der Mann an Ort und Stelle festgenagelt.«

Schweigen breitete sich im Raum aus, und Hannes verharrte still vor der Wand.

»Worauf warten Sie?«, fragte Federsen.

»Äh … auf Fakt vier?«

»Fakt vier: Sie fahren jetzt zu diesem … wie nennt man so was? Filmstudio? Pornostudio? Befragen Sie alle Typen, die dort rumlaufen. Anschließend legen Sie mir einen Bericht auf den Schreibtisch. Zwei Ihrer Kollegen versuchen bereits, Kramers Familie ausfindig zu machen und weitere Hintergründe zu seiner Person herauszufinden.«

»Und was machen Sie in der Zwischenzeit?«, rutschte es Hannes heraus, dem nicht ganz wohl dabei war, sich allein zu einem Pornodrehort aufmachen zu müssen.

»Was ich mache?«, erregte sich Federsen, während seine Augen fast aus ihren Höhlen sprangen. »Sie haben Nerven! Was glauben Sie, was hier jetzt so alles ansteht? Sehen Sie zu, dass Sie loskommen, und bringen Sie nützliche Informationen mit zurück!«

Demonstrativ rollte er zum Schreibtisch und hob den Telefonhörer ab. Mit pochender Halsschlagader verließ Hannes das Zimmer und organisierte sich einen Dienstwagen.

Hannes war klar, dass er mal wieder für die unangenehmen Aufgaben eingeteilt worden war. Allerdings musste er zugeben, dass er auf das Pornostudio neugierig war. So was sah man schließlich nicht alle Tage! Dass ihn Federsen aber wie einen Schuljungen an der Tafel vorgeführt hatte, ärgerte ihn. Er brauchte unbedingt eine Idee, wie er es dem Kerl heimzahlen konnte.

Im Gegensatz zum Vortag präsentierte sich der Herbst von seiner besten Seite. Vor den Cafés saßen Mütter neben ihren Kinderwägen und genossen die warmen Sonnenstrahlen. Überrascht stellte Hannes fest, dass ihn das Navigationssystem in eine wohlhabende Stadtgegend lotste. Ein Pornostudio hätte er eher in einem heruntergekommenen Industriegebiet erwartet. »Sie haben Ihr Ziel erreicht«, verkündete die sanfte Frauenstimme, als Hannes vor einem mehrstöckigen Gebäude anhielt, das einem Bürogebäude glich.

Am Klingelbrett waren drei Firmenschilder angebracht. Unter den Logos eines EDV-Unternehmens und eines undefinierbaren Betriebs verkündete ihm der Schriftzug Paradise Images & Productions, dass er tatsächlich an der richtigen Adresse war. Hannes spürte, dass seine Ohren mal wieder intensiv mit der Produktion von Farbstoff begonnen hatten, was seine Nervosität keineswegs linderte. Ob er irgendwann lernen würde, wie er das Eigenleben seiner Ohren kontrollieren konnte?

Der Summer ertönte, und Hannes betrat ein helles Treppenhaus. Ein Schild wies darauf hin, dass sich das Paradies im ersten und zweiten Geschoss befand. Langsam stieg er die Treppe hinauf und musterte die Bilder an den Wänden. Alle zeigten unverfängliche Landschaftsaufnahmen. Bis hierhin blieb also alles normal. Erneut musste er eine Klingel drücken, und kurz darauf wurde eine Stahltür von einer älteren Frau aufgerissen. Interessiert musterte sie den jungen Polizisten, der noch nach dem ersten Wort suchte. Mit einem heiseren »Na endlich!« zog sie ihn durch die Tür.

Verwirrt schaute Hannes zu ihr herunter, und sie warf einen ebenso verwirrten Blick zu ihm hinauf. Ihre Pupillen tanzten zwischen seinem rechten und linken Auge hin und her. Sie war maximal einen Meter fünfzig groß, nur dezent geschminkt, und hatte graue auftoupierte Haare. Über einem hochgeschlossenen schwarzen Oberteil trug sie eine beigefarbene Strickjacke, und um den Hals baumelte an einer goldenen Kette eine Lesebrille. Der rote Lederrock und die weißen Schnürstiefel stellten einen heftigen Bruch im Gesamtbild dar.

Die Frau deutete Hannes' verblüfftes Schweigen offenbar falsch, denn sie lachte meckernd. »Keine Angst, Schätzchen«, rief sie mit ihrer rauchigen Stimme und tätschelte ihm den Arm. »Ich bin nicht deine Nummer, aber dort hinten warten schon alle auf dich! Ich bin Waltraut, kannst mich aber wie die anderen Waldi nennen. Komm' mit!«

Sie schob ihn an einem Empfangstresen und einer eleganten Sitzgruppe vorbei, die auch in jedem anderen Unternehmen hätten stehen können. Überfordert von der Situation ließ sich Hannes weiterführen. Hatte Federsen seinen Besuch vorab angekündigt? Erst flüchtig, doch dann aufmerksamer bemerkte er Aktzeichnungen an den Wänden des gelb gestrichenen Flurs. Er fand sie jedoch nicht anstößig, sondern stufte sie als künstlerisch gelungen ein. In der Luft lag ein leichter Zitrusduft, und Hannes fühlte sich eher wie in einem Wellness-Salon.

Mit Schwung öffnete Waltraut eine Tür auf der linken Seite und deutete auf den dahinterliegenden kleinen Raum.

»Hier kannst du dich ausziehen. Alles, was du später brauchst, liegt schon auf dem Stuhl. Wenn du fertig bist, gehst du den Flur geradeaus runter. Hinter der letzten Tür liegt Studio eins.«

Hannes kam nicht ganz mit. »Ähm …«, sagte er, als sich die Person bereits entfernen wollte.

»Was denn? Trödel nicht! Ich bin zwar erst seit zwei Monaten dabei, aber ich weiß, dass Anette Unpünktlichkeit nicht leiden kann!«

»Also da liegt ein Missverständnis vor.« Hannes fand endlich seine Sprache wieder und musterte verlegen den schwarzen Latexanzug, der über einem Stuhl hing. »Ich bin Johannes Niehaus und komme von der Polizei … wegen des Mordes an Alexander Kramer.«

»Meine Güte!« Die kleine Frau schlug sich entsetzt die Hand vor den Mund. »Das tut mir leid, was denken Sie jetzt bloß von mir! Ich dachte, Sie wären …«

»Ist er endlich da?«, erklang in diesem Augenblick eine Stimme auf dem Flur. Kurz darauf erschien eine Frau mit brauner Kurzhaarfrisur im Türrahmen. Hannes schätzte sie auf etwa vierzig Jahre. Schnell wurde er von Waltraut als der zuständige Mordermittler im Fall Alexander Kramer präsentiert.

»Ist mir so peinlich«, wiederholte sie, an Hannes gewandt. »Ich dachte, dass Sie der Ersatz für Alexander sind! Der sollte schon seit dreißig Minuten hier sein. Aber fassen Sie es einfach als Kompliment auf, dass Sie in einem unserer Filme hätten mitspielen können.«

»Na ja.« Hannes grinste unbeholfen. »Wenn ich mal dringend Geld brauche, kann ich mich ja daran erinnern.«

»Geld könnten Sie hier in der Tat verdienen, wir bezahlen unsere Darsteller sehr gut«, erwiderte die andere Frau mit einem leichten Lächeln und streckte ihm die Hand entgegen. »Anette Melcher. Mir gehört das Studio.«

Hannes stand das Erstaunen ein weiteres Mal ins Gesicht geschrieben.

»Sie haben wohl was anderes erwartet?«, amüsierte sie sich. »Etwas, das dem Image unsere Branche mehr entspricht? Ein runtergekommenes Kellerloch, schmierige Typen und Frauen in Käfighaltung?«

»Äh, ja, so ein bisschen bin ich schon überrascht«, gab Hannes zu.

»Kommen Sie mit in mein Büro, da können wir in Ruhe sprechen. Waldi, wenn sich der neue Hauptdarsteller blicken lässt, schick' ihn bitte direkt ins Studio.«

Hannes wurde das surreale Gefühl nicht los, als er Frau Melcher in ein helles Büro mit Möbeln aus Birkenholz folgte. Einladend wies sie auf eine Sofagruppe und setzte sich ihm mit überschlagenen Beinen in einer engen Röhrenjeans gegenüber.

»Wir unterscheiden uns tatsächlich von anderen Produzenten«, erklärte sie. »Wir haben uns nämlich darauf spezialisiert, Filme zu drehen, die Frauen ansprechen.«

»Ach so, also handelt es sich eher um Softpornos?«, fragte Hannes, der sich seiner farbenfrohen Ohren nur zu bewusst war und eigentlich schnell das Thema wechseln wollte.

»Sie haben ja ein modernes Frauenbild.« Spott lag in der Stimme der Firmeninhaberin. »Es ist nicht so, dass Frauen nicht auch explizite Szenen mögen. Aber wir geben dem Ganzen das nötige Gefühl und bilden es in einer realistischen und eben nicht frauenverachtenden Art ab. Trotzdem zeigen wir natürlich die verschiedensten Spielarten. Und damit haben wir einen echten Nerv getroffen, denn die Nachfrage ist gigantisch.«

Überrascht nahm Hannes diese Information zur Kenntnis. »Und Alexander Kramer war einer Ihrer männlichen Darsteller?«

»Das stimmt. Wir haben einen Pool von fünfzehn Frauen und zehn Männern. Daraus stellen wir je nach Genre die passenden Akteure zusammen. Das Interesse, in unserer Datei aufgenommen zu werden, ist groß. Wir bezahlen fair und bieten beste Arbeitsbedingungen. Alexander war seit etwa einem halben Jahr dabei und spielte in zwei Filmen die Hauptrolle. Bei unseren Kundinnen ist er sofort eingeschlagen. Die Verkaufszahlen waren sensationell! Er war sehr talentiert und auch ein netter Kerl. Außerdem sah er natürlich blendend aus.«

Frau Melcher seufzte bekümmert und verschränkte ihre vollendet manikürten Finger ineinander. Leider wusste sie sonst nicht allzu viel über ihren Star zu sagen, war aber sofort einverstanden, die Kontaktdaten aller anderen Darsteller zur Verfügung zu stellen. Sie hob den Telefonhörer und bat Waltraut, eine entsprechende Liste vorzubereiten.

»Bei uns gibt es keine typischen Bewerbungsgespräche wie bei anderen Unternehmen«, erläuterte sie. »Für mich ist nur wichtig, dass ein Darsteller seine Rolle gut ausübt. Sein privater Hintergrund ist mir ehrlich gesagt völlig egal.«

»Könnte ich denn mit ein paar von Herrn Kramers Kollegen sprechen? Die werden ihn sicher besser kennen?«

»Im Moment sind nur Inga und drei Techniker hier. Sie sollen mit Alexanders Ersatz ein paar Szenen durchspielen. Aber da der ja noch nicht aufgetaucht ist, können wir nach hinten ins Studio gehen. Es war Inga, die Alexander auf einem Bild in der Zeitung erkannt hat.«

Weiter verlegen, aber durchaus neugierig folgte Hannes der zierlichen Frau in den Flur.

Das Studio war in das herrschaftliche Zimmer eines Schlosses verwandelt worden und wurde von einem warmen Scheinwerferlicht ausgeleuchtet. Eine Frau und drei Männer saßen vor einem nachgebauten Kamin auf dem Boden. Sie unterhielten sich leise und rauchten. Zu Hannes großer Erleichterung waren alle anwesenden Personen vollständig bekleidet. Die Männer trugen Jeans und T-Shirts und arbeiteten offenbar als Kameramänner sowie Ton- und Lichttechniker. Allerdings war der Stoff für das rote Cocktailkleid von Inga Bertram nur äußerst sparsam eingesetzt worden und eingenähte Schlitze legten noch zusätzliche Flächen der gebräunten Haut frei.

Sie trug ihr dunkelblondes Haar lang und offen. Auf hochhackigen Schuhen stolzierte sie vor Hannes zu ein paar Stühlen, die abseits der Szenerie standen. Ihre Figur wirkte zwar ansprechend, doch Hannes entging nicht, dass sie keine Modelmaße besaß. Vielmehr machte sie den Eindruck einer gewöhnlichen Frau, der er auch auf irgendeiner Party hätte begegnen können. Davon abgesehen, dass Hannes sich nach einem unauffälligen Blick sicher war, keine Abdrücke von Unterwäsche zu erkennen.

Die Darstellerin wirkte zwar verstört über den Tod ihres Filmpartners, war jedoch weit davon entfernt, in Tränen aufgelöst zu sein. Das verwunderte Hannes, denn immerhin hatte sie mit Alexander Kramer mehrfach äußerst intime Szenen gedreht.

»Alex war ein gefühlvoller Mann«, teilte sie ihm mit einer angenehmen Stimme mit. »Wir haben zwei Filme miteinander gedreht, und er war durch und durch professionell. Obwohl er vorher nie in unserer Branche gearbeitet hat.«

»Wie ist er denn dazu gekommen? Frau Melcher hat mir erzählt, dass es äußerst schwierig ist, hier ein Engagement zu ergattern.«

»Na ja, das kommt immer darauf an!« Vielsagend musterte ihn Frau Bertram von oben bis unten und genoss sein Unbehagen sichtlich. »Es gibt immer wieder Probedrehs, um neue Talente zu entdecken. Castings sozusagen. Da ist auch

Alex aufgetaucht und hat sofort überzeugt. Mit seinem Vorgänger gab es zuletzt ein paar Probleme, sodass Alex sofort als Ersatz engagiert wurde. Na, und jetzt muss sein Vorgänger wieder einspringen. Glück für ihn, Pech für den Rest von uns.«

Resigniert schnippte sie die Asche von der Zigarette. Es war erkennbar, dass sie ihrem neuen und zugleich alten Filmpartner mit keiner großen Begeisterung entgegensah.

»Was hat Herr Kramer denn gemacht, bevor er hier anfing?«, erkundigte sich Hannes.

»Sich mit verschiedenen Gelegenheitsjobs über Wasser gehalten. Er war ein lieber Kerl, hatte aber auch so seine Probleme. Er kleidete sich gern schick, liebte Partys, gab viel Geld für Sport aus und …« Sie zögerte.

»Und?«, hakte Hannes nach.

Inga Bertram sah ihn aus rehbraunen Augen unentschlossen an. Hannes konnte kleine Falten an den Rändern erkennen, obwohl sie bestimmt nicht älter als Mitte dreißig war.

»Na ja, ist ja jetzt auch egal«, fuhr sie schließlich fort. »Alex zog sich ganz gern mal Kokain rein. Was ich damit sagen will: Er hatte keinen billigen Lebensstil und wollte etwas ausprobieren, womit er mehr Geld verdienen kann. Wir waren mal nach einem Dreh zusammen auf einer Party, und da hat er erzählt, er hätte bei seinem Dealer einige Schulden angehäuft.«

Hannes wurde hellhörig. »Hat er Ihnen den Namen des Dealers gesagt?«

Frau Bertram schüttelte den Kopf. »Wir waren nicht richtig befreundet, sind nur ein einziges Mal zusammen losgezogen. Mir ist es lieber, wenn ich Arbeit und Privates auseinanderhalte.«

»Ja, das merkt man. Ehrlich gesagt, Sie wirken nicht gerade geschockt.«

»Natürlich bin ich das! Ich wäre aber auch geschockt, wenn Ihnen jetzt einer dieser Scheinwerfer auf den Kopf fiele. Ich mochte ihn und habe gern mit ihm gedreht. Als ich das Bild in der Zeitung gesehen habe, bin ich sofort stutzig geworden. Er war zwar nicht gut zu erkennen, aber je länger ich es ansah, umso sicherer war ich, dass es Alex sein musste. Natürlich tut es mir leid um ihn. Aber ich bin schon länger in dieser Branche. Ich habe lernen müssen, dass es besser ist, sich eine Distanz zu bewahren.«

Ihre Gesichtszüge wurden hart, und Hannes fragte sich, an welchen ihrer früheren Drehpartner sie in diesem Moment wohl dachte. Fürs Erste genügte ihm ihre Begründung jedoch, auch wenn er nicht ganz nachvollziehen konnte, wie sie sich in der Praxis umsetzen ließ. Aber vielleicht hatte Federsen doch recht und er war einfach ein hoffnungsloser Softie.

»Was wissen Sie über seine Freunde und Familie?«, wechselte er das Thema.

»Seine Eltern sind bei einem Unfall ums Leben gekommen. Über sein Umfeld weiß ich leider nichts. Alex kam eigentlich aus Bayreuth, keine Ahnung, ob er hier viele Freunde hatte.«

Hannes erinnerte sich an Federsens erste Vermutung und sein eigenes Gefühl beim Anblick des Tatorts. »Sie wissen, wie Herr Kramer ums Leben gekommen ist. Das könnte auf eine rituelle Handlung hindeuten. Haben Sie eine Ahnung, ob er sich in entsprechenden Kreisen bewegt hat?«

»Das würde mich überraschen! Er hat mal gesagt, dass er mit Religion und all diesen Riten nichts anfangen kann. Nein, ich glaube, das Kreuz hat einen anderen Hintergrund. In unserem letzten Film spielte die Kirche eine Rolle. Alex stellte einen devoten Priester dar, und ich habe ihn in einer Szene nackt an ein Kreuz gebunden. Vielleicht habe ich ihn auf dem Zeitungsfoto auch deshalb sofort erkannt. Die Szene tauchte sofort in meinem Kopf auf.«

Erregt beugte sich Hannes nach vorn. Das konnte kein Zufall sein! Frau Bertram blinzelte ihn kokett an, ohne dass sich ein Lächeln auf ihrem Gesicht zeigte. »Sie können sich den Film ja mal ansehen.«

»Auch die Techniker konnten nicht mehr über Kramer sagen?« Federsen hatte Hannes' Bericht gerade zu Ende gelesen. »Unter Männern unterhält man sich doch noch mal auf eine ganz andere Art als mit einer Prosti… mit einer … na, mit einer Frau eben.«

»Nein, Kramer war wohl – ähnlich wie Inga Bertram – jemand, der seinen Beruf und das Privatleben auseinanderhielt. War eine Szene abgedreht, ist er immer sofort duschen gegangen und hat dann das Studio verlassen.«

»Hm, ein Junkie, der als Pornodarsteller arbeitet, sich von Frauen vor laufender Kamera dominieren lässt, Schulden bei seinem Dealer hat und wenig von sich preisgibt. Da hat es ja ein richtiges Unschuldslamm erwischt!«

»Ihn als Junkie zu bezeichnen, ist wohl übertrieben. Er sah kerngesund aus und war perfekt in Form. Hier!« Grinsend schob Hannes seinem Chef zwei DVDs zu. »Darauf können Sie ihn in Aktion sehen. Dominieren lassen hat er sich übrigens nur im zweiten Film, im ersten war er eher das Gegenteil von einem Sub.«

»Sub? In Aktion? Haben Sie sich diesen Schweinkram schon angesehen?« Mit empörter Miene schob Federsen die DVDs von sich. »Mit der Moral geht es immer weiter abwärts! Aber da ist es gut, dass ich Sie an meiner Seite habe. Offenbar haben Sie keine Berührungsängste. Damit sind Sie genau der Richtige, um sich als Nächstes das komplette Ensemble dieser Filmfirma vorzuknöpfen!«

Auch wenn sich seine Moralvorstellungen wahrscheinlich gewaltig von denen seines Chefs unterschieden, konnte ihm Hannes nicht ganz zustimmen. Zumindest war er äußerst erleichtert gewesen, als er das Studio endlich verlassen und von Waltraut die Liste der Darsteller und Angestellten von Paradise Images & Productions überreicht bekommen hatte. Als sie ihm die beiden DVDs zugeschoben hatte, war sie von ihm um eine blickdichte Tüte gebeten worden. Dabei war Hannes von dem Vorgänger und zugleich Nachfolger Alexander Kramers amüsiert beobachtet worden, der inzwischen doch noch eingetroffen war. Nicht nur deswegen war er Hannes sofort unsympathisch gewesen. Er hatte sich gefragt, wie dieser Typ in einen frauenfreundlichen Porno passen sollte. Dass er seine Karriere in dem Studio wieder fortsetzen konnte, hatte er sicher nur dem Umstand zu verdanken, dass es auf die Schnelle keinen besseren Ersatz gegeben hatte.

Dies hatte offenbar auch Waltraut so gesehen. Als der Polizist an der Tür von ihr verabschiedet worden war, hatte sie ihm noch einmal verschmitzt zugezwinkert und auf die Brust geklopft. »Denken Sie an uns, wenn Sie mal Lust auf was anderes haben. Verschiedenfarbige Augen hatten wir noch nicht, Sie würden sicher für Aufsehen sorgen.«

»Sicher würde ich das«, hatte Hannes trocken und in einem seltenen Anfall von Schlagfertigkeit geantwortet. »Nicht nur wegen meiner Augen.«

Verwundert hatte sie ihn angesehen, und ihr anerkennendes Lachen hatte ihn auf dem Weg durch das Treppenhaus begleitet.

Auch Bens Lachanfall fiel etwas länger aus. Konsterniert blickte Hannes seinen Freund an. Das Afterwork-Bier mit der Rechtsmedizinerin Maria Stern hatte ausfallen müssen, da am frühen Abend eine Frauenleiche an einem Hafenbecken gefunden worden war.

»Zwar ist Marcel als Kommissar im Gegensatz zu deinem Chef ein umgänglicher Mensch, aber gerade deswegen möchte ich ihm morgen früh erste Untersuchungsergebnisse auf den Tisch legen«, hatte ihm Maria mitgeteilt.

Glücklicherweise war Ben einem Bier nie abgeneigt und hatte als Student auch selten wichtige Verpflichtungen. So konnte Hannes dennoch einen entspannten Abend in einer Altstadt-Bar genießen. Nach Bens Unterstützung bei seinem ersten Fall hatte Hannes absolutes Vertrauen zu seinem schlaksigen Kumpel. Da er mit Federsen nicht normal reden konnte, war er froh, seine Erlebnisse nun mit Ben teilen zu können. Als dieser sein Grinsen jedoch immer noch nicht aus dem Gesicht bekam, fragte sich Hannes, ob dies eine so gute Idee gewesen war.

»Du in ›nem Pornostudio?«, lachte Ben und schob sich eine Strähne seiner mittellangen blonden Dreadlocks aus dem Gesicht. »Du wirst doch schon rot, wenn du mit einer Frau allein im Zimmer bist!«

»Du stellst mich ja als totalen Spießer hin«, entgegnete Hannes beleidigt. »Außerdem war es dort gar nicht so, wie du es dir in deiner schmutzigen Fantasie vorstellst.«

»Sorry, Mann!« Ben klopfte ihm auf die Schultern, grinste allerdings immer noch. »Du musst aber zugeben, dass es eine echte Story ist! Oder hättest du gedacht, dass du mal ein Pornostudio von innen sehen würdest? Apropos sehen: Ich hab dich gestern im Fernsehen entdeckt, als der Jesusmord hoch und runter genudelt wurde.«

»Jesusmord?«, fragte Hannes irritiert.

»Hörst du das zum ersten Mal? Irgendein Journalist hat wohl den Begriff erfunden, und alle anderen haben ihn übernommen.«

Ben zog eine zusammengerollte Zeitung aus der Jackentasche und warf sie vor Hannes auf den Tisch. ›Jesusmord: Neue Spuren!‹ prangte in großen Lettern über einer Panorama-

Aufnahme des Tatorts. Neugierig überflog Hannes den Artikel und begutachtete eine Bilderserie, die sich über die folgenden zwei Seiten erstreckte.

»Neue Spuren? Was soll denn daran neu sein? Da steht rein gar nichts Neues drin!«, fasste er den Artikel erleichtert zusammen, denn er hatte bereits ein Informationsleck im Polizeiapparat befürchtet.

»Na, wenn sie mit ›Keine neuen Spuren beim Jesusmord‹ aufmachen, würde ja keiner die Zeitung kaufen«, erwiderte Ben mit unschlagbarer Logik.

»Wie auch immer, lass uns über was anderes sprechen. Mit Jesus kann ich mich morgen wieder beschäftigen. Gestern hatte ich meinen ersten Kursabend für den Bootsführerschein.«

»Du willst den Kahn von deinem alten Chef also doch wieder in Gang zu setzen? Super! Beeil dich mit dem Kurs, damit wir noch vor Wintereinbruch deine Jungfernfahrt machen können! Für einen Wassersportler ist das doch bestimmt 'ne Kleinigkeit.«

»Da bin ich skeptisch. Mir hat sich gestern Abend ganz schön der Kopf gedreht. Wir haben mit Navigation angefangen und dabei die verschiedenen Leuchtfeuerarten durchgenommen. Wusstest du, dass es Blitzfeuer, Funkelfeuer, Gleichtaktfeuer und noch verschiedene andere Arten gibt?«

»Ich dachte, offenes Feuer ist auf einem Schiff verboten?«, feixte Ben.

»Haha. Es ist auf jeden Fall viel Stoff, den ich für die Prüfung büffeln muss. Ich hab mich schon gefragt, ob Fritz diesen Führerschein jemals gemacht hat oder ob er einfach so übers Meer geschippert ist.«

»Hast du ihn inzwischen mal besucht?«

»Nein«, erwiderte Hannes reserviert. Eigentlich hatte er sich von einem Abend mit Ben etwas mehr Aufheiterung versprochen. Dass zudem ein leichtes Kratzen im Hals eine Erkältung ankündigte, steigerte seine Laune ebenfalls nicht. »Fang du nicht auch noch damit an, dass ich mich bei ihm blicken lassen sollte. Ich will mich sowieso mal nach den Besuchszeiten erkundigen und dann sehen, ob das in meine Wochenplanung passt.«

Er hatte in der letzten Zeit oft an Fritz gedacht und war dabei regelmäßig von verschiedenen Emotionen überflutet worden. Positiven wie negativen. Da Ben über diese zwiespältigen Gefühle bestens informiert war, wechselte er seinem Freund zuliebe das Thema. Allerdings traf er dabei keine allzu glückliche Wahl.

»Was macht Anna, sollte die nicht schon längst zurück sein?«, fragte er ehrlich interessiert. Er wusste natürlich, dass Hannes im vergangenen Sommer nicht nur sein blaues, sondern auch sein grünes Auge auf die wichtigste Zeugin in seiner ersten Mordermittlung geworfen hatte.

»Anna kommt erst in zwei Wochen wieder«, sagte Hannes. »Sie hat gestern eine Mail aus Indonesien geschickt, dass sie noch ein paar Tage dranhängen wird.«

»Immerhin hat sie dir geschrieben«, munterte Ben ihn auf.

Noch bevor sich Anna und Hannes nach der Auflösung des Falles richtig hatten kennenlernen können, hatte sie ihre Stelle als Vorstandsassistentin bei einem Pharmakonzern gekündigt und war für mehrere Monate nach Südostasien geflogen.

»Ich muss erst mal den Kopf freibekommen und dann in Ruhe überlegen, wie es weitergehen soll. Ich hoffe, du verstehst das«, hatte sie ihm am Flughafen nach dem ersten richtigen Kuss, der zugleich ein Abschiedskuss gewesen war, gesagt.

Und tatsächlich hatte Hannes das nach den Ereignissen des Sommers nur zu gut verstehen können. Dennoch hatte sich alles in ihm dagegen gesträubt, die attraktive junge Frau loszulassen und an die Sicherheitsschleuse des Flughafens zu verlieren. Die richtigen Worte hatten ihm zwar auf der Zunge gelegen, aber sie waren nicht bis über seine Lippen gekommen. Auch Anna schien dies registriert zu haben. Nachdem er noch einen Augenblick schweigend von ihr gemustert worden war, hatte sie ihn einmal kurz an sich gedrückt und war anschließend im Sicherheitsbereich des Terminals verschwunden. Sie hatte sich kein einziges Mal umgedreht.

»Weißt du«, sagte Hannes jetzt zu Ben und heftete seinen Blick auf das Bierglas. »Eigentlich hast du vorhin absolut recht gehabt. Ich bin bei Frauen vollkommen unbeholfen. Als ich Anna am Flughafen verabschiedet habe, hatte ich ihr noch was sagen wollen. Ich hab es aber nicht rausgebracht. Dabei gibt es für manche Worte nur einen richtigen Augenblick. Wenn man den verpasst, ist es vielleicht für immer zu spät.«

KAPITEL 6

Die Stimmung im Polizeipräsidium sank in den nächsten Tagen genauso schnell wie die Anzeige des Funk-Thermometers auf Federsens Fensterbank. Im Augenblick war es bei einer Außentemperatur von elf Grad angekommen. Der Sommer hatte sich unwiderruflich verabschiedet, und seit Tagen beherrschte trübes Licht mit regnerischem Wetter die Stadt und die Gemütslage der Menschen. Für die Ermittler sorgte darüber hinaus ein penetrantes Tiefdruckgebiet namens Steffen Lauer für eine zusätzlich angespannte Stimmung. Der Leiter der Mordkommission versammelte seine beiden Ermittlerpaare inzwischen regelmäßig zum Rapport, ohne dass sich dadurch jedoch ein Fortschritt hätte erzwingen lassen. Denn so wie Federsen und Hannes in dem inzwischen bundesweit bekannten ›Jesusmord‹ keine Spur vorweisen konnten, so tappten auch ihre Kollegen im Dunkeln, die sich seit einer Woche mit der Frauenleiche vom Hafen herumschlagen mussten.

Alexander Kramers Wohnung war von der Polizei gründlich untersucht worden. Offenbar hatte er auch abseits des Pornostudios ein erfülltes Sexleben gehabt, denn es war jede Menge eindeutigen Spielzeugs entdeckt worden. Mit wem er sich vergnügt hatte, war bislang unbekannt. Mit roten Ohren hatte Hannes seinem Vorgesetzten die Funde vorgelegt. Dessen Meinung über den Toten war dadurch nicht besser geworden. Ansonsten hatte das Apartment keine weiteren Anhaltspunkte geliefert. Es handelte sich um die typische, etwas unpersönliche Wohnung eines Mannes Anfang dreißig. Mit der Vielzahl an Trainingsklamotten und -geräten hätte es auch Hannes' eigene Wohnung sein können – mit Ausnahme des exklusiveren Kleidergeschmacks und des Sexspielzeugs. Wobei Hannes derzeit natürlich auch Single war. Ein Zustand, der ihm allmählich zusetzte.

Federsens Gesicht trug fast schon fröhliche Züge, als er am Donnerstag die Tür von Hannes' Büro öffnete. Dabei kam ihm jedoch die allgemein schlechte Stimmungslage zugute, denn noch vor ein paar Tagen wäre seine Mimik lediglich als etwas weniger schlecht gelaunt als üblich durchgegangen.

»So schlimm, wie hier immer alle sagen, sind diese Presseleute gar nicht«, verkündete er selbstbewusst.

Der etwas zu kurze Wollpullover spannte über seinem vorgestreckten Bauch, als er sich dem Schreibtisch seines Kollegen näherte. Nachdem er dessen rote Nase und die tränenden Augen bemerkt hatte, trat er schnell wieder zwei Schritte zurück. Der Ausflug zum verregneten Tatort – in Kombination mit dem frischen Seewind und der wenig wettertauglichen Kleidung – hatte Hannes inzwischen eine faustdicke Erkältung eingebracht.

»Wieso? Sie haben sich doch gestern noch über diese Meute beschw…«, näselte Hannes, bevor der Rest seines Satzes mit einem kräftigen Schnäuzen im Taschentuch verschwand.

»Stimmt, aber da hatte ich noch nicht mit dieser Frau vom Tageskurier zu tun gehabt«, erwiderte Federsen und zog sich einen weiteren Meter von seinem Mitarbeiter zurück.

»Anders als die Wichtigtuer der überregionalen Medien hat sie großes Verständnis für unsere Situation. Wir haben gestern Abend miteinander telefoniert, und ich wünschte, alle Pressevertreter würden sich an dieser Frau ein Beispiel nehmen.«

Trotz seines Brummschädels kehrte bei diesen Worten wieder etwas Leben in Hannes zurück. Nachdem er seine Nasenhöhle noch einmal sorgfältig durchgepustet hatte, zog er eine Ausgabe des aktuellen Tageskuriers aus der Tasche. Als er sie langsam auf dem Tisch auseinanderfaltete, war das Glänzen in seinen Augen nicht nur auf die Fiebersymptome zurückzuführen.

»Hab mich schon gefragt«, schniefte er, »woher diese Journalistin wohl so viel Input bekommen hat. Die gute Frau hat nämlich die komplette Titelseite gefüllt, und Ihr Name fällt auch das eine und andere Mal.«

Widerstrebend trat Federsen etwas näher an den kranken Kollegen heran. Sein zufriedener Gesichtsausdruck fiel schlagartig in sich zusammen, als er die Schlagzeile entzifferte, die an diesem Tag im ganzen Stadtgebiet Käufer anlocken sollte.

»›Polizei im Jesusmord überfordert?‹«, las Federsen leise vor, und für einen Moment war nur noch sein schweres Schnaufen im Zimmer zu hören.

Sein Gesicht verfärbte sich gefährlich dunkelrot, und nun war Hannes darauf bedacht, für etwas Sicherheitsabstand zu sorgen. Unauffällig rollte er auf dem Drehstuhl Richtung Wand und beobachtete belustigt, wie sein Chef den Artikel Wort für Wort verschlang. Der Kommissar kam darin alles andere als gut weg – was kurz darauf zu einer Explosion führte.

»Diese verdammte Schnepfe«, brüllte er fassungslos. »Was bildet die sich eigentlich ein? ›Kommissar Federsen wirkt hilflos und vermittelt nicht den Eindruck, der Ermittlung gewachsen zu sein! Als Ausrede verweist er auf die mangelnde Personalausstattung.‹ Ausrede? Hat diese Zeitungstussi schon mal irgendwann in richtigem Dreck wühlen müssen, außer in dem auf ihrem Schreibtisch? Natürlich ist unsere Personalausstattung mangelhaft!« Wütend blickte er zu seinem Assistenten. »Hätte man mir ein paar fähige Kollegen zugeteilt, wären wir schon viel weiter! Stattdessen unterstützt mich ein Sportpolizist, der im Moment außer Rotz nichts Erhellendes zutage fördert!« Anklagend wedelte er mit den nikotinverfärbten Fingern vor Hannes' Triefnase herum und erstickte dessen Protest. »Das Miststück hat sich aber verrechnet! Dieses Drecksblatt kann sich abschminken, noch mal Informationen von uns zu bekommen. Und das werde ich dem Chef dieses Verlags auch gleich mitteilen.«

Heftig schlug er mit der Zeitung auf den Schreibtisch und stürmte kurzatmig in sein Büro. Mit einem lauten Knall fiel die Tür hinter ihm zu. Kurz darauf leuchtete auf Hannes Telefon das Lämpchen neben Federsens Namen auf und verriet ihm, dass sein Chef das Vorhaben sofort in die Tat umsetzte.

»An deiner Stelle hätte ich erst mal eine Zigarette geraucht und gewartet, bis mein Blutdruck wieder halbwegs auf Normalniveau ist«, überlegte Hannes halblaut. Doch das frohlockende Grinsen auf seinem Gesicht strafte dieser geheuchelten Besorgnis Lügen.

Vermutlich hätte er seinem Chef einen Gefallen getan, wenn er die Empfehlung zum Durchatmen noch vor dem Schließen der Bürotür geäußert hätte. Denn als er zehn Minuten später im Büro des Kommissars stand, um ein weiteres Mal den mageren Ermittlungsstand durchzusprechen, trat Steffen Lauer herein. In der rechten Hand hielt der Leiter der Mordkommission ein Exemplar des Tageskuriers.

»Herr Niehaus, würden Sie Herrn Federsen und mich bitte kurz allein lassen«, bat er in gepresster Tonlage, während sein Schnurrbart leicht zitterte. Hannes kam dieser Bitte nur zu gern und unverzüglich nach. So langsam schloss Lauer die Tür hinter ihm, dass er den Beginn der Standpauke noch hören konnte.

»Henning, das geht zu weit! Nicht nur, dass du der Zeitung unabgestimmt ein Interview gegeben hast! Gerade eben hast du den Chefredakteur am Telefon beschimpft und ihm gedroht, du würdest seiner ›begriffsstutzigen Praktikantin‹ am liebsten …«

Es war zu schade, dass die Tür in diesem Moment ins Schloss schnappte. Hannes hätte gern gewusst, welche Vergeltung sich sein Chef für die Journalistin ausgedacht hatte. Vorsichtshalber verdrückte er sich in die Kaffeeküche, um dort abzuwarten, dass Steffen Lauer das Mannschaftsdeck wieder in Richtung Kommandobrücke verließ.

An dem wackligen Tisch saß bereits seine Kollegin Isabell. Sie war ebenfalls Anfang dreißig, doch Hannes hatte bisher nicht viel mit ihr zu tun gehabt. Zwar stellte sie in seinen Augen keinen besonders attraktiven Anblick dar, doch war sie fraglos die Frohnatur dieser Etage. Im Augenblick musterte sie allerdings derart missmutig das regenverwaschene Fenster, als überlegte sie, ob es nicht gerade ein passender Moment wäre, sich von dort herunterzustürzen. Ein heftiger Nieser von Hannes ließ sie zusammenfahren.

»Ah, der Leidensgenosse«, sagte sie und meinte damit keineswegs die Erkältung.

»Ihr seid also auch noch nicht weitergekommen?«, schlussfolgerte Hannes.

»Keinen Schritt«, bestätigte sie. »Wenigstens haben wir den Vorteil, dass eure Kreuzigung gerade alles überlagert und sich niemand für die Frauenleiche interessiert.«

»Gern geschehen«, sagte Hannes ironisch und ließ sich ihr gegenüber auf einen Stuhl fallen. »Außerdem hast du mit Marcel einen Menschen als Vorgesetzten und nicht wie ich eine tollwütige Königskobra.«

»Schöner Spitzname!« Isabell grinste, und in ihre blauen Augen kehrte wieder Glanz zurück. »Was hat dir dein Chef denn jetzt wieder angetan?«

»Gar nichts. In genau diesem Moment dürften ihm seine Giftzähne ordentlich gestutzt werden«, erwiderte Hannes zufrieden. Gerade noch rechtzeitig zog er ein Taschentuch hervor, bevor ein großer Tropfen von seiner Nase auf die Tischoberfläche klatschen konnte. Als er Isabell von Federsens Kampf mit der Presse berichtete, hellte sich die Stimmung in der kleinen Küche etwas auf.

»Das ist das erste Positive, was ich heute gehört habe«, erklärte Isabell schadenfroh.

»Na ja, das dicke Ende kommt wahrscheinlich noch.« Hannes ahnte, dass der momentane Triumph nur kurz andauern würde. »Wenn wir nicht bald eine belastbare Spur haben, nagelt Lauer meinen Chef und mich höchstpersönlich unten an die Kantinentür – als Abschreckung für euch alle.«

»Wo steht ihr im Moment?«, fragte Isabell.

»Ich habe alle Leute gecheckt, mit denen Alexander Kramer als Pornodarsteller zu tun hatte. Wirklich gekannt hat ihn aber niemand. Zumindest konnten ihn alle auf den vorgelegten Fotos eindeutig identifizieren. Einer der Kameramänner wusste, dass Kramer eine Schwester hat. Mit der konnten wir aber noch nicht sprechen.«

»Warum nicht?«

»Weil wir sie bisher nicht gefunden haben, sie scheint verreist zu sein. Sie wohnt auch in der Stadt und ist Handwerkerin. Die Eltern sind schon seit vielen Jahren tot.«

»Habt ihr alle Alibis der Pornoleute gecheckt?«

»Klar. Leider gibt es aber keinen eindeutigen Tatzeitpunkt. Darum haben auch nicht alle seiner Kollegen ein lückenloses Alibi. Die Lücken sind aber nicht groß genug, als dass jemand von denen infrage käme. Im Moment versuchen wir mehr über seine Familie und Freunde herauszufinden.«

Es war Hannes und Federsen bislang nicht gelungen, den Dealer zu identifizieren, bei dem Alexander Kramer angeblich Schulden hatte. Eine Befragung sämtlicher Nachbarn hatte ebenfalls nichts Nützliches zutage gefördert.

»Vielleicht solltet ihr seine Identität etwas offensiver über die Presse lancieren und um Hinweise bitten?«, meinte Isabell. »Dein Chef hat doch einen guten Draht dorthin …«

»Wahrscheinlich wird uns nichts anderes übrig bleiben«, stimmte Hannes zu, der sich schon gewundert hatte, dass bei dem enormen Medieninteresse noch keine Details zur Person des Opfers nach außen gedrungen waren. Da inzwischen eine Vielzahl potenzieller Zeugen befragt worden war, würde es aber sicher nur noch eine Frage der Zeit sein, bis die erste Zeitung hinausschrie: ›Jesus am Kreuz war ein Pornostar!‹

»Wie läuft es bei euch?«, fragte Hannes ohne großes Interesse.

»Nicht viel besser. Die tote Frau besaß einen Pferdehof, etwa zwanzig Kilometer außerhalb. Sie leitete den Betrieb mit ihrem Mann und lebte völlig unauffällig.«

»Wie ist sie gestorben?«

»Schmerzhaft. Sie lag eng zusammengekrümmt vor einer Mauer in einem abgeschiedenen Bereich des Hafens. Es gab keine Kampfspuren, aber sie hat ein starkes Gift in den Unterleib eingeführt bekommen. Relativ bald nach ihrem Tod wurde sie von einem Liebespärchen entdeckt. Maria meinte, sie ist nur wenige Stunden vorher gestorben.«

»Ah, Sie machen also Pause vom Nichtstun«, dröhnte es da von der Tür, und erschrocken blickte Hannes in Federsens rotes Gesicht. Der Kommissar wirkte zerknittert, erwähnte die

Vorkommnisse der letzten Minuten jedoch mit keinem Wort. Stattdessen winkte er Hannes auffordernd zu. »Beenden Sie den Kaffeekranz, Kramers Schwester ist aufgetaucht!«

Eine halbe Stunde später standen die Ermittler auf dem kleinen Vorhof einer Werkstatt Antje Kramer gegenüber. Das Gelände war von mächtigen Hecken umgeben und lag am Ende einer Sackgasse. Auf dem gepflasterten Boden standen Grabsteine und eine Vielzahl anderer fertiger und halb fertiger Steingegenstände – Vogeltränken, Skulpturen und Brunnen. Das Schild am Eingangstor wies Antje Kramer als Steinmetzin und Steinbildhauerin aus.

Ärgerlich verscheuchte Federsen zwei gelb-weiße Katzen, die todesmutig um seine Beine strichen. Vorwurfsvoll blickten sie ihn aus grünen Augen an und stolzierten dann mit erhobenem Schwanz davon. Unruhig trat Hannes von einem Bein aufs andere. Er hasste es, Angehörigen gegenüberzutreten, da er nicht wusste, wie er sich ihnen gegenüber verhalten sollte. Die Tränen der Frau versiegten langsam, und Hannes reichte ihr ein Taschentuch aus seinem großen Vorrat. Simultan, wenn auch jeweils aus anderer Ursache, schnäuzten sich der junge Ermittler und die kräftige Frau, die laut Ausweis neununddreißig Jahre alt war.

»Ich kann es einfach nicht glauben«, wiederholte sie bestimmt zum zehnten Mal, viel mehr hatte sie zu dem Gespräch bislang nicht beitragen können.

»Auch uns fällt es schwer zu glauben, dass Sie vom Tod Ihres Bruders jetzt zum ersten Mal hören«, kommentierte Federsen wenig feinfühlig. »Die Nachrichten waren voll davon, und als Schwester sollten Sie ihn doch auch auf unscharfen Bildern erkennen!«

»Ich habe davon nur im Radio gehört«, verteidigte sich Antje Kramer und blitzte den Kommissar an. »Ich war auf einer Fortbildung im Bergischen Land und hatte anderes zu tun, als mir irgendwelche Sensationsmeldungen anzusehen. Hätte ich natürlich gewusst, dass …« Ein Schluchzen beendete ihre Erklärungsversuche.

Während Frau Kramer um Fassung rang und Federsen nur mühsam beherrscht von einem Bein auf das andere trat, ließen die Ermittler ihre Augen neugierig über das Gelände schweifen. Federsen war offensichtlich der Meinung, dass Frauen nicht nur im Polizeidienst, sondern auch im Handwerksgewerbe vollkommen fehl am Platz waren. Stirnrunzelnd betrachtete er aus seinen vorspringenden Augen einen besonders kitschigen Grabstein, auf dem zwei Engel einen Menschen über eine Brücke führten. Frau Kramer folgte dem Blick und deutete ihn goldrichtig.

»Mein eigener Geschmack spielt keine Rolle, wenn ich solche Auftragsarbeiten erledige. Der Kunde bekommt es so, wie er es möchte. Am liebsten arbeite ich auch nicht als Steinmetzin, sondern als Steinbildhauerin.« Sie zeigte auf die Ecke des Hofes, in dem sich mehrere Skulpturen befanden. »Leider kann ich mich damit nicht über Wasser halten, daher die Grabsteine. Die sind krisensicher.« Bitter verzog sie die Mundwinkel.

›Hoffentlich hat sich Federsen im Griff‹, dachte Hannes noch, da bewies ihm sein Chef auch schon das Gegenteil.

»Wie wird denn der Grabstein für Ihren Bruder aussehen?«, fragte er übellaunig.

Schnell verfiel Hannes in einen heftigen Hustenanfall, und sein Kopf war kurz darauf genauso rot wie der von Frau Kramer.

»Äh, Frau Kramer«, keuchte er. »Was mein Kollege meint: Was war Ihr Bruder für ein Mensch und weshalb könnte er auf diese merkwürdige Weise umgebracht worden sein?«

»Sie meinen, weil er in Pornos mitspielte?«, fragte Frau Kramer scharf, schaute dabei aber nicht Hannes, sondern

Federsen an. »Glauben Sie, dass er deswegen ein schlechter Mensch war? Das war er ganz und gar nicht! Im Gegenteil, er war ehrlich und offen. Und auf jeden Fall feinfühliger als dieser Holzklotz hier!« Empört deutete sie auf den Kommissar.

»Meine liebe Frau Kramer«, erregte sich der. »Ich möchte schnellstmöglich den Mörder Ihres Bruders finden, da hält mich übertriebene Feinfühligkeit nur auf! Mit wem hatte Ihr Bruder Kontakt und wer könnte ihm den Tod nicht nur gewünscht, sondern auch Hand angelegt haben?«

Frau Kramer saß einen Moment stumm da und schien schon eine heftige Erwiderung auf den Lippen zu haben. Dann zuckte sie resigniert mit den Schultern und blickte von ihren kräftigen und mit hellem Steinstaub bedeckten Händen zu Hannes auf.

»Ich habe keine Ahnung. Er hat nie erzählt, dass er mit jemandem ein ernstes Problem hätte. Wir hatten ein enges Verhältnis, so was hätte er mir sicherlich gesagt. Ich weiß nur … Also es ist so, dass mein Bruder immer mal wieder Kokain geschnupft hat und seine Finanzen nicht besonders gut im Griff hatte. Bei dem, der ihm das Zeug verschaffte, hatte er ein paar Schulden. Der Kerl hat dann den Druck auf ihn erhöht.«

»Haben Sie einen Namen?«, hakte Federsen sofort ein.

Antje Kramer dachte angestrengt nach, ignorierte den Kommissar aber auch bei ihrer nächsten Antwort und richtete diese stattdessen an Hannes.

»Er hat den Namen mal erwähnt, aber sicher bin ich mir nicht. Dennis oder so ähnlich.«

»Nachname?«, forderte Federsen, als wäre es üblich, dass sich Dealer formvollendet mit Vor- und Zuname präsentieren.

Frau Kramer schüttelte nur den Kopf und schaute wieder auf ihre rissigen Hände herab. »Bitte finden Sie es heraus«, sagte sie leise. »Finden Sie den, der meinem Bruder das angetan hat.«

Es war klar, dass sie im Moment keine Hilfe mehr sein würde, und Federsen signalisierte mit einer eindeutigen Kopfbewegung, dass es Zeit zum Verschwinden war. Hannes steckte der Frau noch schnell seine Visitenkarte zu. Beim Gehen blieb sein Blick auf einer kniehohen Figur hängen, die von einem Fensterbrett der kleinen Werkstatt zu ihm hinaussah. An einem steinernen Kreuz auf einem kleinen Hügel hing eine lebensecht gemeißelte Figur mit Lendenschurz und Dornenkranz. Gequält schaute sie Hannes direkt in die Augen. Die Blicke schienen ihm zu folgen, als er hinter seinem Chef her schlurfte.

Missmutig beobachtete Federsen aus seinem Bürostuhl, wie Hannes in ein Taschentuch schnäuzte, das sich bereits im Auflösungszustand befand. Er nebelte sich in Zigarettenqualm ein, als diene dieser als undurchdringliche Mauer gegen jede Virenattacke.

»Wenn Sie mich anstecken, können Sie sich warm anziehen«, drohte er. »Was halten Sie von dieser Steinhauerin?«

»Ich habe die Organisation der Fortbildung im Bergischen Land angerufen. Frau Kramer war im entscheidenden Zeitraum nachweislich vor Ort, ihr Alibi ist also bestätigt. Vorhin stand sie verständlicherweise ziemlich neben sich. Wir sollten sie noch mal befragen, sobald sie sich etwas gefangen hat.«

»So zartbesaitet ist diese Frau doch gar nicht«, protestierte Federsen. »Sie ist ja nicht gerade ein zierliches Persönchen. Ich nehme ihr auch nicht ab, dass sie kaum was vom Mord mitbekommen hat. Selbst wenn man nicht auf Sensationsmeldungen abfährt: Bei der Kreuzigung eines Menschen dürfte sogar ein Einsiedler seinen Fernseher einschalten!«

»Selbst wenn es so wäre, müsste sie ihren Bruder nicht zwangsläufig erkannt haben«, entgegnete Hannes und massierte sich seine pochenden Schläfen. »Die Presse hat sich ja glücklicherweise mit Nahaufnahmen zurückgehalten.«

»Zumindest ist sie die einzige Person, die uns momentan weiterhelfen kann«, kam es mürrisch von der anderen Tischseite. »Rufen Sie die Frau nachher noch mal an, dann hat sie sich hoffentlich stabilisiert. Verdammt, reißen Sie sich zusammen!« Wütend schlug er mit der Faust auf den Tisch und sah seinen Kollegen böse an, der gerade eine Niessalve abfeuerte. »Steffen hat in fünf Minuten eine Lagebesprechung angesetzt. Sie bleiben hier und aktualisieren die Fakten. Lassen Sie Ihre grauen Zellen mal richtig arbeiten! Irgendwo in diesem Gekritzel auf der Tafel muss es einfach eine Spur geben!«

Müde blickte Hannes auf die Tür, die hinter Federsen krachend zuschlug. Angewidert fingerte er in seiner Hosentasche zwischen feuchten Taschentüchern nach einer Grippetablette und würgte sie ohne Wasser herunter. Anschließend wischte er das Whiteboard sauber und trug noch einmal alle bekannten Informationen zu Alexander Kramer und seinem Umfeld zusammen. Dabei achtete er sorgfältig darauf, mit jedem Niesen die Virendichte in Federsens Büro weiter zu erhöhen. Als er schließlich die Faktensammlung betrachtete, schüttelte er ernüchtert den Kopf. Wenn die entscheidende Information darin versteckt war, dann sah er sie einfach nicht. Kein Verdächtiger, kein Motiv. Resigniert schlich er zur Verbindungstür zu seinem eigenen Raum, hielt dort aufgrund eines verräterischen Kitzelns in der Nase aber noch einmal kurz inne. Nachdem er den angestauten Druck in die Raumluft entladen hatte, verließ er zufrieden das Zimmer.

»Du entkommst mir nicht«, murmelte er, und es war unklar, ob er damit Alexander Kramers Mörder oder die Gesundheit seines Chefs meinte.

Kaum hatte er den kontaminierten Raum des Kommissars verlassen, klingelte das Telefon auf seinem Schreibtisch.

»Johannes Niehaus«, nuschelte er in den Hörer und stützte sich aufgrund eines Schwindelanfalls kurz auf der Tischkante ab.

»Antje Kramer«, drang eine kräftige Stimme durch seine belegten Gehörgänge. »Sie waren vorhin bei mir, ich bin die Schwester von Alexander Kramer.«

»Ja, ich weiß. Ich wollte mich später auch noch mal bei Ihnen melden. Ich hoffe, es geht Ihnen inzwischen einigermaßen?«

»Ich wollte mich erkundigen, wie es mit meinen Bruder weitergeht«, überging sie seine Frage. »Ich muss mich ja um die Beerdigung kümmern.«

»Der Leichnam, also der Körper Ihres Bruders liegt derzeit in der Rechtsmedizin. Ich kann Ihnen leider noch nicht sagen, wann er für die Beisetzung freigegeben wird. Aber wenn Sie ihn sehen möchten, kann ich selbstverständlich einen Termin organisieren.«

»Nein«, antwortete Frau Kramer nach kurzem Zögern. »Ich glaube nicht, dass ich ihn so sehen will. Übrigens habe ich Ihnen eine Liste angefertigt. Mit allen Leuten, mit denen Alex Kontakt hatte. Soll ich sie Ihnen vorlesen?«

»Nein, ich komme noch mal vorbei.« Hustend beendete Hannes das Gespräch.

Hannes' Blick ruhte auf dem steinernen Kreuz, das auf der Fensterbank der kleinen Werkstatt stand. Wieder schienen ihn die Augen des modellierten Jesu zu fixieren, als wollten sie ihm etwas mitteilen.

»Das war mein Gesellenstück«, sagte Antje Kramer, die seinem Blick folgte. »Eigentlich konnte ich mit der Darstellung von Jesus am Kreuz nie viel anfangen, aber es war eine Herausforderung. Meinem Bruder hat es sehr gefallen, obwohl er sonst kritisch gegenüber christlichen Symbolen war. Tragisch, oder?«

»Wie sind Sie zu Ihrem Beruf gekommen?« Hannes hatte sich eine komplett andere Gesprächsführung als sein Chef vorgenommen. »Ist das nicht eher eine Männerdomäne?«

»Das ist so«, bestätigte sie. »In meinem Lehrjahr gab es nur noch eine andere Frau. Ich hatte erst eine Ausbildung zur Bürokauffrau gemacht, das hat mich aber nie erfüllt. Ich war schon immer gern kreativ, und in einem VHS-Kurs habe ich meine Liebe zum Bearbeiten von Steinen entdeckt. Faszinierend, was man aus einem groben Felsblock alles herausholen kann!«

Hannes schaute sich in der staubigen Werkstatt um und nickte. Frau Kramer verstand ihr Handwerk. Neugierig nahm er einen kleinen Hammer in die Hand, der erstaunlich leicht war.

»Das ist ein Schrift-Fäustel«, erläuterte sie. »Damit bearbeite ich das Schrifteisen, um Schriften in Grabsteine einzuschlagen. Ich bevorzuge traditionelles Handwerkszeug. Damit dauert die Arbeit zwar länger, wird meiner Meinung nach aber sorgfältiger und erfüllt mich mehr. Dann spüre ich den Stein viel besser.«

Sie führte Hannes zu einer Holzbank, auf der verschiedene, teilweise mittelalterlich anmutende Geräte herumlagen. Hätte es der Polizist nicht besser gewusst, er hätte sie als die Utensilien eines Folterknechtes eingeordnet. Ihm schwirrte der Kopf, als ihm Frau Kramer die Funktionen von so merkwürdigen Dingen wie Knüpfeln, Kröneln, Beizeisen oder Scharriereisen erläuterte. Lediglich der Setzhammer kam ihm bekannt vor, da er einem schweren Vorschlaghammer ähnelte.

»Wie lange dauert es, bis man mit diesen Geräten umgehen kann?«, fragte er.

»Die Ausbildung geht über drei Jahre. Ich habe aber auch noch die Meisterprüfung bei der Handwerkskammer abgelegt. Wussten Sie, dass es sich um einen der ältesten handwerklichen Berufe der Welt handelt? Die frühesten Entdeckungen sind bearbeitete Felsgesteine in der Dordogne. Die sind ungefähr vierzigtausend Jahre alt.«

Es war offensichtlich, dass Frau Kramer ihre Leidenschaft und Berufung im Bearbeiten von Steinen gefunden hatte. Hannes hörte den Ausführungen zur Steinmetz-Geschichte weiter zu, da die Handwerkerin regelrecht aufblühte und ihren Kummer kurz vergaß. Prüfend beobachtete er die Frau und versuchte sich ein Bild von ihr zu machen. Er schätzte, dass sie lediglich zehn Zentimeter kleiner als er selbst war, also fast einen Meter achtzig groß. Ein hoher Körperwuchs schien in der Familie Wagner zu liegen, ihr Bruder war auf dem Obduktionstisch mit einem Meter vierundneunzig vermessen worden.

Die strähnigen blonden Haare hingen ihr etwas wirr in ein Gesicht, das an anderen Tagen sicher fröhlich und auch jünger als neununddreißig Jahre wirkte. An diesem Tag konnte er jedoch nur Schatten dieser Lebensfreude erkennen. Auch wenn sie eine kräftige Statur hatte, Hannes hätte sie nicht als dick bezeichnet. Er vermutete jedoch, dass die Steinsplitter kräftig stoben, wenn diese Frau erst einmal zu Hammer und Meißel griff.

»Hatte Ihr Bruder auch handwerkliches Geschick?«, fragte er. Allmählich sehnte er sich doch nach seinem Bett, und außerdem war sein marginales Interesse am Gewerbe der Steinmetzkunst inzwischen mehr als befriedigt worden.

»Nicht wirklich. Er hat mal spaßeshalber versucht, ein Pferd aus einem Steinblock zu hauen. Er war ein großer Pferdenarr. Allerdings ähnelte das Ergebnis doch eher einem Fabelwesen.« Etwas wehmütig lächelte sie und beugte sich nach unten, um zwischen zwei Kisten einen kleinen Gegenstand hervorzukramen. Dabei fiel ihr Haar zur Seite, sodass Hannes eine kleine Tätowierung am oberen Nacken erkennen konnte. Sie erinnerte an eine nordische Rune, hätte aber auch ein Kreuz darstellen können, das von einem Blitz gespalten worden war. Das gleiche Zeichen hatte Hannes auf mehreren Werken im Hof gesehen.

»Hier.« Frau Kramer hielt ihm einen Steinklumpen hin. »Das war das Resultat seiner Bemühungen.« Sie lächelte, als sie seinen zweifelnden Blick sah, denn eine Pferdegestalt konnte man selbst mit großer Fantasie nicht in dieses Werk hineininterpretieren.

»Was bedeutet eigentlich diese Rune, die Sie in die Steine meißeln?«, fragte Hannes, der Frau Kramer nicht direkt auf ihr Tattoo ansprechen wollte.

»Das ist mein Steinmetzzeichen. Damit markiert ein Steinmetz seine Arbeit. Es ist sozusagen die Signatur. Eine tiefere Bedeutung hat es eigentlich nicht, auch wenn es an ein Kreuz erinnert. Früher stand ich der Kirche zwar nahe und bin heute noch sehr an sakralen Gebäuden interessiert, allerdings nur, weil man dort oft aufsehenerregende Meisterwerke früher Steinmetze findet. Manchmal bekomme ich auch Aufträge zur Restaurierung von Denkmälern oder Arbeiten an historischen Bauten. Aber ich möchte Sie jetzt nicht länger mit meinen Steinen langweilen, Sie sind ja eigentlich wegen der Liste hier!«

Sie wischte sich die staubigen Hände an der ehemals schwarzen Jeans sauber und zog ein zusammengefaltetes Papier aus der Hosentasche. »Ich hoffe, dass ich niemanden vergessen habe.«

Rasch überflog Hannes die Auflistung, wobei ihm eine Vielzahl der Namen überhaupt nichts sagte. »Sie müssen mir etwas helfen«, meinte er und verwischte verstohlen einen

Tropfen, der von seiner Nasenspitze auf das Papier gefallen war. Mit der anderen Hand zog er einen Kugelschreiber hervor, um den aufgeführten Namen weitere Informationen hinzuzufügen.

Offenbar schreckte Frau Kramer vor einer möglichen Ansteckung nicht zurück, denn die beiden saßen nun eng zusammen und beugten sich über die Liste. Die ersten drei Namen kannte Hannes bereits: Kramers Filmpartnerin Inga, die Studiochefin Melcher und die etwas skurrile Waltraut.

»Leider kenne ich nur diese vier Namen von den Leuten aus dem Studio«, sagte Frau Kramer. »Alex redete nicht so viel darüber. Er wusste, dass ich mich mit der Tatsache etwas schwertat, dass mein kleiner Bruder in Pornos mitspielt.«

»Moment. Wieso vier Namen? Ich habe mit allen Leuten von Paradise Images & Productions gesprochen. Davon stehen aber nur diese drei hier auf Ihrer Liste.«

Sie deutete auf den vierten Namen von oben. »Manuel. Seinen Nachnamen kenne ich nicht. Ihm war wohl die Hauptrolle in Alexanders erstem Film versprochen worden. Allerdings wurde er durch Alex ersetzt und dann nicht weiter engagiert.«

Hannes erinnerte sich an den jungen Mann, der ihm beim Verlassen des Studios begegnet war und nach der Kreuzigung nun offenbar wieder voll im Geschäft war. »Wissen Sie, warum Alexander seine Rolle übernommen hatte?«

»Dieser Manuel kam bei seinen Drehpartnerinnen wohl nicht gut an.« Antje Kramer zuckte mit den Schultern. »Er war nicht begeistert, dass er von meinem Bruder ausgestochen wurde. Nach Alex' erstem Drehtag hat er ihm vor dem Studio aufgelauert und ihn heftig beschimpft. Es kam sogar zu einer Rangelei. Danach hat er sich aber nicht mehr blicken lassen, zumindest hat Alex ihn nicht mehr erwähnt.«

Nachdenklich setzte Hannes diese Information neben den Namen. Da war ihm natürlich ein kapitaler Schnitzer unterlaufen, denn er hatte sich bei seiner Befragung nur auf die aktuellen Kollegen von Kramer konzentriert. Federsen würde begeistert sein.

Direkte Familienangehörige gab es keine, wie Frau Kramer auf Nachfrage mitteilte. Ihre Eltern hätten keine Geschwister gehabt, und die Großeltern waren schon vor vielen Jahren gestorben. Die nächsten Namen auf der Liste bezogen sich auf fünf alte Jugendfreunde, die alle noch in Bayreuth lebten. Soweit seine Schwester wusste, hatte ihr Bruder zu allen einen sporadischen Kontakt aufrechterhalten. Hier war Amtshilfe der bayrischen Kollegen gefragt, denn Hannes verspürte wenig Lust auf einen Trip in die Stadt der Richard-Wagner-Festspiele. Das wäre eher etwas für den alten Fritz gewesen, der seine schwierigsten Fälle am liebsten beim Klang klassischer Musik gelöst hatte.

»Hat Ihr Bruder denn keinen Anschluss gefunden? Immerhin lebte er doch bereits seit fünf Jahren hier, und alle haben ihn als umgänglichen Menschen beschrieben.«

»Alex hat viel Sport getrieben, denn wie Sie sich denken können, musste sein Körper in Topform sein. Zumal er vor seiner Karriere als Pornodarsteller immer mal wieder gemodelt hat. Außerdem verbrachte er sehr viel Zeit bei seinem Pferd, sodass es nicht viel Freizeit gab. Dieses kostspielige Hobby hat seiner finanziellen Situation nicht gerade gutgetan, aber das nur nebenbei. Er hatte hier zwei Freunde, die stehen auch auf der Liste. Mirko hat er im Fitnessstudio kennengelernt, und Jonas kannte er vom Pferdehof.«

Da sie beide Freunde ihres Bruders nie getroffen hatte, konnte sie ihm auch keine näheren Auskünfte geben. Hannes war sich aber sicher, über das Fitnessstudio und den Pferdehof an die beiden herankommen zu können. Die letzten Namen auf der Liste waren mit einer großen Klammer umfasst, neben der die Worte ›Neuer Weg‹ standen.

»Und was sind das hier für Leute?« Hannes musste sich zusammenreißen, dass ihn die Müdigkeit nicht übermannte. Zu den Kopfschmerzen hatten sich inzwischen Gliederschmerzen gesellt, und sein ganzer Körper schien heiß zu glühen. Er hatte sich einen dicken Schal um den Hals gewickelt und schwitzte kräftig.

»Die sind alle vom ›Neuen Weg‹. Das ist eine Art freie Religionsgemeinschaft. Dort kommen Menschen zusammen, die mit der traditionellen Kirche nichts anfangen können.«

»Also eine Sekte?«, mutmaßte Hannes aufgeregt. Wenn das kein passender Hintergrund für die ausgefallene Todesursache war.

»Wir sind keine Sekte!«, entgegnete Frau Kramer scharf und machte Hannes klar, dass er soeben knietief in einem Fetteimer gelandet war. »Der ›Neue Weg‹ ist ein Verein, in dem sich Leute treffen, die zwar christliche Kernwerte unterstützen, mit der Kirche als Institution aber nicht einverstanden sind. Die überzogenen Moralvorstellungen, die klerikale Männergesellschaft mit ihrem frauenverachtenden Weltbild und die mittelalterlichen Rituale lehnen wir ganz und gar ab. Insofern sind wir sogar das genaue Gegenteil einer Sekte, denn bei uns wird niemand verurteilt, bevormundet und ausgeschlossen.«

»Das kann ich mir vorstellen, wenn sogar ein Pornodarsteller mitmachen darf«, warf Hannes begütigend ein. »Dennoch überrascht es mich, und ich höre zum ersten Mal, dass Ihr Bruder religiöse Tendenzen hatte.«

»Hatte er auch nicht. Das versuche ich Ihnen doch zu erklären. Wir sind eine Gemeinschaft, die sich auf im Kern richtige Botschaften konzentriert. Bei uns sind das zwar die Zehn Gebote, aber eigentlich handelt es sich um moralische Grundwerte. Religion spielt nicht wirklich eine Rolle. Alexander glaubte weder an Gott noch an Jesus.«

›Und doch hat er ein ähnliches Ende wie Jesus gefunden‹, dachte Hannes und überlegte, ob das ein reiner Zufall sein konnte.

Statt auf direktem Weg sein Bett anzusteuern, machte er einen Umweg über das Polizeipräsidium, um seinem Vorgesetzten die neuen Erkenntnisse mitzuteilen. Als er die Bürotür öffnete, platzte er mitten in ein Gespräch zwischen Federsen und Steffen Lauer.

»Sie sehen aber gar nicht gut aus«, sagte der Leiter der Mordkommission und blickte schockiert auf das glühende Gesicht und die knallrote Nase des Sportpolizisten.

»Wo haben Sie die ganze Zeit gesteckt?«, war dagegen die deutlich weniger besorgte Frage seines direkten Vorgesetzten.

Hannes schob die Namensliste von Frau Kramer über den Schreibtisch. Mit spitzen Fingern zog Federsen das Papier zu sich heran. Die kleinen feuchten Flecken waren nicht zu übersehen. Als Hannes berichtete, wie er zu der Liste gekommen war, lieferte er seinem Chef ein willkommenes Ventil für dessen schlechte Laune.

»Wie kommen Sie dazu, ein weiteres Mal die Schwester des Mordopfers zu besuchen, ohne vorher mit mir gesprochen zu haben? Da siehst du es, Steffen! Dieser junge Mann lässt sich einfach nicht führen! Genau wie früher Fritz zieht er hier sein eigenes Ding durch!«

»Ist gut, Henning!«, herrschte Lauer ihn an und fuhr an Hannes gewandt fort: »Aber in Zukunft stimmen Sie sich bitte mit Ihrem Vorgesetzten ab, bevor Sie auf eigene Faust losziehen! Sind denn auf dieser Liste Namen, die wir noch nicht kennen?«

Erleichterung breitete sich auf seinem Gesicht aus, als Hannes ihm den Hintergrund der jeweiligen Personen erläuterte. »Das sind doch gute Nachrichten«, rief er und klopfte

Hannes auf die Schultern. »Endlich kommt mehr Licht in das Umfeld von Alexander Kramer. Sie gehören jetzt aber definitiv ins Bett! Ich werde Henning zwei Kollegen vorbeischicken, die ihn bei der Abarbeitung der Liste unterstützen werden.«

Bestimmt schob er den jungen Polizisten aus dem Büro. Die Blicke, die ihm Federsen nachschickte, hätten einen ausgehungerten Tiger in die Flucht geschlagen.

Doch bevor Hannes endgültig sein Bett ansteuerte, erkundigte er sich zunächst in der Justizvollzugsanstalt telefonisch nach den Besuchszeiten. Er hatte inzwischen nicht nur von seiner Erkältung, sondern auch von Federsen die Nase so gestrichen voll, dass er endlich einen Besuch bei seinem ehemaligen Chef in Angriff nehmen wollte. Etwas erschrocken erfuhr er, dass Besuche immer freitags möglich waren, also zum Beispiel bereits am kommenden Tag. Ganz so schnell hatte es eigentlich nicht gehen sollen! Andererseits würde er das Training aufgrund seiner Erkrankung ohnehin ausfallen lassen müssen, sodass er stattdessen auch das Gefängnis aufsuchen konnte. Kurz entschlossen kündigte er sich für den nächsten Tag an.

Anschließend ging er zum Zimmer seiner Kollegin Isabell. Sie telefonierte gerade und bedeutete ihm mit einer Handbewegung, sie werde das Gespräch gleich beenden. Um sie herum hingen überall Katzenfotos, ihre Liebe zu den Samtpfoten war legendär. Hannes lehnte schwerfällig am Türrahmen und dachte an Antje Kramers Erläuterungen zu den Namen auf der Liste zurück. Sie hatte nicht sämtliche Mitglieder des Vereins ›Neuer Weg‹ aufgeführt, aber ihre Anmerkung zu einer Sylvia Böhm hatte Hannes nachdenklich gemacht.

»Mit Sylvia verstand sich Alex eigentlich am besten«, hatte sie erklärt. »Sie besitzt einen Pferdehof, dort hatte er für seinen Wallach eine Box gemietet. Die beiden haben viel Zeit miteinander verbracht. Tja, für das Pferd muss ich mir jetzt auch etwas einfallen lassen, hoffentlich hat Sylvia Interesse an ihm.«

»Du siehst ganz schön fertig aus«, brachte Isabell ihren Kollegen wieder in die Gegenwart zurück, als sie den Hörer auflegte.

»Sag mal«, ignorierte Hannes diese Feststellung des allzu Offensichtlichen. »Wie hieß denn eigentlich die tote Frau, die vor ein paar Tagen im Hafen gefunden wurde?«

»Sylvia Böhm. Wieso?«, erwiderte Isabell, doch Hannes blickte sie nach dieser Information nur aus weit aufgerissenen Augen fiebrig an.

KAPITEL 7

Dank einer großen Portion Kräuterlikör hatte Hannes zwölf Stunden unterbrechungsfrei geschlafen. Der Anblick im Badspiegel war dennoch grenzwertig. Zwar blickten ihm wie gewohnt eine blaue und eine grüne Iris entgegen, doch das Weiß der Augen hatte sich in eine rötliche Masse verwandelt. Die schorfigen Nasenränder waren sichtbare Nachwirkungen des Taschentuchmarathons vom Vortag, und auch seine Lippen präsentierten sich rissig und ausgetrocknet. Zumindest schien das Fieber über Nacht zurückgegangen zu sein, denn anstelle der rot glänzenden Flecken wurde sein Gesicht nun von einer fahlen Blässe überzogen. Wirklich gesünder wirkte es dadurch nicht.

Der anstehende Gefängnisbesuch trug zusätzlich dazu bei, dass sich Hannes matt und kraftlos fühlte. Als Fritz Janssen ihm eine Stunde später entgegenhinkte, sah der auch nicht wesentlich besser aus. Hannes war in einen hellen Saal mit mehreren Tischen geführt worden. Hohe Stellwände zwischen den Tischen schufen zumindest halbwegs private Zonen. An der Längsseite saß eine Justizvollzugsbeamtin hinter einem Pult und hatte von dort alle Sitzgruppen im Blick.

Neben Hannes war an diesem Tag nur eine ältere Frau zu einem Besuch gekommen. Sie saß am hinteren Ende des Raums einem Mann gegenüber, dem der Sportpolizist außerhalb der Gefängnismauern sogar bewaffnet aus dem Weg gegangen wäre. Er hatte sich an dem Tisch niedergelassen, der am weitesten von den beiden entfernt stand. Leicht gehemmt blickte er seinem ehemaligen Chef entgegen, der soeben das Zimmer betreten hatte. Wie befürchtet stürzten die verschiedensten Gefühle über ihm zusammen. Ärger, Wut und Unsicherheit, aber auch Sympathie und – Mitleid. Und das alles auf einmal.

Das Gesicht des Exkommissars zeigte zwei neue Narben. Offenbar waren die schweren Wunden seines Sturzes aus dem vergangenen Sommer nicht vollständig verheilt. Sein früher schon leicht zerknittertes Gesicht besaß einen grauen Farbton, und auch die Haare hatten inzwischen die letzten braunen Strähnen eingebüßt. Sogar die buschigen Augenbrauen hatten sich der neuen Farbgebung angepasst, sodass Fritz inzwischen einem alten und zugleich ziemlich lädierten Waldkauz glich. Die schwerste Folge seines Sturzes war jedoch das steife rechte Knie. So konnte er sich Hannes nur mühsam entgegenschleppen.

Es war ein gebrochener Mann, der sich schließlich ächzend auf einen Stuhl sinken ließ und dabei sein rechtes Bein steif zur Seite streckte. Die verwaschenen blauen Augen hatten sämtlichen Glanz eingebüßt, und eine Weile musterten sich die früheren Kollegen. Hannes war nicht bewusst, dass er mit den vor der Brust verschränkten Armen eine eindeutige Abwehrhaltung eingenommen hatte.

»Freut mich sehr, dass du gekommen bist«, brach Fritz schließlich das Schweigen. Seine chronisch heisere Stimme hatte sich in den letzten Wochen noch mehr dem Geräusch einer verrosteten Säge angenähert. »Besonders gut siehst du allerdings nicht aus!«

»Vielen Dank! Ich hab mir nur ›ne hartnäckige Erkältung eingefangen. Du hast aber auch schon mal ein besseres Bild abgegeben. Wie geht's dir hier?«

»Auf der Krankenstation war es natürlich gemütlicher als in meiner Zelle. Da lag ich aber nur in den ersten vier Wochen. Immerhin konnte ich inzwischen eine Kaffeemaschine für mein kleines Apartment durchsetzen.« Kurz zeigte der ›alte Fritz‹ sein fuchsähnliches Grinsen, das jedoch nur noch ein Schatten früherer Tage war. Eine zuverlässige Kaffeeversorgung gehörte seit dem sechzehnten Geburtstag zu seinen Grundbedürfnissen. »Musik darf ich auch hören, und einen kleinen Fernseher haben sie mir reingestellt. Herzlichen Glückwunsch übrigens!«

»Wozu?«, fragte Hannes verwirrt.

»Ich habe mir die Übertragung der Kanu-Weltmeisterschaft angesehen. Du weißt ja, Sport interessiert mich eigentlich nicht, aber … na ja, hier hat man ja eh nichts Besseres zu tun«, versuchte er schnell sein Interesse an dem weiteren Lebensweg des jungen Mannes zu verschleiern. »Ich bin kein Experte, aber ein neunter Platz bei einer Weltmeisterschaft ist ziemlich gut, oder?«

»Ich bin ganz zufrieden. Es ist zwar der letzte Platz im Finalrennen gewesen, aber für die Olympiaqualifikation hat es gereicht.« Hannes löste die verschränkten Arme. Er war froh über das unverfängliche Thema und vermutete, dass Fritz damit das fast schon sichtbare Eis zwischen ihnen brechen wollte.

»Ich kann dich also bei der Olympiade im nächsten Sommer wieder im Fernsehen bewundern?«, fragte Fritz interessiert.

»Nur wenn ich es bis in den Endlauf schaffe. Dass die Sender alle Vorläufe zeigen werden, glaube ich nämlich nicht. Ich hab mich auch nur für die eintausend Meter qualifiziert, bei den zweihundert Metern hat es leider nicht gereicht. Ich bin schon im Vorlauf hängen geblieben. Hatte den Start verpennt, und das holst du bei zweihundert Metern dann nicht mehr raus. Aber egal! Ich freu mich total, dass ich überhaupt bei Olympia dabei bin!«

»Ich hoffe, mein Nachfolger gibt dir genügend Zeit zum Training! Wer ist es denn?«

Als ihm Hannes die Hiobsbotschaft mitteilte, verdüsterte sich Fritz' Gesicht. »Ausgerechnet der Nichtsnutz Henning Federsen! Wie kommt ihr klar?«

Er war nicht überrascht, als ihm Hannes von den zwischenmenschlichen Schwierigkeiten berichtete. Er selbst war ständig mit Federsen zusammengerumpelt und hatte aus seiner Geringschätzung ihm gegenüber nie ein Geheimnis gemacht.

»Am besten hältst du dich möglichst fern von ihm. Du musst aufpassen, dass sein schlechter Ruf nicht auch auf dich abfärbt! Versuch soweit es eben geht dein Ding durchzuziehen, und hol dir lieber Rat bei Marcel. Das ist ein feiner Kerl, und er kann diese Witzfigur genauso wenig leiden wie wir beide. Henning sollte froh sein! Er selbst kriegt schließlich nichts auf die Reihe, und du hast ja bewiesen, dass du ein talentierter Ermittler bist.«

Die Erinnerung an den vergangenen Sommer ließ die beiden ehemaligen Kollegen erneut verstummen. Als Hannes schließlich zum Sprechen ansetzte, fiel ihm Fritz schnell ins Wort.

»Eine Bitte, Hannes. Lass uns nicht über das sprechen, was vorgefallen ist! Tut mir leid, was du deshalb durchmachen musstest, aber davon abgesehen würde ich fast alles wieder so machen. Das war ich der Gerechtigkeit einfach schuldig. Die Konsequenzen trage ich jetzt, aber ich möchte nicht alles neu aufwärmen. Genauso wenig möchte ich übrigens über meinen Krebs reden. Wir sollten die knappe Besuchszeit nicht mit Krankheitsberichten belasten. Erzähl mir lieber was Positives aus der Welt! Wie geht es meiner ›Lena‹? Bist du inzwischen schon mal rausgefahren?«

Hannes ließ die Frage eine Weile in der Luft hängen. Ganz so einfach wollte er es ihm nicht machen, denn er hatte zu den dramatischen Ereignissen des vergangenen Sommers noch einigen Gesprächsbedarf. Zwar konnte er nachvollziehen, dass Fritz das Thema ruhen lassen wollte, aber früher oder später würden sie sich dazu aussprechen müssen. Ein Blick in das geknickte Gesicht des früheren Kommissars überzeugte ihn jedoch, dass diese Aufarbeitung vielleicht tatsächlich besser zu einem späteren Zeitpunkt erfolgen sollte.

Zunächst noch etwas unwillig berichtete er daher von seinem Vorhaben, in den kommenden Wochen den Sportbootführerschein zu erwerben. Nach wenigen Minuten steckte ihn die Begeisterung für die Seefahrt jedoch an, und es entstand ein fast schon angeregtes Gespräch über Fahrwassermarkierungen, Seekarten und Wetterkunde. Schließlich schaute Fritz auf die große Uhr, die für jeden gut sichtbar an der Wand hinter der Justizvollzugsbeamtin hing.

»Wir haben nur noch zehn Minuten. Ich darf jede Woche für eine Stunde Besuch empfangen. Außer dir war bisher nur Ole einmal hier, ich bin also alles andere als ausgebucht. Wenn du nächste Woche wieder nichts Besseres zu tun hast, als deinen alten Chef zu besuchen … also … ich würde mich sehr freuen!«

Verlegen blickte er bei diesen Worten auf die Tischkante, und sofort spürte Hannes Mitleid. Außerdem realisierte er, dass er diesen Kerl trotz allem einfach in sein Herz geschlossen hatte. Die letzten Minuten waren wie im Flug vergangen. Als er kurz entschlossen versprach, in einer Woche wiederzukommen, strahlte Fritz ihn an.

»Sag mal«, begann er dann unschuldig. »An was arbeitest du grad mit Henning? Ich will dich nicht aushorchen, aber vielleicht kann ich dir ja an der einen oder anderen Stelle doch einen Tipp …«

»Mensch Fritz!« Hannes musste gegen seinen Willen leicht schmunzeln. »Ich habe mich schon gefragt, wie lange du dich wohl zurückhalten kannst.«

»Na ja, auch wenn mein Körper ein Wrack ist, will ich zumindest meinen Geist lebendig halten. Ich hab sogar angefangen, Kreuzworträtsel zu lösen. Das wär mir früher nicht mal bei der allergrößten Langeweile eingefallen! Ich habe hier viel Zeit zum Nachdenken. Wenn du mir ein paar Brocken zum Nagen hinwirfst, kann ich dir vielleicht in der kommenden Woche ein paar Theorien mit auf den Weg geben.«

»Auf keinen Fall!« Entschieden schüttelte Hannes den Kopf. »Federsen würde mich vierteilen! Und Lauer würde die Reste anschließend an die Raubkatzen im Tierpark verfüttern! Tut mir leid, Fritz, aber das kommt nicht infrage.«

»Verstehe.« Fritz schien es tatsächlich nachvollziehen zu können, denn er griff das Thema nicht wieder auf. Stattdessen gab er Hannes noch ein paar Ratschläge zum richtigen Umgang mit dem Kutter ›Lena‹.

»Und vergiss nie das alte Sprichwort«, mahnte er zum Abschied und drückte fest Hannes' Hand. »›Wie glücklich man an Land war, merkt man erst, wenn das Schiff untergeht.‹«

Vielleicht hatte der Leiter der Mordkommission ähnliche Zweifel in die Kompetenzen von Henning Federsen wie der ›alte Fritz‹. Zumindest hatte Steffen Lauer die vier Ermittler der beiden Mordfälle nach der Mittagspause zusammengetrommelt und leitete die Sitzung persönlich. Hannes hatte dazugelernt und seine Entdeckung, dass beide Mordopfer miteinander bekannt waren, Steffen Lauer persönlich mitgeteilt. Dass sich Federsen gern mit fremden Federn schmückte, war schließlich bestens bekannt und lag absolut nicht in Hannes Interesse. Lauer blickte in die Runde und strich sich mit der einen Hand über die Glatze, während die Finger der anderen an seinem Schnurrbart herumzwirbelten. Es war seine im Präsidium bestens bekannte Übersprunghandlung. Auffordernd nickte er Hannes zu.

»Fangen wir mit Alexander Kramer an. Bitte geben Sie uns einen kurzen Überblick über die relevanten Fakten.«

Überrascht, dass die Wahl auf ihn und nicht auf Federsen gefallen war, sammelte sich Hannes kurz. Zunächst gab er die personenbezogenen Daten wieder, bevor er auf den aktuellen Ermittlungsstand einging. »Inzwischen haben wir aus Bayern eine Rückmeldung zu den langjährigen Freunden Kramers erhalten. In dem Zeitraum, der für die Kreuzigung infrage kommt, befanden sich alle fünf Personen nachweislich in Bayreuth. Keiner hätte hier hochfahren, Kramer kreuzigen und dann wieder zurückkehren können. Die Auswertung seines Mobiltelefons hat uns keine neuen Namen geliefert. Zumindest keine, die uns weitergebracht haben. Er hatte Model-Agenturen abgespeichert, seinen Vermieter, das Fitnessstudio und so weiter. Wir haben auch alle Kurznachrichten gelesen, und da war nichts Auffälliges dabei.«

»Wann wurde er zuletzt lebend gesehen?«, fragte Isabell.

»Bei einer Veranstaltung des ›Neuen Wegs‹. Da gibt ein Mitglied ab und zu Sportkurse, und am Montagabend vor seinem Tod hat er daran teilgenommen. Anschließend ist er allein zur Bushaltestelle gelaufen, danach verliert sich seine Spur.«

»Ich habe gestern noch den Vorgänger Kramers aufgesucht, diesen anderen Pornodarsteller«, riss nun Federsen den Bericht an sich. »Er heißt Manuel Birkholz und ist zweiunddreißig Jahre alt. Er hat kein großes Geheimnis daraus gemacht, dass er Kramer nicht leiden konnte. Stritt jedoch ab, ihn bedroht zu haben. Seine Alibis für den möglichen Tatzeitraum sind löchrig genug, um als Täter infrage zu kommen.«

»Was ist mit dem Dealer?«, brachte sich Hannes direkt wieder zurück ins Geschehen.

»Der Typ, der vermutlich Dennis oder so ähnlich heißt? Die beiden Kollegen, die gestern Nachmittag für Sie eingesprungen sind, hören sich in der Szene um. Im Drogendezernat ist der Name nämlich unbekannt. Leider konnte Frau Kramer keine näheren Angaben zu ihm machen. Wir haben auch noch mal die Sexpartnerin Kramers aus diesen Filmen befragt. Sie konnte mit dem Namen nichts anfangen.«

»Dann hoffen wir, dass wir ihn trotzdem finden werden«, mischte sich Lauer wieder ein. »Auf der Liste standen noch zwei Freunde. Was ist bei deren Befragung rausgekommen?«

»Ich habe sie mir gestern noch vorgeknöpft«, antwortete Federsen, der am vorherigen Tag einen ungewöhnlichen Arbeitseifer an den Tag gelegt haben musste. »Der Sportkamerad befand sich im fraglichen Zeitraum auf einer Dienstreise und hat daher gleich mehrere Alibis. Er konnte uns auch keine neuen Informationen geben. Der andere Kumpel heißt Jonas Talmann und arbeitet auf dem Reiterhof der ermordeten Sylvia Böhm. Er kümmert sich dort um die Pferde und erledigt zudem alle anfallenden Reparaturen.«

»Er ist noch recht neu auf dem Hof«, ergänzte Isabell, da sich an diesem Punkt die beiden Mordfälle überschnitten. »Der Ehemann von Frau Böhm erzählte uns, dass er erst seit einem Jahr dort arbeitet. Offenbar ist man allerdings nicht besonders zufrieden mit ihm, Herr Böhm denkt über eine Kündigung nach. Als seine Frau im Hafen ermordet wurde, befand sich Herr Talmann nachweislich auf dem Hof. Er scheidet also als Täter aus.«

»Weiß er, dass er auf der Abschussliste steht?«, fragte Hannes.

»Herr Böhm hat ihm zumindest noch nichts davon gesagt. Ob seine Frau entsprechende Andeutungen gemacht hatte, wissen wir natürlich nicht.«

»Bisher waren Herr Böhm und Jonas Talmann die Einzigen, die mit beiden Mordopfern zu tun hatten«, fasste Lauer nachdenklich zusammen. »Den Zeitpunkt der Kreuzigung können wir nur grob einkreisen, doch zumindest im Fall von Frau Böhm haben beide ein Alibi. Wir müssen als Nächstes diese Religionsgemeinschaft unter die Lupe nehmen, in der beide Opfer Mitglied waren. Das kann ja kaum ein Zufall sein, und eine Kreuzigung deutet stark auf einen religiös motivierten Hintergrund hin! Marcel, setz doch bitte noch Henning und Herrn Niehaus über den Mord an Frau Böhm ins Bild, damit alle auf demselben Stand sind.«

Wie Steffen Lauer trug auch Marcel eine ratzekahle Glatze, obwohl er mit einundvierzig Jahren fast fünfzehn Jahre jünger war. Er war der lebende Beweis, dass Männer mit Glatze nicht automatisch an Attraktivität verloren, schließlich war er ein ausgesprochener Frauentyp. Sein Kahlkopf ging in ein markantes Gesicht mit sorgfältig getrimmtem Bart über. Dass regelmäßiges Joggen seine Leidenschaft war, sah man dem zweifachen Familienvater in seinem Slim-Fit-Hemd sofort an. Er war ein sehr beliebter Kollege, der jedoch über keine allzu große Stressresistenz verfügte. Zwar verlor er selten die Ruhe, doch in Momenten höchster Anspannung schoss ihm stattdessen das Blut aus der Nase. Im Augenblick war die Nase jedoch trocken. Aus seinen Unterlagen zog er das große Farbfoto einer attraktiven blonden Frau hervor und legte es für alle sichtbar in die Tischmitte.

»Sylvia Böhm war neununddreißig Jahre alt und hat kurioserweise am selben Tag Geburtstag wie ich, nämlich am ersten April.«

Federsen nuschelte etwas von einem schlechten Aprilscherz, aber Marcel fuhr mit seinen Ausführungen ungerührt fort. »Vor drei Jahren kaufte sie mit ihrem Mann den Pferdehof und steigerte innerhalb kürzester Zeit die Kundenanzahl deutlich. Früher war sie Turnierreiterin und hat es bis zu den Deutschen Meisterschaften geschafft. Mit Pferden kannte sie sich seit ihrer Kindheit aus. Sie wusste genau, wie so ein Hof zu führen ist.«

»Anders als ihr Mann«, fügte Isabell hinzu, und ihr Chef nickte ihr aufmunternd zu fortzufahren. »Matthias Böhm ist zweiundvierzig und war ursprünglich Versicherungsmakler. Er selbst reitet nicht und hat angegeben, kein großer Pferdenarr zu sein. In seiner Zuständigkeit liegt die Verwaltung des Hofs.«

»Gerüchten zufolge hat es zwischen den beiden in letzter Zeit etwas gekriselt«, übernahm nun wieder Marcel. »Frau Böhm wollte den Hof zu einem Ökobetrieb umformen und um Übernachtungsmöglichkeiten erweitern. Ihr Mann hielt das für keine gute Idee.«

»Genauso wenig hielt er von dem Engagement seiner Frau im ›Neuen Weg‹«, erklärte Isabell. »Er ist überzeugter Katholik, und dieser Verein ist nach seiner Meinung ein blasphemischer Haufen.«

»Wie ist Frau Böhm getötet worden?«, erkundigte sich Hannes und unterdrückte mühsam einen Hustenanfall. Stattdessen nieste er zweimal – Isabell rückte ein Stück von ihm fort.

»Gefunden wurde sie am vergangenen Freitagabend, also heute vor einer Woche, und zwar von einem Pärchen. Die beiden sind unverdächtig: japanische Touristen, die ihre Europatour inzwischen fortgesetzt haben. Lebend wurde sie zuletzt am Morgen desselben Tages von ihrem Mann gesehen. Sie habe den Hof mit dem Wagen verlassen, er wisse aber nicht, wo sie hinwollte. Den Wagen haben wir tatsächlich in der Nähe des Tatorts gefunden. Es ist also denkbar, dass sie mit dem Täter verabredet war. Ihr Handy ist verschwunden. Sie trug es nicht bei sich, und ihr Mann kann es auch zu Hause nicht finden. Sonst ist nichts abhanden gekommen. Ihre Handtasche lag neben ihr am Tatort. Auch Geldbeutel und Schmuck wurden nicht angerührt.«

»Frau Böhm«, übernahm nun wieder Marcel, »hatte keine Kampfspuren, und es waren auch keine Spuren eines anderen Menschen zu finden. Fehlanzeige ebenso am Tatort. Dafür wurde die Rechtsmedizin im Körper des Opfers fündig. Ihr ist ein starkes Gift in den Unterleib injiziert worden, das zu einem schmerzhaften Tod geführt hat. Das ist wahrscheinlich auch der Grund, weshalb sie zusammengekrümmt aufgefunden wurde.« Er legte ein weiteres Foto vom Fundort auf den Tisch, und bei der verzerrten Miene auf Frau Böhms Gesicht drehte sich Hannes fast der Magen um. Schnell wandte er den Blick ab und drehte sich zu Isabell.

»Hat Maria den Todeszeitpunkt feststellen können?«

»Frau Böhm ist am vergangenen Freitag gestorben, und zwar ungefähr um fünfzehn Uhr. Gefunden wurde sie fünf Stunden später.«

»Zwischen ihrem Tod und dem von Alexander Kramer liegen also zwei Tage«, errechnete Hannes. »Gekreuzigt wurde er allerdings schon vorher. Vielleicht direkt im Anschluss an diesen Sportkurs, also in der Nacht von Montag auf Dienstag. Zwischen den beiden Verbrechen liegen somit grob vier Tage.«

»Mich interessiert am meisten, was die beiden Mordopfer miteinander verband«, brachte sich nun auch Federsen wieder barsch in Erinnerung. »Wir müssen schließlich davon ausgehen, dass es sich um denselben Täter oder zumindest Auftraggeber handelte.«

Bedächtig wiegte Lauer den Kopf. »Wir sollten uns vor einer übereilten Festlegung hüten!«

»Ach was!«, erwiderte der Kommissar genervt. »Frau Böhm war attraktiv, Herr Kramer hatte ein Händchen für Frauen, und zwischen dem Ehepaar Böhm stand es nicht zum Besten. Wir wissen bereits, dass sich Herr Kramer und Frau Böhm sehr gut verstanden haben. Außerdem haben beide in dieser komischen Sekte mitgewirkt, der Herr Böhm wiederum ablehnend gegenüberstand. Da liegt das Motiv doch auf der Hand!«

»Aber wieso dieser Aufwand?«, zweifelte Marcel. »Falls Kramer wirklich der Liebhaber seiner Frau gewesen sein sollte, weshalb hat sich Herr Böhm die Mühe gemacht, ihn ans Kreuz zu nageln? Andererseits haben wir tatsächlich eine Information, die für deine Theorie sprechen und zugleich einen Begründung für die ungewöhnliche Todesursache von Frau Böhm liefern könnte.« Auffordernd nickte er Isabell zu. Wie anders das Zusammenspiel der beiden im Vergleich zu Federsen und ihm war, dachte Hannes. Isabell ergriff das Wort.

»Maria hat herausgefunden, dass Frau Böhm kurz vor ihrem Tod eine Abtreibung hat vornehmen lassen. Das wurde vom Klinikum bestätigt. Es handelte sich dabei allerdings nicht um das Kind eines Liebhabers, sondern um das Baby ihres Mannes, das sie offenbar nicht zur Welt bringen wollte. Zumindest war das ihre Aussage gegenüber den Ärzten.«

Lauer hatte entschieden, dass die beiden Teams weiterhin getrennt ermitteln, sich zugleich aber eng abstimmen sollten. Die Zahl der Verdächtigen war bisher überschaubar: Herr Böhm als potenzieller Auftraggeber mit einem noch unbekannten Mörder, der Dealer Dennis und der Pornodarsteller Manuel Birkholz. Federsen und Hannes hatten den Auftrag, das Innenleben der religiösen Gemeinschaft zu untersuchen, in der beide Opfer Mitglied gewesen waren. Eine Kreuzigung und die mögliche Bestrafung für eine Abtreibung boten Anlass genug. Zudem waren nun auch Clarissa und Per, die bisher vergeblich nach dem Dealer gefahndet hatten, endgültig von ihren anderen Aufgaben abgezogen worden. Beide Teams konnten ab sofort auf diese Kollegen als Unterstützung zugreifen.

Hannes war von der Entwicklung erfreut. Zum einen konnten sie Unterstützung in der Tat gut gebrauchen, und zum anderen würde sich Federsens Frust von nun an auf mehrere Kollegen verteilen. Außerdem erinnerte er sich an Fritz' Rat, sich möglichst an Marcel zu halten. Das würde bei der eng abzustimmenden Ermittlungsarbeit nun deutlich unauffälliger möglich sein.

Im Moment war er seinem Chef allerdings allein ausgeliefert. Krachend verschaltete sich der Kommissar, und mit aufheulendem Motor bog der Passat in die Einfahrt des ›Reiterhof Böhm‹ ein. Zwei junge Mädchen hatten Mühe, ihre Haflinger unter Kontrolle zu halten, die nervös vor dem blau-silbernen Polizeiwagen zurückscheuten. Hannes versagte sich wohlweislich jeden Kommentar zu der fragwürdigen Fahrweise und stieg schnell aus dem Fahrzeug.

Der Hof befand sich in einem gepflegten Zustand. Er lag am Rande einer kleinen Siedlung, und neben dem typischen Pferdegeruch konnten die beiden Ermittler auch die salzige Luft des Meeres riechen, das nur wenige Hundert Meter entfernt blau und verlockend leuchtete. Die Phase der grauen Herbsttage legte gerade eine Pause ein, und erleichtert registrierte Hannes, dass er wieder etwas freier durch die verkrusteten Nasenlöcher einatmen konnte. Dafür bellte in diesem Moment Federsen einen derart heftigen Nieser heraus, dass die beiden Haflinger erneut erregt schnaubten. Hannes reichte seinem Chef mit unschuldiger Miene ein Taschentuch. Offenbar zeigten seine Virenattacken der letzten Tage erste Erfolge!

»Ich habe Sie gewarnt! Wenn sich das zu einer Erkältung auswächst, sind Sie fällig«, knurrte der Kommissar und schnäuzte sich heftig.

Zielstrebig stapfte er auf einen lang gezogenen Stall zu und zündete sich im Laufen eine Zigarette an. Unübersehbar waren zurzeit Herbstferien, denn auf dem Gelände des Reiterhofs wimmelte es von schulpflichtigen Kindern jeden Alters, wobei die Mädchen eindeutig in der Überzahl waren. Missmutig bahnte sich Federsen einen Weg durch Kinder- und Pferdekörper, wobei er seinen Bauch wie einen Schneepflug einsetzte.

»Wir suchen Herrn Böhm«, bellte er den erstbesten Erwachsenen an, doch der blickte ihn nur irritiert an.

»Ich hole gerade meine Tochter ab. Ich habe keine Ahnung, wo sich Herr Böhm befindet.«

»Drüben im Haupthaus«, mischte sich ein jüngerer Mann ein, der seiner Arbeitskleidung nach ein Angestellter des Reiterhofs war, und deutete auf ein großes Wohngebäude.

Hannes bedankte sich höflich, während Federsen bereits ohne weitere Erwiderung dem ausgestreckten Arm folgte und auf das Haus zusteuerte. Der Hof schien in den letzten Jahren erweitert worden zu sein, denn im Gegensatz zu den Stallungen musste das Hauptgebäude älteren Baujahrs sein. Dennoch war zu erkennen, dass seine Besitzer Wert auf Instandhaltung legten. Die Fensterrahmen des großen Klinkerbaus waren ebenso wie die Türen in glänzendem Weiß gehalten und das rote Satteldach schien erst vor Kurzem neu eingedeckt worden zu sein.

Die Haustür wurde geöffnet, bevor Federsen die Klingel drücken konnte. Ein groß gewachsener Mann musterte die beiden Ermittler durch dicke Brillengläser. Im Gegensatz zu den Angestellten auf dem Hof trug er mit einer hellen Stoffhose und einem dunkelgrauen Rollkragenpullover eine wenig arbeitstaugliche Kleidung.

»Kann ich helfen?« Ihm war anzusehen, dass er wenig Lust dazu verspürte.

»Federsen von der Kriminalpolizei«, erwiderte der Kommissar knapp und verzichtete auf die Vorstellung seines jungen Mitarbeiters. »Wir müssen uns mit Ihnen unterhalten.«

»Haben Sie die Untersuchungen jetzt übernommen? Ich habe Ihren Kollegen schon alles gesagt, was ich weiß. Kommen Sie, wir können uns hier auf die Terrasse setzen.«

Direkt neben der großen Eingangstür standen auf einem großzügigen Holzpodest mehrere bequeme Loungemöbel, von denen aus man das Treiben auf dem Hof gemütlich beobachten konnte. Zwar war die Stelle windgeschützt und wurde von der Herbstsonne angestrahlt, dennoch war Hannes für seine dicke Winterjacke dankbar. An diesem Tag war eher Federsen etwas falsch gekleidet, der sich, kaum war er in einem der Sessel versunken, auch tatsächlich eine dicke Wolldecke über die kurzen Beine legte.

»Wie viele Pferde haben Sie auf dem Hof?«, fragte Hannes neugierig.

»Zurzeit sechsundachtzig«, erwiderte Herr Böhm und blickte sichtlich irritiert in die merkwürdige Augenfarbenkonstellation des Polizisten. Dann drehte er sich Federsen zu. »Uns gehören vierzig Tiere, die übrigen sind in Mietboxen untergebracht und haben andere Besitzer. Ich kann Sie nachher gern über den Hof führen. Wir haben drei Stallungen, zwei Reitplätze, eine Reitwiese und dort drüben, das ist die Reithalle. Es gibt auch einen Longierzirkel und natürlich zahlreiche Weiden. Sechs Mitarbeiter kümmern sich um alles.«

Federsen waren die Gäule vollkommen gleichgültig, und das machte er auch sofort deutlich.

»Den Rundgang können wir uns sparen, ich habe eine Allergie gegen Pferdehaare. Um auf Ihre Frage von eben zurückzukommen: Mein Kollege und ich sind nicht wegen Ihrer Frau hier, diese Ermittlung wird weiterhin von den Ihnen bekannten Beamten geführt.«

»Ach so? Was wollen Sie dann?«

»Sie haben sicher vom sogenannten Jesusmord gehört?«, vermutete Hannes.

»Natürlich. Was für eine verrückte Geschichte! Ist ja gar nicht so weit von hier entfernt passiert. Aber wie soll ich Ihnen weiterhelfen können?«

»Ganz einfach, weil Sie diesen Mann am Kreuz gekannt haben«, erläuterte Federsen. »Ihre Frau ebenfalls. Es geht um Alexander Kramer, der auf Ihrem Hof ein Tier untergestellt hat.«

Die Augen des Witwers weiteten sich. »Der … an dem Holzkreuz war Alexander Kramer? Das wusste ich nicht!«

»Wie gut kannten Sie ihn?«, fuhr Federsen ungerührt mit der Befragung fort.

»Nicht gut. Sein Wallach steht seit etwa einem halben Jahr bei uns. Da ich mich nur um die Verwaltung kümmere, hatte ich wenig mit ihm zu tun. Er war zweimal mit den monatlichen Zahlungen im Rückstand, sodass ich ihm die Box schon kündigen wollte. Sylvia sprach dann mit ihm, und seitdem kamen die Zahlungen regelmäßig.«

»Das wird sich nun wohl wieder ändern«, entgegnete Federsen trocken. Sein Blick wurde lauernd. »Ihre Frau kannte ihn also besser?«

»Sie hatte automatisch mehr mit ihm zu tun als ich. Sylvia hatte die Leitung über die praktische Arbeit hier und damit auch den engsten Kontakt zu unseren Kunden.« Es war offensichtlich, dass sich Herr Böhm bei diesem Thema unwohl fühlte.

»Waren Ihre Frau und Herr Kramer nicht sogar beide in einer Sek…, ähm, in einer Art Religionsgemeinschaft aktiv?«, trieb ihn der Kommissar weiter in die Ecke.

»Das stimmt. Sie kannte ihn von dort. Mit Religion hat es allerdings wenig zu tun, was diese Gruppe so treibt. Angeblich leben sie zwar nach christlichen Werten, andererseits tolerieren sie aber jede noch so perverse Lebensform.«

»Wie zum Beispiel Pornodarsteller oder Homosexualität?«, hakte Hannes nach.

»Ganz genau!« Herr Böhm zeigte nun eine zunehmende Erregung. »Ich bin ein toleranter Mensch. Aber manche Dinge sind nun mal abartig und krankhaft! So zu tun, als wäre das alles mit christlichen Werten vereinbar, überstrapaziert die Toleranz dann doch! Zwar kannte ich außer Alexander Kramer von dieser Gruppierung niemanden persönlich, aber Sylvia hat mir genug über die Mitglieder erzählt, um mir ein Urteil bilden zu können.«

»Ja, die Moral geht vor die Hunde«, bestätigte Federsen, und vermutlich handelte es sich nicht bloß um Vernehmungstaktik. Man konnte vielmehr annehmen, dass der Kommissar in diesem Punkt die Ansichten Herrn Böhms vollkommen teilte. Zumindest erinnerte sich Hannes, diesen Wortlaut in den letzten Tagen des Öfteren aus dem Mund seines Chefs gehört zu haben. Meist ging es dabei um den gekreuzigten Pornodarsteller.

»Ihre Frau hat das anders gesehen?«, fragte er.

»Meine Frau war einfach nur naiv! Eine typische Weltverbesserin! Jeder habe das Recht zu tun, was er will, solange niemand anders geschädigt wird. Aber wo fängt das an? Einer wie Alexander Kramer zum Beispiel, mit diesen Schmuddelfilmen …« Er brach ab und schüttelte angewidert den Kopf.

»Dann hat es Ihnen sicher nicht gefallen, dass sich Ihre Frau so gut mit Herrn Kramer verstanden hat?«, meinte Federsen verständnisvoll.

»Natürlich hat es mir nicht gefallen. Ich war auch dagegen, dass sie in dieser pseudoreligiösen Gruppierung aktiv wurde. Aber wenn Sie meine Frau gekannt hätten, wüssten Sie auch über ihren Betonschädel Bescheid!«

»Ihre Frau und Herr Kramer standen sich ziemlich nah. Ist es aber richtig, dass die Beziehung zwischen Ihnen und Ihrer Frau in letzter Zeit etwas gelitten hat?«, fragte Hannes.

»Ich wüsste nicht, was Sie das angeht«, entgegnete Herr Böhm brüsk. »Aber mir ist schon klar, worauf Sie hinauswollen! Sie unterstellen, dass meine Frau mit diesem Pornodarsteller ein Verhältnis hatte und ich die beiden um die Ecke gebracht habe? Das ist absurd! Davon ganz abgesehen wissen Sie genau, dass ich in der Zeit, als meine Frau ermordet wurde, beim Steuerberater war. Ich weiß seit dem Tod von Sylvia nicht, wo mir der Kopf steht, und Sie tauchen hier auf und behaupten ...«

»Wir behaupten gar nichts«, fiel ihm Federsen ins Wort und warf Hannes einen warnenden Blick zu. »Mein junger Kollege hat sich etwas unglücklich ausgedrückt. Sie verstehen aber sicher, dass wir allen Möglichkeiten nachgehen müssen, und sei es auch nur, um einige dieser Möglichkeiten schnell wieder ausschließen zu können.«

»Für den Mord an Ihrer Frau haben Sie ein Alibi, für die Kreuzigung bisher jedoch nicht«, fuhr Hannes unbeeindruckt fort. »Außerdem müssen Sie ja nicht selbst tätig geworden sein. Es findet sich immer jemand für die Schmutzarbeit. Wir würden gerne wissen, wo Sie sich in der Nacht von Montag auf Dienstag in der vorletzten Woche aufgehalten haben.«

Nach den letzten Erkenntnissen war dieser Zeitraum für die Durchführung der Kreuzigung der wahrscheinlichste.

Erstmals seit mehreren Minuten schaute Herr Böhm den jungen Ermittler nun wieder direkt an. »Das kann ich Ihnen genau sagen. Wie immer in den letzten Wochen habe ich abends lange über unseren Finanzen gesessen und nach einem Ausweg aus unserer momentanen Schieflage gesucht. Gegen Mitternacht bin ich zu Bett gegangen.«

»Gibt es dafür Zeugen?«

»Ja. Meine Frau. Fragen Sie sie doch!« Er lachte bitter auf.

Hannes schwieg zunächst betroffen, holte dann aber zum nächsten Schlag aus. »Wie sich bei der Obduktion herausgestellt hat, wurde bei Ihrer Frau vor Kurzem eine Abtreibung vorgenommen. Soweit wir wissen, waren Sie damit nicht einverstanden. Da Ihre Frau jedoch erst in der zehnten Woche schwanger war, konnte sie frei entscheiden und hat den Schwangerschaftsabbruch gegen Ihren Willen durchführen lassen.«

»Natürlich war ich nicht damit einverstanden! Man kann doch ein Kind nicht einfach … entfernen lassen wie ein unnützes Geschwür! Aber deswegen lasse ich meine Frau nicht umbringen!« Herr Böhm holte tief Luft. »Auch wenn man es unserem Hof nicht ansieht, aber wie ich bereits angedeutet habe, gibt es zurzeit finanzielle Probleme. Die Um- und Ausbauten waren teurer als geplant und unsere Auslastung ist noch nicht so, wie sie sein müsste. Aus diesem Grund war meine Frau der Meinung, es wäre der falsche Zeitpunkt für ein Kind.«

»Ihre Frau war bereits neununddreißig Jahre alt«, meinte Federsen. »Viel Zeit wäre ihr für eine Schwangerschaft nicht geblieben.«

»Das habe ich ihr auch gesagt. Es bestand das Risiko, dass wir kinderlos blieben. Außerdem ist es eine schwere Sünde, ein ungeborenes Leben zu töten! Aber diese Freigeister vom ›Neuen Weg‹ haben sie darin bestärkt, dass es völlig in Ordnung sei, das Kind wegmachen zu lassen. Vorneweg natürlich Kramer, obwohl der hier bei unseren kleinen Gästen immer einen auf kinderlieb gemacht hat!«

»Ich weiß nicht«, brummte Federsen auf der Rückfahrt in die Stadt und ließ den Motor in beängstigender Drehzahlhöhe jammern. »Sicher, Herr Böhm war nicht besonders gut auf seine Frau und noch schlechter auf Kramer zu sprechen. Aber genau diese Haltung hätte er vor uns zu verbergen versucht, wenn er tatsächlich hinter den Morden stecken sollte. Er macht auch nicht den Eindruck, als wäre er in der Lage, einen Menschen umzubringen. Schon gar nicht auf so sadistische Art und Weise. Um jemanden ans Kreuz zu nageln oder jemanden zu beauftragen, der eigenen Frau Gift in den Unterkörper zu spritzen, braucht man schon eine ziemlich grausame Ader. Finanzielle Gründe können auch nicht dahinterstecken – seine Frau hatte keine Lebensversicherung.«

Hannes schwieg. Er hatte keinen so positiven Eindruck gewonnen. Auch wenn er vielleicht nur zu oft den esoterischen Ausführungen seiner Schwester hatte zuhören müssen, so glaubte er doch, dass die Augen eines Menschen viel über sein Innenleben preisgaben. Und Herrn Böhms Augen waren seiner Meinung nach kalt und berechnend. Bestätigt wurde diese Einschätzung von den sechs Angestellten des Reiterhofes. Wobei diese zum größten Teil »ja nicht besonders helle« waren, wie Federsen es ausgedrückt hatte.

Alle hatten in höchsten Tönen von Sylvia Böhm geschwärmt, die ordentlich mit angepackt habe und eine sehr warmherzige Person gewesen sei. Ihr Mann dagegen hätte sich nur selten im Pferdemist gezeigt und sich darauf beschränkt, alle zu größerer Anstrengung anzuspornen.

»Allerdings kennt er den Unterschied zwischen Motivation und überzogener Kritik nicht. Für alle ist offensichtlich, dass er von Pferdehaltung nicht die geringste Ahnung hat und ihm auch jedes Interesse daran fehlt«, hatte es Jonas Talmann auf den Punkt gebracht.

Vermutlich dürfte dessen Urteilsvermögen jedoch an Neutralität eingebüßt haben, da er mittlerweile das Kündigungsschreiben von Herrn Böhm erhalten hatte. Allerdings wies er empört zurück, dass auch Frau Böhm mit seiner Arbeit nicht zufrieden gewesen wäre.

»Wir lagen da völlig auf einer Wellenlänge«, hatte er mit Bestimmtheit mitgeteilt. »Im Gegensatz zu ihrem Mann verstand sie, dass man einen solchen Hof nicht ausschließlich nach wirtschaftlichen Kriterien führen kann. Natürlich muss sich alles rechnen, aber gewisse Grundprinzipien müssen bei der Zucht und Haltung von Pferden eingehalten werden. Tun Sie das nicht, haben Sie vielleicht kurzfristig gute Zahlen, langfristig geht aber alles den Bach runter. Wenn es ganz schlecht läuft, macht Ihnen am Ende die Tierschutzbehörde sogar den ganzen Laden dicht. Und das vollkommen zu Recht!«

Hannes hatte die geschilderten Beispiele, bei denen Jonas Talmann und Matthias Böhm aneinandergeraten waren, inhaltlich nicht bewerten können. Doch war klar, dass sich der Angestellte wiederholt dem Optimierungswahn seines Chefs zum vermeintlichen Wohl der Pferde widersetzt hatte. Talmann wirkte nach wie vor angeschlagen von den grausamen Todesfällen und konnte sich nicht vorstellen, wer dahinterstecken könnte. Zwar wusste auch er über die Schulden seines Freundes bei einem Dealer Bescheid, kannte aber keine genauen Hintergründe. Der ausgebildete Pferdewirt war Hannes auf Anhieb sympathisch gewesen, während Federsen eine andere Meinung hatte.

»Diesen Burschen sollten wir im Auge behalten«, verkündete er, als er mit einem kräftigen Hupen eine Herde jugendlicher Reiter von der Landstraße vertrieb. »Er kommt mir suspekt vor. Es ist offensichtlich, dass er auf seine Chefin stand, und unerwiderte Liebe kann starke Reaktionen hervorrufen! Noch dazu, wenn sein Kumpel Alexander tatsächlich bei dieser Frau landen konnte.«

Das kam Hannes derart weit hergeholt vor, dass er es vorzog, weiter zu schweigen. Schließlich war auch Federsen bekannt, dass Jonas Talmann für die vermeintliche Nacht der Kreuzigung über ein Alibi seiner Freundin verfügte. Auch für den Mord an Sylvia Böhm kam er als Täter nicht infrage. Wie die anderen Angestellten bestätigt hatten, war er an dem Tag von morgens bis abends auf dem Hof gewesen. Federsen schien diese Tatsache aber nicht weiter zu stören.

»Seine Freundin kann ihm zuliebe eine Falschaussage gemacht haben, und die anderen Angestellten wirken ziemlich unbedarft. Fraglich, wie viel das Alibi wert ist, das sie ihm gegeben haben. Na ja, wenigstens müssen wir wohl unter den restlichen Angestellten nicht weiter nach dem Mörder fahnden.«

Zumindest der letzten Aussage konnte Hannes zustimmen. Herr Talmann war der einzige ausgebildete Pferdewirt auf dem Hof. Die anderen Mitarbeiter kamen aus einer Behinderteneinrichtung, mit der Frau Böhm eine Kooperation eingegangen war. Nach Aussage von Herrn Talmann wäre ihr Mann erst dagegen gewesen, bis er realisiert habe, dass es sich bei den geistig Behinderten um günstige Arbeitskräfte handelte, die zudem wenige Forderungen stellten. Den Ermittlern war schnell klar gewesen, dass allein körperlich keiner von ihnen in der Lage gewesen wäre, den groß gewachsenen Alexander Kramer an das schwere Holzkreuz zu nageln und dieses dann auch noch aufzurichten. Ganz im Unterschied zu Jonas Talmann, der über Oberarme wie ein Holzfäller verfügte.

»Herr Böhm ist aber auch nicht gerade schwach auf der Brust«, entgegnete Hannes, als ihn der Kommissar an dieser Überlegung teilhaben ließ. »Bei dem Mord an seiner Frau waren dagegen keine besonderen körperlichen Kräfte nötig gewesen.«

»Nein, aber dafür chemische oder zumindest medizinische Kenntnisse. Und die dürften diese fünf Schwachköpfe wohl kaum haben. Bei Herrn Talmann sieht das anders aus. Dazu passt, was ich vorhin erfahren habe.«

»Ja?« Genervt lies Hannes das Fenster auf seiner Seite ein Stück nach unten gleiten, als Federsen sich zunächst eine Zigarette anzündete. Er paffte mehrfach hektisch, bis seine Stimmbänder wieder bereit waren, ihre Arbeit aufzunehmen.

»Bei dem Mittel, das zu Frau Böhms Tod führte, handelt es sich um ein verbreitetes Medikament, das bei Pferden für Wurmkuren eingesetzt wird. Es wird auch auf dem Hof der Böhms verwendet. Allerdings kennt sich Herr Böhm im Gegensatz zu Jonas Talmann nicht wirklich mit Pferden und allem, was mit den Viechern zu tun hat, aus. Es ist ein Nervengift, und in der extrem hohen Konzentration, die bei Frau Böhm festgestellt wurde, führt dieser Stoff unvermeidlich zum Tod. Zu einem ziemlich schmerzhaften Tod.«

Ganz auf den Kopf gefallen war Federsen also doch nicht, musste Hannes zugeben. »Es liegt ja auf der Hand, dass Sie im Moment nicht trainieren können«, meinte er und musterte Hannes kritisch. Dessen Erkältung hatte auf dem Reiterhof nur eine Verschnaufpause eingelegt, um nun mit voller Wucht zurückzukehren. Doch anstatt ihn nach Hause zu schicken, zog der Kommissar aus dem Zustand seines Kollegen eine andere Schlussfolgerung.

»Wir werden uns morgen Vormittag das Umfeld dieses religiösen oder antireligiösen – oder was auch immer – Vereins ansehen.«

»Sie meinen den ›Neuen Weg‹?«

»Genau. Finden Sie Hintergründe zu dem Laden heraus und organisieren Sie für morgen einen Termin mit der Vereinsführung, falls es dort so etwas gibt.«

›Morgen‹ war gleichzusetzen mit ›Samstag‹ und Hannes wunderte sich, dass sein Chef zu einer Wochenendschicht bereit war. Das hatte er bisher noch nicht erlebt, Lauer hatte den Druck offenbar weiter erhöht. Er verzog sich vor seinen Computer und konzentrierte sich auf die Suchergebnisse im Browser-Fenster. Gleich als ersten Treffer bekam er die offizielle Webseite des Vereins präsentiert und öffnete ein Word-Dokument, um eine Faktensammlung anzulegen.

Der ›Neue Weg‹ hatte in diesem Jahr sein zehnjähriges Bestehen gefeiert, wie eine ausladende Bildergalerie der Festlichkeiten zeigte. Als Versammlungsort war eine Adresse in einem bürgerlichen Stadtviertel angegeben, wohin Interessenten an jedem Freitagabend herzlich eingeladen waren. Offenbar hatte der Verein einen IT-kundigen Fachmann in seinen Reihen, denn die Webseite war modern und übersichtlich.

Man legte sichtlich Wert auf größtmögliche Transparenz, denn unter ›Unsere Finanzen‹ waren die Einnahmen und Ausgaben genau aufgeschlüsselt. Im vergangenen Jahr hatte der Verein rund achtzigtausend Euro erlöst, insbesondere durch Spenden und Veranstaltungen. Mitgliedsbeiträge machten nur einen geringen Teil aus. Fast die gesamten Erlöse wurden für verschiedene Aktivitäten, die Verwaltung und Mietzahlungen eingesetzt. Der Rest war den Rücklagen zugeführt worden, die dadurch auf knapp zweihunderttausend Euro angewachsen waren. Die Ersparnisse sollten den Grundstock für den Erwerb eines eigenen Gebäudes bilden, wie ein Informationstext verkündete.

Steuerlich war der ›Neue Weg‹ als gemeinnützig anerkannt. Der Vereinszweck wurde etwas schwammig mit der

›Förderung des bürgerschaftlichen Engagements zugunsten gemeinnütziger und mildtätiger Zwecke‹ beschrieben. Im nächsten Textabschnitt wurden die wichtigsten Vereinsziele etwas konkreter aufgeführt. Rasch überflog Hannes die zehn genannten Punkte. Es ging um die Unterstützung verfolgter Menschen, Gleichberechtigung, religiöse Toleranz, Eingliederung Behinderter, Förderung von Kindern und nicht zuletzt um die Schaffung einer lebendigen Umgebung des Vereins.

Die Mitglieder hatten sich somit einiges vorgenommen, und Hannes fragte sich, wie die praktische Umsetzung wohl aussehen mochte. Überrascht stellte er fest, dass bislang kein religiöser Bezug hergestellt wurde. Dies änderte sich erst, als er ›Unsere Grundlagen‹ anklickte. Als Fundament seines Handelns bezog sich der ›Neue Weg‹ auf die Zehn Gebote der Bibel, da diese die Grundlage eines moralischen Handelns bilden würden. Beim Durchlesen erkannte Hannes, dass ihm nur wenige der Zehn Gebote präsent waren, zumindest hätte er sie aus dem Gedächtnis nicht aufsagen können.

Der Verein lieferte auch eine Begründung für den ausschließlichen Bezug darauf: ›Abstrakt betrachtet beinhalten die Zehn Gebote alle wesentlichen Elemente eines moralischen Handelns. Die Kernbotschaften sind Liebe und Toleranz. Jeder soll so leben dürfen, wie er will, solange er niemand anderen in seiner Freiheit einschränkt. Aus diesem Grund lehnen wir religiöse Riten und Dogmen, institutionalisierte Religionsformen und fundamentale Auslegungen strikt ab. Viel zu oft waren sie der Auslöser für Krieg und Verfolgung. Allen, die moralische Grundsätze höher einordnen als blinden religiösen Gehorsam, wollen wir eine Gemeinschaft mit echter Nächstenliebe bieten.‹

»Ganz schön hochtrabend«, murmelte Hannes. »Die Frage ist nur, wie ernst es euch damit ist.«

Zumindest bewegte er sich offensichtlich nicht auf der Webseite einer fundamental-religiösen Organisation. Sofern die Aussagen der Realität entsprachen, dürfte der Täter dort nicht zu finden sein. Hannes vermutete jedoch, dass die herauslesbare Abneigung gegen die etablierten Weltreligionen dem ›Neuen Weg‹ sicher nicht nur Freunde verschaffte. Kurz surfte er noch durch den Bereich ›Unsere Aktivitäten‹, wo Berichte über Spielnachmittage für Flüchtlingskinder, Theatervorführungen und Weihnachtsbasare zu finden waren.

Auch abseits der Vereinswebseite suchte er nach Berichten zu der Gruppierung. Außer ein paar Zeitungsberichten über die ihm bereits bekannten Aktivitäten fand er jedoch keine verwertbaren Informationen. Auch tauchten keine Kommentare für oder gegen den Verein auf, offenbar hielt sich die Bekanntheit doch stark in Grenzen. Facebook war der Verein ebenso unbekannt wie anderen sozialen Netzwerken, sodass Hannes sich die Kontaktdaten des auf der Vereinswebseite angegebenen Ansprechpartners abschrieb.

Anschließend musste er ein dringendes Problem lösen. Seine Nase lief inzwischen wieder wie ein tropfender Wasserhahn, und der Vorrat an Taschentüchern war soeben versiegt. Hoffnungsvoll lief er ins Erdgeschoss des Präsidiums und steuerte die Kantine an. Dort regierte Frau Öztürk. Neben der täglichen – mal besseren, mal schlechteren – Verpflegung der hungrigen Polizisten betrieb sie auch eine Art Minikiosk. Falls jemand nicht dazu gekommen war, sich im Supermarkt mit dem Überlebenswichtigsten einzudecken, war sie bestens gerüstet.

»Ah, unser Kanupolizist!« Sie strahlte, als Hannes die schwere Glastür aufschob. Doch ihr Lächeln erstarb und machte einer besorgten Miene Platz. »Wie siehst du denn aus? Hat dich dein Chef wieder schlecht behandelt? Ein unfreundlicher Mann mit schlechten Manieren ist das! Wenn er das nächste Mal zum Essen kommt, spucke ich ihm auf den Teller!«

Natürlich hätte sich Frau Öztürk lieber den Arm abgebissen, als tatsächlich auf einen Teller zu spucken. Sie war dafür bekannt, den allergrößten Wert auf Sauberkeit und Hygiene zu legen. Genauso bekannt war allerdings auch ihre Antipathie für Henning Federsen, der sich wahrscheinlich damit rühmen konnte, der einzige Mensch in diesem Gebäude zu sein, den Frau Öztürk nicht mit einem Lächeln begrüßte. Doch für Hannes hatte die Kantinenchefin eine besondere Schwäche, nicht zuletzt, da sie felsenfest davon überzeugt war, dass seine verschiedenfarbigen Augen das Zeichen für einen ganz besonderen Menschen waren.

»Nein, Frau Öztürk«, beantwortete Hannes ihre Frage. »Oder auch ja. Aber ich sehe nicht wegen meinem Chef so miserabel aus, sondern weil ich erkältet bin. Haben Sie vielleicht eine Monatspackung Taschentücher?«

»Natürlich!« Frau Öztürk eilte sofort in die kleine Rumpelkammer, den polizeiinternen Supermarkt. Bisher war es Hannes nie gelungen, sie in die Verlegenheit zu bringen, etwas in diesem Raum nicht auftreiben zu können. Sogar eine Mausefalle hatte sie ihm einmal ausgehändigt. Auch jetzt wurde sie wieder fündig und präsentierte eine Packung, die Hannes über die nächsten Tage bringen sollte.

»So wie du aussiehst, reichen Taschentücher aber nicht. Ich hab ein gutes Hausrezept aus der Türkei: Osmanischer Sultantee. Setz dich da hinten hin, ich mach dir eine Tasse!«

Hannes war klar, das war kein Angebot, sondern eine Aufforderung. Gehorsam nahm er an einem der schmucklosen Kantinentische Platz. Zwar war er skeptisch, denn Frau Öztürk hatte ihm einmal ein Gebräu gegen Magenbeschwerden vorgesetzt, das einen mehr als durchschlagenden Erfolg gezeigt hatte. Dementsprechend misstrauisch beäugte er die dampfende Tasse, mit der sie kurz darauf aus der Küche kam. Vorsichtig schnüffelte er an dem Tee und zog schnell den Kopf zurück, denn sofort schossen ihm Tränen in die Augen.

»Was ist da drin?«, rief er erschrocken und bemerkte, dass seine Stimme fast völlig klar war. Was auch immer in den heißen Dämpfen steckte, es hatte die Nase auf einen Schlag freigepustet.

»Siehst du«, amüsierte sich Frau Öztürk und setzte sich ihm gegenüber, »es hilft schon, wenn du nur daran riechst. Das Rezept ist geheim, aber hier hast du eine kleine Tüte davon. Zwei Teelöffel, heißes Wasser, und die Tasse ist fertig. Das machst du heute noch dreimal, und morgen wird es dir viel besser gehen!«

»Hmm.« Zweifelnd führte Hannes die Tasse unter ihrem unnachgiebigen Blick zum Mund. Vorsichtig nahm er einen kleinen Schluck des Gemischs, für das Frau Öztürk eine Bezahlung entrüstet ablehnte. Es schmeckte leicht nach Zitrone, dabei so scharf, dass der Weg der Flüssigkeit vom Mund bis zum Magen nachverfolgbar war. »Gar nicht schlecht«, log er und nahm einen weiteren Schluck. »Wissen Sie was, Frau Öztürk: Ich glaube, es ist mir in den letzten Tagen gelungen, dem alten Federsen ein paar meiner Viren unterzujubeln. Heute waren schon erste Anzeichen bei ihm sichtbar. Wenn dieser Sultantee hier wirklich hilft, geben Sie ihm bitte bloß nichts davon ab!«

KAPITEL 8

Selbst wenn Frau Öztürk am nächsten Morgen für Henning Federsen einen gesundheitsfördernden Sultantee hätte aufbrühen wollen, wovon sie weit entfernt war, so wäre das nicht möglich gewesen. Als Hannes das Präsidium betrat, wurde ihm mitgeteilt, der Kommissar habe sich an diesem Samstagvormittag krank gemeldet.

»War ja klar«, fluchte er, bevor ihm klar wurde, dass es sich eigentlich um eine positive Mitteilung handelte. Ihm selbst ging es bedeutend besser. Am vorigen Abend hatte er drei Tassen des osmanischen Getränks hinuntergestürzt und anschließend die Nacht ganz durchgeschlafen. Entsprechend dankbar bestätigte er Frau Öztürk, ihr Gebräu müsse tatsächlich über Wunderkräfte verfügen. Anschließend verließ er das Präsidium, um den Termin beim ›Neuen Weg‹ allein wahrzunehmen.

Der Himmel war an diesem letzten Oktobertag zugezogen, und das fahle Licht gab einen tristen Vorgeschmack auf die kommenden Wintermonate. Dennoch war die Stadt am letzten Wochenende der Herbstferien noch einmal gut mit Touristen gefüllt. Ungeduldig trommelte Hannes auf das Lenkrad und wartete, dass sich die Autoschlange wieder in

Bewegung setzte. Er überquerte die Bahngleise in der Nähe des Hauptbahnhofs und bog kurz darauf in ein Wohngebiet ab.

Den Wagen ließ er an einem Supermarkt stehen, um keine Zeit mit der Parkplatzsuche zu vergeuden. Er war zehn Minuten zu spät, doch die Adresse lag in unmittelbarer Nähe. Er hastete die Straße entlang und steuerte auf ein schlichtes Gebäude zu. Es hätte sich auch um ein Wohnhaus handeln können, lediglich das große Metallkreuz an der Außenfassade zeigte, dass es einem anderen Zweck diente.

Probehalber zog Hannes an der gläsernen Eingangstür, die auch sofort aufschwang. Offenbar wurde er bereits erwartet. Er betrat einen kleinen Vorraum, in dem ein älterer Herr gerade einen Prospektständer auffüllte.

»Guten Tag«, sagte Hannes. »Sind Sie Herr Lück? Wir waren für zehn Uhr verabredet. Leider habe ich mich etwas verspätet.«

Langsam drehte sich der grauhaarige Mann um und zuckte zusammen, als sein Blick die Augen des Ermittlers traf. Er trug ein gebügeltes Hemd unter seiner gestreiften Krawatte. Als Hannes näher trat, nahm er einen leicht herben Geruch wahr.

»Um was geht es?« Der gesetzte Herr klang reserviert. »Ich bin hier der Priester. Einen Herrn Lück gibt es bei uns nicht.«

Hannes stutzte. Ein Priester passte nicht zu dem, was er im Internet über die Gemeinschaft des ›Neuen Wegs‹ gelesen hatte. War auf der Webseite eine falsche Adresse angegeben?

»Ich suche Herrn Lück von dem Verein ›Neuer Weg‹«, erklärte er, und sofort verfinsterte sich das Gesicht des Mannes.

»Da sind Sie hier völlig falsch! Mit denen haben wir nichts zu tun – und wollen wir auch nichts zu tun haben.

Diese Leute finden Sie genau gegenüber. Sie sollten sich aber gut überlegen, ob Sie ausgerechnet dort Ihr Seelenheil suchen! Der einzig wahre Glaube …«

»Ich bin überhaupt nicht auf der Suche nach meinem Seelenheil«, unterbrach ihn Hannes sofort, da er wenig Lust auf eine private Predigt verspürte. »Ich bin aus beruflichen Gründen hier. Tut mir leid, dass ich mich in der Adresse vertan habe. Schönen Tag noch!«

Schnell verließ er das Gebäude und warf einen Blick auf die andere Straßenseite. Es war kaum verwunderlich, dass er zunächst das falsche Haus betreten hatte, denn der ›Neue Weg‹ residierte in einem ehemaligen kleinen Café. Vor dem zweigeschossigen Gebäude standen auf einem schmalen Kiesplatz noch drei verwitterte Tische und mehrere Klappstühle, die dem herannahenden Winter trotzten. An der Fassade gab es keinerlei Schriftzug oder einen anderen Hinweis auf eine Gemeinschaft mit einem gewissen religiösen Bezug. Auch die große Glasfront der früheren Schaufenster war lediglich neutral und herbstlich dekoriert.

Als Hannes die Stufen zur Eingangstür hinaufstieg, entdeckte er daneben eine hüfthohe und blank polierte Steinskulptur in Form einer einladend ausgestreckten Hand. Er erinnerte sich, diese Hand bereits auf der Webseite des Vereins gesehen zu haben. Es stellte das Vereinssymbol dar, und am Sockel erkannte er das Steinmetzzeichen von Antje Kramer. Darüber war der Name des Vereins sorgfältig und in dicken Buchstaben eingemeißelt worden.

»Schön, nicht wahr?«, erklang in diesem Moment eine hohe Stimme.

Unbemerkt von Hannes hatte sich die Tür geöffnet. Als er sich aufrichtete, blickte er in zwei braune Augen, die von Lachfalten eingebettet waren. Vor ihm stand, in einen dunklen Anzug gekleidet, ein etwa vierzigjähriger Mann mit blondem Pferdeschwanz. Er lächelte freundlich und begrüßte den Polizisten mit einem feuchten Handschlag.

»Wir hatten gestern miteinander telefoniert. Benjamin Lück. Sie sind Herr Niehaus?«

»Korrekt«, bestätigte Hannes. »Entschuldigen Sie die Verspätung, aber auf den Straßen war einiges los. Außerdem habe ich mich erst im Gebäude vertan.« Mit dem Daumen zeigte er auf die andere Straßenseite. Herrn Lücks Lachfalten vertieften sich.

»Da sind Sie aber auf der völlig falschen Seite gelandet. Schon das Kreuz an der Außenfassade hätte Sie misstrauisch werden lassen müssen. Da drüben hat eine Freikirche ihren Sitz. Die sogenannte Schöpferkirche legt die Bibel nahezu wörtlich aus, und Sie können davon ausgehen, dass man dort nicht gerade begeistert über unsere Nachbarschaft ist.«

»Beruht das auf Gegenseitigkeit?«, erkundigte sich Hannes. »Ich habe mich etwas auf Ihrer Webseite informiert. Eine strenge Freikirche dürfte für einiges stehen, was Sie ablehnen.«

»Im Grunde haben Sie recht, aber eigentlich ist uns das völlig egal!« Der Mann zuckte mit den Schultern. »Leben und leben lassen. Wir haben unsere Meinung, und dort drüben gibt es eben eine andere. Eigentlich haben wir keine ernsthaften Probleme miteinander. Zumindest ist das so, seit sich unsere Treffen nicht mehr mit den Gottesdiensten der Schöpferkirche überschneiden. Früher fand unsere große Versammlung sonntags statt, inzwischen haben wir sie auf freitagabends verlegt. Seitdem laufen wir uns kaum noch über den Weg.«

Er folgte Hannes in das Gebäudeinnere und gab ihm eine Hausführung, die allerdings schnell beendet war. Der Verein hatte das Gebäude vor mehreren Jahren gemietet, nachdem eine alteingesessene Konditorei das Geschäft eingestellt hatte. In Eigenleistung war das Haus von den Mitgliedern so renoviert und umgebaut worden, dass sie auf gut einhundertfünfzig Quadratmetern über beengte, aber zweckmäßige Bedingungen verfügten. Die Einrichtungsgegenstände waren größtenteils etwas abgenutzt, der Verein schien wenig Wert auf ein repräsentatives Erscheinungsbild zu legen.

Der größte Raum im Erdgeschoss fungierte als Versammlungsort mit bequemen Sofagruppen und einem langen Tisch. Daneben waren mehrere Stühle übereinandergestapelt, und im hinteren Bereich befand sich eine offene Küche. Ein Durchgang führte in einen schmalen Flur, von dem eine Toilette und ein Abstellraum abgingen. In diesem Lager herrschte heilloses Durcheinander. Musikinstrumente lagen neben Theaterrequisiten und Kostümen, während in einer anderen Ecke diverse Spielgeräte für Kinder aufgestapelt waren.

»Wir haben verschiedene Projektgruppen, zum Beispiel einen Chor und eine Theatergruppe«, erklärte Herr Lück. »Daneben führen wir aber noch viele weitere Aktivitäten durch, und jeder kann sich so einbringen, wie er Zeit und Interesse hat.«

Er steuerte auf eine etwas wacklige Wendeltreppe zu, die in das ausgebaute Satteldach führte. Die Stufen knarzten bedenklich, als Hannes ihm in das Obergeschoss folgte und dabei weitere Erklärungen zu der Organisation erhielt.

»Zweimal in der Woche gibt es einen Vereinsabend, zu dem jedes Mitglied kommen kann. Montags ist das ein offenes Treffen ohne festes Programm, während wir am Freitag seit etwa einem Jahr eine Art alternativen Gottesdienst durchführen. Einigen Mitgliedern hat ein, na sagen wir mal, spiritueller Rahmen gefehlt, wie sie ihn aus der Kirche kannten. Uns geht es aber insbesondere um eine Stärkung des Gemeinschaftsgefühls.«

»Also eine Art atheistischer Gottesdienst?«, fragte Hannes. Er erinnerte sich an einen Zeitungsbericht, wonach solche Veranstaltungen in England bereits regen Zulauf hatten.

»Als Atheisten würde ich uns nicht bezeichnen, eher als gemäßigt Gläubige. Einige von uns fühlen sich ihrer Religion weiter verbunden und lehnen nur die Institution Kirche ab. Bei anderen steht wiederum der Glaube nicht im Vordergrund, sondern die Suche nach moralischen Werten. Daher ist auch unsere Versammlung eine Mischung aus Religion, Philosophie und allem, was uns bewegt. Wir sind sowohl religiös als auch nicht religiös. Das klingt vielleicht unvereinbar, ist es aber nicht.«

»Die Grundregeln Ihres Vereins stellen aber die Zehn Gebote dar. Das habe ich zumindest Ihrer Webseite entnommen. Das klingt für mich doch stark nach Religion.«

»Jede Gemeinschaft muss sich auf Werte verständigen, die von allen akzeptiert werden können. Wir verstehen die Zehn Gebote abstrakt als allgemeine moralische Grundwerte. Wahrscheinlich könnte man die Aussagen genauso gut aus dem Humanismus ableiten. Da die Gründer des ›Neuen Wegs‹ alle frühere Kirchenmitglieder waren, lag es damals aber nahe, einen bekannten und dennoch für alle akzeptablen Bezug zu verwenden.«

Flüchtig sah sich Hannes im Dachgeschoss um. Aufgrund der niedrigen und schräg abfallenden Decke konnte er in dem ausgebauten Dachstuhl, der die Verwaltung des Vereins beherbergte, nur gebückt stehen. An den Längsseiten standen niedrige Aktenschränke und offene Regale, während sich vor dem eingelassenen Rundfenster ein breiter Schreibtisch mit Computer und Telefon befand.

»Wie viele Mitglieder hat Ihr Verein?« Hannes bewegte sich demonstrativ zur Treppe zurück.

»Zurzeit dreiundvierzig«, teilte Herr Lück mit, und Hannes stöhnte innerlich auf. Eine Befragung sämtlicher Mitglieder würde somit eine geraume Zeit in Anspruch nehmen. Zeit, die sie eigentlich nicht hatten. Also war es gut, dass das

Ermittlerteam inzwischen um Isabell und Marcel sowie Clarissa und Per erweitert worden war.

»Ich habe Ihnen die gewünschte Liste mit allen Adressen zusammengestellt«, fuhr Herr Lück fort. »Natürlich sind nicht alle Mitglieder im gleichen Umfang aktiv. Der harte Kern besteht aus ungefähr zwanzig Leuten.«

»Wie lange sind Sie bereits dabei?«, erkundigte sich Hannes, als er am Fuß der Treppe angekommen war und seinen Rücken wieder durchstrecken konnte.

»Ich war vor zehn Jahren Gründungsmitglied und sitze seitdem auch in dem fünfköpfigen Vorstand. Seit mehreren Jahren bin ich für die Öffentlichkeitsarbeit zuständig. Allerdings hält sich mein Aufwand in Grenzen, da wir nach außen nicht besonders offensiv auftreten. Religion ist ein heikles Thema, da treten Sie schnell jemandem auf die Füße. Solange wir noch kein neues Vereinsgebäude haben, ist unser Platz ohnehin sehr begrenzt. Ein großer Mitgliederzuwachs würde uns schnell vor räumliche Probleme stellen.«

»Wie intensiv haben sich Sylvia Böhm und Alexander Kramer eingebracht?«

»Sylvia war sehr aktiv, während sich Alexander nur sporadisch blicken ließ.« Das Lächeln war nun aus Herrn Lücks Gesicht verschwunden. »Das, was den beiden passiert ist, war ein großer Schock für uns! Sie waren sehr beliebt, offen und freundlich. Aber die Besten trifft es oft am härtesten. Wir haben gestern in unserer Versammlung lange darüber gesprochen.«

Hannes konnte sich gut vorstellen, dass es einigen Gesprächsbedarf gegeben hatte, und er ärgerte sich, den Verein nicht schon am Vorabend mit seinen Kollegen aufgesucht zu haben. Wahrscheinlich hätten sie die Hälfte der Mitglieder auf einen Schlag befragen und zugleich einen realistischen Eindruck vom ›Neuen Weg‹ bekommen können.

»In welcher Form waren die beiden aktiv?«, fragte er den Mann, der mit betroffenem Gesicht vor sich hin starrte.

»Sylvia gab Asylbewerbern einmal in der Woche Deutschunterricht und half ihnen bei Papierkram und Behördengängen. Sie hat sich auch sehr für Kinder begeistert, das hatte sie mit Alexander gemeinsam. Die beiden organisierten Spielnachmittage für Kinder von Flüchtlingen und aus einem Behindertenwohnheim. An diesen Tagen war hier immer richtig Leben in der Bude!«

Hannes wunderte sich. Frau Böhm hatte also viel Zeit geopfert, um fremden Kindern ein paar glückliche Stunden zu ermöglichen, sich zugleich aber für die Abtreibung ihres eigenen Kindes entschieden. Nach den Aussagen der Ärzte wäre es ein gesundes Baby geworden, ein Schwangerschaftsabbruch aufgrund einer Behinderung lag nicht vor. Kurz überlegte er, ob er diesen Aspekt ansprechen sollte, entschied sich aber dagegen. Schließlich handelte es sich um eine intime Information. Herr Lück sagte, er habe zu beiden Opfern ein gutes und vertrauensvolles Verhältnis gehabt – und keine Vorstellung, wer hinter den Taten stecken könnte. Keines der Mordopfer habe sich bedroht gefühlt, denn das hätte er sicher mitbekommen.

»Wie wurde Herr Kramer eigentlich in Ihrer Gemeinschaft aufgenommen?«, erkundigte sich Hannes. »War denn bekannt, wie er sein Geld verdiente?«

»Sie meinen, dass er in Pornos mitspielte?« Herr Lück blickte den Ermittler offen an. »Darüber wusste jeder Bescheid! Das Ziel unseres Vereins ist ja gerade, dass sich niemand verstellen oder rechtfertigen muss. Ich selbst bin schwul und mache auch kein Geheimnis daraus. Warum auch? Gott hat bestimmt nichts dagegen! Und wenn ich hier nicht offen dazu stehen kann, wo dann?«

»Hmm«, erwiderte Hannes. Schließlich war ein nach außen geäußertes Verständnis nicht unbedingt mit tatsächlicher Toleranz gleichzusetzen. Andererseits war die Kernaussage des ›Neuen Wegs‹, dass hier jeder willkommen war. Warum sollte also jemand Mitglied werden, wenn er sich an einem Pornodarsteller oder schwulen Öffentlichkeitsbeauftragten störte?

»Seit wann waren Frau Böhm und Herr Kramer Mitglied?«

»Einen Moment«, Herr Lück fuhr mit dem Zeigefinder über die ausgedruckte Mitgliederliste, »Sylvia ist vor zwei Jahren eingetreten, Alexander erst im vergangenen Mai.«

Hannes nickte langsam. Damit war Kramer ungefähr zu dem Zeitpunkt eingetreten, als er den ersten Pornofilm gedreht hatte. Sein zweiter Film hatte in einem kirchlichen Umfeld gespielt und dürfte gut geeignet sein, religiöse Gefühle zu verletzen. War vielleicht damals das Bedürfnis nach einer Gemeinschaft in ihm erwacht, in der er sich für seinen Pornodreh nicht verurteilt fühlte? Einer Gemeinschaft, in der er zugleich eine Art Absolution erfuhr? Nachdenklich blickte er auf die Uhr und zuckte zusammen.

»Ich bin in fünfzehn Minuten mit Herrn Beck verabredet. Ich habe ihn gestern Abend noch angerufen haben, nachdem Sie mir das empfohlen haben.«

Herr Lück nickte. »Er sitzt mit seiner Frau ebenfalls in unserem Vorstand. Wollten Sie uns mit einer Kirche vergleichen, ist er so etwas wie unser Seelsorger. Früher war Thomas tatsächlich Priester, bevor er aus der Kirche ausgetreten ist. Seitdem bietet er freiberuflich psychotherapeutische Hilfe, und auch viele unserer Mitglieder vertrauen sich ihm an. Er dürfte Ihnen am meisten über Sylvia und Alexander erzählen können. So etwas wie ein Beichtgeheimnis gibt es bei uns ja nicht.«

Hannes beendete seinen Besuch mit der wichtigsten Frage. Auch wenn er Herrn Lück für höchst unschuldig hielt, erkundigte er sich nach seinen Aufenthaltsorten während der beiden Morde. Tatsächlich verfügte der Mann in beiden Fällen über überprüfbare Alibis. Er arbeitete als Schauspieler am Theater und habe an dem Abend, als Alexander Kramer verschwunden war, auf der Bühne gestanden. Nach der Aufführung hätte das Ensemble noch bis weit nach Mitternacht zusammengesessen. Zum Todeszeitpunkt von Frau Böhm habe er sich ebenfalls am Theater befunden und ein neues Stück eingeübt. Die Angaben waren leicht zu kontrollieren, und Hannes fand, dass dies eine perfekte Aufgabe für Clarissa und Per war.

Als er sich wenig später Thomas Becks Wohnhaus näherte, kniete dieser gerade vor einem halbhohen Lattenzaun und trug mit konzentrierten Bewegungen weiße Farbe auf das Holz auf. Im dahinterliegenden Garten hängte eine Frau Wäsche auf eine zwischen zwei Apfelbäumen gespannte Leine. Das Grundstück lag in der beschaulichen Straße eines wohlhabenden Stadtviertels, und wenn es auch nicht ganz mit den umliegenden Villen mithalten konnte, so wirkte es doch einladend und gemütlich.

Es handelte sich um ein typisches Klinkerhäuschen, das über einen großzügigen Erker zum Garten und eine geräumige Terrasse verfügte. Die durch den Vorgarten führenden Betonplatten waren teilweise von Moos überzogen, und an der vorderen Hausseite wucherte der Efeu fast über den Dachrand. Im Gesicht von Thomas Beck wucherte dagegen ein brauner Vollbart, und als er sich aus seiner knienden Position erhob, erreichte der Mittvierziger fast Hannes' Größe.

Dieser hatte keine Schwierigkeiten, sich den Mann auf der Kanzel einer prachtvoll gestalteten Kirche vorzustellen, auch wenn er sich sehr stark von dem grimmigen Pfarrer unterschied, bei dem Hannes früher seinen Konfirmationsunterricht hatte absitzen müssen. Herr Beck hatte einen gütigen Ausdruck in seinen braunen Augen und trug die halblangen und ebenfalls braunen Haare mit einem schiefen Seitenscheitel. Er besaß die kräftige Statur eines Naturburschen und bewies beim Händedruck, dass er tatsächlich zupacken konnte.

»Oh, entschuldigen Sie, das hätte ich vielleicht besser nicht tun sollen!« Er hatte eine ausdrucksstarke, aber dennoch bedächtige Stimme und blickte schuldbewusst auf die Hand des Polizisten, die nun ebenfalls Zaunfarbe abbekommen hatte. »Wir haben das Haus erst vor Kurzem gekauft, und wie Sie sehen, ist hier noch einiges zu tun. Im Moment ist gerade der Zaun dran.«

Er führte Hannes durch eine schiefe Gartentür, neben der ein bronzefarbenes Schild darauf hinwies, dass eine psychologische Beratung nach Terminvereinbarung möglich war. Mit großen, ausgreifenden Schritten durchquerte der Mann den Garten und stellte seine Frau vor, die soeben den letzten Strumpf über die Wäscheleine geworfen hatte.

Es gab wenige Menschen, die Hannes sofort sympathisch waren. So jemand war Frau Beck. Sie wirkte etwas jünger als ihr Mann, was auch an dessen intensiver Gesichtsbehaarung liegen konnte. Um zu den beiden Männern aufzuschauen, musste sie den Kopf leicht in den Nacken legen. Sie war etwas rundlich und hatte die rotblond gelockten Haare mit einem kurzen Pferdeschwanz gebändigt. Obwohl Hannes anhand ihrer Augen ahnte, dass sie bereits Tragödien in ihrem Leben hatte durchstehen müssen, strahlte sie Wärme und Herzlichkeit aus. Er rechnete es dem Paar hoch an, dass sie nicht auf die außergewöhnliche Farbgebung seiner Augen reagierten. Das kam selten vor.

»Wie schade, dass Sie an einem so schönen Samstag Ihre Zeit mit Mordermittlungen verbringen müssen«, bemerkte Frau Beck mit einer leisen Stimme.

Tatsächlich hatte sich inzwischen die Sonne wieder durch die Wolken gekämpft und tauchte den wilden Garten in ein friedliches Licht. Dennoch blieb es empfindlich kühl, sodass von der nassen Wäsche kleine Dampfwolken aufstiegen. In der Luft lag der markante Geruch des inzwischen voll ausgebrochenen Herbstes.

»Ich muss ständig an Sylvia und Alex denken.« Die kleine Frau wischte sich verlegen über die Augen. »Sylvia war eine so hilfsbereite Frau, und Alex … ja, Alex war sowieso ein ganz besonderer Mensch.«

Sie biss sich auf die Unterlippe, und Herr Beck strich seiner Frau tröstend über den Arm.

»Wir verschwinden jetzt erst mal im Bad.« Er deutete auf die weiß gefleckte Hand des Polizisten. »Ich habe unseren Besucher nämlich mit Zaunfarbe beschmiert.«

»Lass die Eimer stehen, dann streiche ich weiter, während ihr euch unterhaltet«, erwiderte seine Frau und zwang sich zu einem Lächeln. »Ich muss mich etwas beschäftigen, sonst grüble ich nur, wer Sylvia und Alex so was Schreckliches angetan haben kann.«

Nachdem sich Hannes und Herr Beck in einem auf Hochglanz polierten Badezimmer die Hände gereinigt hatten, wurde der Ermittler ins Wohnzimmer geführt. Hier herrschte eine deutlich größere Unordnung, die allerdings eine gemütliche Atmosphäre schuf.

»Möchten Sie etwas trinken?«, fragte Herr Beck, nachdem Hannes von einem weichen Ledersessel fast verschluckt worden war. Doch der lehnte dankend ab und berichtete kurz von seinem Gespräch mit Benjamin Lück, da er auf eine erneute Schilderung der religiösen und zugleich nicht religiösen Vereinsziele gern verzichten wollte.

Herr Beck lächelte. »Benny hat den ›Neuen Weg‹ mit aufgebaut und würde unsere Mitgliederzahl in einem Jahr am liebsten verzehnfachen. Er arbeitet als Schauspieler am Theater und steckt jede freie Minute in unseren Verein.«

»Sie selbst arbeiten hauptberuflich als Psychotherapeut?«

»Nicht als Psychotherapeut, da ich keine entsprechende Ausbildung habe. Ich bin ursprünglich Priester in einer katholischen Gemeinde in Nordrhein-Westfalen gewesen. Da ich mit einigen Dingen in der Kirche nicht mehr einverstanden war, habe ich dieses Amt aber vor fünf Jahren niedergelegt. Sonst hätte ich auch meine Frau nicht heiraten können.«

Erneut lächelte er, und seine Augen blitzten übermütig. Er hatte die Angewohnheit, jeden seiner Sätze mit intensiven Armbewegungen zu begleiten, wahrscheinlich war das ein Überbleibsel aus seiner Zeit als Priester. Hannes unterdrückte ein Schmunzeln.

»An Ihrer Gartentür steht aber doch, dass Sie Termine zur Psychotherapie anbieten?«

»Dort steht, dass ich psychologische Beratungen anbiete. Das ist ein entscheidender Unterschied. Sehen Sie, ich habe als Priester immer gern mit Menschen zu tun gehabt und glaube auch, dass ich darin ganz gut war. Ich wollte aber nicht noch ein Studium oder eine langjährige Ausbildung beginnen und habe mir darum lediglich ein paar Zusatzqualifikationen erworben, um als psychologischer Berater tätig werden zu können.«

»Was ist der Unterschied zur Psychotherapie?«

»Zunächst die Qualifikation. Zudem konzentriert sich die Psychotherapie auf den Befund und die Heilung oder zumindest Linderung von Erkrankungen. Die beratende Psychologie dreht sich dagegen zum Beispiel um die Aufarbeitung sozialer Konflikte. Eine Art Lebenshilfe.«

»Haben Frau Böhm und Herr Kramer Ihre Lebenshilfe auch in Anspruch genommen?«

»Nicht im Rahmen meiner Praxis. Aber natürlich haben wir während unserer Vereinsaktivitäten oft und viel gesprochen. Ich bin dort so ein bisschen in die Rolle eines Ersatz-Seelsorgers reingeschlittert. Zumindest nennen mich manche Mitglieder so.«

Die Sorgenfalten, die sich bei der Erwähnung der beiden Mordopfer gezeigt hatten, verschwanden wieder, als er von seiner ehrenamtlichen Tätigkeit berichtete. Er war vor fast fünf Jahren hergezogen, aber erst vor etwas mehr als einem Jahr bei einem Bürgerfest zufällig auf die Gemeinschaft aufmerksam geworden. Nach und nach hatte er sein Engagement verstärkt und leitete nun die freitägliche Versammlung. Es war offensichtlich, dass ihm diese Funktion Freude bereitete und er dabei in seinem Element war.

»Wissen Sie«, sagte er bedächtig, »viele Menschen können Traditionen und Empfindungen nicht einfach so abschütteln. Hier zum Beispiel!« Schmunzelnd zog er ein silbernes Kreuz aus seinem Strickpullover und präsentierte es Hannes. »Manche Gewohnheiten lassen sich einfach nicht ablegen. Aber mir spendet es Kraft und Trost, daher trage ich es weiter um den Hals. Ich ertappe mich selbst manchmal dabei, dass ich immer noch mit der Hand das Kreuzzeichen mache, wenn ich eine Kirche besichtige. Aber so ist das eben.«

Er verstaute die Kette wieder unter dem Stoff, bevor er mit seinen Erklärungen fortfuhr. »Menschen sehnen sich nach einem Zusammengehörigkeitsgefühl. Zudem haben viele das Bedürfnis nach Spiritualität. Wir möchten dies auch außerhalb der Kirche ermöglichen. Ein Teil der Gruppe hat sogar angeregt, eine Art nicht religiöse Beichte einzuführen, auch wenn das anderen dann doch wieder zu weit geht.« Er lächelte verständnisvoll. »Aber bei uns wird keiner gezwungen, an irgendetwas teilzunehmen. Es gibt nur jede Menge Angebote, aus denen sich jeder das heraussuchen kann, was ihm gefällt.«

Hannes nutzte sofort den günstigen Augenblick. »Haben Ihnen die beiden Mordopfer etwas gebeichtet, was uns weiterhelfen könnte?«

Thomas Beck kratzte sich am Bart und musterte Hannes nachdenklich. Offenbar kämpfte gerade der frühere Priester gegen den jetzigen Seelsorger um die Frage, ob es auch in der Gemeinde des ›Neuen Wegs‹ ein Beichtgeheimnis gab oder nicht. Schließlich gewann der Seelsorger den inneren Disput.

»Ich möchte Sie bitten, sämtliche Details vertraulich zu behandeln«, mahnte er. »Auch wenn manche Dinge ohnehin allen Mitgliedern bekannt sind. Zum Beispiel wusste jeder, dass Alexander als Pornodarsteller arbeitete. Aber ich will Ihnen gerne helfen, so gut ich kann, diese furchtbaren Verbrechen aufzuklären!«

Leider zeigte sich, dass Herr Beck nicht viel mehr wusste, als der Polizei bereits bekannt war. Weniger allerdings auch nicht, denn über die Abtreibung von Sylvia Böhm war er bestens informiert.

»Wir haben uns oft und lange darüber ausgetauscht. Sylvia liebte Kinder und hätte auch gern eigene gehabt. Sie hatte bereits seit Längerem versucht, schwanger zu werden. Dann war es für sie nicht leicht, sich einzugestehen, dass sie dieses Kind doch nicht mehr wollte. Außerdem war das Leben für sie etwas Heiliges, sie befand sich in einem echten Dilemma.«

»Was haben Sie ihr geraten?«

»Was hätte ich ihr raten sollen? Das ist eine Entscheidung, die jeder für sich selbst treffen muss! Und wie auch immer die Entscheidung ausfällt, sie begleitet den Menschen für den Rest seines Lebens. Ich habe ihr vor allem zugehört, und wir haben beide Alternativen beleuchtet. Soweit ich weiß, hat sie auch viel mit Alexander darüber gesprochen. Die beiden haben sich gut verstanden.«

»Warum entschied sie sich gegen das Kind? Ihr Mann war mit dieser Entscheidung wohl nicht einverstanden?«

»Ganz und gar nicht. Dabei war er letztlich der ausschlaggebende Grund. Zwischen den beiden kriselte es seit dem Sommer zunehmend. Sylvia wollte sich schließlich von ihm trennen und hatte bereits einen Scheidungsanwalt eingeschaltet. Zuletzt war es ein regelrechter Kleinkrieg. Da wurde Sylvia endgültig klar, dass sie von ihrem Mann auf gar keinen Fall ein Kind wollte.«

Zu Alexander Kramer konnte Herr Beck nur wenig sagen. Der junge Mann war erst seit einem halben Jahr Mitglied gewesen und auch nicht regelmäßig aufgetaucht. Zwar war auch Herrn Beck der Drogenkonsum bekannt gewesen, er schien dies jedoch als eher harmlosen Gelegenheitsgebrauch einzuordnen. Von Problemen mit einem Dealer hörte er zum ersten Mal. Ihm sei lediglich aufgefallen, dass die Stimmung zwischen Alexander und seiner Schwester zuletzt etwas angespannt gewesen sei, den Hintergrund kenne er jedoch nicht.

Über Sylvia Böhm wusste er deutlich besser Bescheid, da die Besitzerin des Reiterhofs eines der aktivsten Vereinsmitglieder gewesen war. Es war ihm anzumerken, dass sie ihm sehr ans Herz gewachsen war. Mehr als einmal wischte er sich verstohlen über die Augen. Doch auch für den gesamten Verein bedeutete ihr Tod eine spürbare Lücke, da sie zwei Projektgruppen geleitet hatte.

»Aber das ist im Moment nun wirklich das geringste Problem«, seufzte Herr Beck und versprach Hannes jede nur denkbare Unterstützung bei der Ermittlungsarbeit.

Auch Frau Beck bot ihre Mithilfe an, als sie wenig später das Wohnzimmer betrat. Sie wirkte äußerst mitgenommen und schien die Taten noch nicht wirklich realisieren zu können. Während des Gesprächs schüttelte sie immer wieder den Kopf und schnäuzte sich in ein Taschentuch. Zu beiden

Opfern hatte sie eine enge Beziehung aufgebaut. Als potenziell Tatverdächtiger fiel ihr niemand ein, genauso wenig wie ein mögliches Motiv.

Hannes befragte das Ehepaar noch nach ihren eigenen Aktivitäten während der Tatzeitfenster. Frau Beck erinnerte sich an eine schwere Migräneattacke im Zeitraum der Kreuzigung, der sie alle drei bis vier Wochen ausgesetzt war. Sie habe das Bett zwei Tage lang kaum verlassen können, was ihr Arzt bestätigen könne. Ihr Mann habe an dem fraglichen Abend lange ferngesehen. Herr Beck erzählte, dass er sich für abenteuerliche Expeditionen interessiere, und an jenem Abend hatte es auf einem Spartenkanal ein ausgedehntes Themenspecial über Forschungsreisen gegeben. Er setzte bereits zu einer begeisterten Schilderung an, doch Hannes blockte schnell ab.

Als Frau Böhm am Hafen qualvoll starb, sei Frau Beck zu Besuch bei ihrer Mutter in Köln gewesen, während Herr Beck in seiner psychologischen Beratung morgens Patientinnen empfangen habe. Den Freitagnachmittag halte er sich prinzipiell frei, und an jenem Tag habe er aufgrund des schönen Wetters einen Ausflug ans Meer unternommen. Da er die Notwendigkeit überprüfbarer Alibis nachvollziehen konnte, zog er aus seinem vollgestopften Portemonnaie eine Eintrittskarte zum Sea Life hervor. Das aufgedruckte Datum stimmte.

Innerlich seufzte Hannes. Nach allem, was er bisher über den ›Neuen Weg‹ und dessen Mitglieder in Erfahrung gebracht hatte, war es schwer vorstellbar, dass der Täter dort zu finden war. Dennoch würden sämtliche Mitglieder befragt und ihre Angaben überprüft werden müssen. Das bedeutete eine Heidenarbeit ohne jede Aussicht auf Erfolg. Die Ermittler würden zudem wertvolle Zeit verlieren, und Hannes wagte nicht daran zu denken, was in dieser verlorenen Zeit alles passieren konnte.

Am Samstagabend hatte Ben zu einem Pasta-Abend eingeladen, und das ließ sich normalerweise keiner aus dem Freundeskreis entgehen. Eigentlich übte eine Küche keine große Anziehungskraft auf ihn aus, als Pasta-Liebhaber experimentierte er aber gern mit den verschiedensten Saucen und Zutaten. An diesem Abend würde allerdings nur eine kleine Runde zusammenkommen. Ines und Kalle hatten stressige Arbeitswochen hinter sich, darum waren sie entgegen ihrer Reisegewohnheiten für zwei Wochen in ein Wellness-Ressort auf den Seychellen geflohen. Da auch Anna noch nicht aus Asien zurückgekehrt war, folgten an diesem Abend nur Elke und Hannes der Einladung. Ben wohnte in einem kleinen Gartenhaus zur Miete. Es gehörte einer Arztfamilie, die in dem großen Hauptgebäude nebenan wohnte. Als Hannes das Gartentor öffnete, schoss ihm aus dem hinteren Bereich des Gartens ein schwarz-weißes Fellbündel entgegen.

Begeistert umsprang Bens Border-Collie Socke den Polizisten, der einer seiner Lieblingsbesucher war. Die weißen Flecken an seiner Brust, der Schwanzspitze sowie der Schnauze leuchteten sogar im Dunkeln, und lachend strich ihm Hannes über das weiche Fell. Auch er freute sich immer, wenn er Socke traf, und schnell präsentierte er ihm das obligatorische Mitbringsel. Diesmal waren es übel riechende Hundesticks. Für Socke stellten die Stäbchen einen duftenden Hochgenuss dar, und behutsam schnappte er das Geschenk aus Hannes' Händen. Dann flitzte er davon, um es in Ruhe hinter einem Busch zu zerlegen.

Aus dem hinteren Bereich des Gartens war Gelächter zu hören, und als sich Hannes dem Gartenhaus näherte, winkten ihm Elke und Ben aus zwei Gartenstühlen entgegen. Mit Ben verband Hannes inzwischen eine vertrauensvolle Freundschaft, während er mit Elke erst in den vergangenen Wochen so richtig warm geworden war. Sie war ein etwas reservierter

Typ, sodass ihre Beziehung zunächst Anlaufschwierigkeiten gehabt hatte.

Ben und warf Hannes eine Bierflasche zu. »Socke hat dich schon seit fünf Minuten gewittert!«

»Ich glaube eher, dass er die Snacks in meiner Tasche gerochen hat«, entgegnete Hannes lachend und umarmte Elke zur Begrüßung. Da er sich seit ein paar Tagen nicht mehr rasiert hatte, verhedderten sich dabei ihre langen blonden Haare in seinen Bartstoppeln. »Wieso sitzt ihr eigentlich hier draußen in dieser Kälte?«

»Liegt nicht an mir«, antwortete Elke, die ihre Hände in die Ärmel des schwarzen Wollpullovers gezogen hatte. Vielsagend deutete sie nun auf einen halb vollen Aschenbecher.

Weitere Erläuterungen waren überflüssig, denn Bens Vorliebe für das ›Gras der Götter‹, wie er Marihuana scherzhaft nannte, war Hannes wohlbekannt. Kopfschüttelnd sah er seinen Freund an, dessen hellblaue Augen einen etwas glasigen Schleier hatten. Ansonsten war an Ben aber keine Veränderung festzustellen, offenbar hatte er ein zurückhaltendes Mischverhältnis gewählt. In der Küche dampften bereits drei Töpfe mit verschiedenen Nudelsaucen vor sich hin. Hannes hatte noch kein einziges Mal eine bekannte Sauce vorgesetzt bekommen, denn Ben experimentierte jedes Mal aufs Neue.

»Mit was folterst du uns diesmal?«, erkundigte sich Hannes gespielt besorgt. Allerdings hatte er neben echten Gaumenfreuden tatsächlich auch schon herbe Tiefschläge erlebt.

Ben schob die Töpfe auf den kleinen Esstisch und präsentierte das Menü des Abends. »Der erste Gang: Cannelloni mit einer exotischen Sauce aus Tomaten, Zwiebeln, Knoblauch, Chili und Mango. Danach gibt es Farfalline mit einer Sauce auf Lauch- und Limetten-Basis. Den krönenden Abschluss bilden dann Festonati in einer Spinat-Erdnuss-Sauce.«

»Wie gut, dass meine Erkältung fast auskuriert ist und die Geschmacksnerven wieder voll funktionieren«, meinte Hannes ironisch und probierte eine Gabel vom ersten Gang. Fast sofort fing seine Zunge Feuer, und hastig griff er nach dem Wasserglas. »Jetzt ahne ich, warum du schon vor dem Essen einen Joint geraucht hast«, keuchte er und wischte sich die Tränen aus den Augen.

»Ich hab eine neue Chili-Sorte ausprobiert«, freute sich Ben und schluckte ohne mit der Wimper zu zucken eine Ladung der exotischen Mischung herunter.

»Zumindest dürfte diese Sauce alle Viren im Körper effektiv bekämpfen!« Auch Elke hatte nach dem ersten Bissen feuchte Augen. »Also genau das, was ich gerade brauche. Hab nämlich seit heute Morgen auch ein Kratzen im Hals.«

»Wenn du krank wirst, kannst du zumindest mal den Spieß umdrehen. Du steckst die Kinder an und nicht umgekehrt.«

Elke rollte mit den Augen und warf ihre Haarmähne zurück. »Ich bin so froh, dass unsere Krippe in den Herbstferien geschlossen war. Fast jedes Kind hatte zuletzt irgendeine Krankheit! Diesen permanenten Virenausstoß hatte ich nicht auf dem Schirm, als ich mich entschieden hatte, Erzieherin zu werden.«

Der zweite Gang war deutlich harmloser, und den dritten Teller kratzten Elke und Hannes ab, bis auch der letzte Tropfen der Spinat-Erdnuss-Sauce verschwunden war. Sehr zum Leidwesen von Socke, der die Vernichtung der Reste mit schräg gelegtem Kopf verfolgte. Natürlich war es nur eine Frage der Zeit, bis das Gespräch auf Hannes' aktuelle Ermittlung kam. Schließlich war die Kreuzigung das heißeste Thema in der Stadt.

»Weißt du schon, wer den Pornotypen ans Kreuz genagelt hat?«, fragte Ben und wischte sich Spinatreste aus seinem Fünftagebart.

Elke war überrascht. »Bist du etwa im Ermittlerteam dieser Kreuzigung?«

Wie immer war es Hannes unangenehm, dass seine Arbeit zum Gesprächsthema wurde. Zwar vertraute er allen bedingungslos, durfte aber nur begrenzt über die Ermittlungen sprechen. So beschränkte er sich auf eine vage Schilderung derjenigen Umstände, die auch schon von den Medien durchgekaut worden waren. Dass es sich bei dem Toten um einen Pornodarsteller gehandelt hatte, war erwartungsgemäß an die Presse durchgesickert.

»Mich erinnert das an einen TV-Bericht über die Philippinen«, meinte Elke. »Am Karfreitag lassen sich dort einige Männer in einem blutigen Ritual ans Kreuz schlagen, um die Schmerzen und den Tod von Jesus nachzuempfinden.«

»Ist nicht dein Ernst!« Ben war fasziniert. »Wie krank ist das denn?«

»Na ja«, meinte Elke spöttisch und deutete auf den silbernen Metallstift, den Ben als Augenbrauen-Piercing trug. »Manche Männer lassen sich eben ganz gern Metall durchs Fleisch treiben.«

»Du trägst doch auch Ohrringe«, erwiderte Ben achselzuckend. »Aber Nägel würdest du dir wohl kaum durch die Hände rammen lassen. Da zeigt sich wieder, wozu Religion fähig ist.«

»Du wirfst wie üblich alles in einen Topf.« Elkes Armreife klimperten, als sie anklagend auf den Gastgeber deutete. »Nur weil du mit Religion nichts anfangen kannst, musst du nicht immer alle anderen als verblendete Idioten hinstellen.«

»Schau an«, grinste Ben und zeigte seine spitzen Eckzähne. »Hab ich da einen Nerv getroffen? Wusste ich noch gar nicht!«

»Ich war früher oft in der Kirche«, bestätigte Elke auch zu Hannes' Überraschung. »Mir hat es eigentlich immer ganz gut gefallen, aber irgendwann hab ich es doch sein lassen.«

»Warum?«, fragte Hannes, dessen letzter Kirchenbesuch ein halbes Leben zurücklag.

»Als Lesbe fühlst du dich dort nicht gerade herzlich willkommen. Eigentlich schade, denn manchmal fehlt es mir schon. So ein Gottesdienst ist feierlich und erhaben, man kommt zur Ruhe und denkt über sich selbst nach. Aber worauf ich vorhin eigentlich hinauswollte: Vielleicht hat sich dieser Mann an der Küste ja freiwillig ans Kreuz hämmern lassen. Und dann ist dieses Ritual irgendwie aus dem Ruder gelaufen.«

»Glaube ich nicht«, entgegnete Hannes und erzählte zögernd, dass Alexander Kramer in einer Art freikirchlicher Vereinigung Mitglied war.

»Ich will jetzt nicht wieder auf Elkes Gefühlen rumtrampeln«, behauptete Ben, »aber diese Freikirchen sind oft viel extremer drauf als die großen Volkskirchen.«

»So eine Freikirche ist es aber nicht«, erwiderte Hannes und schilderte die Ausrichtung des ›Neuen Wegs‹.

»Klingt eigentlich ganz sympathisch«, meinte Elke. »Wirft aber in der Tat meine Theorie über den Haufen. Vielleicht hat diese Gruppe irgendwelche Feinde?«

»Unwahrscheinlich. Es handelt sich nur um eine überschaubare Anzahl von Mitgliedern, und die präsentieren sich auch nicht besonders intensiv in der Öffentlichkeit. Vielleicht will bloß jemand den Eindruck erwecken, dass hier ein religiöser Hintergrund vorliegt.«

Doch Hannes konnte das Gefühl nicht abschütteln, dass mehr hinter den Morden steckte. Etwas, das noch völlig im Dunkeln lag. Und genau das war eben das Problem.

KAPITEL 9

Sie hat es gewusst! Sie sah zu mir hoch und hat es gewusst. Als sie bereute, war es schon zu spät. Warum kommt die Erkenntnis erst mit dem Tod? Es hätte doch nicht sein müssen! Sie hätte es nicht tun müssen! Ich aber musste es tun. Ihre Tat durfte nicht ungesühnt bleiben. Aber gab es wirklich nur diesen Weg? Natürlich! Es war nicht mehr gutzumachen. Wie hätte das gehen sollen? Und wieder war es so einfach. Noch einfacher als beim ersten Mal. Der perfekte Plan! Aber ich hatte auch einen guten Ratgeber. Ich habe alles im Griff! Es war das Richtige! Ich hoffe nur, dass ich es nicht noch einmal tun muss. Ich hatte keine Freude daran. Wenn es aber sein muss, könnte ich es wieder tun. Jetzt weiß ich, wie es geht. Ich kenne das Spiel und die Regeln. Wäre ich gezwungen, könnte ich es wieder tun. Bitte zwing mich nicht! Kann sie wirklich etwas ahnen? Das glaube ich nicht. Aber wenn doch? Natürlich kann sie! Soll ich das Risiko eingehen? Alles den anderen überlassen? Das darf ich nicht! Ich habe es zweimal getan und kann es ein drittes Mal tun. Sie kann alles zerstören! Ich muss es tun. Sie zwingt mich dazu.

KAPITEL 10

Vier weitere Tage waren vergangen. Die Entdeckung der Kreuzigung lag bereits zwei Wochen zurück, und der Druck auf die Ermittler wuchs. Doch für Hannes hatte es auch einen Lichtblick gegeben, denn sein Chef hatte sich am Anfang der Woche bis auf Weiteres krankgemeldet. Dadurch war der Befragungsmarathon zwar auf weniger Kollegen aufgeteilt worden, doch nach Hannes Überzeugung hatten sie ohne die Störmanöver des Kommissars deutlich effektiver gearbeitet. Steffen Lauer hatte die Ermittlerteams zusammengelegt und Marcel bis zur Genesung von Federsen die Führung übertragen.

Für Hannes bedeutete dies eine wohltuende Abwechslung. Marcels ruhige und besonnene Vorgehensweise hatte das Team in wenigen Tagen eng zusammengeschweißt. Sogar Isabell und Clarissa, die durch gegenseitige Wertschätzung bisher nicht groß aufgefallen waren, hatten mehrere Befragungen gemeinsam und ohne Zwischenfälle durchgeführt. Allerdings gab es inzwischen einen erneuten Ausfall zu beklagen, da nun auch Per mit einer heftigen Erkältung das Bett hüten musste.

Ohnehin hatte sich die Kantine zur Mittagszeit deutlich ausgedünnt, und Frau Öztürk kam kaum noch damit hinterher, den Mitarbeitern des Polizeipräsidiums ihre Medizin einzuflößen. Offenbar hatte es Federsen vor seiner Krankschreibung nicht versäumt, Hannes als das verantwortliche Wirtstier für den Virus anzuprangern, weshalb dem jungen Ermittler in diesen Tagen wenig Wohlwollen entgegenschlug.

An diesem Donnerstagmittag saßen im Konferenzraum also lediglich vier Ermittler vor dem Leiter der Mordkommission, der inzwischen ebenfalls verdächtig häufig nach einem Taschentuch kramte. Dennoch war er voll bei der Sache, als Marcel die Ergebnisse der vergangenen Tage zusammenfasste. Wie immer trug der kommissarische Ermittlungsleiter eine ausgewaschene Jeans und ein perfekt gebügeltes, eng anliegendes Hemd.

»Dank Per haben wir endlich den Dealer von Alexander Kramer schnappen können. Allerdings hat sich Frau Kramer mit seinem Namen komplett vertan. Er heißt nicht Dennis, sondern Daniel. Nachname Novak. Es handelt sich um einen Kleinkriminellen und nicht um eine große Nummer im Milieu.«

»Wie konntet ihr ihn identifizieren?«, erkundigte sich Lauer.

»Per hat sich einen zuverlässigen Informantenkreis aufgebaut, allerdings kannte niemand einen Dennis. Einer seiner Tippgeber erinnerte sich aber, dass Daniel Novak damit prahlte, einen Pornostar als Kunden zu haben, den er ordentlich ausquetschen wolle. Wir haben wiederum Daniel Novak ausgequetscht. Hat nicht viel dazugehört, ihn zum Reden zu bringen.«

Clarissa, mit Ende zwanzig die Jüngste im Team, hatte das Verhör geführt. Ihr größter Vorteil war, dass sie regelmäßig unterschätzt wurde. Hannes konnte sich bildhaft vorstellen, wie sie mit barschem Tonfall und ihrem bestimmten Auftreten den Dealer schnell in die Ecke gedrängt hatte. Wenn sie wollte, hatte Clarissa einen ganzen Urwald von Haaren auf den Zähnen, und sie wollte ziemlich oft. Jetzt spielte sie mit ihren langen Fingernägeln, als wollte sie bekräftigen, dass sie im Verhör deutlich ihre Krallen gezeigt hatte.

»Daniel Novak hat bestätigt, dass ihm Kramer fast zweitausend Euro schuldete«, berichtete die junge Frau. »Natürlich hat er jede Beteiligung an dem Mord abgestritten. Sein Alibi ist lückenhaft, aber es stellt sich tatsächlich die Frage, warum er seinen Kunden hätte umbringen sollen. Sein Geld hätte er dann erst recht nicht wiedergesehen, und Kramer war ja gerade dabei, wieder flüssig zu werden. Zu Sylvia Böhm besteht gar keine Verbindung. Nach Aussage ihres Mannes hat sie niemals Drogen angerührt.«

»Was ist mit diesem Typen, dem Kramer die Filmrollen weggeschnappt hat?«, wechselte Lauer den Verdächtigen. Damit kam Isabell ins Spiel.

»Manuel Birkholz ist zweiunddreißig Jahre alt und im Gegensatz zu Alexander Kramer seit mehreren Jahren als Pornodarsteller aktiv. Seine erste Rolle hatte er mit fünfundzwanzig.«

»Es gibt noch einen weiteren Unterschied«, ergänzte Hannes, der den Mann gemeinsam mit Isabell aufgesucht hatte. »Während Kramer ›everybody's darling‹ war, kommt Herr Birkholz nicht so gut an. Er selbst hält sich zwar für unwiderstehlich, aber einige Filmpartnerinnen haben sich geweigert, weiter mit ihm zu drehen. Sein Wiedereinstieg bei Paradise Images & Productions war daher nur von kurzer Dauer. Inzwischen hat ihn die Chefin schon wieder vor die Tür gesetzt, und eine dritte Chance wird er dort nicht bekommen.«

Manuel Birkholz hatte behauptet, sich in den letzten Monaten mit verschiedenen Aushilfsjobs über Wasser gehalten zu haben. Laut der Gerüchteküche im Film-Studio arbeitete er aber auch als Callboy und hatte sich auf verheiratete Frauen spezialisiert. Dies konnte einen Hinweis darauf liefern, warum er bislang für keinen der möglichen Tatzeitpunkte ein Alibi nennen konnte beziehungsweise wollte.

Steffen Lauer nieste, wofür er das Zwirbeln seines Schnurrbartes unterbrach. Schwerfällig erhob er sich vom Stuhl und schlurfte zum Wasserspender, um einen Pappbecher aufzufüllen. Abwesend sah er zu, wie sich eine Vitamintablette sprudelnd auflöste. Danach schleppte er seinen klein gewachsenen Körper wieder zum Besprechungstisch zurück.

»Wir müssen herausfinden, ob Manuel Birkholz in irgendeiner Beziehung zu Frau Böhm stand. Können wir ihn in U-Haft nehmen und unter Druck setzen?«

Energisch schüttelte Marcel den blanken Schädel. »Womit wollen wir das begründen? Niemand hat gehört, dass er Kramer bedroht hat. Wir haben nur die unkonkrete Aussage von Frau Kramer, ihr Bruder habe sich von ihm angemacht gefühlt. Wir brauchen deutlich mehr!«

»Dann seht zu, dass ihr mehr bekommt«, stimmte ihm Lauer zu. »Fahrt noch mal hin und nehmt ihn hart in die Mangel!« Er schaute auf seine Armbanduhr. »In zehn Minuten habe ich den nächsten Termin. Also weiter! Wer steht noch auf der Liste?«

»Matthias Böhm«, sagte Isabell. »Er konnte Alexander Kramer nicht leiden, war gegen die Abtreibung, und seine Frau wollte sich von ihm trennen. Für die Tatzeit im Fall seiner Frau hat er allerdings ein bestätigtes Alibi von seinem Steuerberater.«

»Allerdings könnte er jemanden mit dem Mord beauftragt haben«, warf Hannes ein. »Vielleicht vermutete er ein intimes Verhältnis zwischen Kramer und seiner Frau. Wie wir inzwischen aus Gesprächen mit diversen Vereinsmitgliedern herausgehört haben, kann dies sogar zutreffen. Somit hat er bislang das stärkste Motiv.«

»Was ist bei den Befragungen der Mitglieder dieses Vereins herausgekommen?« Steffen Lauer sah erneut auf die Uhr.

Marcel fasste die zahlreichen Befragungen der vergangenen Tage zusammen. Es hatte sich bestätigt, dass die beiden Mordopfer bei den Mitgliedern des ›Neuen Wegs‹ sehr beliebt gewesen waren. Der Verein hatte sich als eine Ansammlung verschiedenster Menschentypen präsentiert, die jedoch alle eines gemeinsam hatten: einen Mangel an streng religiöser Einstellung. In vielen Fällen hatten die Ermittler eher eine Religionsferne festgestellt. Unter den Mitgliedern befanden sich Handwerker, Hausfrauen, Geschäftsleute und auch ein Lokalpolitiker.

»Wobei der viel Wert darauf gelegt hat, dass seine Mitgliedschaft vertraulich behandelt wird«, berichtete Clarissa grinsend. »Offenbar fürchtet er um die Stimmen stramm religiöser Wähler.«

»Wie auch immer«, beendete Marcel den Bericht. »Mehrere Leute haben übereinstimmend angegeben, dass sich die Opfer nahestanden und vertraut miteinander umgingen. Dabei hatten sie sich erst vor wenigen Monaten kennengelernt. Keiner kann sich vorstellen, wer ein Interesse am Tod der beiden gehabt haben könnte. Bislang hat auch keines der Mitglieder derart auffällige Alibi-Lücken, dass sich ein ernsthafter Tatverdacht aufdrängen würde, von einem Motiv ganz zu schweigen. Die Überprüfung der Alibis ist noch nicht abgeschlossen, bislang gibt es aber keine Auffälligkeiten. Allerdings stehen auch noch ein paar Befragungen aus. Insgesamt sind es dreiundvierzig Personen, und wir ermitteln momentan krankheitsbedingt nur zu viert.«

»Ich weiß.« Lauer nieste in seine Armbeuge. »Und wenn das so weitergeht, könnt ihr mir euren nächsten Bericht in meinem Schlafzimmer geben.«

Hannes war sich nicht sicher, doch er meinte einen gewissen Vorwurf zu bemerken, als ihn Lauer bei diesen Worten direkt ansah. Offenbar war sein Stern sogar bei dem sportenthusiastischen Kommissionsleiter gerade am Sinken.

Für die Fortsetzung der Befragungen innerhalb des ›Neuen Wegs‹ bildete Hannes mit Clarissa ein Team, während Marcel gemeinsam mit Isabell das Präsidium verlassen hatte. Clarissa warf sich ihre Lederjacke über und ging auf ein trostloses Reihenhaus zu. Es war kein Zufall, dass sie gerade hier mit den Befragungen starteten, denn die Eheleute Schweiger arbeiteten als Lehrer und waren an diesem Nachmittag bereits zu Hause.

Die Ermittler quetschten sich in der Einfahrt an einem alten Passat vorbei. Als sie wenig später in einem chaotischen Wohnzimmer saßen, wurden sie von zwei sechsjährigen Jungen misstrauisch angestarrt, die sich bis aufs Haar glichen. Auch Frau Schweiger hatte Hannes bereits an der Haustür intensiv und mit schräg gelegtem Kopf angeblickt. Sie gehörte zu den wenigen Personen, die ihn gezielt auf den Hintergrund seiner zweifarbigen Augen angesprochen hatten. Das war Hannes lieber als verstohlene Blicke oder getuschelte Bemerkungen, sodass er ihr bereitwillig von der Iris-Heterochromie genannten Pigmentstörung erzählt hatte. Ihre Frage, ob damit auch Sehstörungen einhergingen, hatte er verneinen können.

Die Zwillinge schienen ihr gesamtes Spielzeug in dem kleinen Zimmer verteilt zu haben, und nach einer äußerst kurzen Fremdel-Phase begannen sie sich heftig zu streiten.

»Marius, wenn du nicht aufhörst, wische ich dir einen Punkt auf der Sternchenliste weg«, drohte Frau Schweiger, und die beiden Polizisten schauten sich verständnislos an. Offenbar wirkte die Drohung aber, denn der Geräuschpegel sank auf ein erträgliches Maß.

Frau Schweiger musste jung Mutter geworden sein, während ihr Mann zehn Jahre älter wirkte als sie. Es stellte sich heraus, dass es sich bei dem Ehepaar um eine tragende Säule des Vereins handelte. Clarissa und Hannes wurde im weiteren Gesprächsverlauf schnell klar, dass sich Herr Schweiger in der

Rolle als Dozent sehr gut gefiel. Sie konnten sich ausmalen, wie er als Gymnasiallehrer in seinem Biologie- und Chemieunterricht für Schweißausbrüche unter den Schülern sorgte. Neben seinem Lehrauftrag führte er den ›Neuen Weg‹ seit vier Jahren als Erster Vorsitzender.

Seine Frau war Grundschullehrerin, und ihre Kinderliebe war so offensichtlich, dass Hannes es schon als unangenehm empfand. Immer wieder schweiften ihre Blicke zu den inzwischen friedlich spielenden Kindern ab. Es dauerte eine Weile, bis sie sämtliche außerhalb des Lehrplans stattfindenden Kurse und Schulprojekte erläutert hatte, die alle unter ihrer Leitung standen. Auch sie saß im Vorstand des ›Neuen Wegs‹ und koordinierte sämtliche Aktivitäten, die auch nur im Entferntesten mit Kindern zu tun hatten.

Denn, so war ihre klar formulierte Haltung: »Kinder sind das Wertvollste auf dieser Welt! Leider wachsen viele in zerrütteten oder problematischen Familienverhältnissen auf.« Konnte Hannes ihr zunächst noch zustimmen, so zeigte sich schnell, dass problematische Familienverhältnisse für Frau Schweiger bereits damit begannen, dass kleine Kinder »unverantwortlich früh« in fremde Hände gegeben wurden. Hannes fragte sich, was Elke als Erzieherin in einer städtischen Krippe dazu gesagt hätte.

Nachdem Frau Schweiger noch erläutert hatte, dass sie wegen der Missbrauchsfälle aus der Kirche ausgetreten, eine stabile Wertegemeinschaft für sie aber unverzichtbar sei, gelang es Clarissa endlich, das Gespräch auf den eigentlichen Besuchsgrund zu lenken.

»Mit Sylvia habe ich sehr gern zusammengearbeitet!«, erklärte die Lehrerin. »Sie war vernarrt in Kinder und hatte viele tolle Ideen. Umso unverständlicher, dass sie …«, sie warf einen schnellen Blick zu ihrem Mann. »… keine eigenen Kinder hatte«, sprang der ihr bei.

»Warum hatte sie keine Kinder?«, fragte Hannes unschuldig.

»Also das …«, begann Herr Schweiger, doch seine Frau konnte sich nicht beherrschen.

»Sie hätte ja ein Kind haben können, hat sich aber dagegen entschieden! Stellen Sie sich das vor! Sie war so kinderfixiert, und dann … tötet sie es in ihrem eigenen Leib!«

»Sabine!«, sagte Herr Schweiger streng. »Das war ihre eigene Entscheidung und geht uns wirklich nichts an.«

»Natürlich geht es uns etwas an«, erwiderte seine Frau heftig. »Immerhin sind wir eine Gemeinschaft, und sie war auf einem Irrweg! Dazu noch die Geschichte mit Alexander!«

»Was meinen Sie?«, mischte sich Clarissa ein.

»Er hat von Anfang an nicht richtig zu uns gepasst«, sagte Herr Schweiger zurückhaltend. »Ich meine, sein ganzer Lebensstil war …«

»… würdelos!«, warf Frau Schweiger ein. »Und Sie müssen sich vorstellen, dass ausgerechnet er bei den Spielenachmittagen für Kinder mitwirkte. Sylvia hat ihn noch dazu ermutigt, da er so gut mit Kindern umgehen könne. Dabei ist ein Pornodarsteller wohl kaum ein geeigneter Umgang!« Sie senkte die Stimme, wahrscheinlich sollten ihre Söhne keine ›schlimmen‹ Wörter aufschnappen.

»Auf welche Geschichte zwischen den beiden spielen Sie an?«, fasste Hannes nach.

Verlegen schaute sich das Lehrerehepaar an. Kurz entschlossen stand Herr Schweiger auf und führte die protestierenden Kinder aus dem Zimmer. Die Ermittler konnten hören, wie im Nachbarzimmer pädagogisch wenig wertvoll der Fernseher eingeschaltet wurde. Kurz darauf betrat der um das Seelenheil seiner Söhne besorgte Vater wieder das Zimmer.

»Halten Sie uns nicht für intolerant«, begann er, aber seine Frau unterbrach ihn sofort.

»Das hat mit Intoleranz gar nichts zu tun! Es war ein offenes Geheimnis, dass die beiden ein Verhältnis hatten. Obwohl Sylvia verheiratet war!«

»Sind Sie sicher?« Hannes wollte sich nicht allein auf ihr Urteilsvermögen verlassen. »Wir haben schon gehört, dass sich die beiden sehr gut verstanden haben, aber das kann ja auch rein freundschaftlich gewesen sein.«

»Freundschaftlich?«, entgegnete Frau Schweiger spitz. Ihre Wangen hatten eine rote Färbung angenommen. »An einem unserer Spielenachmittage waren die beiden plötzlich verschwunden. Als ich in unserem Lagerraum Bastelnachschub holen wollte, hab ich sie dort erwischt, wie sie ... na, Sie wissen, was ich meine! Was wäre gewesen, wenn ein Kind diesen Raum betreten hätte?«

›Es wäre schnell und praxisnah aufgeklärt worden‹, dachte Hannes und grinste innerlich. Offenbar waren in diesem Verein doch nicht alle so offen und tolerant für die verschiedenen Lebensauffassungen, wie es nach außen hin verkauft wurde. Zumindest saßen vor ihm zwei Mitglieder, die Sylvia Böhm und Alexander Kramer sicher gern aus der Gemeinschaft geworfen hätten.

»Was haben die anderen dazu gesagt? Immerhin schien sich das Verhalten der beiden ja nicht gerade mit Ihren Werten zu decken«, heuchelte er Verständnis.

»Na ja, es gab schon einige, die es ähnlich sahen wie wir. Aber natürlich auch andere, die Toleranz dann doch etwas zu weit auslegen.«

»In der Tat!« Auch Herr Schweiger schien entrüstet. »Ich hatte zum Beispiel ein langes Gespräch mit Herrn Beck. Er ist immerhin so etwas wie ein Seelsorger bei uns. Doch selbst er wollte nicht dagegen vorgehen! Dabei hat seine Stimme Gewicht. Sicher wird früher oder später die Presse erfahren, dass die beiden bei uns Mitglied waren. Das wirft dann kein gutes Licht auf den Verein. Ein Pornostar im ›Neuen Weg‹! Dabei wollten wir gerade unsere Bemühungen intensivieren, neue Mitglieder zu gewinnen!«

»Verstehen Sie uns nicht falsch!«, ergänzte Frau Schweiger. »Es ist schlimm, was Sylvia und Alex passiert ist. Aber es ist auch schlimm, was die beiden getan haben.«

»Was für ein sympathisches Paar«, meinte Clarissa, als sie den Motor startete und aus der Parklücke ausscherte. »Gerade wurde mein Bild von Lehrern mal wieder komplett bestätigt! Elende Besserwisser, die über alles und jeden ihr spießiges Urteil fällen müssen.«

»Du scheinst keine schönen Erinnerungen an deine Schulzeit zu haben.« Hannes blickte sie von der Seite an.

»Egal«, sagte Clarissa kurz. »Wer ist der Nächste auf der Liste?«

»Rebecca Köhler.« Hannes tippte die entsprechende Adresse in das Navigationsgerät ein.

Angesichts des Stadtviertels zog Clarissa vielsagend die Augenbrauen hoch, sodass sich die stets präsente Zornesfalte zwischen ihren Augen vertiefte. Leicht schüttelte sie ihren Kopf, und die grünen Ohranhänger gerieten in Schwingung. Hannes ignorierte die stumme Missbilligung. Die verbreitete Meinung über diesen Stadtteil als Problemviertel war ihm natürlich bekannt.

»Immerhin hat uns der Besuch Abwechslung gebracht«, lenkte er seine Kollegin ab. »Die Schweigers waren die Ersten, die nicht in höchsten Tönen von den Mordopfern geschwärmt haben.«

»Und das bringt mich schon etwas ins Grübeln«, bekräftigte Clarissa. »Entweder haben sich die anderen einfach besser im Griff oder dieses Ehepaar steht mit seiner Meinung tatsächlich allein da. Vielleicht gibt es aber auch zwei Lager in dieser Gruppierung?«

»Interner Glaubenskrieg? Das kommt mir etwas weit hergeholt vor. Würdest du den Schweigers zutrauen, in einen Mord verwickelt zu sein?«

»Nein, aber eine Gruppendynamik ist immer schwer einzuschätzen«, erwiderte Clarissa, und Hannes fragte sich, was sie mit noch nicht mal dreißig Jahren schon alles erlebt haben mochte.

Auch das Lehrerpaar hatte für die Tatzeiträume überprüfbare Angaben gemacht. In der Nacht der Kreuzigung hatten sie Besuch von einer befreundeten Familie aus München gehabt, die sich auf der Rückreise aus Dänemark befunden hatte. Am darauffolgenden Freitag hatten sie nachmittags an einer Lehrerkonferenz teilgenommen.

Als würden sich Clarissas Vorurteile bewahrheiten, wohnte Rebecca Köhler in einem farblosen Hochhaus. Beobachtet von einer Gruppe gelangweilter Jugendlicher suchte sie das Klingelschild ab. Die Frau wohnte im neunten Stock – seufzend machten sich die Polizisten an den Aufstieg. Der Aufzug wurde gerade gewartet, und nach Clarissas Meinung war es typisch, dass die Techniker genau an diesem Tag im Einsatz waren.

Rebecca Köhler war Hartz-4-Empfängerin und hatte ihre spärlich möblierte Wohnung geschmackvoll eingerichtet. Sie war Mitte zwanzig, machte keinen ungebildeten Eindruck und hatte einen leicht verträumten Blick. In dem gigantischen Wohnkomplex wirkte sie etwas verloren. Schnell war klar, dass sie eine ganz andere Auffassung vertrat als die Schweigers. Zu Sylvia Böhm hätte sie zwar keinen engen Draht gehabt, sie konnte aber auch nichts Schlechtes über sie sagen. Es klang durch, dass sie sich gegenüber der selbstbewussten Besitzerin des Pferdehofes etwas unsicher und unbeholfen gefühlt hatte. Von Alexander Kramer schwärmte sie dagegen, und ihr Blick wurde noch verträumter.

Zum letzten Mal hatte sie ihn in dem Sportkurs gesehen, nach dem sich seine Spur verlor. Ihr sei an jenem Abend nichts Ungewöhnliches an seinem Verhalten aufgefallen. Sie selbst habe sich anschließend mit einer Freundin getroffen. Am Todestag von Frau Böhm habe sie an einer Umschulungsmaßnahme des Arbeitsamtes teilgenommen, was leicht zu überprüfen war. Zu möglichen Motiven hatte sie keine Ideen.

»Alex war ein superlieber Kerl! Er hat auf niemanden runtergeschaut und war zu allen freundlich. Ich hab ihn sehr gemocht!« Sie brach in Tränen aus, und es dauerte mehrere Minuten, bis sie wieder zu einem Gespräch in der Lage war.

»Kam er mit allen in Ihrer Gruppe gut aus?« Hannes wollte den Gedanken der zwei verfeindeten Lager weiterverfolgen.

»Soweit ich weiß, ja«, schniefte Frau Köhler. »Wie hätte man mit ihm auch nicht gut auskommen können?«

Auf vorsichtige Fragen zu einem intimen Verhältnis zwischen Frau Böhm und dem Pornodarsteller sprang die junge Frau nicht an. Doch Hannes hatte die Vermutung, dass sie ohnehin nicht hätte sehen wollen, was nicht sein durfte. Stattdessen konzentrierte sie sich darauf, Alexander Kramer in so leuchtenden Farben darzustellen, dass Hannes der Jesusvergleich aus der Presse wieder in den Sinn kam. ›Jesus als Pornostar, wenn das mal keine Blasphemie ist‹, dachte er belustigt. Doch dann wurde er wieder aufmerksam.

»Alex war immer hilfsbereit«, fuhr Rebecca Köhler in ihrer Schwärmerei fort. »Ich hatte mich mit einem Typen eingelassen, der nicht gut für mich war. Am Anfang war er noch total lieb zu mir, aber dann hat er mich immer mehr zu beeinflussen versucht. Er war ziemlich religiös und verlangte, dass ich mein Leben ändern sollte. Als er sogar anfing, mich zu schlagen, habe ich vor ein paar Monaten endlich Schluss gemacht. Aber er hat mich immer wieder angerufen und mir sogar vorm ›Neuen Weg‹ aufgelauert. Doch dann hat Alex ihn sich vor drei oder vier Wochen geschnappt und ihm gesagt, dass er mich endlich in Ruhe lassen soll. Seitdem wurde ich nicht mehr belästigt.«

»Wie hieß Ihr Exfreund?«, fragte Hannes alarmiert.

»David Bach.«

»Sie haben gesagt, dass er sehr religiös ist. Könnte er Mitglied in einer Sekte sein?«

»Nein, das nicht. Er geht aber in die Schöpferkirche, und das Dumme ist, dass wir uns dadurch immer wieder über den Weg gelaufen sind.«

Verständnislos schaute Clarissa zu Hannes. Doch der nickte verstehend. Die Schöpferkirche befand sich nämlich genau gegenüber vom Vereinsheim des ›Neuen Wegs‹.

Telefonisch hatten Clarissa und Hannes ihre Kollegen über David Bach informiert. Anschließend machten sie sich auf den Weg zu dessen Wohnung, trafen ihn aber nicht an. Aus der Zentrale hatten sie den Hinweis erhalten, dass er als Staplerfahrer in einem Industrieunternehmen arbeitete. Auch sein Vorstrafenregister wurde ihnen vorgelesen, was einige Zeit in Anspruch nahm.

Doch auch das Industriegelände, auf dem Filteranlagen in verschiedensten Ausführungen hergestellt wurden, mussten sie unverrichteter Dinge wieder verlassen. David Bach war von einer Zeitarbeitsfirma vermittelt worden und arbeitete nur montags bis mittwochs in dem Unternehmen. Ein Anruf bei der Personalagentur brachte sie ebenfalls nicht weiter, da er an keine anderen Firmen vermittelt worden war. Offenbar reichte ihm eine Dreitagewoche aus, um über die Runden zu kommen.

»Wahrscheinlich verrennen wir uns ohnehin gerade.« Mürrisch trommelte Clarissa mit ihren langen Fingernägeln eine undefinierbare Melodie auf das Gehäuse ihres Mobiltelefons. »Nur weil er seine Exfreundin geschlagen hat und deshalb von Kramer zur Rede gestellt wurde, muss er ihn ja nicht gleich umgebracht haben.«

»Er hat nicht nur seine Exfreundin geschlagen«, erinnerte Hannes und bog auf die Bundesstraße in Richtung Innenstadt ein. »Um ein solches Vorstrafenregister zu bekommen, musst du dich schon anstrengen! Diebstahl, wiederholte gefährliche Körperverletzung, Sachbeschädigung, Hausfriedensbruch. Ich meine, der Kerl ist gerade mal so alt wie du!«

»Da sieht man, wie langweilig mein Leben ist«, grinste seine Kollegin. »Mein größtes Vergehen war, dass ich wegen einer verlorenen Wette mit nacktem Oberkörper über die Reeperbahn gelaufen bin.«

»Im Ernst? Wie alt warst du da?«

»So lange ist das noch gar nicht her«, erwiderte sie ausweichend und schaute ihn frech von der Seite an. »Was war bisher deine größte Verfehlung?«

Glücklicherweise rettete ihn das Klingeln ihres Mobiltelefons vor einer Antwort. Ein paar Minuten sprach sie mit der Anruferin, die Hannes aufgrund der Sprachfetzen als Isabell identifizierte. Sie war mit Marcel zum Versammlungsheim der Schöpferkirche gefahren, um dort Nachforschungen über David Bach anzustellen.

»Das war Isabell«, bestätigte Clarissa schließlich und legte das Telefon auf ihren schmalen Oberschenkel. »Sie haben nur den Priester der Kirche angetroffen, und der meinte, dass er Bach seit zwei Wochen nicht mehr gesehen habe.«

»Mit seiner Frömmigkeit ist es also nicht so weit her«, lästerte Hannes.

»Angeblich doch. Der Priester hat behauptet, dass sich Bach schon seit einem Jahr nichts mehr habe zuschulden kommen lassen. Er bereue seine Taten von früher aufrichtig und würde nun ein anständiges Leben führen.«

»Sehr anständig, seine Freundin zu verprügeln und sie zu stalken, nachdem sie sich endlich von ihm getrennt hat«, meinte Hannes ironisch.

Er erinnerte sich an Elkes Frage, ob der ›Neue Weg‹ vielleicht Feinde haben könnte. Die Informationen zu David Bach legten das nahe. Immerhin wiesen die Morde klar auf einen religiösen Hintergrund hin, ob er nun vorgeschoben war oder nicht. Innerhalb des ›Neuen Wegs‹ waren keine fanatischen Tendenzen erkennbar. Die moralische Kritik des Lehrerehepaars war bisher der größte und zugleich einzige Ausschlag in diese Richtung gewesen. Ansonsten hatte sich der Verein als äußerst liberal und kirchenfern präsentiert. Das konnte ihm tatsächlich Gegner eingebracht haben, die vielleicht sogar direkt auf der anderen Straßenseite residierten. Auch Clarissa hielt dies nicht für abwegig.

»Wo fährst du überhaupt hin?« Sie hatte während der Ausführungen ihres Kollegen nicht auf die Straße geachtet.

»Hier wohnt die Schwester von Alexander Kramer«, erklärte Hannes und bog in die ihm bereits bekannte Sackgasse ein. »Vielleicht war sie ja dabei, als ihr Bruder mit diesem frommen Prügelknaben aneinandergeraten ist.«

Tatsächlich konnte sich Antje Kramer an den Vorfall erinnern. Sie arbeitete gerade an einem Grabstein, und die beiden Ermittler erkannten beim Nähertreten, dass sie den Namen ihres Bruders eingemeißelt hatte. Der Stein war schlicht und würdevoll zugleich. Es war deutlich zu erkennen, dass viel Mühe in seine Gestaltung investiert worden war.

Mit einer erschöpften Bewegung strich sich die Frau ihre verschwitzten Haare aus der Stirn und richtete sich zu ihrer vollen Körpergröße auf. »Das muss vor ungefähr vier Wochen gewesen sein«, meinte sie nachdenklich. »Rebecca hatte uns schon früher erzählt, dass ihr Exfreund sie belästigt. Es passierte an einem Freitagabend nach unserer Versammlung.

Rebecca war schon losgegangen, weil sie ihren Bus erreichen wollte. Als wir das Haus verlassen hatten, bemerkten wir, dass sie sich mit einem Typen stritt, der sie grob am Arm gepackt hatte. Als er an ihr herumzerrte, ist Alex dazwischengegangen.«

»Gab es mit dem Mann schon früher Probleme?«, erkundigte sich Clarissa, während sie sich neugierig in der kleinen Werkstatt umsah.

»Ich hab ihn nur ab und zu mal gesehen. Es gab immer mal Wortgefechte mit Leuten von der Schöpferkirche. Als Alex sich an dem Abend schützend vor Rebecca stellte, hat sich der Typ auf ihn geworfen und sofort brutal losgeschlagen. Ich bin dann mit Sylvia hingelaufen, und zu dritt konnten wir ihn endlich bändigen.« Sie schüttelte betreten den Kopf. »Dass ich das vergessen habe! Wie gut, dass Sie mit Rebecca gesprochen haben!«

Leider war ihr in den zurückliegenden Tagen sonst nichts Weiteres eingefallen, das für die Ermittlungen von Relevanz hätte sein können. Daher beendeten die Ermittler nach wenigen Minuten die Befragung.

»Haben Sie inzwischen einen neuen Besitzer für das Pferd Ihres Bruders gefunden?«, fragte Hannes, als Frau Kramer sie zur Tür begleitete.

»Leider nicht. Ich war gestern bei Herrn Böhm, aber er ist nicht interessiert. Scheinbar will er den Reiterhof verkaufen.«

»Verständlich. Immerhin war der Hof mehr das Projekt seiner Frau und würde ihn wahrscheinlich jeden Tag daran erinnern, dass ...« Er unterbrach sich, da er merkte, wie wenig taktvoll er gerade daherredete. Immerhin hatte auch Frau Kramer momentan einen schweren Verlust zu verarbeiten. Doch die schüttelte nur den Kopf.

»Ich hatte nicht das Gefühl, dass ihn das allzu sehr belastet. Die Ehe der beiden funktionierte ja seit Monaten nicht mehr richtig. Er hat mich gestern ziemlich schnell vom Hof gescheucht. Na ja, ich lass das Pferd jetzt erst mal dort stehen, bis zum Jahresende habe ich für die Unterbringung schon bezahlt.«

»Das ist ja eine schöne Schale«, begeisterte sich in diesem Augenblick Clarissa und nahm ein steinernes Gefäß in die Hand, das formvollendet bearbeitet worden war. »Das wäre perfekt als Obstschüssel!«

»Die ist nicht zu verkaufen«, erwiderte Frau Kramer und nahm sie ihr behutsam aus den Händen. »Es ist keine Obstschüssel, sondern soll eine keltische Opferschale darstellen.«

»Wer bestellt denn so was bei Ihnen? Haben Sie auch Druiden unter Ihren Kunden?«, fragte Hannes belustigt.

»Nein, diese Schale benutze ich selbst.« Verlegen drehte Frau Kramer das Gefäß in den Händen. »Eigentlich wurden keltische Opferschalen in Felsblöcke in der Natur gehauen. Diese hier ist also eine nicht ganz realistische Interpretation.«

»Und für was benutzen Sie diese Keltenschale?«, forschte Clarissa verwundert nach.

Frau Kramer errötete. »Wahrscheinlich halten Sie mich jetzt für eine abgedrehte Esoterikerin. Die keltische Götter- und Sagenwelt hat mich schon immer fasziniert. Ab und zu gehe ich in die Natur und veranstalte für mich selbst eine kleine Zeremonie. Natürlich opfere ich in dieser Schale keine Tiere, sondern Kräuter und Pflanzen.«

Perplex schüttelte Clarissa den Kopf. »Verträgt sich so ein heidnischer Zauber mit Ihrer Mitgliedschaft im ›Neuen Weg‹? Immerhin gibt es dort doch einen Bezug zum Christentum.«

»Na ja, eigentlich beziehen wir uns nur auf moralische Werte. Das müssen nicht zwangsläufig die Zehn Gebote sein. Aber Alex hat auch oft gesagt, dass ich mir immer den Gott aussuche, der mir gerade am besten ins Konzept passt.« Frau Kramer lächelte wehmütig. »Aber warum soll man sich auch für eine einzige Religion entscheiden? Jeder Glaube hat faszinierende Aspekte – und dann auch wieder abstoßende. Die keltische Mythologie zieht mich aus irgendeinem Grund magisch an. Wahrscheinlich fühle ich mich auch deshalb in unserem Verein so wohl, weil wir da nicht nur die eine Wahrheit gelten lassen. Anders als zum Beispiel die Schöpferkirche.«

An diesem Abend hatte Hannes den Schlüssel der ›Lena‹ nicht vergessen. Neugierig steckte er ihn in das Schloss des kleinen Steuerhauses. Nachdem er in der Vorwoche den zweiten Kursabschnitt für den Erwerb des Bootsführerscheins verpasst hatte, wollte er nun wieder motiviert einsteigen. Dummerweise hatte er ausgerechnet die Unterrichtseinheit zum Navigieren verpasst, das für ihn als Landratte nur schwer verständlich war.

Quietschend schwang die hölzerne Tür auf, und Hannes betrat den dunklen Raum, der schwach von den Laternen des kleinen Hafens erleuchtet wurde. Er hörte, wie draußen das Meerwasser schmatzend zwischen der Bordwand und der Kaimauer hochspritzte, als die ›Lena‹ im leichten Seegang des Hafenbeckens an ihren Tauen zerrte. Das Schiff knarzte leise, und fast andächtig legte er die Hände auf das abgegriffene Holz des alten Steuerrades. Heldenhaft sah er sich schon über hohe Wellenberge reiten. Anschließend besichtigte er das Innenleben im Bauch des kleinen Kutters, das von Fritz gemütlich ausgebaut und eingerichtet worden war. Prüfend ließ sich Hannes auf die Matratze einer kleinen Pritsche fallen und versank fast in einer Staubwolke. Zwischen Führerscheinprüfung und Jungfernfahrt würde er erst einmal ordentlich Staub wischen und den modrigen Geruch vertreiben müssen.

Als er zu dem niedrigen Hafengebäude ging, lief er erneut Fritz' altem Jugendfreund über den Weg. Ole hielt einen kleinen strohblonden Jungen an der Hand, der Hannes bekannt vorkam.

»Na, was macht die Führerscheinprüfung? Das hier ist mein Enkel Fiete«, präsentierte der Fischer den kleinen Kerl an seiner Seite.

Hannes erklärte, dass er einen wichtigen Lernabschnitt verpasst hatte und dem Kapitel über Navigation etwas ratlos gegenüberstand.

»Immerhin wird euch das manuelle Navigieren überhaupt noch beigebracht«, meinte der alte Seebär beifällig. »Die meisten verlassen sich nur noch auf die Technik, aber ein richtiger Kapitän muss auch mit Seekarte und Kompass umgehen können! Sogar, wenn er so eine Nussschale fährt wie du.«

Als Hannes kurz von seinem Besuch bei Fritz erzählte, glätteten sich die tiefen Falten in Oles Gesicht. Brummelnd kratzte er sich hinter seinem Vollbart und sah Hannes anerkennend an.

»Anständig von dir, dass du ihn besucht hast! Damit hab ich ehrlich gesagt gar nicht gerechnet. Hmm, und wegen deiner Navigationsdefizite: Wenn du in den nächsten Wochen immer eine Stunde vor deinem Kurs hier aufkreuzt, bring ich dir alles bei, was du wissen musst.«

Damit war für ihn alles gesagt, und er stampfte mit eingezogenem Kopf davon, als müsste er jederzeit mit einem schweren Sturm von vorn rechnen.

KAPITEL 11

Im Besucherraum saßen sich Hannes und Fritz am selben Tisch wie in der Vorwoche gegenüber. Die diensthabende Justizvollzugsbeamtin wirkte so, als habe sie den Raum in den zurückliegenden sieben Tagen nicht verlassen. Ein angedeutetes Nicken zur Begrüßung hatte jedoch bewiesen, dass sie tatsächlich aus Fleisch und Blut war. Neben Hannes gab es diesmal keine weiteren Besucher, sodass die ehemaligen Kollegen den ganzen Raum für sich hatten. Fritz sah an diesem Morgen deutlich besser aus. Wie früher trug er ein knitterfreies Polohemd über einer schwarzen Jeans, und auch sein Gesicht schien nicht mehr ganz so eingefallen. War Hannes beim ersten Treffen noch gehemmt und zurückhaltend gewesen, so hatte er dem Wiedersehen diesmal entspannter entgegengesehen. Doch er vermutete, dass es noch etwas Zeit benötigen würde, bevor er seinem ehemaligen Mentor wieder unbefangen gegenübertreten könnte. Sofern dies überhaupt möglich war.

»Weshalb darfst du eigentlich deine eigene Kleidung tragen?«, fragte er. »Sind vor dem Gesetz doch nicht alle gleich?«

Fritz winkte ab. »Meine Zelle ist so groß wie die aller anderen, komfortable sieben Quadratmeter. Immerhin ist es eine Einzelzelle, und ich darf sie mit ein paar persönlichen Gegenständen aufpeppen. Prinzipiell müssen wir schon Anstaltskleidung tragen, man kann aber die Benutzung eigener Klamotten beantragen. Dann bist du allerdings selbst für die Reinigung verantwortlich. Wie du siehst, habe ich die Waschmaschine bedienen können.«

Er lächelte schief, und Hannes fragte sich, wie dieser ruhelose Mensch die Tage in Gefangenschaft ertragen konnte. Da Fritz nicht lange stehen oder gehen konnte, arbeitete er in der anstaltseigenen Küche und bereitete dort im Sitzen die Mahlzeiten mit zu. Aufgrund seiner früheren, nach Hannes Ansicht fast schon selbstmörderischen Ernährungsweise brachte dies einige neue Erfahrungen mit sich. Da er jedoch noch einige Tage in den sieben Quadratmetern abzusitzen hatte, musste er sich irgendwie mit der Situation arrangieren.

»Ole wird mir Nachhilfe geben, da ich den Navigationskurs verpasst habe«, lenkte Hannes ihn weiter von der Eintönigkeit des Gefängnisalltags ab. »Ich darf also nicht durch die Prüfung fallen, das würde er als persönliche Beleidigung auffassen. Nächste Woche will er dich übrigens besuchen, das heißt, ich werde nicht kommen können.«

»Das glaube ich nicht.« Fritz grinste selbstgefällig. »Ganz so gleich sind wir hier dann doch nicht, dass ich nicht eine Erweiterung meiner Besuchszeiten organisieren könnte. Du musst dir also eine bessere Ausrede einfallen lassen.«

Darauf ging Hannes nicht ein. Er hatte nicht vor, die Besuche zu einer regelmäßigen Angewohnheit werden zu lassen. Stattdessen präsentierte er einen Stapel Papier, den er nach intensiver Diskussion durch die Sicherheitsschleuse hatte bringen können. »Ich habe was für dich, damit du hier nicht völlig einrostest. Jede Menge Kreuzworträtsel und auch ein paar Sudoku-Blöcke. So kannst du deine neue Leidenschaft jetzt intensiv ausleben.«

Obwohl der ›alte Fritz‹ einen solchen Zeitvertreib früher nicht mal annähernd in Betracht gezogen hatte, leuchtete sein Gesicht auf. »Sehr nett von dir, denn das Angebot im Gefängniskiosk ist übersichtlich. Aber ich kann mich revanchieren, denn ich hab auch was für dich!«

Überrascht und skeptisch blickte Hannes ihn an. Hoffentlich hatte Fritz ihm nicht in einem handwerklichen Kurs ein schief zusammengezimmertes Irgendwas gebastelt.

Doch Fritz deutete vielsagend auf seinen Kopf. »Da du mir hilfst, dass sich da drinnen nicht alles in eine nutzlose Masse verwandelt, sollst du auch etwas von meinem neuralen Netz haben. Ich verstehe, dass du mir keine Ermittlungsdetails erzählen willst. In den letzten Tagen habe ich aber viele Nachrichten konsumiert und konnte nicht übersehen, dass du mit Henning im Jesusmord ermittelst. Im Gegensatz zu ihm hast du übrigens eine gute Figur am Tatort abgegeben.« Er grinste und fuhr dann in seiner ungewöhnlichen Geschenkpräsentation fort. »Wir können uns auf das beschränken, was der Öffentlichkeit bereits bekannt ist. Vielleicht gibt dir mein Blick von außen neue Denkanstöße? Ich weiß nur zu gut, dass man in einer Ermittlung oft den Wald vor lauter Bäumen nicht sieht.«

Entgeistert beäugte Hannes seinen ehemaligen Vorgesetzten. Das hatte sich der Kerl ja geschickt zurechtgelegt, und das Funkeln in seinen Augen sprach Bände! Diesen Blick hatte der ›alte Fritz‹ schon früher gezeigt, sobald ihn das ultimative Jagdfieber gepackt hatte.

»Du bist immer noch ziemlich überzeugt von dir«, meinte Hannes schließlich und rang mit sich selbst. »Ich ahne zwar, dass ich auf deine Masche hereinzufallen drohe, aber okay! Warum nicht? Wir bewegen uns jedoch ausschließlich im Rahmen der Fakten, die schon in der Presse gelandet sind!«

»Hervorragend!« Fritz beugte sich nach vorn, um Hannes die Schulter zu tätscheln. Darauf strömte kurz Leben in die Justizbeamtin, die misstrauisch zu ihnen rübersah.

»Ich hab ein paar Notizen vorbereitet!« Hektisch kramte er zwei zusammengefaltete Zettel aus der Hosentasche, und Hannes ließ sich fassungslos in seinem Stuhl zurücksinken.

»Bin ich so leicht zu durchschauen? Dir war also klar, dass du mich rumkriegen würdest?«

»Zumindest habe ich es gehofft«, lachte Fritz. »Aber ganz so schlecht kenne ich dich in der Tat nicht. Wir sind gar nicht sehr verschieden. Du denkst im Moment nur noch daran, wie du den Mörder endlich schnappen kannst und ob du nicht den entscheidenden Hinweis übersiehst. So war es bei mir auch immer. Ich konnte erst wieder abschalten, wenn der Fall abschließend gelöst war.«

»Na, dann erzähl mal, was du dir in deiner Gefängniszelle so zusammengereimt hast.«

Den kleinen Giftpfeil schien Fritz jedoch nicht wahrzunehmen. Eifrig stützte er die Arme auf den Tisch und massierte gleichzeitig seine großen Ohren. Hannes konnte sich bildhaft vorstellen, wie er in seiner Zelle gehockt und zu den Klängen klassischer Musik seine Gedankenstränge zu Papier gebracht hatte.

»Das Offensichtlichste und zugleich Merkwürdigste an diesem Mord ist das Kreuz«, legte Fritz los. »Es kann nur zwei Bedeutungen haben: Entweder gibt es einen religiösen Hintergrund oder es soll der entsprechende Anschein erweckt werden. In der Zeitung stand, dass der Gekreuzigte ein Pornodarsteller war. Das könnte für einen religiösen Bezug sprechen. Der Täter wertet die Pornoindustrie als verwerflich und will dagegen vorgehen. Vielleicht gab es sogar einen Film, in dem das Opfer mit religiösen Symbolen hantierte.«

Forschend blickte er Hannes an, der dabei das unangenehme Gefühl hatte, dass sich der ehemalige Kommissar gerade durch sein Gehirn grub und interessiert jede dort abgelegte Information betrachtete.

»So weit, so gut.« Hannes zeigte ein betont unbeteiligtes Gesicht. »Wenn diese Theorie stimmt, dann können wir die Suche allerdings einstellen, denn es wimmelt auf dieser Welt ja geradezu von religiösen Fanatikern.«

»Nicht so voreilig! Es gibt bestimmt einen Grund, warum ausgerechnet dieser Mann ans Kreuz genagelt wurde. In meiner Karriere habe ich es nur äußerst selten erlebt, dass ein Opfer zufällig ausgewählt wurde. Ihr müsst auf jeden Fall herausfinden, ob der Tote in irgendeiner Weise mit religiösen Kreisen in Berührung gekommen ist.«

Eine Weile diskutierten die beiden noch das Für und Wider dieser These, bis Fritz nach einem Blick auf die Uhr das Gespräch auf die zweite Möglichkeit lenkte.

»Wenn es sich nur um ein Ablenkungsmanöver handelt, wird es schwieriger. Warum ausgerechnet eine Kreuzigung? Immerhin ist das ein ganz schöner Aufwand! Du nagelst jemanden nicht innerhalb weniger Minuten fest, und auch das Aufrichten des Kreuzes braucht seine Zeit. Du kannst also leicht entdeckt werden. Insofern überschneidet sich die zweite mit der ersten Theorie. Wenn das Ablenkungsmanöver wirken soll, muss es realistisch erscheinen! Die Tat müsste einen nachvollziehbaren Bezug zur Religion haben, vielleicht auch nur indirekt. Der Täter hätte das Opfer also gut kennen müssen.«

»Glaubst du, dass es sich eher um einen Einzeltäter oder um eine Gruppe handelt?«

»Wenn fanatische religiöse Motive dahinterstecken, würde mein Bauchgefühl zu einer Gruppe tendieren. Vielleicht sind es auch nur zwei oder drei Personen. Wurde die

Tat hingegen aus persönlichen Gründen verübt, wäre ein Einzeltäter wahrscheinlicher. Zwar ist eine Kreuzigung eine körperlich anstrengende Aufgabe, aber Hass kann ungeahnte Kräfte wecken.«

»Also suchen wir entweder eine Gruppe fanatischer Glaubenskrieger oder aber einen kräftigen und hasserfüllten Einzeltäter«, fasste Hannes zusammen.

»Zumindest ist das meine erste Vermutung. In jedem Fall sucht ihr jemanden, der das Opfer persönlich kannte, das sagt mir meine Ermittlernase ganz eindeutig.«

Hannes nickte nachdenklich und rückte zögernd mit weiteren Details heraus. Mit Federsen konnte er sich nie auf diese Weise austauschen, und er hätte die Ermittlung viel lieber an der Seite des ›alten Fritz‹ geführt. Doch leider war gerade der nicht unschuldig daran, dass er sich stattdessen mit Federsen herumplagen musste. Eine Tatsache, die Hannes ihm übel nahm. Abgelenkt von diesen Überlegungen bemerkte er zu spät, dass Fritz ihm mit viel Geschick mehr Informationen entlockte, als er eigentlich hatte preisgeben wollen.

›Und wieder zeigt sich, dass es noch ein weiter Weg ist, bis ich so routiniert bin wie er‹, dachte er resigniert, als die Besuchszeit abgelaufen war und er das klotzförmige Gefängnisgebäude verließ. Am meisten ärgerte ihn, dass ihm auch noch Sylvia Böhms Ermordung und der vermutete Zusammenhang mit Kramers Tod herausgerutscht war. Dies war eine vollkommen neue Information für den inhaftierten Exkommissar gewesen.

Andererseits war Hannes auch neugierig, welche Theorien Fritz, nun mit deutlich mehr Informationen ausgestattet, bis zum nächsten Besuch austüfteln würde. Dass er ein erneutes Treffen in der darauffolgenden Woche inzwischen fest einplante, fiel ihm gar nicht auf.

»Wir schuften uns hier mit den zwei Mordfällen ab, während Sie übers Wasser paddeln«, wurde Hannes im Präsidium barsch begrüßt, und entnervt verdrehte er die Augen. Federsen konnte sich auch mal einen neuen Text einfallen lassen! Der Kommissar war genesen und beglückte den Kollegenkreis mit seiner Anwesenheit. Hannes band seinem Vorgesetzten wohlweislich nicht auf die Nase, dass er sein morgendliches Training zugunsten des Abstechers zu Fritz hatte ausfallen lassen. Stattdessen erkundigte er sich, ob der gewalttätige Exfreund von Rebecca Köhler inzwischen ins Netz gegangen war.

»Von dem Kerl gibt es weiter keine Spur«, berichtete Clarissa. »Wir haben vor dem Haus, in dem sich seine Wohnung befindet, eine Zivilstreife postiert, bislang ohne Erfolg. Entweder ist er verreist oder er hat wirklich was ausgefressen.«

»Hoffentlich ist er nicht gerade dabei, etwas auszufressen«, erwiderte Marcel düster. »Ich habe kein gutes Gefühl, dass er unkontrolliert herumläuft. Wahrscheinlich wurde er vom Priester der Schöpferkirche gewarnt, dass wir ihn suchen.«

»Verschone uns mit deinen düsteren Vorahnungen«, sagte Federsen giftig. »Es ist doch völlig offen, ob er überhaupt etwas mit den Leichen zu tun hat. Dieser Priester hat ja nicht ganz unrecht. David Bach ist im letzten Jahr tatsächlich nicht mehr negativ aufgefallen.«

»Aber doch nur, weil Rebecca Köhler ihn nicht angezeigt hat!« Clarissa war empört. »Ihr wisst genau, dass bei solchen Typen immer nur die Spitze des Eisbergs sichtbar ist.«

»Wir suchen ihn erst seit gestern, und spätestens am Montag müsste er wieder auftauchen«, warf Hannes beschwichtigend ein. »Dann beginnt seine Drei-Tage-Woche als Staplerfahrer. Ist Per eigentlich noch krank?«

»Nicht bloß er«, maulte Federsen. »Sie haben beim Verteilen Ihrer Viren ganze Arbeit geleistet und das halbe Präsidium lahmgelegt. Auch Steffen liegt seit heute im Bett.«

Clarissa und Marcel sollten sich noch einmal den Dealer Daniel Novak vorknöpfen, während Isabell und Hannes ein weiteres Mal zu Manuel Birkholz geschickt wurden, der in einer Nachbarstadt wohnte. Die Mitglieder des ›Neuen Wegs‹ waren inzwischen alle befragt worden, dabei hatte sich die Erkenntnis durchgesetzt, dass der Verein keine radikal-religiöse Ausrichtung hatte. Zwar hatte nicht jedes Mitglied lückenlos überprüfbare Alibis vorlegen können, es gab aber niemanden, dem nicht wenigstens für einen der Morde eine bestätigte Entlastung zur Verfügung stand.

Federsen sah sich an diesem Tag gesundheitlich noch nicht zu einem Außeneinsatz in der Lage. Der Widerstand seiner Kollegen hielt sich in Grenzen, da keiner Wert darauf legte, ihn den ganzen Nachmittag an der Backe zu haben.

»Du tust mir leid«, meinte Isabell wenig später im Auto. »Ich könnte den Kerl nicht jeden Tag aushalten! Kannst du mal ruhiger fahren? Ich muss meine Kontaktlinsen austauschen.«

Sie klappte die Sonnenblende herunter und fischte mit konzentriertem Gesichtsausdruck die beiden Sehhilfen aus ihren geröteten Augen. Dann öffnete sie eine neue Linsen-Packung und fummelte kurz darauf wieder an ihren Augen herum. Hannes verließ die Auffahrt zur Autobahn und reihte sich in den Verkehrsstrom ein.

»Immer noch nicht die passenden Linsen gefunden?«, fragte er, da ihm Isabells täglicher Kampf mit ihren empfindlichen Augen bekannt war.

»Nein, ich teste gerade wieder einen neuen Hersteller. Ich vertrage diese Dinger aber generell schlecht. Wahrscheinlich sollte ich über eine Laserbehandlung nachdenken.«

»Oder über eine Brille.«

»Du hast leicht reden«, erwiderte sie. »Es nervt total, den ganzen Tag eine Brille rumzutragen. Außerdem habe ich kein Brillengesicht. Hast du gar keine Probleme mit deinen Augen?«

»Zumindest nicht mit der Schärfe. Dafür werde ich immer wieder schräg angeschaut. An Brillen haben sich die Leute gewöhnt, an zweifarbige Augen nicht.«

»Kannst ja auch Kontaktlinsen tragen«, frotzelte Isabell. »Es gibt auch welche ohne Stärke, die dafür aber eingefärbt sind. Damit kannst du dein grünes in ein blaues oder dein blaues in ein grünes Auge verwandeln. Du hast die die Wahl.«

»Wieso sollte ich das tun? Oder stört dich mein Anblick?«

»Blödsinn!« Sie kicherte. »Ich muss bei deinem Anblick nur immer an den Husky meines Vaters denken.«

Mit jedem Kilometer, dem sie sich ihrem Ziel näherten, genoss Hannes die Fahrt mehr. Isabells Frohnatur war eine erfrischende Abwechslung zu der tristen Zusammenarbeit mit seinem Vorgesetzten. Er warf einen unauffälligen Blick zur Seite. Für seinen Geschmack hatte sie sich an diesem Tag mal wieder nicht besonders vorteilhaft gekleidet, außerdem war er der Meinung, dass sie sich mit ihrem schwarz gefärbten Kurzhaarschnitt auch keinen Gefallen tat. Aber er fühlte sich in ihrer Gegenwart wohl und überlegte, ob das ausreichen könnte, sich mit ihr auf einen Drink zu verabreden. Dabei fiel ihm ein, dass auch die Verabredung mit der Rechtsmedizinerin Maria noch ausstand. Dass auch Anna in wenigen Tagen aus Asien zurückkommen würde, hatte er ebenfalls fast vergessen.

›Zumindest kann ich mich nicht über einen Mangel an attraktiven Frauen in meiner Umgebung beklagen‹, dachte er. Worüber er sich allerdings beklagte, war die Tatsache, dass er nicht in der Lage war, diese gute Ausgangsposition zu seinem Vorteil zu nutzen.

Fast hätte er die richtige Abfahrt verpasst. Gerade noch rechtzeitig setzte er den Blinker. Manuel Birkholz wohnte im südlichen Bereich der Nachbarstadt, wo es überwiegend mehrgeschossige Häuser und Ladengeschäfte gab. Hannes steuerte den Passat eine Hauptverkehrsstraße entlang, die zunächst noch von Ein- und Mehrfamilienhäusern dominiert wurde. Als die Häuser höher wurden, parkte er am Straßenrand.

Im dritten Stockwerk eines gepflegten Wohnblocks wurden sie von einem sichtlich genervten Manuel Birkholz erwartet. Er führte die Ermittler in eine unaufgeräumte Wohnung und lümmelte sich kurz darauf auf ein durchgesessenes Sofa. Dass die Ermittler ungefähr in seinem Alter waren, trug vielleicht weiter dazu bei, dass er sich wenig bis gar nicht um ein angemessenes Verhalten scherte.

Hannes hatte sich auf einem Schwingsessel niedergelassen, während Isabell distanziert mit verschränkten Armen stehen blieb. Das Wohnzimmer war so chaotisch wie bei ihrem letzten Besuch, überall lagen Kleidungsstücke und Fitnessmagazine herum. Herr Birkholz schien sich auch abseits der Lektüre intensiv der Fitness zu widmen, was er mithilfe seines eng anliegenden und weit ausgeschnittenen T-Shirts demonstrativ zur Schau trug. Mit den Händen fuhr er sich nun durch eine halblange Hipster-Frisur und präsentierte dabei auf beiden Unter- und Oberarmen eine beeindruckende Vielfalt an Tattoos.

»Wieso sind Sie schon wieder hier?«, wollte er betont gelangweilt wissen und musterte Isabell abwertend von den Schuhen bis zur Kurzhaarfrisur.

»Mit Sicherheit nicht wegen Ihrer tollen Dekoration«, sagte sie kühl und blickte vielsagend zu den zahlreichen Blättern eines Pin-up-Kalenders, die an den Wänden hingen.

»Die sind harmlos! Sie sollten mal mein Schlafzimmer sehen.«

»Ihr Schlafzimmer ist mir völlig egal«, erwiderte die junge Polizistin scharf. »Mich interessiert, warum Sie Alexander Kramer umgebracht haben!«

Perplex starrten sowohl Manuel Birkholz als auch Hannes die Ermittlerin an. Einen Moment herrschte Schweigen, bevor der junge Pornodarsteller wieder Worte fand.

»Sie haben wohl nicht alle … wie kommen Sie dazu, mir diesen Mord zu unterstellen? Ich kannte ihn ja nicht mal richtig!«

Hannes hatte seine Überraschung überwunden und stieg nun voll auf Isabells Strategie ein. »Dafür hatten Sie sich aber schnell eine schlechte Meinung von ihm gebildet!«

»Ich hab sofort gemerkt, was für ein Weichei das ist! Frauenversteher. Keine Ahnung, was der in unserer Branche wollte. Auch ich verstehe die Frauen … sogar hervorragend! Die wollen ordentlich rangenommen werden. Und die, die das nicht wollen, sind …«

»Da haben wir aber etwas anderes gehört«, unterbrach ihn Isabell, die ihre fröhlich-freundliche Ausstrahlung vollständig abgestellt hatte. »Ihre Filmpartnerinnen haben sich teilweise geweigert, weiter mit Ihnen zu drehen. Die Aussagen lassen sich mit drei Worten zusammenfassen: grob, unsensibel und aggressiv.«

»Dann haben Sie eben die falschen Frauen gefragt! Ich hätt mich einfach nie auf Paradise Images und diese Frauenpornos einlassen sollen! Wenn Sie eine meiner Kundinnen fragen würden …« Zu spät erkannte er, dass er sich gerade vergaloppiert hatte.

»Eine Ihrer Kundinnen?«, hakte Hannes auch sofort nach. »Also stimmt das Gerücht, dass Sie als Callboy arbeiten? Bei unserem letzten Gespräch haben Sie gesagt, neben den Pornodrehs nur verschiedenste Aushilfsjobs zu machen.«

»Wer hat behauptet, dass ich als Callboy arbeite?« Birkholz' Augen verengten sich zu schmalen Schlitzen. Doch blitzschnell änderte er die Taktik. »Na und? Seit wann ist es verboten, Frauen etwas unter die Arme zu greifen, denen es der eigene Mann nicht richtig besorgen kann? Und von denen hat sich noch nie eine beschwert, dass ich sie zu hart anfasse, im Gegenteil, sie finden …«

»Natürlich ist das nicht verboten«, unterbrach ihn Isabell ein weiteres Mal. »Und es ist mir auch völlig egal, was Sie mit diesen Frauen so alles anstellen. Die Geschmäcker sind ja verschieden. Mir ist aber nicht egal, was Sie mit Sylvia Böhm gemacht haben!«

»Wer soll das sein?«, fragte der junge Mann erregt.

»Eine Ihrer Kundinnen«, schlug Hannes vor.

»Blödsinn! Den Namen hab ich noch nie gehört!«

»Frau Böhm war eng mit Alexander Kramer befreundet«, klärte Isabell ihn auf.

»Na, dann hätte sie wirklich meinen Beistand gebrauchen können! Leider höre ich den Namen heute zum ersten Mal. Sie können mich aber gern empfehlen.«

»Das ist leider nicht möglich, Sylvia Böhm wurde ebenfalls ermordet.«

»Ach so, und dafür bin natürlich auch ich verantwortlich? Ich kenne diese Frau nicht!«

»Dann kommen wir noch mal auf Alexander Kramer zurück. Sie nahmen ihm übel, dass er Ihnen den Job weggeschnappt hat, auch wenn Sie sich das wohl selbst zuschreiben müssen. Stattdessen haben Sie ihn aber bedroht und einmal sogar tätlich angegriffen.«

»Blödsinn! Ich hab ihn nicht bedroht!«

»Merkwürdig«, sagte Hannes. »Herr Kramer hat nämlich seiner Schwester erzählt, dass Sie ihm vor dem Studio aufgelauert haben und aggressiv geworden sind.«

»Da fantasiert sich seine Schwester kräftig was zusammen! Ich bin ihm an einem Abend zufällig über den Weg gelaufen, und wir haben kurz miteinander gesprochen. Und ja, ja, wir hatten eine kleine Meinungsverschiedenheit. Aber der Typ war mir völlig egal! Hätte ich es wirklich auf ihn abgesehen, wäre er an dem Abend nicht so glimpflich davongekommen!«

»Das konnten Sie ein paar Tage später korrigieren«, war die trockene Antwort von Isabell.

Auf der Rückfahrt kamen Isabell und Hannes nur schleppend vorwärts, da der Feierabendverkehr eingesetzt hatte. Die Sonne stand tief am Himmel und blendete Hannes im Rückspiegel.

»Du hast ganz schön losgelegt«, grinste er beifällig und quetschte sich gerade noch so vor einen Audi auf die linke Spur, um einen LKW zu überholen.

»Wir konnten ihn aus seiner arroganten Selbstgefälligkeit nur herauszerren, indem wir ihm richtig Feuer unterm Hintern gemacht haben. Allerdings glaube ich, dass er zumindest in Bezug auf Sylvia Böhm die Wahrheit gesagt hat. Ihren Namen hat er tatsächlich zum ersten Mal gehört.«

»Das Gefühl hatte ich auch. Es sei denn, er ist ein perfekter Lügner. Aber wenn hinter den beiden Morden derselbe Täter steckt, scheidet er wohl aus. Falls es aber verschiedene Täter sind, ist er bei Alexander Kramer weiter im Rennen.«

In diesem Moment klingelte sein Handy, und er nahm das Gespräch über die Freisprecheinrichtung an. Kurz darauf dröhnte Clarissas herbe Stimme durch den Wagen, und Isabell regelte schnell die Lautstärke herunter. Clarissa befand sich mit Marcel ebenfalls auf der Rückfahrt, die erneute Vernehmung von Daniel Novak war erst vor wenigen Minuten zu Ende gegangen.

»Eigentlich hat uns das Gespräch mit diesem Kleindealer nicht wirklich weitergebracht«, begann Clarissa. »Er streitet weiter jede Beteiligung an der Kreuzigung ab. Auch mit Frau Böhm habe er nichts zu tun gehabt, was unsere Nachforschungen bisher ja bestätigen.«

»Aber?«, fragte Isabell.

»Er kennt jemand anderen. Und zwar Antje Kramer. Wir sind nur zufällig auf sie zu sprechen gekommen, da Daniel Novak nach der Schwester des Toten gefragt hat. Nachdem er erst etwas herumdruckste, hat er dann zugegeben, dass sie ebenfalls Kundin bei ihm ist.«

»Was?«, entfuhr es Hannes. »Zu uns hat sie doch gesagt, dass sie nichts über ihn weiß! Sie hat uns mit ›Dennis‹ sogar einen falschen Namen genannt!«

»Was für Drogen kauft sie?«, fragte Isabell.

»Kein Kokain wie ihr Bruder, sondern halluzinogene Pilze. Magic mushrooms. Die Dinger sind in Kifferkreisen sehr beliebt. Bleibt die Frage, warum sie uns das verschwiegen hat. Es gibt schlimmere Drogendelikte, als ab und zu ein paar solcher Pilze zu futtern.«

»Vor allem, da es um die Aufklärung des Mordes an ihrem Bruder geht«, bekräftigte Hannes. »Vielleicht hat sie tatsächlich große Angst vor einer Strafverfolgung und hält den Dealer noch dazu für unschuldig?«

»Aber wie hätte sie sich da so sicher sein können? Es sei denn …«

»… sie weiß generell mehr, als sie uns gesagt hat«, vollendete Marcels tiefe Stimme den Satz. Er hatte die ganze Zeit mitgehört. »Hannes, du hast doch einen ganz guten Draht zu ihr. Besuch heute Abend mal eine Versammlung des ›Neuen Wegs‹. Sag einfach, dass du dir einen allgemeinen Eindruck verschaffen willst, um die Lebensumstände der Opfer besser einschätzen zu können. Das macht ja auch tatsächlich Sinn! Dabei knöpfst du dir dann auch Frau Kramer vor. Sie ist regelmäßig dort und wird nach dem Tod ihres Bruders sicher seelischen Beistand suchen. Die Versammlung ist doch freitags?«

»Um neunzehn Uhr«, bestätigte Hannes wenig begeistert. Doch er musste zugeben, dass ein unangekündigter Besuch sicher keine schlechte Idee war. Kurz berichtete er noch von Manuel Birkholz' Befragung, bevor sich Marcel und Clarissa ins Wochenende verabschiedeten. Kaum war das Gespräch beendet, klingelte das Telefon erneut, und Hannes verdrehte nach einem Blick auf das Display die Augen.

»Federsen! Was kann der wollen?« Widerwillig nahm er das Gespräch an.

»Wieso ist bei Ihnen die ganze Zeit besetzt?«, herrschte sein Chef ihn an. »Sind Sie schon auf dem Rückweg? Sie sollten sich doch direkt danach bei mir melden, von Marcel hab ich auch noch nichts gehört!«

Hannes fasste die Ergebnisse der beiden Befragungen knapp zusammen, während Isabell unbeteiligt aus dem Fenster blickte. ›Danke für die Unterstützung‹, dachte Hannes leicht verärgert. Zugleich stellte er die Überlegung von der Hinfahrt, Isabell auf einen Drink einzuladen, vorerst wieder zurück.

»Einverstanden, Sie suchen heute Abend die Versammlung auf«, stimmte der Vorgesetzte erwartungsgemäß dem Aufschub von Hannes' Wochenende zu. »Sollte sich dort was Interessantes ergeben, melden Sie sich noch mal bei mir. Sonst sehen wir uns am Montag!« Abrupt beendete er das Gespräch und sparte sich jede Verabschiedungsfloskel.

Es war bereits stockdunkel, als Hannes um Viertel nach sieben am Vereinsheim des ›Neuen Wegs‹ eintraf. Die hell erleuchteten Fenster zeigten, dass die freitägliche Zusammenkunft bereits begonnen hatte. Er stieg die Treppe zur Eingangstür herauf und bemerkte, dass sich das steinerne Vereinssymbol mit der ausgestreckten Hand nicht mehr an seinem Platz befand. In der Erwartung, mitten in die Zeremonie der Gemeinschaft hereinzuplatzen, öffnete er leise die Tür.

Er hätte sich die Rücksichtnahme sparen können. In dem Raum standen über dreißig Menschen und erzeugten einen beachtlichen Lärmpegel. In einer Ecke des Raums entdeckte er die hünenhafte Gestalt des Versammlungsleiters Thomas Beck, der neben seiner Frau in einer erregt diskutierenden Gruppe stand. In diesem Moment blickte der Mann zur Tür und winkte einladend, als er den Sportpolizisten erkannte.

Langsam bahnte sich Hannes einen Weg durch die Vereinsmitglieder. Einige von ihnen hatte er bereits während der Befragungen kennengelernt, andere waren von seinen Kollegen vernommen worden. Er stellte einen leichten Frauenüberhang fest, wobei fast alle Altersgruppen vertreten waren.

»Schön, dass Sie uns heute Abend besuchen«, begrüßte ihn Herr Beck. Dann stellte er die Leute um sich herum vor, die Hannes aber bereits alle bekannt waren. In der kleinen Gruppe stand der komplette Vereinsvorstand beisammen, der aus den Ehepaaren Beck und Schweiger sowie Herrn Lück bestand.

»Heute ist ja Full House!«, bemerkte Hannes. »Ihre Mitglieder nehmen das Vereinsleben offensichtlich ernst.«

»Na ja«, erwiderte Herr Lück, der auch an diesem Abend einen schicken Anzug trug. »So gut ist die Freitagsversammlung sonst nur zur Weihnachtszeit besucht. Inzwischen haben sich die Todesfälle natürlich rumgesprochen. Das dürfte ein wesentlicher Grund für das zahlreiche Erscheinen sein.«

Das konnte sich Hannes gut vorstellen, und es erklärte zugleich die aufgeregte Stimmung im Raum. Allerdings gab es dafür noch eine weitere Erklärung.

»Sie kommen genau richtig. Es hat einen Anschlag auf uns gegeben«, sprudelte Frau Schweiger empört heraus. Ihre Stimme überschlug sich fast.

»Einen Anschlag? Wie meinen Sie das?«, fragte Hannes verwirrt.

»Das ist vielleicht etwas übertrieben formuliert.« Herr Beck hob begütigend die Hände. »Neben unserer Eingangstür stand ein Stein mit unserem Symbol, der ausgestreckten Hand. Als ich heute gegen halb sieben hier ankam, lag der Stein zerschlagen vor der Tür.«

»Das ist aber noch nicht alles«, ergänzte seine Frau. »An die Außenwand hat jemand ›Keine Blasphemie!‹ gesprüht. Irgendjemand will uns einschüchtern!«

»Das waren welche von der Schöpferkirche«, schlussfolgerte Frau Schweiger erregt. »Mit denen hatten wir schon früher Probleme!«

Während die Vorstandsmitglieder diese Möglichkeit kontrovers erörterten, dachte Hannes nach. Die Schmiererei an der Fassade war ihm nicht aufgefallen, das Fehlen des Steins allerdings schon. Stand diese Sachbeschädigung in einem Zusammenhang mit den beiden Morden? Natürlich konnte es sich auch um einen Dummejungenstreich handeln oder um einen Einschüchterungsversuch, ohne dass mehr dahintersteckte.

Er verließ den Raum, um sich das Graffiti anzusehen. Neben der Eingangstür lagen noch kleinere Steinsplitter, die größeren Trümmer hatten die Vereinsmitglieder bereits weggeräumt. Als er die Fassade betrachtete, fiel ihm sofort der rote Schriftzug ins Auge. Die Buchstaben waren krakelig und nicht besonders groß aufgesprüht worden. Das Werk sah nicht nach jemandem aus, der an den Umgang mit Spraydosen gewöhnt war. Zudem dürfte es von keinem Genie der deutschen Rechtschreibung erstellt worden sein, wie das fehlende ›e‹ am Ende des Wortes ›Blasphemie‹ zeigte.

»Wo befindet sich der zerschlagene Steinblock jetzt?«, fragte er, als er wieder bei den Vorstandsmitgliedern im Inneren des Gebäudes stand.

Hannes wurde zum Lagerraum geführt, in dem sich vier große und mehrere kleine Steinbrocken befanden. Es war nicht mehr erkennbar, was sie einmal dargestellt hatten. So viel verstand auch der Polizist von der Steinmetzkunst, dass sich dieser Schaden nicht mehr reparieren ließ. Prüfend ging er vor den Brocken in die Knie, die mit einem schweren Hammer bearbeitet worden sein mussten.

»Haben Sie den Vorfall gemeldet?«

Herr Lück schüttelte den Kopf. »Wir überlegen, wie wir damit umgehen sollen. Eigentlich wollen wir keinen großen Wind machen. Nicht, dass wir am Ende noch Nachahmungstäter animieren! Die Schmiererei können wir selbst schnell entfernen, und der Stein ist ohnehin verloren.«

»Die arme Antje!« Frau Schweiger atmete aufgebracht ein und aus. »Sie hat sich solche Mühe mit dem Stück gemacht und lange dran gearbeitet. Diese Zerstörungswut wird sie traurig machen!«

»Wo ist Frau Kramer eigentlich?«, fragte Hannes, da er sich mit ihr ohnehin noch über ihr merkwürdiges Verhalten im Zusammenhang mit dem Dealer Daniel Novak unterhalten wollte.

»Heute ist sie leider eine der wenigen, die nicht gekommen ist«, klärte ihn Herr Beck auf. »Wahrscheinlich ist es gut, dass sie ihr zerstörtes Kunstwerk nicht sehen muss!«

»Wirklich eine Schande«, bestätigte Hannes. »Ich empfehle Ihnen dringend, die Sachbeschädigung anzuzeigen. Sie können auch darum bitten, dass die Angelegenheit nicht an die große Glocke gehängt wird. Haben Sie eine Spraydose und einen Hammer oder ein anderes großes Schlagwerkzeug gefunden?«

»Nein«, erwiderte Herr Schweiger. »Diese Idee hatten wir auch schon und haben die Umgebung um das Haus herum abgesucht. Wir haben aber nichts entdeckt. Auch bei den Nachbarn haben wir uns umgehört. Niemandem ist etwas aufgefallen.«

»Sollte sich ein derartiger Vorfall wiederholen, lassen Sie bitte alles so, wie Sie es vorgefunden haben«, bat Hannes.

»Damit erleichtern Sie meinen Kollegen die Arbeit und verhindern, dass mögliche Spuren verwischt werden.«

Eine Weile hörte er sich noch die verschiedensten Mutmaßungen an, wer hinter dem Vorfall stecken konnte. Schließlich beendete Herr Beck das wilde Spekulieren mit dem Hinweis, dass man sich nun auf den eigentlichen Zweck des Abends konzentrieren sollte. Wenige Minuten später hatten die Gemeindemitglieder in vier Stuhlreihen Platz genommen, und Herr Beck trat vor einen feierlich geschmückten Tisch.

Über das kleine Möbelstück war ein weißes Tuch geworfen worden, das bis zum Boden reichte. Auf der Tischmitte stand neben einem bunten Blumenstrauß eine kleinere Version der zerstörten ausgestreckten Hand, die wahrscheinlich ebenfalls von Antje Kramer angefertigt worden war. Links und rechts daneben strahlten die Flammen zweier Kerzen auf kleine gerahmte Fotos der beiden Mordopfer.

Als feierliche Musik aus den Lautsprechern an der Decke klang, erhoben sich die Anwesenden und nahmen sich gegenseitig an den Händen. Überrascht verfolgte Hannes, wie sämtliche Mitglieder der Gemeinschaft die Augen schlossen. Er nutzte die Gelegenheit, um ein weiteres Mal seinen Blick neugierig über die Versammlung gleiten zu lassen. Dabei entdeckte er die zierliche Gestalt von Rebecca Köhler, die am Rand der ersten Reihe eine ältere Frau an der Hand hielt, und noch weitere Gesichter, die er von den Befragungen kannte. Antje Kramer war noch immer nicht erschienen, sodass der eigentliche Zweck seines Besuchs hinfällig war. Doch vielleicht würde er nach diesem Abend verstehen, was diese Menschen bewegte – und was vielleicht auch die beiden Mordopfer bewegt hatte.

Als die Musik endete, lösten die Menschen ihre Hände, öffneten die Augen und umarmten jeweils die Person, die sich links und rechts von ihnen befand. Plötzlich befand sich Hannes in den Armen eines rundlichen Mannes, der ihn herzhaft an sich drückte. Verwundert nahm er wie alle anderen wieder Platz und wartete gespannt, wie es weitergehen würde.

Sein letzter Kirchenbesuch – die Hochzeit eines Cousins – lag schon viele Jahre zurück. Doch er erkannte, dass sich die Zeremonie des ›Neuen Wegs‹ einerseits deutlich und andererseits kaum von einem Gottesdienst unterschied. Eine Bibel war nirgendwo zu sehen, lediglich die Zehn Gebote, die an der Wand hinter dem kleinen Tisch aufgemalt waren, zeigten einen christlichen Bezug. Herr Beck konnte den Umstand, dass er jahrelang als Priester gearbeitet hatte, nicht verbergen. Er sprach zwar nicht über Bibeltexte, hatte aber eine feierliche Predigerstimme und verstand es, die Zuhörer in seinen Bann zu ziehen.

»Schwere Tage liegen hinter uns, und traurige Tage liegen noch vor uns. Mit Sylvia und Alexander wurden zwei Menschen aus unserer Mitte gerissen, die wir alle gut kannten und wie eine Schwester und einen Bruder geliebt haben. Doch so wie wir im Leben füreinander einstehen, so wollen wir es auch über den Tod hinaus tun. Es ist unsere Aufgabe, dafür zu sorgen, dass die beiden nicht vergessen werden. Wir werden diese Fotos an der Wand anbringen, damit Sylvia und Alexander weiter bei uns sind. Bitte erhebt euch nun zu einem stillen Gedenken.«

Für zwei Minuten herrschte Schweigen. Mehreren Menschen standen Tränen in den Augen. Anschließend legte Herr Beck zwei schwarze Schleifen um die Bilderrahmen und hängte sie behutsam an der Wand neben den Zehn Geboten auf. Eine Frau trat hervor und trug mit belegter Stimme ein Gedicht zu Ehren der beiden Mordopfer vor. Anschließend spielten mehrere Gemeindemitglieder zwei Instrumentalstücke, bei denen es sich um die Lieblingslieder der Toten gehandelt hatte.

»Die Polizei hat Sylvia und Alexander zur Bestattung freigegeben«, fuhr Herr Beck anschließend fort. »Wir werden uns morgen um zehn Uhr auf dem Friedhof von Alex verabschieden. Antje hat mir mitgeteilt, wie die Beerdigung ablaufen soll. Ich organisiere alles für sie. Jeder, der etwas beitragen möchte, kann dies gerne tun. Sylvia dagegen wird eine traditionelle christliche Beerdigung um elf Uhr erhalten. Ihr Mann hat darauf bestanden und wird sich um alles kümmern.« Er räusperte sich, seine tiefe Stimme hatte etwas von ihrer Stärke eingebüßt. Langsam ließ er die braunen Augen über die Versammlung schweifen. Auch Hannes spürte den intensiven Blick kurz auf sich ruhen.

»Eigentlich wollte ich heute über Mut sprechen«, fuhr der Mann bedeutungsvoll fort. »Über den Mut, den wir alle immer wieder neu finden müssen – und so leicht verlieren können. Stattdessen sollten wir heute besser über Standhaftigkeit sprechen. Auch sie erfordert Mut. Heute wurde unser Vereinsheim beschmiert und unser Symbol der ausgestreckten Hand zerschlagen. Gerade deshalb sollten wir uns daran erinnern, warum wir uns hier versammeln! Wir müssen uns auf unsere Werte und Einstellungen konzentrieren und dürfen uns nicht einschüchtern lassen! Wir sollten uns die ausgestreckte Hand bewahren und sie weiter jedem anbieten, der sie benötigt. Lasst uns das gerade in diesen Tagen nicht vergessen!«

Zustimmend nickten viele der versammelten Menschen, und als erneut Musik aus den Lautsprechern klang, erhoben sich alle gleichzeitig und nahmen sich noch einmal an den Händen. Als die letzten Töne verklungen waren, wurde Hannes ein weiteres Mal von dem Mann neben ihm umarmt, und verlegen klopfte er dem Mittfünfziger auf die Schulter. Bevor sich die Menschen trennten, trat nun Frau Schweiger vor die Gruppe, um die Aktivitäten der nächsten sieben Tage anzukündigen.

Ein Blick auf die Uhr zeigte Hannes, dass es bereits nach zwanzig Uhr war. Er hörte noch kurz den Ausführungen zu einer Theaterprobe und einem Musikabend zu, dann verdrückte er sich unauffällig. Draußen atmete er tief die kühle Nachtluft ein und schlenderte zu seinem Wagen. Der feste Zusammenhalt des Vereins hatte ihn beeindruckt. Sicher hatte auch Sensationslust zu dem zahlreichen Erscheinen beigetragen. Doch zugleich war das Bedürfnis der Menschen zu spüren gewesen, zusammenzurücken und füreinander da zu sein. Die ruhige und besonnene Art Herrn Becks hatte allen sichtlich gutgetan.

Am Auto angekommen, warf Hannes einen Blick zurück. Durch die Fenster konnte er erkennen, dass Frau Schweiger ihre Erklärungen noch nicht beendet hatte. Als er die Wagentür öffnen wollte, bemerkte er einen Schatten, der sich von dem gegenüberliegenden Gebäude der Schöpferkirche löste. Er beobachtete, wie ein Mann die Straße überquerte und auf das Vereinsheim des ›Neuen Wegs‹ zueilte.

Statt auf den Eingang des Gebäudes zuzugehen, drückte er sich an die Hauswand und schob sich geduckt zu einem der Fenster vor. Er trug eine dunkelgrüne Jacke, eine schwarze Strickmütze und Handschuhe. Als er vorsichtig durch das Fester ins Innere des Vereinsheims schaute, beleuchtete das herausfallende Licht kurz sein Gesicht. Hannes hielt den Atem an. Rebecca Köhler hatte ihm ein Foto ihres gewalttätigen Exfreundes David Bach gezeigt. Der Mann da drüben sah ihm ähnlich.

Erschrocken bemerkte Hannes die Stange in der linken Hand des heimlichen Beobachters. Lautlos löste er sich von seinem Auto. Bach hatte seiner Exfreundin hier schon einmal aufgelauert, und heute wollte er offenbar keine halben Sachen machen. Innerlich fluchte Hannes, denn seine Dienstwaffe lag gut verschlossen in der Schublade seines

Schreibtischs. Unauffällig überquerte er die Straße. In diesem Moment öffnete sich die Tür des Hauses, und das Ehepaar Beck trat heraus, um die zu Ende gegangene Versammlung zu verlassen.

Als Hannes sah, dass der Mann an der Hauswand die Eisenstange nun fest mit beiden Händen umfasste und sich dem Eingang näherte, rief er eine laute Warnung und sprintete im selben Moment los. Ruckartig drehte sich der Angreifer zu ihm um und blickte in seine Richtung.

»Polizei! Lassen Sie sofort die Stange fallen«, brüllte Hannes, und sein Auftauchen zeigte Wirkung. Wenn auch anders als erwartet. Der Mann stürmte direkt auf Hannes zu, der mit dieser Reaktion nicht gerechnet hatte. Im letzten Moment versuchte er der heransausenden Eisenstange auszuweichen und gleichzeitig nach dem Arm zu greifen. Seine Hand spürte bereits den dicken Stoff einer Bomberjacke, als sich der Mann mit einer Körperdrehung gerade noch außer Reichweite bringen konnte. Die stählerne Stange streifte Hannes' Wange und hinterließ einen tiefen Kratzer.

»Gehen Sie zurück ins Haus«, rief er der Menschengruppe zu, die sich inzwischen verschreckt an der Tür versammelt hatte. Er bemerkte noch, wie Herr Beck alle ins Haus dirigierte, dann machte er sich an die Verfolgung des Angreifers. Nachdem er ihn aus der Nähe gesehen hatte, waren die letzten Zweifel verflogen. David Bach war aufgetaucht.

Der hatte noch keinen großen Vorsprung, und mit ausgreifenden Schritten rannte Hannes hinter ihm her. Schnell bemerkte der Flüchtende, dass er auf offener Straße keine Chance gegen den trainierten Polizisten hatte. Aus dem Lauf sprang er über einen Gartenzaun, blieb an einer Zaunlatte hängen und überschlug sich. Als Hannes über den Zaun flankte, war Bach aber wieder auf den Beinen und rannte an einem kleinen Wohnhaus vorbei in den hinteren Teil des

Gartens. Über einen Holzstoß kletterte er auf das Dach der Garage und sprang von dort auf ein anderes Grundstück.

Hannes war nun dicht hinter ihm. Er setzte gerade zu einem Hechtsprung an, um den Verfolgten zu Boden zu reißen, als aus dem Gebüsch eine Katze herausgeschossen kam und ihn zum Stolpern brachte. Fluchend rappelte er sich wieder auf und sah noch, wie David Bach zurück auf die Straße eilte. Sofort rannten auch seine Beine wieder los. Rasch blickte er nach links und rechts, als er aus dem Gartentor des Grundstücks stürmte. In etwa hundert Metern Entfernung erkannte er die Silhouette des Mannes und setzte ihm verbissen nach. Er war überrascht, dass David Bach nicht erneut versuchte, ihn in irgendwelchen Gärten oder Hinterhöfen abzuhängen, denn auf der Straße holte er nun kontinuierlich auf.

Als er dem Flüchtenden um die nächste Straßenecke folgte, erkannte er jedoch den Grund für dieses Verhalten. Hektisch fummelte der Exfreund von Rebecca Köhler am Türschloss eines blauen Opels herum, warf sich auf den Fahrersitz und startete den Motor. Mit allergrößter Willensanstrengung verschärfte Hannes noch einmal das Tempo. Doch seine Fingerspitzen konnten nur noch kurz das Metall des Wagens berühren, bevor David Bach mit durchdrehenden Reifen davonschoss.

Mit geschlossenen Augen atmete Antje Kramer den feuchten Geruch nach Erde und Moos ein. Die Nacht war kalt und lautlos. Dies war einer ihrer Lieblingsplätze. Sie hatte ihn zufällig entdeckt, als sie eines Tages beim Pilzesammeln die Orientierung verloren hatte und dabei auf diese Lichtung gestoßen war. Pilze trug sie auch diesmal bei sich, allerdings hatte sie diese in einem kleinen Korb von zu Hause mitgebracht. Darin befanden sich außerdem die kleine keltische Opferschale, ein Campingkocher und zwei dicke Kerzen.

Antje Kramer hatte sich entschieden, die Natur aufzusuchen und nicht an der Versammlung des ›Neuen Wegs‹ teilzunehmen. Zwar fühlte sie sich in der Gemeinschaft gut aufgehoben, doch sie hatte wenig Lust, einen ganzen Abend voller Beileidsbekundungen über sich ergehen zu lassen. An diesem Abend wollte sie für sich allein sein, zumal es eine helle Vollmondnacht zu werden versprach. Mitten auf der kleinen Lichtung stand eine uralte Eiche, zu deren Füßen ein kleiner Bach floss. Wann immer sie an diesem Ort war, konnte Antje Kramer die Mystik der keltischen Kultur unmittelbar begreifen und meinte, die Magie der Natur in jeder Faser ihres Körpers zu spüren.

Sicher lag dies nicht ausschließlich an dem Zauber, den der Ort unbestreitbar verströmte, sondern auch an den kleinen Pilzen, die sie mit sich führte. Als der Mond hoch genug stand, um den Baum und das glitzernde Wasser anzuleuchten, holte sie den Campingkocher hervor. Sie mochte den Geschmack der Pilze nicht besonders, die sie in einem abgeschirmten Teil ihrer Werkstatt verwahrte. Daher schöpfte sie auch diesmal einen großen Becher Wasser aus dem Bach, warf zwei Würfel einer kräftigen Gemüsebrühe hinein und löste diese über der Flamme sorgfältig auf. Anschließend mischte sie die getrocknete Pilzmischung unter. Während sie das Gebräu leicht köcheln ließ, ging sie zu der mächtigen Eiche und legte ihre Hände auf die rissige Rinde.

Oft hatte sie auf dieser Lichtung schon zu der keltischen Muttergöttin Anu gesprochen. Sie war ihre Lieblingsgestalt in der keltischen Mythologie, zu deren Ehren noch immer Mittsommerfeuer entzündet wurden. Ihre Gedanken glitten zu ihrem Bruder, und Tränen traten in ihre Augen, als die Bilder aus der gemeinsamen Kindheit an ihr vorbeiglitten. In dieser Nacht würde sie nicht die alte Göttin der Kelten anrufen, sondern zu Donn sprechen. Der Überlieferung nach handelte es sich um einen keltischen Gott, der die Seelen sicher in die sogenannte Anderswelt geleitete. Es war das Letzte, was sie für ihren Bruder tun konnte.

Langsam ging sie zu dem kleinen Gasbrenner zurück und nahm den blechernen Topf herunter. Andächtig schnupperte sie an dem aufsteigenden Dampf und setzte sich mit dem Rücken an den Eichenstamm. Als sie den ersten Schluck der Gemüse-Pilz-Suppe herunterschluckte, verzog sie das Gesicht. Offenbar hatte sie die Brühe doch nicht stark genug zubereitet, denn das bittere Pilzaroma schmeckte deutlicher als sonst hervor. Löffel für Löffel leerte sie das Gefäß und drehte anschließend den Kopf zur Seite, sodass ihre Wange den Baumstamm berührte. So verharrte sie eine Weile, lauschte dem leisen Gluckern des Bachlaufs und wartete auf die Wirkung.

Als nach etwa zwanzig Minuten die Wärme eintrat und sich ihre Wahrnehmung spürbar schärfte, erhob sie sich, um die kleine Opferschale und die Kerzen zu holen. Sie taumelte leicht und schüttelte verwirrt den Kopf. Hatte sie die Dosis zu hoch angesetzt? Die Wirkung setzte schneller und heftiger ein als gewohnt. Schwer atmend stützte sie sich am Stamm ab und kämpfte gegen den Schwindel und die Übelkeit an. Nach wenigen Minuten ebbten die negativen Symptome ab, und sie wurde von einem entspannten und warmen Gefühl durchströmt. Erleichtert atmete sie auf und bereitete ihre private Andacht vor. Als sie wenig später den Totengott Donn persönlich vor sich zu sehen glaubte, ahnte sie nicht, dass sich seine Hände auch nach ihr ausstreckten. Der Prozess in ihrem Inneren hatte bereits begonnen.

KAPITEL 12

Mit Beginn der neuen Woche fiel ein starker Sturm über die Stadt her, der den ganzen Tag tobte und in der Spitze Orkanstärke erreichte. Dazu prasselte Regen von einem dunkelgrauen Himmel und ertränkte die Aktivitäten fast vollständig. Lediglich die Rettungskräfte waren im Dauereinsatz, um Verkehrswege freizuräumen, Keller auszupumpen und verletzte Menschen zu versorgen. Entsprechend groß war die Hektik im Polizeipräsidium. Alle waren froh, dass die Krankheitswelle allmählich abebbte und der Personalnotstand auf das übliche Maß zurückging.

Hannes schaute durch das Fenster des Besprechungsraums auf das Unwetter, das noch weniger Licht als üblich vom Novemberhimmel auf die Stadt fallen ließ. Er hatte das matte Gefühl, mit der Helligkeit wären zugleich auch seine sämtlichen Synapsen ausgeschaltet worden. Vielleicht war es aber auch nur der übliche Montag-Blues, der ihm die Energie aus den Knochen zog.

David Bach war noch immer nicht aufgespürt worden. Nach der vereitelten Attacke auf die Mitglieder des ›Neuen Wegs‹ hatte die Sorge zugenommen, dass weitere Menschen in Gefahr schwebten. Das sah auch Federsen so, der alles andere als wohlwollend an der Stirnseite des Tisches saß.

»Wozu lassen wir Sie jeden Vormittag trainieren, wenn Sie sich sogar von einem Gabelstaplerfahrer abhängen lassen? Wer weiß, wo der Kerl jetzt untergekrochen ist.«

Hannes verteidigte sich empört. »Wäre mir diese blöde Katze nicht zwischen die Beine gelaufen, hätte er überhaupt keine Chance gehabt!«

»Zumindest wissen wir jetzt, dass Bach etwas gegen den ›Neuen Weg‹ im Schilde führt«, warf Marcel beschwichtigend ein. »Gut, dass du diese Versammlung aufgesucht hast. Auch wenn du dir dabei eine Schramme auf der Backe eingehandelt hast.«

»Dass er etwas im Schilde führt, wussten wir bereits von seiner Ex«, erwiderte Federsen.

»Jetzt ist aber klar, dass er sich nicht nur auf sie konzentriert, sondern den ganzen Verein ins Visier genommen hat«, schloss sich Isabell Hannes' Verteidigung an.

»Wissen wir das wirklich?«, fragte Clarissa zweifelnd. »Vielleicht wollte er auch nur auf Frau Köhler losgehen. Er wird kaum vorgehabt haben, dreißig Leute niederzuschlagen. Ob er hinter der zerstörten Steinskulptur und dem Graffiti steckt, wissen wir auch nicht.«

»Der Kerl hat sich dort herumgetrieben, da liegt die Vermutung doch auf der Hand«, winkte Federsen barsch ab.

»Wir haben das Kennzeichen des Fluchtfahrzeugs überprüft«, sagte Marcel. »Es handelt sich um seinen eigenen Wagen, der bereits zur Fahndung ausgeschrieben ist. Vor seiner Mietwohnung sind Kollegen postiert, genauso wie vor dem Industrieunternehmen. Dort müsste er heute eigentlich wieder auf dem Gabelstapler sitzen. Bisher ist er aber nicht aufgetaucht.«

»Kein Wunder bei dem Wetter.« Clarissa deutete aus dem Fenster auf die sich biegenden Bäume. »Im Radio wurde empfohlen, möglichst zu Hause zu bleiben.«

»Da ist er aber nicht«, sagte Per, der inzwischen wieder genesen war. Wie Isabell und Hannes war er Anfang dreißig, was man aufgrund der ausgeprägten Geheimratsecken kaum vermutet hätte. Seine Rückkehr ins Präsidium senkte den Altersschnitt des Ermittlerteams weiter ab. »Bestimmt haben ihm seine Glaubensbrüder erzählt, dass wir nach ihm gefragt haben. Inzwischen sind wir dort ja schon mehrfach aufgelaufen. Dass wir den Angriff auf Hannes nicht einfach hinnehmen, dürfte ihm auch klar sein. Mit Sicherheit ist er untergetaucht, das Wetter wird ihm ziemlich egal sein.«

»Mir ist es auch egal«, polterte Federsen. »Und Sie sollte es ebenfalls nicht kümmern, denn Sie und Herr Niehaus fahren jetzt zu Antje Kramer.«

»Stimmt, wir müssen sie noch wegen ihrer Falschaussage zu dem Dealer zu befragen.«

»Das auch. Aber der eigentliche Grund ist, dass Sie mal nach ihr sehen sollten. Vorhin hat mich Herr Beck vom ›Neuen Weg‹ angerufen. Er macht sich Sorgen, weil er von ihr seit Tagen nichts mehr gesehen oder gehört hat.«

»Wahrscheinlich hat sie gerade einfach keine große Lust auf Gesellschaft und deshalb die Freitagsversammlung ausfallen lassen«, vermutete Per, der offenkundig seinerseits keine große Neigung verspürte, das Gebäude zu verlassen. »Wär ja verständlich.«

»Die Versammlung vielleicht, nicht aber die Beerdigung ihres Bruders«, meinte Hannes besorgt und erhob sich. »Die Beisetzung war am Samstagmorgen. Merkwürdig, dass sie daran nicht teilgenommen hat.«

»Zumal sie in die Vorbereitungen involviert war«, pflichtete Federsen ihm bei. »Herr Beck hat sie zuletzt am Dienstag in ihrer Werkstatt getroffen. Sie besprachen, wie und wann die Beerdigung durchgeführt werden soll. Sie sah sich selbst nicht in der Lage, alles zu organisieren, weshalb er ihr das abgenommen hat. Seitdem ging sie aber nicht ans Telefon und war zu Hause nicht anzutreffen.«

Es war eine hindernisreiche Fahrt, obwohl Hannes und Per bereits ein höher gelegtes Allradfahrzeug ausgewählt hatten. Viele Unterführungen waren mit Wasser vollgelaufen und gesperrt, sodass die Route mehrmals geändert werden musste. Hannes blickte angestrengt durch das Fenster, da die Scheibenwischer kaum für freie Sicht sorgten. Im letzten Moment konnte er einem großen Ast ausweichen, der schwer auf dem Asphalt aufschlug.

»Vielleicht hätten wir Frau Kramer lieber anrufen sollen, statt uns hier in Gefahr zu bringen«, meinte Per besorgt und kratzte sich eine seiner mächtigen Geheimratsecken.

»Hab ich versucht«, erwiderte Hannes. »Sie geht nicht ans Telefon.«

»Wieso fahren wir überhaupt zur Werkstatt? Sie wird bei diesem Wetter kaum zur Arbeit gefahren sein.«

»Ihre Werkstatt und Wohnung befinden sich im selben Haus«, erklärte Hannes geduldig seinem nörgelnden Kollegen. »Im Erdgeschoss arbeitet sie, und in dem Dachgeschoss darüber wohnt sie. Wir haben es aber auch schon geschafft. Wir sind da!«

Erleichtert stellte er den Motor ab und blickte zögernd zu seinem Beifahrer. Pers Gesicht konnte man beim besten Willen nicht als gut aussehend bezeichnen. Doch in dem fahlen Licht traten seine Aknenarben noch deutlicher als sonst hervor und verschärften den gewöhnungsbedürftigen Anblick zusätzlich.

»Geht's los?«, fragte Hannes. Per nickte resigniert.

Beide rissen ihre Tür auf und stürzten sich in die tobenden Elemente. Im Laufschritt rannten sie durch den Regen, und bei jedem Bodenkontakt spritzte ihnen das Wasser bis zur Taille. Eine heftige Orkanböe brachte sie ins Wanken, und innerhalb von Sekunden waren sie durchnässt. Prustend erreichten sie das Vordach der Werkstatt und schlotterten simultan.

»Wenn das mal keinen Grippe-Rückfall gibt«, meinte Per und nieste auch sofort.

»Red es bloß nicht herbei!« Hannes rüttelte vergeblich am Türgriff. Eine Klingel gab es nicht, weshalb er laut gegen die Scheibe hämmerte. Doch im Inneren tat sich nichts. »Hier unten ist sie schon mal nicht. Lass uns ums Haus gehen, dort ist der Eingang zu ihrer Wohnung.«

Die Haustür verfügte im Gegensatz zur Werkstatt über eine Klingel, die Hannes mehrmals hintereinander betätigte. Doch auch diesmal reagierte niemand. Im Haus blieb es ruhig.

»Sie wird bestimmt nicht in Urlaub gefahren sein, während ihr Bruder unter die Erde gebracht wird«, murmelte Hannes, und seine Besorgnis wuchs.

»Vielleicht ist sie genau deswegen verreist. Kann ja sein, dass sie sich mental außerstande sah, an dem Begräbnis teilzunehmen. Oder sie versteckt sich bei einer guten Freundin vor der Welt, bis sie wieder einigermaßen zurechtkommt.«

Entschieden schüttelte Hannes den Kopf. »Natürlich hat Frau Kramer um ihren Bruder getrauert. Sie war aber kein Häufchen Elend, eher ein robuster Typ.« Er trat ein paar Schritte zurück und schaute prüfend zu einem kleinen Giebelfenster hinauf. Das Regenwasser lief ihm aus den dunkelblonden Haaren in die Augen, und er schüttelte sich. »Sieh mal dort oben! Irgendwo im Haus brennt Licht, vielleicht sogar in diesem Zimmer da!«

»Das wäre aber eine schwache Funzel«, meinte Per, der sich widerstrebend in den Wasserfall neben Hannes stellte. Doch er musste zustimmen, dass es in der Wohnung eine Lichtquelle gab.

»Das reicht mir«, sagte Hannes entschlossen und bewegte sich zurück zur Werkstatt. Unterwegs nahm er einen Stein in die Hand und wog ihn prüfend.

»Was hast du vor?«, fragte Per ahnungsvoll, als Hannes die Scheibe der Werkstatttür bereits mit einem Schlag zerschmetterte.

»Zur Haustür kommen wir nicht rein, die ist massiv.« Hannes führte vorsichtig den Arm durch das zerbrochene Glas, um von innen den Schlüssel herumzudrehen. »Vielleicht gibt es auch von hier einen Zugang zur Wohnung.«

»Wir hätten den Öffnungsdienst rufen können«, schlug Per etwas zu spät vor.

Mit einem Klicken drehte sich der Schlüssel, und Hannes öffnete die Tür. Als er das Licht anschaltete, blickte er prüfend durch den Arbeitsraum. Er wirkte deutlich unaufgeräumter als bei seinem letzten Besuch. Im hinteren Teil befand sich halb versteckt hinter einem großen Regal eine Holztür, die sich widerstandslos öffnen ließ.

»Was riecht denn hier so komisch?« Per schnupperte. »Erinnert mich an … an …«

»An eine Bahnhofstoilette«, meinte Hannes und hastete einen kleinen Flur entlang. Er öffnete eine weitere Tür, die aber lediglich zu einer kleinen Wohnküche führte. »Hier unten ist sie nicht, lass uns oben nachsehen!«

Mit jedem Schritt, den die beiden Ermittler über eine knarrende Holztreppe ins Dachgeschoss emporstiegen, wurde der Geruch unangenehmer. Inzwischen war er eindeutig als eine Mischung aus menschlichen Ausscheidungen und Erbrochenem zu identifizieren. Beide atmeten nur noch durch den Mund, als sie das Dachgeschoss erreicht hatten. Zwei Türen führten hier ab, und beim Öffnen der ersten schlug der Gestank endgültig über den Polizisten zusammen. Es war das Badezimmer, das jedoch einen abschreckenden Anblick bot und offensichtlich die Quelle des Geruchsmartyriums war.

»Das nenn' ich mal eine ordentliche Magen-Darm-Grippe«, meinte Per mit fast schon schmerzhaft verzogenem Gesicht. Für ihn war mit dem Zustand des gefliesten Raumes die tagelange Nicht-Erreichbarkeit von Frau Kramer hinreichend erklärt.

»Ich hatte schon einige Magen-Darm-Infekte, aber so sah mein Badezimmer nicht mal annähernd aus«, erwiderte Hannes skeptisch und öffnete die zweite Tür. Sie führte in ein Wohnzimmer. Der abstoßende Geruch war hier fast genauso stark. Erklärend deutete Hannes auf den Fußboden, auf dem sich vereinzelt ähnliche Spuren wie im Badezimmer befanden.

»Hier stimmt eindeutig was nicht«, sagte er und atmete gepresst weiter durch den Mund.

Das Zimmer war, von den Spuren auf dem Parkettboden abgesehen, aufgeräumt und ordentlich. Die Einrichtung war mit einem schmalen Sofa, zwei Bücherregalen, einem kleinen Tisch und drei Stühlen übersichtlich. Auch hier fehlte von der Bewohnerin jede Spur. Per deutete nach vorn.

»Es ist ein Durchgangszimmer, dort hinten dürfte der Schlafraum sein. Letzte Chance!«

Mit großen Schritten durchquerten sie den Wohnbereich, achteten dabei aber sorgsam darauf, nicht auf die Hinterlassenschaften auf dem Boden zu treten. Laut rief Hannes Frau Kramers Namen und klopfte energisch an die letzte verbleibende Tür. Als keine Antwort kam, schob er sie auf und keuchte entsetzt, als er ins Innere schaute.

Frau Kramer bot keinen schönen Anblick.

Zur selben Zeit hatten Isabell, Clarissa und Marcel mit Federsens Schweißgeruch zu kämpfen. In Unwissenheit der Situation von Hannes und Per empfanden sie es als absolute Zumutung. Demonstrativ öffnete Clarissa das Fenster, worauf der Sturm das halbe Zimmer durcheinanderwirbelte. Doch immerhin war die Luftqualität dadurch deutlich verbessert worden, und Clarissa sammelte mit ihren Kollegen die verstreuten Papiere und umgefallenen Pflanzen auf.

Federsen wartete, bis der Rest des Teams wieder am Tisch Platz genommen hatte. »Es gibt eine interessante Neuigkeit. Vor einer Stunde wurde Matthias Böhm verhaftet.«

Perplex schauten ihn drei Augenpaare an, was er befriedigt zur Kenntnis nahm.

»Aber wieso? Hat er etwa die Morde gestanden?«, fragte Isabell.

»Leider nicht. Es besteht ein Verdacht auf Steuerhinterziehung. Er sitzt jetzt wegen Verdunklungsgefahr in U-Haft.«

»Das ist ja heftig«, meinte Marcel überrascht.

»Heftig ist vor allem, dass wir keine Ahnung hatten, dass überhaupt gegen ihn ermittelt wird! Das ist mal wieder ein beschissener Kommunikationsaustausch in unserem Laden«, schimpfte Federsen. »Auf dem Mobiltelefon von Matthias Böhm sind übrigens alle gesendeten Nachrichten gelöscht. Bei der Hausdurchsuchung wurde aber das Handy seiner Frau sichergestellt. Also genau das Handy, das er angeblich nicht gefunden hat. Darauf befinden sich mehrere SMS, die er an seine Frau geschickt hat. In den Texten beschimpfte und bedrohte er sie. Außerdem zog er über Alexander Kramer her.«

»Ist ja ein Ding!«, staunte Clarissa. »Haben wir die Texte dieser Nachrichten schon?«

»Selbstverständlich«, sagte Federsen selbstgefällig und wedelte mit zwei DIN-A4-Blättern.

Er warf sie in die Tischmitte, und alle rückten zusammen, um die Kurznachrichten zu lesen.

Clarissa runzelte die Stirn. »Klar, das sind jetzt nicht unbedingt nette Worte, aber Todesdrohungen sind es auch nicht gerade. Höchstens das hier: ›Wenn du die Abtreibung durchziehst, wirst du dein Leben lang dafür büßen müssen – und darüber hinaus!‹ Aber das kann sich auch auf seine religiöse Einstellung beziehen.«

»Zumindest schien er von ihrem Verhältnis mit Kramer zu wissen«, sagte Marcel. »›Mach nur weiter so! Von mir aus kannst du mit jedem ins Bett steigen! Dass ich mich so in dir täuschen konnte!‹«

»Frau Böhm hat auf fast keine seiner SMS reagiert«, wunderte sich Isabell. »Als hätte sie schon mit ihrem Mann abgeschlossen.«

»In welchem Zusammenhang hat er eigentlich Steuern hinterzogen?«, fragte Marcel. »Er erwähnte ja, dass sich der Reiterhof nicht so schnell wie erhofft entwickelte.«

»Genaues weiß ich dazu auch nicht«, entgegnete Federsen reserviert. »Ihr wisst ja, wie mitteilungsfreudig die Kollegen in einer laufenden Verhandlung sind.«

»Immerhin haben aber auch wir zumindest einen Anfangsverdacht gegen ihn«, gab Marcel zu bedenken. »Er kann nur für den Mord an seiner Frau ein Alibi seines Steuerberaters liefern. Dass er in der Nacht der Kreuzigung zu Hause war, hätte dagegen nur seine Frau bezeugen können. Es wäre also schon sinnvoll, wenn wir uns eng austauschten. Hast du nicht nachgehakt?«

»Natürlich hab ich das!«, schnauzte Federsen mit rotem Kopf. »Wir werden auch weitere Informationen bekommen. Auf jeden Fall scheint er finanziell eine harte Zeit zu haben.«

»Da käme ihm der Verkauf des Reiterhofs natürlich sehr gelegen«, meinte Isabell. »Was Frau Böhm sicher nicht unterstützt hätte. Wäre es zur Scheidung gekommen, hätten sich seine finanziellen Probleme also verschärft.«

»Und aus seiner Sicht war neben seiner Frau nur eine weitere Person an der drohenden Scheidung schuld: Alexander

Kramer! Können wir Herrn Böhm sofort befragen?«, fragte Marcel euphorisch und erhob sich bereits halb von seinem Stuhl. Seine oft melancholischen braunen Augen funkelten.

»Natürlich! Ich habe in einer Stunde einen Termin für euch vereinbart«, erwiderte Federsen zufrieden und lehnte sich entspannt zurück.

Alarmiert blickte Hannes zu Per, der das Chaos in dem kleinen Schlafzimmer fassungslos betrachtete. Aufgrund des Giebeldachs wirkte der Raum kleiner, als er eigentlich war. Neben dem Bett standen ein Nachttisch und ein altmodischer Schaukelstuhl. Eine Stehlampe lag umgestürzt auf dem Boden und leuchtete schwach. Der helle Wollteppich war mit Flecken übersät, deren Herkunft sich inzwischen von selbst erklärte. Mehrere Kleidungsstücke lagen verstreut auf dem Boden. Auch die Bettdecke war mit Schmutz besudelt und hing halb auf dem Boden. Antje Kramer selbst lag mit dem Gesicht zur Wand nackt und zusammengekauert auf einem ehemals weißen Bettlaken.

»Frau Kramer!« Hannes näherte sich dem Bett. »Ich bin es, Johannes Niehaus von der Polizei. Wie geht es Ihnen?«

Vom Bett kam kein Geräusch. Mit einem schnellen Schritt trat er an den Rand des Gestells und beugte sich mit angehaltenem Atem über die reglose Frau. Vorsichtig versuchte er sie auf den Rücken zu drehen, doch ihre verkrampfte Haltung machte es unmöglich. Ihr Gesichtsausdruck wirkte gequält, die Augen waren geschlossen. Hannes bemerkte, dass sie eiskalt war.

»Ruf den Notarzt, Per!« Sein Kollege war jedoch schon selbst auf diese Idee gekommen und gab gerade die Adresse durch. »Ich glaube, sie ist tot«, flüsterte Hannes und versuchte dennoch, den Puls zu erfühlen. War da nicht doch ein leichtes Schlagen? Als er eine Hand vor ihren Mund legte, konnte er einen Atemzug erahnen.

»Sie lebt noch! Aber sie hat einen kaum spürbaren Puls und atmet sehr schwach.«

Nun war auch Per da. Zwar verfügten beide Polizisten über grundlegende Erste-Hilfe-Kenntnisse, doch ihnen war unklar, was die Frau in diesen Zustand versetzt haben mochte. Ein Magen-Darm-Virus schien angesichts der heftigen Symptome nicht wahrscheinlich.

»Hat sie Erbrochenes im Mund?«, fragte Per und übernahm freundlicherweise selbst die Initiative. »Nein, alles frei«, stellte er erleichtert fest. »Lass uns versuchen, sie in eine ausgestreckte Position zu bringen.«

»Hältst du das für eine gute Idee?«, zweifelte Hannes. »Wir haben keine Ahnung, warum sie so zusammengekrümmt daliegt. Sie scheint starke Schmerzen zu haben.«

»Von den Schmerzen bekommt sie nichts mit, sie ist nicht bei Bewusstsein. Aber vielleicht verschlimmern wir die Lage tatsächlich, wenn wir sie bewegen. Außerdem höre ich schon den Notarzt.«

Auch Hannes vernahm das rasch näher kommende Sirenengeheul. Erleichtert trat er einen Schritt zurück. Erst jetzt wurde ihm bewusst, wie übel ihm war.

»Kannst du runtergehen und die Notärzte holen?«, bat er mit matter Stimme, dann übergab er sich auf den Teppich. ›Spielt eh keine Rolle mehr‹, dachte er und hatte absolut recht.

Das Wiedersehen mit Anna hatte sich Hannes anders vorgestellt. Natürlich konnte das auch am bisherigen Tagesverlauf liegen. Es fühlte sich so an, als hätte sich der Gestank von Frau Kramers Wohnung in seinen Nasenschleimhäuten fest eingenistet. Die Notärzte hatten sofort eine Vergiftung vermutet und sie auf dem schnellsten Weg zur Intensivstation gebracht. Die Diagnose lautete: akutes Nierenversagen. Dem Gesichtsausdruck der Chefärztin nach zu urteilen standen die

Überlebenschancen äußerst schlecht. Was dieses Nierenversagen ausgelöst haben könnte, war noch offen. Zwar hatte die Ärztin eine Reihe von möglichen Ursachen aufgezählt, doch weder Hannes noch Per hatten damit etwas anfangen können. Hannes war jedoch hellhörig geworden, als eine Assistenzärztin angemerkt hatte, solche Symptome könnten von einer Pilzvergiftung hervorgerufen werden. Er hatte sich an die Aussage von Daniel Novak erinnert, Antje Kramer habe immer mal wieder halluzinogene Pilze erworben.

Wieder war er mit seinem Kollegen durch das Unwetter gerast und hatte Frau Kramers Wohnung auf den Kopf gestellt. Doch die Hoffnung, noch Reste von Pilzen zu finden, war erst in einer Ecke der Werkstatt erfüllt worden. Dort hatte ein kleiner Tischbackofen gestanden, auf dessen Rost Frau Kramer offenbar einige ihrer psychedelischen Pilze getrocknet hatte. Hannes hatte den gesamten Rost in eine Plastiktüte gepackt und zur Untersuchung ins Klinikum gebracht. Das Ergebnis stand jedoch noch aus.

In der Zwischenzeit hatten sich Clarissa und Marcel um Daniel Novak gekümmert, der jedoch alle Eide geschworen hatte, immer nur einwandfreie Ware verkauft zu haben. Da er nicht bereit gewesen war, seinen Lieferanten zu nennen, hatte ihn Marcel in eine Zelle sperren lassen, um seine Redebereitschaft zu steigern. Die Durchsuchung der Wohnung des Dealers war ernüchternd verlaufen. Lediglich kleinere Mengen Marihuana waren entdeckt worden, den Großteil seiner Ware lagerte der Mann offenbar woanders. Auch die Befragung von Matthias Böhm war ergebnislos geblieben, da er jede Aussage beharrlich verweigert hatte. Nach wenigen Minuten war er zurück in die Zelle seiner U-Haft geführt worden.

»Woran denkst du gerade?«, fragte Anna und lächelte Hannes mit leicht gerunzelter Stirn an. Am vergangenen Wochenende war sie von ihrer mehrmonatigen Reise aus Südostasien zurückgekehrt. Es war das erste Treffen der beiden, seit Hannes sie vor Wochen am Flughafen unbeholfen verabschiedet hatte. Der Kuss, den sie ihm jetzt zur Begrüßung auf die Wange gedrückt hatte, war im Vergleich mit dem damaligen Abschiedskuss eher harmlos gewesen. Dies bestärkte Hannes Ahnung, dass Anna zu keinem ungünstigeren Zeitpunkt das Land hätte verlassen können. Alles war wieder auf null und der Ausgang ungewiss.

»Ach«, wich er aus. »Es war einfach nur ein hässlicher Tag. Entschuldige, dass ich so abwesend bin! Eigentlich lenken mich Geschichten vom anderen Ende der Welt wunderbar ab. Also, wie war das jetzt mit diesem Hindu-Kloster in Gung Kavi?«

»Gunung Kawi heißt es«, lachte Anna. »Das ist ein Felsentempel in einer einmaligen Lage. Man erreicht ihn über ein kleines Holzschnitzerdorf, das allein schon sehenswert ist!«

Während sie ihm die Ruhe und den Frieden dieses Ortes zu veranschaulichen versuchte, betrachtete Hannes das Gesicht der jungen Frau, das ihm im Sommer während seines ersten Falls so vertraut geworden war. Der lange Aufenthalt unter der asiatischen Sonne hatte ihre Sommersprossen vervielfacht, auch wenn sie aufgrund der stark gebräunten Haut fast nicht zu erkennen waren. Ihre hellgrünen Augen leuchteten, als sie von ihren Erlebnissen berichtete. Ein wenig neidisch musste Hannes zugeben, dass sich das alles recht gut anhörte. Auf jeden Fall besser als seine letzten Wochen.

Sein Blick blieb an dem kleinen Grübchen ihres Kinns hängen, und ihr einnehmendes Lächeln verzauberte ihn wie zu Beginn ihres Kennenlernens. Dennoch spürte er eine Distanz und hoffte, dass es ihr nicht genauso ging. Bei ihren Schilderungen kam er sich etwas unterlegen und langweilig vor. Schließlich war er mit Ausnahme seiner Wettkämpfe noch nie weit über die Landesgrenzen hinaus gekommen. Anna dagegen war vor ihrem Asientrip einmal für ein ganzes Jahr um die Welt gereist und hatte bis auf die Antarktis alle Kontinente gesehen. Außerdem konnte sie nun von wunderbaren Erlebnissen berichten, während er zurzeit nur Dreck an der Backe hatte.

Auf Annas Vorschlag hatten sie sich im ›Chamäleon‹ getroffen, der Bar, in der sie sich vor Monaten zum ersten Mal verabredet hatten. Damals war der Zweck allerdings ein anderer gewesen. Anna hatte als Assistentin in dem Pharmakonzern gearbeitet, der im Mittelpunkt seines Falles gestanden hatte. Schnell war klar geworden, dass es zwischen den beiden knisterte und die Zeugin an dem Sportpolizisten mit den ungewöhnlichen Augen interessiert war.

»Jetzt erzähl du aber, wie es dir in den letzten drei Monaten ergangen ist«, versuchte Anna es ein weiteres Mal. Bislang hatte Hannes jeden Versuch abgeblockt. »Du machst ja ein richtiges Staatsgeheimnis daraus! Wo kommt zum Beispiel die Schramme auf deiner Wange her?« Behutsam fuhr sie mit dem Finger über die schorfige Kruste, was sich für Hannes wie ein feiner Stromschlag anfühlte.

»Hmm, da hab ich letzten Freitag eine Eisenstange abbekommen«, sagte er zurückhaltend und kämpfte nach dieser Berührung erfolglos gegen ein Erröten seiner Ohren an. »Ich hatte einen Verdächtigen verfolgt, aber der hat sich dummerweise gewehrt.«

»Und da sagst du, dass bei dir nichts passiert ist!« Anna machte großen Augen. »Du hast es ihm hoffentlich zurückgegeben?«

»Leider nicht. Eine Katze hat das verhindert.« Kurz berichtete er von der missglückten Verfolgungsjagd und dem ›Jesusmord‹. Fasziniert hörte sie zu.

»Unglaublich! Kaum bin ich im Ausland, geschieht hier ein Hollywood-verdächtiger Mord. Na ja, zumindest komme ich dadurch als Täterin nicht infrage.«

»Nein, du hast das perfekte Alibi«, antwortete Hannes und grinste ebenfalls.

»Das erinnert mich an einen Film, den ich vor vielen Jahren gesehen habe«, meinte Anna. »Darin brachte ein Serienmörder grausam Menschen um, die angeblich jeweils eine der sieben Totsünden begannen hatten. Jeder Mord war wie eine dieser Sünden arrangiert.«

»Wurde auch jemand ans Kreuz genagelt?«

»Ich glaub nicht. Aber du hast doch gesagt, dass der Tote ein Pornodarsteller war. Vielleicht wollte ihn irgendein Fanatiker dafür bestrafen. Wollust ist doch eine Totsünde?«

»Keine Ahnung, ich bin nicht besonders bibelfest.« Nachdenklich betrachtete Hannes die junge Frau. Er dachte an den ›Anschlag‹, wie Frau Schweiger den Vorfall vom Freitagabend genannt hatte, und an David Bach mit seiner Eisenstange. Handelte es sich bei diesem Kerl vielleicht um einen Nachahmungstäter, der ein filmisches Vorbild hatte? Zumindest war es eine Überlegung wert.

»Wenn du dich mal beruflich verändern willst, solltest du über eine Karriere als Ermittlerin nachdenken«, meinte er anerkennend. »Hast du dir schon überlegt, was du jetzt machen willst?«

Anna schüttelte den Kopf. Ihre braunen Haare fielen ihr ins Gesicht. Sie trug sie deutlich länger als noch im Sommer, was Hannes gut gefiel. Genauso gefiel ihm, dass sie sich immer noch zurückhaltend schminkte, was sie von den meisten Frauen in der Bar unterschied. Nun zuckte sie mit den Schultern und strich sich gedankenverloren über die gerade Nase.

»Du weißt ja, dass die neue Firmenleitung ihre eigenen Assistentinnen mitgebracht hat. Ich wollte sowieso kündigen, konnte dadurch aber noch eine Abfindung einstecken. Immerhin zehn Monatsgehälter, ich habe also keinen allzu großen Druck. Wahrscheinlich bewerbe ich mich erst mal wieder irgendwo als Assistentin. Ich hatte ja gehofft, dass mir während der Reise was anderes einfällt. Leider sind mir nur Ideen gekommen, von denen ich meine Wohnung kaum bezahlen kann.« Sie lächelte etwas bedrückt. »Ich werde morgen damit anfangen, mir Stellenausschreibungen anzusehen. Bist du immer noch halb Polizist und halb Kanusportler?«

»Ja, aber im nächsten Sommer werde ich die Sportlaufbahn beenden. Dann muss ich mir auch überlegen, wie es weitergeht, denn unter meinem derzeitigen Chef will ich nicht in Vollzeit arbeiten!«

Kurz erzählte er ihr von seinen Highlights mit Federsen, und als sie hörte, dass dieser ihn alleine zu Ermittlungen in ein Pornostudio geschickt hatte, kicherte sie.

»Du warst in diesem Pornostudio? Wie muss man sich das denn vorstellen?«

»Anders, als man denkt«, erwiderte Hannes verlegen und berichtete von dem Ausflug zu Paradise Images & Productions. Als er ihr schilderte, wie ihn die Empfangsdame Waltraut irrtümlicherweise für den neuen Pornodarsteller gehalten hatte, prustete Anna laut los.

»Hältst du das für so abwegig?«, fragte er leicht indigniert und musterte sich unauffällig in dem großen Wandspiegel, der hinter der Bar hing.

»Nein, so mein ich das nicht!« Sie lachte und legte begütigend eine Hand auf seinen Unterarm. »Aber ich stelle mir die Szene grade bildhaft vor.«

Dann wurde sie ernst und errötete leicht, während sie ihn nachdenklich ansah. Etwas unbehaglich rutschte Hannes auf seinem Stuhl herum. Schließlich entspannte er sich und grinste Anna fröhlich an.

»Wenn ich im nächsten Sommer keinen neuen Chef habe, kann ich ja noch mal über diese Jobalternative nachdenken.«

»Da fällt mir was ein«, rief Anna und stupste ihn leicht an der Schulter. »Du hast noch gar nichts von den Weltmeisterschaften erzählt. Du wolltest dich doch für die olympischen Spiele qualifizieren. Oder«, sie wirkte betreten, »hast du es nicht geschafft?«

»Doch!« Hannes strahlte übers ganze Gesicht. »Über die zweihundert Meter hab ich es zwar vergeigt, aber über tausend werde ich an den Start gehen.«

»Das ist ja super!« Anna kam um den Tisch herum, um ihn zu umarmen. »Und damit rückst du erst jetzt raus!?« Spielerisch würgte sie ihn leicht und winkte dann dem Kellner zu. »Darauf gebe ich noch einen Drink aus!«

Natürlich blieb es nicht bei dem einen Drink. Hannes spürte, dass das Eis endlich gebrochen war, das er vermutlich selbst und völlig unnötig produziert hatte. In den folgenden zwei Stunden unterhielten sie sich unbekümmert über alles und nichts. Er registrierte, dass Anna eine ihrer wichtigsten Eigenschaften wieder aus Asien mit zurückgebracht hatte: In ihrer Gegenwart fiel es ihm nicht schwer, die Ermittlungsarbeit schnell zu vergessen und stattdessen entspannt seine freie Zeit zu genießen.

Als sie draußen vor dem Lokal standen, war es bereits nach Mitternacht. Der Sturm hatte nachgelassen. Hannes merkte deutlich die Wirkung der zahlreichen Cocktails und zweifelte, ob er in wenigen Stunden ins Kanu klettern könnte.

»Wahrscheinlich wirst du seekrank«, gluckste Anna.

»Apropos seekrank, ich bin grad dabei, den Bootsführerschein zu machen«, berichtete Hannes. »Weißt du noch, dass mir Fritz sein Boot geschenkt hat?«

»Stimmt, so ein altes Fischerboot, oder?«

»Ein ehemaliger Krabbenkutter«, präzisierte Hannes. »Der ist aber richtig gemütlich ausgebaut. Sobald ich den Führerschein habe, könnten wir mal rausfahren.«

»Sehr gute Idee.« Anna hakte sich bei ihm ein, während sie dem Taxistand zusteuerten. »Aber vielleicht warten wir erst das Frühjahr ab? Oder zumindest, bis ich mich wieder an das kalte Winterwetter hier gewöhnt habe.«

An dem Stand warteten genau zwei Autos, und Hannes wurde unmissverständlich klar gemacht, dass sie auch tatsächlich beide Fahrzeuge benötigen würden.

»Was für ein Glück«, meinte Anna und deutete auf die beigefarbenen Wagen. »Da kommen wir gleichzeitig weg und müssen uns nicht streiten, wer auf das nächste Taxi warten muss. Es war ein toller Abend, Hannes! Wann sehen wir uns wieder?«

Etwas enttäuscht schlug Hannes den kommenden Samstag vor, auch wenn ihm der nächste Tag natürlich lieber gewesen wäre. Allerdings wollte er nicht zu überstürzt rangehen. Zwar schien auch Anna bei seinem Vorschlag etwas ernüchtert zu sein, doch das konnte Hannes sich auch eingebildet haben.

»Dann träum heute Nacht noch mal von Asien«, sagte er und beugte sich zu ihr herunter, um sie an sich zu drücken. Sie erwiderte die Umarmung und hielt ihn einen Moment länger fest als nötig.

»Das werde ich bestimmt. Wahrscheinlich dauert es noch etwas, bis sich alle Bilder und Erlebnisse sortiert haben. Da war alles so anders, das hat richtig gutgetan. Am meisten bereichern einen eben immer Menschen, die das Leben anders leben und die Dinge anders sehen als man selbst«, sagte sie. Hannes fand, das war ein weiser und Hoffnung machender Abschluss des Abends.

KAPITEL 13

Erwartungsgemäß lief das Training am Dienstagmorgen für Hannes nicht besonders rund. Es fühlte sich an, als hätten sich die Cocktails über Nacht in eine zähe Masse verwandelt, die sich direkt in den Armmuskeln eingenistet hatte. Erst nach zwanzig Minuten verflog die Schwere. Gerade noch rechtzeitig, denn der Trainer wollte mit kurzen Sprintduellen Wettkampfsituationen simulieren. Dabei war Hannes seinem Erzrivalen Ralf als Gegner zugeteilt worden, denn der alte Trainerfuchs wusste genau, dass er so das Maximale aus beiden Athleten herauskitzeln konnte. Es galt das Prinzip ›Best-of-Five‹. Wer bei fünf Duellen am häufigsten gewann, holte den Gesamtsieg. Die Temperatur lag bei vier Grad. Der Wind kam frisch von vorn und trieb lockere Schäfchenwolken vor sich her.

Die anderen Kanuten verfolgten gespannt, wie sich beide Sportler in die Paddel warfen, als das Wasser freigegeben war. Ihre Rivalität war legendär und hatte bereits zu einem heftigen Zweikampf geführt. Ihr Trainer hatte geglaubt, mit Freistil-Ringen eine perfekte Ergänzung zur Schulung von Koordination und Körpergefühl gefunden zu haben. Prinzipiell lag er damit gar nicht falsch. Doch nachdem sich Hannes und

Ralf zehn Minuten intensiv bearbeitet hatten, war das Ergebnis anders als gewünscht ausgefallen. Von einem verbesserten Körpergefühl war wenig zu sehen gewesen, als Ralf mit einem fehlenden Zahn und Hannes mit einer blutenden Platzwunde an der rechten Augenbraue endlich von der Matte getaumelt waren. Nach einem fassungslosen Blick auf die zerbeulten Körper seiner Vorzeigeathleten hatte ihr Coach die Sportart Ringen wieder vom Trainingsplan gestrichen.

Zwei Läufe hatte Hannes an diesem Vormittag bereits gewonnen. Nun wollte er für klare Verhältnisse sorgen und mit dem dritten Sieg uneinholbar vorn liegen. Hartnäckig schuftete er sich durch das dunkle Wasser und biss die Zähne aufeinander, als das bekannte Brennen in den Armmuskeln einsetzte. Aus den Augenwinkeln erkannte er, dass Ralf nur knapp hinter ihm lag. Er konnte das vertraute Keuchen des Konkurrenten hören. Als der an ihm vorbeizog, war Hannes kurz davor, dieses Rennen abzuhaken und Kräfte für die nächste Runde zu sparen. Federsen war seine Rettung. Normalerweise war Hannes' Kopf während eines Rennens leer, doch in diesem Augenblick schob sich das Gesicht seines Chefs vor sein inneres Auge. Er konnte ein abwertendes ›Sie haben es eben einfach nicht drauf, Herr Niehaus!‹ geradezu hören.

Wütend schnaubte Hannes aus, und die letzten Energiereserven seines Körpers mobilisierten sich von allein. Stück für Stück näherte er sich wieder Ralfs rotem Kanu. Das Wasser spritzte, als sein Boot die vom Wind aufgeworfenen Wellen durchschnitt. Verbissen bearbeitete er mit dem Paddel das Wasser, als könnte er seinen Vorgesetzten dadurch in Stücke hacken. Kurz vor der Zielmarkierung schob er das Boot mit einem letzten Kraftakt an der roten Kanuspitze vorbei. Völlig fertig sackte er in sich zusammen und schnappte nach Luft. Als er wieder klar sehen konnte, hatte Ralf sein Kanu neben ihn gesteuert.

»Das war ein Unentschieden«, japste der Konkurrent mit knallrotem Kopf.

»Leck mich doch«, keuchte Hannes. Blitzschnell schob er sein Paddel unter das Kanu des Kontrahenten, drehte es mit einer schnellen Hebebewegung herum und beförderte den schlechten Verlierer ins eiskalte Wasser. Dann paddelte er seelenruhig zurück zum Start, während Ralf im Wasser zappelte und ihm wüste Drohungen hinterherschrie.

»Wer hat gewonnen?«, fragte der Trainer neugierig, als Hannes wieder anlegte.

»Ich. Mit hauchdünnem Vorsprung. Ralf sieht das natürlich anders.«

»Okay, geh schon mal duschen, ein weiteres Rennen ist dann ja nicht mehr nötig. Ralf schicke ich zur Ziellinie. Da kann er Schiedsrichter spielen, falls es noch mal so eine knappe Entscheidung gibt wie eben.«

Grinsend hob Hannes sein Kanu aufs Trockene und trug es zum Schuppen. Wären die sportlichen Erzfeinde an diesem Tag noch einmal aufeinandergetroffen, hätten sicher Prügel in der Luft gelegen. Bei dieser Überlegung begutachtete er im Spiegel des Duschraums sein Gesicht. Mit dem Finger fuhr er über die noch nicht ganz verheilte Wunde, die ihm David Bach mit der Eisenstange zugefügt hatte. Ihm war nicht bewusst, dass er damit die sanfte Berührung Annas vom Vorabend imitierte. Nachdenklich starrte er auf sein Spiegelbild und hoffte, dass keine Narbe zurückbliebe. Falls doch, würde Bach die Gnade seines Gottes bitter nötig haben.

Eine Stunde später stand Hannes der rothaarigen Chefärztin gegenüber. Er war nach dem Training direkt zum Klinikum gefahren, um sich über Frau Kramers Zustand zu informieren.

»Alles unverändert«, sagte die Ärztin ernst. »Wir ersetzen die Nierenfunktion weiter durch Dialyse, aber ich habe keine große Hoffnung.«

»Ist sie bei Bewusstsein?«

»Nein. Inzwischen haben wir die Pilzreste analysieren lassen. Tatsächlich handelt es sich dabei größtenteils um sogenannte psychoaktive Pilze, die den Wirkstoff Psilocybin beinhalten.«

»Was bedeutet das?«

»Psilocybin wird im Körper zu Psilocin umgewandelt. Dieser Stoff wiederum wirkt als psychedelisches Halluzinogen, das die gewünschten Wirkungen hervorruft.«

»Welche Wirkungen sind denn erwünscht?«

»Im Grunde ähnliche wie bei LSD, also zum Beispiel Verstärkung der Gefühle, Entspannung, intensiveres Wahrnehmen und so weiter«, klärte die Ärztin ihn auf.

»Kann man diese Zauberpilze überdosieren?«

»Prinzipiell ja, aber das würde eine so heftige Reaktion wie ein Nierenversagen nicht erklären. Der Wirkstoffgehalt ist zwar recht hoch, aber bei einer Überdosierung würde nur ein Kontrollverlust oder Horrortrip eintreten, also massive Panikattacken oder Paranoia. Den Großteil der Pilze konnten wir panaeolus cyanescens und psilocybe semilanceata zuordnen.«

Hannes kratzte an der schorfigen Wunde in seinem Gesicht. Konnte sich diese Frau nicht klarer ausdrücken? Das Präsentieren von lateinischen Namen und Fachbegriffen musste für Ärzte wirklich eine Leidenschaft sein.

»Sie sagen, größtenteils handelt es sich um diese Sorten. Was bedeutet das?«

»Wir haben auch Reste des cortinarius orellanus gefunden.«

»Und was kann der Besonderes?«

»Er wird auch orangefuchsiger Rauhkopf genannt. Es ist jedoch kein halluzinogener, sondern ein giftiger Pilz.« Vielsagend zog sie die Augenbrauen hoch.

»Und der ist für Frau Kramers Zustand verantwortlich?«

»Alle Symptome deuten darauf hin. Ein bis zwei Tage nach Verzehr tritt Übelkeit mit Erbrechen auf, dann folgen Schmerzen in der Lendenwirbelsäule, und nach zwei Tagen beginnt bereits die Schädigung der Nieren.«

»Unter schwerer Übelkeit hatte sie in der Tat gelitten. Die Spuren in ihrer Wohnung waren eindeutig. Wann dürfte sie diese Pilze zu sich genommen haben?«

»Aufgrund der Schwere des Nierenschadens muss das einige Tage vor ihrer Einlieferung geschehen sein. Ein genaues Datum kann ich Ihnen leider nicht nennen. Wir haben ihren Hausarzt kontaktiert, doch sie hat seine Praxis nicht aufgesucht. Vermutlich war die Patientin der Meinung, sich lediglich einen schweren Magen-Darm-Virus eingefangen zu haben.«

Hannes bedankte sich und ging konsterniert den Gang entlang. Er überholte eine Frau, die schlurfend einen Infusionswagen vor sich her schob, und beeilte sich, das Gebäude zu verlassen. Krankenhäuser und Arztpraxen zogen ihn so wenig an, wie sich ein Kaninchen vor einem Fuchsbau herumtreiben würde. Eine verunreinigte Pilzmischung! Das würde diesen kleinen Dreckskerl von Dealer noch ordentlich in Schwierigkeiten bringen.

In der Nacht von Dienstag auf Mittwoch starb Frau Kramer, ohne vorher noch einmal das Bewusstsein erlangt zu haben. Hannes dachte an die vielen unbehauenen Steine vor ihrer Werkstatt, die nun niemals ihr Steinmetzzeichen tragen würden. Es war, als hätte die zerstörte Skulptur des ›Neuen Wegs‹ den Tod seiner Meisterin vorhergesagt. Im Versammlungsraum des Vereins würde die Galerie an der Wand um ein weiteres Bild mit einer schwarzen Schleife erweitert werden müssen.

»Die Frau ist inzwischen tot«, brüllte Federsen mit rot geflecktem Kopf Daniel Novak entgegen. »Und Sie sind für ihre Pilzversorgung zuständig gewesen. Wir reden nicht mehr über Körperverletzung, sondern von Mord. Zumindest von fahrlässiger Tötung!«

Novak hatte den Rest seines ohnehin schon beschädigten Selbstbewusstseins eingebüßt. Eingeschüchtert blickte er auf die beiden Polizisten, die sich in dem Vernehmungszimmer vor ihm aufgebaut hatten. Der eine sah ihn aus rot geäderten Augen an, während ihm aus dem blauen und grünen Auge des anderen scharfe Dolche entgegenzufliegen schienen.

»Rücken Sie schon damit raus, woher Sie diese Pilze hatten!«, forderte Hannes ihn auf. »Wenn Sie nichts daruntergemischt haben, kann der Fehler ja nur beim Lieferanten liegen.«

»Bestimmt hatte Antje die giftigen Stücke von jemand anderem!«, jammerte Daniel Novak mit weinerlicher Stimme. »Außerdem sammelte sie auch selbst Pilze. Sie hat mich mal gefragt, wie sie die am besten trocknen kann.«

»Dann hat sie sich die Giftpilze selbst gepflückt?«, schrie ihn Federsen an und verteilte mehrere Speicheltropfen im Zimmer.

»Das ist doch lächerlich«, pflichtete Hannes ihm bei. »Wieso sollte sie überhaupt Psycho-Pilze kaufen, wenn man die auch selbst sammeln kann?«

»Weil sie nicht so häufig vorkommen und man sie erst mal finden muss! Sie wachsen nicht das ganze Jahr und sind auch nicht mit denen vergleichbar, die sie von mir gekauft hat. Die sind speziell gezüchtet. Vielleicht hat sie den giftigen mit einem harmlosen Pilz verwechselt?«

»Wir haben einen Experten befragt. Dieser orangefuchsige Rauhkopf ist nicht so leicht mit anderen Pilzen zu verwechseln. Wenn Frau Kramer tatsächlich selbst erntete, dann kannte sie sich sicher gut genug aus, um so einen tödlichen Fehler nicht zu begehen. Sagen Sie, woher Sie Ihre Ware beziehen! Das ist die einzige Chance, noch heil aus der Sache herauszukommen. Vorausgesetzt, Sie sagen die Wahrheit und haben die Mischung nicht selbst um ein giftiges Extra erweitert!«

Kleinlaut saß die abgemagerte Gestalt vor ihnen und knetete die verkrampften Finger. »Also gut«, brach es schließlich aus ihm hervor, und er nannte den beiden Ermittlern widerstrebend einen Händler in den Niederlanden.

»Na also, warum nicht gleich?«, schnaubte Federsen und stürmte zur Tür. Wutentbrannt knallte er sie zu, nachdem auch Hannes den Vernehmungsraum verlassen hatte, der nach schalem Schweiß roch.

»Herr Niehaus, bitten Sie die holländischen Kollegen um Amtshilfe, damit die diesen Laden auseinandernehmen! Aber ich ahne schon jetzt, dass dabei nichts rauskommen wird. Dieser kleine Teufel verscheißert uns doch!«

»Wer weiß«, murmelte Hannes geistesabwesend. »Irgendwie traue ich ihm nicht zu, dass er dahintersteckt. Ihm fehlt auch ein Motiv dafür.«

»Motiv? Vielleicht ist der Kerl einfach verrückt? Hat Freude daran, andere Menschen leiden zu lassen. Denken Sie an die Kreuzigung und an das Gift im Unterleib von Frau Böhm. Das passt doch alles zusammen!«

»Eben. Aber was hatte Daniel Novak mit Frau Böhm zu tun? Gar nichts, soweit wir wissen! Sollten die Morde miteinander zusammenhängen, ist es daher nicht ausgeschlossen, dass sich doch jemand anders an der Pilzmischung zu schaffen gemacht hat.«

Noch am selben Abend lag der Bericht aus Den Haag vor. Novaks Lieferant betrieb vor den Toren Amsterdams eine große Pilzfarm. Zwar war der Verkauf von getrockneten psychoaktiven Pilzen auch in Holland verboten, der Handel mit frischen Exemplaren über Smartshops jedoch zulässig. Daniel Novak hatte versichert, dass er die Pilze in frischem Zustand bezog.

Laut der niederländischen Polizei galt der Händler als zuverlässig, auch wenn der Umstand, dass er sich mit dem Vertrieb der Ware ins Ausland ein unerlaubtes Zusatzgeschäft aufgebaut hatte, natürlich dagegen sprach. Doch auch für die deutschen Ermittler schien es so gut wie ausgeschlossen, dass auf einer Farm versehentlich Giftpilze auftauchten. Noch unwahrscheinlicher war es, dass sie dort absichtlich in den Verkehr gebracht wurden. Ein geschäftsschädigenderes Vorgehen wäre kaum möglich gewesen. Also war davon auszugehen, dass mit Antje Kramer inzwischen die dritte Person aus dem ›Neuen Weg‹ ermordet worden war. Die Dringlichkeit von Ermittlungsfortschritten hatte sich damit weiter erhöht, genauso wie die Angst der Polizisten, dass es mehr Opfer geben könnte.

Die entscheidende Frage war, ob Daniel Novak für die tödliche Beimischung gesorgt hatte oder ob eine andere Person dahintersteckte. Dass Frau Kramer die verhängnisvollen Pilze versehentlich gesammelt und konsumiert hatte, hielten alle für nahezu ausgeschlossen. Zwar wuchs der orangefuchsige Rauhkopf im Herbst in Laubwäldern, allerdings galt sein Vorkommen als relativ selten.

In der Wohnung und Werkstatt der Frau war eine gründliche Untersuchung vorgenommen worden, ohne dass weitere verdächtige Funde vermeldet worden waren. Auch die Auswertung des Telefons war ins Leere gelaufen, genauso die Befragung der Nachbarn und Freunde. Ihr Tod passte perfekt ins bisherige Schema, denn wie bei ihrem Bruder und Sylvia Böhm lagen Tat- und Todeszeitpunkt einige Zeit auseinander. Ähnlich war auch der qualvolle Prozess des Sterbens.

Für Federsen war die Sache inzwischen sonnenklar. »Wenn es sich nicht um einen durchgeknallten Serientäter handelt, hänge ich sofort meinen Job an den Nagel!«

Einerseits war Hannes geneigt, ihm zuzustimmen, andererseits ließ ihn diese unvorsichtige Ankündigung auf eine andere Auflösung hoffen. Novak traute er die drei Morde jedenfalls nicht zu. Abgesehen von einem stichhaltigen Motiv fehlte dem Mann ganz einfach die nötige Kaltblütigkeit.

Clarissa brachte noch eine andere Option ins Spiel. »Vielleicht hat Frau Kramer diese Giftpilze absichtlich gegessen?«

»Ich hatte nicht den Eindruck, dass sie suizidgefährdet war«, hielt Hannes entschieden dagegen. »Und mit Sicherheit hätte sie nicht einen derart unangenehmen Freitod gewählt.«

»Vollkommener Blödsinn, was Sie hier erzählen«, moserte Federsen, und die roten Flecken auf seinem Gesicht verdunkelten sich. »Solche abwegigen Spekulationen bringen uns kein Stück weiter, und wir sollten nicht irgendwelchen Hirngespinsten nachjagen!« Angriffslustig funkelte er die junge Ermittlerin an und fühlte sich wahrscheinlich wieder in seiner Überzeugung bestätigt, dass Frauen nichts im Polizeidienst verloren hatten.

»Reiß dich zusammen, Henning«, sagte Marcel müde.

Er wollte eigentlich seit drei Stunden bei seiner Familie sein und fürchtete bereits die Vorhaltungen seiner Frau. Polizeiarbeit und Familie ließen sich nur schwer miteinander vereinbaren. Nun lag auch noch sein Jüngster mit Masern im Bett, und er hatte ein schlechtes Gewissen, dass er die Krankenpflege ganz seiner Frau überlassen musste. Er spürte, dass sich mal wieder Nasenbluten ankündigte. Wahrscheinlich fing es spätestens bei den Vorhaltungen seiner Frau an.

»Wir haben noch Matthias Böhm, David Bach und Manuel Birkholz«, fasste Hannes die Liste der weiteren Verdächtigen zusammen. »Alle Mitglieder des ›Neuen Wegs‹

wurden inzwischen befragt, ebenso Familien und Freunde. Keiner kommt ernsthaft als Täter in Betracht.«

»Fangen wir mit Böhm an«, stieg Marcel sofort auf den Versuch einer Versachlichung ein.

»Er hat zwar ein perfektes Motiv, für den Mord an seiner Frau aber auch ein Alibi«, meinte Isabell und sah ebenfalls verstohlen auf die Uhr. Vor den Fenstern war es stockfinster – bei einer Uhrzeit von einundzwanzig Uhr dreißig allerdings wenig überraschend.

»Aber was hätte er gegen Frau Kramer haben sollen?«, fragte Hannes. »Es sei denn, sie hat das Verhältnis ihres Bruders zu Frau Böhm unterstützt.«

»Zu schwach.« Federsen schüttelte energisch den Kopf. »Dafür bringen Sie doch niemanden um! Es sei denn, Sie sind völlig verrückt!«

»Verrückt ist es sowieso«, murmelte Hannes. »Aber Herr Böhm war ja nicht nur mit der Affäre seiner Frau konfrontiert, sondern beäugte auch den ›Neuen Weg‹ sehr kritisch. Frau Kramer war dort aktiv und hat sogar das Vereinssymbol geschaffen. Vielleicht sah er die Schuld für seine gescheiterte Ehe in dem Einfluss dieser Organisation? Und hat dann Antje Kramer stellvertretend dafür bestraft.«

»Das klingt schon eher nach einer Theorie«, brummte Federsen widerstrebend. »Überzeugt bin ich aber nicht!«

In diesem Moment stürzte Per ins Zimmer.

»Bachs Wagen wurde in einem Parkhaus in der Innenstadt gefunden! Der Tank ist fast leer. Und jetzt ratet, was im Kofferraum gefunden wurde!«

»Spucken Sie's schon aus«, grollte Federsen böse, und Per beeilte sich fortzufahren.

»Ein Hammer und eine Spraydose! Die Farbe passt zu dem Graffiti am Vereinsheim. Damit steht fest, dass er die Skulptur zerstört und den Spruch an die Wand gesprüht hat.«

»Also hatte er es nicht nur auf seine Exfreundin abgesehen«, rief Clarissa. »Entweder weil sie dort seiner Meinung nach verdorben wird oder weil er tatsächlich zu einem fanatischen Gläubigen mutiert ist. Wenn er sich nicht nur auf Sachbeschädigungen beschränkt, können auch weitere Mitglieder des ›Neuen Wegs‹ in Gefahr sein. Dafür spricht die Attacke mit der Eisenstange!«

Einen Moment herrschte betretenes Schweigen, dann redeten alle durcheinander.

»Ruhe!« Federsen ließ die Hand zweimal auf den Tisch knallen. »Wir können nicht allen Mitgliedern Personenschutz gewähren. Der beste Schutz ist die Ergreifung des Täters! Gegen Bach haben wir nun endlich etwas in der Hand, um eine Hausdurchsuchung zu beantragen. Marcel, kümmer dich drum! Im Moment ist er der dringendste Tatverdächtige.«

»Auf der Liste steht auch noch Manuel Birkholz«, erinnerte Hannes. »Bei ihm fällt mir allerdings kein Motiv ein. Es sei denn, er wollte Antje Kramer in Sippenhaft nehmen. Das heißt … nein, das kann nicht sein.«

»Was denn?«, wollte Marcel wissen.

Nervös fuhr sich Hannes durch die zerstrubbelten blonden Haare. »Ich war doch mit Isabell noch mal bei ihm. Da erzählte ich ihm von Frau Kramers Hinweis, dass er ihrem Bruder aufgelauert und ihn bedroht hat. Vielleicht wollte er sie dafür bestrafen, dass sie uns auf seine Spur gebracht hat. Oder er befürchtete, dass sie noch mehr wusste.«

»Sind Sie völlig bescheuert, Mann?«, brüllte Federsen. »Sie können doch einem Verdächtigen nicht den Namen und die Aussage einer Zeugin mitteilen! Nicht zu fassen. Das war ein dermaßen hirnrissiger Fehler, dass …« Es war einer der seltenen Momente, in denen es dem Kommissar an passenden Kraftausdrücken fehlte.

Betroffen fixierte Hannes die Tischkante. Sein Magen zog sich bei dem Gedanken schmerzhaft zusammen, dass er durch diese Unachtsamkeit vielleicht das Leben der Steinmetzin zu verantworten hatte. Federsen hatte wohl recht, er war ein dilettantischer Ermittler!

»Na ja, das ist ja bislang nur eine Theorie«, versuchte Marcel etwas hilflos die angespannte Situation zu entschärfen. »Außerdem deutet im Augenblick deutlich mehr auf David Bach als Täter hin. Und es besteht die Möglichkeit, dass wir den Täter noch überhaupt nicht auf dem Schirm haben. Das wäre die schlechteste Variante!«

»Da wir aber nur diese vier Verdächtigen haben, sollten wir sie auch ordentlich auseinandernehmen!«, schnaufte Federsen. »Novak sitzt bereits ein, von ihm geht keine Gefahr aus. Es sei denn, er hat noch irgendwo so einen Zeitzünder angebracht. Allerdings werden wir ihn morgen entlassen müssen, da die Beweislage einfach zu dünn ist. Herr Böhm befindet sich wegen der Steuerermittlung ebenfalls in U-Haft. David Bach ist weiterhin verschwunden, das ist unser größtes Problem. Birkholz läuft ebenfalls weiter frei herum, und falls er noch einmal zuschlagen sollte, gnade uns allen Gott! Doch für Sie, Herr Niehaus, würde es in dem Fall wohl keine Gnade geben!«

Die Vorwürfe klangen in Hannes nach, als er am Abend in das hübsche Gesicht der Rechtsmedizinerin blickte. Maria Stahl hatte ihm keine Chance gelassen, das schon lange aufgeschobene Treffen weiter offen zu halten. Er war in das nach ihrer Meinung beste spanische Lokal der Stadt gelotst worden, und als Halbspanierin wusste sie, wovon sie sprach. Hannes musterte die verschiedenen Tapas-Schälchen auf dem Tisch. Er war kein Freund von diesen Miniportionen, auch wenn man dadurch an einem Abend verschiedene Geschmackserlebnisse hatte. Vor ihnen stand ein großer Krug Sangria, aus dem sie bereits zweimal nachgeschenkt hatten. Wie man dieses Wein-Mischgetränk allerdings aus Eimern saufen konnte, blieb Hannes ein Rätsel. Er hatte schon jetzt einen schweren Kopf. Gerade hatte er Maria von dem Rüffel seines Chefs im Speziellen und dem schwierigen Verhältnis im Allgemeinen erzählt. Sie schüttelte den Kopf.

»Ist mir ein Rätsel, wie du mit diesem Typen überhaupt zusammenarbeiten kannst. Er ist unansehnlich, hat keine Manieren, stinkt und ist auch noch der faulste Polizist, den ich kenne!«

Resigniert zuckte Hannes mit den Schultern. In diesem Augenblick erschien der Kellner, und Maria studierte die Karte, um das Dessert auszusuchen. Hannes beobachtete sie. Sie war eine echte Schönheit und hatte zu jeder Jahreszeit einen goldfarbenen Hautton, der das Weiß ihrer Zähne noch stärker zur Geltung brachte. Ihre schwarzen Haare trug sie lang und glatt, und ihre Figur löste immer wieder verstohlene Blicke an den Nachbartischen aus. Hannes grinste. Wahrscheinlich war er an diesem Abend der am meisten beneidete Mann im Raum. Sein Blick wanderte von ihrem Gesicht abwärts und er schluckte. Maria trug ein eng geschnittenes Top, das ihre ausgeprägte Oberweite nicht versteckte.

Er war durchaus empfänglich für ihre erotische Ausstrahlung, seine Ohren glühten. Er spürte, dass auch Maria ihn nicht uninteressant fand, hatte sich bisher aber nicht zum nächsten Schritt durchringen können. Obwohl sie beide Single waren, gab es ein Problem. Sie hatten sich zuletzt immer mal wieder verabredet, und Hannes hatte ihre Anwesenheit stets genossen. Doch er musste immer an ihre Arbeit denken, sobald er auf ihre gepflegten Fingernägel blickte. Diese Hände beschäftigten sich tagein und tagaus mit toten Körpern, und er konnte nichts dagegen tun, dass ihn das abstieß. Ihm waren Leichen schon aus der Distanz zuwider. Als Mordermittler sollte er eigentlich ein neutraleres Verhältnis zum Tod haben, aber er sagte sich, dass eben jeder Job seine Nachteile hatte.

»Was nimmst du?« Marias tiefe Stimme riss ihn aus den Gedanken.

»Ich … keine Ahnung. Was willst du?«

»Crema Catalana. Das ist so ähnlich wie Crème brûlée – nur besser natürlich!« Sie zwinkerte ihm zu, und Hannes schloss sich ihrer Wahl an.

»Übrigens würde ich demnächst gern mal die neue Kletterhalle ausprobieren.« Maria beugte sich ihm entgegen. »Hättest du Lust, mitzukommen? Bei dir hätte ich keine Angst, dass du mich abstürzen lässt.«

Hannes wurde etwas schwindlig, was er auf das vierte Sangria-Glas schob. Vielleicht lag es aber auch an Marias leichtem Silberblick, der ihn immer etwas ins Schwitzen brachte.

»Äh … ich war noch nie Klettern!«

»Dann wird es Zeit, dass du es ausprobierst.« Bittend legte sie ihre Hand auf seine, und sofort hatte Hannes wieder das Bild des Obduktionstisches vor Augen. Unauffällig zog er seine Finger zurück, indem er nach dem Glas griff.

»Ja, vielleicht sollte ich das mal tun«, meinte er. »Nach der Prüfung für den Bootsführerschein muss ich mir sowieso ein neues Projekt suchen.«

»Dann ist das abgemacht!« Maria lächelte erfreut.

Auch Hannes war zufrieden. Zumindest hatte er eine Schonfrist herausgeholt. Wer wusste schon, was in ein paar Wochen sein würde? Außerdem mochte er Maria eigentlich sehr gern, und es gab bestimmt schlechtere Freizeitaktivitäten, als sie an der Kletterwand zu beobachten. Vielleicht würde er seine Leichenphobie bis dahin auch endlich auf ein normales Maß herunterregeln können. Da kam ihm jedoch Anna in den Sinn. Bei ihr hatte er gegen überhaupt keine Phobie anzukämpfen. Er wusste nur einfach nicht, wo ihm der Kopf stand und wie er die Situation einschätzen sollte. Schon bei dem Gedanken an sie fegte ein heißer Sturm durch seine Magengegend. Er griff ein weiteres Mal zur Tischmitte, wo ein neuer Krug mit eiskalter Sangria stand. In einem Zug kippte er sein inzwischen sechstes Glas hinunter.

Hannes hatte so schlecht geschlafen wie selten in seinem Leben. Eigentlich hatte er fast überhaupt nicht geschlafen. Und wenn er doch in einen wenig erholsamen Dämmerzustand gefallen war, hatten ihn immer wieder Traumbilder heimgesucht, wie Manuel Birkholz sich in die Werkstatt von Frau Kramer schlich und dort verstohlen die Pilzmischung um eine tödliche Zutat verfeinerte. Kaum war er schweißnass wieder aufgeschreckt, wurden die Albträume von der Erinnerung abgelöst, wie er die Steinmetzin nackt und regungslos in ihrer verschmutzten Wohnung gefunden hatte.

Um fünf Uhr morgens gab er schließlich auf und verließ das Bett. Schwere Schuldgefühle nagten an ihm. Mühsam würgte er etwas Toastbrot mit Marmelade herunter, obwohl mangelnder Appetit sonst nicht zu seinen Schwächen gehörte. Er fühlte sich außerstande, an diesem Morgen zum Training zu fahren, zumal er in seinem derzeitigen Zustand die Visage seines Kontrahenten Ralf nicht hätte ertragen können. Seinem Trainer schickte er daher eine SMS, er sei im Präsidium unabkömmlich. Was ja nicht mal gelogen war.

Dass er dort als Punshing-Ball für Federsen herhalten musste, hätte er sich allerdings denken können. Den halben Vormittag hatte er scharfe Attacken einzustecken, und erst als Marcel schließlich der Kragen platzte, verbesserte sich die Situation etwas.

»Es reicht jetzt! Hannes hat verstanden, was du ihm sagen willst. Außerdem wirst auch du nicht fehlerfrei durch deine Karriere gekommen sein!«

»Zumindest habe ich keinen Fehler gemacht, der einen tödlichen Ausgang zur Folge hätte haben können«, erwiderte der Kommissar bissig.

Doch von nun an hielt er sich mit Kommentaren zurück, und Hannes atmete etwas auf. Er schwor sich jedoch, es diesem selbstgerechten Widerling noch zu zeigen, und war entschlossen, seinen Fehler mit einem positiven Beitrag zur Ermittlung vergessen zu machen. Die erste Chance bot sich um zehn Uhr.

Gemeinsam mit Marcel suchte er Matthias Böhm auf, der nach wie vor in U-Haft saß. Die Hinweise auf schwerwiegende Steuerdelikte schienen sich zu verfestigten. Marcel legte ein Aufnahmegerät auf den Tisch. Herr Böhm ahnte offenbar, dass sich zumindest die Schlinge der Steuerfahndung langsam enger um seinen Hals legte, denn er hatte deutlich an Selbstsicherheit verloren und war diesmal zu einem Gespräch bereit. Sein Selbstbewusstsein war aber noch groß genug, um nicht auf der Anwesenheit seines Anwaltes zu bestehen.

»Ich habe nichts zu verbergen und kann Ihnen nichts anderes sagen als bisher«, war seine knappe Begründung, während der er aufrecht auf dem Stuhl saß.

»Wir haben neue Fragen an Sie«, begann Marcel. »Alexander Kramers Schwester, Antje Kramer, ist tot. Kannten Sie sie?«

»Ich habe sie zum ersten Mal vor ein paar Tagen gesehen. Da war sie bei mir auf dem Hof und wollte, dass ich den Wallach ihres Bruders kaufe. Das habe ich abgelehnt.«

»Warum? Handelt es sich um ein krankes Tier?«

»Nein, zumindest nicht soweit ich weiß. Aber ich möchte den Hof verkaufen. Da hat es wenig Sinn, vorher noch den Stall zu füllen.«

»Den Erlös des Verkaufs könnten Sie natürlich gut gebrauchen«, stichelte Marcel. »Dadurch könnten Sie zumindest einen Teil ihrer Steuerschulden bezahlen.«

»Darüber werde ich nicht mit Ihnen sprechen. Wenn Sie das Thema nicht fallen lassen, muss ich doch noch meinen Anwalt anrufen!«

»Schon gut«, beschwichtigte Marcel. »Der Verdacht der Steuerhinterziehung ist für uns auch nur insofern von Belang, als er darauf hindeutet, dass Sie in finanziellen Problemen stecken. Eine Scheidung von Ihrer Frau hätte den Spielraum noch weiter eingeschränkt …«

Marcel verstummte, doch auch Herr Böhm ließ die Lippen geschlossen.

»Ihnen ist noch immer niemand eingefallen, der für den Tod Ihrer Frau infrage kommen könnte?«, fragte Hannes, der die Befragung bisher schweigend verfolgt hatte.

»Soll ich wild herumspekulieren? Ich habe keine Ahnung, und das wird sich auch nicht ändern, wenn Sie mir diese Frage noch zehnmal stellen.«

»Dann lassen wir Ihre Frau für den Moment außen vor«, gab Marcel zurück. »Sie haben Frau Kramer also nur einmal gesehen. Was für einen Eindruck hatten Sie von ihr?«

»Diese Person war mir vollkommen egal. Kreuzte ungefragt bei mir auf und wollte mir im unpassendsten Moment den Gaul aufschwatzen. Sie war so penetrant, dass ich sie schließlich bitten musste zu gehen.«

»Frau Kramer hat erwähnt, dass Sie ziemlich unfreundlich reagierten. Auch Ihre Angestellten haben bestätigt, dass es eine hitzige Diskussion gegeben habe.«

»Wer hat das behauptet? Jonas? Da er jetzt seine Kündigung in der Tasche hat, zieht er natürlich ordentlich über mich her!«

»Vermutlich wollte sich Antje Kramer nicht nur über das Pferd mit Ihnen unterhalten«, spekulierte Hannes. »Wenn es auch um die beiden Mordopfer ging, erklärt das natürlich die Hitzigkeit der Debatte. Insbesondere wenn Frau Kramer einen Verdacht gegen Sie hegte und sogar etwas gegen Sie in der Hand hatte.«

»Was hat sie über unser Aufeinandertreffen behauptet?«, fragte Matthias Böhm misstrauisch.

Hannes zuckte nur vielsagend mit den Schultern. »Wie erinnern Sie sich an das Gespräch?«

»Wie gesagt, es ging um das Pferd ihres Bruders. Ich hatte an diesem Tag keine Zeit, und mich nervte, dass sie nicht locker gelassen hat. Das war alles. Wie ist sie überhaupt gestorben?«

»An den Folgen einer Pilzvergiftung«, erklärte Marcel knapp.

»Aha. Und wo ist das Problem?«

»Das größte Problem ist, dass sie tot ist.« Hannes war bei diesem Thema sehr sensibel. »Zudem dürfte sie die giftigen Pilze nicht absichtlich gegessen haben.«

»Und nun vermuten Sie, dass ich ihr ein vergiftetes Pilzgericht vorgesetzt und sie gezwungen habe, das zu essen? Hören Sie ... Wir waren die ganze Zeit außerhalb des Hauses, das können meine Angestellten bezeugen. Und seit Montag sitze ich in dieser Einrichtung hier.«

»Das spielt keine Rolle, da Frau Kramer die Pilze bereits in der letzten Woche zu sich genommen hat. Da waren Sie noch auf freiem Fuß. Gestorben ist sie allerdings erst in der Nacht von Dienstag auf Mittwoch. Sie hatte ein ziemliches Martyrium hinter sich, sofern Sie das interessiert.«

»Nein, das interessiert mich nicht. Und wissen Sie, warum? Weil ich absolut nichts mit dieser Frau zu tun hatte. Es reicht schon, dass sich ihr verfluchter Bruder bei uns rumgetrieben hat! Und jetzt habe ich auch keine Lust mehr auf diese absurden Fragen. Wenn Sie das Verhör nicht abbrechen, verlange ich, dass mein Anwalt dazugeholt wird.«

»Nicht nötig«, erwiderte Marcel und schaltete das Aufnahmegerät aus.

Die Genehmigung zur Durchsuchung von David Bachs Wohnung war inzwischen erteilt worden, und Federsen sah sich nach Kollegen um, die ihn begleiten sollten. Marcel war der Meinung, dass nach Antje Kramers Tod auch ein Besuch beim ›Neuen Weg‹ angebracht wäre. Des Weiteren war er überzeugt, dass Hannes und Federsen derzeit möglichst wenig aufeinandertreffen sollten. Der Sportpolizist schloss sich diesem Standpunkt sofort an. Von Benjamin Lück erfuhr er, dass am späten Nachmittag eine Theaterprobe stattfinden werde.

Die Probe war bereits im vollen Gange, als Marcel und Hannes den Hauptraum des Vereinssitzes betraten. Als sie die Tür öffneten, klang ihnen ein wohlbekanntes Zitat entgegen, das mit inbrünstiger Stimme rezitiert wurde: »Der Worte sind genug gewechselt, lasst mich auch endlich Taten sehn.«

›Wie passend‹, dachte Hannes. Im Raum befanden sich vier Personen. Der Theaterdirektor wurde von Herrn Schweiger verkörpert, der unbeeindruckt vom Eintreten der beiden Ermittler in seinem Text fortfuhr. Unverkennbar versuchte sich die Theatergruppe des ›Neuen Wegs‹ an einer Laien-Inszenierung von Goethes *Faust*.

In diesem Augenblick traten Benjamin Lück und eine weitere Person aus dem Flur. Herr Lück war auch an diesem Tag formvollendet gekleidet. Den Mann an seiner Seite erkannte Hannes erst, als dieser sich eine weiße Maske vom Gesicht zog und darunter das bärtige Gesicht von Thomas Beck zum Vorschein kam. Der Seelsorger des Vereins war mit schwarzer Kleidung und einem roten Umhang fachgerecht in

Mephisto verwandelt worden. Benjamin Lück eilte den Polizisten entgegen und drückte ihnen aufgeregt die Hand.

»Tut mir leid, dass alle etwas unpassend gekleidet sind, aber wir wollen das Stück in der Weihnachtszeit aufführen und müssen noch intensiv üben. Auch wenn uns der Tod von Antje sehr zu schaffen macht, haben wir beschlossen, die Vorstellungen nicht abzusagen.«

»Leider bleibt uns auch nichts anderes übrig«, ergänzte Herr Beck, der dazugetreten war. »Unsere Theatervorführungen sind immer gut besucht, und die Eintrittsgelder tragen einen größeren Teil unserer Ausgaben. Im vergangenen Jahr haben wir über zehntausend Euro eingespielt. Antje hätte sicher nicht gewollt, dass wir darauf verzichten und dann manche unserer Aktivitäten streichen müssen.«

»Mit *Faust* haben Sie sich einen schönen Brocken vorgenommen«, sagte Marcel beeindruckt.

»Wir spielen eine verkürzte Version«, erklärte Thomas Beck. »Zum Glück haben wir mit Benjamin einen Fachmann an unserer Seite, der uns als Regisseur zu Höchstleistungen treibt.«

Hannes erinnerte sich, dass der Öffentlichkeitsbeauftragte des Vereins in seinem Hauptberuf Theaterschauspieler war. Hier fungierte er dagegen als Regisseur, Souffleur und zugleich als Maskenbildner, wie er bescheiden erklärte.

»Leider muss jeder mehrere Rollen übernehmen, da sich nur wenige Mitglieder auf die Bühne trauen«, fügte er hinzu. »Mit Alexanders Tod ist uns der Mephisto verloren gegangen, aber Thomas ist talentiert und wird die Rolle gut ausfüllen.«

»Ein Seelsorger als Mephisto ist eine ziemlich ungewöhnliche Konstellation«, kommentierte Hannes amüsiert.

»Aber das ergibt durchaus Sinn«, schmunzelte Herr Beck. »Gerade als Seelsorger erhalten Sie tiefe Einblicke in die menschliche Schattenwelt. Neben dem Mephisto spiele ich noch eine weitere Rolle. Darum«, er klopfte auf die weiße Maske in seiner Hand, »verzichten wir auch auf Schminke, damit ich schnell zwischen den Figuren hin und her wechseln kann. Außerdem habe ich wenig Lust, meinen Bart abzurasieren oder ihn weiß einzufärben.« Seine Augen zwinkerten vergnügt.

Der Anflug von Fröhlichkeit erlosch jedoch schlagartig, als Marcel auf den Grund des Besuchs zu sprechen kam. »Wie Sie wissen, ist Antje Kramer an den Folgen der Pilzvergiftung gestorben. Können Sie sich erklären, wie sie zu diesen Pilzen kam?«

Betreten sahen sich die beiden Männer an. »Na ja«, begann schließlich Herr Lück, »wir wussten, dass Antje eine Schwäche für die keltische Mythologie hatte und entsprechende Zeremonien durchführte. Sie hat hier auch ein paar Vorträge zu dem Thema gehalten.«

»Es war eine echte Leidenschaft«, erklärte Herr Beck. »Ihre Begeisterung war ansteckend. Leider hat sie ihre Zeremonien mit bewusstseinserweiternden Methoden verbunden, um die Intensität zu erhöhen. Wir wussten, dass sie in diesem Zusammenhang mit Pilzen experimentierte, dachten aber nie, dass es lebensgefährlich sei.«

»Das ist es eigentlich auch nicht, zumindest nicht in körperlicher Hinsicht«, erklärte Hannes. »Leider hat sie zuletzt aber nicht nur halluzinogene Pilze zu sich genommen. In der Mischung befand sich auch eine giftige Sorte. Wir fragen uns natürlich, woher die kam.«

Mit großen Augen schauten ihn die Männer an. »Das ist ja furchtbar«, stieß Herr Beck hervor. »Aber ich habe keine Ahnung, wie sie an ihre Pilze gekommen ist.«

»Sie hat manchmal welche gesammelt, einige hat sie aber auch bei einem Dealer gekauft«, sagte Herr Lück und fügte nach einem überraschten Blick Herrn Becks hinzu: »Ihr Bruder hat mir davon erzählt, als wir einmal über seinen Kokain-Konsum gesprochen haben. Er kaufte seine Drogen beim selben Dealer.«

»Das wissen wir«, nickte Marcel. »Der Mann sitzt in U-Haft.«

»Meinen Sie, dass er Antje absichtlich …« Herr Beck brach ab. »Das wäre ja noch entsetzlicher, als es ohnehin schon ist! Dann wäre sie auch ermordet worden!«

»Das ist eine Möglichkeit«, bestätigte Marcel. »Eine unter vielen«, fuhr er fort, als er die Unruhe in den Augen der beiden Männer bemerkte.

»Wir müssen unsere Mitglieder warnen.« Herr Beck wirkte erregt. »Es sieht ja fast so aus, als hätte es jemand direkt auf uns abgesehen!«

»Wir sollten nicht alle verrückt machen«, versuchte Marcel den Ball flach zu halten. »Vorsicht ist sicher nicht verkehrt, aber versetzen Sie Ihre Leute bitte nicht in Panik!«

»Sie haben recht«, nickte Thomas Beck skeptisch. »Wir sollten es morgen Abend bei unserer Versammlung behutsam ansprechen. Haben Sie einen Vorschlag, wie unser Verein am besten vorgehen sollte?«

»Stehen Sie momentan sehr in der Öffentlichkeit?«, fragte Hannes. »Dann wäre es gut, sich etwas bedeckt zu halten und nicht zu offensiv aufzutreten.«

»Na ja, wir trommeln natürlich bereits für unsere Theatervorführungen, und in den letzten Wochen haben wir eine Mitgliederwerbeaktion vorbereitet«, überlegte Herr Lück. »Vielleicht sollten wir da in den nächsten Wochen nicht aktiv werden. Ansonsten fällt mir nichts ein, was den üblichen Rahmen sprengt. Die Spielnachmittage und die Flüchtlingshilfe gibt es ja bereits länger, ohne dass es jemandem groß aufgefallen wäre.«

»Ich sehe das genauso!« Auch Beck nickte. »Vorsichtshalber sollten wir etwas zurückhaltender auftreten und keinen

Anlass für weitere Angriffe bieten. Notfalls sagen wir auch die Theatervorführungen ab.«

»Gibt es aus Ihrer Sicht jemanden, der es auf den Verein abgesehen haben könnte?«, fragte Marcel.

Die Männer schauten sich zögernd an.

»Wenn Sie so fragen«, sagte Herr Lück, »fällt mir nur eine Möglichkeit ein. Wir sind in der Vergangenheit immer wieder mit Mitgliedern der Schöpferkirche aneinandergeraten. Darum haben wir unsere Versammlung auch auf Freitag verlegt.«

»Wie sahen diese Auseinandersetzungen aus?«

Herr Lück fühlte sich sichtlich unwohl, und an seiner Stelle antwortete Herr Beck.

»Wir wollen niemanden anschwärzen oder verdächtigen. Ab und zu wurden wir schräg angeredet und beschimpft. Bei manchen Veranstaltungen wurden sogar Flugblätter verteilt, auch bei unserem Sommerfest kam es zu unschönen Szenen. Dennoch kann ich mir nicht vorstellen, dass jemand so weit ginge, dass …« Er verstummte.

»Können Sie sich erinnern, wer sich dabei besonders hervorgetan hat?«, fragte Hannes.

»Immer verschiedene Leute. Ihre Namen kennen wir nicht. Wobei es natürlich schon zwei oder drei gab, die immer dabei waren.«

»Zum Beispiel der hier?« Marcel zeigte das Fahndungsfoto von David Bach.

Herr Lück erbleichte. »Der war immer vorne mit dabei. Heißt das, dass er …?«

»Es kann sich alles auch ganz anders auflösen«, versuchte Hannes zu beruhigen. »Aber das ist der Mann, der sich mit der Eisenstange herumgetrieben und auch die Sachbeschädigungen vorgenommen hat. Vor ihm sollten sich Ihre Mitglieder also definitiv in Acht nehmen. Wir verfolgen momentan jedoch mehrere Spuren. Nach wie vor ist es genauso gut möglich, dass die Mitgliedschaft im ›Neuen Weg‹ nicht der eigentliche Grund für die Todesfälle war.«

Er merkte sofort, dass seine Beruhigungsversuche kaum Erfolg hatten. Blieb nur zu hoffen, dass keine Panik in dem Verein ausbrach. Nachdem sich die Ermittler verabschiedet hatten, verfolgten sie noch kurz die Theaterprobe. Es dauerte etwas, bis sich Lück und Beck wieder gesammelt hatten. Die anderen Darsteller wirkten überrascht, als sich Mephisto zunächst mehrmals im Text verhaspelte. Da niemand das Gespräch mitgehört hatte, konnten sie sich das fahle Gesicht des Regisseurs und die zerstreute Darstellung ihres Seelsorgers nicht erklären. Erst Minuten später wurden die beiden Männer von dem hinterhältigen Spiel des Mephisto mit Doktor Faust verschlungen und gingen in ihren jeweiligen Rollen auf.

Benjamin Lück sprach lautlos jede Textzeile mit und wanderte aufgeregt vor den Darstellern hin und her. Rebecca Köhler spielte das Gretchen, während der Gymnasiallehrer und Erste Vorsitzende Schweiger den Faust übernommen hatte. Zusätzlich stellte er in der Eröffnungssequenz den Theaterdirektor dar. Seine Frau spielte wechselweise drei verschiedene Frauenrollen, und der Mann, der Hannes am vergangenen Freitag während der Versammlung in die Arme geschlossen hatte, trat als Erdgeist auf.

»Das ist Wolfgang Hartmann«, flüsterte Marcel seinem Kollegen zu. »An ihn erinnere ich mich, weil er ein ziemlich geselliger Typ ist. Ich hatte ihn mit Clarissa zu den beiden Mordopfern befragt. Er besitzt ein Kaufhaus in der Innenstadt. Dürfte um die fünfzig sein.«

Auch wenn es sich um Laienschauspieler handelte, mussten die Polizisten zugeben, dass Benjamin Lück gute Arbeit leistete. Insbesondere Herr Beck überzeugte mit großem Schauspieltalent und perfekter Mimik, sodass sie sich regelrecht losreißen mussten, um leise durch die Tür zu verschwinden.

»Da kann man sich direkt überlegen, Theaterkarten zu kaufen«, sagte Marcel. »Wär vielleicht eine gute Idee, um meine Frau wieder etwas milder zu stimmen. Sie beklagt sich schon, dass wir uns überhaupt keine Kultur mehr gönnen.« Er blieb auf halbem Weg zum Dienstwagen stehen und deutete auf das gegenüberliegende Gebäude. »War das nicht der Priester dieser Schöpferkirche, der da grad reingegangen ist?«

»Keine Ahnung, ich hab nicht hingeschaut.«

»Komm mit.« Marcel winkte Hannes, ihm zu folgen. »Wenn wir schon hier sind, können wir auch noch der Gegenveranstaltung auf den Zahn fühlen.«

Die Eingangstür war nicht verschlossen, und Hannes folgte seinem Kollegen ins Innere. Der Vorraum war bis auf eine Garderobe mit Kleiderbügeln und zwei Prospektständern leer. Linker Hand verdeutlichten große Symbole an den Türen, dass dort die weiblichen und männlichen Gefolgsleute ihren irdischen Bedürfnissen nachgehen konnten. Den Toiletten gegenüber befand sich ein verschlossenes Bürozimmer. Marcel drückte gegen eine hölzerne Flügeltür, die sofort aufschwang.

Dahinter befand sich ein großer und schlichter Saal. Bei voller Bestuhlung konnten sicher dreihundert Personen darin Platz nehmen. Der Boden war mit dunklem Eichenparkett ausgelegt, während der Rest des Saals mit Ausnahme der geschwungenen Holzbalken unter der Decke vollständig weiß war. Am hinteren Ende führten drei Stufen zu einem erhöhten Bereich mit einem schmucklosen Holzaltar auf der rechten und einigen Musikinstrumenten auf der linken Seite. Hinter dem Altar befand sich ein ebenfalls hölzernes Kreuz in gigantischen Dimensionen, sonst deutete nichts auf den Zweck des Raumes hin. Es gab keine Bilder, keinen Goldschmuck und keine Kanzel.

Lediglich eine gebeugte Person befand sich im Saal und rückte ein paar Stühle zurecht. Marcel räusperte sich. Langsam drehte sich der Mann um. Tatsächlich war es der Priester der Schöpferkirche. Auch heute trug er wieder eine gestreifte Krawatte über einem dunklen Hemd, und sein blasses, asketisches Gesicht strahlte wenig Herzlichkeit aus. Gemessenen Schrittes kam er den beiden Ermittlern entgegen.

»Guten Abend, Herr Ahrendt«, eröffnete Marcel das Gespräch. »Wir kennen uns ja bereits, dies ist mein Kollege Johannes Niehaus.«

»Wir haben uns auch schon kurz getroffen«, erwiderte Hannes und schüttelte dem Priester die Hand, der ihn dabei abwägend musterte.

»Sie waren der junge Mann, der hier den ›Neuen Weg‹ vermutet hat. Ich erinnere mich an Ihre markanten Augen. Haben Sie bei dieser Bande gefunden, was Sie suchten?«

»Das habe ich. Doch der religiöse Hintergrund interessiert mich wie gesagt nicht.«

»Religiös? Pah!« Hätte er sich nicht im Inneren seiner Kirche befunden, Herr Ahrendt hätte wahrscheinlich voller Abscheu auf den Boden gespuckt. »Wenn diese Leute religiös sind, bin ich der Teufel persönlich! Zumindest sind es keine Christen, auch wenn sie so tun.«

»Ist das denn so?«, fragte Marcel arglos nach.

»Natürlich! Berufen sich auf die Zehn Gebote, um damit die Leute zu ködern. Wenn sie wenigstens zugeben würden, dass sie eigentlich Atheisten sind! Das wäre ehrlich. Aber so zieht diese Truppe die gesamte christliche Lehre in den Dreck!«

»Mit einem eindeutig atheistisch positionierten ›Neuen Weg‹ hätten Sie also keine Probleme?«

»Doch, aber zumindest würden sie damit zugeben, dass sie unsere Werte nicht teilen. Natürlich halte ich Atheismus für gefährlich, schließlich ist es die ultimative Leugnung Gottes. Der Teufel selbst hat diese Bewegung erschaffen, um die christlichen Kirchen ins Wanken zu bringen. Den wahren Glauben und echte christliche Theologie finden Sie nur bei uns!«

Erregt fixierte der Priester die beiden Polizisten. Hannes betrachtete ihn fasziniert. Es war das erste Mal, dass er einen derart überzeugten Christen traf, und er fragte sich, ob dieser Mann tatsächlich glaubte, was er da sagte. Zumindest das fanatische Glitzern der Augen sprach dafür. Amüsiert überlegte er, was Herr Ahrendt wohl sagen würde, wenn er den Seelsorger des ›Neuen Wegs‹ mit der Mephisto-Maske auf der Bühne sehen könnte. Wahrscheinlich wäre er der Meinung, dass der ehemalige Priesterkollege endlich sein wahres Gesicht zeigte. Herr Ahrendt bemerkte die heitere Miene des Polizisten.

»Sie brauchen sich nicht über mich lustig zu machen«, empörte er sich und zeigte auffordernd zum Ausgang. »Ich sehe schon, dass Sie dem wilden Treiben da drüben mehr zugeneigt sind als dem echten Glauben.«

»Wir möchten keine theologischen Fragen mit Ihnen diskutieren«, mischte sich Marcel besänftigend ein. »Eigentlich wollten wir nur fragen, ob Sie in der Zwischenzeit etwas von David Bach gehört haben. Wir suchen ihn noch immer erfolglos.«

»Was wollen Sie überhaupt von ihm? Er ist ein gläubiges Mitglied unserer Gemeinde. Zu seinem falschen Weg hat er sich bekannt und ist rechtzeitig umgekehrt. Sie sollten die alten Geschichten ruhen lassen und ihm seine neue Zukunft gönnen!«

»Es geht nicht um alte, sondern um sehr aktuelle Geschichten«, widersprach Hannes. »Haben Sie ihn gesehen oder nicht?«

»Nein. Und wenn er zu mir kommt, werde ich ihm zunächst empfehlen, die Beichte abzulegen. Nur darin kann er die einzig zulässige Gerichtsbarkeit finden.«

»Sie sind der Meinung, Ihre religiösen Regeln hätten Vorrang vor den Gesetzen unserer Gesellschaft?«, fasste Marcel die Aussage prägnant zusammen.

»Das göttliche Gesetz steht über jedem weltlichen Gericht«, präzisierte der Priester, als wäre das eine Selbstverständlichkeit.

»Wie viele Mitglieder haben Sie in Ihrer Kirchengemeinde«, fragte Hannes.

»Ungefähr zweihundert. Warum fragen Sie?«

»Teilen alle Ihre theologische Meinung?«

»Natürlich, was ist das für eine Frage? Sonst wären sie wohl kaum Mitglied! Wir predigen hier kein Wohlfühl-Evangelium, in dem sich jeder ohne Probleme wiederfinden kann. Stattdessen suchen und finden die Menschen bei uns tiefen Glauben und ewig gültige Regeln. Das ist zwar anstrengend, aber der einzige Weg zur Erlösung.«

»Herr Ahrendt«, versuchte Marcel ihn erneut davon abzuhalten, seine Sicht der Dinge zu predigen. »Drei Menschen, die zum ›Neuen Weg‹ gehörten, sind in den vergangenen Wochen ums Leben gekommen. Davon wurden mindestens zwei ermordet. Am vergangenen Freitag ist zudem die Steinskulptur am Eingang zerschlagen und eine Parole an die Wand gesprüht worden. Was ist Ihre Meinung dazu?«

»Dass derjenige, der Sünde auf sich lädt, mit Strafe rechnen muss!«

»Aber es handelt sich dort ja nicht gerade um einen Sündenpfuhl«, wandte Hannes ein.

Empört blitzte ihn der Priester an. »Es ist wenig überraschend, dass Sie das so sehen! Aber ich habe andere Dinge gehört. Ich will gar nicht weiter ins Detail gehen!« Sein angewiderter Gesichtsausdruck sollte wohl verdeutlichen, dass er diese Vergehen noch nicht einmal über seine Lippen bringen konnte. »Die schlimmste Sünde ist jedoch, dass sie ihr Verhalten als mit den Zehn Geboten für vereinbar darstellen. Das ist übelste Blasphemie!«

»Sie sind also der Meinung, Blasphemie sei eine schlimmere Sünde als Mord?«, hakte Marcel nach. »Predigen Sie solche Ansichten etwa auch hier?«

»Das habe ich nicht gesagt!« Herrn Ahrendt wurde offenbar bewusst, dass er sich gerade auf dünnes Eis begeben hatte. »Natürlich ist auch Mord eine Sünde, schließlich steht in der Bibel geschrieben ›Du sollst nicht töten‹.«

»Das hat die Kreuzritter auch nicht von ihren blutigen Feldzügen abgehalten«, meinte Hannes provokativ. »Wahrscheinlich haben Sie aber eine Rechtfertigung, warum das Töten in manchen Fällen doch keine Sünde ist. Ich finde es bedenklich, welche Ansichten Sie hier vertreten. Und gefährlich finde ich es, wenn ich es in Verbindung mit den Morden setze! Wir haben inzwischen herausgefunden, dass David Bach die Steinskulptur zerschlagen und eine Botschaft gegen Blasphemie an die Wand gesprüht hat. Außerdem gab es immer wieder Auseinandersetzungen zwischen Ihren Leuten und den Mitgliedern des ›Neuen Wegs‹. Neben Bach haben sich dabei auch andere Leute hervorgetan.«

»Wollen Sie behaupten, wir hätten etwas mit den Morden zu tun?« Entrüstet trat der Priester einen Schritt zurück. »An diesen Leuten beschmutzen wir doch nicht unsere Hände! Ein unglaublicher Vorwurf! Ich werde mich über Sie beschweren! Verlassen Sie die Kirche!«

»Schon gut«, beschwichtigte Marcel. »Wir wollten ohnehin nur kurz vorbeischauen. Aber Sie können sicher sein, dass wir uns Ihre Kirchengemeinschaft noch genauer ansehen werden.«

Auffordernd zog er Hannes am Ärmel und machte eine Kopfbewegung Richtung Ausgang. Herr Ahrendt verfolgte jeden ihrer Schritte, bis die schwere Flügeltür hinter ihnen zuschwang.

»Sorry«, meinte Hannes, als sie vor dem Gebäude standen. »Aber ich konnte mir diesen Kram nicht länger anhören. Das ist ja fast ein Hassprediger! Ich frage mich, was der hier in seinen Gottesdiensten so von sich gibt!«

»Wirst du wohl nie erfahren.« Marcel grinste. »Solltest du eines Sonntags auftauchen, wird er dich bestimmt vor die Tür setzen. Wahrscheinlich hält er auch deine verschiedenfarbigen Augen für ein Zeichen des Teufels.«

»Ich frage mich, ob hier die Rollen nicht falsch verteilt sind«, sinnierte Hannes, während er seinen Blick zwischen dem Vereinsgebäude des ›Neuen Wegs‹ und der Schöpferkirche hin und her gleiten ließ. »Christliche Nächstenliebe dürfte man in dieser Kirche schwerer finden als auf der anderen Straßenseite.«

»Und schon wieder Blasphemie aus deinem Munde, du unverbesserlicher Ketzer«, lästerte Marcel spöttisch. »Aber mal im Ernst: Sollte es tatsächlich jemand auf den ›Neuen Weg‹ abgesehen haben, dann gibt es hier wahrscheinlich gleich mehrere Kirchenbänke voller Verdächtiger. Sofern Herr Ahrendts Meinung von allen geteilt wird, könnte sich der eine oder andere mit entsprechenden Neigungen zu den Taten angestachelt gefühlt haben.«

»Insbesondere Bach«, stimmte ihm Hannes zu.

»Zum Beispiel. Doch es bleiben noch ungefähr zweihundert andere potenzielle Glaubenskrieger übrig. Wir müssen herausfinden, welche Leute an den Auseinandersetzungen mit dem ›Neuen Weg‹ beteiligt waren.«

»Sollen wir noch mal die Theaterprobe stören?«, fragte Hannes zurückhaltend, da er fürchtete, einen weiteren Termin seines Bootskurses zu verpassen.

»Nein, wir machen jetzt Schluss«, bestimmte Marcel, der seinerseits wenig Lust auf eine Eskalation mit seiner Frau hatte. »Beck und Lück konnten ohnehin nur David Bach benennen. Ich setze morgen früh Clarissa und Isabell darauf an. Die beiden sollen am Sonntag auch den Gottesdienst hier besuchen und sich die Mitglieder genauer anschauen. Außerdem bin ich gespannt, was Ahrendt in seinen Predigten für Botschaften aussendet.«

»Hoffentlich ist er nicht so überzeugend, dass sich Clarissa und Isabell gleich taufen lassen«, frotzelte Hannes.

Neugierig sah er sich in Oles Wohnung um. Der Fischer wohnte in einem kleinen Häuschen direkt am Hafen und hatte sein Versprechen, Hannes für die Prüfung fit zu machen, nicht vergessen. Seit seiner Scheidung lebte Fritz' Jugendfreund alleine und hatte seinen Haushalt offensichtlich nicht besonders gut im Griff. Da er die größte Zeit des Tages ohnehin auf dem Wasser verbrachte, störte ihn die Unordnung wohl nicht weiter.

Er saß neben Hannes an einem fleckigen und klebrigen Holztisch. Das benötigte Arbeitsgerät bestand aus einem Kursdreieck, Anlegedreieck, Stechzirkel und der Seekarte. Zudem hatte Ole einen Bleistiftstummel bereitgelegt, der am obersten Ende angenagt war. Er war ein geduldiger und motivierender Lehrmeister, wozu vielleicht der regelmäßige Umgang mit seinem Enkelsohn Fiete beitrug.

Kritisch verfolgte er, wie Hannes an der letzten Übungsaufgabe des Abends arbeitete und einen Kurs absetzte, der von Lübeck bis nach Kopenhagen führte. Erschwerend kam hinzu, dass Hannes drei Zwischenstopps in Kiel, Flensburg und Svendborg einfügen und daher zwischen kleinen Inseln hindurchnavigieren musste. Nachdem die Bleistiftlinien eingezeichnet waren, bestimmte er noch die Distanz und präsentierte Ole das Ergebnis.

»Einhundert Prozent korrekt«, brummte der beifällig. »Du bist auf keine Sandbank aufgelaufen und hast Kopenhagen ohne Zwischenfälle erreicht! Und das lohnt sich, kannst du mir glauben. Die Mädchen in Dänemark wären eine noch viel weitere Seereise wert!« Verschmitzt grinste er den jungen Polizisten an, der vermutete, soeben einen Hinweis auf den Scheidungsgrund des alten Fischers erhalten zu haben.

»Eigentlich gar nicht so schwer«, meinte er zufrieden. »Was mir mehr Sorgen macht, ist das Pauken der Prüfungsbögen, denn ich hab im Moment nicht besonders viel Freizeit.«

»Wie viele Kursabende gibt es noch?« Ole klopfte seine erloschene Pfeife aus.

»Heute sind gesetzliche Grundlagen dran, und dann sind wir schon durch. Am Wochenende gibt es praktische Übungen auf einem Boot. Da trainieren wir alles, was auch in der Prüfung gezeigt werden muss.«

»Und wann ist die?«

»Ende November. Wenn alles glattgeht, kann ich Weihnachten auf der Ostsee feiern.«

»Mit der richtigen Begleitung ist das sicher eine gute Idee!« Ole lachte herzhaft, während Hannes überlegte, ob sich Anna auf einem Boot wohlfühlen könnte. Doch die vorher zu klärende Frage war eher, ob sie sich mit ihm wohlfühlte.

»Na ja, wer weiß«, meinte er schließlich. »Wahrscheinlich müsste ich tatsächlich erst nach Kopenhagen schippern, um dort die richtige Weihnachtsbegleitung zu finden.«

KAPITEL 14

Ich zweifle nicht. Nie mehr! Aber warum wurden sie nicht rechtzeitig gefunden? Es wäre doch möglich gewesen. Sie hätten nicht sterben müssen, es gab genug Zeit. Ich weiß, warum. Weil du es nicht wolltest! Ja, du wolltest es nicht. Sie sollten sterben! Ich kenne die Feinde. Ich beobachte sie. Ich weiß, wo sie sind. Wer sie sind. Ich zweifle nicht mehr. Nicht mit dir an meiner Seite. Ich konnte nicht anders! Und du bist jetzt stolz auf mich! Das bist du doch? Natürlich bist du das. Zu lange habe ich die Augen verschlossen. Ich werde nicht auf halber Strecke verzagen. Früher kannte ich den Weg, war aber zu schwach. Heute kenne ich den Weg und bin stark. Deinen Weg! Dafür danke ich dir! Ich lasse mich nicht mehr aufhalten. Von niemandem. Endlich folge ich meiner Bestimmung. So wie du es von mir verlangst.

KAPITEL 15

Dem Besuch bei Fritz sah Hannes an diesem Freitag deutlich positiver entgegen als zuletzt. Zwar war er noch immer der Meinung, dass eine Aussprache unvermeidbar war, doch die Gegenwart belastete ihn viel stärker und überlagerte die Bilder des vergangenen Sommers. Er war neugierig, was der erfahrene Ermittler für Theorien zu dem jetzigen Fall entwickelt hatte. Daneben quälte ihn aber auch sein vermeintlicher Fehler bei der Vernehmung von Manuel Birkholz so sehr, dass er jede nur denkbare Hilfe angenommen hätte. Und das schloss den ›alten Fritz‹ mit ein. Um die Erfolgschancen zu erhöhen, war er sogar bereit, deutlich mehr Ermittlungsdetails als vor einer Woche preiszugeben. Und wer sollte es schon mitbekommen?

Die Aufseherin jedenfalls nicht. Obwohl an diesem Tag immerhin vier Tische belegt waren, blätterte sie gelangweilt durch eine Illustrierte und ließ nur selten ihren Blick pflichtschuldig einmal quer durch den Raum schweifen. Fritz wirkte im Gegensatz zu ihr wie ein aufgezogenes Spielzeugmännchen. Sein Gemütszustand hatte den Aufwärtstrend weiter fortgesetzt. Munter begrüßte er seinen Besucher, als träfen sie sich in einem Café der Innenstadt.

»Ole war heute für eine halbe Stunde hier. Er ist überzeugt, dass du die Prüfung im ersten Anlauf schaffen wirst!«

»Hoffentlich behält er recht«, erwiderte Hannes etwas abwesend.

»Was machst du für ein Gesicht? Liegt dir die blöde Prüfung etwa so schwer im Magen?«

Hannes schwieg einen Moment, bevor er sich einen Ruck gab und beklommen von der Befragung bei Manuel Birkholz und dem Tod von Frau Kramer berichtete. »Glaubst du, ich habe ihr Leben leichtfertig aufs Spiel gesetzt? Dann sollte ich sofort die Dienstmarke abgeben.«

»Verstehe«, sagte Fritz langsam und blickte Hannes durch die eckigen Gläser seiner Brille fast schon fürsorglich an. »Ehrlich gesagt, ich sehe das Problem nicht. Henning bauscht das ziemlich auf. Natürlich hättest du ihren Namen besser nicht erwähnt, aber jedem ist bei einer Vernehmung schon mal was rausgerutscht. Die Frage ist doch, ob dieser Birkholz überhaupt als Täter infrage kommt. Da habe ich meine Zweifel.«

»Warum?« Hannes war schon etwas beruhigter.

»Insbesondere«, Fritz deutete auf seine Stirn, »aus Intuition. Allerdings habe ich ihn natürlich nicht persönlich getroffen. Aber seine möglichen Motive scheinen mir viel zu schwach. Sogar im Fall von Alexander Kramer. Bei Frau Böhm sowieso.«

»Das stimmt«, nickte Hannes. »Herr Birkholz bestreitet, sie zu kennen. Und es gibt keine Anhaltspunkte, dass er lügt.«

»Erzähl mir von dieser Frau Böhm, damit ich sie besser einschätzen kann.«

Hannes zögerte nur kurz und blickte sich in dem Raum um, als könne jeden Moment Federsen um die Ecke biegen. Alle anderen Personen waren in ihre Gespräche vertieft, und die Justizbeamtin blätterte gerade die nächste Seite auf.

Gedämpft berichtete er, was bisher über Frau Böhm in Erfahrung gebracht worden war.

»Ganz ehrlich, Hannes«, meinte Fritz, »das klingt nicht nach einer Frau, die einen Callboy engagiert. Selbst wenn sie unbefriedigte Bedürfnisse gehabt hätte, gab es doch schon Alexander Kramer, der ihr weiterhelfen konnte. Nach den Aussagen in diesem Filmstudio war er im Bett sowieso besser als Manuel Birkholz. Immerhin sind die Frauen dort Profis und wissen, wovon sie reden.« Er grinste dreckig.

»Richtig!« Hannes‹ Erleichterung nahm zu. Ebenso wie die Dankbarkeit gegenüber Fritz, dass dieser ihm die Last von seinem Gewissen nahm. »Dann hältst du Birkholz also für unschuldig?«

»Das hab ich nicht gesagt! Ich zweifle nur stark an seiner Schuld. Zumindest im Fall von Sylvia Böhm. Sollte es sich wider Erwarten um verschiedene Täter handeln, könnte er natürlich hinter der Kreuzigung stecken. Dann wäre es rein theoretisch auch möglich, dass er befürchtete, Alexanders Schwester könnte ihm gefährlich werden.«

»Aber nur theoretisch.«

»Rein theoretisch«, bekräftigte Fritz. »Um es realistischer zu beurteilen, bräuchte ich Informationen über die restlichen Verdächtigen. Das liegt ganz bei dir. Wenn du willst, erzählst du mir mehr, und ich verspreche, dass es unter uns bleibt. Schließlich habe ich dir gegenüber was gutzumachen. Wenn du das aber nicht möchtest, kann ich das verstehen.«

Ernst sah er den jungen Mann an und gab ihm Zeit, den inneren Ringkampf auszufechten. Vermutlich ahnte er den Ausgang aber längst, denn er nahm mehrere zusammengefaltete Zettel und einen Stift aus seiner Tasche. Als sich Hannes endgültig entschieden hatte, seinen früheren Vorgesetzten einzuweihen, hörte der aufmerksam zu, notierte sich immer wieder ein paar Anhaltspunkte oder änderte etwas an seinen bisherigen Niederschriften. Hannes' Gesicht war gerötet, als er mit dem Bericht über den Priester der Schöpferkirche endete. Die Wanduhr zeigte, dass ihnen nur noch wenige Minuten blieben.

»Das ist ein ziemliches Sammelsurium an Informationen«, kommentierte Fritz den derzeitigen Ermittlungsstand fast mitleidig. Zugleich leuchtete sein Gesicht vor Tatendrang. Es war klar, dass die Kreuzworträtsel ab sofort in der Ecke liegen würden. Stirnrunzelnd blätterte er durch seine Aufzeichnungen.

»Ich muss hier eine Struktur reinbringen. Hannes, ich habe ein ungutes Gefühl in dieser Sache und schließe nicht aus, dass weitere Menschen in Gefahr sind! Ich werde versuchen, einen zweiten Besuchstermin pro Woche herauszuholen, damit wir uns schneller austauschen können.«

»Bis dahin kannst du noch gar nichts sagen?« Hannes war enttäuscht. Er hatte sich mehr davon erhofft, dass er gegen Regeln verstieß und seine Karriere aufs Spiel setzte. Doch er sah ein, dass Fritz kein Zauberer war.

»Ich empfehle dir Folgendes: Bisher habt ihr die Mitglieder des ›Neuen Wegs‹ zu den Todesopfern befragt und ob ihnen in diesem Zusammenhang etwas aufgefallen ist. Ihr solltet diese Leute auch mal zu sich selbst befragen. Vielleicht ist manchen in den letzten Wochen etwas Ungewöhnliches passiert. Könnte ja sein, dass sich bei den drei Opfern die Morde im Vorfeld angekündigt hatten. Zumindest aus heutiger Sicht.«

»Du vermutest einen religiösen Hintergrund?«

»Alles deutet stark darauf hin, sonst wären es ein paar Zufälle zu viel. Aus diesem Grund müsst ihr auch diese Schöpferkirche auseinandernehmen und prüfen, was sich dort für Leute versammeln. Insbesondere solltet ihr endlich David Bach auftreiben!«

»Was glaubst du, was wir die ganze Zeit versuchen?«, fuhr Hannes auf, und für einen Moment übernahm sein Ärger über Fritz das Kommando. »Du hast hier in deiner Zelle leicht reden! Schnipp mal mit den Fingern, vielleicht taucht der Kerl dann ja auf!« Empört sah er den anderen an, der mit unbewegter Miene dasaß. Verlegen schlug Hannes die Augen nieder und fand zu einer normalen Stimmlage zurück. »Clarissa und Isabell sind schon an der Schöpferkirche dran. Nach Bach fahnden wir intensiv. Gegen ihn haben wir am meisten in der Hand.«

»Natürlich kann es sich auch um Fanatiker außerhalb dieser Freikirche handeln«, sinnierte Fritz und überging geschmeidig den cholerischen Ausfall des jungen Polizisten. »Nur weil die Schöpferkirche auf der anderen Straßenseite des ›Neuen Wegs‹ ihre Kanzel aufgebaut hat und es mehrmals Auseinandersetzungen gab, müssen deren Anhänger nicht automatisch zu drastischen Mitteln gegriffen haben. Religiöse Gefühle sind sehr leicht und nachhaltig zu verletzen. Dann steckt ihr richtig im Misthaufen und könnt dort nach der berühmten Nadel suchen.«

Er sah aus, als hätte er sich am liebsten selbst kopfüber in diesen Misthaufen gestürzt, um dort eifrig nach der versteckten Nadel zu wühlen. Ihm blieb jedoch nur eine Nebenrolle, die noch dazu streng geheim bleiben musste. Trotzdem hatte er endlich wieder eine Herausforderung und fühlte sich damit sichtlich wohl. Der ›alte Fritz‹ war wieder im Geschäft.

»Wo ist mein geschätzter Vorgesetzter?«, erkundigte sich Hannes, als er zurück im Präsidium war.

»Schon seit zwei Stunden beim Chef«, antwortete Marcel vielsagend. Steffen Lauer war zwar von der Grippewelle mit am heftigsten erwischt worden, doch die neuen Entwicklungen hatten ihn an diesem Freitag vorzeitig aus dem

Bett getrieben. Hannes konnte sich gut vorstellen, dass er von Federsen gerade über den Befragungsfehler bei Manuel Birkholz informiert wurde. Doch laut Marcel steckte etwas anderes dahinter.

»Die Durchsuchung von David Bachs Wohnung war sehr hilfreich! Zwar deutet dort nichts auf die drei Morde hin, aber wir können ihn nun deutlich besser einschätzen. Überall in der Wohnung lagen Bilder von Rebecca Köhler. Er scheint noch immer von ihr besessen zu sein. Daher wurde entschieden, dass sie Polizeischutz erhält.«

»Wie kommt sie damit klar?«

»Sie ist verängstigt, aber zugleich auch froh, dass jemand auf sie aufpasst. Bachs Computer wurde auch schon ausgewertet. Darauf liegt massenhaft religiöses Material, außerdem hat er alles Mögliche über den ›Neuen Weg‹ gesammelt. Er scheint den Verein richtiggehend überwacht zu haben. Es gibt unter anderem Aufzeichnungen, wer dort welche Aufgaben wahrnimmt. Spezielles Augenmerk legte er aber darauf, wer in engerem Kontakt mit Rebecca stand. Die Kramer-Geschwister sind ihm besonders aufgefallen.«

»Verdammt«, stöhnte Hannes. »Und ich hätte ihn vor einer Woche fast erwischt! Gibt es Hinweise, ob jemand gemeinsame Sache mit ihm macht?«

»Bisher nicht. Aber die Vermutung liegt nahe. Dieser Kerl ist impulsiv und aggressiv. Er ist nicht der Typ, der sorgfältig vorbereitet und seine Spuren verwischt. Darauf deutet auch die Aktion mit der Eisenstange hin. Das ist ein völlig anderes Muster als bei den Morden. Wenn er der Mörder war, steckt bestimmt noch jemand mit drin.«

»Wahrscheinlich aus der Schöpferkirche.«

»Per stellt bereits Nachforschungen dazu an«, berichtete Marcel. »Isabell und Clarissa haben damit angefangen, die Mitglieder des ›Neuen Wegs‹ abzutelefonieren und nach Vorkommnissen mit den Anhängern der Schöpferkirche zu fragen. Wir müssen wissen, wen wir uns dort genauer ansehen sollten. Immerhin gibt es fast zweihundert Gläubige.«

»Mir ist dazu auch noch ein Gedanke gekommen«, setzte Hannes vorsichtig an. »Wenn wir mit den Mitgliedern ohnehin noch mal sprechen, könnten wir auch behutsam abklopfen, ob ihnen in letzter Zeit selbst merkwürdige Dinge passiert sind.« Er erklärte den Hintergrund seines Vorschlages, der eigentlich auf den Überlegungen von Fritz basierte.

»Das ergibt absolut Sinn«, bestätigte auch Marcel nach kurzem Überlegen. »Wir müssen allerdings besonnen vorgehen, damit wir in der Gruppe keine Panik auslösen. Ah, da kommt der Rest des Teams, dann können wir das gleich besprechen.«

Federsen stapfte mit gewohnt fleckigem Gesicht in das Bürozimmer und ignorierte Hannes meisterlich. Er warf sich auf die einzige Sitzgelegenheit, sodass die Hierarchie perfekt abgebildet war. Federsen thronte auf einem Stuhl, während Marcel aufgrund seiner Rückenbeschwerden auf einem Sitzball hinter seinem Schreibtisch hockte. Den jüngsten Ermittlern blieb nichts anderes übrig, als im Stehen an der Besprechung teilzunehmen.

Per ergriff als Erster das Wort. Er hatte zum Hintergrund der Schöpferkirche recherchiert und interessante Fakten herausgefunden. Nach seiner Einschätzung handelte es sich um eine konservativ-fundamentalistische Gruppierung, die bereits kontrovers diskutiert worden war, da sie die Bibel wortwörtlich auslegte und antiliberale Werte vertrat. Sie versuchte mit ihren Heilsversprechen massiv, Mitglieder anzulocken, was auch recht gut funktionierte.

»Allein in den letzten drei Jahren gab es einen Mitgliederzuwachs von fast dreißig Prozent. Insgesamt zählt die Gruppierung inzwischen rund fünftausend Mitglieder in Deutschland.«

»Der Priester hat nur von zweihundert Gläubigen gesprochen«, wunderte sich Hannes.

»Das dürfte die Anzahl in der Stadt sein. Diese Kirche hat mehrere Standorte, gegründet wurde sie in Stuttgart. Sie ist vollkommen unabhängig und hat sich keiner Dachorganisation angeschlossen. Es gäbe da zum Beispiel die ›Deutsche Evangelische Allianz‹, die ein breites Spektrum an Freikirchen und evangelikalen Gemeinden versammelt. Dabei handelt es sich aber nicht automatisch um religiöse Fanatiker oder Sekten. Insgesamt sind dort eine Million und dreihunderttausend Menschen aktiv, und das nach meiner Meinung in teilweise etwas skurrilen Organisationen. Eine Glaubensgemeinschaft hat nämlich …«

»Kommen Sie auf den Punkt und bleiben Sie bei der Schöpferkirche. Der Rest interessiert im Moment nicht«, unterbrach Federsen.

»Äh ja, richtig. Also, die Schöpferkirche wurde 1988 gegründet und hat sich allmählich von Süddeutschland aus über die Republik ausgeweitet. Sie pflegt eine besonders dogmatische Auslegung der Bibel. Allerdings gehört sie nicht zu den sogenannten charismatischen Bewegungen, bei denen wortgewandte Priester Happenings veranstalten und die Leute bis zur Ekstase aufpeitschen.«

»Charismatisch war dieser Herr Ahrendt in der Tat nicht«, sagte Hannes.

»Wie finanziert sich der Laden?«, fragte Marcel.

»Wie andere Freikirchen auch. Ausschließlich über Spenden. Man partizipiert nicht an der Kirchensteuer. Spenden sind angeblich freiwillig, aber ein gewisser Druck liegt wohl vor. Bei Anhängern von Freikirchen ist ohnehin ein deutlich größeres Engagement als bei den klassischen Kirchen zu beobachten. Zum Beispiel besuchen sie Gottesdienste in der Regel viel regelmäßiger. Außerdem befinden sich erstaunlich viele

Gutverdiener in ihren Reihen. An Armut dürfte die Schöpferkirche also nicht leiden.«

»Fünftausend Mitglieder. Na, dann viel Spaß bei den Vernehmungen«, murmelte Clarissa sarkastisch. »Wenn wir all die anderen Freikirchler vorsichtshalber noch dazunehmen, sind wir jahrelang beschäftigt.«

»Per hat darauf hingewiesen, dass es sich um ein vielfältiges Spektrum handelt«, erinnerte sie Marcel ungehalten. »Wir sollten also nicht alle in einen Topf werfen, der Großteil lebt seinen Glauben ja völlig friedlich aus. Ob das für den hiesigen Ableger der Schöpferkirche auch zutrifft, könnt ihr vielleicht nach dem Gottesdienst am Sonntag besser einschätzen.«

»Ihr dürftet einiges geboten bekommen!« Per feixte und war offensichtlich froh, selbst um die Teilnahme herumzukommen. Doch Federsen ließ diese Seifenblase platzen.

»Sie gehen dort mit hin! Immerhin haben Sie jetzt am meisten Hintergrundwissen. Dann können Sie gleich überprüfen, ob Ihre Informationen stimmen und sich wirklich radikale Christen dort tummeln. Wie steht es mit den Aussagen der Mitglieder vom ›Neuen Weg‹? Gibt es Hinweise auf bestimmte Personen der Schöpferkirche?«

»Wir haben bisher nur wenige erreichen können«, berichtete Isabell. »Wahrscheinlich haben wir im Laufe des Nachmittags mehr Glück, wenn die Leute ins Wochenende starten. Bisher konnten wir erfahren, dass es früher immer mal wieder böse Blicke und Kommentare gab. Seit sich der ›Neue Weg‹ aber freitags trifft, hat sich die Situation beruhigt.«

»Seit Anfang des Jahres kommt es nur noch vereinzelt zu einem Aufeinandertreffen«, ergänzte Clarissa. »Eine Frau sei bei einem Kinderfest aufgefordert worden, damit aufzuhören, die Kinder zu verderben. Beim diesjährigen Sommerfest haben dann einige Leute von der Schöpferkirche Flugblätter an die Besucher verteilt. Es gab eine hitzige Diskussion, an deren Ende sogar zwei Polizeistreifen eingreifen mussten.«

»Da haben wir doch schon was«, rief Hannes erfreut. »Vielleicht haben unsere Kollegen dabei ein paar Personalien aufgenommen. Das müssen wir unbedingt überprüfen!«

»Haben wir bereits, wir sind ja auch nicht auf den Kopf gefallen«, sagte Clarissa spitz. »Es wurden fünf Personalien aufgenommen. Davon gehören allerdings zwei zum ›Neuen Weg‹, Herr Lück und Herr Beck.«

»Haben die sich etwa geprügelt? Das kann ich mir kaum vorstellen. Die müssen ordentlich provoziert worden sein!«

»Geprügelt ist übertrieben, aber es gab tatsächlich eine Rangelei«, bestätigte Isabell. »Wer da wen zuerst geschubst hat, wird man wohl nie aufklären können. Allerdings sind zwei Beteiligte der Schöpferkirche sogar unseren Kollegen gegenüber handgreiflich geworden.«

»Einen davon kennt ihr bereits vom Namen – und Hannes kennt ihn zumindest von hinten«, präzisierte Clarissa und grinste frech.

»David Bach!« Per sprach aus, was alle dachten.

»Diesen Kerl müssen wir endlich in die Finger kriegen«, bestimmte Federsen lautstark, als würde der Mann allein schon dadurch zur Tür hereinspaziert kommen. »Wer waren die anderen zwei Personen?«

»Ein Ludwig Obermann und ein Frank Meister. Beide sind vorher noch nicht aufgefallen, zumindest ist unserem System nichts bekannt. Obermann ist vierzig Jahre alt, Meister vierunddreißig. Er war die zweite Person, die ihre Finger nicht im Griff hatte. Obermann hat sich unseren Kollegen gegenüber dagegen anständig verhalten.«

»Die beiden knöpfen wir uns vor!« Federsen schlug auf den Tisch. »Herr Niehaus bleibt hier im Präsidium, damit ihm nicht wieder was Unpassendes bei der Befragung rausrutscht. Er kann die Mitglieder vom ›Neuen Weg‹ weiter abtelefonieren, da dürfte ein weiterer Fauxpas nicht so folgenschwer sein.«

Isabell und Clarissa hatten erst sieben Mitglieder erreichen können, sodass für Hannes noch vierunddreißig übrig blieben. Zwar standen auch viele Handynummern auf der Liste, dennoch steigerte sich der Erfolg erst ab siebzehn Uhr. An den Vorfall beim Sommerfest erinnerten sich erwartungsgemäß viele Gesprächspartner, genauso wie an David Bach. Ein Mitglied erwähnte, dass einmal ein Haufen Hundekot vor der Tür des Vereinsheims gelegen habe. Der war aber nicht zweifelsfrei der Schöpferkirche zuzuordnen.

Hannes nutzte die Gelegenheit, sämtliche Mitglieder danach zu fragen, ob sich auch in ihrem eigenen Lebensumfeld ungewöhnliche Vorfälle ereignet hatten. Was ein merkwürdiges Ereignis darstellt, war natürlich Auslegungssache. Einige der Aussagen konnte Hannes daher nur schmunzelnd zur Kenntnis nehmen. Er erfuhr jedoch auch von Vorfällen, die nicht auf Überdrehtheit, Schicksal oder Übertreibungen zurückzuführen waren.

So gab der Besitzer eines Kaufhauses an, dass er im Juli über mehrere Wochen einem sonntäglichen Telefonterror ausgesetzt gewesen war, bis er schließlich seine Nummer hatte ändern lassen. Hannes erinnerte sich an den rundlichen Mann, der bei der Versammlung am vergangenen Freitag neben ihm gestanden hatte. Zudem war ihm Wolfgang Hartmann auch von der Theaterprobe als Erdgeist in Erinnerung geblieben – und damit einer der wenigen Namen, denen er ein Gesicht zuordnen konnte. Der vermeintliche Telefonterror war nicht zur Anzeige gebracht worden, doch Herr Hartmann beschwor, dass sein Telefon über einen Zeitraum von vier Wochen an jedem Sonntag im Stundentakt geklingelt hatte.

»Los ging es morgens um sechs Uhr, und es hörte erst abends gegen elf wieder auf. Als ich den Hörer abgenommen habe, hat niemand gesprochen. Am ersten Sonntag habe ich noch einen Streich vermutet und gedacht, dass da ein paar Kinder ganz schön ausdauernd sind.« Er lachte amüsiert, offenbar hätte er ihnen das nicht mal übel genommen.

»An wen haben Sie an den folgenden drei Sonntagen gedacht?«, erkundigte sich Hannes.

»Ich vermutete, dass es irgendwer Verrücktes ist, der sich wahllos Nummern aus dem Telefonbuch sucht. Deshalb hab ich das Telefon einfach leise gestellt und mir eine neue Nummer geben lassen. Jetzt stehe ich nicht mehr im Telefonbuch.«

Bei Hannes schrillten die Alarmglocken. Natürlich konnte es aber auch völlig harmlos sein, schließlich lagen die Anrufe bereits mehrere Monate zurück, ohne dass Herrn Hartmann seitdem erneut etwas Ungewöhnliches passiert wäre. Eine Beatrice Reichert, die der Stimme nach schon älter sein musste, berichtete ihm anschließend von einem Einbruch in ihrer Erdgeschosswohnung.

»Wobei ich es dem Einbrecher auch einfach gemacht habe«, musste sie etwas verlegen zugeben. »Ich vergesse im Sommer immer wieder, meine Terrassentür zu schließen, und so musste er nicht mal eine Tür oder ein Fenster aufbrechen.«

»Dann haben Sie von der Versicherung nichts ersetzt bekommen«, vermutete Hannes.

»Das ist das Merkwürdige! Es wurden keine Wertgegenstände gestohlen!«

»Woher wissen Sie denn, dass eingebrochen wurde, wenn nichts gestohlen wurde?«, fragte Hannes irritiert. Innerlich seufzte er auf und schielte bereits nach dem nächsten Namen auf seiner Liste.

»Gestohlen wurde schon etwas. Auch wertvolle Dinge«, versuchte Frau Reichert zu erklären. »Allerdings waren es

Gegenstände, die für mich persönlich einen hohen Wert besaßen, wenn auch nicht im materiellen Sinn. Alles Erinnerungsstücke, die mir viel bedeutet haben! Ich war früher eine erfolgreiche Balletttänzerin. Dann bekam ich eine schwere Krankheit und konnte seitdem nicht mehr tanzen. Damals brach die Welt für mich zusammen. Doch ich hatte zumindest viele Erinnerungsstücke, die ich mir gern angesehen habe. Ich habe dann in diese Zeit wieder richtig eintauchen können.«

»Um was für Dinge handelte es sich?« Hannes Interesse war nun doch wieder geweckt.

»Zum Beispiel Fotos von meinen Auftritten, meine alten Ballettschuhe, Auszeichnungen und Presseartikel«, zählte Frau Reichert auf.

»Wirklich merkwürdig«, stimmte Hannes zu, der noch nie von Einbrechern gehört hatte, die sich auf Ballettutensilien spezialisiert hatten. »Wo hatten Sie die Sachen aufbewahrt?«

»In einer Kiste, meine Freundinnen nannten sie spöttisch meine Schatzkiste. Sie stand im Wohnzimmer unter einem großen Bild, das bei meinem letzten Auftritt aufgenommen worden war. Dieses Bild war ebenfalls weg.«

»Ansonsten wurde überhaupt nichts gestohlen?«, fragte Hannes ungläubig.

Frau Reichert bestätigte dies nachdrücklich. Hannes nahm sich vor, seine Kollegen zu fragen, welchen Eindruck Frau Reichert auf sie gemacht hatte, als sie zu den Mordopfern befragt worden war. Vielleicht handelte es sich bloß um eine tüdelige alte Dame, die ihre Jugenderinnerungen nur verräumt und nicht wiedergefunden hatte.

Seine nächsten beiden Gesprächspartner konnten keinerlei mysteriöse oder auffällige Vorfälle schildern und fragten misstrauisch nach dem Grund der Frage. Hannes hoffte, dass er sie mit dem Hinweis auf ›Ermittlungen in alle Richtungen‹

zufriedengestellt hatte. Doch beide hatten wenig überzeugt geklungen.

Nachdem Hannes mit zwölf Personen gesprochen hatte, gab es keine neuen Hinweise, die über das bereits Bekannte hinausgegangen wären. Ein Blick auf die Uhr zeigte, dass er noch Zeit für ein letztes Telefongespräch hatte, bevor er sich auf den Weg in die Innenstadt machen musste, wo er mit Ben und Elke im Kino verabredet war.

Vanessa Brinkmann hob sofort ab und schien von seiner Frage nicht überrascht zu sein. Doch vielleicht waren in den vergangenen Wochen einfach zu viele merkwürdige Dinge passiert, um sich über einen Polizisten zu wundern, der sie nach ungewöhnlichen Vorfällen fragte.

»Ach, wissen Sie«, sagte sie, »im Grunde waren die letzten Wochen das reinste Chaos! Im Spätsommer musste ich den Verlust meiner Kinder hinnehmen, dann kamen diese Morde und der Tod von Antje dazu, und bei uns im Betrieb geht es auch ziemlich rund. Ich kam schon gar nicht mehr dazu, meine Eltern im Pflegeheim zu besuchen.«

»Oh, das tut mir leid«, meinte Hannes betreten, »das wusste ich nicht!«

»Was wussten Sie nicht?«

»Dass Sie im Sommer Ihre Kinder verloren haben!«

»Da habe ich mich wohl falsch ausgedrückt. Sie sind nicht gestorben! Vielmehr bin wahrscheinlich ich für sie gestorben.«

»Äh, das verstehe ich jetzt nicht.«

»Es ist so«, erklärte Frau Brinkmann. »Meine Tochter und mein Sohn sind Mitte zwanzig. Als meine Tochter zwei Jahre alt war, trennte ich mich von meinem Mann. Ich zog meine Kinder alleine groß, ich wollte keinen Kontakt mehr zu ihrem Vater haben. Das war nicht einfach, weil ich in Vollzeit arbeitete. Damals war das noch ungewöhnlich, und es gab auch keine Kinderbetreuung wie heute.« Sie seufzte, und Hannes hoffte, dass sie schnell auf den Punkt kam. Sein Bus fuhr in wenigen Minuten. Schnell tippte er eine SMS an Ben ins Handy, er solle schon die Eintrittskarten kaufen. Mit halbem Ohr verfolgte er die weitere Leidensgeschichte der Frau.

»Wahrscheinlich hat den beiden eine Vaterfigur gefehlt, auf jeden Fall war es oft nicht einfach. Auch in den letzten Jahren hatten wir kein ganz unkompliziertes Verhältnis, da ich … na ja, ich war eben nicht mit allem einverstanden, was sie so gemacht haben. Wie auch immer! Ich hab immer behauptet, ihr Vater sei bei einem Unfall ums Leben gekommen. Ich hatte sogar alle Fotos weggeworfen, auf denen er zu sehen war. Da wir damals umgezogen sind, bestand auch keine Gefahr, dass sie sich über den Weg laufen könnten. Doch im September erfuhren meine Kinder durch einen Brief, dass ihr Vater lebt und ich sie all die Jahre belogen habe. Das hat sie so verletzt, dass sie jeden Kontakt zu mir abgebrochen haben.«

»Hmm«, meinte Hannes. »Es ist natürlich ärgerlich, dass Ihr früherer Mann diesen Brief geschickt hat. Aber sicher werden Ihre Tochter und Ihr Sohn nach einer Weile wieder den Kontakt zu Ihnen aufnehmen.« Erneut warf er einen Blick auf die Uhr. Verdammt, er war doch kein Seelsorger! Sollte sie sich bei Herrn Beck ausweinen, das war seine Zuständigkeit!

»Aber der Brief kann nicht von meinem Exmann kommen«, widersprach Frau Brinkmann. »Er ist nämlich inzwischen tatsächlich tot. Im Juni lief er betrunken vor einen LKW und ist überfahren worden. Meine Kinder hatten keine Gelegenheit mehr, ihn kennenzulernen.«

Trotz eines beherzten Sprints hätte Hannes den Bus eigentlich knapp verpasst. Doch glücklicherweise hielt der Fahrer noch einmal für den wild winkenden Polizisten an.

»Vielen Dank, sehr nett!«, rief Hannes schnaufend und erntete ein gnädiges Nicken. Er quetschte sich an einer Gruppe Jugendlicher vorbei, die bereits ordentlich vorgeglüht hatte und sich nun auf den Weg in das Partywochenende machte. Im hinteren Bereich fand sich noch ein freier Sitzplatz.

»Na, das ist ja eine Überraschung«, erklang es plötzlich neben ihm. Erst als er leicht an der Schulter berührt wurde, begriff er, dass er offenbar selbst gemeint war.

»Oh, hallo Herr Beck«, begrüßte er den Seelsorger und schüttelte die angebotene Hand. »Fällt Ihre Versammlung heute Abend aus?«

»Nein, nein. Ich bin nur etwas spät dran, weil ich noch Frau Schlichter besucht habe. Sie ist auch Mitglied, kann aber leider nicht mehr kommen, da sie bettlägerig geworden ist. Aber im Kopf ist sie noch topfit! Ich besuche sie jeden Freitag. Heute hat es länger gedauert, da sie wegen der Vorfälle in den letzten Wochen etwas aufgewühlt war. Ich hoffe, Sie kommen mit Ihren Ermittlungen gut vorwärts, damit bald wieder Normalität einkehrt! Viele Mitglieder sind besorgt, ich übrigens auch.«

Hannes bemühte sich, den Eindruck zu erwecken, dass die Polizei alles vollständig unter Kontrolle hatte. Zugleich ergriff er die Chance, auch Herrn Beck nach ungewöhnlichen persönlichen Ereignissen zu befragen.

»Man könnte sagen, dass ich etwas leiderprobt bin«, war die zögernde Antwort. »Als ich noch als Priester in Nordrhein-Westfalen gearbeitet habe, gab es Probleme mit einer kleinen Gruppe von Chaoten, die gegen alles war, wo Kirche draufstand. Sie hatten Gottesdienste gestört, demonstriert und einmal sogar ins Taufbecken uriniert. Jetzt bin ich Seelsorger einer kirchenfernen Vereinigung, und schon wieder scheine ich jemandem zu missfallen.«

»Wieso?« Hannes wurde hellhörig.

»Zunächst werde ich immer wieder von Herrn Ahrendt von der Schöpferkirche angegangen, dass ich vom rechten Weg abgekommen sei. Da ich aber selbst am besten weiß, dass ich die wahren christlichen Werte nach wie vor lebe, kann ich damit umgehen. Im Sommer wurden jedoch meine Autoreifen zerstochen, als ich den Wagen vor unserem Vereinsheim geparkt hatte. Seitdem nutze ich den Bus. Dann lag vor ein paar Wochen ein Zettel in meinem Briefkasten, auf dem ein Teufel abgebildet war. Es stand kein Text dabei. Außerdem gab es eine anonyme Anzeige gegen mich, dass ich angeblich als Psychiater arbeite, ohne die entsprechende Qualifikation zu haben. Wie Sie wissen, ist das kompletter Unfug. Ich habe mich nie als Psychiater bezeichnet, und so ließ sich die Anzeige auch schnell aus der Welt räumen.«

»Haben Sie das der Polizei gemeldet?«, erkundigte sich Hannes bestürzt.

»Nein. Ich bin ja einiges gewöhnt und habe leider die Erfahrung gemacht, dass die Polizei ohnehin nicht viel ausrichten kann. Ähm, tut mir leid, dass ist jetzt nicht gegen Sie persönlich gerichtet. Meine Frau ist natürlich schon etwas beunruhigt, insbesondere nach den Morden. Wir hatten eigentlich gehofft, hier endlich ein ruhiges Leben führen zu können. In unserer Kirchengemeinde mussten wir damals viel aushalten, als bekannt wurde, dass wir ein Paar waren. Das Zölibat ist immer noch eine Grundvoraussetzung, um als römisch-katholischer Priester arbeiten zu können. Es war wirklich keine leichte Zeit.«

Gedankenverloren schaute er vor sich hin. Hannes ahnte, woher sein Eindruck beim ersten Aufeinandertreffen mit dessen Frau rührte, als er ihr ein paar zurückliegende Lebenstragödien anzusehen geglaubt hatte.

»Hier muss ich umsteigen«, sagte Herr Beck, als sich der Bus der nächsten Haltestelle näherte. »Ich wünsche Ihnen ein schönes Wochenende!«

Voller Gedanken setzte Hannes die Fahrt fort. Fritz hatte mal wieder einen sechsten Sinn bewiesen. Ein Teil der Vereinsmitglieder hatte tatsächlich von Vorfällen berichtet, und die Liste der abzufragenden Personen war noch lang. Die Frage war nur, ob diese Ereignisse etwas zu bedeuten hatten und überhaupt im Zusammenhang mit der Mitgliedschaft im ›Neuen Weg‹ standen. Zumindest bei Herrn Beck lag dies aber auf der Hand.

Das Klingeln des Handys riss Hannes aus der Grübelei, und kurz darauf hämmerte Clarissas Stimme in seinen Gehörgang. Schnell reduzierte er die Lautstärke.

»Ich hatte das Vergnügen, mich gemeinsam mit Federsen und Per um Frank Meister zu kümmern. Wir haben ihn zu Hause aufgesucht und hätten uns wohl besser nicht vorher ankündigen sollen! Er ist nämlich mit David Bach befreundet. Wenn der bei ihm untergekrochen war, hatte er genügend Zeit, sich aus dem Staub zu machen. So konnte Herr Meister behaupten, ihn schon länger nicht mehr gesehen zu haben.«

»Wieso habt ihr denn auch angerufen?«

»Das war Federsens Idee. Er wollte sich nicht auf den Weg machen, um am Ende vor einer leeren Wohnung zu stehen«, erklärte Clarissa vielsagend.

»Aha, nur gut, dass ihm nie Ermittlungsfehler passieren«, sagte Hannes zynisch. Damit stand es eins zu eins. Diesen Umstand wollte er nicht vergessen, wenn ihm Federsen das nächste Mal Vorhaltungen wegen seines Fehltritts bei Manuel Birkholz machte. Gespannt konzentrierte er sich auf den weiteren Bericht.

Frank Meister war seit seiner Kindheit Mitglied in verschiedenen Freikirchen gewesen, bis sich seine tiefgläubige Familie vor mehreren Jahren der Schöpferkirche angeschlossen hatte. Er arbeitete als Augenoptiker in einem kleinen

Fachgeschäft und war nach Clarissas Meinung »durch und durch gebrainwashed«. Dennoch mache er intellektuell keinen beschränkten Eindruck, sondern sei durch eine gewählte Ausdrucksweise aufgefallen, als er versucht hatte, den Polizisten seine Weltanschauung zu verdeutlichen.

»Und das hat er eigentlich die ganze Zeit getan«, meinte Clarissa missmutig. »Er würde den perfekten Missionar abgeben. Keine Ahnung, wie dieser Mann Brillen verkaufen kann, ohne gleichzeitig einen Mitgliedsantrag für die Schöpferkirche über den Tisch zu schieben. Auf jede kritische Nachfrage hat er sofort die passende Antwort. Er redet dich schwindlig!«

»Komisch, dass er dann mit so einem Draufgänger-Typen wie David Bach befreundet ist.«

»Das haben wir auch nur herausgefunden, weil in seiner Wohnung neben zig Kreuzen und anderem religiösen Krimskrams viele Fotos hingen. Die meisten zeigten kirchliche Veranstaltungen, und es war deutlich zu sehen, dass sich die beiden sehr gut verstehen. Außerdem gab es Bilder von einer Pilgerwanderung, die sie zu zweit unternommen haben. Aber es stimmt schon, während er mehr der Feingeist zu sein scheint, ist David Bach wohl eher der Mann fürs Grobe. Schon äußerlich.«

Im Gegensatz zu der kräftigen Statur von Bach besaß Frank Meister nämlich eine blässliche und spindeldürre Figur, die in ziemlich spießigen Klamotten steckte. Er hatte einen messerscharfen Seitenscheitel und trug eine runde John-Lennon-Brille. Die dahinterliegenden Augen hatten nach Clarissas Überzeugung ein fanatisches Glitzern, doch auf diese Interpretation wollte Hannes nicht allzu viel geben. Erwartungsgemäß hatte Meister keine hohe Meinung vom ›Neuen Weg‹, äußerte sich aber zurückhaltend und ließ sich auch nicht aus der Reserve locken. Empört bestritt er, es hätte Übergriffe von Anhängern der Schöpferkirche gegeben. Die

Auseinandersetzung im Sommer sei auf Provokationen des ›Neuen Wegs‹ zurückzuführen. Auch die Handgreiflichkeiten gegenüber den Polizisten seien ein reines Missverständnis gewesen.

»Hast du etwas von Isabell und Marcel gehört?«, fragte Hannes und verließ den Bus eine Station vor seinem eigentlichen Ziel, um sich ungestört weiter austauschen zu können.

»Ja. Sie haben Ludwig Obermann angetroffen, das ist die dritte Person der Schöpferkirche, von der damals die Personalien aufgenommen wurden. Er betreibt eine kleine Schreinerei, und neben Möbelstücken versucht er sich auch als Holzschnitzer. Er hat wohl eine ganz imposante Sammlung an Madonnen und Heiligenfiguren. Man könnte ihn als das religiöse Gegenstück zu Antje Kramer bezeichnen, nur dass er Holz statt Steine bearbeitet.«

»Die Herstellung des Holzkreuzes, an das Alexander Kramer festgenagelt wurde, wäre ihm also nicht schwergefallen«, vermutete Hannes aufgeregt.

»Das wäre kein Problem für ihn, und er ist auch kräftig genug, um es aufzustellen. Isabell beschrieb ihn allerdings als einen etwas dumpfen Bärentyp, der über nicht viel Tiefgang, aber auch nicht über spürbare Aggressivität verfügt. Er wollte bei der Auseinandersetzung mit den Mitgliedern des ›Neuen Wegs‹ angeblich nur schlichten und alle auseinanderhalten.«

»Zumindest widerspricht er damit Frank Meister, der ja behauptet hat, alles sei nur ein Missverständnis gewesen.«

»Wie gesagt, er scheint nicht der Gescheiteste zu sein, so ist er seinen Glaubensbrüdern ungewollt in den Rücken gefallen. Im Gegensatz zu Meister soll er eher gemäßigt rübergekommen sein. Tiefgläubig aber ebenfalls.«

»Er könnte natürlich instrumentalisiert worden sein«, spekulierte Hannes. »Er hat arglos dieses Kreuz zusammengezimmert, den Rest haben andere erledigt.«

»Vielleicht. Ganz so arglos ist er aber auch nicht, dass er nicht abgestritten hätte, jemals ein großes Holzkreuz gebaut zu haben. Trotzdem dürften wir jetzt eine vielversprechende neue Spur haben. Auch wenn wir natürlich Matthias Böhm nicht vergessen sollten.«

»Aber der ist ja sicher in U-Haft verwahrt«, erwiderte Hannes gelassen.

»Hast du es noch nicht gehört? Matthias Böhm wurde heute entlassen! Es wurde eine Kaution hinterlegt, und angeblich besteht keine Fluchtgefahr mehr. Keine Ahnung, wie er an das Geld gekommen ist.«

»Verdammt!« Hannes blieb entsetzt stehen. »Konnte er aufgrund unserer Ermittlungen nicht weiter in Haft bleiben?«

»Das hat Marcel versucht. Aber die Beweislage ist ja leider hundsmiserabel, daher ist er gescheitert. Wie weit bist du mit der Telefonliste gekommen?«

Hannes schritt mit schnellen Schritten die Straße entlang und näherte sich dem ›Filmhaus‹, vor dem Elke und Ben sicher schon ungeduldig warteten. Hastig informierte er seine Kollegin über die Telefonate. Anschließend vertagten sie sich auf den Samstagvormittag, um die noch zu erledigenden Anrufe aufzuteilen. Clarissa und Isabell würden sich im Präsidium treffen, während Hannes seine Telefonate auf dem Weg zum Führerscheintraining erledigen wollte.

»Alle Mörder gefasst?«, frotzelte Ben, als Hannes endlich vor dem Eingangsbereich des Kinos angekommen war. Er war inzwischen vierzig Minuten verspätet, weshalb ein Teil des Filmes schon vorbei war. Elke hatte ihn unter intensivem Protest von Ben und Hannes durchgedrückt. Da sie jedoch mit der Programmwahl an der Reihe gewesen war, hatten sie sich schließlich gefügt und sahen der deutsch-französischen Komödie mit gemischten Gefühlen entgegen.

»Tut mir wirklich leid!« Hannes sah sich suchend um. »Elke sitzt hoffentlich schon drinnen und hat keine Sekunde verpasst, sonst köpft sie mich bestimmt!«

»Keine Sorge«, erwiderte Ben grinsend. »Sie hat abgesagt, weshalb ich mir erlaubt habe, das Filmprogramm zu ändern. Das hat außerdem den Vorteil, dass der Film erst in fünf Minuten anfängt. Wenn wir uns beeilen, kriegen wir sogar noch alle Vorschauen mit.«

»Ist Elke krank?«, fragte Hannes und folgte seinem Freund in den kleinen Eingangsbereich. »Sie wollte die Schnulze doch unbedingt sehen?«

»Nein, sie hat wohl nur was Besseres gefunden. Scheinbar hast du sie bei unserem Pasta-Abend inspiriert. Diese Frau steckt wirklich voller Überraschungen!« Genüsslich spannte er Hannes noch etwas auf die Folter, während sie sich einreihten, um Popcorn und Getränke zu kaufen. »Elke hat sich im Internet über diesen Verein informiert und will jetzt offenbar selbst den ›Neuen Weg‹ beschreiten. Auf jeden Fall besucht sie heute Abend die Versammlung, um zu sehen, ob das was für sie ist.«

Entgeistert starrte Hannes ihn an. »Das ist jetzt nicht dein Ernst, oder?«

»Doch, vollkommen! Sie hat mich vorhin angerufen und es gebeichtet. Sie war wohl schon lange auf der Suche nach so was Ähnlichem, und vielleicht passt sie da ja tatsächlich hin.«

»Ich halte das für überhaupt keine gute Idee«, sagte Hannes besorgt.

»Ach, hör schon auf!« Ben lachte. »Wenn jemand auf sich aufpassen kann, dann Elke.«

»Na, ich weiß nicht«, murmelte Hannes und musterte die Eintrittskarte, die Ben ihm hinhielt. Der Film verhieß ein absolutes Kontrastprogramm zu Elkes Wahl, ein Abenteuerdrama, bei dem eine ehemals drogensüchtige junge Frau als

Selbstfindungstrip drei Monate quer durch die Rocky Mountains zog. Hannes dachte sofort an Anna und ihre Reise durch Südostasien. Während sie mit Popcorn und zwei Bierflaschen ihre Plätze suchten, erzählte er Ben von dem Wiedersehen mit ihr am vergangenen Montag.

»Schade, dass ihr den Abend am Taxistand beendet habt«, nuschelte Ben durch einen Mund voller Popcorn. »Aber immerhin war es ein guter Auftakt! Wann seht ihr euch wieder?«

»Morgen Abend«, antwortete Hannes glücklich. »Nach dem Bootstraining fahre ich zu ihr. Die Taxifrage wird sich also schon mal nicht stellen.«

»Dann sieh nur zu, dass du nach deinem Training frisch geduscht dort aufschlägst«, lachte Ben, während der Saal in Dunkelheit versank. Der Film begann.

KAPITEL 16

Der November meinte es am Samstag gut mit den angehenden Sportbootkapitänen. Die Sonne schien von einem wolkenlosen Himmel, der Wind war allerdings kräftig und würde wohl ein paar kleinere Wellenberge erzeugen. Hannes hatte den Vorsatz, direkt nach dem Kinofilm nach Hause zu fahren, nur halbherzig gegen Ben verteidigt. Der Freitagabend hatte sich daher noch in die Länge gezogen. In solchen Momenten beneidete Hannes seinen Freund um dessen sorgloses Leben. Ben zeigte kaum Ehrgeiz, sein Geschichtsstudium dem großen Finale entgegenzutreiben. Stattdessen engagierte er sich intensiv als Anti-Nazi-Aktivist, wofür er von der gegnerischen Seite schon mehr als einmal vermöbelt worden war.

Hannes studierte am Frühstückstisch die Liste der Mitglieder des ›Neuen Wegs‹ und rief Isabell an. Wie erwartet zeigte sie sich beim Verteilen der noch zu erledigenden Anrufe gnädiger als vermutlich Clarissa. Sein Kalkül war aufgegangen.

»Da wir sowieso im Präsidium sind, können wir den Großteil übernehmen«, meinte Isabell. »Wie viele Telefonate sind es?«

Es gab noch zwanzig Namen ohne Gesprächsprotokoll, von denen Isabell und Clarissa je acht übernahmen. Hannes erledigte den ersten seiner vier Anrufe, nachdem er mit seinem altersschwachen Ford die Tiefgarage verlassen hatte und stadtauswärts steuerte. Schnell war klar, dass es sich um einen Fehlschlag handelte. Anschließend sprach er mit der bettlägerigen Frau Schlichter, die von Herrn Beck am Vortag besucht worden war. Die Aufregungen in ihrem Leben hielten sich in Grenzen, doch sie schien froh zu sein, an diesem Morgen unerwartet einen Gesprächspartner gefunden zu haben. Hannes hatte fast die Hälfte der Strecke zurückgelegt, als er das Telefonat endlich beenden konnte. Auch die nächste Gesprächspartnerin konnte nichts Ungewöhnliches berichten, war aber auch nur sehr sporadisch im ›Neuen Weg‹ aktiv.

Hinter dem letzten Namen auf der Liste verbargen sich mit dem Ehepaar Bernd und Bettina Graf gleich zwei Mitglieder. Nach längerem Klingeln meldete sich eine unfreundliche Männerstimme.

»Das kann man wohl sagen!«, wurde Hannes auf seine Frage nach Vorkommnissen angeherrscht. »Sie können dazu auch einiges in Ihrem Polizeicomputer finden. Leider wird es dort aber kein Ergebnis geben. Bisher haben die Ermittlungen rein gar nichts gebracht!«

»Was ist denn passiert?«, erkundigte sich Hannes reserviert.

»Vor ein paar Wochen wurde unser Haus angezündet! Am zweiten Oktober. Wir waren glücklicherweise zu Besuch bei meinen Schwiegereltern, so bestand keine Gefahr für uns. Da es am frühen Morgen geschah, wären wir vermutlich bei lebendigem Leib verbrannt!«

Hannes bremste ab und blieb am Straßenrand stehen. Auf dieses Gespräch wollte er sich richtig konzentrieren! Immerhin war es der erste Vorfall, bei dem tatsächlich Menschenleben auf dem Spiel gestanden hatten.

»Sind Sie sicher, dass es Brandstiftung war?«

»Natürlich! Ein Unglück haben Ihre Kollegen anfangs auch unterstellt. Hören Sie, wir besitzen mehrere Mietshäuser und kennen uns daher mit Brandschutz bestens aus. Wir haben alle Sicherheitsvorkehrungen getroffen. Letztlich wurden dann auch Spuren von Brandbeschleunigern entdeckt. Es kam mir fast so vor, als würde man uns Versicherungsbetrug unterstellen. Dass wir das Haus selbst angesteckt haben.«

»Am Anfang muss in jede Richtung ermittelt werden«, verteidigte Hannes die unbekannten Kollegen. »Schließlich kommt so was immer wieder vor.«

»Von welcher Ermittlung reden Sie? Bisher gibt es keine Anhaltspunkte, wer unser Haus angesteckt haben könnte. Wir wohnen seit Wochen im Hotel und können erst kurz vor Weihnachten wieder einziehen.«

Hannes war klar, dass dieser Sache unbedingt nachzugehen war. Er informierte Isabell und bat sie, weitere Hintergründe herauszufinden. Dies dauerte auch nicht lange, denn kurz bevor Hannes den kleinen Hafen erreichte, kam ihr Rückruf.

»Anwohner hatten um vier Uhr morgens die Feuerwehr alarmiert«, berichtete sie. »Die Nachbarn schlafen immer bei offenem Fenster und haben dadurch den Brandgeruch bemerkt. Die Feuerwehr geht davon aus, dass der Brand etwa eine halbe Stunde vorher ausgelöst wurde. Er entwickelte sich recht schnell, obwohl die Löschfahrzeuge rasch vor Ort waren. Es entstanden große Schäden, und das Gebäude ist noch immer unbewohnbar.«

»Steht fest, ob es Brandstiftung war?«

»Sicherer geht es nicht! Durch die Fenster wurden mehrere Benzinflaschen geworfen, von denen noch Reste gefunden wurden.«

»Gibt es einen Verdacht, wer das gewesen ist?«

»Keinen konkreten. Die Ermittlungen dauern weiter an. Offenbar hat sich das Ehepaar zuletzt nicht viele Freunde gemacht. Sie besitzen mehrere Altbauten und führen gerade Luxussanierungen durch, um die Mieteinnahmen zu steigern. Mehrere Mieter haben sich beklagt, aus ihren Wohnungen herausgeekelt und von Grafs unter Druck gesetzt zu werden. Einige haben sich einen Anwalt genommen.«

»Die Grafs verdienen ihr Geld also mit der Vermietung ihrer Häuser?«

»Nicht nur. Frau Graf kümmert sich mit einer Mitarbeiterin um alle Mietangelegenheiten. Er leitet eine Software-Firma. Sein Unternehmen hat auch die Webseite des ›Neuen Wegs‹ erstellt. Wahrscheinlich eine Art Sachspende.«

»Erstaunlich, dass sich gerade dieses Ehepaar dort engagiert«, meinte Hannes verblüfft. »Ihr Verhalten scheint sich nicht gerade mit den Prinzipien des ›Neuen Wegs‹ zu decken.«

»Sie sind auch nur mäßig aktiv. Laut Herrn Lück spenden sie aber immer wieder größere Beträge. Ohne diese Unterstützung wäre man zu vielen Aktivitäten nicht in der Lage. Entweder haben die Grafs zwei sehr verschiedene Gesichter oder der Verein stellt eine Art Ablasshandel für sie dar.«

»Seid ihr mit euren Telefonaten noch anderen Vorfällen auf die Spur gekommen? Ich habe meine Liste jetzt durch, und außer dem Hausbrand gibt es keine Hinweise.«

»Bei uns auch nicht, aber wir haben noch elf Personen. Ich melde mich später noch mal.«

Hannes parkte neben einer zerbeulten Limousine und blickte zum Hafenbecken. Dort hatten sich die Kursteilnehmer bereits versammelt und blickten teilweise nervös auf die Wellen hinter der Kaimauer. Direkt an der Küste blies der Wind heftiger als in der Stadt, es versprach ein abwechslungsreiches Training zu werden. Auf jeden Fall würde es für Ablenkung sorgen.

»Mann über Bord an Backbord!«, schrie der Ausbilder, und Hannes versuchte, sich an die richtige Reihenfolge des nun einzuleitenden Manövers zu erinnern. Natürlich war nicht wirklich eine Person ins eiskalte Wasser der Ostsee gefallen, sondern nur eine orangefarbene Boje. Die künftigen Bootsführer waren auf zwei Schlauchboote verteilt worden. Nachdem es auch der letzte geschafft hatte, unfallfrei vom Steg abzulegen und dabei alle vorgesehenen Kommandos ordnungsgemäß herauszubrüllen, war zunächst das Wenden auf engstem Raum geübt worden. Hierfür bot das Hafenbecken ideale Bedingungen, auch wenn das Boot bei den diversen Versuchen immer wieder gegen einen Steg oder ein Fischerboot geprallt war.

Bisher hatte sich Hannes gut geschlagen, zumindest hätte die ›Lena‹ bei seinem Fahrstil noch keinen Kratzer davongetragen. Ob er allerdings auch eine ins Wasser gefallene Person bergen konnte, musste er jetzt unter Beweis stellen. Da er Anna möglichst bald sein Boot vorführen wollte, fand er diese Übung nicht ganz unwichtig.

Nach dem gespielt panischen Ruf des Ausbilders riss Hannes sofort den Hebel des Außenbordmotors nach links und ging vom Gas. Wie gewünscht drehte sich das Heck von der Boje weg, die einen menschlichen Körper simulierte, und verhinderte so, dass die Motorschraube zum Fleischerwerkzeug werden konnte. Hannes prüfte die Windrichtung, bevor er der übrigen Besatzung ihre Aufgaben zuteilte.

»Ute, Rettungsmittel ausbringen! Karl, Ausguck halten! Anke, Entfernung und Richtung ansagen!«

Der Ausbilder gab keinen Kommentar von sich, was ein gutes Zeichen war. Behutsam gab Hannes etwas Gas und fuhr nach Lee, bevor er wendete und direkt auf die Boje zuhielt. Er entschied, dass sie an der Steuerbord-Seite aufgenommen werden sollte, und erteilte die entsprechenden Kommandos. Darüber vergaß er, dass man sich einem unvorsichtigerweise über Bord gefallenen Passagier langsam nähern und rechtzeitig das Gas wegnehmen musste. Zwar gab das Schlauchboot der Boje nur einen leichten Stups, doch einem menschlichen Kopf hätte das nicht gerade gutgetan. Als Hannes das Manöver wiederholen musste, stellte er sich auf der Boje Annas Gesicht vor. Diesmal funktionierte es einwandfrei.

Die Mittagspause versüßte der Ausbilder seinen Schülern mit Knotenlehre und ließ jeden an einem kleinen Tau seine Künste vorführen. Wie üblich verhedderte sich Hannes beim Stopperstek und hoffte, dass dieser Knoten in der Prüfung nicht drankommen würde. Als er sich endlich auf die mitgebrachten Brote stürzen durfte, nutzte er die Gelegenheit, sich bei Isabell und Clarissa zu melden. Seine Kolleginnen hatten die Telefonliste inzwischen vollständig abgearbeitet, ohne dass es Nennenswertes zu berichten gab.

»Eine Frau fand es merkwürdig, dass ihr Hund gestorben ist«, erzählte Isabell stöhnend. »Dabei war das Tier sechzehn Jahre alt. Ein fast schon biblisches Hundealter!«

»Es bleibt also bei fünf betroffenen Personen«, fasste Hannes die Ausbeute der Befragungen zusammen. »Herrn Beck wurden die Reifen zerstochen, und irgendjemand hat ein Bild von einem Teufel in seinen Briefkasten gelegt. Außerdem wurde er zu Unrecht angezeigt, dass er als Psychiater arbeite. Bei der ehemaligen Balletttänzerin Frau Reichert wurde angeblich eingebrochen, ohne dass Wertgegenstände entwendet wurden. Stattdessen sind persönliche Erinnerungsstücke verschwunden, wobei ich nicht ausschließen würde, dass die bei einer gründlichen Suche auch wieder auftauchen.«

»Gut möglich.« Isabell lachte. »Übrigens kennt Clarissa die Frau noch von früher. Warte kurz, ich reich dich mal weiter.«

»Als ich noch Streife fuhr, wurde Frau Reichert mehrmals von uns aufgegriffen«, übernahm Clarissa übergangslos. »Es ging jedes Mal um kleinere Diebstähle, die den Ladendetektiven dummerweise aufgefallen waren.«

»Oh«, entfuhr es Hannes. »Ich hielt sie für eine harmlose ältere Dame!«

»Etwas älter ist sie auch. Inzwischen Anfang Sechzig. Du würdest sie niemals verdächtigen, solltest du sie mal treffen. Sie ist groß, schlank und hat fast schon ein aristokratisches Gesicht. Ihr Mann ist Banker, und sie sind äußerst wohlhabend. Es war uns schnell klar, dass wir eine Kleptomanin vor uns hatten. Aus Geldmangel hat sie jedenfalls nicht gestohlen.«

»Weißt du, wann sie zuletzt auf Diebestour war?«

»Na ja, sie wird nicht immer ertappt worden sein. Ich hatte mit ihr zuletzt vor etwa einem Jahr zu tun, kurz bevor ich endlich vom Streifendienst wegkam. Sie musste aber auch eine Therapie machen. Gut möglich, dass sie inzwischen nichts mehr unbezahlt einsteckt.«

»Ich glaube ohnehin nicht, dass hinter ihrer Geschichte etwas steckt«, meinte Hannes. »Bei Herrn Hartmann und Frau Brinkmann bin ich mir auch nicht sicher.«

»Herr Hartmann hatte diese sonntäglichen Daueranrufe?« Jetzt war wieder Isabell am Telefon. »Das hat schon eher eine bedrohliche Dimension, kann aber auch ein Streich gewesen sein. Der Brief an die Kinder von Frau Brinkmann mit dem Hinweis auf den unbekannten Vater deutet auf ein persönliches Umfeld hin. Vielleicht hat ein Verwandter seine Finger im Spiel, diese Geschichte dürfte doch nur wenigen Menschen bekannt gewesen sein.«

»Seh ich auch so«, stimmte Hannes zu. »Sie war sehr bemüht, es geheim zu halten. Grund zur Sorge sollten uns also vor allem die Vorfälle bei den Ehepaaren Beck und Graf machen. Wir müssen mit Marcel und Federsen besprechen, wie wir damit umgehen.«

Isabell war skeptisch. »Für Personenschutz wird es kaum reichen. Ich bin erst mal gespannt, was uns morgen beim Gottesdienst der Schöpferkirche erwartet.«

»Seid bloß vorsichtig, dass ihr nicht gleich eintretet und euer gesamtes Geld spendet.«

»Bei mir gibt es eh nicht viel zu holen! Und dein Training? Schon ins Wasser gefallen?«

»Nö, aber das kann natürlich noch werden. Heute Nachmittag verlassen wir den Hafenbereich und fahren etwas weiter raus. Hier ist es windig, es dürfte ein ziemliches Auf und Ab geben.«

»Dann schluck besser eine Tablette gegen Seekrankheit.«

Tatsächlich wäre eine solche Tablette nicht verkehrt gewesen. Allerdings hatte nicht Hannes mit der Wirkung der Wellen zu kämpfen, sondern Ute, die mit grünem Gesicht im Heck des Motorbootes kauerte. Die Gruppe übte gerade das Fahren nach Kompass. Es war keine wirklich gute Idee, dass ausgerechnet die seekranke Ute das Steuer führte. In ihrem Zustand war eine kontrollierte Fahrweise kaum möglich. Das sah offenbar auch der Ausbilder so, der missmutig im Bug saß. Wiederholt übergoss kaltes Spritzwasser die Bootsinsassen, sobald Ute eine Welle übersah und frontal hineinfuhr.

»Neuer Kurs einhundertachtzig Grad«, schrie der Ausbilder, bevor er von einem Wasserschwall getroffen wurde. »Was hat so jemand auf dem Meer zu suchen«, meinte Hannes ihn murmeln zu hören. Nach außen versuchte der Mann allerdings die Fassung zu bewahren. Auf schnellstem Weg dirigierte er Ute zum Steg zurück, und während das Boot über die Wellen hüpfte, gab er seinen Schülern noch Ratschläge zur Prüfung.

»Solltet ihr von Herrn Naumann geprüft werden, seid auf jeden Fall zurückhaltend! Vorlaute Kommentare oder witzige

Bemerkungen kann er gar nicht leiden. Behaltet immer die Ruhe und denkt kurz nach, bevor ihr das geforderte Manöver fahrt. Er wird versuchen, euch zu verunsichern und in Hektik zu versetzen.«

Für Ute waren diese Hinweise eher überflüssig. Als das Boot endlich den Anleger erreicht hatte, kletterte sie mit schlotternden Knien auf den Steg. Dankbar, gerettet zu sein, lag sie auf dem feuchten Boden, und es brauchte etwas Zeit und gutes Zureden, bevor sie langsam wieder auf die Beine kam.

»Das hier ist nichts für mich«, verkündete sie mit schwacher Stimme und bemerkenswerter Selbsterkenntnis. Damit dürfte sie jedoch auch die Träume ihres Mannes zerstört haben, der sich wahrscheinlich schon auf großer Fahrt mit seiner Frau gesehen hatte. Missmutig stand er neben ihr, als das Schlauchboot mit reduzierter Besatzung wieder ablegte, um das Training fortzusetzen.

Zwei Stunden später hatte auch Hannes keinen ganz geraden Gang mehr, als er über den Steg schritt. »Völlig normal«, beruhigte ihn ein Mitschüler, und tatsächlich hatte er sich schnell wieder an den festen Boden gewöhnt. Er war in euphorischer Stimmung. Der Nachmittag hatte ihm Spaß gemacht, und er hatte keine Sekunde an die Mordermittlungen gedacht. Er freute sich schon, das erste Mal den Motor der ›Lena‹ zu starten, und lief beschwingt zu seinem Auto, wo er sich im Windschatten trockene Sachen anzog.

Sein Handydisplay informierte ihn, dass Federsen dreimal versucht hatte, ihn anzurufen. Die gute Stimmung verflog. Hoffentlich gab es keine neuen Entwicklungen, die seine restliche Wochenendplanung zerstörten!

Federsen befand sich gerade auf dem Rückweg von Antje Kramers Beerdigung, wo er sich unter das Volk des ›Neuen Wegs‹ gemischt hatte. Hannes kam der merkwürdige

Gedanke, wer wohl den Grabstein für Antje Kramer erstellt haben mochte. Sie selbst sicher nicht. Doch er irrte sich.

»Diese Künstler sind schon eine spezielle Art von Mensch«, schnaufte Federsen an sein Ohr. »Frau Kramer hat schon vor Jahren ihren eigenen Grabstein gestaltet. Vielleicht hatte sie Angst, bei einem Unfall zu sterben und dann unter einem Allerweltsstein ihre letzte Ruhe zu finden.«

»Wie sieht er denn aus?«

»Ziemlich skurril. Ein kruder Mischmasch aus keltischen und christlichen Symbolen. Diese Frau ist noch im Tod hin- und hergerissen zwischen beiden Welten.«

Hin- und hergerissen waren auch die Mitglieder des ›Neuen Wegs‹. Wie Federsen berichtete, wäre die Angst unter den Beerdigungsteilnehmern fast schon greifbar gewesen. Daneben sei aber auch eine trotzige Haltung aufgefallen, sich nicht einschüchtern zu lassen.

»Zum Glück ist Herr Beck ein geübter Seelsorger. Er schwört seine Leute darauf ein, die Grundprinzipien des Vereins zu beachten, um keine Angriffsfläche nach außen zu bieten. Es gibt großen Gesprächsbedarf, und er scheint seine Leute ganz gut beruhigen zu können.«

»Ein paar werden besonderen Zuspruch nötig haben!« Hannes fasste seinem Chef die Vorkommnisse zusammen, die durch die Telefonate ans Licht gekommen waren.

»Wir müssen ein wachsames Auge auf diese Gruppierung haben«, sagte der. »Es wurden noch mal alle Personen aufgesucht, die mit David Bach in Verbindung gebracht werden können. Jeder behauptet, seit Tagen nichts von ihm gehört oder gesehen zu haben.«

Wieder ärgerte sich Hannes. Wäre ihm bei der Verfolgung von Bach nur nicht diese verdammte Katze in die Quere gekommen! Da er noch etwas Zeit bis zu seiner Verabredung mit Anna hatte, rief er auf der Heimfahrt bei Elke an und fragte, ob sie sich kurz treffen könnten. Er wollte erfahren, welchen Eindruck sie auf der Versammlung am Vorabend gewonnen hatte und warum sie sich für den ›Neuen Weg‹ interessierte. Er verabredete sich für neunzehn Uhr, um anschließend pünktlich bei Anna auflaufen zu können. Für eine ausgiebige Dusche würde auch noch Zeit bleiben, Bens Ratschlag war schließlich nicht von der Hand zu weisen.

Wenig später stand er geduscht und nach intensivem Zähneputzen nachdenklich vor dem Kleiderschrank. Er zog seine Lieblingsjeans heraus, legte sie aber kurz darauf wieder zurück. Das häufige Tragen sah man ihr doch zu deutlich an. Schließlich entschied er sich für eine dunkelblaue Chinohose, die er noch kein einziges Mal angehabt hatte. Seine Hemdenauswahl war so übersichtlich, dass die Frage der Oberbekleidung schnell gelöst war. Er besaß nur weiße und blaue Hemden, doch dass ein blaues Hemd zu einer blauen Hose nicht die perfekte Kombination wäre, war sogar ihm klar.

»Was hast du denn vor?«, fragte Elke überrascht und musterte sein ungewöhnliches Erscheinungsbild, als er um Punkt neunzehn Uhr auf ihrer Couch saß. Lediglich die dunkelblonden Haare waren wie immer zerwühlt, ansonsten erinnerte aber nicht viel an den meist nachlässig gekleideten Sportpolizisten. Er hatte sogar noch ein schwarzes Strumpfpaar gefunden, das sich von den übrigen Socken mit ihrem verwaschenen Anthrazit abhob.

»Ach, ich bin nachher nur noch mit Anna verabredet.« Er versuchte beiläufig zu klingen, aber Elke zog amüsiert die Augenbrauen nach oben.

»Das erklärt einiges! Wo wollt ihr hingehen?«

»Ähm … nirgendwo hin. Wir machen uns bei ihr einen gemütlichen Abend.«

»Natürlich! Und daher hast du dir auch richtig gemütliche Kleidung ausgesucht«, lachte Elke, die selbst in Jogginghose und T-Shirt auf dem Sofa lümmelte. Doch ihr war anzusehen, dass sie sich für Hannes freute.

Er war allerdings nicht vorbeigekommen, um sich moralischen Beistand für sein Date abzuholen. Also brachte er das Gespräch schnell auf die Versammlung des ›Neuen Wegs‹ und erkundigte sich zunächst nach ihren Beweggründen.

»Ich bin zwar kein tief gläubiger Mensch«, erklärte Elke, »aber ich hätte gern eine Gemeinschaft, die den tieferen Sinn des Lebens beleuchtet. Es geht doch ständig nur um Geld, Status und was man gerade Tolles erlebt hat. Ich brauche aber keine engstirnige Religion mit überholten Moralvorstellungen, bei der ich mich für meine Homosexualität rechtfertigen muss. Nachdem du vom ›Neuen Weg‹ erzählt hast, hab ich mir mal deren Webseite angesehen. Das hat mich angesprochen.«

»Und? Hat die Wirklichkeit deine Erwartungen erfüllt?«

»Kann ich noch nicht sagen. Ich wurde aber sehr nett und warmherzig aufgenommen. Ich fand auch den Rahmen angenehm. Feierlich, aber nicht so abgehoben. Gestern hat eine Frau eine selbst geschriebene Kurzgeschichte vorgelesen, die von ihrem krebskranken Mann handelte. Das war bewegend.«

»Waren auch die drei verstorbenen Mitglieder Thema?«

»Natürlich. Heute ist ja die Beerdigung von dieser Antje gewesen. Dafür wurden die Programmpunkte besprochen und Aufgaben verteilt. Ich hab mich allerdings rausgehalten und war auch nicht auf dem Begräbnis. Schließlich kannte ich die Frau gar nicht.«

»Mein Chef war dort und meinte, dass einige Leute ziemlich verängstigt sind. Ist dir das auch so vorgekommen?«

Das konnte Elke bestätigen. Es hätte die Möglichkeit bestanden, dass jedes Mitglied über seine Gefühle und Ängste sprach. Ein Teil der Gruppe spiele bereits mit dem Gedanken, sich aus dem ›Neuen Weg‹ zurückzuziehen. Man wäre übereingekommen, sich in den kommenden Wochen möglichst unauffällig zu verhalten und öffentliche Vereinsaktivitäten zunächst zurückzustellen. Ob dies auch die Theateraufführungen beträfe, sei aber noch nicht entschieden worden.

»Ich finde es nicht gut, dass du gerade jetzt dort auftauchst«, sagte Hannes. »Manches deutet darauf hin, dass die Morde mit der Mitgliedschaft der Opfer im ›Neuen Weg‹ zusammenhängen. Außerdem haben wir erfahren, dass einigen Leuten ein paar bedenkliche Dinge passiert sind.«

»Ich weiß«, nickte Elke. »Darüber wurde auch gesprochen. Ihr habt wohl alle Mitglieder abtelefoniert. Aber keine Sorge, ich will mir das nur mal unverbindlich anschauen. Am Dienstagabend trifft sich die Chorgruppe, und das probiere ich vielleicht ein- oder zweimal aus.«

»Hast du eigentlich erzählt, dass du mich kennst?«

Sie schüttelte den Kopf. »Hätte ich das tun sollen?«

Hannes überlegte kurz. »Nein. Es ist sogar besser, wenn du es nicht tust. Niemand soll das Gefühl haben, dass alles, was dort gesprochen wird, bei uns landet. Wenn du aber mitbekommst, dass sich jemand bedroht fühlt oder wieder was Merkwürdiges vorgefallen ist, dann solltest du mir das sofort mitteilen!«

»Willst du mich als Maulwurf einschleusen?«, witzelte Elke, und ihre blauen Augen leuchteten.

»Eigentlich wäre es mir lieber, wenn du dort im Moment gar nicht hingehst! Aber ich kann es dir ja nicht ausreden. Wenn du aber schon an Veranstaltungen teilnimmst, kannst du auch Augen und Ohren offen halten. Es geht mir um den Schutz dieser Leute!«

Elke schien die Vorstellung einer Undercover-Agentin zusätzlich zu motivieren, sodass sich Hannes fragte, ob er nicht die falsche Taktik angewendet hatte. Ihm war nicht klar gewesen, dass sie ihr derzeitiges Leben offenbar als ziemlich eintönig betrachtete und der ›Neue Weg‹ vielleicht gerade wegen der latent vorhandenen Gefahr anziehend auf sie wirkte.

»Ich werde schon aufpassen!« Elke umarmte Hannes zum Abschied. »Jetzt mach dir lieber Gedanken über dein Date und genieß den Abend!«

Annas kleine Zweizimmerwohnung befand sich in einem dreigeschossigen Neubau. Der offene Flur ging direkt in ein einfaches, aber geschmackvoll eingerichtetes Wohnzimmer über. Im Vergleich zu Hannes letztem Kurzbesuch vor einigen Monaten schien sich nichts verändert zu haben. Bis auf die Atmosphäre. Neben einer eingeschalteten Stehlampe sorgte eine Armada von Kerzen für die Beleuchtung des Raumes. Von der Eingangstür aus konnte Hannes den gedeckten Tisch sehen, auf dem zwei halb volle Rotweingläser warteten.

Etwas verlegen und nervös stand er vor der jungen Frau, die ihm gerade mit einem Lächeln geöffnet hatte. Ihre grünen Augen strahlten ihm aus dem braun gebrannten Gesicht entgegen und sorgten dafür, dass er sich kurz am Türrahmen abstützen musste. Der kurze braune Cordrock und die hellblaue Bluse betonten ihre Figur. Doch auch Anna schien zu gefallen, wie er fein herausgeputzt und mit roten Ohren in der Wohnungstür stand. Ihr Lächeln wurde breiter, als Hannes ihr etwas unbeholfen einen bunten Blumenstrauß entgegenstreckte.

»Nochmal herzlich willkommen zurück«, sagte er mit rauer Stimme und beugte sich herunter, um ihr einen Kuss auf die Wange zu geben. Dabei roch er ein dezentes Parfüm. »Und natürlich vielen Dank für die Einladung!«, fügte er artig hinzu und hoffte, dass keine Schweißflecken auf den Strümpfen zu sehen sein würden, als er seine Schuhe auszog.

»Vielen Dank«, antwortete sie. »Schön, dass du gekommen bist. Ich hatte noch überlegt, ob es eine gute Idee war, dich hierher einzuladen und dann mit meinen Asienfotos zu langweilen. Aber zum Ausgleich habe ich uns auch was Leckeres gekocht!«

Hannes hätte natürlich niemals zugegeben, dass er ihrer Einladung auch ohne Fotos und Essen jederzeit gefolgt wäre. Aufmerksam tapste er hinter Anna zu dem kleinen Esstisch und war für die gedämpfte Beleuchtung dankbar. Vielleicht fielen seine knallroten Ohren hier nicht ganz so auf. Verdammt, er war doch kein Teenager mehr! Auch Anna hatte ein etwas gerötetes Gesicht, was aber daran liegen konnte, dass sie bis eben am Herd gestanden hatte.

Als Vorspeise gab es eine Curry-Zitronengras-Suppe, der als Hauptgang ein – für Hannes Geschmack – etwas zu scharf gewürztes Thai-Curry folgte. Den Abschluss machte ein Mango-Pudding, der die geschundene Zunge wohltuend abkühlte. Das Gespräch war schleppend in Gang gekommen, da sowohl Anna als auch Hannes in manchen Situationen zu einem etwas schüchternen Verhalten neigten.

Nachdem Hannes vorsorglich im Badezimmerspiegel überprüft hatte, dass keine Essensreste zwischen seinen Zähnen den restlichen Abend verderben konnten, wechselten die beiden aufs Sofa, und Anna präsentierte auf ihrem Laptop die Bilder ihrer Rundreise durch fünf asiatische Länder.

»Ist nur eine kleine Auswahl«, hatte sie vorsorglich angemerkt. »Insgesamt habe ich über tausend Fotos gemacht. Die besten sind aber in einem extra Ordner gesammelt.«

Zwar handelte es sich dennoch um gut zweihundertfünfzig Bilder, doch Hannes hätte ihren lebhaften Schilderungen stundenlang zuhören können, ohne zu ermüden. Auch sie hätte er stundenlang ansehen können. Immer wieder ertappte er sich dabei, wie sein Blick vom Bildschirm zu der attraktiven

Frau glitt, die dicht neben ihm auf dem Sofa saß und nach vorn gebeugt das nächste Foto öffnete. Ihre langen Haare hatte sie über die linke Schulter geworfen, sodass ihr Hals schimmerte. Als sie beide gleichzeitig nach ihrem Weinglas griffen, berührte Anna mit ihren Fingern kurz sein Handgelenk, und ihn durchfloss ein warmes Gefühl.

Natürlich hatte sich Hannes mehrfach gefragt, ob sie ihn wirklich nur wegen der Bilder zu sich nach Hause eingeladen hatte. Zwar hatte er schon ein paar Freundinnen gehabt, doch die Flirtphase war noch nie seine Stärke gewesen. Er war unsicher, welche Signale und Zeichen er übersah oder falsch deutete. Im Moment war er aber außer Gefahr, da er sich ausschließlich aufs Zuhören konzentrieren konnte und nur im richtigen Moment eine Nachfrage oder ein beeindrucktes Geräusch von sich geben musste.

Schließlich kam die Reisedokumentation zu einem Ende, und mit wehmütigem Lächeln fuhr Anna den Computer herunter. Sie drehte sich auf dem Sofa etwas zur Seite, um Hannes besser sehen zu können. Dabei berührte ihr Knie sein Bein, doch sie zog es nicht zurück.

»Ich hoffe, es war nicht zu langweilig für dich?«, meinte sie etwas betreten. »Ich reise so unglaublich gern, dass ich nachher endlos in Erinnerungen schwelgen kann. Dabei ist es natürlich eher uninteressant, wenn man nicht selbst dabei war.«

»Es war überhaupt nicht uninteressant«, protestierte Hannes. »Ich würde auch gern so eine Rundreise machen.«

»Vielleicht nehme ich dich ja mal mit.« Anna lächelte vielsagend, und den Ausdruck in ihren Augen hätten neunundneunzig Prozent aller Männer richtig eingeordnet. Fasziniert beobachtete Hannes, wie ihre Finger mit einer Haarsträhne spielten.

»Ja«, krächzte er. »Das wäre toll!«

»Ich würde dich auch gegen sämtliche Schlangen verteidigen«, neckte Anna, die von seiner Schlangenphobie wusste. Sie betrachtete ihn mit weichem Blick und bewegte sich dann etwas näher zu ihm hin. Ihr rechter Arm rutschte von der Sofalehne, worauf sich der Inhalt des Weinglases über Hannes' weißes Hemd ergoss.

»O verdammt«, rief sie und sprang erschrocken auf. »Das tut mir so leid! Ausgerechnet Rotwein auf dem weißen Stoff!«

»Ist nicht schlimm«, beruhigte Hannes sie und tupfte ohne durchschlagenden Erfolg mit einer Serviette an sich herum. »Ich trage sowieso fast nie Hemden und werde kaum merken, wenn eins weniger im Schrank hängt.«

»Das ist aber eigentlich schade«, fand Anna. »Das Hemd steht dir ausgezeichnet! Hoffentlich hat nicht auch deine Hose etwas abbekommen!«

Sie beäugte seinen Unterkörper, und Hannes ließ diese Musterung etwas unbehaglich über sich ergehen. Doch entweder hatte der Rotwein rechtzeitig kurz unter seinem Bauchnabel haltgemacht oder der dunkelblaue Stoff überdeckte das Malheur.

»Komm rüber!« Anna ging zu der kleinen Küchenzeile. »Am besten streuen wir gleich Salz über die Flecken. Zieh mal dein Hemd aus!«

Mit fahrigen Fingern knöpfte Hannes das Hemd auf, während er ihr zu der Spüle folgte. Dort angekommen drehte sie sich herum, doch ihr Interesse galt nicht dem rot-weiß gefleckten Stoff. Ihr Blick glitt an dem muskulösen und von den Kerzen warm angestrahlten Oberkörper hinauf und wanderte schließlich zwischen dem grünen und dem blauen Auge hin und her. Wie angezogen bewegten sich beide aufeinander zu, bis Hannes ihren Atem auf der Haut spüren konnte. Ihre Fingerspitzen berührten seinen Bauch und wanderten langsam zur Brust hinauf. Behutsam fasste Hannes mit einer

Hand in ihren Nacken, und als sie zu ihm aufschaute, legte sie ihren Kopf in seine Handfläche. Zögernd näherten sich ihre Lippen, und als sie sich berührten, durchfuhr beide Körper ein heißer Schauer. Knopf für Knopf öffnete Hannes ihre Bluse und ließ kurz darauf seine Hand über ihren Körper gleiten. Forschend umspielten sich ihre Zungen, und Anna zog Hannes mit sich auf eine kleine, etwas wacklige Küchenbank herunter.

Für Minuten vergaßen sie die Welt um sich herum, und erst das Knarzen der Küchenbank, gefolgt von ihrem Zusammenbrechen, holte sie wieder in die Realität zurück. Lachend und schwer atmend lagen sie zwischen den Holzteilen.

»Vielleicht sollten wir doch das Zimmer wechseln«, flüsterte Anna leise in Hannes Ohr. Der folgte diesem Vorschlag ohne Widerspruch. Das Hemd mit den Rotweinflecken blieb vergessen auf der Küchenplatte zurück.

KAPITEL 17

Fritz war es gelungen, einen zweiten Besuchstag pro Woche durchzusetzen. Leider ließ sich die Besuchszeit nicht auf den Nachmittag legen, sodass Hannes sein Training sausen lassen musste. Es frustrierte ihn, dass er auf den letzten Metern seiner Sportlerkarriere nicht Vollgas geben konnte. Schließlich gab es für einen Sportler nichts Großartigeres als die Teilnahme an den Olympischen Spielen. Andererseits wollte er unbedingt und so schnell wie möglich einen Ermittlungsfortschritt erzielen. Die dienstfreien Trainingsvormittage gaben ihm die perfekte Tarnung, denn nachmittags hätte er sich nicht so einfach aus dem Präsidium wegschleichen können. Riskant war es dennoch. Sollte herauskommen, dass er statt zu trainieren mit seinem alten Vorgesetzten Ermittlungsdetails diskutierte, säße er in der Klemme.

Im Moment verschwendete Hannes jedoch keinen Gedanken daran. Er schwebte auf Wolke sieben. Am vergangenen Sonntag hatte er den zweiten Teil des Bootskurses geschwänzt und optimistisch darauf vertraut, am Tag zuvor keine schlechte Figur abgegeben zu haben. Dadurch hatte er viel Zeit mit Anna verbringen können, und er grinste glücklich, als er daran zurückdachte.

»Was ist daran so lustig?«, deutete Fritz das anzügliche Grinsen völlig falsch.

»Äh, entschuldige. Wovon hast du gerade gesprochen?« Hannes riss sich mühsam zusammen.

»Davon, dass ich es ziemlich beunruhigend finde, was manchen Mitgliedern des ›Neuen Wegs‹ passiert ist«, wiederholte Fritz kopfschüttelnd.

Hannes hatte ihm ausführlich von seinen Telefonaten berichtet, und der ehemalige Kommissar hatte sich alles mit gerunzelter Stirn notiert.

»Teilweise haben die Leute vielleicht etwas zu dick aufgetragen«, entgegnete Hannes. »Ob zum Beispiel diese Telefonanrufe bei Herrn Hartmann oder die gestohlenen Erinnerungsstücke von Frau Reichert tatsächlich Anlass zur Sorge geben, bezweifle ich.«

»Dieser Wolfgang Hartmann«, setzte Fritz mit seiner heißeren Stimme an und klopfte mit dem Stift nachdenklich auf den Tisch. »Handelt es sich dabei um den Besitzer eines großen Kaufhauses?«

»Das stimmt. Er ist außerdem sozial engagiert und soll bei seinen Mitarbeitern sehr beliebt sein. Er wurde uns als typisch hanseatischer Kaufmann beschrieben, der sein Unternehmen korrekt und zielstrebig leitet, ohne die Bedürfnisse seiner Mitarbeiter zu vergessen. Klingt gut, oder?«

»Mag sein. Und er ist Mitglied im Interessenverband der Einzelhändler. Keine Ahnung, welche Position er da bekleidet, aber ich habe mal ein Interview mit ihm gelesen. Dieser Verband bemüht sich seit Jahren, flexiblere Ladenöffnungszeiten durchzusetzen. Konkret bezieht sich das auf die Sonntage. Der Tourismusverband unterstützt diese Forderung, um den Besuchern der Stadt auch am Wochenende ungetrübten Einkaufsspaß anbieten zu können.«

»Vielleicht überzog ihn jemand gerade deswegen sonntags mit Telefonterror. Ein Angestellter, der keine Lust auf Wochenendarbeit hat.«

»Wäre möglich. Zugleich soll im Christentum am Sonntag aber die Arbeit ruhen, damit die Schäfchen ungestört die Kirche aufsuchen können. Der Schöpferkirche wird Hartmanns Engagement wohl nicht gefallen. Habt ihr die inzwischen durchleuchtet?«

Während Hannes die entsprechenden Erkenntnisse vortrug, verfinsterte sich Fritz' Gesicht zusehends. Hannes verschwieg auch nicht die Eindrücke, die Isabell und Clarissa bei ihrem Besuch der Sonntagsmesse gewonnen hatten. Die Kirche war mit über hundert Besuchern gut besucht gewesen, darunter hatten sich auch der Freund von Bach, Frank Meister, und der Schreiner Ludwig Obermann befunden.

»Es war die absurdeste Veranstaltung, die ich je gesehen habe«, hatte Clarissa gesagt. »Ich dachte nicht, dass es immer noch Gottesdienste gibt, bei denen du die Flammen der Hölle fast schon zu spüren glaubst. Es ging in einer Tour um Sünde, Strafe und die Notwendigkeit der Buße. Dennoch hingen die Leute diesem Priester gebannt an den Lippen und riefen voller Inbrunst ihr Amen heraus.«

»Der ›Neue Weg‹ kam übrigens auch vor«, hatte Isabell ergänzt. »Als Beispiel für Kräfte, die der Teufel geschickt hat, um uns schwache Menschen in Versuchung zu führen. Den Leuten dürfte gar nicht gefallen, dass diese vermeintlichen Antichristen ausgerechnet auf der anderen Straßenseite ihr Quartier bezogen haben.«

»Sind inzwischen weitere Leute aus der Kirche befragt worden?«, fragte nun Fritz.

»Natürlich! Aber es wirkt so, als hätten sie sich abgestimmt. Man toleriere den ›Neuen Weg‹, auch wenn die Ausrichtung nicht christlich sei. Mit David Bach will zuletzt niemand Kontakt gehabt haben. Alibis geben sie sich alle gegenseitig!«

»Und von Bach weiter keine Spur?«

»Leider nein. Seine Wohnung wurde gestern noch mal geöffnet. Die gestohlenen Gegenstände von Frau Reichert haben wir nicht gefunden. Dafür besitzt er einen Drucker, und unsere Spezialisten meinen, dort könnte der Zettel ausgedruckt worden sein, den Herr Beck in seinem Briefkasten gefunden hatte. Zum Glück hat der das Papier mit dem aufgedruckten Teufel aufbewahrt.«

»So wie ich das sehe, solltet ihr euch auf die religiöse Konkurrenz konzentrieren und die bisherigen Verdächtigen vergessen«, meinte Fritz nachdrücklich. »Zumal denen bisher keine fundamentalistischen Tendenzen nachgewiesen werden können. Gut, Herr Böhm hat natürlich nach wie vor ein gesundes Motiv und ist strenger Katholik. Aber die Schöpferkirche ist doch eine ganz andere Liga.«

»Außerdem hat er für den Mord an seiner Frau ein Alibi. Federsen will trotzdem, dass wir alle anderen weiter im Blick behalten. Auch den Konkurrenten von Alexander Kramer. Manuel Birkholz.«

»Na, ich weiß nicht«, meinte Fritz zweifelnd. »Den Dealer und Birkholz würde ich schon mal aussortieren. Du solltest dich auf die Schöpferkirche und vielleicht noch auf Herrn Böhm fokussieren. Überlass es den anderen, hinter toten Spuren herzujagen.«

Das war leichter gesagt als getan, immerhin hatte Federsen noch ein Wörtchen mitzureden, welcher Ermittler seine Nase an welche Spur heftete. Andererseits war Hannes zurzeit ohnehin etwas außen vor. Der Kommissar befürchtete offenbar, dass der Nachwuchsermittler einen weiteren Zeugen durch unbedachte Äußerungen in Gefahr bringen könnte.

»Übrigens hat mich Anna auf eine Idee gebracht, die zur These eines religiös motivierten Täters passt«, berichtete Hannes. »Es gibt einen Kinofilm, der ›Sieben‹ heißt. Er handelt von einem Serienmörder, der von den sieben Todsünden besessen ist und seine Opfer für ihre Verfehlungen entsprechend hinmetzelt. Vielleicht ahmt jemand diesen Film nach?«

»Die sieben Todsünden«, sagte Fritz nachdenklich. »Welche waren das noch mal?«

»Ich hab sie aufgeschrieben.« Hannes zog einen Zettel hervor. »Hochmut, Habgier, Neid, Zorn, Wollust, Völlerei und Trägheit.«

»Hmm. Wollust würde vielleicht bei Sylvia Böhm und Alexander Kramer zutreffen. Aber was ist mit Kramers Schwester? So wie du sie mir beschrieben hast, trifft keine der Todsünden auf sie zu. Trotzdem ist es eine spannende Idee. Anna und du, ihr habt also noch miteinander zu tun?«

Amüsiert beobachtete er, wie sich die Ohren seines Gegenübers verfärbten. Als Hannes ihm vom Ende seines Single-Lebens erzählte, zwinkerte ihm Fritz anerkennend zu.

»Hat ja auch lange genug gedauert, bis ihr euch endlich getraut habt.«

Wie kurz der Weg von Wolke sieben auf den Boden der Tatsachen sein konnte, erlebte Hannes am Nachmittag. Stöhnend wischte er sich den Mund sauber und betrachtete missmutig die Reste des Mittagessens, die vor ihm auf dem Boden verteilt waren. Der Grund für die akut auftretende Übelkeit lag wenige Meter entfernt mit blau angelaufenem Gesicht hinter einem Busch. Der Strauch wuchs am Rande eines Parkplatzes, der zu einem Farb- und Lackhandel gehörte. Das Unternehmen befand sich in einem Industrie- und Gewerbegebiet, das durch seine Nähe zur Autobahn einen attraktiven Standort darstellte. Von hier war man schnell in allen größeren Städten des Nordens.

Zugleich war das Gewerbegebiet bestens geeignet, um unauffällig ein Mordopfer abzulegen. Außerhalb der Geschäftszeiten verirrte sich kaum jemand in diese Gegend.

Dass Benjamin Lück bereits eine Weile mit verfärbtem Gesicht herumlag, davon war die Rechtsmedizinerin Maria Stern schon jetzt fest überzeugt. Die Spurensicherung war diesmal erfolgreich gewesen, denn in dem weichen Untergrund waren mehrere Schuhabdrücke gefunden worden, die nicht mit denen der Leiche übereinstimmten. Der Öffentlichkeitsbeauftragte des ›Neuen Wegs‹ dürfte sich aber ohnehin kaum selbst hinter diesen Busch gelegt haben.

Mit einem groben Werkzeug war ihm die Zunge noch zu Lebzeiten herausgeschnitten worden, um sie ihm anschließend wie einen Pfropfen in die Kehle zu schieben. Er hatte nicht den Hauch einer Überlebenschance gehabt. Auch an seinem Todestag war er mit einem Anzug bekleidet gewesen. Die Augen waren geschlossen, während der Mund noch immer verzweifelt nach Sauerstoff zu schnappen schien. Sorgfältig vermied es Hannes, einen Blick in die Mundhöhle zu werfen, als er sich wieder zu seinen Kollegen gesellte.

»Geht's besser?« Federsen warf ihm einen geringschätzigen Blick zu.

Hannes sparte sich die Antwort, doch es ging ihm tatsächlich besser. Zwar musste er sich an die heftige Reaktion seines Magens beim Anblick einer frischen Leiche wohl gewöhnen, doch kam er inzwischen relativ schnell wieder zu Kräften.

»Die Todesursache ist eindeutig Ersticken.« Maria trat zu der Gruppe hinzu und streifte sich die Handschuhe ab. »Es dürfte gestern Abend oder letzte Nacht passiert sein. Ich hab ihm Blut abgezapft, vielleicht finden wir was darin. Wie die bisherigen Opfer scheint er sich nicht gewehrt zu haben. Vermutlich wurde er ruhiggestellt.«

»Noch wissen wir doch gar nicht, ob es sich um denselben Täter handelt«, protestierte Federsen halbherzig und stieß eine stinkende Rauchwolke aus. »Lück war schwul, vielleicht hatte er sich hier zu einem Techtelmechtel verabredet?«

Resigniert schüttelte der Rest der Gruppe den Kopf. Offenbar war Federsen der Meinung, dass sich alle schwulen Männer an irgendwelchen abgelegenen Orten zu sexuellen Ausschweifungen trafen.

»Als schwuler Straßenstrich ist die Ecke hier nicht gerade bekannt«, sagte Marcel zurückhaltend. In seinen Nasenlöchern steckten die Fetzen eines Taschentuchs, um den Blutsturz einzudämmen, den die neuen Entwicklungen verursacht hatten. Jeder Körper hatte eben seine eigene Art, mit dem Anblick eines Mordopfers umzugehen.

»Außerdem machte er kein Geheimnis aus seiner Homosexualität«, ergänzte Hannes. »Er hatte sicher andere Möglichkeiten, jemanden für ein nächtliches Abenteuer zu finden.«

»Sie scheinen sich ja auszukennen«, erwiderte Federsen bissig. »Damit sind Sie der Richtige, um das Umfeld von Herrn Lück genauer zu untersuchen. Finden Sie raus, ob er einen Freund hatte oder sich mit fremden Männern verabredete. Aber lassen Sie die Mitglieder des ›Neuen Wegs‹ erst mal außen vor. Wir dürfen keine Panik auslösen!«

»Wie soll ich dann Hintergründe über ihn herausfinden? Der Verein ist neben seinem Engagement am Theater der einzige Anhaltspunkt, den wir haben. Es wird sich sowieso herumsprechen, spätestens, wenn wir mit seinen Kollegen von der Bühne reden.«

»Es muss sich aber auch nicht zu schnell herumsprechen! Achten Sie zumindest darauf, dass Sie nur einen begrenzten Personenkreis informieren. Vielleicht Herrn Beck und dann noch den Theaterchef. Ich möchte erst die Auswertung der Obduktion und der Spurensicherung abwarten, bevor wir die halbe Stadt verrückt machen.«

»Hältst du das wirklich für eine gute Idee?«, wandte Marcel ein. »Immerhin verlieren wir dadurch Zeit, in der uns wichtige Hinweise weiterhelfen könnten.«

»Es wird ohnehin niemand etwas gesehen haben. Letzte Nacht war hier bestimmt kein Mensch. Und wenn doch, hätte er sich längst gemeldet. Der Mann, der ihn fand, ist ja auch nur über ihn gestolpert, weil er sich hinter dem Busch erleichtern wollte.«

»Mir fällt gerade auf, dass ich hier in der Nähe erst vor Kurzem gewesen bin.« Hannes sah Clarissa an.

»Ja«, bestätigte sie. »Vorletzten Donnerstag. Da wollten wir David Bach an seinem Arbeitsplatz treffen – und wussten noch nicht, dass er dort nur von Montag bis Mittwoch arbeitet.«

»Das Firmengelände liegt nur zwei Straßen weiter«, ergänzte Hannes. »Ob das Zufall ist?«

»Zufall oder nicht, dem müssen wir nachgehen«, entschied Federsen.

Clarissa sollte mit Marcel das besagte Unternehmen noch einmal aufsuchen, während er Isabell und Hannes zu Herrn Beck und dem Theater schickte. Er selbst wollte mit Per die bisher auffälligen Gläubigen der Schöpferkirche befragen, Ludwig Obermann und Frank Meister.

»Und Sie, Frau Stern, sehen zu, dass Sie diese Schwucht… ähm, diesen Mann schnellstmöglich unter die Lupe genommen haben!«, beendete der Kommissar abrupt den Besuch am Tatort.

Herrn Beck als entsetzt zu bezeichnen, wäre untertrieben gewesen. Die kräftigen Schultern des Mannes sackten in sich zusammen, als er die neue Hiobsbotschaft erfuhr. Er hatte sich gerade auf den Weg zum wöchentlichen Chorabend machen wollen, als Isabell und Hannes bei ihm auftauchten. Widerstrebend willigte er ein, den Mord zunächst vertraulich zu behandeln. Zugleich pochte er auf dem Recht seiner Gemeinschaft, schnellstmöglich informiert zu werden.

»Immerhin besteht nun kaum noch Zweifel, dass wir im Fokus stehen! Unsere Mitglieder sollten sehr vorsichtig sein.« Soweit er wusste, hatte Herr Lück gerade keinen festen Freund gehabt. Zu seiner Familie habe er seit Jahren kaum noch Kontakt. Dort sei er mit seiner offen ausgelebten Homosexualität in Ungnade gefallen.

Isabell hatte das Opfer vor wenigen Tagen noch persönlich gefragt, ob in der näheren Vergangenheit merkwürdige Dinge vorgefallen seien oder ob er Drohungen erhalten habe. Beides hatte er verneint. Vorsichtshalber stellte sie Herrn Beck die gleiche Frage, doch auch ihm gegenüber hatte der Mann keine derartigen Anmerkungen gemacht.

»Diese Theorie läuft wohl ins Leere«, meinte Isabell zu Hannes, als sie wenig später das Haus der Becks verlassen hatten und mit dem Dienstwagen in die Innenstadt fuhren. »Die Morde scheinen sich nicht vorher anzukündigen. Wenn es so wäre, hätten wir heute eher Herrn Beck oder das Ehepaar Graf tot auffinden müssen.«

»Vielleicht sind sie auch nur noch nicht an der Reihe«, antwortete Hannes düster. »Obwohl Lück nichts erzählt hat, kann ja dennoch etwas vorgefallen sein. Vielleicht irgendwas Pikantes, wofür er sich geschämt hat?«

»Wäre natürlich möglich. Auf jeden Fall halte ich Federsens Entscheidung, die Mitglieder des ›Neuen Wegs‹ noch nicht zu informieren, für äußerst gefährlich! Wir haben vier Tote! Wenn morgen jemand in einem Taufbecken ertränkt wird, kann er sich das persönlich auf die Fahne schreiben.«

Den Rest des Weges schwiegen sie und hingen ihren Gedanken nach. Hannes verfluchte diesen Mistjob und insbesondere den Tag, an dem ihm die normale Polizeiverwaltung zu langweilig vorgekommen war und er sich hatte versetzen lassen. Wenigstens war er abends mit Anna verabredet, doch er fragte sich, ob er ein guter Gesellschafter würde sein können. Immer hatte er über die ausgebrannten Ermittler in Filmen und Büchern geschmunzelt, die aufgrund ihrer Arbeit unfähig waren, ein harmonisches Beziehungsleben zu führen. Allmählich kam er dahinter, dass dieser Umstand vielleicht nicht nur einer blühenden Fantasie der Schriftsteller entsprungen war.

Das Theater befand sich ganz in der Nähe des Kinos, in dem Hannes am vergangenen Freitag mit Ben gewesen war: ein beeindruckender Jugendstilbau, den er zuvor noch nie betreten hatte. Nun zeigte sich, dass auch das Innere des Gebäudes einen prachtvollen Charme versprühte. Das Büro des Geschäftsführers war dagegen eher zweckmäßig. Erwartungsgemäß reagierte er auf die Todesnachricht geschockt.

»Herr Lück sollte in Lars von Triers ›Antichrist‹ mitspielen, das Stück feiert in zwei Wochen Premiere«, erklärte er am Boden zerstört. »Das ist eine beeindruckende Inszenierung, und er hätte die Hauptrolle gespielt. Vollkommen unmöglich, in der Kürze der Zeit einen Ersatz zu finden!«

»Ist Ihnen an ihm in letzter Zeit irgendetwas aufgefallen?«, fragte Isabell. »Wirkte er verängstigt oder verstört?«

»Das müssen Sie seine Kollegen fragen, ich hab nicht viel mit den Schauspielern zu tun. Mir ist nichts aufgefallen. Gerade letzte Woche hat er mir noch erzählt, dass er mit seinem Verein den *Faust* einstudiert. Er leitete da eine Laienschauspielgruppe und wirkte hoch motiviert. Zugleich freute er sich natürlich auch sehr auf unsere Premiere des ›Antichrist‹.«

Isabell blickte kurz zu Hannes, und beide schienen den gleichen Gedanken zu haben: Federsen kann uns mal! Es ergab wenig Sinn, mit jemandem zu sprechen, der Herrn Lück nur oberflächlich kannte. Auch wenn es eine interessante Information war, dass der tote Schauspieler ausgerechnet im ›Antichrist‹ mitspielen sollte. Aus Sicht der Schöpferkirche war er sicher die ideale Besetzung.

»Sind seine Kollegen, die das Stück mit ihm aufführen sollten, gerade hier?«, erkundigte sich Isabell. »Die dürften ihn doch gut kennen, immerhin hatten sie täglich mit ihm zu tun.«

Der Geschäftsführer blickte auf die Uhr. »Seit einer Viertelstunde wäre eigentlich Probe. Wahrscheinlich wartet man längst auf ihn. Kommen Sie, ich führe Sie runter. Allerdings kommen in dem Stück nur zwei Personen vor: ein Paar, das sich nach dem Tod ihres Sohnes in einem emotionalen Tiefpunkt befindet. Also gibt es nur eine Schauspielkollegin. Und natürlich die Regisseurin.«

Für Lücks Partnerin Ilka Markwart brach eine Welt zusammen, als sie von der Neuigkeit erfuhr. Ob dies vor allem dem Tod ihres Kollegen oder dem Umstand der gefährdeten Premierenvorstellung geschuldet war, versuchten Isabell und Hannes in den nächsten Minuten herauszufinden. Allerdings dauerte es eine Weile, bis sich sowohl die Regisseurin als auch die Schauspielerin gesammelt hatten.

Beide wussten über das Engagement von Herrn Lück im ›Neuen Weg‹ Bescheid und beschrieben ihn als den Mann, den auch die Ermittler kennengelernt hatten: engagiert, fröhlich und zuvorkommend. Allerdings litt er wohl außerhalb des Vereins etwas unter Einsamkeit, wie Ilka Markwart mitteilen konnte. Einen festen Freund habe er nicht mehr gehabt, seit er im Frühjahr eine unschöne Trennung erleben musste. Er wäre häufig in einen Schwulenclub der Stadt gegangen, der Hannes erwartungsgemäß nichts sagte.

»Können Sie sich an den Namen seines Exfreundes erinnern?«, hakte Isabell nach.

»Ich glaube, Karl oder Karlo. Benjamin bezeichnete ihn allerdings meistens als ›meinen Schatz‹, daher bin ich mir nicht sicher.«

Der Freundeskreis außerhalb des ›Neuen Wegs‹ schien in der Tat äußerst überschaubar gewesen zu sein. Die wenigen

Namen, die Frau Markwart und der Regisseurin einfielen, waren allesamt dem Verein zuzuordnen.

»Ich bin ja der Meinung, dass er in diesem Verein etwas ausgenutzt wurde«, trug Frau Markwart zum Abschluss ihre persönliche Meinung vor. »Er hat sich dort richtig ins Zeug gelegt und die Verwaltung fast im Alleingang übernommen. Dennoch hat er nur wenige richtige Freunde gefunden. Ich hatte das Gefühl, sein Engagement war eine Art Flucht. So hatte er eine Aufgabe und spürte die Einsamkeit und Leere nicht ganz so sehr.«

Hannes überlegte, ob Frau Markwart da nicht vielleicht von sich auf Benjamin Lück schloss. Ihm war der Mann alles andere als unglücklich oder einsam vorgekommen. Und die Lachfalten um seine Augen hatte er sich bestimmt nicht aufgeschminkt.

Die Ermittler nahmen allen drei Personen die Zusage ab, über den Tod zunächst Stillschweigen zu bewahren. Der Geschäftsführer wies allerdings darauf hin, dass er sich umgehend um einen Ersatz bemühen und die Premiere verschieben musste.

Um neunzehn Uhr hatte Steffen Lauer noch einmal sämtliche Ermittler versammelt. Schweiß bedeckte seine kahle Kopfhaut. Ihm war klar, dass es nur eine Frage der Zeit war, bis die Presse zur nächsten Attacke blies. Von außen ließ sich eben leicht daherreden! Doch wenn man mitten im Sumpf steckte, war es schon schwieriger, sich herauszuarbeiten. Isabell und Hannes hatten gerade ihre mageren Ergebnisse vorgetragen, und der Leiter der Mordkommission entschied sofort über die weitere Vorgehensweise.

»Herr Niehaus und Herr Hoffmann! Sie besuchen heute Abend diesen Schwulenclub und befragen die Leute nach Benjamin Lück, aber unauffällig! Es ist zwar mitten in der

Woche, aber zumindest einige Gäste dürften dort anzutreffen sein. Vielleicht finden Sie eine Spur zu seinem Exfreund. Die Zurückhaltung gegenüber Außenstehenden ist ab sofort aufgehoben. Es darf auf keinen Fall ein weiteres Todesopfer geben!«

Bei der letzten Bemerkung schoss er einen finsteren Blick auf Federsen ab, während sich Hannes und Per erschrocken ansahen. Hannes sah seinen gemeinsamen Abend mit Anna schwinden, und auch Per warf Marcel einen flehenden Blick zu. Doch wahrscheinlich befürchtete Marcel, dass die Wahl auch auf ihn fallen könnte, und er hatte mit seiner Frau im Moment schon genug Ärger. In der Zwischenzeit ließ sich Federsen über die Vernehmung von Ludwig Obermann und Frank Meister aus der Schöpferkirche aus.

»Der Schreiner Obermann hat ein stichfestes Alibi. Er liegt mit einem gebrochenen Bein im Bett und kann in der vergangenen Nacht unmöglich jemandem die Zunge herausgeschnitten haben.«

»Ist ihm ein Kreuz aufs Bein gefallen?«, versuchte Isabell die Stimmung aufzuheitern, sah aber schnell ein, dass dies ein hoffnungsloses Unterfangen war.

»Meister dagegen«, fuhr Federsen mit einem giftigen Blick auf die junge Kollegin fort, »hat nur bis zwanzig Uhr ein Alibi. Um diese Uhrzeit hat der Optikerladen zugemacht, in dem er arbeitet. Danach habe er Fernsehen geschaut und sei früh ins Bett gegangen.«

»Frau Stern, kommt er damit infrage?«, wandte sich Steffen Lauer an die ebenfalls anwesende Rechtsmedizinerin.

»Durchaus. Der Todeszeitpunkt war gegen zweiundzwanzig Uhr. Wir haben Spuren von K.-o.-Tropfen in Lücks Körper gefunden, was die fehlende Gegenwehr erklärt. Wahrscheinlich wurden diese Tropfen auch bei Sylvia Böhm und Alexander Kramer eingesetzt. Auch bei ihnen gab es keine

Anzeichen, dass sie sich gewehrt hätten oder der Täter Gewalt anwenden musste.«

»Warum haben Sie bei den beiden dann keine Rückstände gefunden?«, fragte Federsen.

»Dieser Wirkstoff baut sich ziemlich schnell ab. Kramer hing viele Stunden lebend an dem Kreuz, und bei Frau Böhm ging auch einige Zeit ins Land. Wahrscheinlich hat der Mörder das Nachlassen der Wirkung abgewartet, bevor er ihr das Gift in den Unterkörper gespritzt hat. Offenbar sollte sie genau wie Alexander Kramer den finalen Todeskampf bei Bewusstsein erleben.«

»Spuren?«, fragte Lauer knapp. Maria wusste sofort, worauf er hinauswollte.

»Es konnten keine fremden Spuren an Benjamin Lück festgestellt werden. Der Täter geht sehr vorsichtig vor. Die Spurensicherung ist mit Ausnahme der Schuhabdrücke auch nicht fündig geworden.«

»Und da kommen endlich wir ins Spiel!«, platzte Clarissa heraus. »Wir sind vom Tatort sofort zu dem Unternehmen gefahren, in dem David Bach als Gabelstaplerfahrer arbeitet. Die Firma stellt Filteranlagen her, es handelt sich um ein großes Betriebsgelände. Um dort hereinzukommen, benötigt man eine Code-Karte, genauso wie zum Verlassen.«

»Hat das irgendeine Relevanz?«, erkundigte sich Federsen genervt.

»Das werden Sie gleich hören, wenn Sie mich ausreden lassen«, blaffte ihn Clarissa an.

Offenbar hatte der Tag auch an ihren Nerven gezehrt und ihre ohnehin kaum vorhandene Zurückhaltung vollends aufgelöst. Die anderen Ermittler grinsten sich verstohlen an, und sogar Steffen Lauers Mundwinkel zuckten verräterisch.

»Also«, fuhr Clarissa nun fort, als habe es keine Unterbrechung gegeben. »Als wir uns dort umgehört haben, ob

Herr Bach inzwischen gesichtet wurde, verneinten das alle Anwesenden. Als wir jedoch fragten, ob irgendetwas Ungewöhnliches vorgefallen sei, hat man uns in den abgeschiedenen Bereich einer Lagerhalle geführt. Dort werden Teile aufbewahrt, die man nur selten benötigt. Das wusste auch Bach, denn er ist da für ein paar Tage untergekrochen.«

Befriedigt nahm Clarissa die Wirkung ihrer Schilderung zur Kenntnis. In dem Besprechungsraum redeten alle aufgeregt durcheinander.

»Leider hatte sich der Kerl bereits wieder aus dem Staub gemacht«, fuhr sie fort und erntete ein enttäuschtes Seufzen. »Es lagen nur noch eine Isomatte, ein Schlafsack und ein paar Essensreste herum.«

»Wie kommen Sie dann darauf, dass es sich um seinen Unterschlupf gehandelt hat?«, blaffte Federsen mit hochrotem Kopf. »Es kann ja auch irgendein Landstreicher über den Zaun gestiegen sein!«

»Das haben die Leute im Betrieb auch angenommen«, schaltete sich nun Marcel ein. »Allerdings wäre es ziemlich schwierig, den Zaun zu überwinden. Clarissa ist der geniale Gedanke gekommen, einmal die Zu- und Austritte in der letzten Zeit zu kontrollieren.«

»Da ich gut zuhören kann«, meinte Clarissa mit einem stolzen Seitenblick auf Federsen, »hatte ich mir gemerkt, was man uns über das Erfassungssystem mitgeteilt hat. Und siehe da, im System war tatsächlich protokolliert, dass Bach das Gelände am letzten Freitagabend betreten hat. Das war der Tag, an dem wir Frank Meister aufgesucht hatten. Also ist stark anzunehmen, dass er dort bis Freitag untergekrochen war. Da wir unseren Besuch bei Herrn Meister dummerweise vorher angekündigt hatten, konnte er rechtzeitig abhauen. Bach hat das Gelände gestern am frühen Morgen verlassen, um abends nach Betriebsschluss wieder zurückzukehren.

Offenbar war ihm tagsüber die Gefahr zu groß, entdeckt zu werden. Er betrat das Grundstück um exakt zweiundzwanzig Uhr zwanzig, damit kommt er als Täter infrage. Heute verließ er das Gelände um fünf Uhr, ist bisher aber nicht zurückgekommen.«

»Weil er nicht mehr in die Nähe des Tatorts zurückkehren will«, rief Per.

»Für den Fall, dass er es doch tut, haben wir eine Zivilstreife dort postiert«, erklärte Marcel. »Aber es gibt noch was: Die Arbeiter auf dem Gelände müssen Sicherheitskleidung tragen, dazu gehören auch Sicherheitsschuhe. Wir haben den Spind von Herrn Bach aufbrechen lassen. Das Profil seiner Schuhe passt zwar nicht zu dem am Tatort, wohl aber die Größe. Er trägt vierundvierzig, das entspricht exakt den Schuhabdrücken am Tatort.«

Der Schwulenclub mit dem klangvollen Namen ›La Bella Vita‹ unterschied sich auf den ersten Blick nicht von anderen Szenetreffs der Stadt. Er befand sich in einem aufgegebenen Lagergebäude und wirkte von außen eher unscheinbar. Vor dem Eingang stand der obligatorische Türsteher, in diesem Fall jedoch kein Muskelprotz, sondern ein höflicher und elegant gekleideter Mann mittleren Alters.

Außer den beiden Ermittlern befand sich kein einziger Gast vor der Tür, und sie wollten so schnell wie möglich Erkenntnisse über Benjamin Lück sammeln. Wer war da besser geeignet als ein Türsteher? Sie präsentierten sich als Ermittler im Mordfall Lück, und da der Mann seinen ehemaligen Stammgast noch unter den Lebenden vermutet hatte, sorgte diese Aussage zunächst für große Bestürzung. Sogleich versicherte der Türsteher, dass es mit dem Schauspieler keine Probleme gegeben hätte und der auch nie mit jemandem aneinandergeraten wäre. Zuletzt habe er ihn vor ungefähr zwei Wochen gesehen. Lück habe das ›Bella Vita‹ seit vielen Jahren regelmäßig besucht, und die beiden Männer hätten sich immer mal wieder unterhalten. Sogar über die religiöse Ausrichtung Lücks war der Türsteher informiert.

»Eigentlich war er ein gläubiger Mensch. Litt ziemlich darunter, dass er sich in der Kirche nicht willkommen fühlte. Aber er hatte ja diesen anderen Verein, und da schien es niemanden zu stören. Nur die Nachbarschaft ist wohl nicht so angenehm, irgendeine fanatische Freikirche. Im letzten Februar wurde er sogar überfallen, dabei wurde ihm sein Pferdeschwanz abgeschnitten.«

»Wie bitte?«, entfuhr es Hannes. »Davon hat er uns gar nichts erzählt. Er trug aber doch lange Haare.«

»Er hat sofort eine künstliche Haarverlängerung durchführen lassen. Keiner sollte was merken.«

»Hat er gesagt, wer es gewesen ist?«

»Er vermutete, es waren Leute von dieser Freikirche. Benjamin wollte den Überfall nicht an die große Glocke hängen, um kein Öl ins Feuer zu gießen. Mit diesen Leuten gab es wohl immer wieder Probleme.«

Welche Probleme das genau waren, wusste er nicht. Bestätigen konnte er dagegen, dass Lück zuletzt keinen Partner hatte. Einen Karl oder Karlo habe er im Club nicht gesehen, aber er kenne natürlich auch nicht alle Gäste mit Namen. Dunkel meinte er sich zu erinnern, dass der Schauspieler einmal von einer problematischen Beziehung gesprochen habe, im vergangenen Frühjahr. Dabei könne auch ein Name wie Karl gefallen sein. Der Türsteher empfahl den Ermittlern, die Befragungen der Gäste verdeckt vorzunehmen.

»Bei manchen unserer Besucher herrscht großes Misstrauen gegenüber der Polizei. Sie werden bestimmt mehr erfahren, wenn Sie sich nicht zu erkennen geben.«

Schon zum Auftakt mit neuen Informationen versorgt, traten Hannes und Per kurz darauf durch einen schweren Samtvorhang in den Eingangsbereich. Der Eintritt kostete acht Euro, und direkt neben dem pickligen Kassierer befand sich die Garderobe. Nachdem sie ihre dicken Winterjacken abgelegt hatten, blickte Per zweifelnd auf die stählerne Treppe, die zum Club hinunterführte.

»Und jetzt geht es in den Dark Room, oder was? Irgendwie fühl ich mich hier fehl am Platz!«

»Jetzt stell dich nicht so an«, maulte Hannes und stieg die Treppe hinab.

Nach wenigen Stufen tauchte der zentrale Bereich des Clubs auf. Hannes blieb stehen, um sich einen Überblick zu verschaffen. Kurz hinter der Treppe begann eine lang gestreckte Bar, die praktischerweise direkt an den Durchgang zu den Toiletten angrenzte. An den verbliebenen Wänden standen leicht erhöht kleine Vierertische mit ledernen Sesselgruppen und rahmten die darunter liegende Tanzfläche ein. Der DJ hatte offenbar noch nicht losgelegt, denn das Mischpult war zwar beleuchtet, aber verwaist. Auch die Lichtshow wirkte noch spärlich. Allerdings wäre es auch eine Verschwendung von Energie gewesen, denn der Club war erst mäßig besucht.

»Hab ich dir doch gleich gesagt«, moserte Per, der eigentlich erst gegen dreiundzwanzig Uhr hatte aufkreuzen wollen, um so wenig Zeit wie möglich »in diesem Schuppen« verbringen zu müssen. Doch Hannes hatte sich durchgesetzt, da er noch auf ein bis zwei gemeinsame Stunden mit Anna spekuliert hatte. Er hatte ihr mitgeteilt, dass der gemeinsame Abend wahrscheinlich ausfallen werde, und ihre Enttäuschung war genauso groß wie seine eigene gewesen.

»Wir holen uns jetzt ein Bier, und dann hören wir uns unter den Jungs um. Dazu teilen wir uns am besten auf.«

»Bist du verrückt?«, fragte Per entsetzt. »Wenn wir zusammenbleiben, hält man uns vielleicht für ein Paar und lässt uns in Ruhe!«

»Per, wir sind nicht hier, um unsere Ruhe zu haben! Fang doch mit dem Barkeeper an. Dir wird hier schon keiner an die Wäsche gehen!«

»Na gut.« Per seufzte schicksalsergeben. »Dann hol ich uns mal zwei Bier.«

Steifbeinig begab er sich zur Bar, hinter der sich die Bedienung im Augenblick nicht über Arbeitsüberlastung beklagen musste. Amüsiert sah ihm Hannes hinterher und überlegte, wen er sich als Erstes vornehmen sollte. Nach einem kurzen Rundblick stellte er fest, dass sich zurzeit etwa zwanzig Gäste in dem Club verloren, der mindestens für die zehnfache Personenzahl ausgelegt war.

Die Mehrheit stand zu zweit zusammen und wartete darauf, dass die Nacht endlich in Fahrt kam. Entschlossen steuerte Hannes einen Mann an, der allein an einer Säule lehnte und seinen Blick durch den Raum schweifen ließ. Im Vorbeigehen nahm er sich sein Bier vom Tresen, da der Barkeeper gerade zwei Flaschen vor Per abgestellt hatte. Offenbar hatte sein Kollege die Hemmungen überwunden und zumindest eine Bestellung aufgeben können.

»Ziemlich leer hier«, begann Hannes, als er sich neben den etwa vierzigjährigen Mann an den Pfeiler stellte.

»Is ja noch früh«, antwortete der andere und drehte sich ihm zu. »Außerdem geht es hier erst ab Donnerstag richtig rund.«

»Bist du öfters hier?«

»Nicht wirklich. Fünf bis sechs Mal im Monat.«

Das kam Hannes nicht gerade selten vor. Er selbst war froh, wenn er wenigstens einmal im Monat einen Club von innen sah.

»Dann kennst du die Hälfte der Leute schon mit Namen?«, fragte er unschuldig.

»Nö, Namen sind mir ziemlich wurscht. Aber die Hälfte der Gesichter kommt mir an einem Abend schon bekannt vor.«

»Vielleicht sind dir mal zwei Freunde von mir begegnet? Benjamin und Karl?«

»Sagt mir nichts. Muss aber nicht heißen, dass ich sie nicht trotzdem gesehen habe.«

Hannes überlegte, ob er ihm das Aussehen von Benjamin Lück beschreiben sollte. Die Entscheidung wurde ihm jedoch abgenommen, als sich ein weiterer Mann zu ihnen gesellte und den Ermittler misstrauisch musterte. Besitzergreifend legte er einen beeindruckend muskulösen Arm um Hannes' Gesprächspartner.

»Willst du was Bestimmtes?« Er gab sich keine Mühe, höflich zu klingen. Seine laute Stimme brachte die Umstehenden dazu, neugierig in ihre Richtung zu blicken.

Hannes wollte Aufsehen auf jeden Fall vermeiden und winkte besänftigend ab. »Bin nur auf der Suche nach ein paar Leuten von mir. Mein Freund und ich sind mit ihnen zum Feiern verabredet.« Mit einer Kopfbewegung deutete er auf seinen Kollegen, der noch immer allein am Tresen stand und mühsam gute Miene zu diesem Spiel machte. Er drehte gerade seinen kurz geschorenen Kopf zur Seite, sodass die Geheimratsecken und Aknenarben deutlich zu sehen waren.

»Was denn? Dieser hässliche Vogel ist dein Freund?«, meinte der Mann fassungslos und schien noch immer misstrauisch.

Hannes zuckte nur unschuldig mit den Schultern und entfernte sich mit einem betont lässigen Gang. Um seine Aussage mit der nötigen Realitätsnähe auszustatten, trat er neben Per und legte ihm den Arm um die knochigen Schultern.

Erschrocken fuhr der zusammen und atmete erleichtert aus, als er Hannes erkannte.

»Der Typ dahinten dachte, dass ich seinen Freund anbaggern will«, flüsterte Hannes in eines der hellrot leuchtenden Ohren seines Kollegen. »Ich musste dich als meinen Freund ausgeben.«

»Aha«, sagte Per. »Dann hast du mir gerade meine Geschichte kaputtgemacht. Ich hab gegenüber dem Barkeeper so getan, als ob ich Single wär.«

Tatsächlich hatte sich der Mann hinter dem Tresen nach Hannes' Erscheinen etwas zurückgezogen und polierte nun eifrig an einem Glas herum. Allerdings war Hannes überzeugt, dass er Per soeben einen Gefallen getan hatte. Der Mann trug eine schwarze Lederkluft und wusste im Gegensatz zu Per sicher nicht nur vom Hörensagen über einen Dark Room Bescheid. Seufzend ließ er sich auf den Barhocker neben seinen angeblichen Freund sinken.

»Keine Ahnung, ob das hier so eine gute Idee ist! Wir können doch nicht wahllos irgendwelche Männer anlabern und nach diesem Lück fragen. Vielleicht hat er hier nicht mal seinen richtigen Namen benutzt!«

»Hat er«, stellte Per fest.

»Woher weißt du das?«

»Hat mir Nico gesagt.« Unauffällig deutete er auf den Barkeeper.

»Sieh an, du bist hier ja doch nicht so verloren«, grinste Hannes. »Nico kannte also Benjamin Lück?«

»Ja, wobei er eher als Benny bekannt war. Nico arbeitet hier jeden Abend und hat ihn bestimmt einmal in der Woche gesehen. Dieser Karl sagt ihm aber nichts.«

»Und weiter?«

»Lück war wohl immer sehr zurückhaltend. Kein wilder Tänzer oder Aufreißer. Er kam her, trank ein paar Gläser und hat vor allem dem Treiben auf der Tanzfläche zugeschaut. Ab und zu war er mit Männern hier, aber einen festen Partner schien er nicht zu haben.«

Nachdenklich nahm Hannes noch einen Schluck aus der Flasche, die sich bereits deutlich geleert hatte. Da auch Per fast auf dem Trockenen saß, streckte er der Bedienung zwei nach oben gestreckte Finger entgegen. Kurz darauf standen die gewünschten Flaschen vor ihnen.

»Herr Lück war also nicht darauf aus, hier einen Mann für die Nacht zu finden«, fasste Hannes das Ergebnis seines Denkprozesses zusammen.

»Zumindest keinen für nur eine Nacht.«

»Kennt dieser Nico ein paar Männer, mit denen Lück hier zu tun hatte?«

»Wie gesagt, er war meist für sich und suchte wohl nur unschuldige Entspannung.«

»Was hast du Nico eigentlich gesagt, warum du an Lück interessiert bist?«

»Na, was wohl? Dass ich mich in ihn verguckt habe und wissen will, ob er noch zu haben ist!«

Per schien diese Erklärung völlig selbstverständlich. Hannes machte ein beifälliges, aber auch überraschtes Gesicht und drehte sich dann auf seinem Hocker herum. Über die Stahltreppe trudelten tröpfchenweise Neuankömmlinge herein, der Raum füllte sich allmählich. Offenbar sprach der Club keine spezielle Zielgruppe an, denn das Publikum war bunt gemischt. Sowohl in Bezug auf das Alter als auch auf den Kleidungsstil. Hannes gab sich einen Ruck. Fremde Menschen anzusprechen, gehörte nicht unbedingt zu seinen Stärken. Aber es half ja nichts. Wenn er heute noch etwas von Anna haben wollte, mussten sie jetzt durchstarten. Widerstrebend erhob er sich von seinem Hocker.

»Auf geht's, Per! Lass uns in der nächsten Stunde so viele Männer wie möglich anquatschen, und dann hauen wir ab!«

Ohne den zu erwartenden Protest abzuwarten, schlenderte er ziellos davon. Er sah sich um und versuchte, die Besucher einzuschätzen. Letztlich präsentierte sich ihm ein Bild, wie es auch in den meisten Hetero-Clubs anzutreffen war. Ein paar suchten offensichtlich eine schnelle Nummer, einige die große Liebe und wieder andere wollten einfach nur Spaß haben. Welcher Grund auch immer die Männer in den Club getrieben hatte, Hannes' Fragen nach Benjamin Lück blieben frustrierend ergebnislos. Inzwischen hatte auch der DJ seinen Platz eingenommen und den Musikpegel etwas erhöht. Da er jedoch noch nicht völlig in seine Aufgabe versunken war, erkor Hannes ihn als das nächste Opfer aus.

DJ Micky schien die Schulbank erst vor Kurzem verlassen zu haben. Sein bleicher Teint ließ vermuten, dass er die größte Zeit seines jungen Lebens vor sich drehenden Plattentellern verbrachte. Er trug ein schlabberiges gelbes T-Shirt und eine graue Schirmmütze. Bereitwillig zog er die großen Kopfhörer von den Ohren, als sich Hannes zu ihm rüberbeugte.

»Sag mal, Micky, erfüllst du auch Wünsche?«, fragte er ungewollt zweideutig.

»Klar! Was willst du hören?«

»›Bitter End‹ von ›Placebo‹?«

»Kein Thema, kann ich als Nächstes auflegen, passt grad.« Er wollte sich bereits die Ohrhörer wieder überstülpen, doch Hannes war noch nicht fertig.

»Kann ich mir später noch mal was wünschen? Ich warte auf einen Kumpel und will ihn mit seinem Lieblingssong überraschen. Du kennst ihn wahrscheinlich. Benny! Er ist öfter hier.«

»Kenn ich nicht. Aber nachher wünschen sich viele was. Kann dir also nix versprechen.« Unmissverständlich beendete er das Gespräch und wühlte in seiner Plattensammlung herum.

Resigniert zog Hannes ab, wurde aber kurz darauf mit der Erfüllung seines Musikwunsches wenigstens halbwegs versöhnt. Er blickte sich nach Per um, der sich in einem angeregten Gespräch mit einem Pärchen befand. Wahrscheinlich fühlte er sich da sicher.

»Hast ›n guten Geschmack«, rief Hannes eine Stimme ins Ohr.

Er drehte sich um und blickte fragend in ein freundlich lachendes Gesicht.

»Ich hab gesehen, dass du dir bei Micky was gewünscht hast. Und du hast völlig recht: So 'ne Band wie ›Placebo‹ läuft hier viel zu selten!«

»Danke«, erwiderte Hannes und betrachtete ihn näher. Er war lässig gekleidet, und das Lachen schien in seinem Dreitagebart festgeklebt zu sein.

»Nicht oft hier, oder?«

»Nee«, bestätigte Hannes. »Das erste Mal.«

»Hab ich mir schon gedacht!«

»Wieso?«

»Weil die Checker des Clubs alles gut im Blick haben. Neuzugänge fallen sofort auf.«

»Wie meinst du das?«

»Sag bloß, das merkst du nicht?« Er grinste und streckte ihm die Hand hin. »Tommy. Bin mit meinem Freund und unserer Clique hier. Die stehen da drüben. Wir haben uns die ganze Zeit schon darüber amüsiert, was du bei manchen Kerlen für eine Aufmerksamkeit verursachst. Ich wurde ausgewählt, um dich anzusprechen, damit den notgeilen Typen vor Neid der Saft stecken bleibt.«

Er lachte. Halbherzig stimmte Hannes ein. Er blickte zu Tommys Freunden, die das Geschehen feixend verfolgten. Vom Alter her schätzte er sie als Studenten ein, was Tommy kurz darauf bestätigte. Er selbst studierte Germanistik und

Sport auf Lehramt. Dankbar für diesen Anknüpfungspunkt entschied Hannes, dass er eine kurze Auszeit von der Polizeiarbeit verdient hatte, und vertiefte sich in ein angeregtes Gespräch über Methoden der Trainingslehre. So viel Tommy dazu wusste, so wenig wusste er leider über Lück. Er erinnerte er sich zwar an den Mann, der in diesem Club immer etwas verloren gewirkt habe, doch das war auch alles.

In diesem Augenblick klang ein Song leise aus, und gleichzeitig schien ein leichtes Raunen durch den Club zu gehen. Allerdings war es nicht der Musik geschuldet, sondern einer schlanken Erscheinung mit langen braunen Haaren und grünen Augen, die gerade quer über die Tanzfläche direkt auf Tommy und Hannes zusteuerte. Mit offenem Mund starrte er ihr entgegen.

»Ich wollte nur sehen, ob ich dich aus gierigen Männerklauen retten muss«, flüsterte ihm Anna schelmisch ins Ohr.

»Wie kommst du hierher?«

»Mit dem Bus«, lachte sie. »Ich wollt mir nicht entgehen lassen, wie du hier so ankommst.«

»Und man hat dich einfach reingelassen?«

»Wieso nicht?«

»Weil …« In diesem Moment erschien Per. Schnell machte Hannes ihn mit Anna bekannt. Per schien sich nicht über ihre Anwesenheit zu wundern, sondern kam gleich zur Sache.

»Hannes, mir reicht's jetzt! Lass uns abhauen, ich hab echt keinen Bock mehr!«

»Mit besonders vielen Leuten haben wir ja noch nicht gesprochen.«

»Ist doch scheißegal! Alle, die mit diesem Benny was anfangen können, sagen das Gleiche. Netter Kerl, etwas zurückhaltend und das war's. Von Karl oder Karlo hat niemand was gehört. Wir haben unsere Pflicht getan!«

»Was ist los? Mit deiner Visage wird sich hier eh keiner über dich hermachen!«, scherzte Hannes.

»Was weißt du denn? Mir hat vorhin jemand in den Schritt gefasst, als ich von der Toilette kam!«, schrie ihm Per empört ins Ohr.

»Wenigstens hat er dir nicht auf dem Klo hingefasst.« Hannes grinste amüsiert.

Es bedurfte eines weitaus überzeugenderen Arguments, um ihn die Nachforschungen vorzeitig abbrechen zu lassen. Und das kam nicht von Per, sondern von Anna. Verführerisch lächelnd zog sie seinen Kopf so zu sich herunter, dass er gar nicht anders konnte, als in den Ausschnitt ihres rosafarbenen Tops zu schauen.

»Erlös doch deinen Kollegen von seiner Qual! Außerdem haben wir dann heute Abend auch noch was voneinander. Ich werd dir was zeigen, was dir hier sonst keiner bieten kann …«

Damit war für Hannes alles Wesentliche gesagt, und kurz darauf hingen in der Garderobe des Clubs drei Winterjacken weniger.

KAPITEL 18

Mit finsterem Blick studierte Hannes am nächsten Morgen die Nachrichtenmeldungen. Die Entdeckung des Kreuzes lag nun vier Wochen zurück. Da David Bach weder die Lagerhalle noch seine Wohnung aufgesucht hatte, wurde seit zwei Tagen öffentlich nach ihm gefahndet. Die Medien hatten Fotos veröffentlicht, doch die eingegangenen Hinweise waren bisher nicht zielführend gewesen. Dafür hatten sich aber einige Redakteure mit guten Kontakten einen groben Zusammenhang der Mordfälle erschließen können. Hatte sich die Berichterstattung über den ›Jesusmörder‹ in der Zwischenzeit etwas gelegt, so wurde sie nun neu befeuert. Wie sich auch an diesem Morgen zeigte.

›Religiöser Vernichtungsfeldzug?‹ titelte die Zeitungsseite auf Hannes' Tablet, und ihm verging der Appetit. In dem Artikel wurden die vier Todesfälle in einen direkten Zusammenhang gestellt, außerdem wurde erwähnt, dass alle Opfer Mitglieder im ›Neuen Weg‹ gewesen waren. Der Hintergrund des Vereins wurde in einem derart positiven Licht geschildert, dass Hannes einen Kirchengegner als Verfasser vermutete. Damit war die Strategie, den Verein aus der Öffentlichkeit herauszuhalten, auf einen Schlag in sich zusammengebrochen. Sogar über den Einsatz von K.-o.-Tropfen wurde spekuliert, irgendjemand hatte ganz offensichtlich nicht die Klappe halten können. Steffen Lauer fürchtete nun Trittbrettfahrer, sodass regelmäßig eine Streife an dem Vereinssitz vorbeifuhr.

Immer wieder meldeten sich Zeugen, die den flüchtigen David Bach gesehen zu haben glaubten. Dadurch waren die Ermittler in den letzten Tagen fast ausschließlich mit diesen Hinweisen beschäftigt gewesen, die sich jedoch allesamt als falsche Fährten herausgestellt hatten. So hatte die Zeit gefehlt, andere Spuren mit der nötigen Sorgfalt zu überprüfen. Nach wie vor schlug auch jeder Versuch fehl, Bachs Handy zu orten.

Benjamin Lück war zuletzt von seinen Kollegen am Theater lebend gesehen worden. Am Montagnachmittag hatte eine Probe stattgefunden, nur wenige Stunden bevor der Schauspieler ermordet worden war. Sein Umfeld beschrieb ihn als einen sympathischen Menschen, und zu seinen wenigen Freunden hatte er eine enge Bindung gehabt. Dennoch wussten nur zwei Männer von dem Überfall auf ihn. Allerdings sei Lück bei diesem Thema ziemlich wortkarg gewesen. Von dem Expartner hatte sogar nur ein Freund gewusst. Der Mann konnte zwar mit den Namen Karl und Karlo nichts anfangen, erinnerte sich aber, Herr Lück habe in dem besagten Zeitraum ab und zu einen festen Partner erwähnt. Die beiden seien über ein Jahr liiert gewesen, hätten sich aber nirgendwo zusammen sehen lassen. Auch den Mitgliedern des ›Neuen Wegs‹ war vollkommen unbekannt, ob Herr Lück einen Freund namens Karl oder Karlo gehabt hatte. Seine Homosexualität habe er aber offen ausgelebt und häufig gesagt, dass »Gott mich genauso liebt, wie ich bin«.

Dass der Tote zu seiner Familie keinen Kontakt mehr gehabt hatte, war nach Clarissas Meinung kein Wunder. Sie hatte den Eltern gemeinsam mit Marcel die Mitteilung des Todes überbracht. Obwohl Benjamin Lück ein Einzelkind gewesen war, hatte er sich mit seinem Coming-out ins familiäre Abseits befördert. Nach Angaben seiner Mutter habe er ihnen »diese Krankheit«, wie sie sich ausdrückte, an seinem dreißigsten Geburtstag gestanden und sich beharrlich jeder Therapie verweigert. Wie eine solche Behandlung hätte aussehen sollen, konnte sie nicht näher beschreiben. Ihr Mann hatte die ganze Zeit nur stumm danebengesessen, für ihn war sein Sohn offenbar bereits vor fast fünfzehn Jahren gestorben.

Gemeinsam mit Per, Isabell und Federsen hatte Hannes der Durchsuchung von Lücks Apartment beigewohnt. Es befand sich in einem etwas heruntergekommenen Altbau und verfügte über zwei Zimmer. Die Wohnungseinrichtung bewies, dass man mit Schauspielkunst nicht reich werden konnte: verschiedenste Möbel, die vom Farbton und Stil nicht richtig zusammenpassten. An den Wänden hingen Theaterplakate, die den beruflichen Werdegang des Mannes illustrierten. Er schien nicht viel Wert auf das Ansammeln von Gegenständen gelegt zu haben, lediglich sein Kleiderschrank verfügte über eine beachtliche Ausstattung von hochwertiger Mode. Per hatte eine Schublade mit DVDs durchwühlt und war anschließend grinsend zu seinen Kollegen getreten.

»Entweder war Herr Lück auch an heterosexuellen Handlungen interessiert, oder er hat Gefallen an dem neuen Vereinsmitglied gefunden.«

Er präsentierte zwei DVD-Verpackungen, die Hannes sofort wiedererkannte.

»Das sind die beiden Filme, in denen Alexander Kramer die Hauptrolle gespielt hat! Vielleicht hat der ja nicht nur Sylvia Böhm seine Künste vorgeführt!«

»Glaub ich nicht«, entgegnete Isabell und betrachtete interessiert die Plastikhüllen. »Dieser Kerl sah eben einfach klasse aus! Auf diesen metrosexuellen Typ fahren viele Menschen ab. Wahrscheinlich wollte Herr Lück nur seine Fantasie beflügeln. So ein perfekter Körper ist …«

»Herr Niehaus, gab es Gerüchte, dass Kramer auch an Männern interessiert war?«, quatschte Federsen dazwischen.

»Mir ist nichts bekannt. Doch wenn es so wäre, hätten es die Leute im Filmstudio bestimmt gewusst. Liegen noch mehr Hetero-Pornos in der Schublade, Per?«

»Nein. Größtenteils sind es sowieso Spielfilme, beim Rest handelt es sich um Schwulenpornos.«

Eine Nachfrage im Studio Paradise Images & Productions ergab, dass dort niemand etwas von etwaigen bisexuellen Neigungen Kramers wusste. Auch seine beiden Freunde Mirko und Jonas waren diesbezüglich skeptisch, als sie von Per um ihre Einschätzung gebeten wurden. Wahrscheinlich lag Isabell mit ihrer Vermutung richtig. Die Auswertung von Lücks Telefon zeigte zwar, dass er sporadisch mit Alexander Kramer telefoniert hatte, allerdings hatte er dies auch mit anderen Mitgliedern des ›Neuen Wegs‹ getan.

Auch Frank Meister war noch einmal aufgesucht worden. Diesmal hatten ihm die Ermittler einen Durchsuchungsbefehl unter die Nase gehalten und sich gründlich umgesehen. Verwundert hatte der Mann beobachtet, dass sämtliche Schuhe einer genauen Prüfung unterzogen wurden. Er trug Größe zweiundvierzig, sodass die Polizisten das Profil vom letzten Tatort nicht bei ihm finden konnten. Meister ließ die Durchsuchung erstaunlich gelassen über sich ergehen und erregte sich erst, als sein Laptop zur Auswertung beschlagnahmt wurde. Was sie dort zu finden hofften, wussten die Ermittler zwar selbst nicht genau, doch schließlich scheuchte manchmal ein Schuss ins Schwarze das gewünschte Ergebnis ans Licht.

Energisch schob Hannes nun das Tablet mit den Nachrichten zur Seite, als Anna auf nackten Sohlen aus seinem

Badezimmer tapste. Die letzten Nächte hatten sie wechselweise bei ihr und ihm verbracht, doch meistens war Hannes erst so spät zurückgekommen, dass er Anna schon schlafend vorgefunden hatte. An diesem Morgen konnten sie zumindest zusammen frühstücken. Hannes hatte seinen Besuchstermin bei Fritz erst um zehn Uhr. Anna schlang von hinten die Arme um ihn. Ihr Haar duftete nach seinem Shampoo.

»War wieder spät gestern, oder?«

»Ja, ich hatte noch überlegt, ob ich dich aufwecken soll, aber du sahst so friedlich aus.«

»Ach, ich wäre bestimmt schnell voller Energie gewesen«, lachte sie und ihr Blick fiel auf das Tablet. »Versinkst du schon wieder in deinem Fall?«

Entschlossen legte sie das Gerät mit der Oberseite nach unten auf einen Stuhl. Hannes musste zugeben, dass dies die einzig richtige Reaktion war. Er schaffte es tatsächlich, während des Frühstücks fast gar nicht an die Morde zu denken.

Er hatte wertvolle Gesprächszeit mit Fritz verloren, da er den Besuchsraum erst nach zehn Uhr betrat. Dafür hatte er zuvor wertvolle Minuten mit Anna gewonnen, und das war es ihm definitiv wert gewesen. Fritz hatte bereits mehrere Zettel auf dem Tisch ausgebreitet und sah ihm ungeduldig entgegen.

»Man hätte mich fast schon wieder in die Zelle gebracht! Wo bleibst du denn? Wir haben nur eine Stunde!«, moserte er.

Doch ein Blick in Hannes' Gesicht erklärte ihm das verspätete Erscheinen von selbst. Er gönnte ihm das Glück mit Anna von ganzen Herzen und konnte verstehen, dass Hannes um jede unbeschwerte Minute froh war. Daher vertiefte er das Thema nicht weiter, sondern ließ seiner Ermittlerleidenschaft freien Lauf. Auch er hatte aus der Zeitung von dem Mord an Lück erfahren und war dank seines Wissensvorsprungs noch eher als die Redakteure in der Lage, eins und eins zusammenzuzählen. Dennoch bestand er darauf, dass Hannes ihm die genauen Hintergründe erläuterte. Anschließend präsentierte er das Ergebnis seiner eigenen Überlegungen.

»Ich habe über eure Befragungen der Mitglieder des ›Neuen Wegs‹ nachgedacht. Einigen ist in letzter Zeit Ungewöhnliches widerfahren, auch wenn manches davon vielleicht etwas an den Haaren herbeigezogen ist. Es passt aber alles ins Bild!«

»In welches Bild?«

»Pass auf: Die Bemerkung deiner neuen Freundin zu diesem Kinofilm mit den sieben Todsünden hat mir keine Ruhe gelassen. Du hast doch gesagt, dass die Zehn Gebote die Grundregeln des ›Neuen Wegs‹ sind. Sie stehen dort sogar an der Wand, richtig?«

»Stimmt.«

»Hast du die Zehn Gebote im Kopf?«

»Ähm … ›Du sollst nicht töten‹, ›Du sollst nicht stehlen‹ … ›Du sollst nicht …‹« Hannes kam ins Straucheln.

»Ich helfe dir!« Fritz knallte einen beschrifteten Zettel auf den Tisch. »Ich habe die Vorfälle bei den Mitgliedern zeitlich sortiert. Fangen wir mit dem dritten Gebot an: ›Du sollst den Feiertag heiligen.‹ Jetzt denk mal nach. Wer in diesem Verein will den Feiertag nicht heiligen?«

»Äh, keine Ahnung, worauf du hinauswillst. Die Opfer sind nicht unbedingt dadurch aufgefallen, dass sie …«

»Der Mann lebt ja auch noch! Wolfgang Hartmann! Der Ladenbesitzer, der sich für Sonntagsöffnungszeiten starkmacht. Bei ihm bimmelte im Sommer vier Wochen lang jeden Sonntag das Telefon, von morgens bis abends. Kapiert?«

»Du meinst …« Hannes kam nicht weiter, sein Mentor war voll in Fahrt und schob ihm den zweiten Zettel zu.

»Das siebte Gebot. ›Du sollst nicht stehlen.‹ Wen hat deine Kollegin Clarissa immer wieder wegen Diebstahls aufgegriffen?«

»Beatrice Reichert, die frühere Balletttänzerin.«

»So ist es. Und genau diese Person wurde dann selbst bestohlen. Merkwürdigerweise traf es ihre liebsten Erinnerungsstücke. Das schmerzte sie wahrscheinlich mehr, als wenn materiell wertvolle Dinge entwendet worden wären. Jetzt das vierte Gebot: ›Du sollst deinen Vater und deine Mutter ehren.‹ Was fällt dir hierzu ein?«

Hilflos blickte Hannes ihn an. »Frau Brinkmann. Ihre Kinder wollen nichts mehr mit ihr zu tun haben. Aber dann müssten ja ihre Kinder bestraft werden und nicht sie.«

»Frau Brinkmann hat dir aber auch erzählt, dass sie ihre Eltern in ein Pflegeheim abgeschoben hat und kaum dazu kommt, sie dort zu besuchen. Wenig später erhalten ihre eigenen Kinder einen Brief, der dazu führt, dass sie nichts mehr mit ihrer Mutter zu tun haben wollen. Merkwürdig, oder?«

»Ja, aber ist das nicht etwas weit hergeholt?«

»Vielleicht. Warten wir's ab. Das neunte Gebot fordert: ›Du sollst nicht begehren deines nächsten Haus.‹ Das Ehepaar Graf versucht alte Mieter loszuwerden, um die Gebäude aufwendig zu sanieren und dann deutlich teurer neu zu vermieten. Daraufhin brennt Anfang Oktober ihr eigenes Haus ab!«

Fritz wühlte in seinem kleinen Papierstapel und zog das fünfte Blatt heraus. Vor Aufregung produzierten seine großen Ohren fast so viel Farbe, wie es sonst nur Hannes möglich war.

»Jetzt kommt eine Leiche ins Spiel. Im ersten Gebot heißt es: ›Ich bin der Herr, dein Gott. Du sollst keine anderen Götter haben neben mir.‹«

»Und das schließt natürlich auch keltische Götter ein.« Hannes fuhr jetzt voll in Fritz' Fahrwasser. Erregt beugte er sich nach vorn. »Antje Kramer war fasziniert von der keltischen Mythologie und hat sogar entsprechende Zeremonien durchgeführt. Ihr Tod nahm wahrscheinlich mit der Durchführung einer solchen Zeremonie und in Form der giftigen

Pilze ihren Anfang! Außerdem versuchte sie, mit ihrer Begeisterung andere Leute anzustecken.«

»Deshalb musste die Druidin sterben«, nickte Fritz. »Wie ihr Bruder. Auf ihn passt nämlich das zehnte Gebot: ›Du sollst nicht begehren deines Nächsten Weib, Knecht, Magd, Vieh noch alles, was dein Nächster hat.‹ Er hat sich zwar auf das Weib konzentriert und an Knechten und Vieh weniger Interesse gezeigt, doch dafür hat er ständig und im wahrsten Sinne des Wortes gleich mehrere Frauen begehrt. Sowohl als Pornodarsteller als auch im privaten Leben. Zum Beispiel die verheiratete Sylvia Böhm.«

»Für die es ebenfalls ein passendes Gebot gibt«, führte Hannes den Faden fort. »Gibt es nicht auch eins zum Fremdgehen?«

»Das sechste, ›Du sollst nicht ehebrechen‹. Allerdings passt auf sie auch das fünfte Gebot, das stimmt eher mit ihrer Todesart überein: ›Du sollst nicht töten.‹«

Verwirrt blickte ihn Hannes an. »Wen soll sie denn getötet haben?«

»Das ungeborene Leben. Sie hat ein Kind abgetrieben«, erinnerte ihn Fritz. »Deshalb wohl auch das Gift in ihrem Unterleib.«

»Richtig«, rief Hannes fasziniert. »Das würde einen Sinn ergeben! Aber was ist mit Herrn Lück? Soweit ich weiß, steht in den Zehn Geboten nicht, dass man nicht schwul sein darf.«

»Na ja, irgendein verdrehter Dogmatiker könnte das bestimmt herauslesen. Aber es gibt ja auch noch das zweite Gebot. Dort heißt es nämlich, dass du den Namen des Herrn, deines Gottes, nicht missbrauchen sollst. Herr Lück hat doch seine Homosexualität sehr offen zur Schau gestellt. Zugleich hat er immer betont, dass …«

»… Gott ihn dafür nicht verurteilen würde, sondern ihn genauso liebt, wie er ist«, vollendete Hannes und sank erschöpft gegen die Stuhllehne.

Das alles ergab Sinn! Es war unwahrscheinlich, dass die Zehn Gebote nur zufällig passten. Ihm schwirrte der Kopf, und er blickte auf die Zettel vor sich, um seine Gedanken und die Zehn Gebote zu sortieren.

»Kein Gebot kommt zweimal vor. Wenn deine Theorie stimmt und es sich somit immer um denselben Täter handelt, dann hat er für jedes Gebot eine Person ausgewählt, die dieses Gebot aus seiner Sicht gebrochen hat. Wenn das so ist, dann fehlt noch eins.«

»Oder zwei«, meinte Fritz. »Allen betroffenen Personen konnten wir jeweils nur ein Gebot zuordnen. Zumindest nach heutigem Kenntnisstand. Außer bei Frau Böhm. Wenn wir aufgrund ihrer Todesursache jedoch nur das fünfte Gebot heranziehen, also ›Du sollst nicht töten‹, dann bleiben zwei Gebote übrig, für die es noch kein passendes Opfer gibt.«

»Das eine kenne ich ja jetzt schon. ›Du sollst nicht ehebrechen.‹ Doch welches noch?«

Fritz schob ihm den letzten Zettel zu. »Das achte: ›Du sollst nicht falsch Zeugnis reden wider deinen Nächsten.‹ Entweder hat das bisher niemand getan, oder es gab einen Vorfall, den wir noch nicht kennen. Aber ich würde mich nicht darauf verlassen, dass sich der Täter für jedes Gebot nur ein Opfer aussucht. Das kann bisher reiner Zufall sein. Wenn er beim letzten Gebot angekommen ist, fängt er vielleicht wieder von vorn an.«

Hannes hörte nur mit halbem Ohr zu. Beim Betrachten der Zettel kam ihm ein neuer Gedanke. Rasch schob er die Blätter hin und her, bis sie in einer neuen Reihenfolge vor ihm lagen. Dann drehte er sie zu Fritz herum.

»Wenn wir die Vorfälle und Morde in eine zeitliche Reihenfolge bringen, was fällt dir dann auf?«

Fritz rieb sich die Narbe auf seiner linken Wange, während er durch die eckigen Brillengläser aufmerksam die Notizen durchging. Dann nickte er bedächtig und schaute Hannes anerkennend an.

»Eine ansteigende Intensität! Im Juli: sonntäglicher Telefonterror – noch harmlos. Dann der Diebstahl der Erinnerungsstücke im August. Das verursacht zumindest schon mal seelischen Kummer. Noch stärkeren Schmerz dürfte Frau Brinkmann durch die Entfremdung ihrer Kinder erfahren haben. Der entsprechende Brief kam im September.«

»Und Anfang Oktober sind wir bereits bei Sachbeschädigung angelangt«, ergänzte Hannes erregt. »Vielleicht war es sogar der erste Mordversuch, denn es war ja reines Glück, dass sich das Ehepaar Graf nicht in dem brennenden Haus befand! Mitte Oktober dann der erste Mord: Alexander Kramer!«

Fritz nickte. Doch dann wiegte er zweifelnd den Kopf.

»Wer weiß. Vielleicht sollte er gar nicht sterben. Immerhin hatte der Täter an dem Kreuz eine Fußstütze angebracht. Entweder war es das Ziel, ihn länger leiden zu lassen …«

»… oder der Täter ging davon aus, dass er rechtzeitig gefunden wird!«

»Doch dann hat er gemerkt, wie leicht das Töten ist, und hat Gefallen daran gefunden. Damit war das Schicksal von Frau Böhm besiegelt. Ansonsten wären vielleicht nur ein paar ihrer Pferde abgestochen worden.«

»Kann natürlich gut sein, dass uns nicht alle Vorfälle bekannt sind«, überlegte Hannes. »Einen Toten werden wir jedoch nicht übersehen haben. Die zunehmende Intensität im zeitlichen Verlauf stützt unsere Theorie zusätzlich. Aber wir haben zum Beispiel den Überfall auf Benjamin Lück und die Angriffe auf Thorsten Beck nicht auf unseren Zetteln.«

»Das ist wahr. Es ist aber denkbar, dass die Attacke auf Herrn Lück ein erstes Vorzeichen war. Vielleicht ist den anderen Opfern Ähnliches widerfahren, und wir wissen nur nichts davon. Wenn das so ist, sind im Moment mehrere Menschen in Gefahr. Insbesondere Herr Beck, da ihm bereits mehrere Widrigkeiten widerfahren sind!«

»Und zugleich ist er so etwas wie der heimliche Anführer dieser Gruppe«, bestätigte Hannes. »Mit Lück wurde bereits der Öffentlichkeitsbeauftragte ausgeschaltet. Gut möglich, dass nun auch der geistige Führer folgen soll. Ich überlege nur …«

Er brach ab und dachte mit gerunzelter Stirn nach. Fritz beobachtete ihn aufmerksam. Er war äußerst angetan von der Entwicklung. Diese Art von geistiger Anregung und gegenseitigem Austausch hatte ihm in seiner Zelle am meisten gefehlt. Zugleich mochte er den jungen Mann so sehr, dass er jedem Besuchstag ungeduldig entgegensah. Er war fest davon überzeugt, dass sich Hannes auf dem Weg zu einem der besten Ermittler der Stadt befand, und genoss es, weiterhin eine Art Mentor für ihn zu sein.

»Wenn ich der Täter wäre«, begann Hannes seine Überlegungen in Worte zu fassen. »Wenn ich in meinen religiösen Gefühlen wegen des ›Neuen Wegs‹ zutiefst verletzt wäre und mich auf einen Feldzug begeben würde: Wo würde ich ansetzen? Klar, bei den Führungspersönlichkeiten. Herr Beck und Herr Lück ergeben also Sinn. Vielleicht sogar Alexander Kramer, da er durch seine Filme eine Öffentlichkeit erreichte. Eventuell auch Sylvia Böhm, da sie viele Aktivitäten organisierte. Aber die anderen? Das Ehepaar Graf zum Beispiel ist nicht federführend in diesem Verein. Im Vorstand sitzen dagegen noch die Schweigers. Deren eher konservative Ansichten scheinen mir aber nicht so ganz zu der Ausrichtung des Vereins zu passen.«

»Und den beiden ist bisher überhaupt nichts Besorgniserregendes zugestoßen. Aber vielleicht genau deswegen? Weil sie in den Augen des Täters nicht zur Blasphemie neigen?«

Nachdenklich nickte Hannes. »Schon. Aber dafür muss sich der Täter gut mit den jeweiligen Einstellungen der Mitglieder auskennen! Wer weiß schon, dass Frau Brinkmann ihre Eltern ›abgeschoben‹ hat. Oder dass Frau Reichert eine Kleptomanin ist. Die Abtreibung dürfte Frau Böhm auch nicht überall herumposaunt haben! Innerhalb des ›Neuen Wegs‹ herrscht dagegen große Offenheit. Deswegen sind ja alle dort, weil sie eine Gemeinschaft suchen, die sie nicht verurteilt und wo man ähnlich tickt. Die Leute wissen ziemlich viel übereinander. Vielleicht hat der Täter einen Informanten in der Gruppe. Oder …«

»… er ist oder war selbst Mitglied im ›Neuen Weg‹«, vollendete Fritz die Überlegung.

Vor dem Präsidium lungerte eine Vielzahl von Journalisten herum. Lauer sah sich gezwungen, in zwei Stunden eine Pressekonferenz abzuhalten. Zum einen, um die ins Kraut schießenden Spekulationen einzufangen, zum anderen, um dem Eindruck zu begegnen, die Polizei wäre nicht Herr der Lage. Zunächst hatte er Federsen auserkoren, an der Konferenz teilzunehmen, sich jedoch umentschieden. Federsen war unkontrollierbar. Es stand zu befürchten, dass er im Kreuzverhör der Presse keine gute Figur abgeben würde.

Die letzten Minuten hatten ihn in seiner Entscheidung bestärkt. Federsen hatte die gesamte Mannschaft vor dem Leiter der Mordkommission in einer Art und Weise heruntergeputzt, dass dieser sich schließlich zum Eingreifen gezwungen sah. Selbst Marcel hatte von Federsen sein Fett abbekommen, obwohl er vom Dienstrang nur eine Stufe unter dem jähzornigen Kommissar stand. Lauer seufzte in sich hinein. Er hatte Federsen aufgrund seines Alters und der Erfahrung den Vorzug vor Marcel gegeben, doch mit jedem weiteren Tag schien er mehr und mehr die Kontrolle über sich zu verlieren. Kurz ging er mit ihm vor die Tür, um ihm unter vier Augen den Ernst der Lage zu verdeutlichen.

»Henning, wenn du dich weiter wie ein tollwütiger Hund aufführst, werde ich Marcel die Leitung der Ermittlungen übertragen. Du kannst nicht derart unflätig dein Team zusammenfalten! Das geht mir zu weit!«

»Ein Haufen von Dilettanten ist das«, polterte Federsen sofort los. »Lauter Grünschnäbel! Wie soll ich mit denen einen Serienmörder schnappen?«

»Auch ich hätte diesen Fall lieber heute als morgen gelöst und mag mir gar nicht vorstellen, was passiert, wenn es ein weiteres Opfer gibt. Aber ich habe nicht das Gefühl, dass dein Team überfordert ist. Herr Niehaus hat uns eben eine fantastische neue Theorie vorgetragen, auf die du selbst übrigens nicht gekommen bist. Zum Dank kanzelst du ihn vor versammelter Runde ab. Wie soll dein Team in alle Richtungen denken, wenn eine solche Standpauke dabei herauskommt?«

»Lächerlich!«, schnaubte Federsen. »Ein religiöser Serienmörder, der einen Massenmörder aus einem Horrorfilm zum Vorbild hat? Wir sind doch nicht in Amerika!«

»Der Bezug auf die Zehn Gebote klingt ziemlich nachvollziehbar! Ist ja auch egal, ob dafür ein Film der Ideengeber war oder ob sich der Täter dieses Muster selbst ausgedacht hat. Dass es im ›Neuen Weg‹ einen Mitwisser gibt, mag zwar auf den ersten Blick unwahrscheinlich wirken, aber dieser Spur hättet ihr schon längst nachgehen müssen! Sei also froh, dass endlich jemand über den Tellerrand hinausschaut. Wenn wir jetzt wieder zu den anderen zurückgehen, dann reißt du dich zusammen! Zur Pressekonferenz nehme ich Marcel mit, ich hab keine Lust, dass du vor laufenden Kameras ausfällig wirst.«

Er drehte sich um und öffnete die Tür zum Besprechungszimmer. Fünf Augenpaare blickten ihm entgegen, als er mit Federsen im Schlepptau den Raum wieder betrat. Alle Ermittler waren elektrisiert gewesen, als Hannes die Theorie zu den Zehn Geboten vorgetragen hatte. Endlich war ein schlüssiges Motiv erkennbar! Hannes fühlte sich aufgrund der ihm entgegenschlagenden Bewunderung etwas unwohl. Schließlich hatte Fritz einen nicht ganz unwesentlichen Anteil an dieser wichtigen Entdeckung. Doch das musste er natürlich für sich behalten, weshalb er das Lob verlegen auf sich herabprasseln ließ. Nur Federsen hatte Wasser in den Wein geschüttet und von »an den Haaren herbeigezogenen Hirngespinsten« gesprochen.

Die lebhafte Diskussion verebbte, als Lauer um Ruhe bat und die weitere Marschrichtung vorgab. »Tragt noch einmal zusammen, was ihr bis jetzt alles habt. Berücksichtigt dabei insbesondere die Überlegungen von Herrn Niehaus. Dann fokussiert euch auf die Hauptverdächtigen, wir dürfen keine Zeit mit lauwarmen Spuren vergeuden! Marcel, du wirst nachher bei der Pressekonferenz neben mir sitzen. Ich bespreche gleich mit unserem Präsidenten, welche Informationen wir herausgeben und wie wir agieren werden.«

Federsen stierte stumm vor sich hin und wartete, bis Lauer den Raum verlassen hatte. Die anderen Ermittler warfen sich verstohlene Blicke zu. Ihnen war klar, dass der Kommissar vor der Tür eine deutliche Ansage erhalten hatte. Daraufhin hob sich die Stimmung nochmals deutlich, und zunächst fiel es allen schwer, zu professioneller Konzentration zurückzufinden.

»Fangen wir mit Manuel Birkholz an«, begann Federsen übergangslos und nickte Marcel auffordernd zu.

»Der Kerl hat sich inzwischen dazu entschlossen zu kooperieren. Was gut für ihn ist. Er kann Herrn Lück nicht umgebracht haben, da er für die Nacht von Montag auf Dienstag ein stichfestes Alibi hat. Er nannte uns die Namen zweier Frauen, mit denen er die Nacht verbracht hat. Die waren darüber wenig erfreut, denn … na ja, es sind die Ehefrauen zweier nicht ganz unbedeutender Persönlichkeiten. Wir haben ihnen Vertraulichkeit zugesichert, und sie bestätigten, dass Birkholz das Haus erst um zwei Uhr morgens verlassen hat. Eine der Frauen hat erklärt, dass er auch in der Nacht der Kreuzigung bei ihr gewesen ist. Ihr Mann hatte sich auf Dienstreise befunden.«

Hannes war die Erleichterung anzusehen. Aufgrund seiner unbedachten Bemerkung über Antje Kramer hatte er das größte Interesse, dass Birkholz nicht als Täter infrage kam. Auch für Daniel Novak hatte sich die Situation aufgehellt. Für die Nacht, in der Benjamin Lück an seiner Zunge erstickt war, konnte der Dealer gleich mehrere glaubwürdige Zeugen präsentieren. Er hatte abends am Fußballtraining seiner Mannschaft teilgenommen und war anschließend mit mehreren Mannschaftskollegen in einer Bar versackt. Ein Taxifahrer bestätigte, dass er Novak um zwei Uhr nachts sternhagelvoll zu dessen Wohnung gefahren hatte. Ein Teil der Ermittler wollte ihn bereits von der Liste werfen. Federsen verhinderte dies, da nach wie vor nicht ganz auszuschließen sei, dass die Morde der vergangenen Wochen von verschiedenen Tätern begangen worden seien.

Aus diesem Grund schaffte es auch Herr Böhm nicht, von der Liste der potenziellen Täter zu rutschen. Schließlich hätte er zumindest für den Mord an seiner Frau und ihrem Liebhaber ein glasklares Motiv. Wie Marcel berichtete, dauerten die Ermittlungen zur Steuerhinterziehung weiter an. Allerdings deutete sich inzwischen an, dass er auf sehr trickreiche, aber doch legale Weise seine Steuerschuld tatsächlich abgesenkt haben könnte. Als Benjamin Lück auf seinen Mörder traf, war Herr Böhm nach eigenen Angaben zu Hause gewesen. Sein Mitarbeiter Jonas Talmann war an jenem Abend mit dem Tierarzt auf dem Hof gewesen, da ein Fohlen zur Welt gebracht worden war. Beide konnten bestätigen, dass im Haus Licht gebrannt hatte. Da Böhm Schuhe der Größe sechsundvierzig trug, kam er auch kaum infrage, den Abdruck am Tatort hinterlassen zu haben.

Dann nahmen die Ermittler mit der Schöpferkirche den Hauptstrang ins Visier. Je länger sie Hannes' und Fritz' Theorie zu den Zehn Geboten diskutierten, umso überzeugter waren die Kollegen, dass diese Idee bisher am erfolgversprechendsten war. Da David Bach untergetaucht war, verfügte er für keinen einzigen Mord über ein Alibi, und sein gewalttätiger Hintergrund deutete darauf hin, dass er zu solchen Taten durchaus fähig sein könnte. Allerdings blieben Zweifel, ob er ganz allein dahintersteckte.

»Nach allem, was wir über ihn wissen, ist er leicht manipulierbar«, meinte Isabell. »Wahrscheinlich ist er froh, in einer festen Gemeinschaft Anschluss gefunden zu haben.«

»Mit wem in der Schöpferkirche hat er die engsten Kontakte?«, fragte Marcel.

»Mit Frank Meister und vielleicht auch mit Ludwig Obermann«, antwortete Clarissa. »Ansonsten herrscht dort eine ziemlich undurchsichtige Gemengelage. Bisher ist es nicht möglich, die Strukturen und Beziehungen deutlich zu erkennen. Es handelt sich um eine große Personenanzahl, und diese Leute stehen uns wie eine Mauer gegenüber. Seit klar ist, dass wir auch die Schöpferkirche im Fadenkreuz haben, redet dort kaum noch jemand mit uns.«

Der Schreiner Ludwig Obermann konnte mit seinem gebrochenen Bein noch immer nur mühsam auf Krücken humpeln und war nicht zuletzt deswegen ein Verdächtiger zweiter Klasse. Er kam eher als Mitläufer infrage, der zum Beispiel das schwere Holzkreuz gebaut haben könnte. Frank Meister dagegen kam in der Einschätzung der Ermittler nicht gut weg.

»Bisher können wir ihm zwar nichts nachweisen, aber zumindest ist er mit Bach eng befreundet«, meinte Per. »Er dürfte von den dreien der Intelligenteste sein und zugleich derjenige, der am tiefsten in der Ideologie der Schöpferkirche verwurzelt ist. Er spielt dort eine sehr aktive Rolle und ist ein ebenso großer geistiger Brandstifter wie der Priester Ahrendt. Er ist aber eher nicht der Typ, der sich selbst die Hände schmutzig macht.«

Hannes votierte dafür, dass aus diesem Grund auch der Priester nicht links liegen gelassen werden sollte. Zwar wäre der ältere Herr körperlich nicht selbst zu den Morden in der Lage gewesen, doch war nicht auszuschließen, dass die Fäden bei ihm zusammenliefen.

Marcel betrachtete die Liste der infrage kommenden Namen. »Wir dürfen auch die Vorfälle vor den Morden nicht außer Acht lassen. In Bachs Wohnung wurde doch ein Drucker gefunden, auf dem dieser Zettel mit dem Teufel ausgedruckt worden sein könnte.«

»Der Zettel in Herrn Becks Briefkasten? Das ist korrekt«, bestätigte Hannes. »Wir haben uns inzwischen auch den Brief besorgt, der an Frau Brinkmanns Kinder versendet wurde. Unsere Experten sind sich sicher, dass der ebenfalls auf diesem Modell ausgedruckt wurde.«

»Wie häufig ist das Modell?«

»Leider ziemlich häufig. Es ist einer dieser All-in-one-Drucker, mit denen du drucken, kopieren, scannen und faxen kannst. Die werden in den Medienmärkten zu Schleuderpreisen rausgeworfen.«

Die Brandstiftung auf das Haus des Ehepaars Graf war zwar bislang nicht aufgeklärt worden, doch Isabell hatte sich den Ermittlungsstand genauer angesehen und war dabei auf ein wichtiges Detail gestoßen.

»Im Garten des Hauses wurden Schuhabdrücke gefunden. Und jetzt kommt's: Das Profil ist identisch mit dem am Tatort von Benjamin Lück. Von unseren bisherigen Verdächtigen hat nur einer die passende Schuhgröße. David Bach!

Wir sind also noch mal in seine Wohnung gegangen und haben sämtliche Schuhsohlen überprüft. Leider war die passende nicht dabei. Was nicht verwunderlich ist, denn wenn er der Täter ist, dürfte er diese Schuhe gerade tragen.«

»Damit ist endlich klar, dass auch der Brandanschlag von dem Mörder verübt wurde«, rief Hannes triumphierend. »Unsere Theorie scheint also zu stimmen!«

»Trotzdem muss der Täter nicht allein handeln«, meinte Marcel. »Nach allem, was wir über Bach wissen, ist er eher ein impulsiver und nicht besonders intelligenter Mann. Alle Morde wurden jedoch präzise geplant. Für mich steht fest, dass er nicht allein agiert.«

»Die Flaschen, die als Brandsätze verwendet wurden, waren Bierflaschen«, warf Isabell ein. »Leider waren keine Fingerabdrücke verwertbar. Es ist eine Marke, die keinen allzu großen Absatz hat. Im Kühlschrank von Ludwig Obermann lagen aber zwei dieser Flaschen. Er gibt an, selbst kein Bier zu trinken. Bach habe sie zu einem Grillabend mitgebracht. Tatsächlich befinden sich darauf seine Fingerabdrücke.«

Im Fall des Einbruchs und des Telefonterrors gab es dagegen keinerlei verwertbare Spuren. Frau Reichert hatte den Einbruch nicht bei der Polizei gemeldet, und auch die Telefonanrufe beim Kaufhausbesitzer Wolfgang Hartmann hatten nicht mehr zurückverfolgt werden können. Der Mitarbeiter der Telefongesellschaft hatte sowieso eine eigene Theorie. Sollte kein harmloser Telefonstreich dahinterstecken, seien die Anrufe sicher von einem anonymen Prepaid-Handy erfolgt. Auch dann ließe sich die Nummer zurückverfolgen, allerdings in der Regel nicht bis zu einem Namen. Zwar müsse beim Verkauf der SIM-Karten eigentlich Name und Anschrift des Käufers notiert werden, doch würden an den Kassen die angegebenen Daten meist nicht mit dem Personalausweis abgeglichen.

Wer hinter der anonymen Anzeige gegen Thomas Beck steckte, hatte sich bisher nicht aufklären lassen. Der Vorwurf, dass er ohne entsprechende Qualifikation als Psychiater arbeite, war in einem Briefumschlag ohne Absender eingegangen. Der Poststempel zeigte lediglich, dass der Brief in der Innenstadt aufgegeben worden war.

Auch Benjamin Lück hatte den tätlichen Angriff nicht zur Anzeige gebracht. Sein Friseur bestätigte, dass er bei dem Schauspieler im Februar eine künstliche Haarverlängerung vorgenommen habe. Er erinnerte sich jedoch nicht, dass dabei über einen Angriff gesprochen worden sei.

»Bleibt die Frage, warum diese Taten verübt wurden«, seufzte Per. »Ist es religiöser Fanatismus? Das Gefühl von Macht? Oder ist der Täter einfach nur geisteskrank?«

»Jede dieser Möglichkeiten ist gefährlich«, meinte Isabell. »Mir macht am meisten Angst, dass es weitere Mitglieder des ›Neuen Wegs‹ treffen könnte.«

Das betroffene Schweigen legte nahe, dass Isabell gerade ausgesprochen hatte, was alle im Moment am meisten beschäftigte. In diesem Moment betrat Steffen Lauer wieder den Raum und ließ sich das Ergebnis der Sitzung präsentieren. Anschließend nahm er das Heft des Handelns in die Hand.

»Heute Abend sollte jemand von uns bei der Freitagsversammlung des ›Neuen Wegs‹ auftauchen und zu den Leuten sprechen. Dort muss deutlich werden, dass wir uns intensiv um die Aufklärung bemühen und alles Nötige für die Sicherheit der Menschen unternehmen. Freiwillige?«

Erwartungsgemäß war die Begeisterung begrenzt. Da Hannes annahm, dass auch Elke an der Versammlung teilnehmen würde, hob er zögernd als Erster den Arm. Isabell blickte schwankend zu ihm hinüber und meldete sich dann ebenfalls. Marcel, der den Krug bereits an sich hatte vorbeiziehen sehen, kam auch nicht ungeschoren davon. Der Start in sein

Familienwochenende durfte damit durchwachsen werden. Doch Lauer war der Meinung, dass auch ein höherrangiger Ermittler unverzichtbar war. Dass für diese sensible Mission Federsen von vornherein ausschied, erschien allen anderen Anwesenden nachvollziehbar.

»Ich halte Herrn Niehaus' Theorie für äußerst schlüssig«, sagte Lauer. »Daher werden wir uns ab sofort konsequent an die Spur eines religiös motivierten Täters heften. Die Fahndung nach David Bach hat höchste Priorität. Zudem müssen wir die Schöpferkirche und ihre Mitglieder noch genauer unter die Lupe nehmen. Eins dürfen wir dabei aber nicht übersehen: Der Täter muss gut über die Vereinsmitglieder und ihre Lebensverhältnisse informiert sein. Vielleicht hat er Kontakt zu jemandem im ›Neuen Weg‹. Zwar sprechen bisher alle Erkenntnisse dagegen, dass jemand aus dem Verein aktiv beteiligt war, aber zumindest könnte eine Person mit Informationen über die Opfer weitergeholfen haben. Findet also heraus, ob es da Verbindungen gibt.«

»Rebecca Köhler zum Beispiel!«, rief Clarissa. »Sie war lange genug mit David Bach zusammen, dass er sie hätte aushorchen können!«

Steffen Lauer nickte. Dann sah er auf die Uhr und seufzte schicksalsergeben. Ihm blieben nur noch zwanzig Minuten, um mit Marcel die Vorgehensweise für die Pressekonferenz zu besprechen. An Tagen wie diesen wünschte er sich, er hätte den Berufswunsch aus seiner Kindheit verwirklicht und wäre Busfahrer geworden.

Auch an diesem Freitagabend war die Versammlung des ›Neuen Wegs‹ gut besucht. Als die Polizisten eintrafen, war allen Anwesenden klar, dass der Abend anders verlaufen würde als gewöhnlich. Marcel war noch etwas nass geschwitzt, da die Pressekonferenz äußerst turbulent gewesen war. Sorgfältig hatte er sich im Waschraum die Reste der Nasenblutattacke abgewischt, die pünktlich mit Ende der Konferenz über ihn hergefallen war. Er befürchtete, dass sein Gesicht abends in der Tagesschau auftauchen würde, denn die Morde waren längst wieder zu einem Fall von nationalem Interesse geworden. Die Aufgabe, die nun vor ihm lag, war sicher nicht einfacher, als den Pressevertretern Rede und Antwort zu stehen. Erschöpft gab er Isabell und Hannes die Strategie für den Abend vor.

»Ich werde nachher zu den Leuten hier sprechen. Vorher nehme ich aber erst noch einmal den Vorstand auf die Seite. Hannes, du mischst dich etwas unters Volk und hörst dich um. Isabell, du knöpfst dir die Ex von David Bach vor.«

Die drei Ermittler lösten sich voneinander und wurden mit aufgeregten Fragen bestürmt. Hannes entdeckte in einer Ecke des Raumes Elke und trat unauffällig zu ihr.

»Du lässt dich immer noch nicht davon abbringen, hier mitzumachen?«, fragte er leise.

Lächelnd schüttelte sie den Kopf. »Ist doch grad ziemlich spannend! Ich hab heute sogar den Mitgliedsantrag unterschrieben. Die Chorgruppe ist total nett, ich hatte völlig vergessen, wie viel Spaß mir das Singen macht. Außerdem verstehe ich mich mit ein paar Leuten ganz gut. Ich glaube, das hier ist genau das, was ich gesucht habe.«

Hannes seufzte ergeben. Vertraulich informierte er sie über seine Theorie, gab dabei jedoch nicht mehr Informationen preis als nötig. Dennoch reichte es, um Elke aus der Fassung zu bringen.

»Ihr glaubt, dass jemand die Mitglieder für ihre Vergehen gegen die Zehn Gebote bestraft? Wie sollte der Täter denn an all diese Informationen kommen?«

»Gibt es hier irgendjemanden, der kein zerrüttetes Verhältnis zur Schöpferkirche hat? Vielleicht stammen die nötigen Informationen sogar aus dem Inneren des ›Neuen Wegs‹.«

»Das ist absurd! Die Schöpferkirche hat hier keinen besonders guten Stand.«

»Ist dir aufgefallen, ob es eine Grüppchenbildung gibt? Leute, die etwas strenger sind, und andere, die mehr als Freigeister durchgehen?«

Elke dachte einen Moment nach. »Klar, die Schweigers zum Beispiel. Die singen auch im Chor mit. Und ich konnte bei denen raushören, dass sie nicht alles gutheißen, was die Mitglieder so in ihrem Leben treiben. Spielen sich als Moralapostel auf. Den Toten am Kreuz konnten sie zum Beispiel nicht leiden.«

»Mit wem hängen sie denn meistens zusammen?«

»Ich habe nicht den Eindruck, dass es Leute gibt, zu denen sie einen intensiveren Draht als zu anderen haben. Außerdem halte ich es für ausgeschlossen, dass sie einem Mörder Informationen zustecken würden!«

»Muss ja auch nicht so sein. Gut möglich, dass Rebecca ihrem Exfreund arglos einiges über die Leute hier erzählt hat. Isabell befragt sie gerade dazu. Wir sollten aber auch andere Möglichkeiten überprüfen.«

»Na gut. Jetzt weiß ich ja, welche Informationen du brauchst, und kann etwas genauer hinhören. Ich werde automatisch einiges mitbekommen. Am zweiten Adventwochenende gibt es zum Beispiel einen Chorausflug mit zwei Übernachtungen. Da Herr Lück … na, es ist ja jetzt ein Platz freigeworden, ich werde also mitfahren. Vielleicht kann ich ein paar nützliche Hinweise auffangen.«

Hannes ermahnte Elke noch einmal eindringlich, sich möglichst zurückhaltend zu geben und so wenig wie möglich über sich selbst zu verraten.

»Weiß hier schon irgendjemand, dass du lesbisch bist?«

»Ich habe es Rebecca gegenüber erwähnt. Sie singt auch im Chor, und wir haben uns etwas angefreundet.«

»Sag ihr, dass sie das unbedingt für sich behalten soll!«

Hannes hoffte, dass seine warnenden Worte Früchte trugen. Bei Elke wusste man nie.

Mit gerunzelter Stirn musterte Isabell die junge Frau. Sie hatte sich mit Rebecca Köhler in das Dachgeschoss des Vereinsheims zurückgezogen, um ungestört mit ihr reden zu können. Die Exfreundin von David Bach machte einen stark verschüchterten Eindruck, und Isabell musste sich zusammenreißen, sie nicht zu hart anzugehen. Offenbar hatte sie das Leck ausfindig gemacht, durch das interne Informationen aus dem ›Neuen Weg‹ an den Tatverdächtigen Nummer eins abgeflossen waren.

»Sie sagen also, dass sich Herr Bach sehr für die Mitglieder hier interessiert hat. Ist Ihnen das nicht komisch vorgekommen? Immerhin wussten Sie doch, dass er keine hohe Meinung von dem Verein hatte.«

»Ja, er hat schon immer geschimpft, dass ich hier nichts verloren hab«, flüsterte Frau Köhler verschreckt. »Ich habe versucht, die Leute zu verteidigen und ihm zu zeigen, dass sie gar nicht so schlimm sind. Und wenn David mal nicht so schlecht drauf war, bin ich froh gewesen, dass er sich für mein Leben interessiert hat.«

»In diesen Momenten haben Sie ihm also mehr zum Hintergrund der Mitglieder erzählt?«

»Manches wusste er bereits.«

»Zum Beispiel?«

»Dass Alex in Pornos mitspielte und Thomas Beck früher ein katholischer Priester war.«

»Was sonst noch?«

»Er beschuldigte Wolfgang, dass er sich für Ladenöffnungszeiten am Sonntag starkmachen würde, obwohl das ein heiliger Tag wäre. Außerdem werde bei uns Homosexualität gefördert. Damit meinte er Benjamin Lück.«

»Was hielten Sie davon?«

»Ich habe versucht, diese Menschen zu verteidigen. Aber er hat mich dann sofort angeschrien, dass ich auch schon verdorben sei. Ich fand zum Beispiel Benjamins Haltung großartig, dass Gott ihn genau so liebe, wie er ist. Ob schwul oder nicht.«

Alarmiert schaute Isabell sie an. »Das haben Sie Ihrem Freund erzählt?«

Unglücklich nickte sie. Natürlich konnte sie sich eins und eins zusammenzählen. Dass offenbar ihr Exfreund hinter den Morden steckte, war schlimm genug. Noch mehr litt sie aber darunter, dass sie ihm auch noch die nötigen Informationen frei Haus geliefert hatte. Tränen standen ihr in den Augen, und auch Isabell musste kurz durchatmen.

Dann ging sie mit Frau Köhler noch einmal sämtliche Informationen durch, die bei Bach gelandet waren. Mit jeder Minute wurde die Frau aufgelöster, was ihr Erinnerungsvermögen zunehmend blockierte. Dennoch war klar, dass sie ihrem Exfreund genügend Hinweise geliefert hatte, um ihm ein ziemlich gutes Bild über die Mitglieder zu geben. Isabell hielt es sogar für wahrscheinlich, dass er sich überhaupt nur aus diesem Grund mit Rebecca Köhler eingelassen hatte.

»Was hab ich mir nur dabei gedacht«, jammerte sie und vergrub ihr Gesicht in den Händen.

Isabell setzte sich neben sie und legte ihr tröstend den Arm um die Schultern. »Machen Sie sich keine Vorwürfe! Woher hätten Sie wissen sollen, dass er …«.

»Ich wusste doch, dass er gewalttätig ist und immer fanatischer wurde«, rief sie verzweifelt. »Ich hasse mich selbst dafür, dass ich nicht stark genug war, mich sofort von ihm zu trennen, als mir das klar geworden ist. Stattdessen habe ich das Vertrauen meiner Freunde missbraucht! Alex, Sylvia, Benjamin und all die anderen, Thomas und Melissa.«

»Melissa?«, fragte Isabell. Der Name war ihr unbekannt.

»Melissa Vogt. Sie gibt hier ab und zu Sportkurse, ist Fitnesstrainerin. Sie hat sich vor allem mit Sylvia gut verstanden. Mich hat sie immer getröstet, wenn ich wieder Probleme mit David hatte. Sie meinte dann, dieser Kerl wäre es nicht wert, und ich könnte doch leicht jemand anderen finden. Ich … bin aber ziemlich schüchtern. Sie hat mir Tipps gegeben, wie sie es anstellt, Männer kennenzulernen.«

»Ihr Freund war also sauer auf diese Melissa?«

»Nein, das habe ich ihm natürlich nicht erzählt. Aber David war immer so furchtbar eifersüchtig. Völlig ohne Grund. Da habe ich ihm einmal gesagt, dass er sich keine Sorgen machen muss, weil ich nämlich nicht wie Melissa wäre.«

»Was meinten Sie damit?«

»Melissa ist verheiratet, ihr Mann leitet aber gerade ein Bauprojekt in Tunesien. Sie … nimmt es mit der Treue nicht so genau und hat immer mal wieder Männergeschichten.«

Isabell atmete langsam ein und aus. Ihr war bewusst, dass es unter den Zehn Geboten eines gab, das Ehebruch untersagte. Und für dieses Gebot gab es bisher kein Opfer.

Marcel hatte in der Zwischenzeit den Vorstand um sich versammelt, der durch den Tod von Herrn Lück auf vier Personen geschrumpft war. Neben den Ehepaaren Beck und Schweiger hatte sich ein weiterer Mann zu der Gruppe gesellt. Bernd Graf, der Besitzer des abgebrannten Hauses. Marcel schätzte ihn auf Mitte vierzig. Der Firmeninhaber trug einen Anzug, sorgsam gescheitelte Haare und eine randlose Brille. Der verkniffene Mund zeigte, dass Humor nicht zu seinen Stärken zählte. Auf Marcels Frage, ob manche Mitglieder einen guten Draht zur Schöpferkirche hätten, erntete er kollektives Kopfschütteln.

»Das ist ausgeschlossen«, sagte Herr Beck. »Die Fronten sind völlig verhärtet. Ich habe mehrfach versucht, mit dem dortigen Priester zu sprechen, um eine Basis für tolerante Umgangsformen zu finden. Schließlich beziehen wir uns vom Grundsatz her ja eigentlich auf ähnliche Werte. Die Gespräche haben aber keinerlei Wirkung gezeigt.«

Marcel änderte seine Stoßrichtung. Er war ohnehin überzeugt, dass Isabell in diesem Moment das Rätsel über David Bachs Hintergrundwissen lösen würde.

»Sind denn inzwischen Mitglieder ausgetreten? Wir haben erfahren, dass einige mit diesem Gedanken spielen.«

»Glücklicherweise nicht«, antwortete Frau Schweiger. »Wir haben sogar ein neues Mitglied gewonnen. Die junge Frau dort hinten mit den langen blonden Haaren hat heute einen Mitgliedsantrag abgegeben. Sie heißt Elke Weber.«

Marcel folgte diesem Hinweis mit den Augen und zog vielsagend die Brauen hoch, als er Elke in ihrer hautengen Jeans erblickte. Er war sichtlich erstaunt, dass sich in der aktuellen Situation jemand freiwillig diesem Verein anschloss. Dann aber verfolgte er seinen vorherigen Gedanken weiter.

»Wie war denn die Situation vor den Morden? Gab es in der Vergangenheit Mitglieder, die dem Verein den Rücken gekehrt haben? Mit denen es vielleicht sogar Probleme gab?«

»Wir hatten nur sechs Austritte, seit der Verein vor zehn Jahren gegründet wurde«, erwiderte Frau Schweiger. Die Lehrerin hatte die Historie des Vereins als Gründungsmitglied offenbar vollständig im Blick.

Von den ehemaligen Mitgliedern waren zwei vor mehreren Jahren verstorben. Marcel horchte bei dieser Information auf, doch Herr Schweiger konnte ihn beruhigen, dass es sich um einen Herzinfarkt und um Altersschwäche gehandelt hatte. Eine Frau und ein Paar waren aus dem ›Neuen Weg‹ ausgetreten, da sie aus beruflichen Gründen weggezogen waren. Soweit die Anwesenden wussten, lebten sie nun in Regensburg und San Francisco. Keines dieser Mitglieder wäre negativ aufgefallen.

»Was ist mit dem sechsten Austritt?«, fragte Marcel und blickte kurz zu Hannes, der soeben dazugekommen war.

Die Ermittler registrierten einen unbehaglichen Austausch von Blicken. Zunächst sagte niemand etwas, bis sich Herr Beck erbarmte.

»Carlos di Santo. Er war Gründungsmitglied unseres Vereins, ein schwieriger Charakter. Er litt unter Depressionen und …«

»Ein ewiger Rechthaber war er«, warf Frau Schweiger erregt ein, als wäre ihr ein derartiges Verhalten vollkommen fremd. »Er saß als Kassenwart im Vorstand und wollte immer seine Meinung durchsetzen. Wenn etwas nicht nach seinen Vorstellungen lief, hat er sich sofort beleidigt zurückgezogen. Im vergangenen März ist er dann ausgetreten.«

»Was war der Auslöser?«, fragte Hannes.

Erneut warfen sich die Mitglieder einen verlegenen Blick zu, doch Herr Schweiger ließ seinem Ärger freien Lauf.

»Ehrlich gesagt, wir haben ihm den Austritt nahegelegt. Er war ein ewiger Querulant und hat damit immer wieder die Stimmung vergiftet. Dazu kam …« Er stockte.

»… dass es Unregelmäßigkeiten in der Kasse gab«, beendete Bernd Graf den Satz. »Ich habe das Amt des Kassenprüfers übernommen und selten so eine unsaubere Buchführung gesehen! Belege fehlten oder waren falsch zugeordnet. Der Verbleib von zweitausend Euro konnte nicht aufgeklärt werden. Vielleicht lag es einfach an dem Chaos in seinen Unterlagen, aber …« Vielsagend verstummte er.

»Sie meinen, er hat Geld abgezweigt?«

»Wir haben keine Beweise«, sagte Herr Beck beschwichtigend. »Da Carlos aber keine zufriedenstellende Antwort geben konnte, haben wir ihm auch aufgrund der generellen Missstimmung nahegelegt, seine Mitgliedschaft bei uns zu überdenken.«

»Wie hat er reagiert?«, fragte Marcel.

»Na ja.« Unbehaglich blickte Herr Beck zu Boden. »Es gab eine hässliche Szene, und er hat uns alles vor die Füße geworfen. Seitdem haben wir nicht mehr viel von ihm gehört. Vielleicht hätten wir damals etwas behutsamer … Immerhin war er depressiv und …«

»Wir hatten uns das viel zu lange angesehen!«, unterbrach ihn Frau Schweiger scharf. »Wenn es nach mir und meinem Mann gegangen wäre, hätten wir ihn längst schon rausgeworfen. Wahrscheinlich wären dann auch die fehlenden zweitausend Euro noch auf dem Konto.«

Vorwurfsvoll blickte sie den Seelsorger an, der offensichtlich von schlechtem Gewissen geplagt wurde. In diesem Moment trat auch Isabell dazu und nickte ihren Kollegen unauffällig zu. Die beiden verstanden die Aussage auch ohne Worte. Etwas abseits tauschten die Ermittler kurz darauf die Erkenntnisse des Abends aus. Zuletzt deutete Marcel auf den aktuellen Neuzugang des Vereins.

»Ich finde es merkwürdig, dass diese Elke Weber ausgerechnet jetzt der Gruppe beitritt, während in der Presse über einen Kreuzzug gegen den ›Neuen Weg‹ spekuliert wird.«

Hannes räusperte sich und zog seine Kollegen noch etwas weiter zur Seite. Als er sie über Elkes Hintergrund informierte, sperrten beide überrascht die Augen auf.

»Das kann uns perfekt in die Karten spielen«, sagte Marcel nachdenklich. »Niemand hier weiß, dass sie mit dir befreundet ist?«

Hannes schüttelte bestätigend den Kopf.

»Meinst du, sie könnte sich unauffällig umhören? Im Interesse dieser Leute müssen wir sofort davon erfahren, sollte es weitere Vorkommnisse geben!«

»Sie sieht sich ohnehin schon als Undercover-Agentin«, bestätigte Hannes widerstrebend. »Aber mir ist nicht besonders wohl bei dem Gedanken! Elke ist homosexuell, und nachdem es bereits Herrn Lück erwischt hat, sollten wir jetzt nicht mit dem Feuer spielen!«

»Dann sag ihr, dass sie mit Informationen über sich zurückhaltend sein soll«, sagte Isabell. »Am besten stellt sie sich als moralisch absolut unangreifbar dar!«

»Das würde ich ihr auch raten«, stimmte Marcel zu. »Aber das Leck haben wir mit Rebecca Köhler ohnehin gefunden. Wir können mit dem Ergebnis dieses Abends zufrieden sein!«

Es war Marcel zu verdanken, dass der Abend auch erfolgreich endete. In der Ansprache an die versammelten Mitglieder fand er genau die richtigen Worte. Zwar bestätigte er die Notwendigkeit erhöhter Wachsamkeit, doch zugleich gelang es ihm mit seiner ruhigen und bedachten Wortwahl, das Gefühl zu zerstreuen, dass die Polizei komplett im Dunkeln tappte.

Anschließend trat der Vorstand vor seine Mitglieder und informierte darüber, dass der Verein auf alle öffentlichkeitswirksamen Aktivitäten verzichten werde. Dies umfasste auch die Theatervorstellungen in der Weihnachtszeit. Sogar der traditionelle Weihnachtsbasar stand zur Disposition, was nur vereinzelt Widerspruch hervorrief. Offenbar waren alle Mitglieder froh, dass Konsequenzen aus den Todesfällen gezogen wurden. Nur das normale Vereinsleben sollte wie bisher stattfinden, ebenso das Chorwochenende.

Erschöpft, aber zufrieden standen die Polizisten schließlich vor dem Vereinsheim. Doch einen Wermutstropfen gab es.

»Unser Wochenende können wir vergessen«, klagte Marcel. »Wir haben jede Menge Arbeit vor uns. Ich rufe gleich Clarissa und Per an. Hmm, und Henning natürlich.

Wir treffen uns morgen früh um zehn Uhr, dann verteilen wir die Aufgaben.«

»Wenn schon das Wochenende ausfällt, könnten wir wenigstens noch den Freitagabend genießen«, meinte Isabell zu Hannes, als Marcel kurz darauf mit Federsen telefonierte. Sie hatte sich heute überraschend gut angezogen und entgegen ihrer üblichen Gewohnheit dezent geschminkt.

Doch Hannes winkte ab. Für ihn gab es nur eine Möglichkeit, den Abend zu genießen, und die beteiligte Person wartete bereits in ihrer Wohnung auf ihn. Schnell machte er sich auf den Weg, ein Taxi aufzutreiben. Dass ihm Isabell enttäuschte Blicke hinterherschickte, bemerkte er nicht.

KAPITEL 19

Ich habe schon so viel getan. Alles in deinem Namen. Wie du es gewollt hast. Alles, um sie auf den wahren Weg zurückzuführen. Die Verderbtheit zu bekämpfen. Doch sie verstehen es nicht. Wollen es nicht verstehen. War ich nicht deutlich genug? Am Anfang bin ich noch zu sanft gewesen. Das ist jetzt vorbei! Wer keine Gnade sucht, verdient auch keine. Wer keine Gnade verdient, erhält auch keine. Ich werde für dich richten. Wenn sie wüssten, was ich weiß. Herr, ich lasse nicht zu, dass sie deinen Namen in den Schmutz ziehen. Ich lasse nicht zu, dass sie deine Herrlichkeit anzweifeln! Ich bin dein Werkzeug, und dein Wille geschieht durch mich.

KAPITEL 20

Der frühere Schatzmeister des ›Neuen Wegs‹, Carlos di Santo, schien die Polizei an diesem Samstagmorgen bereits erwartet zu haben. Als Hannes ihm in dem viergeschossigen Wohnblock seinen Polizeiausweis präsentierte, wurde die Tür sofort aufgerissen.

»Na endlich«, nuschelte ein mittelgroßer Mann und schlurfte stumm in die Wohnung zurück.

Isabell und Hannes warfen sich einen überraschten Blick zu und folgten dem Mann durch einen dunklen Flur in ein geräumiges Wohnzimmer. Offenbar litt Carlos di Santo unter latentem Heimweh, denn seine argentinische Herkunft hatte in dem Zimmer tiefe Wurzeln geschlagen. Über dem Sofa hing die blau-weiße Nationalflagge, und da gerade keine Fußball-Weltmeisterschaft stattfand, schien sie ein Dauerausstellungsstück zu sein. Daneben prangte eine überdimensionale Karte des südamerikanischen Landes. Der Großteil der Möbel war aus dunklem Teakholz im Kolonialstil hergestellt, und bereits etwas verblichene Farbfotografien an den Wänden zeigten die vielfältige Landschaft Argentiniens. Nur der große Perserteppich passte nicht zu der übrigen Einrichtung.

Die Wohnung war pedantisch aufgeräumt und sauber. Unverkennbar lag der Geruch von Reinigungsmitteln in der Luft. Auch di Santo selbst wirkte äußerst gepflegt. Seine Fingernägel waren akkurat geschnitten und die Stoffhose hatte scharfe Bügelfalten. Die Lackschuhe waren auf Hochglanz poliert.

Einladend zeigte er auf eine schwarze, lederne Couchgarnitur, und die Ermittler ließen sich in dem wuchtigen Ungetüm nieder. Der Mann hantierte mit einer gläsernen Wasserkaraffe, in der mehrere Orangenscheiben schwammen. Als er drei Gläser füllte, zitterten seine Hände leicht, obwohl er über kräftige Arme verfügte. Er trug einen lachsfarbenen Pullover und eine graue Stoffhose. Sein Kopf war von einer dunklen Mähne umrahmt, die in einen präzise getrimmten Vollbart überging. Unter dichten Augenbrauen blickten zwei melancholische braune Augen zu Hannes.

»Gut, dass Sie es ernst nehmen«, sagte er mit leiser Stimme und setzte sich ebenfalls.

»Ähm? Selbstverständlich nehmen wir das ernst«, entgegnete Hannes verwirrt. »Es überrascht mich aber, dass Sie uns offenbar erwartet haben!«

Mit gespitztem Mund nahm der Mann einen kleinen Schluck aus seinem Glas. »Wieso? Ich habe doch schon vorgestern bei der Polizei angerufen. Dachte, es kommt wieder keiner.«

»Moment. Weshalb haben Sie angerufen?«

»Natürlich wegen meiner Nachbarn! Die haben wieder Lärm gemacht, ich konnte nicht einschlafen. Sie verdrecken nicht nur den halben Flur, sondern …«

»Herr di Santo, hier liegt ein Missverständnis vor. Wir sind nicht wegen einer Ruhestörung hier. Wir ermitteln in vier Todesfällen und haben dazu ein paar Fragen an Sie.«

Erstaunt schaute ihn der Mann an. Das Zittern seiner Hände verstärkte sich. »Hätt' ich mir denken können«, murmelte er. »Niemand geht dagegen vor. Hab es schon so oft versucht.«

»Was haben Sie schon oft versucht?«, fragte Isabell.

»Ordnung. Es herrscht keine Ordnung hier. Die Einfahrt wird zugeparkt, Kinder schreien, im Hof grillen sie, es wird gebohrt und gehämmert, gestritten, geschrien, der Keller …«

»Herr di Santo«, versuchte ihn Isabell behutsam zu stoppen. Doch der blickte starr vor sich hin und fuhr in seiner Litanei leise fort.

»… Kinderwagen im Treppenhaus, Müll läuft über, der Waschraum hat …«

»Herr di Santo!«, unterbrach Hannes ihn scharf, und der Mann fuhr zusammen. Mit großen Augen hinter einer silbern umrandeten Brille sah er nun aufmerksam hoch. Fahrig fuhr er sich mit einer Hand durch die Haare und zwinkerte nervös.

»All das haben Sie der Polizei gemeldet?«

Eifrig nickte der Mann. »Immer wieder und wieder. Am Anfang kam noch jemand von der Polizei. Dann niemand mehr. Die Nachbarn beschimpfen mich und keiner tut was!«

Isabell verdrehte die Augen und warf Hannes einen Blick zu. Offenbar hatten sie es mit einem penetranten Nörgler zu tun, der sämtliche Hausbewohner gegen sich aufgebracht hatte.

»Wir sind nicht wegen Ihrer Probleme mit den Nachbarn hier«, wiederholte Hannes. »Sie haben sicher aus der Zeitung von den Morden der letzten Wochen erfahren. Dort wurde auch erwähnt, dass die Opfer alle Mitglieder im ›Neuen Weg‹ waren. Sie sind dort bis März Schatzmeister gewesen, und wir hoffen, dass Sie uns weiterhelfen können.«

»Schöner neuer Weg«, erwiderte Carlos di Santo verbittert. »Es war mein Weg. War von Beginn an dabei. Ich habe immer versucht zu helfen. Aber alle denken nur an sich!«

»Wieso sind Sie ausgetreten?«, fragte Isabell.

Bei dieser Frage kam Leben in den Mann. »Ich bin nicht ausgetreten!«, rief er mit vibrierender Stimme. »Man hat behauptet, ich hätte Geld gestohlen und Chaos verursacht! Dabei haben sie das Chaos verursacht!«

»Wer hat Chaos verursacht?«

»Die anderen. Sabine, Markus, Thomas, Sylvia, Antje … Benjamin.«

»Benjamin? Benjamin Lück? Was meinen Sie mit Chaos?«

Tief holte der Mann Luft, als müsse er weit ausholen. »Wir wollten etwas anderes machen. Keine Kirche, keine Religion. Die Zehn Gebote, ja gut, die haben wir übernommen. Aber sonst wollten wir alles anders machen. Dann haben sie es aber so gemacht, wie sie es wünschten. Es wurde immer mehr wie eine Kirche. Sogar einen Priester haben sie reingeholt. Wo ist da der Unterschied zur Kirche? Manche wollen sogar die Beichte ablegen! Gefährlich! Ich weiß, wie die Kirche ist! Als Kind musste ich in Buenos Aires oft in die Kirche. Ich habe es gehasst! Aber der Priester hat mich geliebt. Zu sehr geliebt. Sie verstehen? So was darf nicht passieren!«

Hannes nickte betreten und versuchte sich einen Reim aus diesem Wirrwarr zu machen. Er konnte sich gut vorstellen, dass dieser Mann ein heilloses Durcheinander in der Vereinsbuchhaltung verursacht hatte. Offenbar hatte er gerade angedeutet, dass er als Kind von einem Priester missbraucht worden war. Das erklärte die ausgeprägte Abneigung gegen die kirchliche Institution.

»Sie meinen also, dass manche Mitglieder eine Art Kirche aus dem ›Neuen Weg‹ machen möchten? Aber dieser Verein will doch gerade eine Alternative darstellen. Jeder soll so leben, wie er will?«

»Pah!« Er schnaubte aus. »Das war mal so! Die machen das ganz geschickt, sodass es keiner merkt! Es passiert unterschwellig Stück für Stück. Die Zehn Gebote werden immer wichtiger. Dabei sind sie selbst alle Scheinheilige, niemand ist ohne Fehler!«

»Wer ist die treibende Kraft und versucht, diesen Verein stärker religiös auszurichten?«

»Viele! Manche! Muss darüber nachdenken.«

»Was glauben Sie, wer die Mitglieder getötet hat?«

»Kann ich nicht sagen. Es gibt viele, denen der ›Neue Weg‹ nicht gefällt.«

»Sie haben keinen konkreten Verdacht?«

Er schüttelte den Kopf. »Ich habe nichts mehr zu tun damit. Aber ich kann darüber nachdenken. Vielleicht fällt mir etwas ein, was Ihnen hilft.«

»Das wäre gut«, erwiderte Hannes und schob ihm seine Karte zu. »Verstehen Sie mich nicht falsch, aber ich muss Sie das fragen: Wo waren Sie am vergangenen Montagabend?«

»Ich bin immer hier. Geh nur zum Einkaufen raus. Es gibt viele böse Leute da draußen.«

Herr di Santo schien das Haus fast ausschließlich für Besorgungen zu verlassen, denn auch für die Zeitpunkte der anderen Morde hatte er keine überprüfbaren Alibis.

»Arbeiten Sie denn nicht?«, fragte Isabell, denn für die Rente war der Mann mit seinen knapp fünfzig Jahren noch zu jung.

Verlegen schaute er zu Boden. »Ich habe als Ingenieur gearbeitet. Kann es aber nicht mehr und bin seit zwei Jahren berufsunfähig.«

Isabell und Hannes fragten noch nach seinem Verhältnis zu den Mordopfern, doch aufgrund seines Kauderwelsches blieb offen, ob er sie gemocht hatte oder nicht. Alexander Kramer war ohnehin erst nach seinem Ausscheiden dazugekommen. Der Mann schien frustriert zu sein, dass er den ›Neuen Weg‹ hatte verlassen müssen, und Hannes ahnte, dass ihm damit sein letzter Halt genommen worden war. Wenig hilfreich für einen Menschen, der aufgrund einer Depression bereits arbeitsunfähig geworden war. Als die Ermittler durch den Flur zurück zur Wohnungstür gingen, blieb Herr di Santo in seinem Sessel sitzen. Die etwa zwanzigminütige Befragung schien ihn angestrengt zu haben. Isabell schlüpfte in ihre braune Wildlederjacke und blieb dann plötzlich stehen.

»Sieh dir mal den Fotorahmen dort an«, flüsterte sie ihrem Kollegen zu, als sie vor einer kleinen Kommode standen. Hannes folgte ihrem Blick und atmete überrascht aus.

Clarissa hatte in der Zwischenzeit die beiden verstorbenen Mitglieder des ›Neuen Wegs‹ überprüft. Sie konnte bestätigen, dass es sich dabei um natürliche Todesursachen gehandelt hatte. Die Frau war bereits neunundsiebzig Jahre alt gewesen und friedlich eingeschlafen. Der vierzigjährige Mann hatte dagegen auf einer Wanderung einen Herzinfarkt erlitten und war zu spät gefunden worden, als dass man noch etwas für ihn hätte tun können.

Isabell und Hannes fassten für ihre Kollegen den Besuch bei Carlos di Santo zusammen. Es hatte sich herausgestellt, dass er sich in regelmäßigen Abständen bei der Polizei über seine Nachbarn beschwert hatte. Die interessanteste Entdeckung hatte Isabell jedoch beim Verlassen der Wohnung gemacht.

»Auf seiner Flurkommode stand eine kleine Fotoreihe. Und jetzt ratet mal, wer darauf abgebildet war.«

»Spucken Sie's schon aus«, dröhnte Federsen. »Wir sind nicht in einer Quizshow!«

»Es waren vier Portraitaufnahmen von Benjamin Lück«, informierte Hannes schnell, bevor sein sich Chef dem Unmut über das zerstörte Wochenende weiter hingeben konnte.

»Habt ihr ihn gefragt, warum er diese Fotos dort stehen hatte?«, fragte Per.

»Natürlich. Aber entweder redet er wirklich so wirr oder er versteht es blendend, sich zu verstellen. Er hat etwas von einem Geschenk gefaselt und war auf einmal ganz aufgeregt. Den Bilderrahmen hat er uns aus der Hand gerissen.«

»Das ist in der Tat merkwürdig. Hatte er auch Fotos der anderen Mordopfer rumstehen?«

»Nein. Wir haben uns aber seine Schuhe angesehen. Er hat Größe dreiundvierzig, von ihm stammen die Abdrücke am Tatort also nicht. Mir ist allerdings eine andere Idee gekommen. Benjamin Lück soll doch einen Partner namens Karl oder Karlo gehabt haben. Die Trennung fiel zeitlich ungefähr mit dem Rauswurf von di Santo aus dem ›Neuen Weg‹ zusammen. Ich glaube inzwischen, dass der Freund von Lück nicht Karl oder Karlo hieß, sondern Carlos! Die Zeugen konnten sich doch nicht genau an den Namen erinnern.«

Einen Moment herrschte Stille, dann redeten alle durcheinander. Nur Marcel blieb still und rieb sich gedankenverloren den kurzen Bart. Schließlich brachte er alle zum Schweigen.

»Das hätten die anderen Vereinsmitglieder doch gewusst!«

»Nicht unbedingt. Die Zeugen haben auch gesagt, dass Lück nie mit seinem Freund irgendwo aufgetaucht ist. Es kann ja gut sein, dass sich di Santo nicht geoutet hat. Deshalb musste Benjamin Lück auch so ein Geheimnis um seinen Partner machen.«

»Das finden wir nur auf eine Art heraus«, bestimmte Federsen. »Sie fragen noch mal rum, ob es sich bei dem Exfreund um Carlos di Santo gehandelt haben könnte. Vielleicht hat Lück ja mal erwähnt, dass sein Freund aus Argentinien stammt. Oder den Leuten im ›Neuen Weg‹ ist etwas aufgefallen. Das können Sie gleich heute Nachmittag angehen.«

»Ich bin gleich mit Isabell bei dieser Fitnesstrainerin«, protestierte Hannes.

»Dann kann sich Per umhören«, erstickte Marcel die aufkeimende Diskussion im Keim. »Jemand muss aber auch heute Abend noch mal zu diesem Türsteher gehen. Per?«

»Auf keinen Fall«, sagte der entschieden. »Allein geh ich da sowieso nicht hin, außerdem ....«

»Ich mach das schon«, stoppte Hannes die Gegenwehr. »Heute Abend bin ich in der Stadt verabredet, dann kann ich da kurz vorbeischauen.«

Das Fitnessstudio war hochmodern und befand sich in einem gläsernen Bauwerk direkt neben einem Schnellrestaurant. Von den Laufbändern konnten die Trainierenden den Restaurantbesuchern direkt auf den Teller schauen. Melissa Vogt brachte noch einen Pilates-Kurs zu Ende, sodass Hannes die verschiedenen Trainingsgeräte, die allesamt neusten Baujahrs waren, fasziniert begutachten konnte. Eine solche Ausstattung hätte er sich auch in seinem Verein gewünscht.

Auf den ersten Blick schien Melissa Vogt eine typische Fitnesslehrerin zu sein. Sie war schlank und hatte ihre Muskeln perfekt definiert, ohne dabei übers Ziel hinauszuschießen. Die taillierte Fitnesshose und das rosafarbene Top betonten ihre Figur zusätzlich. Sie hatte ein schmales Gesicht und die dunkelbraunen Haare im Nacken zu einem kurzen Zopf zusammengebunden. Isabell wirkte neben dieser Frau fast schon wie ein Schwergewicht, obwohl sie lediglich etwas kräftiger gebaut war.

Es stellte sich heraus, dass Antje Kramer hinter ihrem Eintritt in den ›Neuen Weg‹ steckte. Die Steinmetzin hatte einen Kurs bei Frau Vogt belegt, die ein Faible für Meditation und einen leichten Hang zur Spiritualität hatte. Die Schnittmenge zu Antje Kramer lag damit auf der Hand. Seit dem Tod ihrer Freundin war sie dem ›Neuen Weg‹ jedoch ferngeblieben, da sie zu den anderen Mitgliedern keine enge Bindung hatte.

Eine Abneigung schien sie gegen die Grundschullehrerin Sabine Schweiger zu haben.

»Sie ist eine dominante Person und war bei jedem meiner Kurse dabei. Ständig hat sie herumgemäkelt, wenn etwas nicht so lief, wie sie es sich vorstellte. Generell hält sie mit ihrer Meinung nicht hinter dem Berg und gibt andauernd ungefragt Ratschläge. Dennoch ist sie eine starke Figur in dem Verein, und die Leute hören auf sie.«

»Wie äußert sich das?«, fragte Isabell.

»Sie weiß immer alles besser! Sobald jemand etwas über sich erzählt, erklärt sie, wie es derjenige anders machen solle. Sie ist sehr schnell in ihrem Urteil.«

»Mit wem versteht sie sich besonders gut?«

»Ich hatte immer den Eindruck, dass die Leute sie mehr fürchten als mögen. Sie kann eine sehr scharfe Zunge haben. Ihr Mann ist leider ähnlich gestrickt, ich bin den beiden möglichst aus dem Weg gegangen. Aber ich glaube, die Schweigers sind mit den Grafs befreundet.«

Das passte für Hannes perfekt zusammen, schließlich waren ihm beide Paare gleichermaßen unsympathisch gewesen. Es hätte ihn auch nicht verwundert, wenn das Ehepaar Graf aufgrund des abgebrannten Hauses vorübergehend bei Schweigers eingezogen wäre. Allerdings war die Nächstenliebe des Lehrerpaares wohl doch nicht so stark ausgeprägt, wie der wochenlange Hotelaufenthalt ihrer Freunde bewies.

»Wie ist das Verhältnis der anderen zu den Schweigers?«, erkundigte er sich. »Stoßen sie auch auf Widerstand?«

»Offener Widerstand – nein. Na ja, die Becks vielleicht, das heißt insbesondere Frau Beck. Ich glaube, sie kann mit den beiden nichts anfangen. Die Schweigers haben ihren Mann immer mehr in die Rolle eines echten Pfarrers hineingedrängt. Als ich das letzte Mal dort war, haben sogar einige der Mitglieder eine Art Beichte bei ihm abgelegt. Es war Sabines Idee, da jeder mal seine Seele reinigen müsse. Mir ist das dann doch alles etwas zu skurril geworden.«

»Sie sagten, Frau Schweiger moralisiere gern. Wen hatte sie dabei besonders im Visier?«

»Prinzipiell erst mal jeden. Sie erinnerte immer wieder an die Zehn Gebote. Das sind ja auch die Prinzipien des ›Neuen Wegs‹, werden aber von den meisten eher als allgemeine Grundsätze verstanden. Sie war dagegen schon sehr dogmatisch. Herr Beck hat die Botschaften in seinen Ansprachen immer etwas gefühlvoller herübergebracht. Natürlich gab es aus ihrer Sicht Dinge, die nicht akzeptabel waren. Alexander Kramer war so ein Beispiel. Sein Lebensstil missfiel ihr.«

»Weil er in Pornos mitgespielt hat?«

»Ja, klar. Das ging für sie gar nicht. Dabei war er ein netter Kerl. Vielleicht war sie auch eifersüchtig. Er hatte nämlich das, was man ein Händchen für Frauen nennt. Die weiblichen Mitglieder haben ihn angehimmelt. Doch um Sabine hat er einen Bogen gemacht.«

»Konnte er mit jemand anderem besonders viel anfangen?«, fragte Isabell unschuldig.

»Sie meinen wahrscheinlich Sylvia Böhm? Das war ein offenes Geheimnis. Frau Schweiger hatte die beiden im Lagerraum erwischt und dafür gesorgt, dass es sich herumspricht. Eigentlich konnte er aber mit allen gut, rein platonisch natürlich. Auch wenn ihm Frau Schweiger anderes unterstellt hat.«

»Zum Beispiel?«

»Ach, das ist völlig lächerlich! Dieses junge Mädchen zum Beispiel. Ich komme gerade nicht auf ihren Namen. So ein etwas verängstigtes Ding.«

»Rebecca Köhler?«, half Isabell nach.

»Ja, stimmt. Rebecca. Sie wurde von einem Exfreund bedroht, und Alex kümmerte sich ein bisschen um sie. Wahrscheinlich fühlte er sich wie ihr großer Bruder. Kann sein, dass sie da mehr reingedeutet hat, aber er war einfach nur freundlich. Mit Frau Beck hat er sich auch gut verstanden, aber mal ganz im Ernst: Es ist völlig absurd, dass Christine ihren Mann betrügt. Man merkt schließlich, dass die Becks nicht so ganz aus ihrer Haut und die Regeln der Kirche nicht wirklich abschütteln können. Ich habe gehört, dass sie manchmal noch immer Kraft in einem Gebet suchen. Sabine hat mit ihren Anschuldigungen ziemlich viel böses Blut verursacht!«

»Hat sie das etwa offen ausgesprochen?«

»Die nahm doch nie ein Blatt vor den Mund! Einmal im Monat gibt es eine Aussprache. Da können die Mitglieder sagen, was sie stört und mit wem sie ein Problem haben. Das soll dann gemeinschaftlich gelöst werden. Eine der Wortführerinnen war immer Sabine. Die meisten haben schon mit den Augen gerollt, wenn sie sich gemeldet hat!«

Nachdenklich sahen sich Isabell und Hannes an. David Bach hatte einen Großteil seines Hintergrundwissens aus Rebecca Köhler herausgequetscht. Einen anderen Teil hatte er selbst recherchiert, wie die Ergebnisse der Wohnungsdurchsuchung nahelegten. Dass Frau Brinkmann ihren Kindern eine falsche Geschichte zu deren Vater erzählt hatte, war Rebecca allerdings nicht bekannt gewesen. Bach konnte diese Geschichte auch kaum selbst herausgefunden haben. Bei der Versammlung am Vorabend war jedoch aufgefallen, dass Frau Brinkmann mit dem Ehepaar Schweiger sehr vertraut umgegangen war.

»Hat Frau Schweiger auch Ihnen ein Verhältnis mit Alexander Kramer nachgesagt?«, fragte Isabell.

»Nein. Ich hätte ihr auch ordentlich die Meinung gegeigt. Wie kommen Sie darauf?«

Hannes räusperte sich und rückte verlegen mit der Erklärung heraus. Melissa Vogts Augen weiteten sich. Doch schien sie keinen Zorn auf die vermeintliche Verräterin Rebecca Köhler zu hegen.

»Dieses Schwein«, schimpfte sie stattdessen über den Exfreund der jungen Frau. »Er hat sie die ganze Zeit mies behandelt und dann auch noch ausgehorcht? Es stimmt, ich schlafe auch mit anderen Männern und habe nie ein Geheimnis daraus gemacht. Mit Alex war aber gar nichts. Mein Mann und ich führen eine offene Beziehung. Es ist also nicht so, dass ich ihn hintergehe.«

Zögernd wies Isabell darauf hin, dass offene Beziehungen nicht bei allen Menschen auf Zustimmung stießen. Insbesondere nicht bei dem mutmaßlichen Mörder. Frau Vogt erkannte die Tragweite sofort, auch wenn Isabell die Tatsache verschwiegen hatte, dass es bisher noch kein Opfer für das zehnte Gebot gegeben hatte.

»Sie denken also, dass ich ernsthaft gefährdet bin?« Fassungslos fuhr sich die Trainerin mit beiden Händen durch das Haar. »Unglaublich, dass ich in das Visier eines Verrückten geraten sein könnte! Aber es kann schon sein. In den letzten Tagen hatte ich immer wieder das Gefühl, dass mir jemand folgt.«

»Wie kommen Sie darauf?« Hannes war schockiert.

»Erst dachte ich, dass ich es mir einbilde. Aber ich hatte in den letzten Tagen immer wieder den Eindruck, dass mir ein Mann auf einem Fahrrad gefolgt ist. Immer abends, wenn ich das Studio verlassen habe. Gestern glaubte ich, fotografiert worden zu sein, als ich zu Hause ankam. Aber wahrscheinlich hat der Mann nur das Haus aufgenommen. Ich wohne in einem schönen Altbaugebäude zur Miete.«

»Konnten Sie erkennen, wie der Mann aussah?«

»Nein. Es war immer schon dunkel. Er war auch nie wirklich in meiner Nähe. Ich weiß nicht mal, ob es immer derselbe Mann war.«

»Wie viel haben Sie von den Problemen mit der Schöpferkirche mitbekommen?«, versuchte Hannes einen anderen Weg.

»Antje hat erzählt, dass es immer mal wieder Vorfälle gab. Ich selbst habe davon nichts gemerkt, bin aber auch erst seit letztem Frühjahr Mitglied. Beim Sommerfest soll es eine Rangelei gegeben haben, ich war aber nicht dabei. Ich werde ohnehin nicht weiter zum ›Neuen Weg‹ gehen. So sehr interessiere ich mich dann doch nicht für diesen Verein, dass ich mein Leben riskieren würde!«

»Ja, das ist nachvollziehbar«, sagte Hannes. Ihm war klar, dass Melissa Vogt dennoch unter Polizeischutz gestellt werden musste. Die Anzeichen waren alarmierend.

»Allerdings kann ich mir nicht vorstellen, dass jemand von der Schöpferkirche hinter den Morden steckt«, fuhr Frau Vogt fort. »Von Antje weiß ich, dass die Leute dort ziemlich radikale Ansichten vertreten, aber zuletzt hat sich das Verhältnis ja etwas entspannt.«

»Wie kommen Sie darauf?«

»Beide Seiten waren nach den Vorfällen im Sommer um Entspannung bemüht. Ich habe mehrmals gesehen, dass Herr Schweiger nach einer unserer Veranstaltungen mit jemandem von der Schöpferkirche gesprochen hat. Und da sah es nicht so aus, als würden sie jeden Moment aufeinander losgehen.«

Lediglich Federsen war nicht mehr im Präsidium anzutreffen, als Isabell und Hannes vom Fitnessstudio zurückkehrten. Auch Marcel war zwischenzeitlich kurz unterwegs gewesen. Sein ältester Sohn hatte am nächsten Tag seinen siebten Geburtstag, und für die Feier waren noch Besorgungen zu erledigen gewesen. Zu Marcels Verdruss war richtiges Schmuddelwetter vorhergesagt worden. Es dürfte ein ziemlich anstrengender Sonntag auf ihn warten, da elf Kinder den gesamten Nachmittag beschäftigt werden wollten. Entgegen der klaren Ansage seiner Frau hatte er auch einen Kinderfilm gekauft, für den Notfall.

»›Das kleine Gespenst‹«, las Isabell grinsend von der DVD-Hülle. »Wusste gar nicht, dass Federsen eine Filmrolle hat!«

»Isabell!«, rief Marcel.

»Meinst du, das ist ein passender Film für Siebenjährige?« Per war skeptisch. »Wahrscheinlich hänseln sie deinen Kleinen wochenlang, wenn du den einlegst.«

»Glaubst du?«, fragte Marcel erschrocken. »Sind die schon zu alt dafür?«

»Deine Frau hat wohl recht, du verbringst tatsächlich wenig Zeit zu Hause«, zog Isabell ihn auf. Offenbar traf sie einen wunden Punkt, denn das Gesicht ihres Chefs verdüsterte sich.

»Wie auch immer. Einen Film von Alexander Kramer werde ich wohl nicht einlegen können. Wo sind diese Dinger eigentlich?«

»Wieso?« Clarissa feixte. »Brauchst du bei dem Kindergeburtstag ein Damenprogramm für deine Frau?«

Marcel warf ihr einen vernichtenden Blick zu. Per räusperte sich verlegen und kratzte seinen Stoppelkopf. »Äh … also kann sein, dass der Film noch bei mir rumliegt. Ich … kam hier ja nicht dazu, ihn mir anzusehen, und da hab ich ihn mit nach Hause genommen.«

Kurz war es totenstill, dann erbebte der Raum vor Gelächter. Das Geständnis hatte eine reinigende Wirkung auf das Team, wenn auch auf seine Kosten. Es war schon viel zu lange her, dass sie unbeschwert miteinander geflachst hatten.

»Weiß gar nicht, was ihr wollt«, brummte Per mit rotem Kopf, konnte sich ein Grinsen aber auch nicht verkneifen. »Wollte nur mal sehen, ob der Film … Hinweise liefert.«

»Und? Hat er das?« Isabell wischte sich Lachtränen aus den Augenwinkeln. »Abgesehen davon, dass dieser Alex ein echtes Prachtexemplar war?«

»Ich habe mehr auf seine Mitspielerin geachtet«, entgegnete Per süffisant. »Aber mal im Ernst: Der zweite Film spielt in kirchlichen Kreisen, und für religiöse Gemüter ist es schon hart, was die da abziehen. Nicht nur, dass Kramer mal am Kreuz festgebunden war und dabei seine Kollegin … na ja. Es geht da ziemlich zur Sache, und einmal wurde sogar in einer Kirche gedreht. Wie auch immer sie an die Genehmigung gekommen sind.«

»In der Schöpferkirche wird es wohl nicht gewesen sein«, beendete Marcel trocken das Thema. »Frau Vogt steht ab sofort unter Polizeischutz! Sie passt perfekt ins Beuteschema des Täters, der sie auch schon ins Visier genommen zu haben scheint.«

Per dachte bereits weiter. »Was ist, wenn jetzt jemand anders in den Fokus rutscht? Nehmen wir an, es ist David Bach, der ihr hinterhersteigt. Wenn er merkt, dass sie bewacht wird, könnte er sich jemand Neuen suchen. Seine Exfreundin wird auch beschützt, aber wer weiß, wer in seinen Augen noch etwas Verwerfliches getan hat!«

Marcel stierte vor sich hin. »Was willst du von mir hören? Wir werden nicht sämtliche Mitglieder unter Polizeischutz stellen können. Dafür braucht es konkrete Verdachtsmomente. Oder drängt sich noch jemand auf?«

Einen Moment herrschte frustriertes Schweigen, bis Isabell ihre Meinung kundtat. »Ich glaube ja, dass da jeder in Gefahr ist. Hoffentlich melden sich alle sofort bei uns, wenn etwas Verdächtiges passiert. Aber wie wir heute bei Frau Vogt gesehen haben, sind oft Nachfragen nötig.«

»Okay«, sagte Marcel. »Dann müssen wir einen intensiven Kontakt zu den Mitgliedern halten. Per und Clarissa, das ist eure Aufgabe.«

»Einverstanden«, antwortete Clarissa. »Übrigens kann ich in Bezug auf die drei ehemaligen Mitglieder des ›Neuen Wegs‹ Entwarnung geben. Eine Frau zog im letzten Winter zurück nach Regensburg, da ihre Eltern pflegebedürftig geworden sind. Dann gibt es noch ein Paar, das nach San Francisco ausgewandert ist. Er arbeitet dort seit Mai für eine Unternehmensberatung, und seine Frau kümmert sich um das neugeborene Kind.«

»Danke«, sagte Marcel. »Carlos di Santo dagegen ist nach eurer Einschätzung ein ziemlich schräger Vogel. Dazu passt, dass er immer wieder den Notruf mit Beschwerden über irgendwelche Nachbarn verstopft. Er hat Fotos von Benjamin Lück in seiner Wohnung und mit dem ›Neuen Weg‹ endgültig gebrochen. Rachegelüste sind bei ihm nicht auszuschließen. Allerdings sind keine Verbindungen zu David Bach oder der Schöpferkirche festzustellen.«

»Eigentlich hat der Verein mit ihm gebrochen«, korrigierte Clarissa einen Teil der Zusammenfassung. »Ich habe heute mit Mitgliedern telefoniert, die schon länger dabei sind. Es ergab sich ein ziemlich differenziertes Bild. Manchen tat er leid, denn wenn er nicht gerade in einem depressiven Loch steckte, schien er ein angenehmer Zeitgenosse gewesen zu sein. Herr Beck war besorgt und fragte, was der Mann für einen Eindruck auf uns gemacht habe. Er wirft sich vor, dass man ihm mit dem Rauswurf den letzten Halt genommen hat. Ich habe ihn zu beruhigen versucht, aber einen besonders stabilen Eindruck machte di Santo nach eurer Meinung ja tatsächlich nicht. Andere hatten eine härtere Meinung. Die Schweigers und Grafs wollten ihn schon länger loswerden, konnten sich aber nicht durchsetzen. Insbesondere Benjamin Lück habe sich immer für ihn stark gemacht.«

»Gab es Gerüchte, dass di Santo und Lück ein Paar gewesen sind?«

»Na ja, ich musste natürlich etwas drumherum reden. Einige haben dennoch sofort Lunte gerochen. Frau Schweiger schrie mir gleich ›Ich hab's doch geahnt‹ ins Ohr. Herr Beck ahnte auch, worauf ich hinauswill, konnte sich das aber überhaupt nicht vorstellen.«

»Er verfügt eben nicht über eine so hervorragende Beobachtungsgabe wie Frau Schweiger«, meinte Per spöttisch. »Ich habe mich im Theater und unter Benjamin Lücks Freunden umgehört. Seinen Freunden sagt der Name Carlos nichts, und die Schauspielkollegin meinte, dass es sein könne. Sicher ist sie sich nicht.«

Marcel bemühte sich weiter um Optimismus. »Eine Chance gibt es ja noch. Oft erzählt man eher fremden Menschen persönliche Dinge als nahestehenden. Vielleicht hat Hannes heute Abend mit diesem Türsteher mehr Glück.«

Hannes ärgerte sich, dass er sich von Ben zu dem Bowlingabend hatte bequatschen lassen. Die Woche war mehr als anstrengend gewesen, und eigentlich hätte er nun viel lieber den Abend allein mit Anna genossen. Alles war noch frisch und neu, und sie verbrachten viel zu wenig Zeit miteinander, um diesen Zustand richtig auskosten zu können. Andererseits wollte er seine sozialen Kontakte auch nicht völlig schleifen lassen und freute sich auf das Wiedersehen mit Ines, Kalle und Elke. Auch Anna war anfangs skeptisch gewesen. Sie kannte Hannes' Freunde nur flüchtig, und ihr war klar, dass sie an diesem Abend als seine neue Partnerin im Mittelpunkt des Interesses stehen würde. Doch wie gewohnt war auf Ben Verlass, dass eine verkrampfte Atmosphäre gar nicht erst aufkommen konnte.

»Endlich hat sich eine heiße Brünette unseren Spitzensportler geschnappt!«, rief er grinsend, als er mit seinem rostigen Fahrrad um die Ecke bog und das wartende Paar sofort entdeckte. Schnell machten sich die beiden voneinander los, und Anna wischte Hannes unauffällig etwas Lippenstift vom Hals.

»An dem Knutschfleck kannst du lange rumreiben«, meinte Ben frech und zupfte unter der roten Wollmütze seine Dreadlocks zurecht. Wie immer war ihm nichts entgangen.

Sie hatten sich an einer Bowlinganlage am Stadtrand verabredet und wollten anschließend für ein paar Drinks in die Innenstadt weiterziehen. Das gab Hannes die Möglichkeit, einen kurzen Abstecher zum Türsteher des ›La Bella Vita‹ einzuschieben.

Kurz nach Ben trudelte auch der Rest ein. Ines und Kalle waren vor einer Woche von ihrer Reise auf die Seychellen zurückgekommen – tief gebräunt. Wie immer musste Hannes ein Schmunzeln unterdrücken, als die beiden auf ihn zukamen. Ines hatte eine kräftigere Statur und war ein gutes Stück größer als ihr spindeldürrer Freund. Er erinnerte mit seiner Brille ein wenig an Harry Potter, auch wenn die große Nase dieser Ähnlichkeit widersprach. Optisch handelte es sich um ein äußerst ungleiches Paar, das aber meistens ein Herz und eine Seele war. Kalle war etwas reserviert, während Ines mit fast jedem sofort ins Gespräch kam. Im vergangenen Sommer war sie dreißig geworden und damit die Jüngste in der Runde. An diesem Abend schien allerdings etwas dicke Luft zu herrschen, wie der Verzicht auf das sonst obligatorische Händchenhalten signalisierte. Vielsagend zog Ben die Augenbrauen hoch.

»Heute schweben hier wohl nicht alle auf rosaroten Wolken«, flüsterte er Hannes ins Ohr. »Wie war's im Paradies?«, rief er den Neuankömmlingen laut entgegen.

»Die Seychellen sind wunderschön«, meinte Ines. Sie war dezent geschminkt und hatte ihre braune Pagenfrisur mit blonden Strähnen aufgepeppt. »Allerdings haben wir gemerkt, dass *All inclusive* nicht so unser Fall ist.«

Kalle bestätigte dies. »In der ersten Woche war es noch ganz okay, aber dann hat uns die Anlage langsam gelangweilt. Wahrscheinlich wäre Insel-Hopping besser gewesen.«

»Wieso habt ihr nicht ein paar Ausflüge gemacht?«, wunderte sich Elke.

»Wenn du erst mal in so einem Ressort bist, genießt du zwar den Luxus, aber du erschlaffst auch. Wir konnten uns gar nicht mehr richtig zu irgendwelchen Aktivitäten aufraffen.«

Sie fassten die überschaubaren Erlebnisse für ihre Freunde zusammen, doch selbst die Erinnerung an den gemeinsamen Urlaub schien die schlechte Stimmung zwischen dem Paar nicht zu verdrängen. Glücklicherweise hatten sie sich so weit im Griff, dass sie Anna freundlich begrüßten. Ines nutzte kurz darauf die Möglichkeit, sich von ihrem Freund abzusetzen, und zog Anna mit sich durch die Eingangstür.

»Was hast du denn ausgefressen«, fragte Ben den mit hängenden Schultern dastehenden Kalle. Da Ben zwei Köpfe größer war als er, musste Kalle seinen Kopf bei der Antwort fast in den Nacken legen. Er stöhnte.

»Mal wieder das Weihnachtsthema. Sie will unbedingt, dass wir erst zu ihren und dann zu meinen Eltern fahren. Ihr wisst ja, dass ihre Mutter unglaublich anstrengend ist! Ich hab vorgeschlagen, dass wir in diesem Jahr nur zu zweit feiern, und darüber diskutieren wir jetzt schon seit Tagen. Dummerweise ist mir vorhin rausgerutscht, dass sie schon wie ihre Mutter argumentiert. Da habe ich mir was anhören können!«

»Das war aber auch unbedacht«, lachte Elke. »Sag einer Frau nie, dass sie wie ihre Mutter ist!«

Als die Gruppe Anna und Ines in das Gebäude folgte, wurde Hannes nachdenklich. Über Weihnachten hatte er noch gar nicht nachgedacht. Leichen lösten nun mal nicht unbedingt besinnliche Gefühle aus. Er wusste, dass Annas Mutter vor zwei Jahren nach einer schweren Krankheit gestorben war. Zu ihrem Vater hatte sie ein etwas zwiespältiges Verhältnis, während sie ihren jüngeren Bruder innig liebte. Ob er sie über die Weihnachtstage mit zu seiner Familie nehmen sollte, drei Bahnstunden entfernt? Allerdings neigte seine Mutter dazu, neue Freundinnen ungehemmt auszufragen, und drei Tage konnten dann ziemlich lang werden. Er schob den Gedanken zunächst beiseite und beobachtete zufrieden, dass sich Ines und Anna prächtig verstanden. Ines hatte ihre berüchtigte Fröhlichkeit fast vollständig wiedererlangt und schnupperte gerade an einem der Leihschuhe, die ihr ein Angestellter über den Tresen geschoben hatte.

»Wenn wir künftig öfters bowlen, kauf ich mir eigene«, verkündete sie. »Die Person vor mir sollte mal über den Zweck von Wasser und Seife nachdenken.«

Der Bedienstete hatte eine einfachere Lösung. Mit geübtem Griff sprühte er ein Deo in das fragwürdige Innenleben der Bowlingschuhe und schob sie dann wieder zu Ines herüber.

»Kannst ja barfuß spielen«, bemühte sich Kalle um Tauwetter.

»Du solltest auf jeden Fall nicht barfuß bowlen! Könnte nämlich sein, dass mir die Kugel aus der Hand rutscht und genau auf deine Plattfüße fällt«, entgegnete sie scharf.

Doch als sie sein bekümmertes Gesicht bemerkte, glätteten sich ihre Gesichtszüge. Impulsiv warf sie sich ihm an den Hals, und der Rest der Gruppe atmete erleichtert auf. Nur gut, dass Ines aufgrund ihres Naturells nicht in der Lage war, einen ganzen Abend zu schmollen. Sie spielten drei Runden, in denen Kalle jedes Mal den letzten Platz fest gebucht hatte. Doch da mit seiner Freundin vorerst alles wieder im Lot war, sah er großzügig darüber hinweg. Hannes musste feststellen, dass Anna regelmäßig vor ihm lag.

»Du solltest es vielleicht mit weniger Kraft und dafür mit mehr Gefühl versuchen«, neckte sie ihn.

»Ist das etwa eine Beschwerde?« Er verstand die Aussage absichtlich falsch.

Mit großen Augen sah sie ihn an. Dann dämmerte es ihr. Zärtlich legte sie ihre Arme um seinen Hals und schaute ihm tief in die Augen.

»Nein, keine Beschwerde«, flüsterte sie lächelnd.

Gegen zweiundzwanzig Uhr setzte sich Hannes für eine Stunde von seinen Freunden ab. Sie waren inzwischen in einer Bar gelandet, und so wie Hannes den Verlauf des Abends einschätzte, würde es nicht die letzte Station bleiben. Da Anna mit Ines gerade verschiedene Jobmöglichkeiten diskutierte, konnte er sie ruhigen Gewissens eine Weile allein lassen. Er wollte im ›La Bella Vita‹ eintreffen, bevor dort der Betrieb vor der Tür zunahm.

»Auf den Geschmack gekommen?«, rief ihm eine vage bekannte Stimme zu, als er den Eingang des Clubs ansteuerte.

Als er sich umdrehte, löste sich eine Gestalt aus einer Gruppe junger Männer und ging feixend auf ihn zu. Als er näher kam, erkannte Hannes in ihm den Sportstudenten, mit dem er sich bei seinem letzten Besuch unterhalten hatte.

»Nicht so ganz«, antwortete er. »Ich hab hier nur meinen Schal liegen gelassen.«

Tommy lachte. »Schon gut, deine Freundin hatte sowieso noch dem Letzten in dem Laden klargemacht, dass sie dich mit Zähnen und Klauen verteidigen würde!«

»Dann ist es ja gut, dass sie rechtzeitig gekommen ist«, grinste Hannes.

»Übrigens super, dass ich dich noch mal treffe. Unser Professor hat uns eine Aufgabe aufgedrückt. Es geht um die Vermarktung von Spitzensportlern, die nicht im medialen Fokus stehen. Du bist doch in der Kanu-Nationalmannschaft?«

»Stimmt. Aber wahrscheinlich nur noch bis zum nächsten Sommer. Und eine Vermarktung gibt's bei mir nicht, da kann ich dir leider keine Tipps geben.«

»Genau darum geht's ja! Wir sollen ein Konzept erstellen, wie man jemanden wie dich zu Geld machen kann. Du wärst also das perfekte Praxisbeispiel!«

»Und was müsste ich tun?«

»Das, was du sowieso tust. Schnell Kanu fahren!« Er lachte. »Das Projekt ist über zwei Semester angelegt. Wenn du Lust hast, testen wir, ob du auf den letzten Metern deiner Karriere noch etwas Geld mit deinem Sport verdienen kannst.«

Hannes war skeptisch. Er hatte im Moment ganz andere Probleme. Allerdings klangen die Geräusche seines Autos immer beunruhigender. Ein kleiner Zusatzverdienst käme somit nicht ungelegen.

»Ich geb' dir meine Nummer, und bei Interesse meldest du dich«, meinte Tommy, dem der zweifelnde Gesichtsausdruck nicht entgangen war. »Aber warte nicht zu lange, sonst profitiert ein anderer von meinem Know-how.«

›Solang es nicht Ralf ist‹, dachte Hannes und steckte die Telefonnummer ein. Da er schnell zu seinen Freunden zurückwollte, beeilte er sich, Tommy höflich abzuwimmeln.

Der Türsteher erkannte ihn auf Anhieb – einer der wenigen Vorteile von zwei verschiedenfarbigen Augen.

»Herr Lück hat Ihnen gegenüber mal einen Partner und eine problematische Beziehung erwähnt«, sagte Hannes. »Ist es möglich, dass er dabei von einem Carlos gesprochen hat?«

Unschlüssig wiegte der Mann den Kopf so hin und her, dass die Enden seines gezwirbelten Schnauzers leicht wippten. »Möglich, aber ich kann mich leider nicht erinnern.«

Er bemerkte den enttäuschten Gesichtsausdruck und legte seine Stirn noch einmal in Falten. »An den Namen erinnere ich mich nicht. Benny hat nur erzählt, dass sein Freund einen unfassbaren Ordnungstick hat. Auf der anderen Seite sei er aber wieder total chaotisch, zum Beispiel mit Unterlagen. Er hatte wohl auch psychische Probleme.«

»Eine Depression?«, fragte Hannes erregt.

»Ja, genau. Er nahm Medikamente, wollte aber keine Therapie machen. Benjamin meinte, dass der Grund für die Depression ohnehin woanders lag.«

»Aha?«

»Sein Freund hat sich nicht geoutet und in der Öffentlichkeit immer ein Versteckspiel betrieben. Darum waren die beiden auch nie zusammen hier. Benjamin hat das ziemlich belastet, und am Ende hatte er wohl keine Lust mehr auf eine geheime Beziehung.«

Zufrieden nickte Hannes. Das passte alles haargenau auf Carlos di Santo! Er bedankte sich und wünschte einen ruhigen Abend. Als er sich erst wenige Schritte entfernt hatte, rief ihm der Türsteher etwas hinterher.

»Eins ist mir grade noch eingefallen. Dieser Freund war Südamerikaner. Aus Brasilien oder Argentinien, glaube ich.«

KAPITEL 21

Die Nacht von Samstag auf Sonntag war lang geworden. Nach mehreren Zwischenstopps in verschiedenen Bars war die Gruppe um zwei Uhr noch in einer Disco gelandet. Der Altersschnitt war durch ihren Zutritt sprunghaft angestiegen, doch auch ihr Alkoholpegel war hoch genug gewesen, um sich daran nicht weiter zu stören. Ben hatte Bekanntschaft mit einer zierlichen Austauschstudentin aus Vietnam gemacht und war vermutlich nicht allein in sein Gartenhaus und zu seinem Hund zurückgekehrt. Zumindest hatte er sich um fünf Uhr morgens standhaft geweigert, den Club mit den anderen zu verlassen, und war mit seiner neuen Bekanntschaft wieder auf der Tanzfläche verschwunden.

Den Sonntagnachmittag verbrachten Anna und Hannes am Meer. Das Wetter präsentierte sich von seiner schlechtesten Seite, der starke Nordwind pustete ihnen aber ordentlich den Kopf frei. Dennoch fiel der Spaziergang kurz aus. In einem kleinen Café schälten sie sich aus ihren dicken Jacken und schmiedeten Pläne für Annas berufliche Zukunft. Ines, die für das DRK als Entwicklungshelferin tätig war, hatte sie am Vorabend kräftig inspiriert. Solche Jobs wuchsen aber nicht auf den Bäumen und waren oft auch noch miserabel bezahlt.

»Es wäre aber schon toll, etwas Sinnvolles zu machen«, überlegte Anna und rieb sich mit dem linken Zeigefinder über die Nase. Diese Geste zeigte sie häufig, wenn sie ihren Gedanken nachhing. Hannes durchfuhr dabei jedes Mal ein liebevolles Gefühl.

»Bestimmt gibt es doch auch Firmen, die sinnvolle Produkte anbieten?«, meinte er. »Vielleicht ein Solarhersteller? Oder Windkraft? Passt vielleicht besser zu dem Wetter hier.«

»So was könnte ich mir vorstellen. Aber ich würde lieber etwas mit Menschen machen.«

So richtig kamen sie nicht weiter, aber zumindest war Annas Motivation neu entfacht. Am Abend durchforstete sie das Internet nach möglichen Arbeitgebern, und Hannes hoffte, dass sie nicht gerade im hintersten Winkel der Welt ihren Traumjob entdeckte. Während sie versunken auf den Bildschirm blickte, rief er Marcel an. Sein Kollege klang erschöpft, ein Kindergeburtstag war kein Zuckerschlecken.

»Hier sieht's aus!«, stöhnte er. »Das übersteigt deine Vorstellungskraft! Überleg dir gut, ob du dir das je antun willst!«

Nachdem er sich ein paar Minuten den Frust von der Seele geredet hatte, fasste er den Fortgang der Ermittlungen zusammen. Isabell und Per hatten erneut Carlos di Santo aufgesucht, der eine etwaige Homosexualität sowie eine intime Beziehung zu Benjamin Lück empört von sich gewiesen hatte. Wie es aussah, mauerte der ehemalige Schatzmeister des ›Neuen Wegs‹ aus Leibeskräften. Hannes fand, dass hier mit Clarissa ein deutlich stärkeres Geschütz zum Einsatz kommen musste, um die Panzersperre zu durchbrechen. Der Mann hatte sich als Mobbingopfer des ›Neuen Wegs' präsentiert und schien sich auch vom Rest der Welt verstoßen zu fühlen. Alle Vorhänge waren zugezogen gewesen, und er verließ das Haus nach wie vor nur zum Einkaufen. Ein Fall von Verfolgungswahn.

Nachdem das größte Chaos des Kindergeburtstags beseitigt war, hatte Marcel die Schweigers aufgesucht. Er wollte sich selbst ein Urteil über sie bilden, musste nach einem denkwürdigen Auftritt von Sabine Schweiger jedoch seinen Kollegen zustimmen.

»Wirklich eine anstrengende Frau! Richterin über Richtig und Falsch. Ihr Mann ist ähnlich gestrickt, da haben sich echt die Passenden gefunden!«

Ob sie das jedoch automatisch verdächtig machte, stand auf einem anderen Blatt. Angesprochen auf sein Verhältnis zur Schöpferkirche, gab Markus Schweiger sofort zu, dass er versucht habe, zwischen den beiden Gruppen zu vermitteln. Der ständige Zwist müsse in beiderseitigem Interesse endlich aufhören, schließlich verträten die Gruppierungen im Grundsatz ja die ähnlichen Werte.

»Im Grundsatz ist auch meine Schwiegermutter ein Mensch wie du und ich«, war Marcels Kommentar dazu. »Im Detail ist sie aber das größte Biest, das man sich vorstellen kann.«

Hannes verkniff sich eine Erwiderung. »Mit wem hat Herr Schweiger die Vermittlungsversuche unternommen?«

»Mit Herrn Ahrendt und Frank Meister. Der scheint die rechte Hand des Priesters zu sein.«

»Ausgerechnet mit diesen beiden Hardcore-Christen? Das ergibt wenig Sinn!«

»Laut Herrn Schweiger schon. Die beiden seien die Stimmungsmacher in dem Laden. Wenn man etwas verändern wolle, würde das nur über die gehen.«

»Dann hoffen wir mal, dass die Versuche Früchte tragen! Ich habe wenig Lust, demnächst schon wieder an einem Tatort zu stehen!«

Am Montag war der beschlagnahmte Laptop von Frank Meister ausgewertet. Die Spezialisten hatten einige Mühe damit gehabt, da Meister offenbar wusste, wie man einen Computer effektiv sichert. Das Ergebnis war niederschmetternd. Hatte man bei David Bach bereits eine beunruhigende Fülle an Informationen zu den Mitgliedern des ›Neuen Wegs‹ gefunden, so wurde dies von Meisters Festplatte mühelos in den Schatten gestellt. Er hatte einen separaten Ordner angelegt, in dem sich allgemeine Informationen zu dem Verein befanden, aber auch Fotos und ein Excel-Dokument, das fast alle Mitglieder enthielt. Adressen waren aufgeführt, Autokennzeichen, Telefonnummern und Berufe. Dahinter befand sich eine Spalte, in der bei insgesamt fünfzehn Personen ein x gesetzt worden war. Auch die vier Todesopfer hatten eine entsprechende Markierung.

Den anderen elf Mitgliedern wurde daraufhin umgehend Polizeischutz angeboten, und nur wenige lehnten diese Möglichkeit ab. Darunter befanden sich die Ehepaare Beck und Graf, die sich nicht einschüchtern lassen wollten. Auch der Kaufhausbesitzer Hartmann und eine ältere Dame hatten abgelehnt. Alle willigten aber sofort ein, dass in regelmäßigen Abständen eine Polizeistreife nach dem Rechten sah.

Die Vermutung war nun bestätigt, dass David Bach nicht allein agierte. Während er der Mann für das Grobe war, schien Frank Meister der Stratege zu sein. Das zeigte auch ihr E-Mail-Verkehr. Während Bach eine anonyme E-Mail-Adresse im Internet verwendete, die den Ermittlern bislang nicht bekannt gewesen war, nutzte Meister das Outlook-Programm. Mehrmals hatten sich die beiden verabredet, um Leuten des ›Neuen Wegs‹ nachzuspionieren. Zudem hatte Bach seinem Freund immer wieder Informationen gesteckt, die er zuvor Rebecca Köhler entlockt hatte. Dass die Unruhestiftung beim Sommerfest genauso geplant war wie die Zerstörung der Skulptur, ging ebenfalls aus dem Mailaustausch hervor. Sogar der Teufel, den Herr Beck in seinem Briefkasten gefunden hatte, war von Meister an Bach verschickt worden. Auch die anonyme Anzeige, in der Herrn Beck die Tätigkeit als Psychotherapeut vorgeworfen wurde, fand man im Speicher.

»Schaut euch mal diese Sammlung an Pamphleten an«, forderte Clarissa und reichte mehrere Ausdrucke herum. »Wir wussten ja, dass er streng religiös ist, aber dies hier deutet stark auf Fanatismus hin. Schon in seiner Wohnung gab es entsprechende Literatur, aber auf seinem Laptop befinden sich mehrere Videos von haarsträubenden Predigten aus aller Welt. Interessant ist auch die Spur, die er durchs Internet gezogen hat.«

Frank Meister hatte sich nicht nur für militante Abtreibungsgegner interessiert, sondern auch viele Nachrichten durchforstet, die sich mit religiös motivierten Straftaten beschäftigten. Besonderes Interesse hatte er dabei zuletzt an der aktuellen Mordserie gezeigt.

»Allerdings dürfte das natürlich auf viele Menschen zutreffen«, meinte Per.

»Stimmt«, erwiderte Clarissa mit hochgezogenen Augenbrauen. »Aber die wenigsten werden sich darüber informiert haben, wie man K.-o.-Tropfen herstellen kann und welche Wirkung sie haben. Frank Meister schon. Allerdings suchte er erst vor zwei Wochen danach, was nicht ganz ins Bild passt. Die Tropfen wurden ja wahrscheinlich schon früher eingesetzt, zum Beispiel vor ungefähr fünf Wochen bei Alexander Kramer.«

»Vielleicht wollte er die Rezeptur verändern? Könnte ja sein, dass die Tropfen beim ersten Mal nicht ganz die gewünschte Wirkung erzielten?«

Die Frage nach Bachs Komplizen war zwar gelöst, dafür standen die Ermittler nun vor einem genauso schwerwiegenden Problem. Meister hatte sich beim Optiker zwei Wochen Urlaub genommen und war – genauso wie David Bach – spurlos abgetaucht. Alle hatten die beklemmende Befürchtung, dass er erst an einem neuen Tatort wieder in Erscheinung treten könnte.

Statt an einem Tatort befand sich Hannes am Dienstagmorgen im Besucherraum des Gefängnisses. Doch der Anblick war ziemlich ähnlich.

»Bist du verprügelt worden?«, fragte er fassungslos beim Anblick seines ehemaligen Chefs.

Fritz sah so aus, als wäre er in letzter Sekunde gerade noch so den Fängen eines Auftragskillers entwischt. Der linke Arm war bandagiert und mit einer Schlaufe fixiert. Über sein Gesicht schien sich eine Schar tollwütiger Katzen hergemacht zu haben, und Hannes war nicht entgangen, dass er stärker hinkte als gewöhnlich.

»Ach, das war 'ne Keilerei im Gefängnishof«, tat Fritz seinen lädierten Zustand ab. »So ein aggressiver Glatzkopf ist auf einen Afrikaner losgegangen. Bis die Wachen da gewesen wären, hätte der arme Kerl längst in Fetzen gelegen. Also habe ich mich etwas eingemischt.«

»Etwas? So wie du aussiehst, bist du zwischen die Fronten eines Bandenkriegs geraten! Was sind denn die Wachleute hier für Pfeifen?«

»Das ist das Gute!«, antwortete Fritz vergnügt. »Der Gefängnisdirektor ist mir zutiefst dankbar, dass ich einen Todesfall verhindert habe. Das dürfte sich förderlich auf meine Haftbedingungen auswirken.«

Eine der Hafterleichterungen zeigte sich bereits an diesem Tag, denn die strengen Besuchszeiten waren für Fritz ein weiteres Mal gelockert worden. Das kam Hannes sehr zugute, denn es dauerte eine Weile, bis er die jüngsten Entwicklungen geschildert hatte.

»Carlos di Santos Verhalten ist schon auffällig«, meinte Fritz anschließend. »Natürlich haben Bach und Meister viele

Informationen von dieser Rebecca bekommen und sich anderes selbst erschnüffelt. Aber es kann auch einen zweiten Informanten geben. Jemanden, der einen Hass auf den ›Neuen Weg‹ hat, sich dort aber auch gut auskennt. Da di Santo berufsunfähig ist, hatte er wahrscheinlich seine gesamte Energie und Kraft in diesen Verein investiert. Und dann werfen die ihn einfach vor die Tür! In der Tat kein netter Zug.«

»Aber wieso sollte er sich mit Ultrareligiösen zusammenschließen? Er beklagt ja gerade, dass der ›Neue Weg‹ zunehmend religiöser geworden sei.«

»Das mag ja sein. Doch ob er zu einem objektiven Blick fähig ist, sei mal dahingestellt. Außerdem gibt es in solchen Gruppen immer verschiedene Strömungen.«

»Di Santo wurde bereits im März aus dem Verein gedrängt. Gegen die damaligen Mitglieder hegt er vielleicht einen Groll, aber bestimmt nicht auf Alexander Kramer! Der ist erst im Frühsommer dazugekommen, er kannte ihn also gar nicht.«

»Das ist ein berechtigter Einwand.«

»Es sei denn …«, sinnierte Hannes. »In Lücks Wohnung haben wir die Pornos mit Kramer gefunden. Wenn di Santo und Lück tatsächlich ein Paar waren und auch nach dem Beziehungsende noch Kontakt hatten, könnte es einen Sinn ergeben.«

»Ich ahne, worauf du hinauswillst. Er sah die DVDs bei Lück, der ihm vielleicht sogar erzählte, dass der Pornostar Mitglied geworden ist. Di Santo bemerkte, dass Lück auf den jungen Mann stand, und vermutete eine Beziehung zwischen den beiden. Vielleicht sah er in Kramer sogar den eigentlichen Grund dafür, dass Lück sich von ihm getrennt hat.«

Dennoch war eine Beteiligung des Mannes nach Fritz' Meinung eher fragwürdig. Kritisch merkte er an, dass die Ermittler Matthias Böhm aus den Augen verloren. Immerhin sei es gut denkbar, dass sich der Hofbesitzer am ›Neuen Weg‹

rächen wollte. Seine Ehe hatte sich erst in den letzten Monaten verschlechtert, sodass er durch seine Frau sicher viel über die Mitglieder des Vereins erfahren haben dürfte. Allerdings deutete nichts darauf hin, dass er Kontakt zur Schöpferkirche hatte. Der Ermittlungsfokus lag auch für Fritz klar auf der Hand. David Bach und Frank Meister mussten gefunden werden – so schnell wie möglich.

Nur wenige Stunden später tauchte zumindest David Bach wieder auf der Bildfläche auf. Und das im wahrsten Sinne des Wortes. Ungläubig schauten die Ermittler auf die etwas grobkörnigen Aufnahmen einer Überwachungskamera, auf denen der Flüchtige dennoch eindeutig zu erkennen war. Zwar hatte er sich beim Betreten der Tankstelle eine Kapuze tief ins Gesicht gezogen, doch als er erregt mit einem Messer vor dem Kassierer herumfuchtelte, war sie ihm halb vom Kopf gerutscht. Marcel schaltete genau in dem Augenblick auf Standbild, als der Mann direkt in die Kamera blickte.

»Das ist er! Dem Kassierer hat er dreihundert Euro abgenommen und ihn dann mit den Händen an ein Regal gefesselt. Beim Rausrennen hat er noch Essen und Getränke in seinen Rucksack gestopft. Dort, wo er sich versteckt, scheint es keinen gedeckten Tisch zu geben.«

»Was erklären dürfte, warum wir ihn bisher nicht aufgetrieben haben.« Clarissa klang fast zufrieden.

Es hatte stark an den Ermittlern genagt, dass sie den jungen Mann bisher nicht hatten aufspüren können. Sein gesamtes Umfeld war mehrfach überprüft worden, ohne dass eine Spur von ihm aufgetaucht war.

»Die Tankstelle liegt in einem kleinen Kaff an der Bundesstraße Richtung Küste«, berichtete Marcel. »Er ist dort um kurz nach zwölf reingestürmt. Bestimmt hat er die Mittagszeit gewählt, weil da weniger los war.«

»In der Gegend sind in den letzten Tagen immer wieder kleinere Einbrüche und Ladendiebstähle gemeldet worden«, teilte Federsen mit. »Würde mich nicht wundern, wenn die auf Bachs Konto gehen!«

»Das Gelände ist da ziemlich offen«, überlegte Isabell. »Im Sommer fahr ich in der Gegend oft Rennrad. Überwiegend Felder, ab und zu fährt man durch kleine Dörfer. Wenn er irgendwo im Wald untergekrochen ist, kommt nur das Landschaftsschutzgebiet infrage.«

Per war skeptisch. »Bei dem Wetter? Letzte Nacht waren es nur vier Grad! Ich glaube nicht, dass er draußen übernachtet. Selbst in einem Zelt würde er sich den Arsch abfrieren.«

»Bach ist ja kein Klappergestell wie du!«, warf Hannes ein. »Außerdem gibt es Thermo-Schlafsäcke, und an dem angrenzenden Küstenabschnitt stehen viele Ferienbungalows. Das ist von dieser Tankstelle nur ein paar Kilometer entfernt. Um diese Jahreszeit dürfte der Großteil der Häuser leer stehen. Das fällt doch keinem Schwein auf, wenn sich da jemand einnistet.«

Die anderen nickten. Die Gegend war im Sommer ein unwiderstehlicher Touristenmagnet und bot vielfältige Übernachtungsmöglichkeiten.

»Ein Zimmer hat er sich bestimmt nicht gemietet«, spekulierte Clarissa. »Das wäre viel zu riskant. Aber alle leeren Häuser durchzukämmen, dürfte ein ziemlicher Aufwand sein!«

»Zumal nicht auszuschließen ist, dass er doch irgendwo ein Zelt aufgeschlagen hat«, ergänzte Isabell. »Der Kassierer von der Tankstelle hat gesehen, dass Bach auf einem Fahrrad abgehauen ist. Der Kerl dürfte ziemlich am Ende sein. Am helllichten Tag eine Tankstelle zu überfallen und dann so abzuhauen, das wirkt wie eine Verzweiflungstat.«

»Um das Gelände großflächig zu durchkämmen, bräuchten wir mehrere Hundertschaften«, erklärte Marcel düster. »Es sei denn, wir können die offene Landschaft und das Waldgebiet schnell ausschließen. Da kein Laub mehr hängt, hätte man aus der Luft einen guten Überblick. Am Boden könnten wir uns auf die Durchsuchung der Gebäude konzentrieren.«

Vielsagend blickte er zu Federsen. Der musterte grimmig die Karte. Unschlüssig massierte er sein Doppelkinn. Marcel versuchte, ihn zu einer Entscheidung zu zwingen.

»Entweder starten wir sofort, dann kommen wir aber in die Dunkelheit rein. Bach könnte uns leichter entwischen, denn wir werden die Suche nicht unauffällig durchführen können. Alternativ setzen wir darauf, dass er sich in seinem Versteck sicher fühlt, zumal er jetzt erst mal mit dem Nötigsten versorgt ist. Wir bereiten die Aktion ordentlich vor und starten morgen beim ersten Tageslicht. Was meinst du, Henning?«

Federsen hasste solche Situationen. Eine falsche Entscheidung konnte eine immense Tragweite haben. Doch bei welcher Variante überwogen die Chancen das Risiko? Die zentrale Frage war, ob sich Bach überhaupt noch in dem Gebiet aufhielt.

»Verdammter Mist«, knurrte der Kommissar. »Euch ist hoffentlich klar, dass die Suchaktion ein kostspieliger Fehlschlag wäre, wenn der Kerl den Unterschlupf inzwischen gewechselt hat! Irgendjemand wird dann seinen Kopf hinhalten müssen.«

Clarissa blieb von seiner schlechten Laune unbeeindruckt. »Da er mit dem Fahrrad unterwegs war, glaube ich das nicht. Er wird nicht stundenlang durch die Landschaft gondeln, nachdem er gerade eine Tankstelle überfallen hat. Er ist doch nicht völlig bescheuert und wird sich denken können, dass die Bänder der Überwachungskamera inzwischen ausgewertet werden.«

»Er hat jetzt wieder Geld«, entgegnete Federsen gallig. »Er musste nur zum nächsten Bahnhof fahren, und dann ist er inzwischen schon sonst wo. Der Überfall liegt immerhin drei Stunden zurück!«

Hannes orientierte sich auf der Landkarte. »Die nächste Bahnstation liegt tatsächlich nicht allzu weit entfernt. Von dort fahren die Züge nur zurück in die Stadt oder in Richtung Osten.«

Rasch öffnete er die Fahrplanauskunft in seinem Smartphone, während der Rest weiter die Wahrscheinlichkeit eines Ortswechsels diskutierte. Leise fluchte er über die schlechte Verbindung in dem alten Betonklotz, als sich die Internetseite der Deutschen Bahn quälend langsam öffnete. Endlich wurde die gewünschte Auskunft angezeigt.

»Man kommt in beide Richtungen jeweils einmal pro Stunde mit einem Regional-Express weg.«

»Wenn er sich abgesetzt hat, ist das jetzt ohnehin schon geschehen«, vermutete Clarissa. »Wenn nicht, dürfte er auch in der kommenden Nacht in seinem Versteck bleiben. Es sollte also kein großes Risiko darstellen, erst morgen früh loszulegen. Wenn wir heute noch starten, besteht dagegen die Gefahr, dass er in der Dunkelheit entkommt.«

»Er kann auch mit einem Bus abgehauen sein«, meinte Federsen störrisch. Sein hochroter Kopf verriet, dass er gerade einen heftigen inneren Kampf ausfocht.

Marcel schüttelte den Kopf. »Busfahrer erinnern sich eher an ein Gesicht als ein Lokführer. Du musst jetzt eine Entscheidung treffen, Henning. Wir waren ihm noch nie so dicht auf den Fersen! Vielleicht ist sogar Frank Meister bei ihm. Wir sollten es versuchen!«

Unwillig verzog Federsen das Gesicht. Hektisch kramte er in seinen Taschen und steckte sich schließlich erleichtert eine Zigarette an. Keiner der Anwesenden traute sich, ihn auf das Rauchverbot hinzuweisen, das er sonst nur in seinem eigenen Büro missachtete. Doch auch das Nikotin schien seine

Entscheidungsfreude nicht zu stärken. Kurzatmig schlurfte er zum Fenster, öffnete es und warf den Zigarettenstummel hinaus.

»Das soll Steffen entscheiden. Er ist der Kommissionsleiter!«, brummte er und verließ das Besprechungszimmer.

Steffen Lauers Entscheidungsfindung hatte genau zehn Sekunden gedauert. Er hätte jeden Strohhalm ergriffen, um endlich einen entscheidenden Ermittlungsfortschritt zu erzielen. Die Entscheidung wurde ihm dadurch erleichtert, dass das Fluchtfahrrad inzwischen in einem Busch am Straßenrand gefunden worden war. Offenbar war Bach nach dem Überfall in Richtung Ostsee geradelt und hatte sich des Rads auf halber Strecke und weit von einem Bahnhof entfernt entledigt. Steffen Lauer riskierte daher lieber einen teuren Fehlschlag, als sich später vorwerfen zu lassen, im entscheidenden Moment gezögert zu haben. Zunächst hatte er einen sofortigen Beginn der Großfahndung in Erwägung gezogen, doch das bereits nachlassende Tageslicht überzeugte ihn, die Nacht noch abzuwarten.

Das Besprechungszimmer ähnelte kurz darauf der Kommandozentrale einer Armee. Fasziniert verfolgte Hannes das Geschehen. Einen derartigen Einsatz hatte er noch nicht erlebt. Lauer hatte mehrere Spezialisten zusammengetrommelt, die den Einsatz generalstabsmäßig vorbereiteten. Zwei Hubschrauber würden das Gebiet aus der Luft auskundschaften, während am Boden vierhundert Polizisten eingesetzt werden sollten. Um die Fundstelle des Fahrrads war ein Radius von zwanzig Kilometern gezogen worden, da man davon ausging, dass sich Bach maximal so weit zu Fuß zurückbewegt haben dürfte. Sofern er sich tatsächlich noch in dem Gebiet aufhielt.

Das Gebiet wies im Westen und Norden mit der Ostsee eine natürliche Begrenzung auf. Die Suchmannschaften sollten das

Gelände von Ost nach West und von Süd nach Nord in einem Halbkreis durchkämmen und die Schlinge immer enger ziehen. Auf dem Wasser würden Boote patrouillieren, um auch diesen Fluchtweg auszuschließen. Hannes war von der detaillierten Planung beeindruckt, bei der kein Aspekt außer Acht gelassen wurde. Auch eine Strategie zum Umgang mit der Presse wurde entworfen, da die Aktion gewiss nicht unbemerkt bleiben würde. Er selbst fühlte sich bei den Vorbereitungen etwas nutzlos und hatte mehrfach das Gefühl, den anderen im Weg zu stehen. Marcel sah das offenbar ähnlich und nahm ihn zur Seite.

»Wir können hier im Moment nicht viel tun. Auch morgen greifen wir nicht aktiv ein, sondern sehen uns in Zweiergruppen in dem Suchgebiet in Zivil um. Wenn uns etwas auffällt, kann sofort ein Einsatztrupp losgeschickt werden, der für diesen Fall bereitgehalten wird.«

»Was sollen wir in der Zwischenzeit tun?«

»Hier geht jetzt alles seinen Gang. Du hast doch vorgeschlagen, dass Clarissa sich den Argentinier noch mal vornehmen sollte. Schaden kann das ja nicht. Fahrt zu ihm und setzt ihn unter Druck.«

Carlos di Santo unter Druck zu setzen, war nicht besonders schwer. Zumindest nicht für Clarissa. Etwas unbehaglich beobachtete Hannes, wie sie in dem Wohnzimmer auf und ab ging und neugierig die persönlichen Gegenstände des Eigentümers beäugte. Der fühlte sich sichtlich unwohl und rutschte unruhig auf dem ledernen Sofa hin und her. Er rückte seine silbern umrandete Brille zurecht, und seine Pupillen verfolgten unter den dichten Augenbrauen jeden Schritt der jungen Polizistin. Noch immer waren sämtliche Vorhänge in der Wohnung zugezogen. Er fühle sich nach wie vor verfolgt und beobachtet, wie er gleich zu Beginn mit ziemlich haarsträubenden Begründungen mitteilte.

»Also noch mal«, sagte Clarissa mit kalter Stimme und drehte sich mit einem Ruck herum. Ihre kupferfarbenen Ohranhänger klimperten. Niemals trug sie an zwei aufeinanderfolgenden Tagen denselben Schmuck. Sie stand auf Abwechslung, und die hatte ihr Carlos di Santo bisher verweigert. Seit einer Viertelstunde hatte sie ihn so intensiv wie erfolglos bearbeitet. Doch langsam zeigten sich die ersten Risse in seiner Fassade. »Ihre Beziehung zu Benjamin Lück soll also rein freundschaftlicher Natur gewesen sein? Uns haben mehrere Leute gesagt, da sei mehr zwischen Ihnen gewesen!«

»Lügner! Das sind alles nur Lügen!«

»Wir haben genug Zeugen, die bestätigt haben, dass Sie ein Paar waren!«

»Das kann nicht sein! Wir waren extra nie zusammen …« Erschrocken verstummte er.

»Nein, Sie waren nie zusammen unterwegs«, unterstützte Hannes seine Kollegin. »Aber glauben Sie etwa, Herr Lück hätte niemandem von Ihrer Beziehung erzählt?«

Endlich gab di Santo auf. Seine Schultern sackten zusammen, und in der großen Couch wirkte er nun sehr verloren.

»Er hat doch versprochen … er wollte niemandem sagen, dass wir … sollte geheim bleiben«, murmelte er zu seinen Knien hinunter.

Clarissa atmete tief aus und setzte sich nun ebenfalls. Ihre Stimme wurde einen Hauch sanfter. »Und was wäre so schlimm daran gewesen, wenn es nicht geheim geblieben wäre?«

»Ich wollte es nicht. Es ist einfach passiert mit der Zeit. Aber ich habe mich dafür geschämt. Es ist nicht natürlich! Zwei Männer zusammen …« Er schüttelte den Kopf und schien über sich selbst entrüstet zu sein.

»Woher haben Sie denn dieses Weltbild? Wird nicht außerdem jedem im ›Neuen Weg‹ die Hand ausgestreckt? Herr Lück hatte doch auch keine Probleme damit.«

»Wenn Sie wüssten!«

»Wieso? Was ist denn passiert?«

»Manche fanden es okay. Andere haben hintenherum über ihn gelästert. Ich hab es aber gehört, denn es wusste ja keiner, dass ich auch …«

»Aber zumindest hat ihn niemand offen angegriffen.«

»Angegriffen? Nein, das haben die anderen gemacht.«

»Welche anderen?«

»Kerle von der Schöpferkirche haben ihn überfallen, den Pferdeschwanz abgeschnitten und ihm ins Gesicht geschlagen. Ich war dabei. Aber sie wussten nicht, dass ich auch …«

»Moment!« Hannes versuchte, den Bericht des Mannes in geordnete Bahnen zu lenken. »Wer hat ihn angegriffen? Haben Sie die Leute erkannt?«

»Klar! Die haben immer wieder Ärger gemacht! Diese zwei Freunde. Hatten Spaß dran.«

»Können Sie uns sagen, wer die beiden waren?«

»Namen kenn ich nicht. Einer ist dünn, blass und trägt eine runde Brille. Hat die Haare so auf der Seite liegen. Er spricht immer viel mit dem Priester von denen. Der andere ist jünger. Groß, so ein Muskelmann mit abstehenden Ohren. Noch schlimmer als Sie!«

Bei den letzten Worten deutete er auf Hannes, der dabei sofort das Blut in genau diese Ohren strömen spürte. Er hörte, wie Clarissa neben ihm belustigt um Fassung rang. Empört schluckte er eine scharfe Erwiderung herunter. Er warf einen Seitenblick auf Clarissa, die sich inzwischen wieder gefangen hatte. In ihren Augen las er, dass sie dasselbe dachte wie er. Es passte! Die Beschreibung deutete auf David Bach und Frank Meister hin!

»Würden Sie die beiden wiedererkennen?« Hannes bemühte sich, nach dem fragwürdigen Ohrenvergleich höflich zu bleiben.

»Klar! Die haben immer wieder Ärger gemacht!«, wiederholte sich der Mann.

»Ich habe noch eine andere Frage«, kündigte Clarissa an. »Kannten Sie Alexander Kramer? Er ist erst nach Ihrem Austritt zum ›Neuen Weg‹ gekommen. Vor ein paar Wochen wurde er an ein Kreuz genagelt.«

»Hab davon gelesen. Er war der erste Sünder.«

»Was meinen Sie damit?«

»Er hat Pornos gemacht. Hab mich ab und zu noch mit Benny getroffen – der hat es mir erzählt. Er fand den Typen wohl schick.«

»Wieso der erste Sünder? Gab es weitere?«

»Es gibt viele Sünder. Jeder ist einer. Manche aber mehr als andere. Sylvia zum Beispiel hat ein Kind getötet. Jetzt ist sie selbst tot. Aber die wahren Sünder sind ganz andere.«

Clarissa und Hannes versuchten noch mehr aus ihm herauszulocken und ein Gefühl für sein Verhältnis zu den verschiedenen Mordopfern zu bekommen. Doch die Befragung schien den Mann ermüdet zu haben, spürbar zog er sich zurück. Nach zehn Minuten gaben sie auf. Immerhin hatte ihnen di Santo mit der Schilderung des Überfalls auf Lück ein wichtiges Puzzlestück in der Beweiskette zulasten von Bach und Meister überreicht. Dass er mit den beiden unter einer Decke steckte, war auszuschließen. Der Druck, die beiden Flüchtigen zu finden, wurde dagegen fast schon schmerzhaft.

Eng aneinandergekuschelt lagen Anna und Hannes auf dem Sofa und blickten auf den Fernseher, wo die Werbung gerade kurz von einem Spielfilm unterbrochen wurde. Entspannt verfolgten sie die mäßige Handlung, bis ein neuer Jingle die Rückkehr zum eigentlichen Hauptprogramm ankündigte. Den ersten Spot, der eine völlig neuartige Zahncreme anpries, hatten sie an diesem Abend schon zweimal gesehen, und

Hannes angelte sich die Fernbedienung. Entschlossen tippte er auf den roten Knopf.

»He, wurde doch grade spannend!«, protestierte Anna ironisch.

»So ein Mist! Wenn der Film wenigstens was taugen würde, aber so macht das keinen Spaß.«

»Schlechte Laune, Herr Kommissar?«, frotzelte sie und kitzelte seinen Bauchnabel.

Lachend schob Hannes sie von sich und nahm einen großen Schluck aus dem Weinglas. Erstaunlicherweise hatte er an diesem Abend sofort abschalten können, als er Annas Wohnung betreten hatte. Sie schien eine ausgesprochen positive Wirkung auf ihn zu haben. Dass er tatsächlich einen Glücksgriff gelandet hatte, stellte sie kurz darauf unter Beweis.

»Ich weiß, wie ich dich auflockern kann. Zieh deinen Pulli und das T-Shirt aus!«

Das ließ sich Hannes nicht zweimal sagen, und erwartungsfroh fingerte er anschließend auch an seinem Gürtel herum.

»Moment«, korrigierte Anna lachend. »Die Hose kannst du später ausziehen. Ich wollte dir eigentlich nur zeigen, was ich gestern im Massage-Kurs gelernt hab.«

Auf ihrer Asienreise hatte sie häufig die günstigen Thai-Massagen genossen und nun einen entsprechenden Kurs belegt. Hannes hatte sich mit einem Hinweis auf seine intensive Arbeitsbelastung vorerst noch vor der Teilnahme drücken können. Folgsam legte er sich nun flach auf den Boden und schaute versonnen zu Anna hoch.

»Wieso bist du mir nicht schon vor zehn Jahren begegnet? Das hätte mir einiges erspart. Du bist ein absoluter Hauptgewinn!«

Geschmeichelt begann der Hauptgewinn seine Rückenmuskeln zu bearbeiten – und Hannes musste erkennen, dass eine Thai-Massage auch schmerzhafte Elemente hatte.

»Bist du sicher, dass das gesund ist?«, ächzte er, als sie seine Arme nach hinten zog und ihm dabei den Rücken durchbog. Er hatte das Gefühl, dass lediglich ihr Knie in seinem Rücken ein Auseinanderbrechen des Körpers verhinderte.

»Hinterher fühlst du dich wie neugeboren«, beruhigte sie ihn. »Außerdem bist du dann extrem beweglich. Du glaubst gar nicht, wozu du nachher in der Lage sein wirst!«

Diese Aussicht ließ Hannes den Schmerz stoisch ertragen, und Anna lenkte ihn mit ihren Erzählungen zusätzlich ab. Sie hatte den ganzen Tag an ihren Bewerbungsunterlagen gefeilt, und zu Hannes‹ Befriedigung hatte er auf ihrem Zettel ausschließlich Unternehmen in der Nähe entdeckt. Eine Firma war rot eingekringelt gewesen. Das Unternehmen LightFire suchte zum ersten Februar eine Referentin der Geschäftsführung und schien Annas Sehnsucht nach einer sinnvollen Arbeit zu entsprechen. Die Firma hatte sich auf den Handel mit schicker Öko-Mode spezialisiert, die unter strengsten sozialen Standards hergestellt wurde. Da eine bekannte Band die Klamotten zur Schau trug, entwickelte die Marke gerade einen Kultstatus. Die angebotene Kleidung war ansprechend und widersprach dem Klischee, dass Öko-Mode automatisch langweilig und wenig stylisch sein musste.

»Ich bin zwar keine Modetussi, aber diesen Ansatz finde ich schon ziemlich cool!«, meinte Anna. »Außerdem kann man da noch was aufbauen. Die Firma gibt es erst seit einem Jahr. Ines kennt dort übrigens eine Projektleiterin, mit der sie studiert hat. Sie würde meine Bewerbungsunterlagen über ihre Kommilitonin einreichen. Vielleicht habe ich dadurch bessere Chancen, der Job klingt richtig interessant!«

»Hatte Ines nicht gesagt, dass auch beim DRK was frei wird?«

»Das ist nur eine Schwangerschaftsvertretung für ein Jahr. Übrigens hat sie gefragt, ob wir uns am Samstag auf dem Weihnachtsmarkt treffen wollen.«

»Ist das schon wieder so weit?«

»Am Sonntag ist der erste Advent. Wir könnten auf den historischen Weihnachtsmarkt am Rathaus gehen. Da ist es immer am schönsten.«

»Aber auch am vollsten«, entgegnete Hannes, der große Menschenansammlungen nicht gerade mochte. Dass der Besuch von Weihnachtsmärkten generell nicht zu seinen Lieblingsbeschäftigungen gehörte, verschwieg er angesichts Annas Vorfreude jedoch. Dabei fiel ihm ein, dass demnächst auch noch die Frage zu klären war, wie sie die Weihnachtstage verbringen wollten. Da ihm der Streit zwischen Ines und Kalle jedoch noch vor Augen stand, sagte er auch hierzu lieber nichts. Stattdessen gab er sich weiter genüsslich der Massage hin, die in den letzten Minuten zärtlicher geworden war.

»Am Samstag habe ich die Prüfung für den Bootsführerschein«, erinnerte er Anna.

»Den ganzen Tag?«

»Nein, der schriftliche Test ist am Vormittag und nachmittags findet die Praxis statt. Da fällt mir ein, dass ich die Prüfungsbögen noch mal durchgehen muss!«

»Das kannst du doch morgen Abend machen«, schlug Anna sanft vor, und ihre Hände wanderten langsam zu seinem Hosenbund. »Also, was meinst du? Soll ich Ines für Samstagabend zusagen?«

Hannes spürte, wie ihre Hände verlockend unter seine Hose glitten, und gab sich geschlagen. Gegen diese gezielt eingesetzten Waffen war er einfach chancenlos. In diesem Moment klingelte sein Handy, und Annas Hände kamen ins Stocken.

»Ignorier es einfach«, bat Hannes.

Er rollte sich auf den Rücken und zog Anna zu sich herunter. Als sich ihre Lippen fanden, verstummte das Telefon, und ihre Finger öffneten seinen Gürtel. Langsam schob er ihr T-Shirt hoch und streichelte über ihren Bauch. Als sie seine Jeans aufknöpfte, klingelte das Telefon erneut. Hannes lenkte sich damit ab, eine Hand unter ihren BH zu schieben. Anna lachte leise, doch bevor die Stimmung endgültig kippen konnte, hörte das Klingeln auf.

»Ich habe im Schlafzimmer etwas vorbereitet«, flüsterte sie ihm verführerisch ins Ohr.

»Da bin ich gespannt!« Hannes grinste und ließ die Finger zu ihrer Hose wandern.

Erneut durchkreuzte das Telefon die weiteren Pläne.

»Verdammt noch mal!«, fluchte Hannes und richtete sich auf.

»Jetzt geh halt ran. Scheint ja dringend zu sein. Ich warte nebenan.«

Damit verschwand sie in Richtung Schlafzimmer, und Hannes sah ihr fasziniert hinterher. Als sich die Tür schloss, blickte er auf das Display. Die Nummer kannte er nicht. Also war es zumindest nicht Federsen, der hartnäckig versuchte, ihm den Abend zu verderben.

»Ja?«

»Ähm … hallo?« Die Stimme kam Hannes vage bekannt vor.

»Ja?«

»Sind Sie das, Herr Niehaus?«

Fassungslos, doch glücklicherweise lautlos, stöhnte Hannes auf. Carlos di Santo! Es war einundzwanzig Uhr. Was wollte dieser Typ um diese Uhrzeit?

»Ja, ich bin dran. Herr di Santo? Was kann ich für Sie tun?«

»Sie haben gesagt, ich soll mich melden, wenn ich Ihnen helfen kann.«

»Um was geht es denn?«

»Ich weiß es noch nicht genau.«

Entnervt ballte Hannes seine Faust. Er setzte schon zu einer scharfen Bemerkung an, bremste sich jedoch, um Anna im Nachbarzimmer nicht vollends aus der knisternden Stimmung zu reißen.

»Warum rufen Sie mich dann an?«, fragte er leise und mühsam beherrscht.

»Ich weiß es nicht, aber ich habe eine Idee! Können wir uns treffen?«

»Jetzt?« Schockiert schaute Hannes sein Spiegelbild in der Fensterscheibe an. War der Kerl völlig verrückt geworden?

»Nicht jetzt. Ich muss erst noch was überprüfen. Aber wahrscheinlich habe ich recht.«

»Dann reden Sie schon! Worum geht es?«

»Ich muss es erst überprüfen. Treffe gleich jemanden, dann weiß ich vielleicht mehr. Die Toten … das ergibt alles Sinn! Können Sie morgen kommen? Um neun Uhr?«

Hannes dachte an den bevorstehenden Großeinsatz. »Tut mir leid, aber morgen früh bin ich verhindert. Sagen Sie mir doch einfach, was Sie …«

»Dann am Nachmittag?«, ignorierte die Stimme seine Aufforderung.

»Kein Ahnung, wann ich mit meinem Einsatz fertig bin. Das kann etwas dauern.«

Hannes überlegte. Offenbar war di Santo nicht dazu zu bewegen, schon jetzt offen zu sprechen. Die Suche nach David Bach dürfte jedoch mit Einbruch der Dunkelheit beendet sein. Zumindest war das die Einschätzung der Einsatzleitung gewesen. Entweder war er bis dahin gefunden worden, oder er befand sich gar nicht in dem Gebiet.

»Ich könnte gegen neunzehn Uhr bei Ihnen vorbeikommen«, schuf sich Hannes vorsichtshalber etwas Puffer.

»Das ist gut. Dann ich erwarte Sie hier bei mir?«

»Ja, ich komme zu Ihnen. Aber Herr di Santo: Wollen Sie mir nicht doch schon sagen …«

Sein Gesprächspartner hatte bereits aufgelegt. Irritiert starrte Hannes auf das Telefon und überlegte, ob er Marcel oder Federsen über diesen merkwürdigen Anruf informieren sollte. Zwar hatte der Argentinier wieder etwas verwirrt gewirkt, doch er hatte kein gutes Gefühl dabei, dass der Mann offenbar eigene Ermittlungen anstellte. Kurz entschlossen wählte er die Nummer seines Chefs, der über den späten Anruf wenig erfreut war.

»Der Typ gibt doch die ganze Zeit schon wirres Zeug von sich! Suchen Sie ihn morgen nach dem Großeinsatz auf, aber es wird ohnehin vergeudete Zeit sein.«

Hannes teilte diese Befürchtung, auch wenn er ein ungutes Gefühl hatte, dass di Santo bis zum nächsten Abend unkontrolliert herumlief. Doch mehr als Federsen seine Bedenken vorzutragen, konnte er nicht tun. Entschlossen schaltete er das Handy stumm und legte es auf den kleinen Couchtisch. Er nahm noch einen Schluck Wein und verfluchte Carlos di Santo. Wieso hatte der Mann nicht schon am Nachmittag gesagt, was ihm auf der Seele brannte? Seine Erregung war nach den beiden Telefonaten komplett verflogen! Gedanklich war er wieder voll bei der Ermittlung und dem morgigen Tag. Dabei hatte Anna doch irgendetwas Besonderes vorbereitet. Was sie wohl vorhatte? Neugierig schlich er zur Schlafzimmertür und öffnete sie leise. Bei dem sich bietenden Anblick waren die Ermittlungsarbeit und Carlos di Santo dann doch auf einen Schlag vergessen.

KAPITEL 22

Leise plätscherten die Wellen gegen den Rumpf der kleinen Fähre, die im Pendelverkehr zu der Halbinsel auf der anderen Seite übersetzte. Die Überfahrt würde lediglich ein paar Minuten dauern. Der Kapitän ließ noch ein Containerschiff die Fahrrinne passieren und Per gesellte sich zu Hannes an die Reling. Schweigend standen die beiden Ermittler auf der Backbord-Seite und blickten in Richtung der offenen See. Da noch Dunkelheit herrschte, konnten sie das Meer mehr erahnen als sehen. Über ihnen kreisten ein paar Möwen und ließen ihre heiseren Schreie ertönen. Es nieselte leicht, und als sich Per fröstelnd die Kapuze über den Kopf zog, erinnerte er an eine Vogelscheuche. An diesem frühen Morgen waren nur wenige Autos auf der Fähre und noch weniger Fußpassagiere.

Hannes rieb sich die brennenden Augen. Doch die kalte Novemberluft zeigte allmählich Wirkung und vertrieb die Müdigkeit. Kaum spürbar setzte sich die Fähre in Bewegung, und die andere Uferseite kam schnell näher. Hannes' Herzschlag beschleunigte sich. Es war sechs Uhr morgens, der Großeinsatz mit der Suche nach David Bach begann genau in diesem Moment. Als sie den Fähranleger erreichten, waren bereits uniformierte Polizisten zu erkennen. Sie kontrollierten jedes Auto, das in die Gegenrichtung übersetzen wollte. Der Zwanzig-Kilometer-Suchradius war inzwischen eingerichtet und mit Straßensperren versehen worden. Langsam steuerte Per das zivile Einsatzfahrzeug über die Rampe an Land und hielt dann auf der rechten Straßenseite an.

»Und jetzt? Ich habe keinen Plan, was wir hier eigentlich tun können!«

»Wir sollen uns unauffällig in dem Gebiet umsehen und unseren Kollegen dabei möglichst nicht in die Quere kommen«, erinnerte ihn Hannes.

Es durfte jedoch ohnehin eine Weile dauern, bis sich die Suchmannschaften von der anderen Seite ihrem Aufenthaltsort näherten. Die anwesenden Polizisten hatten lediglich die Aufgabe, eine eventuelle Flucht von Bach zu verhindern. Auf dem Wasser fuhren Boote der Wasserschutzpolizei Patrouille, doch es war unwahrscheinlich, dass sich der Mann ins eiskalte Wasser stürzen und zum anderen Ufer schwimmen würde. Aber natürlich konnte er ein Boot entwenden und sich damit aus dem Staub machen.

»Lass uns zum Segelhafen fahren«, schlug Hannes daher vor.

Per zuckte ergeben mit den Schultern und startete den Motor. Nach wenigen Metern bogen sie in eine kleine Straße ein, die durch ein Waldstück zum Hafen führte. Nur wenige Segelyachten dümpelten vor sich hin, der Rest war bereits trockengelegt worden. Auch hier waren Polizisten im Einsatz. Die beiden Ermittler beobachteten, wie einige von ihnen unter Planen krochen und die ersten Yachten filzten. Am anderen Ende des Segelhafens erhob sich eine majestätische Viermast-Bark, die viele Jahre über die Weltmeere gekreuzt war. Inzwischen diente sie als Museumsschiff und Veranstaltungsort. Hannes war dem Großsegler sofort verfallen gewesen, als er ihn zum ersten Mal gesehen hatte. Gern wäre er bei einer Umrundung Kap Horns dabei gewesen. Doch er hielt es für ausgeschlossen, dass sich Bach unbemerkt an Bord des Schiffes hätte schleichen können. Per sah das genauso.

»Dort drüben liegt der ehemalige Campingplatz. Vielleicht sollten wir uns da mal umsehen?«

»Ich wusste gar nicht, dass er dichtgemacht hat.«

»Hier sollen Wohnungen, Geschäfte und Hotels entstehen. Soweit ich weiß, ist aber noch nicht alles abgerissen worden. Wär doch ein perfekter Unterschlupf!«

Tatsächlich hatten auf dem früheren Campingplatz bereits Abbrucharbeiten stattgefunden. Allerdings standen auch noch einige aufgegebene Wohnwagen herum, und sie näherten sich einem betagten Anhänger, aus dessen Reifen die Luft bereits komplett entwichen war. Der Himmel hatte sich inzwischen von einem tiefen Schwarz zu einem dunklen Grau verfärbt, und in der Ferne hörten sie das Geräusch eines Hubschraubers. Die Suche war in vollem Gang.

»Die Tür ist nur angelehnt«, flüsterte Per und fingerte nach seiner Pistole.

»Werd' jetzt bloß nicht nervös!«, murmelte Hannes. »Am Ende schießt du einen Obdachlosen über den Haufen, der hier einen Unterschlupf gefunden hat.«

Vorsichtig zog er an der Tür, die knarzend aufschwang. Damit war das Überraschungsmoment dahin, und Hannes kletterte ins Innere. Es roch muffig nach alten Polstern und Feuchtigkeit, doch selbst in dem schwachen Licht konnte er sofort erkennen, dass sich hier niemand aufhielt. Noch vier weitere aufgegebene Caravans standen herum, die jedoch ebenfalls keine Spuren eines Bewohners zeigten.

»Wäre ja auch zu schön gewesen«, kommentierte Per den Fehlschlag. »Schade, wahrscheinlich hätten wir einen Orden bekommen, wenn die Aktion schon nach einer Stunde hätte abgebrochen werden können!«

Langsam schlenderten sie zu ihrem Fahrzeug zurück und fragten am Segelhafen die Kollegen, ob es bereits erste Ergebnisse gab.

»Beide Hubschrauber sind seit einer halben Stunde in der Luft«, wurden sie informiert. »Die Suchtrupps haben die ersten beiden Kilometer geschafft, allerdings war dort auch größtenteils offenes Gelände. Die Presse hat schon Wind von der Aktion bekommen, wahrscheinlich trudeln bald die ersten Übertragungswagen hier ein.«

Der Nieselregen wurde stärker, sodass sich Per und Hannes darauf verlegten, die Straßen der Siedlung langsam abzufahren. Inzwischen zeigten sich die ersten Bewohner auf den Straßen und tauschten aufgeregt ihren Kenntnisstand zu den überraschenden Aktivitäten aus. Als Per an einer Kläranlage wendete, meldete sich zum ersten Mal Marcel.

»Wo seid ihr gerade?«

»Am Klärwerk. Gibt es Neuigkeiten?«

»Bisher nicht. Unsere Leute kommen aber gut voran. Inzwischen wurden die ersten Gebäude durchsucht. Den Einwohnern werden Fotos gezeigt. Frank Meister erkannte niemand, aber mehrere meinen, Bach hier schon mal gesehen zu haben. Ein Mann hat angegeben, ihn vor zwei Tagen auf einem Fahrrad gesehen zu haben.«

»Wo war das?«

»In der Nähe der Seemannsschule. Muss aber nicht heißen, dass er sich dort irgendwo versteckt hält. Zumindest wissen wir jetzt, dass er tatsächlich länger in der Gegend war.«

»Hoffentlich ist er das immer noch! Wir sind inzwischen alles abgefahren. Sollen wir woanders weitermachen?«

»Nein, bleibt auf der Halbinsel. Wir decken das restliche Gebiet ab. Je näher die Suchtrupps zu euch kommen, umso wahrscheinlicher ist es, dass der Kerl aufgeschreckt wird. Auch die Hubschrauber wird er kaum überhören können.«

Noch waren die Hundertschaften weit entfernt, und ihr Vorwärtskommen geriet ins Stocken, als sie die ersten größeren Siedlungen erreichten. Per und Hannes verbrachten den Vormittag damit, wieder und wieder dieselben Straßen abzufahren. Sie hatten einen aufregenderen Tag erwartet. Gegen Mittag hielt Per schließlich vor einer Fischbratküche an.

»Höchste Zeit für einen Snack«, verkündete er. »Wenn unsere Kollegen erst mal näher rücken, werden wir kaum noch zum Essen kommen.«

Kurz darauf standen zwei Teller mit gebratenem Lachs vor ihnen. Per ignorierte die Beilage aus Salzkartoffeln und Spinat, während Hannes seinen Teller schnell leerte.

»Den Sportler merkt man dir wirklich an.« Per grinste und schob ihm seine Reste rüber.

»Und dir sieht man an, dass du in deinem Essen immer nur rumstocherst. Du könntest viel besser in deine Klamotten passen, würdest du den Teller mal leer essen!« Hannes piekte mit der Gabel eine Kartoffel auf. »Ich glaube, dass wir hier an der falschen Stelle suchen. Wenn du dich tagelang verstecken willst, suchst du dir eher was Abgeschiedenes.«

»An einem abgelegenen Ort ist es aber schwierig, an Futter zu kommen.«

»Dafür hatte er ja das Fahrrad. Ich vermute, dass er eine Strandhütte oder ein Ferienhaus aufgebrochen hat.«

»Kannst recht haben. Ich glaub, dass er gar nicht mehr hier ist.«

»Das klang gestern aber anders! Lass uns bezahlen und dann sehen wir uns mal an den Stränden um.«

Missmutig schaute Per zum Fenster, an dem das Regenwasser herunterlief. Widerwillig folgte er seinem Kollegen ins Freie und nahm auf dem Beifahrersitz Platz.

»Wo willst du anfangen?«

»In Richtung Osten sind kilometerlange Sandstrände. Dort sollten wir uns umschauen.«

»Willst du einen Strandspaziergang machen? Die Suchtrupps kommen da sowieso irgendwann durch!«

»Ach, stimmt. Na, dann können wir auch nach Hause fahren«, erwiderte Hannes ironisch. »Per, ich möchte wenigstens das Gefühl haben, etwas Sinnvolles beizutragen, statt hier planlos durch die Straßen zu gondeln!«

»Aber Marcel wollte, dass wir hierbleiben!«

»Wir entfernen uns ja auch gar nicht weit.« Er zeigte auf die Karte des Navigationssystems. »Hier, wir fahren nur bis zu diesem Dorf. Das ist zwar bloß ein kleines Nest, aber dort gibt es mehrere Ferienhäuser. Außerdem einen großen Naturstrand. Vielleicht stehen da abgelegene Hütten. Um diese Jahreszeit ein ideales Versteck!«

Pers Proteste ignorierend, verließ er die Halbinsel und folgte der Landstraße. Ein kleiner Weiher glitt an ihnen vorbei, bevor Hannes links abbog und wieder in Richtung Meer fuhr. In der Ferne konnten sie einen Hubschrauber erkennen, das Suchgebiet dürfte somit bereits zur Hälfte durchkämmt worden sein. Kurz darauf tauchten reetgedeckte Häuser auf, und Hannes durchquerte den Ort.

»Idyllisch«, meinte Per. »Aber wollten wir uns nicht in diesem Kaff umsehen?«

»Dort vorn ist der Strand«, erklärte Hannes und hielt an. »Ich war letzten Sommer mal hier, kann mich aber nicht erinnern, ob es dort Gebäude gab. Lass uns kurz nachsehen.«

Sie stapften auf einem schmalen Sandpfad durch die Dünen und hatten kurz darauf freien Blick über die Ostsee. In der Ferne zog eine der großen Skandinavien-Fähren vorbei, und Per drehte den Kopf von links nach rechts. Der Strand lag vollständig verlassen, was bei dem Wetter nicht verwunderlich war. Er deutete nach rechts.

»Kann es sein, dass es dort hinten im Sommer eine Wassersportschule gibt? Ich habe vor fünf Jahren mit einem Kitesurf-Kurs angefangen. Das war hier irgendwo. Ich bin aber nur einmal da gewesen, dann hab ich es wieder aufgegeben.«

Hannes konnte sich seinen Kollegen nicht wirklich auf einem Kite-Board vorstellen. Er grinste verstohlen. »Die Schule hat im Winter bestimmt geschlossen. Wir können ja bis dahin laufen und uns umsehen. Wenn uns nichts auffällt, kehren wir wieder um und fahren zurück.«

Erleichtert stimmte Per zu. Es war ihm gar nicht recht, dass sie das ihnen zugeteilte Gebiet ohne vorherige Rücksprache verlassen hatten. Unbeholfen stakste er neben Hannes über den Strand und versuchte, möglichst wenig Sand in seine Schuhe zu bekommen. Die Dünen rechts neben ihnen waren mit etwas Gras sowie Büschen und Bäumen bewachsen, die jedoch im trüben Novemberlicht trostlos und kahl wirkten. Bis auf ein paar vereinzelte Möwen lag der lange Küstenabschnitt verlassen und leblos vor ihnen. Es war fast windstill, und die winzigen Wellen plätscherten nur müde über den Sand. Plötzlich blieb Hannes stehen und kniff die Augen zusammen, als er durch den Nieselregen geradeaus blickte.

»Was ist denn das?«

In etwa zweihundert Metern erhob sich ein weiß-rotes Stahlgerippe. Auf einer Plattform mit vier Trägern stand ein kleines Häuschen, das über ein Dach und Fenster verfügte, die rundherum reichten. Seine Grundfläche maß vielleicht zwei mal zwei Meter. Als sich die Polizisten näherten, konnten sie an der Wand den weißen Schriftzug der DLRG erkennen.

»Das ist nur ein Turm für die Rettungsschwimmer«, meinte Per. »Baywatch an der Ostsee. Wahrscheinlich verdienen sich da im Sommer …«

»Leise!«, unterbrach Hannes und schob ihn in Richtung Düne.

»Was ist los?«, fragte Per alarmiert.

»Auf dem Turm ist jemand! Ein Rettungsschwimmer wird es um diese Jahreszeit kaum sein.«

Glücklicherweise hatte er das Fernglas nicht im Auto vergessen, und er versuchte, die schemenhafte Gestalt klarer zu erkennen.

»Verdammter Regen! Ich kann fast nichts sehen. Aber auf jeden Fall ist da ein Mann in der kleinen Hütte!« Er reichte Per das Fernglas.

Der schraubte an der Einstellung herum und bestätigte schließlich Hannes Vermutung.

»Kurze blonde Haare. Scheint groß zu sein.«

»Lass uns näher rangehen!«

»Sollten wir nicht besser die Einsatzleitung verständigen?«

»Und wenn es falscher Alarm ist? Könnte ein Spaziergänger sein, der die Aussicht genießt.«

»Der hätte kaum die Tür aufgebrochen. Und dieser Mann befindet sich definitiv im Inneren des Ausgucks!«

»Vielleicht war nicht zugesperrt. Wir können hinter der Düne unauffällig näher rankommen. Von dort haben wir einen besseren Blick. Wenn es wirklich Bach ist, rufen wir sofort Verstärkung.«

Geduckt machte er sich auf den Weg, und Per blieb nichts anderes übrig, als ihm zu folgen. Der Bewuchs bot im Winter nur wenig Deckung, doch Hannes hoffte, dass es ausreichte. Etwa hundert Meter von dem Turm entfernt legte er hinter einem Busch erneut das Fernglas an die Augen.

»Ich glaube, das ist er. Er wirkt nervös und schaut ständig in die Richtung der Hubschrauber. Jetzt können wir guten Gewissens die Kollegen rufen!«

Per fummelte an seinem Handy herum. »Kann doch nicht wahr sein! Ich hab kein Netz! Wie sieht's bei dir aus?«

»Nimm halt das Funkgerät, aber sei leise.«

Kurz darauf informierte Per die Kollegen mit gedämpfter Stimme über ihren Verdacht. Sofort wurde ein Einsatztrupp in Bewegung gesetzt, der für solche Fälle in Bereitschaft stand. Per stöhnte leise.

»Was ist?«, fragte Hannes.

»Kannst du kurz allein aufpassen? Ich muss wirklich dringend hinter einen Baum. Hoffentlich war dieser Lachs nicht verdorben.«

Hannes grunzte nur zustimmend und legte sich hinter dem Busch auf den Bauch. Sein Kollege entfernte sich eilig in geduckter Haltung und übersah dabei eine Wurzel. Strauchelnd fiel er der Länge nach hin. Hannes kicherte leise und konzentrierte sich dann wieder auf den DLRG-Turm. Der Mann hatte die Anwesenheit der beiden Polizisten nicht bemerkt, seine Aufmerksamkeit blieb voll und ganz auf den Hubschrauber gerichtet, der etwas weiter östlich still in der Luft stand. Er schien nervös zu sein und kam offenbar zu der Erkenntnis, dass er diesen Ort schnellstmöglich verlassen sollte. Er öffnete die Tür und trat auf die Plattform. Unschlüssig schaute er von links nach rechts. Als Hannes ihm nun durchs Fernglas frontal ins Gesicht blickte, verflogen die letzten Zweifel. Das war eindeutig David Bach, und er sah ziemlich mitgenommen aus. Hektisch schaute sich Hannes nach Per um und fluchte gedämpft, als er ihn nirgends entdecken konnte.

Als Bach die Leiter herunterkletterte, schreckte der Polizist auf. Noch einmal sollte dieser Kerl nicht entwischen! Auf allen vieren schob er sich Stück für Stück näher heran. Schnell hatte er das Ende des Dünenbewuchses erreicht, und ihn trennten nur noch fünfzig Meter von dem Ausguck. In diesem Moment stellte sich der Mann an einen Stützpfeiler der Plattform und öffnete die Hose. Offenkundig drückten ihm die Ereignisse auf die Blase.

Entfernt war Hundegebell zu hören, die Suchmannschaft rückte unerbittlich näher. Auch Bach drehte lauschend den Kopf. Nachdem er seine Hose wieder zugeknüpft hatte, stürmte er zu der Leiter und kletterte sie rasend schnell hoch. Verwundert beobachtete ihn Hannes. Dachte der Kerl wirklich, er wäre in diesem Kasten vor einer Entdeckung sicher? Dann dämmerte es ihm, und ein Blick durchs Fernglas bestätigte seine Vermutung. Hektisch kramte der Mann herumliegende Sachen in einen großen Rucksack, und Hannes sah seine Chance gekommen. Blitzschnell richtete er sich auf und rannte auf den Turm zu. Adrenalin wurde durch seinen Körper gepumpt, und im Laufen fingerte er seine Dienstwaffe heraus. An der Leiter angekommen, verharrte er unschlüssig einen Augenblick und unterdrückte mühsam seine Atemgeräusche. Dann übernahm das Adrenalin die Kontrolle. Vorsichtig ergriff er mit der linken Hand eine Sprosse, während die rechte seine Waffe fest umklammert hielt. So leise wie möglich glitt er auf der Leiter nach oben. Offenbar nicht leise genug.

Als er vorsichtig den Kopf über den Boden der Plattform schob, um sich anschließend mit einem Ruck nach oben zu hieven, sah er direkt in die aufgerissenen Augen von David Bach. Der hatte sich gerade nach einer Wasserflasche umgesehen, als Hannes' zerzauste Haare auftauchten. Stumm blickten sich die beiden Männer an. Dann setzten bei beiden simultan die Reflexe ein. Hannes drückte sich mit dem linken Arm in die Höhe und schwenkte die Waffe in Bachs Richtung. Doch der war aufgrund seiner erhöhten Position im Vorteil. Mit einem großen Schritt trat er an den Rand der Plattform und holte mit dem rechten Fuß aus. Er traf Hannes mit voller Wucht mitten auf den Brustkorb und schleuderte ihn nach hinten. Die Hand des Polizisten griff ins Leere, und er spürte, wie er den Kontakt zur Leiter verlor. Im Fallen hörte er von links einen Aufschrei, der nach Per klang.

Der Sturz dauerte erstaunlich lange. Zumindest kam es Hannes so vor. Wie in Zeitlupe sah er David Bach die Leiter herunterrutschen, während er selbst mit rudernden Armen nach hinten wegkippte. Aus der Luft blickte er auf Sand und meinte dabei jedes einzelne Korn zu erkennen. Einen Augenblick später kam der graue Himmel in sein Blickfeld, bevor er von Dunkelheit verschlungen wurde.

Das Erste, was Hannes nach der Finsternis erblickte, war Henning Federsens Gesicht. Zunächst noch etwas verschwommen, doch die grauen Bartstoppeln auf dem Doppelkinn und die wässrigen Augen mit den roten Adern konnten nur seinem Chef gehören. Als sich der Blick etwas klärte, gab es keinen Zweifel mehr.

›Verdammt, in der Hölle gelandet!‹, dachte er. ›Jetzt bin ich ihm für immer ausgeliefert.‹

Doch für die Hölle war es erstaunlich kalt. Er fror so sehr, dass er zitterte. Dazu spürte er ein unangenehmes Pochen im Schädel und konnte keinen klaren Gedanken fassen. Federsens Lippen bewegten sich vor seinem Gesicht wie in einem Stummfilm, und verwirrt kniff Hannes die Augen zusammen. Als er sie wieder öffnete, blickte er in den düsteren Himmel, dann schoben sich zwei Köpfe ins Bild. Den einen ordnete er aufgrund der Aknenarben Per zu, und bei dem behaarten Gesicht mit den besorgten braunen Augen konnte es sich nur um Marcel handeln. Mit einem Schlag kehrte das Hörvermögen zurück.

»Er kommt zu sich!« Die Stimme gehörte zu Marcel.

»Hat ’n schön gestreckten Rückwärtssalto hingelegt! Zum Glück ist er nicht auf dem Kopf gelandet!« Das war Per.

»Gut, dass der Sand den Sturz gedämpft hat.« Die Stimme war ihm unbekannt.

Vorsichtig drehte er den Kopf zur Seite. Neben ihm kniete eine junge Frau, die orangefarbene Kleidung trug. Er erkannte ein rotes Kreuz in einem weißen Kreis, und schlagartig überflutete ihn die Erinnerung. Hektisch richtete er sich auf.

»Bach! Er … ist weg! Hat mich vom Turm gekickt. Muss hier noch irgendwo sein!«

»Ganz ruhig, Hannes!« Bestimmt drückte Marcel seinen Oberkörper wieder zurück auf den Boden. »Per kam genau im richtigen Augenblick und hat ihn gestellt. Bach sitzt bereits in Handschellen im Einsatzwagen.«

Erleichtert schloss Hannes für einen Moment die Augen und gab sich der Erschöpfung hin. Er registrierte ein unangenehmes Schwindelgefühl, das sich jedoch abschwächte, als er die Augen wieder öffnete. Erneut versuchte er sich aufzurichten und wurde von der Rettungssanitäterin unterstützt. Nachdem sie seine Pupillen, das Gleichgewicht, verschiedene Reflexe und das Sprachvermögen getestet hatte, stellte sie die Diagnose.

»Gehirnerschütterung. Leicht bis mittelschwer. Noch mal Glück gehabt! Sie müssen sich aber auf jeden Fall schnellstmöglich im Krankenhaus untersuchen lassen.«

»Ach, das wird schon nicht nötig …« Hannes setzte zu einem Widerspruch an, der jedoch in einen schmerzhaften Aufschrei überging, als die Sanitäterin an seinem Oberkörper herumtastete. »Was machen Sie denn da?«

»Ich untersuche Sie. Prellungen haben Sie auch. Möglicherweise liegt ein Rippenbruch vor. Um eine genauere Untersuchung kommen Sie auf keinen Fall herum!«

Hannes sah ein, dass sie im Augenblick besser wusste, was für ihn gut war. Als er sich zu einem Krankenwagen führen ließ, erzählte Per, was er verpasst hatte.

»Als ich zurückkam und zum Turm sah, habe ich erst meinen Augen nicht getraut! Du warst gerade kurz davor, von der Leiter auf die Plattform zu klettern, da hat dich dieses Arschloch mit voller Wucht weggetreten. Als du mit einem Überschlag nach hinten abgestürzt bist, hast du wie ein Stuntman ausgesehen.«

»Als Stuntman würden mir jetzt wahrscheinlich nicht alle Knochen wehtun. Aber freut mich, dass es dir gefallen hat«, meinte Hannes sarkastisch.

»Wieso bist du da überhaupt hochgeklettert? Wir hatten doch alles im Griff.«

»Gar nichts hatten wir im Griff, weil er nämlich abhauen wollte. Er war gerade dabei, sein Zeug in den Rucksack zu stopfen. Hubschrauber und Hundegebell, der hat schon gecheckt, dass eine Suche nach ihm läuft. Ich wollte die Situation ausnutzen, dass er abgelenkt war. Da oben hätte ich ihn überraschend überwältigen oder zumindest mit der Waffe in Schach halten können. Ich wusste ja nicht, ob er auch bewaffnet ist, und wollte es deshalb nicht auf eine offene Konfrontation am Strand ankommen lassen. War wohl eine ziemlich dumme Idee.«

Er blieb kurz stehen, als ihn erneut ein Schwindelanfall packte, und hielt sich schwankend an Per fest. Der musterte ihn besorgt.

»Das war eine absolut hirnrissige Idee! Du bist mindestens zwei Meter abgestürzt. Hoffentlich hast du keinen ernsthaften Schaden abgekriegt!«

Das hoffte Hannes ebenfalls, auch wenn sich sein Körper gerade nicht so anfühlte, als wäre Optimismus angebracht. Erleichtert ließ er sich auf der Trage nieder, mit der ihm zwei Sanitäter entgegengeeilt waren. Vorsichtig hoben sie an und schleppten ihn behutsam über den Strand. Per wich ihm nicht von der Seite.

»Hat Bach inzwischen gestanden?«, fragte Hannes. Fast hätte er vergessen, warum er an diesem verlassenen Strand Kopf und Kragen riskiert hatte.

»Federsen hat ihn gerade im Kreuzverhör. Übrigens kann man über unseren Chef ja sagen, was man will, aber er schien sich vorhin tatsächlich Sorgen um dich zu machen!«

Hannes winkte ab. »Selbst wenn, das wird sich bestimmt schnell legen. Außerdem hast du Bach geschnappt und nicht ich. Wie hast du das gemacht?«

»Ich musste nicht viel machen. Als du deinen Salto hingelegt hast, ist er die Leiter runtergerutscht. Wahrscheinlich war er so in Panik, dass er seine Umgebung nicht richtig wahrgenommen hat. Er ist direkt in meine Richtung gerannt. Ich brauchte nur mit der Waffe auf ihn zu zielen, und er wusste sofort, dass er keine Chance mehr hat. Übrigens hat er kein einziges Mal geschaut, wie es dir geht. Immerhin hättest du einen Genickbruch haben können! Der hätte dich einfach da liegen lassen!«

Per war empört, während Hannes von Mitgefühl eher überrascht gewesen wäre. Daher fand er es auch gut, dass der Kerl nun in den Fängen von Federsen war. Dort würde er eine alles andere als sanfte Behandlung erfahren. Perfekt wäre es natürlich, wenn auch Clarissa bei dem Verhör anwesend wäre. Dann würde Bach gerade Blut und Wasser schwitzen. Bei diesem Gedanken schloss Hannes zufrieden die Augen und versank wieder in der Dunkelheit. Für heute hatte er ohnehin genug gesehen.

Die Untersuchung im Krankenhaus ergab keine schwerwiegende Diagnose. Eine Gehirnerschütterung zwar, doch ansonsten hatte sich Hannes lediglich den Rücken geprellt und einen beachtlichen Bluterguss davongetragen. Vor dem Behandlungszimmer wartete Per. Erleichtert atmete er auf, als Hannes Entwarnung geben konnte. Neben einer Packung mit Schmerztabletten waren ihm noch Ruhe und Schonung verschrieben worden. Was kein Problem darstellen sollte, da die intensive Ermittlungsarbeit mit der Festnahme David Bachs gewiss dem Ende zuging. Doch Per nahm ihm diese Illusion.

»Ich hab mit Clarissa telefoniert, während du untersucht wurdest. Bach streitet vehement ab, mit den Morden etwas zu tun zu haben. Er habe auch keine Ahnung, wo sich Frank Meister aufhält.«

»Natürlich streitet er es ab! Man wird ihn langsam, aber sicher in die Ecke drängen müssen.«

»Wahrscheinlich. Bisher konnte er auch keine vernünftigen Alibis für die Morde nennen. Ein paar Dinge hat er allerdings schon zugegeben. Zum Beispiel die zerstörte Steinskulptur und das Graffiti am Haus des ›Neuen Wegs‹. Auch den Teufel im Briefkasten von Herrn Beck und die anonyme Anzeige. Seinen Kumpel Frank hat er gleich mitbelastet. Der habe ihm den Teufel zugemailt und auch die Anzeige vorbereitet. Die zerstochenen Reifen an Becks Wagen streitet er allerdings ab.«

»Habt ihr sein Schuhprofil überprüft?«

»Klar! Es passt aber nicht zu dem am Tatort von Benjamin Lück und damit auch nicht zu den Abdrücken im Garten des Ehepaars Graf.«

»Vielleicht hat er die Schuhe gewechselt und die anderen weggeworfen?«

»Das bestreitet er.«

»Was ist mit den anderen Vorfällen? Der Telefonterror, der Einbruch und so weiter.«

»Er behauptet, auch damit nichts zu tun zu haben.«

»Und der tätliche Angriff auf Benjamin Lück? Bisher hat er ja nur Kleinkram gestanden.«

»Den Überfall auf die Tankstelle hat er auch zugegeben. Aufgrund der Videoaufnahmen hatte er mit Leugnen ohnehin keine Chance. Einen Angriff auf Lück habe es dagegen nie gegeben.«

»Dann muss eben die nächste Stufe gezündet werden. Carlos di Santo war ja bei dem Überfall dabei und hat ihn erkannt. Wir müssen eine Gegenüberstellung organisieren.«

»Hoffentlich geht di Santo als glaubwürdiger Zeuge durch«, meinte Per skeptisch.

»Wenn er einen guten Tag hat, ist das kein Problem. Da fällt mir ein, dass er sich heute Abend mit mir treffen will. Ich hatte euch doch erzählt, dass er mich gestern angerufen hat. Angeblich kann er Beweise oder zumindest Vermutungen beisteuern. Was auch immer das sein mag. Aber wir sollten es uns zumindest anhören. Außerdem brauchen wir ihn für die Gegenüberstellung.«

»Hat der Arzt nicht gesagt, dass du …«

»Ach was. Ist ja kein großer Aufwand, dort noch vorbeizufahren. Danach kannst du mich nach Hause bringen. Du bist doch mit dem Wagen hier?«

Per bestätigte das widerstrebend. Doch er hatte schon gemerkt, dass Hannes allmählich einen ähnlich starken Dickschädel entwickelte, wie er früher das Markenzeichen des ›alten Fritz‹ gewesen war. Da sein Kollege aber schließlich selbst wissen musste, was er seinem Körper antun wollte, versuchte er gar nicht erst, ihn zur Vernunft zu bringen.

»Wie begründet Bach, dass er sich die ganze Zeit versteckt hat?«, fragte Hannes kurz darauf, als Per den Wagen durch den Feierabendverkehr lenkte. »Er streitet die Morde doch ab. Wenn er die Wahrheit sagt, hätte er sich aber nicht verstecken müssen. Als er mich mit der Eisenstange attackiert hat, war er schon ein paar Tage untergetaucht. Selbst den Tankstellenüberfall hat er erst auf der Flucht begangen.«

»Genau das hat ihn Clarissa auch gefragt. Er behauptet, dass er am Anfang nur vorsichtig sein wollte, weil er schon so ein dickes Vorstrafenregister hat. Der Priester seiner Kirche hat ihn gewarnt, wir hätten ihn ins Visier genommen. In den ersten Tagen versteckte er sich bei Meister. Dort hat er vor sich hin gegrübelt, wer uns auf ihn gehetzt hat. Ihm ist dann schnell seine Exfreundin eingefallen.«

»Total bescheuert ist er also nicht.«

»Dafür ist ihm die Sicherung durchgebrannt. Er hat sich so sehr in seine Wut reingesteigert, dass er ihr mit der Eisenstange vor dem ›Neuen Weg‹ aufgelauert hat. Hier kommst du ins Spiel. Da er befürchtete, dass du ihn erkannt hattest, musste er weiter untertauchen. Als sich dann unsere Kollegen bei Frank Meister angekündigt hatten, war ihm klar, dass er ein anderes Versteck brauchte.«

»Da hat er sich an die Lagerhalle des Unternehmens erinnert, in dem er von montags bis mittwochs gearbeitet hat.«

»Genau. Er wollte aber nur so lange bleiben, bis er wusste, wie er weiter vorgehen würde. Vorsichtshalber hat er sich dort nur nachts aufgehalten und ist tagsüber durch die Gegend gestreunt. Hat dabei auch immer wieder Nahrungsmittel geklaut, da ihm das Geld ausging.«

»Warum ist er nicht weiter in der Lagerhalle geblieben? War doch bestimmt wärmer als in diesem Rettungsturm.«

»Er hatte Angst, irgendwann entdeckt zu werden. Also hat er ein neues Versteck gesucht.«

»Und zufällig hat er das genau in der Nacht entschieden, als wenige Straßen von seinem Unterschlupf entfernt Benjamin Lück ermordet wurde? Wer soll ihm das denn abkaufen?«

»Er behauptet, uns am Tatort gesehen zu haben.«

»Er war also in der Nähe?«

»Ja, weil er tagsüber nicht auf dem Betriebsgelände sein wollte. Als er so rumgestromert ist, sah er, dass eine Leiche abtransportiert wurde. Da habe er befürchtet, die ganze Gegend werde nun auf den Kopf gestellt. Erst habe er im Freien und in Scheunen übernachtet, bis er schließlich den Turm entdeckte. Haarsträubende Geschichte.«

»So haarsträubend, dass sie fast schon wieder wahr sein könnte«, meinte Hannes nachdenklich.

»Das ist doch nicht dein Ernst?«

»Federsen und insbesondere Clarissa wissen, wie sie so einen Kerl in die Enge treiben können. Seine Geschichte ist derart komplex, dass man ihn leicht in Widersprüche verwickeln könnte. Was die beiden zweifellos versucht haben. Wenn du ihn immer wieder nach Details fragst, würde er zwangsläufig irgendwann eine unstimmige Aussage machen. Zumal er nicht besonders clever ist.«

»Vielleicht braucht das einfach seine Zeit«, meinte Per zuversichtlich. »Den nächsten Schlag können wir ihm mit der Gegenüberstellung versetzen. Di Santo wird ihn bestimmt identifizieren. Stück für Stück wird dann auch der Rest des Lügengebildes zusammenbrechen.«

»Dein Wort in Gottes Ohr! Sofern es das Ohr des richtigen Gottes ist …«

Die Fenster des Wohnblocks waren überwiegend hell erleuchtet, als Per den Motor abstellte. Auch im dritten Stock war Licht, Carlos di Santo schien sie also nicht zu versetzen. Als sie sich der Eingangstür näherten, trat gerade eine Frau heraus, und schnell schlüpften die beiden Ermittler durch die sich schließende Tür.

»Bin gespannt, welche Geschichte er uns präsentieren will«, meinte Hannes.

Allerdings befürchtete er, dass es wieder ein ziemlich wirrer Auftritt des Mannes werden würde. Unterwegs hatte er in einer Apotheke noch sein Rezept eingelöst, doch die Schmerztablette verweigerte bisher hartnäckig ihre Aufgabe. Da ihn der Rücken ziemlich schmerzte und erneut leichter Schwindel einsetzte, dauerte es etwas länger, bis die beiden Polizisten die dritte Etage erreicht hatten.

»Hier wohnt er«, sagte Hannes schließlich erschöpft und deutete mit einem Kopfnicken auf eine graue Wohnungstür.

Per drückte auf einen Schalter neben der Tür, ohne dass dies einen Effekt gehabt hätte. Zurückhaltend klopfte er gegen die Tür.

»Der Schalter scheint kaputt zu sein, wir hätten schon am Hauseingang klingeln sollen.«

»Vor allem solltest du lauter klopfen«, empfahl Hannes und übernahm es gleich selbst.

Er hätte jedoch genauso gut auf dem funktionslosen Schalter herumdrücken können, denn im Inneren der Wohnung rührte sich nichts.

»Vielleicht ist er eingepennt«, murmelte er und zog sein Telefon aus der Tasche, um Carlos di Santo mitzuteilen, dass sie vor seiner Tür standen. Als er die Nummer wählte, ertönte hinter der Wohnungstür ein Tangostück. Als das Musikstück verstummte und der Polizist stattdessen die Sprachansage einer Mailbox an seinem Ohr hörte, blickte er irritiert zu Per. Besorgt wählte er die Nummer ein weiteres Mal. Das Ergebnis wiederholte sich. Entschlossen hämmerte er nun mit der Faust gegen das Holz. Tatsächlich öffnete sich eine Tür, allerdings die der Nachbarwohnung.

»Was machen Sie da?«, fragte ein junger Mann, der ein Baby auf dem Arm hielt.

Hannes fummelte seinen Dienstausweis hervor.

»Wir sind mit Herrn di Santo verabredet, aber seine Klingel scheint kaputt zu sein.«

»Hat er sich wieder über irgendwas beschwert?«

»Äh, was? Nein, wir sind wegen einer anderen Angelegenheit hier.«

»Na, dann ist es gut! Ständig beklagt er sich wegen irgendwelcher Kleinigkeiten. Wir hatten auch schon Ärger mit ihm, als unser Baby noch die Nächte durchschrie. Dabei war gestern Abend bei ihm selbst einiges los. Hatte schon überlegt, dass ich diesmal die Polizei rufen könnte, um mich zu revanchieren.«

»Was war denn?«

»Unser Baby war gerade eingeschlafen, da hat er die Musik hochgedreht! Bestimmt eine halbe Stunde. Offenbar hat er ummöbliert, irgendwas hin und her geschoben. Dann fing er sogar noch zu bohren an. Der soll sich noch mal beschweren!«

»Wann war das?« Hannes hatte plötzlich ein komisches Gefühl.

»Ungefähr um dreiundzwanzig Uhr. Hat uns auch gewundert, da man sonst nie was von ihm hört. Na ja, es hat nicht allzu lange gedauert. Offenbar hatte er Hilfe beim Umräumen. Ich war um halb zwei noch mal auf der Toilette, da hab ich gehört, dass seine Wohnungstür zufiel und jemand die Treppe runterging.«

Die Ermittler tauschten erneut besorgte Blicke. Per klopfte ein weiteres Mal gegen die Tür und hatte diesmal keine Hemmungen, damit weitere Nachbarn aufzuschrecken. Sein Hämmern hallte im ganzen Treppenhaus. Das Baby fing an zu schreien.

»Wenn er eingenickt ist, hat er aber einen ziemlich tiefen Schlaf«, kommentierte Hannes die erfolglosen Bemühungen.

»Vielleicht hat er was eingenommen«, sagte der Nachbar und wiegte beruhigend seinen Nachwuchs in den Armen. »Er hat meiner Frau gesagt, ohne Tabletten könne er nicht einschlafen, da ständig irgendein Nachbar Theater mache. Wahrscheinlich müssen Sie morgen wiederkommen.«

Damit zog er sich in seine Wohnung zurück und ließ die Polizisten im Flur allein. Als das Licht erlosch, drückte Per einen beleuchteten Schalter, der im Gegensatz zur Klingel auch funktionierte. Prüfend betrachtete er die Tür und zog aus seinem Geldbeutel eine Kreditkarte hervor.

»Das ist eine ziemlich alte Tür, und wahrscheinlich ist auch das Schloss kein neuer Standard. Schau her!« Er rüttelte an der Tür, die sich dabei leicht bewegte. »Ziemlich viel Spiel. Wenn er nicht abgeschlossen hat, könnte ich die Tür mit der Kreditkarte öffnen. Was meinst du?«

Hannes nickte. Natürlich konnte Carlos di Santo einfach nur tief schlafen, aber dafür war es eigentlich noch zu früh. Zwar hatten sie sich etwas verspätet, doch um halb acht würde der Mann bestimmt noch nicht im Bett liegen. Per steckte seine Kreditkarte in den Spalt zwischen Rahmen und Tür. Langsam ließ er sie von oben nach unten gleiten.

»Hier ist der Schnapper. Einen weiteren Widerstand gibt es nicht. Er scheint nicht abgeschlossen zu haben.«

Konzentriert fummelte er mit der Karte herum. Hannes musste noch zweimal den Lichtschalter betätigen, bis die Tür aufsprang. Triumphierend drehte Per sich zu ihm um.

»Deine zweite Heldentat heute«, lobte Hannes gutmütig.

Zögernd trat er in die Diele. Hier brannte kein Licht, doch vom Hausflur fiel etwas Helligkeit herein. Auf sein Rufen erhielt er keine Antwort. Langsam ging er an der kleinen Kommode vorbei, auf der Isabell die Fotos von Benjamin Lück gefunden hatte. Irgendetwas stimmte hier nicht! Und was das war, erfuhr er, als er die Tür zum Wohnzimmer aufdrückte und erschrocken zurückzuckte.

Pers entsetztes Luftschnappen nahm Hannes gar nicht wahr. Wie hypnotisiert starrte er auf den reglosen Körper, der mit dem Kopf nach unten in dem Zimmer zu schweben schien. Hannes sah nur die Rückenansicht, erkannte aber sofort, dass es sich zweifelsfrei um Carlos di Santo handelte, der vollständig bekleidet war. Um seine Fußgelenke lag eine Schlaufe, und das Seil war an der Decke durch einen Haken geführt worden. Damit waren die Bohrgeräusche des Vorabends erklärt.

Von dem Haken führte das Seil schräg zum Boden zurück, wo es in einer weiteren Schlaufe endete. Sie war um den Fuß eines wuchtigen Schranks gelegt worden und verhinderte ein Absacken des Körpers. So hing er kerzengerade in der Luft, die halblangen Haare berührten fast den Boden.

Hannes löste sich aus seiner Erstarrung und betrat hastig das Zimmer. Unter dem Kopf des Mannes konnte er Steinstaub erkennen. Wer auch immer den Haken in die Decke gedübelt hatte, er war keinem Reinigungswahn verfallen. Carlos di Santo schied damit schon mal aus. Das Loch war offensichtlich erst kürzlich gebohrt worden. Langsam umrundete Hannes den leblosen Körper. Die Handgelenke waren so auf dem Rücken zusammengebunden, dass die Arme etwas seitlich abstanden und zur Decke zeigten. Hannes Blick glitt von den Füßen am Körper herunter. Als er bei dem bärtigen Gesicht angekommen war, schlug erbarmungslos ein Schwindelanfall zu, der jedoch nicht auf die Gehirnerschütterung zurückzuführen war. Er presste sich die Hand vor den Mund, als die bekannte Übelkeit einsetzte. Mit schnellen Schritten stürmte er zurück in Richtung Flur, stieß Per aus dem Weg und riss die nächstbeste Tür auf. Er hatte Glück. Nur zwei Sekunden später, und er hätte sich statt in die Kloschüssel direkt gegen die Wand übergeben. Keuchend umklammerte er die Keramikfassung und legte den Kopf auf seine Arme. Mühsam richtete er sich auf und drückte die Spülung. Am Waschbecken spülte er mehrmals den Mund aus und wusch sich gründlich die Hände.

Widerwillig näherte er sich wieder dem Wohnzimmer. In seinem Magen rumorte es noch immer, und er hatte das Gefühl, ihm zerspringe gleich der Kopf. Auch Per war kreidebleich. Er hatte sich auf dem Rand der Couch niedergelassen und wandte den Blick nicht von dem bizarren Anblick ab. Hannes zwang die erneut aufsteigende Übelkeit zurück in die

Tiefen seines Magens und ging vor dem baumelnden Carlos di Santo in die Knie.

Der Kopf des Mannes wirkte geschwollen, was nicht verwunderlich war. Schließlich konnte das Blut bei seiner derzeitigen Körperhaltung nur in eine Richtung fließen. Die dunklen Augen hatten ihren einst melancholischen Ausdruck verloren. Weit aufgerissen schienen sie den Polizisten zu durchbohren. Doch zur Maske des Grauens wurde das Gesicht erst durch ein entscheidendes Detail. Ein dicker schwarzer Wollfaden führte im Zickzack von einer Seite des Mundes zur anderen. Grobmotorisch hatte ihn der Täter direkt durch die Lippen hindurchgeführt. Zwischen der Naht war inzwischen getrocknetes Blut hindurchgesickert.

»Ich habe unsere Kollegen schon informiert«, klang vom Sofa matt Pers Stimme herüber. »Es ist kein Puls mehr zu fühlen.«

Hannes richtete sich auf und setzte sich neben seinen Kollegen. Zunächst sprach keiner ein Wort. Wie versteinert blickten sie auf die unwirkliche Szenerie. Hannes hatte das Gefühl, dass schwere Nebelschwaden durch sein Gehirn zogen. Doch die offenkundige Erkenntnis konnten auch sie nicht verdecken.

»Per!«, sagte er, und die Stimme klang in seinen eigenen Ohren unecht. »Di Santo hat mich gestern um ungefähr einundzwanzig Uhr angerufen. Gegen dreiundzwanzig Uhr hat der Nachbar Musik und Lärm in dieser Wohnung gehört. Erst eine halbe Stunde später wurde es wieder ruhig. Und um halb zwei hat jemand die Wohnung verlassen. Von hier bis zu diesem DLRG-Turm …« Er brach ab.

»Ich weiß, was du sagen willst«, stöhnte Per und ließ sich ermattet nach hinten ins Polster sinken. »David Bach kommt als Täter nicht infrage. Er hätte unmöglich wieder rechtzeitig in dem Suchgebiet von heute sein können. Das Fluchtfahrrad vom Überfall war schließlich noch am selben Tag in einem Busch zwischen der Tankstelle und dem Rettungsturm entdeckt worden. Er hätte also zu Fuß herkommen müssen. Die Suche begann um sechs Uhr, aber das Gebiet war bereits ab fünf Uhr morgens abgesperrt. Er hatte also maximal dreieinhalb Stunden Zeit. Keine Chance!«

»Es sei denn, er hat erneut ein Fahrrad geklaut. Oder einen Roller. Oder ein Auto. Das muss unbedingt überprüft werden. Aber wahrscheinlicher ist, dass sich Frank Meister nicht mehr im Hintergrund hält, sondern selbst aktiv geworden ist!«

KAPITEL 23

Der erste Nachtfrost des Jahres war über die Küste hergefallen. Die Dächer der Stadt waren von Raureif überzogen und Hannes hörte beim Frühstück, wie Nachbarn an den Scheiben ihrer Autos kratzten. Die Schmerztabletten blieben auch an diesem Freitagmorgen ein wichtiger Bestandteil seiner Nahrungsaufnahme. Am Tag zuvor war er dem ärztlichen Rat gefolgt und zu Hause geblieben, doch es würde noch etwas Zeit vergehen, bis die Folgen des Sturzes nicht mehr spürbar waren. Auch seine Gedanken ließen ihm keine Ruhe. Immer wieder spielte das Kopfkino die Bilder des von der Decke hängenden Carlos di Santo. In der Nacht hatte er sogar geträumt, dass Federsen ihn ans Kreuz schlug, während die anderen Ermittler zu seinen Füßen vergnügt ein Pilzgericht in sich reinschaufelten. Schweißgebadet war Hannes um fünf Uhr aufgewacht. Zur Ablenkung hatte er sich mit den Unterlagen für die Bootsprüfung beschäftigt, die am nächsten Tag stattfinden sollte.

Fritz sah an diesem Morgen wieder etwas besser aus, die Spuren der Gefängnishof-Schlägerei klangen ab. Der Arm war zwar noch bandagiert, hing jedoch nicht mehr in einer Schlaufe. Aufmerksam lauschte er dem Bericht über die erfolgreiche Suchaktion nach David Bach und über den weniger erfolgreichen Besuch bei Carlos di Santo. Am liebsten wäre er direkt aus dem Gefängnis gestürmt, um aktiv einzugreifen. Das war ein Fall nach seinem Geschmack, wobei er natürlich auch die Mordopfer nicht zu Gesicht bekommen hatte. Insbesondere der zugenähte Mund von di Santo setzte Hannes zu.

»Du musst dir die zeitliche Reihenfolge klarmachen. Auf dem Küchentisch standen zwei Gläser, eins davon war voll, das zweite leer. Darin wurden neben Saftresten auch Rückstände von K.-o.-Tropfen gefunden. Also wieder dasselbe Muster. Der Täter pustet den Opfern vorübergehend das Bewusstsein aus, schreitet dann zur Tat und achtet sorgfältig darauf, dass der Tod erst eintritt, wenn die Wirkung der Tropfen nachlässt.«

»Und das hat auch bei Carlos di Santo funktioniert«, vermutete Fritz.

Mit zusammengekniffenem Mund nickte Hannes. »Er rief mich um einundzwanzig Uhr an und sagte, dass er sich mit jemandem treffen werde. Diese Verabredung fand offenbar bei ihm zu Hause statt. Der Besucher muss zwischen einundzwanzig und dreiundzwanzig Uhr eingetroffen sein, denn da gab es laute Musik und Bohrgeräusche. Der Gast hatte zuvor unauffällig die Tropfen ins Getränk gemischt und das Einsetzen der Wirkung abgewartet. Die Musik sollte wohl seine Aktivitäten überschallen. Er verschob den Tisch, dübelte den Haken in die Decke und griff dann zu Nadel und Faden. Kurz darauf baumelte di Santo kopfüber herunter. Mit den gefesselten Händen hatte er keine Chance, sich zu befreien. Es kam zu einem Blutstau im Kopf, das Gehirn schwoll an, und da die restlichen Organe nicht mehr ausreichend versorgt waren, beendete schließlich ein Organversagen das Leiden. Der Täter sah sich das Spektakel noch in Ruhe an. Die Wohnungstür fiel erst um halb zwei ins Schloss. Leider hat ihn niemand gesehen. Der Todeszeitpunkt lag kurz davor.«

»Keine schöne Vorstellung!« Fritz schüttelte sich. »Du wachst auf, merkst, dass du gefesselt mit den Füßen nach oben in deinem eigenen Wohnzimmer hängst und dir das Blut langsam in den Kopf sickert. Schreien kannst du auch nicht, deine Lippen sind zugenäht.«

Bemerkenswert war in diesem Zusammenhang, was sich hinter den zugenähten Lippen befunden hatte. Im Gegensatz zu Benjamin Lück war di Santos Zunge dort, wo sie hingehörte. Allerdings war in seinem Mund ein Dornenzweig gefunden worden, auf dem der Mann in seinem verzweifelten Todeskampf herumgebissen hatte, wie der völlig zerstochene Mundraum bezeugte. Der Zweig stammte von einem eingriffeligen Weißdornstrauch, der in vielen Gärten und Parks zu finden ist – die häufigste Weißdornart in Mitteleuropa.

»Unglaublich!«, murmelte Fritz. »Der Täter muss über eine ausgeprägte sadistische Ader verfügen. Zugleich stärkt das klar die These, dass hier Bestrafungen vorgenommen wurden. Was kann Carlos di Santo denn so Verwerfliches getan haben?«

»Er war schwul. Im Gegensatz zu Lück hat er sich aber nicht geoutet. Ganz im Gegenteil. Er hat sich geschämt und ein großes Geheimnis darum gemacht.«

»Was gab es außer seiner Homosexualität?«

»Er hat sich mit allen Nachbarn angelegt. Immer wieder beschwerte er sich bei der Polizei über Lärm, Schmutz, Falschparker und so weiter. Alle Bewohner sind gestern befragt worden. Er lebte zurückgezogen, niemand hatte engeren Kontakt zu ihm. Seine Familie wohnt in Argentinien, und Freunde konnten wir bisher keine ausfindig machen. Er war ein einsamer Mann, insbesondere nach seinem Rauswurf aus dem ›Neuen Weg‹.«

»Bemerkenswert ist doch Folgendes: Er war seit einem halben Jahr nicht mehr Mitglied im ›Neuen Weg‹ und musste dennoch sterben! Die Todesumstände weisen das gleiche Muster auf wie bei den vorherigen Morden. Warum traf es auch Carlos di Santo?«

»Er war Gründungsmitglied und lange genug dabei, um ihn automatisch mit dem ›Neuen Weg‹ in Verbindung zu bringen. Sein Rauswurf wird ja nicht nach außen gedrungen sein. Vielleicht wusste der Täter gar nichts davon.«

»Möglich. Aber unwahrscheinlich. Bisher deutet alles darauf hin, dass der Täter sehr gut über die Leute des ›Neuen Wegs‹ Bescheid wusste. Daher hatten wir ja auch schon einen Verbündeten innerhalb des Vereins vermutet. Sehen wir uns noch mal die Zehn Gebote an.«

Fritz rückte die bereits bekannten Zettel zurecht und schob seinen Stuhl neben den von Hannes. Die Gefängnisleitung schien ihm tatsächlich äußerst dankbar für sein Eingreifen bei der Schlägerei zu sein, denn die Aufseherin kümmerte sich nicht weiter um das ungleiche Paar.

»Erstes Gebot: ›Ich bin der Herr, dein Gott. Du sollst keine anderen Götter haben neben mir.‹«, las Hannes vor. »Das sah Antje Kramer anders und starb an den Folgen einer ihrer keltischen Zeremonien. Zumindest indirekt. Unmittelbar waren Giftpilze verantwortlich.«

»Genau! Im zweiten Gebot heißt es: ›Du sollst den Namen des Herrn, deines Gottes, nicht missbrauchen.‹ Benjamin Lück vertrat lautstark die Meinung, dass Gott ihn liebe, trotz seiner Homosexualität. Der Täter sah das anders.«

»Drittes Gebot: ›Du sollst den Feiertag heiligen.‹ Dagegen hat Wolfgang Hartmann verstoßen und wurde dafür mit einem sonntäglichen Telefonterror überzogen.«

»Viertens: ›Du sollst deinen Vater und deine Mutter ehren‹. Frau Brinkmann tat dies nicht intensiv genug und wurde mit dem Liebesentzug ihrer eigenen Kinder bestraft.«

»Gegen das fünfte Gebot hat der Täter inzwischen selbst fünf Mal verstoßen. ›Du sollst nicht töten.‹ Er bezog dies auf Sylvia Böhm, die eine Abtreibung durchführen ließ.«

Fritz rieb sich nachdenklich die großen Ohren. »Sie verstieß auch gegen das sechste Gebot. ›Du sollst nicht ehebrechen.‹ Das siebte hat dagegen die Kleptomanin Beatrice Reichert konsequent missachtet. ›Du sollst nicht stehlen.‹ Als Konsequenz wurden ihr in der eigenen Wohnung die liebsten Erinnerungsstücke entwendet.«

Hannes zögerte, bevor er sich das achte Gebot vornahm. »›Du sollst nicht falsch Zeugnis reden wider deinen Nächsten.‹ Bisher haben wir diesem Gebot kein Opfer zugeteilt.«

»Weil es dieses Opfer erst seit Kurzem gibt. Lück wurde die Zunge herausgeschnitten, weil er mit ihr den Namen Gottes missbraucht haben soll. Carlos di Santo wurde dagegen der Mund zugenäht, damit er nichts mehr sagen konnte. Er kann sozusagen nicht mehr Zeugnis ablegen. Und genau deswegen wollte er sich ja mit dir treffen. Er war etwas auf der Spur und wurde gerade noch rechtzeitig zum Schweigen gebracht.«

»Doch woher wusste der Täter, dass ihm di Santo gefährlich wurde?«

»Gegenfrage: Wer wusste, dass ihr zu ihm Kontakt aufgenommen habt?«

»Na ja, die Leute des ›Neuen Wegs‹. Sie haben uns erst auf ihn aufmerksam gemacht.«

»Aha. Und dort konnte man sich zugleich denken, dass er sich nicht besonders positiv über seine ehemaligen Weggefährten äußern würde. Über wen hat sich di Santo denn insbesondere ausgelassen?«

Hannes dachte angestrengt nach. Der Mann hatte teilweise ziemlich konfus dahergeredet. »Seine Verbitterung saß so tief, dass er eigentlich alle über einen Kamm geschert hat. Die Leute würden die ursprünglichen Ideale des Vereins verraten und ihn mehr und mehr in eine religiöse oder zumindest strengere Vereinigung verwandeln. Er fand es unmöglich, dass inzwischen sogar ein ehemaliger Priester mitmischt. Ach ja, und er hat erzählt, dass Schweigers und Grafs über Benjamin Lück gelästert hätten.«

»Das Lehrerehepaar taucht immer wieder auf«, kommentierte Fritz dies nachdenklich. »Aber gehen wir die Liste noch vollständig durch!«

»Das neunte Gebot lautet: ›Du sollst nicht begehren deines Nächsten Haus.‹ Das Haus der Grafs wurde angezündet, und wir haben erfahren, dass sie zuvor Mieter wegen anstehender Luxussanierungen vertreiben wollten.«

»Kann natürlich auch ein Täuschungsmanöver gewesen sein, und sie haben ihr Haus doch selbst angesteckt. Sind die Ermittlungen dazu inzwischen weitergekommen?«

Hannes schüttelte den Kopf. »Bleibt noch das zehnte Gebot: ›Du sollst nicht begehren deines Nächsten Weib, Knecht, Magd, Vieh noch alles, was dein Nächster hat.‹ Alexander Kramer hat am Kreuz mehrere Stunden darüber nachdenken müssen. Damit sind alle Gebote abgearbeitet. Vielleicht hören die Morde jetzt auf?«

»Darauf würde ich mich nicht verlassen! Außerdem ist fraglich, ob Frau Böhm tatsächlich zwei Verstöße zuzuordnen sind. Falls nicht, wäre ›Du sollst nicht ehebrechen‹ noch frei!«

»Na super«, klagte Hannes. »Dann müssen wir also herausfinden, wer fremdgegangen ist, und diesen Leuten Personenschutz anbieten?«

»Schaden würde es wohl nicht. Schlimm genug, dass ihr die anderen Morde nicht verhindern konntet! Aber ich denke, dass der Täter mit der Ermordung von Carlos di Santo einen entscheidenden Fehler gemacht hat.«

»Warum?«

»Di Santo war kein Mitglied mehr. Vermutlich wurde er getötet, weil er zu viel wusste. Doch was kann das sein? Außer dem ›Neuen Weg‹ hatte er fast keine sozialen Kontakte. Sympathien mit der Schöpferkirche sind bei seiner Einstellung auch unwahrscheinlich. Also konnte er nur über Mitglieder des ›Neuen Wegs‹ etwas wissen. Die Frage ist: Über wen?«

»Der Gedanke drängt sich auf«, stimmte Hannes zu. »Insbesondere, da Bach als di Santos Mörder so gut wie ausscheidet. Dafür ist aber Frank Meister im Rennen. Gut möglich, dass manche Taten von Bach, andere von Meister begangen worden sind.«

»Wie zum Beispiel am Dienstagabend«, bestätigte Fritz.

»Mich überrascht die Dreistigkeit! Der Täter muss sich sehr sicher gefühlt haben. Immerhin hat er mit der Musik und dem Schlagbohrer am späten Abend großen Lärm verursacht. Leicht hätten Nachbarn an die Tür hämmern oder die Polizei rufen können. Und er blieb stundenlang in der Wohnung, anstatt den Tatort schnellstmöglich zu verlassen.«

»Vielleicht fühlt er sich unbesiegbar. Das wäre gefährlich, dann plant er wahrscheinlich bereits die nächste Station des Kreuzzugs!«

Von Frank Meister gab es endlich ein Lebenszeichen. In den zurückliegenden Tagen hatte er vier Mal mit seiner Kreditkarte Geld aus Automaten gezogen und jedes Mal das zulässige Limit ausgereizt. Das erste Mal vor vier Tagen am Hauptbahnhof, dann in der Nacht von Dienstag auf Mittwoch am Fährterminal und zuletzt in Finnland. Dort hatte er zwei Automaten benutzt, am Vortag in Helsinki und erst vor wenigen Stunden in Jyväskylä, zweihundertfünfzig Kilometer nördlich der finnischen Hauptstadt. Man vermutete, dass er die Strecke mit dem Zug zurückgelegt hatte, da die Mietwagenfirmen ohne Ergebnisse überprüft worden waren.

Das Fährunternehmen hatte bestätigt, dass Meister die Stadt am frühen Mittwochmorgen mit der Fähre als Fußpassagier verlassen hatte und knapp dreißig Stunden später in Helsinki von Bord gegangen war. Er musste direkt zum Hauptbahnhof gefahren sein, dort hatte er anderthalb Stunden später Geld abgehoben. Zudem hatte er sich vermutlich ein Zugticket für den nächsten Morgen organisiert, denn die Nacht hatte er in einem Drei-Sterne-Hotel am Hauptbahnhof verbracht. Das Zimmer war ebenfalls mit seiner Kreditkarte bezahlt worden. Sein Handy war seit Tagen ausgeschaltet.

Die Fähre war am Mittwoch um Punkt drei Uhr morgens ausgelaufen, und damit genau anderthalb Stunden, nachdem ein unbekannter Besucher die Wohnung des inzwischen verstorbenen Carlos di Santo verlassen hatte. Es wäre kein Problem gewesen, das Schiff in Richtung Norden rechtzeitig zu erreichen.

Die finnische Polizei hatte eine exakte Beschreibung des Mannes erhalten. Sollte er jedoch in Jyväskylä nur umgestiegen sein, konnte sich seine Spur leicht in den Tiefen des großen Landes verlieren. Weiter nördlich kam außer Bäumen und Seen nicht mehr viel, wie Marcel von einer Urlaubsreise wusste. Finnland verfügte über eine fast so große Fläche wie Deutschland. Darauf verteilten sich aber gerade mal fünfeinhalb Millionen Einwohner. Man konnte also leicht von der Bildfläche verschwinden.

Gebannt hatte das Ermittlerteam Marcels Ausführungen zugehört. Hannes war erst mittags zu ihnen gestoßen und hatte als Grund die Nachwirkungen seines Absturzes genannt. Steffen Lauer hatte ihn dabei merkwürdig angesehen, und Hannes fürchtete, dass die Besuche bei Fritz aufgeflogen sein könnten. Er spürte, dass seine Ohren rot wurden. Er war noch nie ein guter Lügner gewesen. Schnell lenkte er von sich ab.

»Was sagt David Bach dazu, dass sich sein Kumpel aus dem Staub gemacht hat?«

»Nicht viel«, murrte Federsen. »Wir beide werden ihn uns aber gleich noch mal gemeinsam vornehmen. Immerhin haben Sie ja auch noch ein Hühnchen mit ihm zu rupfen!«

Überrascht blickte Hannes auf. Er war schon die ganze Zeit äußerst rücksichtsvoll von ihm behandelt worden war. Offenbar hatte ihm sein Einsatz bei der Suchaktion erstmals Respekt bei seinem Chef verschafft. Das überraschte ihn, denn objektiv betrachtet hatte er sich eher unprofessionell verhalten, indem er die Leiter zum Rettungsturm hochgeklettert war. Per hatte die Lage deutlich besser im Griff gehabt als er selbst.

»Bach sitzt ein, und wir werden scheibchenweise die Wahrheit aus ihm herausholen«, fuhr Federsen fort. »Gestern hat er ein neues Detail zugegeben. Im Oktober geriet er mit Frau Böhm aneinander, als er einen dieser Kinderspielnachmittage mit dem Verteilen von Flugblättern an die Eltern störte. An dem Tag war auch Alexander Kramer dort gewesen. Bach behauptet zwar, dass Frank Meister die Idee zum Verteilen der Pamphlete gehabt hatte, gab aber zu, dass es einen heftigen Streit gab. Sobald Meister unseren finnischen Kollegen ins Netz gegangen ist, haben wir den Fall hinter uns.«

Während der Großteil der Anwesenden nickte, blickten sich Clarissa und Hannes zweifelnd an. Ein paar Fragen blieben schließlich noch offen. Hannes stellte gleich die erste.

»Können wir sicher sein, dass nicht noch jemand beteiligt ist? Obwohl Frank Meister momentan in Finnland ist, könnten noch immer Menschen in Lebensgefahr sein!«

»Was soll das heißen?«, rief Federsen ungehalten. Hannes' Ansehen sank offensichtlich schon wieder. »Seit wann zweifeln Sie daran, dass Bach und Meister dahinterstecken?«

»Ich sehe es wie Hannes«, sprang Clarissa ihrem Kollegen bei. »Wir sollten zumindest die Möglichkeit nicht außer Acht lassen, dass noch jemand seine Finger im Spiel hat. Bisher deutet alles auf die beiden hin, wirkliche Beweise fehlen aber noch.«

Federsens Stimmung sackte nach dieser Aussage weiter ab, bei den anderen Kollegen machten sich erste Zweifel bemerkbar. Vielleicht war die Lösung des Falles doch noch nicht in so greifbarer Nähe, wie alle hofften. Lauer wollte auf jeden Fall kein Risiko eingehen.

»Wenn wir uns nur auf Bach und Meister konzentrieren und es ein weiteres Opfer gibt, werden wir öffentlich gekreuzigt! Solange wir kein Geständnis haben und die Hintergründe nicht restlos aufgeklärt sind, ermitteln wir weiter in alle Richtungen.«

Daniel Novak konnte jedoch aussortiert werden. Der Dealer hatte auch für die Nacht von Dienstag auf Mittwoch zufriedenstellende Antworten geben können. Anders als Matthias Böhm, der abends Unterlagen für den Verkauf des Reiterhofs zusammengestellt haben und anschließend zu Bett gegangen sein wollte. Zeugen gab es dafür nicht.

»Herr Böhm hasst den ›Neuen Weg‹«, fasste Hannes die derzeitige Einschätzung zusammen. »Über seine Frau war er sicher gut über das Leben einzelner Mitglieder informiert. Mit Carlos di Santo hat er aber keine Berührungspunkte.«

»Di Santo war lange genug dabei, um mit Frau Böhm gut bekannt gewesen zu sein. Könnte früher etwas vorgefallen sein, das Böhm ihm bis heute verübelt?«, spekulierte Isabell.

»Dann sollten wir das Verhältnis der beiden überprüfen«, ordnete Lauer an. »Kann es innerhalb der Schöpferkirche weitere Komplizen geben?«

»Mehrere Hände voll«, meinte Marcel grimmig. »Vorneweg der Priester Ahrendt, auch wenn er eher als der geistige

Vater der Verbrechen infrage käme. Aber leider bekommen wir keinen Zugang zu diesen Leuten. Wir haben sie schon mehrfach unter Druck gesetzt, aber entweder verweigern sie komplett die Aussage oder geben ähnliche und auffallend harmlose Dinge von sich. Aus diesen Leuten wirst du nicht schlau!«

Ludwig Obermann, der Schreiner mit dem nachweislich gebrochenen Bein, schied im Fall Lück als Täter aus. Als di Santo starb, war seine Mutter zu Besuch gewesen und bestätigte, dass er den Abend vollständig zu Hause verbracht habe. Allerdings wies Clarissa darauf hin, dass sie sich ebenfalls in den Kreisen der Schöpferkirche bewegte und ihre Aussage mit Vorsicht zu genießen sei. Man war sich jedoch einig, dass der Mann ohnehin nur als Mitläufer infrage kam. Clarissa wurde beauftragt, ihn gemeinsam mit Marcel ein weiteres Mal zu vernehmen.

»Damit sind wir für heute durch.« Federsen wollte sich schon vom Stuhl hieven.

»Moment«, protestierte Hannes. »Wir müssen noch darüber reden, wer innerhalb des ›Neuen Wegs‹ infrage kommen könnte!«

»Sie mit Ihrer fixen Idee!«, fuhr sein Chef ihn an, wurde jedoch von Lauer mit einem strengen Blick zum Schweigen gebracht.

»Wen haben Sie dabei im Kopf?«, fragte er.

»Mir sind insbesondere die Schweigers in Erinnerung geblieben. Auch wenn ich sie mir nur schwer als Mörder vorstellen kann, so vertreten sie auffallend strenge Ansichten.«

»Na, dann sind sie natürlich sofort schwerst verdächtig«, schnappte Federsen ironisch.

»Zumindest waren sie mit dem Verhalten einiger Mitglieder nicht einverstanden. Außerdem hatten sie Kontakt zu Meister. Das hat Herr Schweiger ja bereits zugegeben.«

Lauer nickte und teilte Per und Federsen zu einer genauen Befragung des Ehepaares ein. Isabell brachte noch das Ehepaar Graf ins Spiel und erhielt den Auftrag, die beiden zusammen mit Hannes aufzusuchen. Anschließend sollten auch alle restlichen Mitglieder noch einmal vernommen werden. Hannes hatte jedoch zunächst das Vergnügen, Federsen in das Vernehmungszimmer zu begleiten. Dort wartete der Mann, der ihn vor zwei Tagen an den Rand eines Genickbruchs gebracht hatte.

Zumindest stank er nicht mehr, das war bei seiner Festnahme noch anders gewesen. Er hatte lediglich Wechselklamotten, einen Schlafsack und Nahrungsmittel mit sich herumgetragen. Das Springmesser, mit dem er den Tankwart bedroht hatte, war auf mögliche Spuren von Benjamin Lück untersucht worden, jedoch ohne Erfolg. Nach Marias Einschätzung wäre es jedoch geeignet gewesen, die Zunge des Schauspielers abzutrennen.

David Bach erwiderte Hannes' Blick nicht, sondern starrte stur auf seine Hände. Zum ersten Mal hatte der Ermittler die Möglichkeit, ihn in Ruhe zu betrachten. Er war groß, muskulös und hatte ein hartes Gesicht. Seine Augen strahlten keinerlei Wärme aus, und der Mund stellte mit den schmalen Lippen einen schnurgeraden Strich dar. Die abstehenden Ohren hatten eine merkwürdige Form, mit einen leichten Knick am oberen Ende. Vermutlich hatte er die kurzen blonden Haare selbst mit einem Haarschneider bearbeitet, ein richtiger Schnitt war nicht erkennbar.

Federsen knallte eine Mappe mit Unterlagen auf den Tisch und ließ sich ächzend auf einen Stuhl nieder. Mit bedeutungsschwerem Blick blätterte er darin. Da Hannes hinter ihm stand, konnte dieser erkennen, dass es ein reines Schaumanöver war. Die Faktenlage wäre auch zu dünn gewesen, um diese vollgestopfte Mappe zu füllen.

»Meinen Kollegen kennen Sie bereits«, eröffnete Federsen das Verhör. »Herrn Niehaus haben Sie vorgestern mit Ihrem Tritt fast ins Jenseits befördert.«

»Offenbar hat es ihn nicht so schlimm erwischt«, sagte der junge Mann desinteressiert.

Doch es war ihm anzusehen, dass er erleichtert war. Ein toter oder schwer verletzter Polizist hätte seine Lage drastisch verschlimmert. Hannes überraschte die hohe Stimme des Mannes, er hatte bei dem Körperbau eine wesentlich tiefere erwartet.

»Immerhin habe ich Ihnen eine schwere Prellung und eine Gehirnerschütterung zu verdanken«, bemerkte er und nahm ebenfalls Platz.

»Tut mir leid«, antwortete der Mann mit sarkastischem Unterton.

»Das sollte es auch!«, bellte Federsen. »Ansonsten würden wir Sie jetzt zu sechs statt zu fünf Morden befragen. Zwei Anzeigen wegen gefährlicher Körperverletzung an meinem Kollegen erwarten Sie aber in jedem Fall. Vielleicht reicht es sogar für versuchten Totschlag. Damit hat sich einiges angesammelt: fünf Morde, versuchter Totschlag, Tankstellenüberfall, mehrere Einbrüche, Körperverletzung, Stalking, Sachbeschädigungen und diverse Einschüchterungsversuche! Hab ich irgendwas vergessen?«

»Fahrraddiebstahl«, ergänzte Hannes und schmunzelte.

Es handelte sich um ein altersschwaches Damenrad, das Bach aus dem Vorgarten eines Rentnerpaares entwendet und auf seiner Flucht in den Busch geworfen hatte. Trotz intensiver Recherche waren keine weiteren Fahrraddiebstähle ans Licht gekommen. Auch Motorroller oder Autos waren in dem Gebiet nicht geknackt worden, sodass immer unwahrscheinlicher wurde, dass der Mann das Leben von di Santo zu verantworten hatte. Zu Fuß hätte er die Strecke in der Kürze der Zeit definitiv nicht zurücklegen können.

»Ihrem Kumpel sind wir inzwischen dicht auf den Fersen«, beschönigte Federsen die derzeitige Situation. »Er hat sich am Mittwochmorgen nach Finnland abgesetzt.«

Diese Information schien Bach zu überraschen. »Was will er denn in Finnland?«

»Uns aus dem Weg gehen vermutlich. Aber da wird er wenig Erfolg haben. Ich rate Ihnen, jetzt alles auf den Tisch zu packen. Das kann für Sie mildernde Umstände mit sich bringen. Wenn Ihr Freund vor Ihnen auspackt, hat er den Joker, und Sie sitzen in der Scheiße!«

»Ich habe niemanden umgebracht! Die anderen Dinge hab ich ja schon zugegeben. Aber ich habe niemanden ermordet! Keine Ahnung, warum Sie mir das die ganze Zeit unterstellen.«

»Weil Sie ein starkes Motiv und schlechte Alibis besitzen«, erklärte Hannes. »Mehrfach haben Sie Leute des ›Neuen Wegs‹ bedroht …«

»So war es nicht! Klar haben die uns genervt. Schauten auf uns runter und machten sich lustig. Für die sind wir religiöse Spinner. Da wollten wir … uns etwas rächen.«

»Aha!«, schnappte Federsen sofort zu. »Sie geben also zu, dass Sie Rachegelüste hatten. Das ist doch schon mal ein Anfang!«

»Das waren nur Kleinigkeiten! Etwas Wirbel veranstalten, Flugblätter verteilen. Dann dieser Zettel mit dem Teufel. Wir haben niemandem wirklich was getan.«

»Kann man auch anders sehen! Immerhin hätte Herr Beck aufgrund Ihrer anonymen Anzeige seine berufliche Existenz verlieren können! Sachbeschädigungen sind auch keine Kleinigkeit, von den Handgreiflichkeiten mal ganz abgesehen.«

»Ich geb' ja zu, dass es etwas aus dem Ruder gelaufen ist. Die Anzeige war Franks Idee. Ich wüsste gar nicht, wie man so was einfädelt. Wir haben uns da reingesteigert. Aber so wirklich habe ich gar nichts gegen diesen Verein! Ich bin nicht so religiös wie Frank. Ich fühl mich in der Schöpferkirche einfach nur ganz wohl. Aber es hat mich geärgert, wie uns diese Leute behandelt haben. Deshalb hab ich mitgemacht.«

»Ach so, Sie haben nur mitgemacht. Wer war denn sonst noch dabei?«

»Es waren nur Frank und ich. Er hat gesagt, dass wir diesen Heiden eine Lektion erteilen sollten. War ja auch ganz harmlos.«

»Was Sie mit der Eisenstange vorhatten, war aber alles andere als harmlos«, sagte Hannes. »Da haben Sie mich zum ersten Mal angegriffen. Wäre ich es nicht gewesen, hätte wahrscheinlich Ihre Exfreundin eins übergezogen bekommen?«

»Ich wollte sie nur erschrecken! Frank war auch der Meinung, dass sie dahintersteckte.«

»Hinter was?«

»Dass Sie auf mich aufmerksam geworden sind! Ich wollte nicht schon wieder Ärger mit der Polizei. Da haben wir überlegt, wie wir sie einschüchtern konnten.«

»Kommen wir noch mal zu den Mordopfern«, bestimmte Federsen. »Alexander Kramer hat einmal Rebecca Köhler vor Ihnen beschützt und wurde dabei von seiner Schwester und Sylvia Böhm unterstützt. Benjamin Lück hatten Sie im Frühjahr bereits überfallen, weil er ...«

»Ich hab doch schon gesagt, dass das nicht stimmt! Ich habe ihn nicht überfallen, und wer soll überhaupt Sylvia Böhm sein?«

»Frau Böhm war gerade dabei, ihren Traum von einem eigenen Pferdehof umzusetzen«, antwortete Hannes. »Aber Sie haben diesem Traum ein vorzeitiges Ende gesetzt!«

»Ach, die war das, die ermordet wurde? Die vom Pferdehof?« Mit großen Augen blickte er Hannes zum ersten Mal ins Gesicht und zeigte ein spöttisches Lächeln. »Die hing doch immer mit diesem Pornostar rum. Jetzt wird mir einiges klar.«

»So? Was denn?«, fragte Federsen ungehalten.

»Die habe ich oft gesehen. Ihr Mann ist gut mit Franks Schwester befreundet. Er überlegt sogar, bei uns einzutreten. Das wär ja was gewesen, wenn es mal wieder eine Auseinandersetzung mit dem ›Neuen Weg‹ gegeben hätte. Dann hätte er auf unserer Seite gestanden und seine Frau auf der anderen.« Erneut kicherte er. Die Vorstellung schien ihm zu gefallen. Hannes und Federsen kicherten nicht. Sie schauten sich nur betroffen an.

Es folgte eine Neusortierung der Aufgaben. Hannes und Federsen machten sich sofort auf den Weg zum Pferdehof, um Matthias Böhm unangekündigt aufzusuchen. Seine Befragung hatte höchste Priorität, insbesondere da Per eine weitere Neuigkeit beisteuern konnte. Er hatte in der Zwischenzeit mit Thomas Beck telefoniert, um mehr über das Verhältnis zwischen Sylvia Böhm und Carlos di Silva herauszufinden. Soweit der Seelsorger wusste, waren die beiden nicht befreundet gewesen. Er erinnerte sich aber an ein Gespräch, in dem sie ihm erzählt hatte, dass sie durch di Silva auf den ›Neuen Weg‹ aufmerksam geworden war.

Sie war ihm vor zwei Jahren aus Unachtsamkeit aufgefahren, und der Argentinier hatte ein schweres Schleudertrauma erlitten. Ihr schlechtes Gewissen ließ sie den Kontakt halten, und irgendwann war das Gespräch auf den ›Neuen Weg‹ gekommen. Entweder war der Mann damals noch weniger kauzig gewesen oder er hatte zumindest eine gute Phase gehabt. Auf jeden Fall hatte er sie zu einem Versammlungsbesuch überreden können. Vermutlich hatte er damit ihren Untergang eingeleitet.

Matthias Böhm leugnete zunächst hartnäckig, irgendeinen Bezug zur Schöpferkirche zu haben. Erst als Hannes ihm mitteilte, dass in diesem Moment auch die Schwester von Frank Meister vernommen werde, gab er auf.

»Das ist zwar meine Privatangelegenheit, aber ja, ich kenne Ursula. Wir haben früher im selben Unternehmen gearbeitet und seitdem Kontakt gehalten.«

»Warum machen Sie darum ein solches Geheimnis?«

»Weil ich keinen falschen Eindruck erzeugen wollte. Ich bin … war … schließlich verheiratet! Zwischen Ursula und mir … das ist freundschaftlich! Wir haben uns in letzter Zeit häufiger getroffen, weil ich einfach jemanden zum Reden brauchte.«

»Dabei fühlten Sie sich so gut verstanden, dass Sie nun mit dem Gedanken spielen, in die Schöpferkirche einzutreten?«

»Was soll das für eine Bedeutung haben?«

»Verstehen Sie sich mit Frau Meisters Bruder auch so gut wie mit ihr?«, fragte Hannes zurück.

»Frank? Wir haben uns nur selten gesehen. Ich kenne ihn nicht gut. Scheint aber ein anständiger Kerl zu sein.«

»Da gibt es andere Anzeichen«, erwiderte Federsen grob. »Wir fahnden nach ihm wegen einer möglichen Beteiligung an mehreren Mordfällen. Unter anderem könnte er Ihre Frau umgebracht haben! Dummerweise hat er sich nach Finnland abgesetzt.«

»So ein Blödsinn! Frank hat doch nicht meine Frau umgebracht! Aus welchem Grund?«

»Sagen Sie es mir! Sie kennen ihn besser als ich.«

»Ich kenne ihn auch nicht gut. Aber gut genug, um zu wissen, dass Ihre Vermutung kompletter Unsinn ist.«

Als er erfuhr, dass Frank Meister bereits mehrfach gegenüber dem ›Neuen Weg‹ auffällig geworden war, räusperte er sich ungehalten.

»Zum Teil ist es doch verständlich, dass er sich von denen provoziert fühlt! Ich hatte bei meiner Frau mitbekommen, wie abfällig sie sich über die Schöpferkirche geäußert hat.

Dabei war sie früher selbst gläubig, ich habe keine Ahnung, was dieser Verein mit ihr angestellt hat. Sie hatte sich völlig verändert, seit sie dort Mitglied war!«

»Warum ist sie überhaupt eingetreten?«

»Äh … das war … damals hatten wir eine kleine Ehekrise. Wahrscheinlich hat sie irgendwo Anschluss gesucht. Dabei wäre das gar nicht nötig gewesen, denn kurz darauf haben wir uns wieder gut verstanden.«

»Wie kam sie auf den ›Neuen Weg‹?«, bohrte Hannes nach.

»Was spielt das für eine Rolle?«

»Sagt Ihnen der Name Carlos di Santo etwas?«

»Nein. Wer soll das sein?«

»Die Frage lautet eher: Wer war er? Seit zwei Tagen ist er tot. Er war einer der Gründer des ›Neuen Wegs‹ und managte dort früher die Finanzen. Vor ungefähr zwei Jahren ist ihm Ihre Frau hinten aufgefahren, wodurch er ein Schleudertrauma erlitt.«

»Daran erinnere ich mich. Sylvia saß allein im Wagen. Schleudertrauma! Das behauptet jeder, wenn ihm ein anderer drauffährt. Leicht verdientes Schmerzensgeld!«

»Durch ihn wurde Ihre Frau auf den ›Neuen Weg‹ aufmerksam. Wussten Sie das nicht?«

»Nein. Sie hatte überflüssigerweise ein schlechtes Gewissen gegenüber diesem Kerl. Sie rief ihn ab und zu an und traf sich mit ihm.« Er sah auf die Uhr. »War's das? In zehn Minuten kommen zwei Kaufinteressenten. Ich will den Hof schnellstmöglich loswerden. Eine Einigung mit dem Finanzamt ist auch in Sicht, dann ist dieser ganze Albtraum hier endlich vorbei.«

Verbissen nickte Federsen. »Für heute sind wir fertig. Beim nächsten Mal beginnt Ihr Albtraum aber vielleicht erst richtig. Wir behalten Sie im Blick!«

Die Abschlussrunde des Tages stand an. Aus Finnland gab es keine Neuigkeiten, und Frank Meister hatte auch seine Kreditkarte nicht wieder benutzt. Hannes und Federsen hatten bereits von ihrem Gespräch mit Matthias Böhm berichtet und verfolgten nun die Ausführungen von Isabell und Per. Sie hatten zunächst das Ehepaar Graf aufgesucht. Da sich die Wiederherstellungsarbeiten an deren abgebranntem Haus weiter hinzogen, wohnten sie noch immer in einem Hotel und hatten die Ermittler in der Lobby empfangen.

Zwar hatten sie bestätigt, dass sie wie die Schweigers manche Vereinsmitglieder kritisch sahen, allerdings hätten sie nie jemanden herausmobben wollen. Carlos di Santo sei ein Sonderfall gewesen, da er offensichtlich Geld unterschlagen habe. Beziehungen zu den Anhängern der Schöpferkirche wiesen die Grafs weit von sich.

»Wir sind dann noch mal Mord für Mord die Alibis der beiden durchgegangen«, erzählte Isabell. »Sie waren erst wie vor den Kopf geschlagen. Natürlich haben wir behauptet, dass es sich um eine Routineangelegenheit handelt.«

»Was für Alibis konnten sie denn präsentieren?«, wollte Steffen Lauer wissen.

»Für den Tod von Alexander Kramer kein überprüfbares. Aber zum Zeitpunkt von Frau Böhms Tod hatten sie einen Termin mit ihrer Hausversicherung. Ist bereits bestätigt.«

»Im Fall Antje Kramer ist die Präsentation eines Alibis ja schwierig«, übernahm Isabell. »Wir haben keine Ahnung, wann ihr die Giftpilze untergemischt wurden. Als Herr Lück starb, waren sie angeblich im Hotelzimmer und in der Todesnacht von di Santo mit Freunden bei einem klassischen Konzert und anschließend essen. Die Gruppe ging gegen Mitternacht auseinander. Das ist von den Freunden und einem Kellner bestätigt worden.«

»Also kommen sie nicht in Betracht«, fasste Federsen zusammen und warf Hannes einen triumphierenden Blick zu.

Doch der blieb hartnäckig. »Als Informanten oder Hintergrundakteure aber schon. Außerdem habe ich sowieso mehr die Schweigers im Fokus. Wie haben die denn reagiert?«

»Empört trifft es wohl am besten. Der Kontakt mit Meister bezog sich angeblich nur auf Vermittlungsversuche. Über Alibis verfügen sie – bis auf eine Ausnahme: Herr Schweiger konnte nicht nachweisbar darlegen, wo er am letzten Dienstag war, als di Santo starb. Zunächst war er mit seiner Frau beim Chorabend, danach trennten sich die Wege. Sie fuhr nach Hause und löste um zehn Uhr die Nachbarin ab, die auf die Kinder aufgepasst hatte. Er gibt an, dass er Kopfschmerzen hatte und zu Fuß nach Hause gegangen sei. Frische Luft helfe ihm besser als Tabletten. Laut seiner Frau traf er gegen elf Uhr ein. Weitere Zeugen gibt es dafür nicht.«

»Wenig überzeugend«, meinte Lauer. »Stimmen kann's natürlich trotzdem.«

Clarissa und Marcel hatten ebenfalls zwei Befragungen durchgeführt. Der Schreinermeister Ludwig Obermann stand zwar nicht unter direktem Tatverdacht, kam jedoch als Mittäter infrage. Allerdings hatte er sich deutlich von Bach und Meister distanziert, nachdem ihm Clarissa ordentlich auf die Pelle gerückt war.

»Bei der Schlägerei im Sommer habe er nur besänftigen wollen, und von den anderen Vorfällen wisse er nichts. Er nahm das Wort Fanatismus zwar nicht in den Mund, aber es kam deutlich rüber, dass er zumindest Meister in dieser Richtung verortet. Bach beschrieb er dagegen mehr als aggressiven Heißsporn auf der Suche nach Anerkennung. Schließlich – und zwar noch bevor wir ihm von Bachs Geständnissen erzählt hatten – gab er zu, dass er den beiden Attacken auf den ›Neuen Weg‹ zutrauen würde. Er merkt wohl, dass er in etwas reingezogen werden könnte, auf das er wenig Lust hat.«

»War er glaubwürdig?«, fragte Lauer.

»Ja«, sagten Clarissa und Marcel gleichzeitig.

»Er ist sehr religiös, aber nicht fanatisch«, erklärte Marcel. »Etwas einfältig, aber gutmütig. Nur weil er Schreiner ist, muss ja nicht zwangsläufig er das Kreuz gezimmert haben.«

»Was ist bei Frank Meisters Schwester herausgekommen?«

»Zumindest dürfte Herrn Böhms Aussage stimmen, dass sie kein Verhältnis miteinander haben. Ursula Meister ist genauso religiös wie ihr Bruder und würde sich nie mit einem verheirateten Mann einlassen. Sie hat mehrmals betont, es wäre nur Freundschaft. Jetzt, wo er Witwer ist, könnte sich das natürlich ändern. Sie ist siebenunddreißig Jahre alt und – wie ihr Bruder – zutiefst gläubig erzogen worden. Sie hat ein sehr enges Verhältnis zu ihm.«

»Allerdings ist das Verhältnis nicht so eng, dass sie wüsste, was er gerade in Finnland macht«, fügte Clarissa hinzu. »Sein letzter Urlaub sei im Januar gewesen und er hätte ausgebrannt gewirkt. Deshalb sei er vielleicht kurz entschlossen verreist.«

Per schüttelte den Kopf. »Wenn er ausgebrannt ist, fährt er doch nicht nach Finnland! Da ist es jetzt fast den ganzen Tag dunkel, saumäßig kalt, und wenn du Pech hast, schneist du irgendwo ein. Bei drohendem Burn-out fliegt man in die Wärme und ins Licht!«

»Natürlich ist es ein ziemlich hilfloser Erklärungsversuch. Sie will ihn schützen und sagte mehrmals, er wäre zu solchen Taten nicht in der Lage. Bach sei ein Lügner und wolle alles auf ihren Bruder abwälzen. Sie sei immer der Meinung gewesen, ihr Bruder hätte sich nicht mit ihm einlassen sollen, und wisse auch nicht, was er an ihm gefunden hat.«

»Vielleicht das perfekte Opferlamm«, meinte Hannes und erntete verständnislose Blicke. »Nehmen wir mal an, Bach sagt die Wahrheit. Er hat ein paar Dummheiten gemacht, zu denen Meister ihn angestiftet hat. Der aber lenkt unseren Verdacht auf seinen guten Freund David und zieht im Hintergrund die richtigen Schweinereien selbst durch. Er ist fanatisch und zudem ein cleverer Kerl. Bach kam ihm vielleicht gerade recht und wurde von Anfang an benutzt.«

»Meisters Schwester würde das sicher anders sehen«, entgegnete Clarissa. »Nach ihrer Meinung hatte Bach einen schlechten Einfluss auf ihren Bruder. Doch bei den Versuchen, ihren Bruder als harmlos hinzustellen, ist sie etwas übers Ziel hinausgeschossen.«

»Inwiefern?«

»Sie erzählte, wie gut er sich mit Herrn Böhm versteht. Als sie ihm von dessen Problemen berichtete, habe er sich sehr um ihn bemüht und versucht, ihm Mut zu machen. Die beiden haben sich häufig getroffen und intensive Männergespräche geführt. Matthias Böhm hat also ziemlich untertrieben, als er euch eine flüchtige Bekanntschaft mit Frank Meister vorgaukelte.«

KAPITEL 24

Mit den letzten Novembertagen kam das erste Adventwochenende. Als Hannes am Samstag die Augen aufschlug, schien ihm die Sonne warm ins Gesicht. Schläfrig blinzelte er zum Wecker. Noch fünf Minuten bis zum Alarm. Er drehte sich zur anderen Bettseite. Anna hatte sich in ihrer Decke verheddert, ein nacktes Bein lag halb auf seiner Seite. Sie atmete tief und gleichmäßig und hatte ihm den Kopf zugedreht. Beim Ausatmen setzte der Lufthauch eine ihrer Haarsträhnen in leichte Bewegung. Hannes genoss diesen friedvollen Anblick, während die Sekunden gnadenlos verstrichen.

Kurz bevor der Wecker den entspannten Tagesbeginn mit seinem schrillen Signal zerstören konnte, griff er zum Sideboard und schaltete ihn aus. Sollte Anna ruhig noch etwas weiterträumen. Er selbst konnte nicht länger liegen bleiben, da die Führerscheinprüfung um zehn Uhr begann. Prüfend streckte er sich und bewegte vorsichtig den Rücken. Die Schmerzen waren deutlich zurückgegangen. Auch der Druck in seinem Kopf war so weit abgeklungen, dass er auf eine Schmerztablette verzichtete.

Wenig später trat er angezogen und mit noch nassen Haaren auf seinen kleinen Balkon. Die Aussicht war wenig idyllisch, die umliegenden Gebäude stammten alle aus dem tristen Architektenzeitalter der Sechzigerjahre. Der Himmel war wolkenlos und die Temperatur fast zweistellig. Die Luft schmeckte weniger nach Advent als nach goldenem Oktober. Tief atmete er ein und stellte zufrieden fest, dass es vollkommen windstill war. Etwas mitleidig dachte er an seine Kollegen, die sich an diesem Wochenende mit weiteren Befragungen herumschlagen mussten.

Mit einer heißen Kaffeetasse betrat er kurz darauf wieder das Schlafzimmer. Anna hatte ihre Position nicht verändert. Vorsichtig beugte er sich über sie und fächelte ihr etwas von dem Dampf zu. Er lächelte, als sich ihre Nasenflügel bei der Witterung des verlockenden Aromas leicht bewegten. Nur einen Moment später bewegten sich auch die Augenlider nach oben. Anna räkelte sich und brauchte einen Moment, um zu sich zu kommen. Dann setzte sie sich im Bett auf und nahm Hannes dankbar die Tasse aus der Hand.

»Endlich scheint mal wieder die Sonne! Wie spät ist es?«

»Kurz nach halb neun. Das Frühstück steht schon auf dem Tisch. Ich muss in einer halben Stunde los, damit ich rechtzeitig am Hafen bin.«

»Schade, dass heute die Prüfung ist. Wir hätten sonst das tolle Wetter ausnutzen können.«

»Ich bin eigentlich froh, denn die See wird heute ruhig sein. Hoffentlich hält sich das gute Wetter bis zum Praxistest.«

Anna schaute ihn liebevoll an und strich ihm über die Arme. Auch sie freute sich, bald einen Freizeitkapitän als Freund zu haben, der sogar ein eigenes Boot besaß.

»Ich kann heute Nachmittag rauskommen und euch bei der Prüfung zusehen. Vielleicht ist danach noch Zeit für einen Strandspaziergang. Wir sind erst für neunzehn Uhr auf dem Weihnachtsmarkt verabredet.«

»Wär toll«, freute sich Hannes. »Ich rufe dich nach der Theorie an. Wenn ich die vermasselt habe, brauche ich am Nachmittag gar nicht mehr ins Boot zu steigen.«

»Das wirst du schon schaffen. Kannst dich eigentlich bei diesem Kerl bedanken, dass er dich vom Rettungsturm geworfen hat. So konntest du am Donnerstag noch mal büffeln.«

Sie beugte sich vor und küsste ihn auf den Mund. Etwas unwillig erwiderte Hannes den Kuss. Nicht, dass er Anna nicht gern küsste, aber auf Kaffeegeschmack stand er dabei nicht gerade. Sie deutete seine Zurückhaltung richtig.

»Schon verstanden«, lachte sie. »Ich geh erst mal ins Bad. Wenn es für dich zu knapp wird, kannst du schon mit dem Frühstück anfangen.«

Auf der Fahrt zum Hafen ging Hannes im Kopf noch einmal die Prüfung durch. Es gab fünfzehn mögliche Fragebögen mit jeweils dreißig Fragen zu verschiedenen Themen. Obendrauf gab es eine Navigationsaufgabe mit neun Teilen. Davor hatte er am meisten Respekt, auch wenn Ole ihn gerade in diesem Bereich ordentlich rangenommen hatte.

Es versprach ein strahlender Tag zu werden, und Hannes fummelte im Handschuhfach nach der Sonnenbrille. Als er das Ortsausgangsschild passierte, klingelte sein Telefon.

»Per und ich sind auf dem Weg zum Pferdehof«, informierte ihn Clarissa.

»Herr Böhm wird sich freuen, dass er schon wieder Besuch von uns bekommt«, meinte Hannes.

»Damit wird er klarkommen müssen! Er ist uns ein paar Erklärungen schuldig und hat sicher Gründe, warum er seine Bekanntschaft zu Frank Meister runtergespielt hat.«

»Gibt es von dem was Neues?«

»Nein, auch nicht von seinem Kreditkartenanbieter. Er hat wohl erst mal genug Bargeld und kann überall in Finnland sein. Vielleicht ist er auch über die Grenze nach Norwegen oder Schweden verschwunden. Wir haben die Kollegen dort informiert.«

»Zumindest kann er nicht nach Russland, bei der Grenzkontrolle würde er sofort auffallen.«

»Richtig. Und mit der Fähre kommt er auch nicht weg, alle Anbieter sind informiert. Aber richtig hilft uns das auch nicht weiter, denn Skandinavien ist groß genug. Wir sind jetzt am Hof angekommen. Ich melde mich später. Bis wann geht deine Prüfung?«

»Ich müsste um kurz nach elf wieder erreichbar sein.« Hannes legte auf und versuchte den Kopf schnell freizubekommen. Unterstützt wurde dies, als er auf die Küstenstraße einbog und die offene See auftauchte. Die Sonne warf ein glitzerndes Funkenmeer auf das Wasser, und am liebsten hätte er sofort die Leinen der ›Lena‹ gelöst.

Vierundzwanzig Fragen waren bereits beantwortet. Alles lief gut. Frage fünfundzwanzig hatte es dagegen in sich. Nachdenklich kaute Hannes auf seinem Stift herum. ›Wie navigiert man mittels eines Quermarkenfeuers?‹ Die zur Auswahl stehenden Antworten klangen alle bekannt. Er setzte ein Kreuz vor ›Beim Übergang vom Ankündigungssektor in den Kursänderungssektor die Kursänderung vornehmen.‹ Die restlichen fünf Fragen handelte er zügig ab und zog dann die Navigationsaufgabe hervor.

Nervös überflog er sie und legte das Navigationsbesteck bereit. Ihm blieben zwanzig Minuten. Der Ersteller der Prüfungsaufgaben verstand sich zumindest auf eine anschauliche Darstellung: ›Ein Sportboot befindet sich am 10.06. in der Deutschen Bucht auf der Reise von Helgoland nach Cuxhaven. Die Fahrt über Grund beträgt 10 kn. Um 11.00 Uhr wird 1,2 sm südlich von Helgoland die Leuchttonne »Helgoland-O« nahebei passiert.‹

Wie gefordert las Hannes zunächst die geografische Position mit Längen- und Breitengrad ab. In der zweiten Aufgabe sollte er eine Eintragung in der Seekarte erklären, bei der es sich um ein Wrack handelte, das in 53,6 Metern Tiefe vor sich hin schlummerte. Nachdem er noch einen rechtsweisenden Kurs berechnet und eingetragen, eine Leuchttonne beschrieben und die Fahrtdauer errechnet hatte, lehnte er sich kurz entspannt zurück. Die ersten sechs Fragen waren geschafft, und bei korrekter Beantwortung wäre er nach der siebten Frage im wahrsten Sinne des Wortes an Land. Kurz vor Ablauf der sechzig Minuten legte er den Zirkel zur Seite und schrieb die Lösung für die neunte Frage auf, in der er die sogenannte Besteckversetzung herausfinden musste.

Hannes trat mit den anderen ins Freie, beteiligte sich jedoch nicht an den Diskussionen, welche Antwort auf welche Frage wohl korrekt gewesen war. Stattdessen schlenderte er auf den Anleger und näherte sich der ›Lena‹. Als eines der letzten Boote lag sie im Hafen, und andächtig strich er mit der Hand über die Reling. Es schien ihm unwirklich, dass er nun kurz davor war, dieses Schiff endlich benutzen zu dürfen.

»Steigt die Vorfreude?«, erklang es neben ihm, und mit schweren Schritten stapfte Ole auf ihn zu. »Wie isses gelaufen?«

»Ganz gut, glaub ich. Vielen Dank für deine Hilfe! Sonst wär ich über der Seekarte ganz schön ins Schwitzen gekommen.«

Ole lehnte sich ebenfalls an die Reling und blickte auf das Meer. Hannes wusste, dass er keine unnötigen Worte verlor. Eine vorwitzige Möwe landete gleich neben ihm auf der Bootsumrandung und musterte ihn aus gelben Augen. Ein

Moment voller Ruhe. Hannes hätte ewig so stehen bleiben können. Dann riss ihn das Klingeln des Telefons zurück in die Niederungen des Ermittleralltags. Er machte eine entschuldigende Geste zu Ole, der auf das störende Geräusch mit einem Zusammenziehen seiner Augenbrauen reagierte.

»Immer und überall erreichbar, was?«, brummte er. Dann drehte er sich um und stapfte über den Steg davon, während Hannes das Gespräch annahm.

»Clarissa, wie sieht's bei euch aus?«

»Herr Böhm hat erst behauptet, Ursula Meister interpretiere etwas zu viel in seine Bekanntschaft mit ihrem Bruder hinein. Sie empfinde eben viel für Frank und sei der Meinung, dies müsse allen anderen Menschen auch so gehen.«

»Dabei ist der Typ ja nicht gerade ein Ausbund an Sympathie.«

»Täusch dich mal nicht! In der Schöpferkirche kommt er gut an. Scheint da ziemlich charismatisch auftreten zu können. Ich habe Herrn Böhm gegenüber behauptet, dass wir die Telefongespräche von Meister überprüft haben. Zwar stimmt das sogar, allerdings haben wir noch kein Ergebnis.«

»Und du hast das Ergebnis schon vorweggenommen?«, vermutete Hannes.

»Dazu braucht man ja wenig Fantasie. Böhm gab dann auch zu, dass sie regelmäßig gesprochen und sich ab und zu getroffen haben. Er hätte jemanden zum Reden gebraucht, und Meister habe ihm in dieser schwierigen Zeit mit Verständnis und Rat geholfen.«

»Gelebte christliche Nächstenliebe«, meinte Hannes sarkastisch.

»Die sogar erfolgreich war. Nach einer hitzigen Debatte hat sich Böhm verplappert, dass er vor wenigen Tagen in die Schöpferkirche eingetreten ist. Was ich merkwürdig finde.«

»Wieso? Dort passt er doch gut …«

»Weil er weiß, dass wir gegen diese Kirche ermitteln! Das war ja sogar seine Begründung, warum er den Kontakt zu Ursula und Frank Meister vor uns geheim halten wollte. Er gab sogar zu, von manchen der nicht tödlichen Vorfälle gewusst zu haben. Frank habe ihm davon erzählt, die Schuld aber auf Bach geschoben. Böhm ging also davon aus, dass wir was gegen Meister und Bach in der Hand haben. Dass sie sogar in den Mord an seiner Frau verwickelt sein könnten. Dennoch bleibt er mit Meister befreundet und tritt sogar in die Schöpferkirche ein?«

»Was sagt er dazu?«

»Dass die beiden unschuldig seien. Wie auch immer er zu dieser Einschätzung kommt. Er sieht die Schöpferkirche als einen Hort wahrer Christenmenschen an. Die Leute dort sind für ihn alle unverdächtig.«

»Für wie glaubwürdig hältst du ihn?«

»Er ist insofern glaubwürdig, als er tatsächlich über einen religiösen Eifer verfügt, der zur Schöpferkirche passt. Aber er ist auch eine undurchsichtige Figur und könnte durchaus Dreck am Stecken haben. Zumal er heute zum ersten Mal zugegeben hat, dass er über das sexuelle Verhältnis zwischen seiner Frau und Alexander Kramer Bescheid wusste.«

Vor wenigen Minuten waren die Prüfungsergebnisse bekannt gegeben worden. Hannes hatte die Theorie trotz drei falscher Antworten bestanden. In einer Stunde würde die praktische Prüfung folgen. Etwas abseits von den anderen Führerscheinanwärtern saß er in der Sonne und hing seinen Gedanken nach.

Konnte Herr Böhm die Figur im Hintergrund sein, die Hannes vermutete? David Bach und Matthias Böhm behaupteten, sich nur zweimal kurz begegnet zu sein. Frank Meister war das verbindende Kettenglied, das sich nun irgendwo tief im skandinavischen Winter verbarg. Zugleich konnte Hannes das Gefühl nicht abschütteln, dass die finale Lösung erst innerhalb des ›Neuen Wegs‹ gefunden werden könnte. Vielleicht ließ er sich dabei aber auch nur von seiner Abneigung gegen das Ehepaar Schweiger beeinflussen. Er war gespannt, was Elke ihm am Abend über ihre Erlebnisse mitteilen würde.

Als er ein Motorengeräusch hörte, hob er den Kopf. Anna hatte sich den Mini einer Freundin ausgeliehen und fuhr soeben auf den Parkplatz. Strahlend kam sie ihm entgegen. Aufgrund der milden Temperaturen hatte sie sich nur eine dünne Jeansjacke übergeworfen.

»Was für ein toller Tag! Es ist wunderschön hier!« Sie schwenkte einen kleinen Rucksack. »Ich habe was zum Mittagessen mitgebracht oder hast du keinen Hunger?«

Die Frage war eher rhetorisch gemeint, denn über mangelnden Appetit verfügte ihr Freund nun wirklich nicht. Sie setzten sich auf zwei kleine Felsen, und neugierig beobachtete Hannes, was Anna aus dem Rucksack ans Licht beförderte.

»Krabbenbrötchen«, sagte er zufrieden und biss herzhaft zu. »Wo hast du die denn aufgetrieben?«

»Bei Tines Wohnung gibt es einen kleinen Imbiss. Glückwunsch zum ersten Teil der Prüfung! Wann geht es weiter?«

»In ein paar Minuten. Es wird aber etwas dauern, bis alle durch sind.«

»Macht nichts. Ich schau euch von hier aus zu. Es gibt schlechtere Orte, an denen man sich heute aufhalten könnte. Übrigens: Sieh mal, was heute im Briefkasten lag!«

Sie reichte ihm einen Umschlag und blickte ihn dabei unschuldig an. Er zog einen Zettel heraus und überflog ihn rasch.

»Ein Vorstellungsgespräch? Bei LightFire?«

»Ist das nicht super?«, jubelte sie und umarmte ihn. »Ich muss mich unbedingt bei Ines bedanken. Sie hat die Bewerbung über ihre Freundin dort platziert. Ich bin echt gespannt!«

Das war Hannes auch, und er hoffte, dass LightFire ihre Erwartungen erfüllte. Besser könnte es nicht laufen, denn das Unternehmen hatte seinen Sitz mitten in der Stadt und würde Anna damit in seiner Nähe halten.

»Alle Prüflinge zu den Booten«, rief in diesem Moment eine strenge Stimme über den Platz, und Hannes beeilte sich, zum Anleger zu laufen. Wider Erwarten hatte sich Ute doch zur Teilnahme entschlossen. Ihr Anfall von Seekrankheit während des Trainings hatte sie nicht nachhaltig abgeschreckt. Sie musste auch gleich als Erste der Schlauchboot-Besatzung die geforderten Manöver ausführen. Beim Fahren nach Kompass hatte sie ihre Schwierigkeiten, doch der Prüfer drückte gnädig ein Auge zu, als sie auch beim zweiten Versuch ab und zu heftig hin- und hersteuerte. Dann war schon Hannes an der Reihe.

Die fünf Pflichtmanöver führte er ohne Beanstandungen durch. Aus den Augenwinkeln bemerkte er, dass Anna ihren Platz verlassen hatte. Sie stand neben Ole auf dem Steg und verfolgte interessiert Hannes' Einsatz. Auch Ole schien bisher nichts zu mäkeln haben, zumindest wirkte sein Gesichtsausdruck recht fröhlich. Was jedoch auch an der Begleitung an seiner Seite liegen konnte. Lebhaft unterhielt er sich mit Anna und bewies damit, dass er nicht immer wortkarg sein musste.

Der Prüfer war offenbar der Meinung, dass Hannes keinen Problemfall darstellte, und wählte aus den Wahlpflicht-Manövern die beiden aus, die am schnellsten zu absolvieren waren.

»Geschafft«, teilte er Hannes schließlich mit. »Wenn Sie sich nachher bei den Knoten nicht verheddern, sind Sie durch!«

Seine Konzentration legte er nun auf Utes Mann Karl, der sich schon beim Ablegemanöver einen ersten Anraunzer einhandelte. Hannes lehnte sich dagegen entspannt zurück und signalisierte Anna und Ole mit seinem erhobenen Daumen, dass alles glattgegangen war. Er konnte nicht verhindern, dass seine Gedanken zurück zu den Ermittlungen glitten. Während Karl gerade mit zusammengebissenen Zähnen den zweiten Versuch einer Kreuzpeilung vornahm, kam dem Polizisten David Bach in den Sinn.

Der Kerl verfügte unbestritten über ein großes Aggressionspotenzial. Das bewies seine umfangreiche Polizeiakte, und er hatte das mit seinem Verhalten am Rettungsturm eindeutig untermauert. Aber reichte diese Aggressivität, um mehrere Menschen sadistisch umzubringen? Zumal es sich dabei um Fremde handelte. Hätte er seine Exfreundin ermordet, wäre zumindest noch verletzte Eitelkeit und vielleicht sogar Liebeskummer im Spiel gewesen. Doch gerade sie war verschont worden. Warum?

Konnte religiöser Fanatismus seine Antriebskraft sein? Er machte nicht den Eindruck, eine ausgeprägte Frömmigkeit zu besitzen. Von allein wäre er nicht zum Glaubenskrieger geworden. Hier kam wieder Frank Meister ins Spiel. Der verstand es blendend, seine Überzeugung zu verbreiten und andere anzustecken. Doch Hannes missfiel die Tatsache, dass sich die Ermittlungen auf eine einzige Theorie konzentrierten. Natürlich lag sie auf der Hand, und es drängte sich keine andere Möglichkeit auf. Aber was war, wenn Meister von den finnischen Behörden geschnappt wurde und sich anschließend alles als ein Schlag ins Wasser entpuppen sollte?

Ein Schlag ins Wasser war auch Karls Leistung gewesen, wie der Prüfer abschließend feststellen musste. Damit ergab sich die unerwartete Situation, dass seine zu Seekrankheit neigende Frau Ute die Prüfung bestanden hatte, während er selbst einen neuen Anlauf nehmen musste. Entsprechend missmutig stand er daneben, als Ute wenig später ihre Knotenkünste demonstrierte. Die Gruppe hatte sich an der Kaimauer versammelt, wo mehrere Taue bereitlagen. Hannes kam beim Palstek kurz ins Schlingern, rettete sich nach einem warnenden Räuspern des Prüfers aber gerade noch rechtzeitig.

Anschließend betraten die erfolgreichen Absolventen ein letztes Mal das kleine Hafengebäude, wo die Führerscheine schon bereitlagen. Als Hannes fröhlich wieder ins Sonnenlicht trat, präsentierte er Anna und Ole den türkisfarbenen Papierlappen.

»Herzlichen Glückwunsch!«, rief sie. »Ich wusste doch, dass du dir zu viele Sorgen gemacht hast. Ich hab auch das passende Geschenk!«

Überrascht sah er zu, wie sie ein weiteres Mal in ihrem Rucksack herumkramte. Diesmal kamen jedoch keine Krabbenbrötchen zum Vorschein, sondern eine weiße Kapitänsmütze mit dunkelblauem Schirm.

Am Abend war der Rathausmarkt mit Besuchern überfüllt, die sich zu Füßen des gotischen Baus durch die Gassen des Weihnachtsmarktes zwängten. Zwar war es noch immer mild, doch die fehlende Winterstimmung hatte dem Glühweindurst der Menschen keinen Abbruch getan. Die gesamte Altstadt war stimmungsvoll geschmückt und festlich erleuchtet.

Hannes nippte an seinem Glühwein, einem Gebräu, das er für maßlos überschätzt hielt. Er hatte noch seine erste Tasse in der Hand, während seine Freunde bereits die zweite Runde eingeläutet hatten. Wenigstens war es nicht kalt, denn das war für Hannes der zweite große Makel der Weihnachtsmärkte. Der dritte waren die vielen Menschen. Bens Hund Socke sah dies offensichtlich genauso. Mit eingezogenem Schwanz presste er sich fest an Hannes Bein. Die vielfältigen Gerüche schienen ihn von diesem sicheren Ort aus hingegen sehr zu interessieren. Immer wieder schnupperte er den Vorbeilaufenden hinterher, und ein kleines Mädchen brachte ihre Zuckerwatte schnell vor ihm in Sicherheit.

Schmunzelnd tätschelte Hannes den neugierigen Hundekopf. Die Neuigkeit der bestandenen Prüfung war auf Begeisterung gestoßen, und alle waren gespannt, wann er das erste Mal mit ihnen ablegen würde.

»Im Winter hat das wenig Sinn«, meinte er. »Im Steuerhaus und in der Kajüte ist wenig Platz, und draußen friert ihr euch den Arsch ab.«

Sein eigentlicher Hintergedanke war jedoch, dass er die erste Bootstour allein mit Anna unternehmen wollte. Außerdem würde es dann nicht sofort allen auffallen, wenn er sich bei der ersten Ausfahrt noch etwas ungeschickt anstellte.

»Wir könnten Silvester auf deinem Boot feiern«, schlug Ben vor. »Ich weiß nur nicht, ob Socke seine Pfoten überhaupt daraufsetzt, das müssten wir vorher ausprobieren.«

»Wäre mal was anderes, als in irgendeinem übervollen Schuppen ins neue Jahr zu gleiten«, stimmte Kalle zu und rückte seine halb beschlagene Brille zurecht.

»Oder gelangweilt vor dem Raclette-Grill zu sitzen«, ergänzte Ines grinsend.

Hannes schaute in fünf erwartungsfrohe Gesichter. Da auch Anna den Vorschlag ihrem Gesichtsausdruck nach begrüßte, gab er sich einen Ruck. Immerhin war das tatsächlich ein guter Plan! Es bliebe genug Zeit, um vorher mit Anna in See zu stechen.

Da Hannes noch Elke zu ihren Eindrücken der letzten Tage befragen wollte, nahm er sie kurz zur Seite. Anna unterhielt sich gerade mit Ines über die neuen Jobaussichten, und Kalle war von Ben in eine Diskussion über Frauen verwickelt worden. Die Romanze mit seiner vietnamesischen Discobekanntschaft hatte offenbar so ihre Tücken.

»Wie kommt ihr vorwärts?«, fragte Elke neugierig. Ihr war natürlich klar, über welches Thema Hannes sprechen wollte.

»Einen Hauptverdächtigen haben wir festnehmen können.«

»Das ist gut! Dann kommt jetzt vielleicht auch wieder etwas Ruhe in den ›Neuen Weg‹!«

»Wieso? Was ist vorgefallen?«

»Die Nerven liegen bei manchen blank. Das hat dazu geführt, dass auch mal heftige Worte gewechselt wurden.«

»Um was ging es dabei?«

»Ein paar Leute sind der Meinung, dass der Verein für seine übergroße Toleranz jetzt die Quittung erhält. Dadurch sei schließlich alles ausgelöst worden.«

»Sie geben den Mordopfern eine Mitschuld?« Hannes war fassungslos.

»Das sagt natürlich niemand laut. Aber es geht ein bisschen in die Richtung.«

»Wer vertritt diese Haltung?«

»Es haben sich zwei Gruppen rauskristallisiert. Wortführer der einen Seite ist das Ehepaar Schweiger. Die haben so fünf, sechs Leute um sich geschart. Die gemäßigte Mehrheit zieht sich immer mehr zurück. Gestern Abend kamen nur noch zwölf.«

»Wer ist auf der Seite der Schweigers?«

»Das Ehepaar Graf zum Beispiel. Die haben sich früher nur selten blicken lassen, tauchen jetzt aber regelmäßig auf. Dann noch Beatrice. Das ist eine etwas hochnäsige Frau. Sie war früher Balletttänzerin und hält sich für was Besonderes. Außerdem haben die Schweigers zwei neue Paare angeschleppt, die aus einem ziemlich ähnlichen Holz geschnitzt sind.«

»Also herrscht da gerade ein Richtungsstreit? Wer führt die Gegenseite an?«

»Diese beiden lustigen Junggesellen. Wolfgang Hartmann und sein Kumpel. Aber wenn das so weitergeht, werde ich da nicht alt. Ich hab mir das doch anders vorgestellt.«

»Droht der Verein auseinanderzubrechen?«, erkundigte sich Hannes.

»Gut möglich. Herr Beck sitzt gerade zwischen den Stühlen und versucht, beide Seiten zusammenzuhalten. Seine Frau hat wohl keine Lust mehr dazu, sie war schon länger nicht mehr da. Schade, denn sie sang im Chor mit und hat eine schöne Stimme.«

»Becks Vermittlungsversuche sind also ziemlich erfolglos?«

»Wenigstens versucht er es. Er ist aber auch Teil des Problems, da er sich nicht gegen die Front der Schweigers und Grafs durchsetzt und oft viel zu schnell nachgibt. Er lässt sich zunehmend in die Rolle eines Pfarrers zwängen und klingt manchmal schon wie einer. Einerseits will er alle zusammenhalten, stimmt dann aber zu, dass manche Dinge zu locker gesehen wurden. Er will vor allem vermeiden, dass noch jemand zu Schaden kommt. Darum hat er alle gebeten, sich an die Grundsätze der Zehn Gebote zu erinnern und keine Angriffsfläche zu bieten.«

»Wie schätzt du das ein? Gibt es noch mehr schwarze Schafe?«

Elke musterte ihn ironisch. »Kommt natürlich auf die Auslegung an! Für manche bin ich als Lesbe schon ein schwarzes Schaf. Für Frau Schweiger bestimmt.«

»Hast du es ihr erzählt?«, fragte Hannes erschrocken.

»Natürlich nicht! Wieso sollte ich? Nur Rebecca weiß Bescheid.«

»Und die behält das für sich?«

»Sie hat es versprochen. Dabei sah sie mich allerdings etwas komisch an. Ich habe den Verdacht, dass sie es schon jemandem erzählt hat. Dabei würde ich ihr da gar keine Vorhaltungen machen. Ich hab sie ja auch erst spät um Stillschweigen gebeten.«

»Sei auf jeden Fall …«

»… vorsichtig, ich weiß!« Sie lachte. »Das hast du mir jetzt schon hundert Mal gesagt! Aber ihr steht doch sowieso kurz vor der Auflösung. Was soll mir jetzt noch passieren?«

»Weil … sei einfach nur vorsichtig«, erwiderte Hannes ermattet.

»Wahrscheinlich ziehe ich mich sowieso zurück. Beim Chorwochenende bin ich noch dabei, das habe ich auch schon bezahlt. Aber wenn sich die Stimmung danach nicht ändert, werde ich wieder austreten.«

»Hej! Was ist mit euch los?« Ben legte von hinten seine Arme um die beiden. »Ines hat vorgeschlagen, dass wir einen Stand weiterziehen. Sie hat Hunger!«

Den hatten Elke und Hannes auch, weshalb sich die Gruppe wieder in das Geschiebe der Menschen einreihte. Sie kamen nur langsam voran, was aber auch daran lag, dass Ines, Anna und Elke die verschiedenen Stände immer wieder genauer unter die Lupe nahmen.

»Ich hoffe, Ines kauft dort nichts«, sagte Kalle, als er mal wieder mit Ben und Hannes auf die Nachzüglerinnen wartete. In der besagten Bude wurden Figuren aus Draht verkauft, deren künstlerischer Wert eher fragwürdig war. Kalle atmete auf, als sich die drei Frauen kurz darauf mit leeren Händen wieder in Bewegung setzten. Kurz bevor sie bei der Männerrunde eintrafen, zog aber eine Bude mit Wollprodukten ihre Aufmerksamkeit auf sich. Unisono stöhnten Ben, Kalle und Hannes auf.

»Diese Stadt ist wirklich ein Dorf«, sagte in diesem Moment eine Stimme, und Hannes spürte eine Hand auf seiner Schulter. Als er sich umdrehte, erkannte er Herrn Beck, der mit seiner Frau ebenfalls eine Runde über den Markt drehte. Mit seinem kräftigen Bartwuchs hätte der Seelsorger an diesem Abend leicht als Weihnachtsmann auftreten können.

»Ich dachte vorhin schon mal, dass ich Sie gesehen habe«, meinte er. »Dann hatte ich mich also nicht getäuscht. Versuchen Sie auch, etwas Weihnachtsstimmung einzufangen?«

»Ja, allerdings fällt das bei den derzeitigen Temperaturen schwer. Erstaunlich, wie viele Leute es trotzdem herzieht.«

»Na, schließlich sind wir ja auch hier, nicht wahr?«, erwiderte der Seelsorger des ›Neuen Wegs‹ schmunzelnd. »Weihnachten ruft in den Menschen immer ein Bedürfnis nach Gemeinschaft und Feierlichkeit hervor. Nicht umsonst sind dann auch die Kirchenbänke voll.«

»Ist das im ›Neuen Weg‹ auch so?«, fragte Hannes höflich.

»Im letzten Jahr mussten wir sogar extra Stühle aufstellen«, bestätigte Frau Beck, die misstrauisch etwas Abstand zwischen sich und Socke gebracht hatte. »Dieses Jahr … na ja. Dieses Jahr wird es sicher etwas anders werden.«

»Das ist noch nicht gesagt«, entgegnete ihr Mann bestimmt. »Unsere Mitglieder sind im Moment natürlich verstört. Was kein Wunder ist. Aber wir können wieder eine wunderbare Gemeinschaft werden. Den Täter haben Sie ja gefasst, hab ich gehört?«

»Den Haupttatverdächtigen«, korrigierte Hannes. »Die Ermittlungen laufen aber noch.«

»Zumindest ist dann alles auf einem guten Weg«, sagte Herr Beck zufrieden. »Jetzt wollen wir Sie aber nicht weiter aufhalten. Einen schönen Abend!«

»Wer war das denn?«, fragte Ben und blickte dem Paar hinterher.

»Das war so was wie der Seelsorger vom ›Neuen Weg‹.«

»Ach so, von dieser Sekte, wo Elke eingestiegen ist?«

»Das ist keine Sekte«, sagte Elke mit eisiger Stimme.

Unbemerkt hatte sie mit Anna und Ines wieder aufgeschlossen. Ben zuckte zusammen. Doch Hannes überlegte, dass er vielleicht gar nicht so unrecht hatte. Zumindest lief der Verein gerade Gefahr, zu einer sektenähnlichen Gemeinschaft zu werden. Die fünf Morde hatten nicht nur Menschenleben gekostet, sondern auch weitere Verwerfungen ausgelöst.

KAPITEL 25

Herr, ich danke dir. Ich danke dir für die Kraft. Ich danke dir für deinen Rat. Sie werden mich nicht aufhalten. Das gelobe ich. Niemand wird mich aufhalten. Ich bin dein Diener und handle nach deinem Willen. Auf die Sünder wartet ewige Verdammnis. Denn dein ist das Reich und die Kraft und die Herrlichkeit in Ewigkeit. Amen.

KAPITEL 26

Neben der Kapitänsmütze hatte Anna eine weitere Überraschung für Hannes vorbereitet. Am Sonntagmorgen fragte sie ihn unschuldig, ob er den Tag mit Ermittlungsarbeit verbringen müsste. Hannes schüttelte den Kopf.

»Ehrlich gesagt fehlt mir im Moment auch die Fantasie, wie wir weiterkommen sollen. Einer der Verdächtigen ist im Ausland untergetaucht. Einen Durchbruch dürften wir aber erst mit seiner Festnahme erzielen. Außerdem …«

»Wenn das so ist, habe ich hier was für dich. Oder eigentlich für uns beide«, fiel ihm Anna ins Wort.

Sie schob ihm ein weißes Kuvert zu, das Hannes neugierig öffnete. Er zog einen Online-Gutschein für ein Tagesticket der Strand-Therme hervor und musste lachen.

»Du bist also der Meinung, dass ich Entspannung nötig hätte?« Er drückte sie fest an sich. »Vielen Dank, das ist wirklich der perfekte Ausgleich nach dieser Woche!«

Auf der Fahrt sah er sie mehrmals zärtlich von der Seite an. Diese Frau verstand es eindeutig, ihm die dringend nötige Abwechslung zu verschaffen. Bisher hatte sie sich kein einziges Mal über seinen fordernden Beruf und die entsprechenden Auswirkungen auf das Privatleben beschwert. Aber natürlich waren sie auch erst seit zwei Wochen zusammen. Ein besorgter Ausdruck breitete sich auf seinem Gesicht aus. Ob sie sich nur am Anfang zurückhielt, weil sie frisch verliebt war und seinen Job aufregend fand?

»Woran denkst du?«, fragte Anna, der die Stimmungsänderung nicht entgangen war. »Hoffentlich nicht wieder an den Serienkiller?«

»Ehrlich gesagt habe ich überlegt, wie lange es wohl dauert, bis du von meinem Job – und damit auch von mir – genervt bist. Viele Polizisten haben Schwierigkeiten, ihre Beziehung mit dem Berufsleben einigermaßen anständig unter einen Hut zu bringen.«

»Bis jetzt stört es mich nicht. Ist doch spannender, als einen Buchhalter zum Freund zu haben! Das wären gähnend langweilige Gespräche am Abend. Außerdem kann ich mich gut selbst beschäftigen. Und warte erst mal ab, bis ich wieder mitten im Job stecke. Ich neige dazu, mich viel zu sehr von meiner Arbeit vereinnahmen zu lassen.«

»Hoffentlich sehen wir uns dann überhaupt noch!«, meinte Hannes argwöhnisch.

»Dagegen gibt es ein einfaches Mittel. Wir reservieren uns zwei Abende in der Woche. So verhindern wir außerdem, dass wir das gesamte Wochenende allein zusammen sein wollen und unsere Freunde vernachlässigen. Dieses Pärchen-Syndrom kenn ich nur zu gut!«

»Klingt gut! Das sollten wir ausprobieren.« Doch Hannes bezweifelte die Umsetzbarkeit. Schließlich würden sich die Totschläger der Stadt kaum nach seinem Wochenplan für eine funktionierende Beziehung richten. Auch die vielversprechendsten Spuren hatten die lästige Eigenheit, ihr Schattendasein besonders gern in den unpassendsten Momenten zu verlassen.

Die Therme war an diesem Sonntag gut besucht. Der Parkplatz war so voll belegt, dass Hannes den Wagen am

Straßenrand abstellte. Hatte das Wetter am Vortag fast schon Frühlingsgefühle ausgelöst, so war der Regler über Nacht wieder auf Winter gedreht worden. Entspannt saßen Anna und Hannes wenig später auf ihrem Handtuch und schauten durch das Außenfenster über den angrenzenden Strand hinaus auf die heranrollenden Wellen. Die Wolken hingen tief und schienen sich gegenseitig zu jagen, während dem frisch verliebten Paar drinnen der Schweiß herunterlief.

Hannes hatte sein Handy im Spind zurückgelassen und genoss den unverhofften Ausflug in den tropischen Sommer. Immer wieder ließ er seinen Blick über den Körper seiner Freundin gleiten, an dem er sich längst nicht sattgesehen hatte. In dem warmen Licht der Sauna schimmerte ihre Rest-Bräune der Asienreise. Er bemerkte nicht, dass ihr auch andere Männer immer wieder verstohlene Blicke zuwarfen.

Anna registrierte dies hingegen sehr wohl und fühlte sich teilweise unbehaglich. Besonders bei den älteren und weniger attraktiven Exemplaren. Doch sie hatte auch ihren Freund gut im Blick und stellte zufrieden fest, dass er die anderen Frauen völlig ignorierte. Ein warmes Kribbeln breitete sich in ihrem Bauch aus, und sie drückte ihm einen leidenschaftlichen Kuss auf den Mund. Überrascht zog Hannes die Augenbrauen hoch, doch sie behielt den Grund für diesen Gefühlsausbruch für sich. Schließlich musste sie ihn ja nicht auf dumme Gedanken bringen.

Die Nachwirkungen des Saunaparadieses verflogen am Montagmittag. Den Vormittag hatte Hannes mit leichtem Training zugebracht und dabei festgestellt, dass sein Körper den Absturz vom Rettungsturm gut verkraftet hatte. Auch Federsen schien seinen Einsatz schon vergessen zu haben. Er wirkte miesepetrig und unwirsch wie eh und je. Wiederholt schimpfte er auf die finnischen Kollegen, denen es bislang nicht gelungen war, den flüchtigen Frank Meister aufzutreiben. Clarissas Hinweis, dass man sich bei der Jagd nach David Bach selbst auch nicht mit Ruhm bekleckert hatte, hatte die Stimmung nicht gebessert.

Glücklicherweise hatte der Kommissar seinen Zorn mittlerweile auf ein angemessenes Ziel kanalisiert. David Bach hatte eine anstrengende Befragung hinter sich. Leichenblass und mit Schweiß auf der Stirn hatte ihn Federsen nach einer Stunde endlich weichgeklopft.

»Gut, ich gebe es zu!«, nuschelte er.

»Was geben Sie zu? Sprechen Sie laut und deutlich«, brüllte Federsen, der inzwischen ebenfalls sichtlich erschöpft war.

»Wir haben diesen schwulen Typen vom ›Neuen Weg‹ überfallen. Irgendwann im Februar. Aber wir haben nicht wirklich fest zugeschlagen. Eigentlich waren wir nur auf seinen Zopf aus. Fanden es widerlich, wie er damit rumstolziert ist, um aller Welt zu zeigen, dass er ein Homo war. Aber es war Franks Idee! Er hat mich dazu angestiftet!«

»Woher wusste er, dass Herr Lück schwul war?«, kam Hannes einem erneuten Ausbruch seines Chefs zuvor.

»Jeder wusste das! Hat man auch sofort gesehen. Außerdem war er an dem Abend mit einem Mann zusammen.«

»Na und? Das muss doch nichts bedeuten.«

»Wir haben die beiden aber beobachtet. Dachten wohl, sie wären allein auf der Straße. Sie haben sich geküsst! Einfach widerlich.«

»Was haben Sie mit dem anderen Mann gemacht?«

»Gar nichts. Er ist abgehauen. War auch einer vom ›Neuen Weg‹. Wir haben ihn danach aber nicht mehr gesehen. Was gut für ihn ist, denn …«

»Was? Müssen wir Ihnen schon wieder alles aus der Nase ziehen?«, schrie Federsen ihn unbeherrscht an.

»Nein … es war gut für ihn, weil Frank meinte, dass wir ihn uns auch noch vornehmen. Aber dazu kam es nicht, weil er nicht mehr aufgetaucht ist. Hat sich wahrscheinlich vor Angst in die Hose gemacht.«

»Dann haben Sie Ihr Ziel ja erreicht, Sie dreckiger kleiner …« Federsen fehlten die Worte.

Dafür fand Hannes den passenden Abschluss. Er musste zugeben, dass sein Chef soeben ein ziemlich erfolgreiches Verhör hingelegt hatte. »Vielen Dank, Herr Bach! Das war wirklich aufschlussreich. Bei dem Mann handelte es sich nämlich um Carlos di Santo, den wir am vergangenen Mittwoch tot in seiner Wohnung gefunden haben. Er wurde kopfüber aufgehängt, und zwar kurz bevor Ihr Kumpel mit der Fähre das Land verlassen hat. Offenbar ist es in jener Nacht nicht beim Zopfabschneiden geblieben.«

»Überlegen Sie sich gut, wen Sie schützen sollten«, schnaufte Federsen. »Sich selbst oder Frank Meister. Denken Sie bis zu unserem nächsten Gespräch mal darüber nach!«

Am Dienstagnachmittag platzte Federsen ein weiteres Mal der Kragen. »Ich habe eben mit Helsinki telefoniert. Die haben nicht den Hauch einer Ahnung, wo sich unser Mann befinden könnte. Am liebsten würde ich selbst hochfahren und suchen!«

Die Ermittler bissen die Zähne zusammen, um ihre Gesichtsmuskeln unter Kontrolle zu behalten. Wahrscheinlich hatte jeder das gleiche Bild im Kopf. Einen kleinen Mann mit dickem Bauch und hochrotem Gesicht, der grimmig durch tief verschneite Nadelwälder stapfte und dabei Zigarettenqualm ausspuckte. Doch zumindest signalisierte der Kommissar damit, dass ihm der Fall inzwischen so sehr an die Nieren ging, dass er zu großer Aktivität bereit war. Es waren jedoch Isabell und Hannes, die kurz darauf ein weiteres Mal zum Pferdehof geschickt wurden. Als sie dort aus dem Wagen stiegen, kam gerade Jonas Talmann aus einer Scheune.

»Arbeiten Sie doch noch hier?«, rief ihm Hannes verwundert zu.

Grinsend kam der Mann näher. »Herr Böhm hat kapiert, dass er jemanden braucht, der sich mit Pferden auskennt. Inzwischen hat er einen Käufer an der Hand und möchte nicht, dass die Pferde einen vernachlässigten Eindruck machen. Eigentlich wäre gestern mein letzter Tag gewesen. Ich habe aber einer Verlängerung bis Ende Dezember bekommen.«

»Und dann?«

»Weiß ich noch nicht. Sobald der Hof verkauft ist, werde ich mich bei den neuen Besitzern bewerben. Schließlich kenne ich alle Eigenheiten der Tiere. Jedes Pferd hat eigene Marotten. So ähnlich wie bei Hunden, da hat auch jeder einen individuellen Charakter.«

»Dann hat Ihr Chef ja gerade noch die Notbremse gezogen«, meinte Isabell. »Er selbst würde den Tieren wohl ziemlich hilflos gegenüberstehen.«

»Stimmt, er hat keine Ahnung von Pferden. Im Moment müssen sie zum Beispiel wieder entwurmt werden. Wobei, zumindest damit kennt er sich aus.«

»Dann noch eine schöne restliche Arbeitszeit!« Isabell wollte schon weiter zum Haupthaus gehen.

Doch Hannes hielt sie zurück. »Wie meinen Sie das? Inwiefern weiß Herr Böhm über Wurmkuren Bescheid?«

»Bestimmt nicht, weil es ihn interessiert«, antwortete der Pferdewirt lachend. »Es blieb ihm nur nichts anderes übrig. Im vergangenen Sommer bin ich mit seiner Frau spontan auf eine Pferdeauktion gefahren. Für das Wochenende waren aber eigentlich Wurmkuren angesetzt. Die meisten Pferde bekommen vier pro Jahr. Im Frühjahr, Sommer, Herbst und Spätherbst. Wir hätten die paar Tage auch noch abwarten können, aber Frau Böhm meinte, dass ihr Mann solche Dinge auch endlich lernen müsste.«

»Ist das schwierig?«

»Ein Kinderspiel. Wir verwenden eine Paste, die mit einer Art Spritze oral verabreicht wird. Wichtig ist lediglich die richtige Dosierung. Dazu gibt es am Kolben des Dosierers Markierungen in Abständen von fünfzig Kilogramm Körpergewicht. Absolut idiotensicher!«

Auch Isabell war elektrisiert. »Wann hat denn diese Einführung in die Entwurmungswissenschaft stattgefunden?«

Herr Talmann legte die Stirn in Falten. »Das war am … warten Sie … muss irgendwann Mitte September gewesen sein, da war gerade dieser heftige Schlechtwettereinbruch. Ich weiß noch, dass Herr Beck an dem Tag hier war. Er besprach mit Frau Böhm einen Ausflug mit dem Behindertenwohnheim auf unseren Hof. Der sollte kurz darauf stattfinden, und beide waren besorgt, dass das Wetter nicht mitspielen könnte.«

»Wie hat sich Herr Böhm angestellt?«

»Erstaunlicherweise war er ganz interessiert. Er erkundigte sich genau, wie das Verhältnis zwischen Körpergewicht und Dosierung sein muss, damit die Tiere nicht zu Schaden kommen. Seine Frau lachte und erklärte ihm, ein Pferd könne schon was wegstecken. Er solle es nur nicht selbst schlucken, da es bei Menschen in hoher Konzentration giftig ist.«

Hannes räusperte sich. »Hat sie noch mehr gesagt?«

»Nein, das war ja auch alles Wesentliche. Sie zeigte ihm noch den Karton, in dem die Schachteln mit der Entwurmungspaste lagen. Außerdem stand ja die ganze Zeit Herr Beck etwas verloren herum, und sie wollte den Ausflug der behinderten Kinder mit ihm zu Ende planen. Warum interessiert Sie das?«

Bisher war nicht nach außen gedrungen, dass Sylvia Böhm vor ihrem Tod jede Menge Entwurmungspaste eingespritzt bekommen hatte. Isabell lenkte den Angestellten daher schnell ab, indem sie ihn zu seinen beruflichen Aussichten befragte. Hannes hörte nur mit halbem Ohr zu. Herr Böhm wusste also, in welchem Verhältnis zum Körpergewicht eines Pferdes die Paste eingesetzt wurde. Eine für den menschlichen Körper gefährliche Dosierung abzuleiten, war dann keine Schwierigkeit. Allerdings war ihr eine derart große Menge eingespritzt worden, dass selbst ein völlig Unkundiger von einer giftigen Wirkung ausgehen konnte. Zudem hatte es sich bei dem Wurmmittel in Frau Böhms Unterleib um das am meisten verwendete gehandelt, das problemlos im Internet zu bestellen war. Es musste also nicht zwangsläufig von diesem Hof stammen. Auf der Hand lag es aber schon.

Als Isabell und Hannes zum Haupthaus weitergehen wollten, hielt Herr Talmann sie zurück. »Herr Böhm ist für ein paar Tage weggefahren.«

»Was?«, entfuhr es Isabell. »Wohin denn?«

Der junge Mann zuckte mit den Schultern. »Unser Verhältnis ist nicht das beste. Er sagte nur, dass er für ein paar Tage unterwegs ist und ich mich in der Zwischenzeit um alles kümmern soll. Am Sonntag wird er wieder zurück sein.«

Hannes wählte bereits die Mobilnummer des Hofbesitzers. Sofort meldete sich der Anrufbeantworter.

Als die Ermittler wenige Stunden später ein weiteres Mal den Konferenzraum blockierten, stürmte eine ältere Kollegin herein.

»Habt ihr nicht mit diesem ›Neuen Weg‹ zu tun?«

»Ja, wieso?«, fragte Federsen aufgrund der Störung unwillig.

»Vor dem Vereinsheim spielen sich wohl turbulente Szenen ab!«

»Was meinen Sie damit?«

»Wir haben einen Notruf erhalten. Mehrere Streifenwagen sind schon unterwegs. Offenbar gibt es da eine Schlägerei.«

»Das ist doch nicht zu fassen«, schnaufte Federsen und erhob sich. »Herr Niehaus, wir fahren sofort hin. Vielleicht können Sie Ihre Muskeln heute Abend mal sinnvoll einsetzen.«

Das war jedoch nicht der Fall. Als die beiden Ermittler am Vereinssitz angekommen waren, hatten ihre Kollegen die Situation bereits entschärft. Ein weiteres Mal waren Polizisten an diesem Ort damit beschäftigt, Personalien aufzunehmen. Einer befragte gerade Elke. Schnell drängelte sich Hannes zu ihr durch und zog sie am Arm.

»He«, rief der Streifenpolizist. »Was soll das?«

»Diese Frau befrage ich selbst!« Hannes präsentierte seinen Ausweis. »Was ist hier los?«, fragte er Elke, nachdem er sie ein Stück zur Seite bugsiert hatte.

Sie atmete erregt ein und aus. »Diese Fanatiker haben uns aufgelauert, als wir zum Chorabend wollten! Wir wurden beschimpft, bespuckt, und dann ist es eskaliert. Bengt hat sich einen Typen geschnappt, und dann ging es zur Sache.«

»Wieso haben die das gemacht?«

»Sie beschuldigen uns, dass wir sie bei der Polizei verleumden. Einer von ihnen würde schon unschuldig im Knast sitzen. Irgendwer hat sogar Steine gegen die Fenster geworfen.«

Anklagend deutete sie auf zerbrochenes Glas. Wer in dem Chaos die Steine geworfen hatte, würde wahrscheinlich nie geklärt werden können. Hannes studierte die Situation etwas genauer. Zwanzig Anhänger der Schöpferkirche standen acht Sängern des ›Neuen Wegs‹ gegenüber. Neben Elke waren auch Rebecca Köhler, Wolfgang Hartmann und sein Freund Bengt, das Ehepaar Schweiger, Herr Beck und eine ihm unbekannte Frau anwesend.

»Sieh zu, dass du dich unauffällig vom Acker machst«, sagte Hannes leise zu Elke. »Dann kommst du um die Aufnahme deiner Personalien herum.«

Elke grinste und drückte ihn kurz an sich. »Danke dir!«

Unbeobachtet entfernte sie sich, und Hannes ging zu seinem Chef, der gerade den Priester der Schöpferkirche zusammenfaltete.

»Wenn Sie Selbstjustiz üben wollen, können Sie sich auf was gefasst machen! Was fällt Ihnen ein, hier aufzumarschieren und einen Straßenkrieg vom Zaun zu brechen?«

»Wer hat denn angefangen?«, empörte sich Herr Ahrendt, der auch an diesem Abend in Hemd und Krawatte gekommen war. »Wir werden als Mörder bezeichnet, und einer von uns sitzt sogar im Gefängnis! Dabei lege ich meine Hand ins Feuer, dass er unschuldig ist.«

»Dann sollten Sie aber aufpassen, dass Ihre Hand in diesem Fegefeuer nicht ordentlich gebraten wird«, meinte Hannes.

»Sie schon wieder! Ihre Einstellung wundert mich gar nicht!«

»Und mich wundert nicht, dass Sie hier Leute attackieren, die nach Ihrer Meinung vom rechten Weg abgekommen sind! Außerdem hat uns niemand vom ›Neuen Weg‹ auf die Spur Ihrer frommen Schafe gebracht. Das haben die ganz allein geschafft! Einen Teil der Vorwürfe hat Herr Bach inzwischen bereits gestanden. So viel also zu Ihrer Hand im Feuer.«

»Das ist doch die Höhe!«, echauffierte sich der ältere Herr.

Federsen drehte sich abrupt herum. Offenbar hatte er genug gesehen. Er umfasste Hannes' Arm und zog ihn mit sich weg.

»Ein Haufen Wahnsinniger ist das! Beide Seiten! Ich habe gerade mit Beck gesprochen. Tatsächlich haben die Leute von der Schöpferkirche hier gewartet, bis die Chormitglieder auftauchten. Allerdings haben seine Vereinskameraden auch nicht zur Deeskalation beigetragen und die andere Seite als Mörder beschimpft. Dann ist alles eskaliert. Sollen unsere Kollegen diesen Schweinestall aufräumen, mir reicht es für heute!«

»Wieso war eigentlich kein Kollege anwesend? Frau Köhler steht doch unter Polizeischutz?«

»Sie wollte nicht mehr, dass ständig jemand in ihrer Nähe ist. Stattdessen fährt nun alle paar Stunden eine Streife bei ihr vorbei. So wie bei den meisten Mitgliedern.«

Inzwischen waren zwei weitere Polizeiwagen eingetroffen, sodass ihre Anwesenheit nicht mehr nötig war. Erleichtert folgte Hannes seinem Vorgesetzten zum Fahrzeug.

»So ein Sauhaufen! Die haben ihre Leute doch wahrscheinlich selbst umgebracht! Würde mich nicht wundern!«, rief Herr Ahrendt ihnen noch mit zornesbebender Stimme hinterher.

Fritz und Hannes saßen sich eine Weile schweigend gegenüber. Der Besuch war auf den Mittwochmorgen verlegt worden, da die Angestellten der Haftanstalt am Dienstag eine interne Veranstaltung hatten besuchen müssen. Endlich kam wieder Leben in den ›alten Fritz‹ und seine heiseren Stimmbänder.

»Was ist deine Meinung?«

»Wie meinst du das?«

»Du hast mir gerade die Fakten der letzten Tage räsentiert. Aber ich habe gemerkt, dass du nicht ganz überzeugt bist!«

»Das stimmt«, gab Hannes zögernd zu. »Ich weiß selbst nicht genau, warum. Die Indizien sprechen eine klare Sprache, auch wenn uns eindeutige Beweisstücke noch fehlen. Es beunruhigt mich, dass jetzt auch Herr Böhm abgetaucht ist. Er scheint tatsächlich involviert zu sein. Wir wissen aber nicht, wer welche Rolle eingenommen hat – und auch nicht warum.«

»Um das herauszufinden, wäre es hilfreich, wenn ihr Böhm und Meister endlich fasst!«

»Ach wirklich? Was glaubst du, womit wir uns die ganze Zeit beschäftigen? Unabhängig davon habe ich aber ein ungutes Gefühl.«

»Was ist das Problem?«

»Vielleicht passt alles zu gut! Es macht mich misstrauisch, dass wir keine belastbaren Beweise haben. Wenn wenigstens Schuhe mit dem passenden Profil bei einem der drei gefunden worden wären!«

»Die Schuhe können entsorgt worden sein. Zumindest hat Bach die passende Größe.«

»Ich zweifle auch gar nicht an der Schuld der Verdächtigen. Ich glaube nur, dass wir noch nicht alle Zusammenhänge sehen. Irgendjemand hängt da noch mit drin! Aber ich weiß nicht, wer, und auch nicht, warum.«

»Sehr gut, Hannes«, lächelte Fritz.

»Was ist daran gut?«

»Zweifel sind immer gut! Sie verhindern, dass du dich zu schnell festlegst. Ich habe den gleichen Eindruck. Irgendetwas oder irgendjemand fehlt noch. Und dasjenige oder derjenige versteckt sich ziemlich gut. Doch wie holt man etwas ans Licht, das im Dunkeln verborgen bleiben will?«

»Hast du einen Vorschlag?«, fragte Hannes hoffnungsvoll.

»Mein Vorschlag lautet Zufall! Der Zufall bringt oft die besten Treffer.«

»Das hilft mir aber nicht weiter. Ich kann schlecht darauf warten, dass ich irgendwann zufällig über etwas stolpere, was …«

»Ich habe nicht gesagt, dass du tatenlos abwarten sollst. Auch Zufälle lassen sich steuern. Bisher hast du dich strikt an das übliche Ermittlungsmuster gehalten. Beweise gesucht, Verdächtige und Zeugen befragt, die offensichtlichen oder nur schlecht versteckten Zusammenhänge hergestellt. Vielleicht ist es jetzt an der Zeit, sich davon etwas zu lösen.«

Hannes erinnerte sich an den Ruf, den Fritz Janssen zu seiner aktiven Ermittlerzeit genossen hatte. Er hatte sich immer herzlich wenig um das übliche Ermittlungsmuster geschert. Freunde hatte er sich mit seiner oft unkonventionellen Vorgehensweise selten gemacht, doch der Erfolg hatte ihm immer wieder recht gegeben.

»Du meinst also, ich soll in deinen Spuren wandeln und alles vergessen, was ich auf der Polizeischule gelernt habe? Das wird meine Beliebtheit bei Federsen bestimmt enorm steigern und außerdem sieht man an dir, wohin einen das am Ende bringen kann!«

»Du musst dich entscheiden, was dir wichtiger ist: Beliebtheit oder Erfolg«, entgegnete Fritz wenig bescheiden. »Du sollst ja auch nicht planlos rumstochern. Aber es schadet nichts, sich auch mal abseits umzusehen. Denk nicht nur an die offensichtlich Verdächtigen. Dann übersiehst du ganz schnell jemanden. Prinzipiell ist jeder verdächtig, vergiss das nicht!«

Nachdenklich blickte Hannes den erfahrenen Ratgeber an. »Es ist mir ziemlich egal, ob mich Federsen wenig oder überhaupt nicht mag. Ich will einfach nur diesen Fall auflösen und dann hoffentlich nie mehr etwas mit Religion zu tun haben! Vielleicht sollte ich manche der Personen etwas härter rannehmen, die bisher nicht im Fokus standen?«

»Genau! Wirf mal ein paar Blendgranaten und beobachte, was da aus dem Rauch rausgekrochen kommt. Vielleicht ein guter Schauspieler. Dann musst du ihm die Maske mit Gewalt vom Gesicht reißen!«

Langsam nickte Hannes. Irgendetwas in ihm hatte sich gerade schüchtern gemeldet. Er konnte es nur nicht richtig packen. Doch etwas war in Gang gesetzt worden, und er hoffte, dass es das Dunkel seines Unterbewusstseins schnell verlassen würde. Vielleicht würde ihm Fritz' Taktik tatsächlich helfen, es schnell ans Licht zu zerren. Und was hatte er schon zu verlieren?

Doch bevor Hannes diese Taktik ausprobieren konnte, musste er sich ein weiteres Mal mit David Bach auseinandersetzen. Der dringend Tatverdächtige hatte sich die Ansprache des letzten Verhörs zu Herzen genommen und um ein weiteres Gespräch gebeten. Dies stieß jedoch auf wenig Dankbarkeit.

»Sie wollten uns sprechen? Dann spucken Sie's mal aus!«, wurde er von Federsen zur Begrüßung angeblafft.

Hannes musterte den Mann. Bach schien den Ernst seiner Lage endgültig verstanden zu haben. Doch er misstraute ihm. Der Kerl hatte einen derart verschlagenen Blick, dass er ihm alles zutrauen würde. Damit lag er nicht falsch, wie sich kurz darauf zeigte. Bach war inzwischen bereit, den Ermittlern seinen besten Freund ans Messer zu liefern.

»Ich habe über das nachgedacht, was Sie mir gesagt haben. Sie meinten, Frank hat sich nach Finnland abgesetzt?«

»Wissen Sie etwa, wo er sich dort herumtreiben könnte?«, knurrte der Kommissar.

»Nein. Soweit ich weiß, war er noch nie in Finnland. Aber dass er sich abgesetzt hat, gibt mir zu denken. Er hat immer versucht, mich von seinen Vorstellungen zu überzeugen. Und das klang ja eigentlich auch alles ganz gut.«

»Wie haben Sie sich überhaupt kennengelernt?«, fragte Hannes.

»Ich war Kunde bei ihm. Hab dort immer meine Kontaktlinsen gekauft. Mit der Zeit sind wir ins Gespräch gekommen. Irgendwann hat er mich überredet, zu einem Gottesdienst zu kommen. Die Stimmung war klasse! So was hatte ich noch nie erlebt. Alle hielten fest zusammen. Es war eine richtige Gemeinschaft, und ich wollte schnell ein Teil davon sein.«

»Wollen Sie das jetzt nicht mehr?«

»Das hab ich nicht gesagt. Aber ich weiß nicht, ob ich noch mit Frank befreundet sein will.«

»Warum?«

»Er fing damit an, dass wir die Leute vom ›Neuen Weg‹ ärgern sollten. Ich war erst dagegen, weil ich schon genug Probleme mit der Polizei gehabt hatte. Endlich lief mal alles gut. Ich hatte wieder einen Job, Freunde und auch sonst keine Probleme.«

»Ersparen Sie uns Ihren Seelenstriptease«, sagte Federsen. »Worauf wollen Sie hinaus?«

»Frank hat immer mehr Druck gemacht. Der Überfall auf diesen Schwulen war mehr ein Ausrutscher. Ich hatte Angst, dass er uns anzeigt, und wollte danach auf keinen Fall etwas Ähnliches verbocken. Frank drängelte aber, und wir vereinbarten, dass wir den Leuten nur ein wenig Angst machen wollen, ohne jemanden anzugreifen. Das ging ja auch eine Weile so.«

»Aber dann wurde Ihnen das zu langweilig?«

»Frank meinte, wir müssten zu härteren Mitteln greifen. So kam auch die Sache mit der Eisenstange ins Rollen. Eigentlich hatte ich Rebecca schon abgeschrieben, aber er war fast schon fixiert auf sie. Und dann ist auch meine Wut wieder hochgekommen.«

»Woher kam die Wut auf die anderen Opfer? Die Geschwister Kramer, Frau Böhm, Herr Lück und zuletzt Carlos di Santo?«

»Auf die hatte ich keine Wut! Ich habe mit den Morden auch nichts zu tun. Aber …«

»Aber? Raus mit der Sprache«, brüllte Federsen mit hochrotem Kopf und wuchtete seinen Körper halb über den Tisch.

»Frank hat sich für die Leute vom ›Neuen Weg‹ interessiert. Er hat sich da reingesteigert. Ich fand es auch ganz spannend. Nach und nach haben wir Namen herausgefunden, uns im Internet über sie informiert oder sie heimlich verfolgt. Frank hatte irgendwas vor. Hat aber immer nur gegrinst, wenn ich ihn danach gefragt habe. Er ist besessen von diesen Leuten. Mir wurde das langsam zu viel. Als dann die Morde passiert sind, wollte er ständig mit mir darüber reden und meine Meinung hören.«

»Was war Ihre Meinung?«

Bach zuckte mit den Schultern. »Diese Typen haben mich nicht weiter interessiert. Aber es war natürlich eine spannende Geschichte, und sie hat sich fast vor unserer Tür abgespielt. Wir haben immer wieder diskutiert, warum die Morde wohl passiert sind.«

»Was war seine Aussage dazu?«

»Dass die Sünder nun die Strafe Gottes zu spüren bekämen.«

Die Meinungen der Ermittler zu Bachs Aussage waren geteilt. Die eine Hälfte neigte dazu, ihm Glauben zu schenken, während die andere Zweifel hatte. Hannes gehörte dazu.

»Der kleine Dreckskerl will seinen Arsch retten. Vielleicht stimmt seine Aussage im Grundsatz sogar. Aber einen wichtigen Teil hat er nicht erwähnt: seinen eigenen Beitrag. Dieser Typ kann enorm aggressiv werden! Es fällt mir schwer zu glauben, dass er in dieser Männerfreundschaft die mahnende Stimme der Vernunft gewesen sein soll. Außerdem hat er uns keinen einzigen Beweis geliefert.«

»Weil diese Beweise auch ihn selbst belasten würden«, stimmte Clarissa zu.

»Ich habe die ganze Zeit das Gefühl, dass wir bisher einen wichtigen Bereich ausgeblendet haben.« Hannes versuchte seine generellen Zweifel den anderen verständlich zu machen. »Irgendeine Figur ist da noch im Hintergrund.«

»Matthias Böhm«, sagte Per. »Durch seine Frau war er bestens über den ›Neuen Weg‹ informiert.«

»Nein, ihn meine ich nicht. Bach hat vorhin noch etwas anderes erwähnt. Herr Beck war nicht zufällig einer der Ersten, der den religiösen Zorn zu spüren bekommen hat. Zum einen ist er natürlich der Seelsorger des ›Neuen Wegs‹. Zum anderen wusste aber Meister, dass er früher als Priester in Nordrhein-Westfalen gearbeitet und dort im Streit mit seiner Gemeinde das Handtuch geschmissen hat – beziehungsweise rausgeworfen wurde. Die Schöpferkirche hat mehrere Niederlassungen in Deutschland. Auch in Köln. Meister spielt im hiesigen Ableger eine tragende Rolle und fährt auch immer wieder zu überregionalen Versammlungen. Dort hat er einen Gleichgesinnten getroffen, der von dem Abgang Becks wusste. Beck war sozusagen der gefallene Priester. Hatte er früher das Wort Gottes verkündet, führte er nun – aus Sicht Frank Meisters – das Wort gegen Gott.«

»Hat Bach erzählt, um wen es sich bei dem Kontakt in Köln gehandelt hat?«

»Er behauptet, es nicht zu wissen. Sein Kumpel habe ihm erzählt, dass Beck davongejagt wurde, weil er gegen das Zölibat verstoßen hat. Genaueres wusste auch der Kölner nicht.«

»Und jetzt glauben Sie, dass dieser Kölner Glaubensbruder hinter unserer Mordserie steckt?«, fragte Federsen ungläubig. »Wie soll er das denn angestellt haben? Ist er nach den Morden immer schnell mit dem Nachtzug zurückgefahren?«

»Es ist nur eine weitere Spur«, verteidigte sich Hannes.

»Und zwar eine, die wir nicht links liegen lassen sollten«, erklärte Steffen Lauer mit Nachdruck. »Solange wir Meister und Böhm nicht in den Händen haben, sollten wir jede weitere Möglichkeit nutzen, die uns in der Zwischenzeit weiterbringen kann. Wir müssen diesen Kerl in Köln aufspüren.«

Per und Clarissa sollten die ortsansässigen Mitglieder der Schöpferkirche dazu befragen, während sich Marcel und Federsen um den Kölner Ableger kümmern würden. Isabell und Hannes bekamen eine andere Aufgabe übertragen.

»Sie sprechen direkt mit Herrn Beck. Vielleicht gab es in seiner alten Gemeinde auch schon Auseinandersetzungen mit der Schöpferkirche, und er hat dieses Problem mit hierhergebracht. Wenn das so ist, könnte er uns sogar mit einem Namen weiterhelfen.«

Herr Beck befand sich gerade in einer psychologischen Beratung, als Isabell und Hannes an dem kleinen Haus klingelten. Da sich sein Beratungszimmer im Dachgeschoss befand, führte Frau Beck sie ins Wohnzimmer. Die zurückliegenden Wochen hatten tiefe Spuren in das Gesicht der sensiblen Frau gegraben. Fahrig schenkte sie drei Kaffeetassen voll und setzte sich dann ebenfalls.

»Es tut mir leid, was Sie zurzeit durchmachen müssen.« Hannes hatte Mitleid. Dieser warmherzigen Person mussten die Morde sehr nahe gegangen sein. Auch jetzt standen wieder Tränen in ihren Augen.

»Ich kann kaum noch schlafen«, sagte sie mit matter Stimme, und ihr gesamter Zustand bestätigte diese Aussage. Ihr Gesicht wirkte eingefallen, und der ehemals etwas rundliche Körper hatte sichtbar an Gewicht verloren. Sogar ihre gelockten, rotblonden Haare schienen an Glanz eingebüßt zu haben.

»Das verstehe ich«, meinte Isabell freundlich. »Inzwischen stehen wir aber sehr dicht vor der Lösung des Falls. Einen Tatverdächtigen haben wir bereits in U-Haft und jeden Tag kommen scheibchenweise weitere Details ans Licht.«

Doch Frau Beck seufzte nur. Beruhigende Worte von der Polizei hatte sie zuletzt offenbar zur Genüge gehört, als dass diese noch einen Effekt hatten. Nachdem Hannes ihr den Hintergrund des Besuchs erklärt hatte, sah sie ihn verwundert an.

»Ich kann mich nicht daran erinnern, dass wir früher auf Mitglieder der Schöpferkirche getroffen wären. Zumindest gab es dort keine solchen Vorfälle wie hier. Und schon gar keine Morde! Das hat erst hier angefangen, und ich …«

In diesem Moment trat Herr Beck ins Zimmer. Er hatte seine Beratung soeben beendet.

»Ich dachte doch, dass ich die Klingel gehört hatte! Schön, dass Sie vorbeischauen. Kommen Sie gut voran?« Gespannt setzte sich der große Mann neben seine Frau und ähnelte dabei einem Braunbären, der es sich neben einem Rehkitz bequem gemacht hatte. Isabell fasste den aktuellen Ermittlungsstand neutral zusammen und kam dann auf das eigentliche Thema zu sprechen. Bei der Erwähnung seiner früheren Priestertätigkeit zuckte Herr Beck kurz zusammen.

»Damals gab es viele Probleme«, sagte er bedächtig. »Das war keine gute Zeit, und ich denke nicht gern daran zurück. Allerdings, Zusammenstöße mit der Schöpferkirche gab es nicht. Wir haben in einem kleineren Ort gelebt, dort existierte keine Niederlassung dieser Kirche. Also habe ich auch keine Ahnung, wer dieser Kontaktmann in Köln sein mag.«

»Woher könnte er von der Niederlegung Ihres Amtes erfahren haben?«, fragte Hannes.

»Köln ist von diesem Ort nur knapp dreißig Kilometer entfernt. Vielleicht wohnte er in unserer Nähe. Außerdem machen solche Geschichten natürlich schnell die Runde.«

»Das kann ich mir denken. Wäre es möglich, dass jemand aus Ihrer früheren Gemeinde herumgetratscht hat?«

»Das ist natürlich denkbar. Aber es liegt doch schon so viele Jahre zurück!«

›Manches muss eine Weile reifen‹, dachte Hannes. »Gibt es jemanden in Ihrer ehemaligen Gemeinde, der uns mehr dazu sagen könnte? Der einen guten Überblick über die Leute im Ort hat?«

»Hmm.« Nachdenklich rieb Herr Beck seine Augenbrauen. »Ehrlich gesagt weiß ich gar nicht, wer dort meine Nachfolge angetreten hat. Aber ich kann mir ohnehin nicht vorstellen, dass sich heute noch jemand daran erinnert, was er vor vielen Jahren zu wem gesagt hat. Haben Sie es schon über die Schöpferkirche versucht? Das dürfte der kürzere Weg sein.«

»Wir sind bereits dran«, nickte Hannes. »Leider stehen wir dort nicht besonders hoch im Kurs. Ich hoffe, dass wir die Mauer des Schweigens noch durchbrechen können.«

Herr Beck begleitete sie noch bis zur Haustür. Als Isabell sich höflich nach der derzeitigen Stimmung unter den Mitgliedern des ›Neuen Wegs‹ erkundigte, bekam sein Gesicht einen sorgenvollen Ausdruck.

»Es droht alles auseinanderzubrechen. Unsere Gruppe teilt sich in zwei Lager, und ich weiß nicht, wie ich das verhindern soll. Die eine Seite wirft der anderen vor, den ›Neuen Weg‹ in eine Kirche umwandeln zu wollen. Die andere behauptet, erst die verlotterten Sitten hätten zu den Morden geführt. Viele ziehen sich zurück, und die Offenheit schwindet merklich. Rebecca hat mir zum Beispiel im Vertrauen erzählt, dass sie von einem Mitglied gebeten wurde, nicht weiterzuerzählen, dass diese Frau lesbisch ist. Ich befürchte, dass die Situation weiter eskalieren wird.«

Die Eskalation hatte bereits am Donnerstag eine neue Dimension erreicht. Per war es aufgefallen, nachdem er seinen Laptop aufgeklappt hatte.

»Hier, das ist die Webseite des ›Neuen Wegs‹.«

»Die sieht anders aus«, wunderte sich Hannes.

»Sie hat einen Relaunch erhalten. Schon auf der Startseite hat sich etwas Wesentliches verändert. Erinnert ihr euch an das Vereinssymbol? Die ausgestreckte Hand? Das ist einem neuen gewichen.«

Alle Augen folgten dem dürren ausgestreckten Zeigefinger, der auf den linken oberen Bildschirmabschnitt zeigte. Anstelle der ausgestreckten Hand befand sich dort ein Zeichen, das einen eindeutig christlichen Bezug herstellte. Ein Kreuz. Zwar war es leicht abgewandelt und mit verschnörkelten Umrandungen versehen worden, doch jeder Betrachter würde es auf Anhieb als solches erkennen.

»Ist die Seite vielleicht gehackt worden?«, schlug Clarissa vor.

»Eher schafft hier jemand Fakten«, widersprach Hannes ahnungsvoll. »Was hat sich noch verändert, Per?«

»Die Selbstdarstellung. Auf der vorherigen Webseite wurde ziemlich tolerant dahergefaselt, die Zehn Gebote waren eher nebenbei erwähnt worden. Jetzt sind sie deutlich präsenter. Seht her, sie tauchen immer wieder auf!«

»Herrn Grafs IT-Firma hatte doch die alte Webseite gebaut«, meinte Marcel. »Vielleicht hat er auch den Relaunch vorgenommen. Das dürfte einigen Mitgliedern gar nicht gefallen.«

»Anderen dagegen sehr wohl«, vermutete Clarissa. »Jetzt werden offensichtlich schärfere Waffen gezogen.«

»Da sollten wir uns nicht einmischen«, meinte Steffen Lauer unbehaglich. »Prinzipiell müssen wir uns gegenüber christlichen und nicht christlichen Gruppen neutral verhalten. Diese Neuausrichtung ist aber in der Tat merkwürdig.«

Auch er war besorgt, dass die Vereinsmitglieder nicht mehr weit davon entfernt waren, sich gegenseitig an die Kehle zu gehen. Es blieb zu hoffen, dass eine Austrittswelle die einzig sichtbare Folge dieser Umwidmungsmaßnahme sein würde. Viel wichtiger war für den Leiter der Mordkommission aber der eigentliche Stand der Ermittlungen. Und da gab es eine wichtige Neuigkeit.

»Frank Meister ist offenbar das Bargeld ausgegangen«, berichtete Marcel, der den Kontakt zu dem Kreditkartenunternehmen und den finnischen Kollegen hielt. Federsen war einmal heftig mit Jussi Mäkäräinen aneinandergeraten, der seitdem jeden Kontakt zu dem deutschen Kommissar kategorisch ablehnte. Marcel breitete eine Karte des skandinavischen Landes aus und deutete auf einen Punkt zwischen grünen und blauen Einfärbungen.

»Hier! Kajaani heißt diese Metropole. Viel mehr als einen Geldautomaten wird es dort wahrscheinlich nicht geben. Ansonsten Bäume, Wasser und Wasser und Bäume. Aber auch einen Bahnhof. Frank Meister ist offenbar noch immer mit dem Zug unterwegs.«

»Bis zum Nordkap ist es ja noch ein ganzes Stück«, bemerkte Federsen bissig. »Unsere Kollegen haben bisher schon nichts zu bieten gehabt und dort oben wird es immer einsamer. Aber kein Wunder! Der Finne an sich …«

»… tut alles, was er kann«, unterbrach Marcel ihn schroff. »Wenn sich Meister noch in der Gegend um Kajaani aufhält, besteht eine gute Chance, dass er bald ins Netz geht. Leider scheint er seine Übernachtungen immer bar zu bezahlen. Aber laut Jussi werden gerade sämtliche Hotels, Pensionen und Hütten in der Gegend abgeklappert.«

»Wie sieht es mit der anderen Himmelsrichtung aus?«, fragte Lauer. »Haben wir Meisters Freund in Köln gefunden?«

Die Antworten fielen ernüchternd aus. Wie erwartet tendierte die Bereitschaft der Schöpferkirche zu einer Mitarbeit gegen null. Lediglich Ludwig Obermann war zu einem Hinweis bereit gewesen. Nach seiner Aussage habe Meister einmal über Herrn Beck gelästert und dabei dessen Priester-Vergangenheit erwähnt. Woher diese Information stammte, wusste er jedoch nicht.

Die Befragungen hatten dazu geführt, dass man in Köln über die bevorstehende Kontaktaufnahme gut informiert gewesen war. Höflich, aber bestimmt waren den Ermittlern schwere Granitblöcke zum Beißen vorgelegt worden. Nun hofften sie auf die Unterstützung der Kölner Kollegen, die vor Ort bessere Möglichkeiten hatten, diese Steine zu zertrümmern.

Hannes war erschöpft und hatte keine Kraft mehr, sich an diesem Tag noch weiteren Herausforderungen zu stellen. Vielleicht hätte er seine Gehirnerschütterung doch etwas länger auskurieren und nicht so schnell das Kanutraining wieder aufnehmen sollen. Während sich seine Kollegen noch einmal mit den Ehepaaren Schweiger und Graf auseinandersetzen sollten, gewährte ihm Steffen Lauer einen vorzeitigen Dienstschluss.

Fritz vertrat am Freitagmorgen eine ähnliche Meinung wie Hannes. Gut möglich, dass David Bach in seiner derzeitigen Situation nach jedem Strohhalm griff. Was war da leichter, als einen Mann zu belasten, der gerade in der finnischen Wildnis verschollen war? In Bezug auf Matthias Böhm hielt sich Bach dagegen auffallend zurück. Er habe immer nur mit Meister über den ›Neuen Weg‹ und mögliche Störaktionen gesprochen.

»Wahrscheinlich stimmt der Teil der Geschichte, dass Meister den ›Neuen Weg‹ ins Fadenkreuz gerückt hat. Doch nach wie vor spricht der gefundene Fußabdruck gegen Bachs Aussage. Es war seine Schuhgröße und nicht die von Frank Meister.«

Hannes war beruhigt, dass Fritz seine Zweifel teilte. Warum konnte man sich mit Federsen nie auf diese Art austauschen? Er war froh gewesen, das Präsidium am Vortag bereits etwas früher verlassen zu können, auch wenn die erwartete Entspannung zu Hause nicht ganz eingetreten war. Anna hatte an diesem Freitag ihr Vorstellungsgespräch bei LightFire und war am Abend davor ziemlich nervös gewesen. Lange hatte sie die Webseite des Unternehmens studiert, um sich die Details einzuprägen. Sie wollte die Stelle unbedingt – und Hannes hatte mehrmals das Bewerbungsgespräch mit ihr simuliert. Schnell hatte er bemerkt, dass sie kein großes Talent hatte, ihre Stärken offensiv zu präsentieren. Erst nach einigen Anläufen und gutem Zureden war er mit ihrem Auftreten zufrieden gewesen. Dadurch war der Abend wie im Flug vergangen, und er war kein einziges Mal dazu gekommen, über seinen Fall nachzugrübeln. Dies holte er nun umso kräftiger nach.

»Von Meister gibt es wieder ein Lebenszeichen, und zwar erneut an einem Geldautomaten. Diesmal in Kajaani, er hat sich also weiter nordwärts bewegt.«

»Wieso lasst ihr eigentlich nicht seine Kreditkarte sperren? Wenn ihm der Geldhahn zugedreht ist, muss er irgendwann auftauchen.«

»Haben wir auch überlegt. Aber das wäre eher kontraproduktiv. So kriegen wir wenigstens immer mit, wo er sich gerade aufhält. Außerdem könnte er irgendwelche finnischen Einsiedler überfallen, wenn ihm das Geld ausgeht. Das wollen wir nicht riskieren.«

Fritz nickte. Als ihm Hannes von Meisters Kontaktperson in Köln erzählte, wurde er hellhörig. Nach seiner Meinung war das die perfekte Möglichkeit, den Fall aus einer anderen Richtung zu beleuchten.

»Leider sind wir bisher ziemlich erfolglos«, berichtete Hannes. »Ich werde heute doch noch mal Herrn Beck nach Personen in seiner früheren Gemeinde fragen. Ihm selbst sind damals zwar keine Aktivitäten der Schöpferkirche aufgefallen, aber vielleicht weiß jemand anders etwas. Außerdem erzählte er mal von militanten Atheisten, die ihm dort das Leben schwer gemacht haben. Einmal sollen sie sogar ins Taufbecken uriniert haben. Das passt natürlich nicht zur Schöpferkirche.«

»Atheisten«, murmelte Fritz. »Ich würde mich zwar selbst auch als einen bezeichnen, allerdings bin ich – zumindest in dieser Hinsicht – nicht militant. Aber ernsthaft: Würden Atheisten bei solchen Taten ausgerechnet einen Bezug auf die Zehn Gebote herstellen?«

»Eher nicht. Außerdem gäbe die Schöpferkirche für sie ein deutlich lohnenderes Ziel ab.«

»Es gibt eine weitere Möglichkeit«, überlegte Fritz. »Gut, dass du dich in Becks ehemaliger Gemeinde umhörst. Immerhin wurde er dort mit Schimpf und Schande vom Hof gejagt. Vielleicht hat das irgendeiner Person nicht ausgereicht. Könnte ja sein, dass er dort jemandem so sehr auf die Füße getreten ist, dass nun Jahre später die Rache folgt.«

»Das hab ich auch schon überlegt, aber hätte dann nicht er am Kreuz hängen müssen? Welchen Sinn hätte es, andere Menschen für sein Vergehen zu opfern?«

»In einem kranken Kopf kannst du nicht immer einen Sinn finden. Vielleicht hat jemand von Becks jetzigem Engagement gehört und einen Sündenpfuhl im ›Neuen Weg‹ vermutet. Und praktischerweise befindet sich genau gegenüber dieses Sumpfes ein Hort wahrer Christenmenschen, die sich für diesen heiligen Kreuzzug begeistern lassen. Beck könnte als Letzter dran sein, damit er noch mitbekommt, wie andere für seine Abkehr vom richtigen Weg leiden müssen.«

»Klingt alles ziemlich konstruiert, aber ich werde mich auf jeden Fall mit der Szene in Becks früherer Gemeinde beschäftigen«, sagte Hannes entschlossen.

Aber zunächst wollte sich Hannes um Elke kümmern. Am Dienstagabend hatte er nur kurz mit ihr sprechen können, und er erhoffte sich eine aktuelle Einschätzung zum Innenleben des Vereins. Nach dem dritten Klingeln hob sie ab.

»Störe ich?«, fragte Hannes.

»Nein, warte kurz.« Er hörte ihre Schritte im Hintergrund und dann das Schließen einer Tür. »Da bin ich wieder. Ich bin noch in der KiTa, die Kleinen machen gerade Mittagsschlaf.«

Kurz tauschten sie sich über die Konfrontation am Dienstag aus, bei der es zwischen den Anhängern des ›Neuen Wegs‹ und der Schöpferkirche fast zu einer wilden Schlägerei gekommen wäre. Elke hatte inzwischen mit dem ›Neuen Weg‹ abgeschlossen.

»Schweigers und Grafs haben die Webseite eigenmächtig überarbeitet«, erklärte sie empört. »Keiner wusste etwas davon! Du musst dir das mal ansehen. Man könnte uns fast mit der Schöpferkirche verwechseln!«

»Hab ich schon gesehen. Warum haben die das gemacht?«

»Nach dem Vorfall am Dienstagabend hätten sie erkannt, dass es so nicht weitergehen könne. Wir sollten jetzt offensiver vertreten, wofür wir eigentlich stehen, damit diese Anfeindungen endlich aufhören. Allerdings – viele haben einen anderen Standpunkt.«

»Was ist deren Konsequenz?«

»Dieselbe wie meine. Austreten! Das Wochenende mit dem Chor wird meine letzte Aktivität sein, da ist immerhin der Großteil der Leute normal. Wolfgang und Bengt wollen einen neuen Chor gründen.«

»Werden da alle hinwechseln?«

»Die Schweigers bestimmt nicht! Und die neue Tussi, die sie angeschleppt haben, sicher auch nicht. Die können dann zu dritt weitersingen.«

»Nehmen sie trotzdem noch an eurem Wochenende teil?«

»Hoffentlich nicht, dann dürfte es richtig nett werden. Leider hat Frau Beck schon abgesagt, ihr geht das alles zu sehr an die Nieren. Ich wollte auch erst einen Rückzieher machen, aber Rebecca hat mich überredet. Sie freut sich schon so drauf, sie kommt ja nur selten mal raus.«

»Wo findet das überhaupt statt?«

»Wir haben ein Gruppenhaus in der Holsteinischen Schweiz gemietet, direkt an einem See.«

»Gehst du heute noch mal zur Freitagsversammlung?«

»Auf keinen Fall! Aber ich kann sowieso nicht. Wir fahren heute Abend schon zu diesem Gruppenhaus. Wolfgang und Bengt nehmen Rebecca und mich im Wagen mit.«

Inzwischen hatte Hannes das Präsidium erreicht und verabschiedete sich. Anstatt Elke viel Spaß zu wünschen, ermahnte er sie mal wieder, vorsichtig zu sein. Entnervt beendete sie das Gespräch, und Hannes musste trotz aller Besorgnis schmunzeln.

Dies verging ihm jedoch schnell. Die Nerven im Ermittlerteam waren zum Zerreißen gespannt. Alle litten darunter, dass sie kurz vor der vermeintlichen Auflösung auf der Stelle traten. Marcel telefonierte im Stundentakt mit dem finnischen Kollegen Jussi, kam aber jedes Mal unverrichteter Dinge wieder zurück. Die Polizei hatte bereits sämtliche Hotels und Pensionen in und um Kajaani aufgesucht – ohne Erfolg. Jetzt konzentrierte sich die Suche auf Ferienhäuser. Doch die Befürchtung nahm zu, dass der Gesuchte längst weitergezogen war. Von Matthias Böhm gab es überhaupt keine Spur.

Die Ehepaare Graf und Schweiger rechtfertigten ihren derzeitigen Aktivismus damit, dass sie sich zum Eingreifen gezwungen gesehen hatten. Schließlich habe der ›Neue Weg‹ christliche Wurzeln, und sie wollten den Verein nun wieder seiner eigentlichen Bestimmung zuführen. Von Hannes’

Kollegen waren sie etwas härter angepackt worden, doch sie verwahrten sich empört dagegen, in irgendeiner Form in die Todesfälle verwickelt zu sein. Auch sonst sei niemand im Verein in der Lage, sich an derartigen Scheußlichkeiten zu beteiligen. Bei allem inneren Zwist funktionierte der Beißreflex nach außen noch immer.

Mehrmals hatte Hannes versucht, Herrn Beck telefonisch zu erreichen, war jedoch jedes Mal auf der Mailbox gelandet. Seine Bitte nach einem Rückruf war bisher nicht erhört worden. Erst gegen sechzehn Uhr hatte er schließlich auf dem Festnetz Erfolg, als sich die leise Stimme von Frau Beck meldete.

»Mein Mann ist schon zur Holsteinischen Seenplatte aufgebrochen. Er will ein paar Dinge für das Chorwochenende vorbereiten. Die anderen kommen gegen zwanzig Uhr dazu.«

»Sie nehmen nicht teil?«

»Nein. Mir setzt das alles zu sehr zu. Momentan ist mir überhaupt nicht nach Singen zumute. Ich würde nur die Stimmung ruinieren.«

»Vielleicht können auch Sie mir weiterhelfen. Wir hatten Ihnen doch von der Spur erzählt, die nach Köln führt. Leider sind wir noch kein Stück weitergekommen. Ich würde gern mit Ihrer früheren Kirchengemeinde sprechen. Erinnern Sie sich an jemanden, der uns weiterhelfen könnte?«

Frau Beck zögerte mit ihrer Antwort. »Das liegt so lange zurück, und wir sind nicht gerade im Guten auseinandergegangen. Ich würde diese Zeit am liebsten vergessen.«

»Wir wollen auch gar keine alten Geschichten aufwärmen«, log Hannes. »Aber vielleicht ist damals jemandem etwas aufgefallen. Außerdem erzählte mir Ihr Mann, dass es dort Probleme mit radikalen Kirchengegnern gab.«

»Ach, das waren nur ein paar versprengte Spätpubertierende. Ich glaube nicht, dass Sie das weiterbringen wird.«

»Wahrscheinlich. Aber einen Versuch ist es wert. Haben Sie noch Namen im Kopf?«

»Leider nicht. Ein paar waren aus unserem Ort, ein paar kamen aus dem Umkreis. Das waren insgesamt acht oder neun junge Leute.«

»Vielleicht erinnert sich eher jemand an sie, der dort noch lebt. Zum Beispiel jemand aus dem Kirchenvorstand.«

»Ich weiß gar nicht, ob da noch dieselben Leute aktiv sind.«

Hannes rollte genervt mit den Augen. Ihre Umständlichkeit nagte allmählich an seiner Geduld, und er musste sich zusammenreißen, keine scharfe Antwort zu geben.

»Wer war damals der Vorsitzende des Kirchenvorstandes?«

»Das muss Richard Jäger gewesen sein. Anfangs war es noch jemand anderes, leider erinnere ich mich nicht an seinen Namen.«

»Haben Sie eine Adresse oder eine Telefonnummer von Herrn Jäger?«

»Nein, wir haben keinen Kontakt mehr zu ihm. Wie gesagt, es war damals alles etwas kompliziert. Ich glaube auch nicht, dass er Ihnen wirklich …«

»Ich werde ihn schon finden«, brach Hannes an dieser Stelle das Telefonat ab. »Vielen Dank für Ihre Zeit, Frau Beck!«

Richard Jägers Nummer war schnell herausgefunden. Doch erst um siebzehn Uhr meldete sich eine Frauenstimme, und Hannes erklärte in groben Zügen sein Anliegen.

»Das tut mir leid«, antwortete die Stimme, die sich als Frau Jäger vorgestellt hatte. »Dazu kann ich leider gar nichts sagen – ich wohne erst seit zwei Jahren hier.«

»Aber Ihr Mann ist der Vorsitzende des Kirchenvorstands?«, vergewisserte sich Hannes.

»Ja, schon jahrelang. Wir haben aber erst vor zwei Jahren geheiratet, davor habe ich in Düsseldorf gelebt. Er hat mal angedeutet, dass es früher etwas turbulent zuging, Genaues weiß ich aber nicht.«

»Wann kommt Ihr Mann zurück?«

»Er hat heute Abend ein Geschäftsessen in Münster. Es dürfte spät werden.«

»Kann ich ihn mobil erreichen?«

»Im Prinzip schon. Dummerweise hat er aber sein Handy hier liegen gelassen.« Sie lachte leise. »Das passiert ihm ständig! Wenn ich ihm nicht seine Tasche packe, lässt er die Hälfte zu Hause. Er hat zu viele Dinge im Kopf. Aber ich kann ihm gern ausrichten, dass er sich morgen Vormittag bei Ihnen melden soll.«

Missmutig gab Hannes sein Einverständnis und nannte die entsprechende Nummer. Zwar erhoffte er sich nicht allzu viel von diesem Mann, aber zumindest wollte er schnell Gewissheit haben. Sein Unbehagen war in den letzten Stunden stärker geworden, auch wenn er nicht hätte sagen können, woran das lag.

Anna drehte am Tellerrand eine Portion Spaghetti auf ihre Gabel und schob die gewaltige Ladung in den Mund. Amüsiert betrachtete Hannes seine Freundin und wischte ihr mit dem Finger einen Klecks Tomatensoße vom Kinn. Er hatte sie in seine Lieblingspizzeria eingeladen, um sie und sich auf andere Gedanken zu bringen. Es war ein gemütliches Restaurant mit ein paar kleinen Tischen, auf denen die großen Pizzateller kaum Platz fanden. Anna war unschlüssig, ob das Vorstellungsgespräch am Nachmittag ein Erfolg oder ein Fehlschlag gewesen war.

»Dieser Typ hat mich total verunsichert! Aus seinem Gesicht konnte man überhaupt nichts herauslesen. Der kann mich super oder total doof gefunden haben!«

»Doof kann man dich gar nicht finden«, behauptete Hannes. »Wie geht es jetzt weiter?«

»Am Montag gibt es noch zwei Gespräche mit Mitbewerbern. Mitte der Woche will er sich dann melden.«

»Möchtest du überhaupt dort hin, wenn der Typ so komisch war?«

»Komisch ist das falsche Wort. Eher undurchschaubar. Vor und nach dem Gespräch war er eigentlich ganz nett. Vielleicht war es nur eine Masche, um mich zu testen.«

»Was hat er denn über die Firma erzählt? Und was wären dort deine Aufgaben?«

Er zerteilte die Pizza, während er ihrem Bericht lauschte. Der Abend war ganz nach seinem Geschmack. Und das Beste war: Ein freies Wochenende lag vor ihnen. Nachdem Anna ihn am vergangenen Sonntag mit der Ostsee-Therme überrascht hatte, versuchte er angestrengt etwas zu finden, womit er sich revanchieren konnte. Leider war wechselhaftes Wetter mit Sonne, Sturm und Regen vorhergesagt worden. Sein erster Einfall, eine Jungfernfahrt mit der ›Lena‹, passte daher nicht ganz so gut. In seiner Hosentasche vibrierte es. Schlechter Zeitpunkt! Anna beschrieb gerade die Wünsche, die sie mit dem möglichen neuen Job verband, und instinktiv ahnte er, dass es eine schlechte Idee wäre, ausgerechnet jetzt ans Handy zu gehen. Als Anna unter dem Tisch ihre Beine an seine Knie lehnte, meldete sich das Telefon ein weiteres Mal.

»Da vibriert was«, sagte sie.

»Ist nur mein Handy.«

»Willst du nicht nachsehen, wer es ist?«

»Es ist Freitagabend!«

»Vielleicht hat euer Verdächtiger endlich gestanden.«

Diese Vermutung sorgte dafür, dass Hannes nun doch nach dem Handy fummelte. Es meldete sich Marcel.

»Wir haben ihn!«, rief er freudig erregt.

»Wen?«

»Frank Meister! Also eigentlich haben die Finnen ihn. Er hat eine Ferienhütte von einer Familie gemietet. Die hatten sich schon gewundert, dass mitten im Winter ein Deutscher bei ihnen Urlaub machen will. Darum ist er auch so lange unauffällig geblieben. Mit der Kreditkarte konnte er bei den Vermietern natürlich nicht bezahlen.«

»Das … wunderbar … ist das!«, stammelte Hannes. »Wann können wir ihn verhören?«

»Morgen. Er wird gerade nach Helsinki gebracht, und von dort geht es morgen früh mit dem ersten Flieger zurück. Die Maschine der Finnair landet um kurz vor halb zehn. Spätestens um elf Uhr dürfte er uns also endlich gegenübersitzen!«

Damit brauchte sich Hannes über ein attraktives Wochenendprogramm mit seiner Freundin keine Gedanken mehr zu machen. Zumindest den Samstag würde er im Präsidium verbringen müssen.

KAPITEL 27

Um zehn Uhr am Samstagmorgen lag eine gespannte Erwartung über dem Präsidium. Frank Meister hatte seit einer halben Stunde deutschen Boden unter den Füßen und den Flughafen soeben verlassen. Gegenüber den Polizisten vor Ort schwieg er bisher eisern. Clarissa ließ ihre Fingerknöchel knacken, als wolle sie darauf hinweisen, dass sie dieses Schweigen in Kürze zu brechen gedachte. Das Verhör würde sie gemeinsam mit Federsen und Marcel führen, während ihre Kollegen die Vernehmung außerhalb des Raums verfolgen sollten.

Hannes saß etwas abseits vor seinem Laptop und stellte verschiedene Sequenzen der TV-Berichterstattung über die Kreuzigung zusammen. Ein Schauer lief über seinen Rücken, als die gespenstischen Szenen ihn um sechs Wochen zurückversetzten. Mit seinen ausgebreiteten Armen und dem makellosen Körper schien Alexander Kramer einen Heiligen zu verkörpern, der den Menschen an diesem abgelegenen Küstenabschnitt eine Botschaft überbringen wollte. Der graue Himmel und die schweren Regenwolken verstärkten die fast magische Wirkung und schufen eine düstere Atmosphäre wie in einem Kinofilm.

Der nachfolgende Kameraschwenk zeigte jedoch, dass es sich keineswegs um einen Hollywood-Streifen handelte. Hannes sah sich selbst, wie er hinter Federsen unter dem Absperrband durchkroch und auf das große Holzkreuz zulief. Der Kameramann hatte anschließend wieder herausgezoomt und dabei die versammelte Medienmeute eingefangen. Ein Pulk von sensationslüsternen Menschen, die wiederum die Sensationsgier der restlichen Bevölkerung zu stillen hatten. An jenem Tag im Oktober war ihnen diese Aufgabe fast schon lächerlich leichtgefallen.

Plötzlich stutzte Hannes. Er hielt das Video an und sprang zehn Sekunden zurück, bevor er es wieder laufen ließ. Neben einer Kamerafrau stand eine kräftige Gestalt mit einer digitalen Spiegelreflexkamera um den Hals. Der Kopf war von der Kapuze eines grünen Parkas größtenteils verdeckt, doch es handelte sich eindeutig um einen Mann. Er war nicht in Großaufnahme zu sehen, aber sein Anblick hatte in Hannes eine undefinierbare Reaktion ausgelöst. Ein weiteres Mal schaute er sich die kurze Sequenz an und drückte auf Pause, als der Mann erneut im Hintergrund auftauchte. Mit zusammengekniffenen Augen beugte sich Hannes nach vorn. Er würde einen Techniker bitten müssen, den Bildausschnitt zu vergrößern und zu schärfen. Sein Handy klingelte.

»Richard Jäger. Meine Frau meinte, dass Sie mich sprechen möchten?«

Aufgrund des bevorstehenden Eintreffens von Frank Meister hatte Hannes den erbetenen Rückruf des Mannes fast vergessen. Da das Stimmengewirr im Konferenzraum ein ungestörtes Telefonat unmöglich machte, ging er hinaus auf den Gang und informierte den Vorsitzenden des Kirchenvorstands über den Grund der Kontaktaufnahme. Anschließend herrschte Stille, und er dachte bereits, Jäger hätte aufgelegt. Doch kurz darauf erklang ein Räuspern.

»Ehrlich gesagt, Ihr Anruf überrascht mich. Ich habe natürlich von der Mordserie gelesen. Allerdings wusste ich nicht, dass Thomas in diesem Verein involviert ist. Es ist nämlich … es passt überhaupt nicht zu ihm. Zumindest nicht zu dem Thomas, den ich kannte.«

»Wie meinen Sie das?«

»Sie haben mich gefragt, ob es in der Zeit, als er bei uns Priester war, Anfeindungen gegeben habe. Von der Schöpferkirche habe ich noch nie etwas gehört. Allerdings gab es damals eine Gruppe junger Leute, die uns aufs Korn genommen hatte.«

»Davon hat mir Herr Beck erzählt. Atheisten, oder?«

»Das ist korrekt. Es war aber kein Zufall, dass sich diese Gruppierung gerade unsere Kirchengemeinde aussuchte. Dieser Ort hat zehntausend Einwohner, und davon ist etwa die Hälfte bei uns Mitglied. Dennoch sind wir damals nicht ganz unbekannt gewesen, und es gab immer mal wieder öffentliche Debatten über uns. Der Auslöser dafür war Thomas Beck.«

»Weil er als Priester mit einer Frau zusammenlebte, die er nach der Aufgabe seines Amtes dann geheiratet hat?«

Herr Jäger räusperte sich erneut. »Ihren Worten entnehme ich, dass er Ihnen nicht erzählt hat, dass er schon vorher in der Kritik stand?«

Hannes kratzte sich am Ohrläppchen. Worauf wollte dieser Mensch eigentlich hinaus? »Er hat angedeutet, immer wieder angeeckt zu sein. Dabei ist er nicht ins Detail gegangen.«

»Kann ich mir denken. Er war ein sehr dogmatischer Mann. Seine Predigen waren schon zu Anfang etwas gewöhnungsbedürftig. Doch nach dem ersten halben Jahr legte er alle Hemmungen ab. Er vertrat ungewöhnlich bestimmt strenge moralische Grundsätze. Die Gottesdienste hatten sich zusehends geleert, da die Menschen sich nicht mehr angesprochen fühlten. Manche bezeichneten ihn sogar als katholischen

Hassprediger. Irgendwann tauchten erste Presseberichte auf, dass in unserem Ort rückständige und fast schon fundamentalistische Botschaften von der Kanzel verbreitet würden. Es war also kein Zufall, dass diese atheistische Gruppierung auf uns aufmerksam wurde.«

Hannes musste sich an die Wand lehnen. Mit einer solchen Information hatte er nicht gerechnet! Wie passte dies zu dem Thomas Beck, den er in den letzten Wochen kennengelernt hatte? Als er seine Zweifel schilderte, erntete er ungläubige Überraschung.

»Dann muss er sich um hundertachtzig Grad gedreht haben! Einen Verein wie den ›Neuen Weg‹ hätte er früher als Teufelszeug verurteilt. Allerdings ist er auch schon bei uns gegen Ende etwas milder geworden. Als er Christine kennenlernte, veränderte sich sein Verhalten allmählich. Sie war hergezogen und sang im Kirchenchor mit. Die beiden freundeten sich schnell an, und sie hat ihn von seinen radikalen Ansichten Stück für Stück abrücken lassen. Dann gab es aber ein neues Problem. Gerüchte kamen auf, zwischen den beiden bestünde mehr als nur Freundschaft. Das war den Leuten dann wieder zu liberal. Also baten wir ihn um etwas Zurückhaltung. Er war ihr jedoch verfallen, und sie hatte zugegebenermaßen einen positiven Einfluss auf ihn. Ich kann mir Ihre Beschreibung des heutigen Thomas nur so erklären, dass seine Frau ihn in den letzten fünf Jahren weiter stark beeinflusst hat.«

»Denkbar«, sagte Hannes nachdenklich. »Frau Beck ist warmherzig und freundlich. Dennoch bin ich überrascht. Gab es in der Gemeinde Leute, die er verärgert hat?«

»Er ist auf fast jeden Fuß getreten, der nicht schnell genug zurückgezogen wurde! Die Stimmung war sehr angespannt. Zumindest bis Christine vermittelnd eingriff und sich auch sein Verhalten zunehmend änderte. Aber da gab es bereits viel verbrannte Erde.«

»Hörten mit seiner neuen Milde die Proteste der Atheisten auf?«

»Das hatte sich zum Schluss tatsächlich zerlaufen. Seitdem hatten wir keine Probleme mehr.«

Hannes bedankte sich für diese aufschlussreichen Informationen. Grübelnd lief er den Flur auf und ab. Herr Beck hatte früher also sowohl gemäßigte Gläubige als auch Atheisten mit einer strengen Auslegung der christlichen Lehre vor den Kopf gestoßen. Anschließend stieß seine überraschend liberale Auslegung des Zölibats manchen in der Gemeinde bitter auf. Ein Wechselbad der Gefühle also, von heiß zu kalt. Heute schien er vollständig geläutert und vertrat eine weitreichende Toleranz für die verschiedenen Lebensformen. Konnte sich ein Mensch innerhalb weniger Jahre so sehr ändern? War der Einfluss seiner Frau derart weitreichend? Natürlich, Liebe konnte sprichwörtlich ganze Berge versetzen. Doch Zweifel nagte an Hannes, schließlich eröffnete sich nun eine völlig neue Möglichkeit. Gab Herr Beck vielleicht nur vor, sich geändert zu haben, während er in Wirklichkeit einen ganz anderen Plan verfolgte? Einen wahrhaft teuflischen?

Mit einem Ruck riss er die Tür zum Konferenzraum auf und forderte nachdrücklich die Aufmerksamkeit der versammelten Kollegen. Da Frank Meister in etwa zwanzig Minuten eintreffen sollte, fasste er das soeben geführte Telefonat mit wenigen Worten zusammen. Zunächst herrschte Schweigen.

»Und Sie folgern daraus, dass Beck seine Toleranz nur vorgespielt hat und eigentlich ein Fanatiker ist? Der diese Leute ermordet hat?«, fragte Federsen. »In wenigen Minuten vernehmen wir den zweiten Tatverdächtigen, und Sie wollen uns diesen Unsinn auftischen?«

»Ich sage ja gar nicht, dass Bach und Meister unschuldig sein müssen«, entgegnete Hannes, während seine Ohren glühten. »Aber wir hatten doch schon überlegt, ob sie einen Verbündeten im ›Neuen Weg‹ haben könnten!«

»Sie haben sich das überlegt, nicht wir«, widersprach sein Chef. »Ich halte das für Schwachsinn. Herr Beck hat nun wirklich keine fanatischen Tendenzen. Und wenn er sie früher mal hatte, dann hat er sich inzwischen eben geändert. Er versucht ja sogar, den Verein zusammenzuhalten, und stellt sich damit gegen die Schweigers, die eine deutlich religiösere Ausrichtung anstreben. Wie passt das zu Ihrer Theorie?«

Steffen Lauer machte eine begütigende Armbewegung. »Etwas eigenartig wäre es in der Tat. Aber genau deswegen ist es einen näheren Blick wert!«

»Ich würde jetzt zu Frau Beck fahren«, erklärte Hannes. »Sie ist allein zu Hause, an dem Chorwochenende nimmt sie nicht teil. Vielleicht kann ich sie aus der Reserve locken. Am Telefon war sie gestern sehr zurückhaltend gewesen, als es um ihre frühere Gemeinde ging. Da hätte ich sofort misstrauisch werden müssen!«

Lauer stimmte zu. »Wer soll mit Ihnen fahren?«

Hannes sah sich um. Dass sich sein Chef unauffällig verhalten würde, damit hatte er gerechnet. Doch auch alle anderen Kollegen versuchten schnell woanders hinzuschauen. Jeder wollte der Vernehmung Meisters beiwohnen. Schließlich erbarmte sich Isabell.

»Danke«, sagte Hannes. »Übrigens ist mir noch etwas aufgefallen. Ich habe mir vorhin ein paar der TV-Berichte über die Kreuzigung angesehen.« Er winkte die Kollegen zu seinem Laptop und deutete auf das Standbild. »Hier, neben der rothaarigen Frau mit der Kamera! Das Gesicht ist nicht erkennbar, leider steht die Person im Hintergrund. Aber irgendetwas klingelt in mir. Wir sollten das Bild vergrößern lassen.«

»Ich kümmere mich darum«, beeilte sich Per, Hannes entgegenzukommen.

»Alles Zeitverschwendung«, hörte der seinen Chef noch murmeln, als er mit Isabell im Schlepptau den Raum verließ.

Frau Beck war offensichtlich nicht zu Hause. Hannes hatte die Klingel beim dritten Versuch zehn Sekunden gedrückt gehalten und blickte nun enttäuscht zu seiner Kollegin. Die schielte auffällig unauffällig zu ihrer Armbanduhr.

»Wenn wir sofort zurückfahren, verpassen wir nur den Anfang des Verhörs.«

»Auf keinen Fall! Ich möchte mich zumindest etwas umgesehen haben.«

»Denkst du wirklich, Beck ist in die Morde verwickelt? Bisher gab es keine Anzeichen, dass er zu Bach oder Meister ein wie auch immer geartetes Verhältnis hatte.«

Hannes gab ihr keine Antwort, sondern ging bereits am Haus entlang zum Garten. Er hatte selbst keine Ahnung, was er denken sollte. Er wusste nur, dass sich sein Magengrummeln seit dem Telefonat mit Richard Jäger verstärkt hatte.

Der Garten wirkte gepflegter als beim letzten Besuch. Die Instandsetzungsarbeiten der Becks waren weiter fortgeschritten. Allerdings hielten sich die Pflanzen im Winter mit ihrer Neigung zum Wuchern auch zurück. Die Apfelbäume waren zurückgeschnitten, und die wenigen Beete vom Unkraut befreit worden. Der Rasen war nicht mehr vermoost, genauso wenig die Steinplatten, die zu einem kleinen Geräteschuppen führten. Seine Wände hatte man wie ein typisch schwedisches Holzhäuschen mit roter Farbe frisch gestrichen, während die Fensterrahmen und Dachkanten weiß abgesetzt waren. Die Tür war angelehnt. Plötzlich blieb Hannes stehen, sodass Isabell ihm in die Hacken lief. Er machte einen Schritt zur Seite und musterte interessiert einen mächtigen Busch.

»Was ist los?«, erkundigte sie sich. Ihr rundliches Gesicht war ein einziges Fragezeichen. »Seit wann interessierst du dich für Botanik?«

»Wenn es um Dornengewächse geht«, antwortete Hannes vielsagend und deutete auf das Gewächs. »Du erinnerst dich doch, was sich im Mund von Carlos di Santo befand?«

»Klar! Ein Dornenzweig. Aber davon gibt es in dieser Stadt viele.«

»Ich kenne mich mit Pflanzen nicht so gut aus, aber diese hier kommt mir bekannt vor! Würde mich nicht wundern, wenn es ein Weißdornbusch ist. Marcel gärtnert doch gern. Der sollte sich das mal ansehen.«

Er kehrte zur Tür zurück und betrat den geräumigen Schuppen. Die Längsseite war ungefähr sechs und die breite vier Meter lang. Obwohl die Becks erst im Sommer eingezogen waren, war er mit Gerümpel gut gefüllt. Mit einem Rundblick erfasste Hannes die Gegenstände. Gartenmöbel lagen neben dem Rasenmäher, eingewickelte Pflanzenkübel waren vor drohendem Frost in Sicherheit gebracht worden, und in einem Regal stapelten sich Farbeimer und diverse Werkzeuge. In einer Ecke lehnten Holzbalken und Bretter an der Wand. Prüfend inspizierte Hannes das Holz etwas näher. Es war dunkel. Vielleicht Eiche?

»Die Becks scheinen handwerkliches Geschick zu besitzen und viel selbst zu machen. Ich bin zwar kein Fachmann, aber könnte das hier nicht Eichenholz sein?«

»Wie beim Holzkreuz? Hannes! Eiche ist eine der am meisten verwendeten Holzsorten! Die kannst du wahrscheinlich in jedem zweiten Gartenschuppen finden.«

»Ich sag's ja nur!« Hannes zuckte mit den Schultern.

»Ich schau mich mal draußen um«, meinte Isabell wenig überzeugt. »Aber ich denke, wir sollten gleich zurückfahren.«

Doch Hannes war noch nicht bereit aufzugeben. Er blickte seiner Kollegin hinterher und sah durch das Fenster, wie sie über den Rasen zum Haus ging. Dann konzentrierte er sich wieder auf den Schuppen. Am hinteren Ende stand eine schwere Werkbank, auf der noch Erdreste von einer Umtopfaktion lagen. Prüfend fuhr Hannes mit der Hand über einen Haufen Sägespäne. In einer großen Box mit mehreren Fächern lagen Schrauben und Nägel in den verschiedensten Größen. Davor lag ein schwerer Eisenhammer, der ihm sofort ins Auge gefallen war. Aber bedeutete das wirklich etwas? Isabell hatte schon recht. Solche Dinge fand man nun mal in einem Geräteschuppen.

Sein Blick fiel auf einen quadratischen Gegenstand, der an die Wand unter der Werkbank geschoben und mit einer grauen Wolldecke verhängt worden war. Er ging in die Knie und hob den Stoff an. Eine schwere Holzkiste sollte offenbar vor fremden Blicken verborgen werden. Zwei neugierigere Augen als Hannes' gab es in diesem Augenblick an der ganzen Ostseeküste nicht. Er packte den Metallgriff und zog die Truhe mit einem Ruck nach vorn. Der Deckel verfügte über kein Schloss, sodass er ihn sofort aufklappte. Eine Gänsehaut überfiel ihn, als er auf den Inhalt blickte. Er hatte noch nie eine Ballettaufführung besucht und würde es vermutlich auch nie tun, doch hatte er eine ungefähre Vorstellung davon, wie die Schuhe einer Ballerina aussahen. Nämlich genau so wie die in dieser Kiste. Man sah ihnen an, dass sie alt und abgetragen waren, so wie auch der restliche Inhalt schon älteren Datums war. Hannes zog ein ledergebundenes Album heraus und schlug es auf. Zwar kannte er Beatrice Reichert nur flüchtig von einer Versammlung des ›Neuen Wegs‹, doch ahnte er, dass er gerade in das Gesicht ihrer Jugend blickte. In diesem Moment hörte er Isabells Stimme, die sich fast überschlug, als sie nach ihm rief.

Sofort warf er das Album auf die Werkbank und stürmte zur Tür. Im Garten konnte er nichts Bedrohliches entdecken. Isabell stand vor dem Erker mit den großen Sprossen-Glasfronten und wedelte hektisch mit den Armen. Mit wenigen Schritten war er bei ihr.

»Was ist los? Ich dachte, jemand wäre auf dich losgegangen!«

»Sieh mal durchs Fenster«, sagte Isabell mit belegter Stimme. »Frau Beck! Sie liegt da so komisch.«

Hannes legte die Hände an die Scheibe und schaute ins Innere. Frau Beck lag halb auf dem Sofa, halb hing sie auf dem Wohnzimmerboden. Er blickte auf ihre lockigen Haare, ausgebreitet über der Lehne. Doch er sah noch etwas anderes. Auf dem kleinen Sofatisch standen Flaschen und Medikamentenschachteln.

»Den Notarzt«, schrie er und sprintete zur Terrasse.

Suchend blickte er sich um und packte einen Blumenkübel, den er mit Wucht durch die Glastür warf. Mit lautem Knall zersplitterte zuerst die Scheibe und dann der Kübel, als er auf dem Wohnzimmerboden aufschlug und einer winterharten Rose ihr Zuhause nahm. Schnell griff Hannes nach innen und drehte den Türhebel nach oben. Knarzend schwang der Terrassenzugang auf, und Hannes stürzte zum Sofa. Frau Becks Gesicht war kreidebleich. Der linke Arm hing regungslos zur Seite. Als er nach ihrem Puls suchte, ahnte er, dass sie zu spät gekommen waren. Einen weiteren Hinweis lieferte die starre Haltung des Armes. Als er ihr Bein beugen wollte, erhärtete sich die bittere Erkenntnis. Erschöpft sank Hannes auf den Boden und lehnte sich an das Sofa.

»Du kannst gleich den Leichenwagen mitbestellen«, sagte er zu Isabell, die mit großen Augen zu ihm herunterblickte. »Die Totenstarre hat sich schon über den gesamten Körper ausgebreitet. Frau Beck wird seit vielen Stunden tot sein. Vermutlich hat sie sich gestern Abend den finalen Schlummertrunk gemixt.«

Er deutete auf den kleinen Tisch vor sich: zwei Wodkaflaschen und zwei leere Medikamentenpackungen. Isabell nahm eine davon und las den Aufdruck.

»Sagt mir nichts. Hier steht aber, dass es verschreibungspflichtig ist. Frau Beck hat uns doch am Mittwoch gesagt, dass sie kaum noch schlafen kann. Wahrscheinlich hat sie sich ein starkes Schlafmittel verschreiben lassen und die Tabletten aufgespart.«

»Allerdings hat sie sich nicht allein auf die Überdosis verlassen«, sagte Hannes mit schwankender Stimme.

Der rechte Arm der Frau war hinten in die Sofaritze gerutscht, und als Hannes ihn mühsam hervorzog, bewegte sich der restliche Körper leicht mit. Er zwang seine Übelkeit, ihm wenigstens noch etwas Zeit zu geben, und deutete auf das Handgelenk.

»Sie hat sich die Pulsadern aufgeschnitten, ist alles da hinten ins Sofa gelaufen.«

»Sie wollte auf Nummer sicher gehen«, bestätigte Isabell und war fast genauso weiß wie die tote Frau auf dem Sofa. »Warum hat sie so sehr den Tod gesucht?«

»Ich weiß es nicht. Und wir wissen nicht mal, ob es vielleicht nur als Selbstmord inszeniert wurde.«

Er erzählte ihr, was er in dem Schuppen gefunden hatte.

»Ihr Mann steckt also hinter dem Einbruch bei Frau Reichert!«, rief sie. »Das ergibt natürlich Sinn! Als Seelsorger wusste er bestens über das Leben der Mitglieder Bescheid.«

»Genau! Und was vertraust du einem Seelsorger insbesondere an? Natürlich eher die nicht so schönen Sachen. Dinge, an denen du zu knabbern hast. Wahrscheinlich hat er auch den Kindern von Frau Brinkmann den Brief über ihren Vater geschrieben.«

Beide verstummten. Dann richtete sich Hannes auf und ging zur Terrassentür. Er brauchte dringend frische Luft. Draußen atmete er tief durch. Immerhin musste er sich nicht übergeben. Es klang zynisch, aber so langsam machte er Fortschritte. Bei der Anzahl der Leichen in den letzten Wochen war das kein Wunder. Selbst der labilste Magen härtete irgendwann ab. Da kam ihm ein Gedanke, den er schon viel eher hätte haben müssen.

»Elke! Sie ist mit Beck bei diesem Chorwochenende. Seine Frau hat gestern noch erwähnt, dass er schon früher zu dem Gruppenhaus gefahren ist, um ein paar Dinge vorzubereiten. Ich will mir gar nicht vorstellen, was das …! Wir müssen die anderen anrufen.«

»Hab ich schon gemacht«, erwiderte Isabell, die inzwischen neben ihn getreten war. »Sie sind auf dem Weg hierher. Federsen und Clarissa führen das Verhör allein weiter. Aber warum sollte Beck ausgerechnet Elke …«

»Er weiß, dass sie lesbisch ist!«, schrie Hannes erregt. »Rebecca hat es ihm gesagt. Und wahrscheinlich weiß er auch, dass sie mit mir befreundet ist. Er hat uns am letzten Samstag zusammen auf dem Weihnachtsmarkt gesehen!«

Verzweifelt ging er auf und ab. Von Anfang an war es eine saublöde Idee gewesen, dass Elke sich diesem Verein genähert hatte. Noch dümmer war es, sie dort die Freizeitermittlerin spielen zu lassen. Sollte ihr etwas passieren, könnte er sich das nie verzeihen! Entschlossen packte er Isabell an den Schultern und sah sie eindringlich an.

»Ich fahr da sofort hin! Warte hier auf die anderen, ich melde mich von unterwegs, sobald ich weiß, wo dieses Gruppenhaus genau liegt.«

Hannes raste über die Autobahn und versuchte zum wiederholten Mal, Elke auf dem Handy zu erreichen. Doch entweder hatte sie keinen Empfang oder ihr Telefon war ausgeschaltet. Die Besorgnis von Hannes nahm zu. Wer konnte sonst noch wissen, wo sich der Chor des ›Neuen Wegs‹ aufhielt? Die Sänger natürlich, aber die befanden sich alle schon dort. Oder vielleicht auch nicht. Nach den internen Grabenkämpfen war eine Teilnahme des Ehepaars Schweiger eher unwahrscheinlich. Hannes wählte Pers Nummer. Der war über die neuen Entwicklungen bestürzt und übernahm bereitwillig die Recherche nach der Adresse. Fünf Minuten später meldete er sich.

»Ich habe Frau Schweiger erreicht, das Ehepaar nimmt an dem Wochenende tatsächlich nicht teil. Sie war überrascht, dass ich fragte, aber ich hab ihr natürlich nicht gesagt, was der Hintergrund ist. Der Chor hat ein Haus an einem See gemietet.«

Mit fliegenden Fingern tippte Hannes die entsprechende Adresse in das Navigationssystem. Nach kurzer Berechnung teilte es mit, dass er in knapp dreißig Minuten ankäme. Er drückte das Gaspedal bis zum Boden durch, um das System eines Besseren zu belehren, und forderte Per auf, ihm Verstärkung hinterherzuschicken. Als er von der Autobahn abfuhr, dachte er daran, dass er vor sechs Tagen ganz in der Nähe mit Anna einen entspannten Tag in der Therme verbracht hatte. Das schien eine Ewigkeit her zu sein. Statt zum Strand lenkte er den Wagen ins Landesinnere und war froh, dass er sich am Morgen gegen ein Zivilfahrzeug entschieden hatte. Zwar war auf den Straßen ohnehin nicht viel los, das Blaulicht rotierte dennoch im Dauerbetrieb. Als Hannes über die Landstraße bretterte, klingelte sein Handy ein weiteres Mal. Es war Marcel.

»Hannes, du musst dich beeilen! Die Chorsänger sind in großer Gefahr!«

»Ich beeile mich, so gut ich kann. Aber wie kommst du darauf?«

»Wir haben uns hier im Haus umgesehen. Uns sind schon mehrere Dinge aufgefallen. Beck trägt Schuhgröße vierundvierzig. Im Moment sammeln wir alle Schuhpaare ein, um das Profil vergleichen zu können. Außerdem steht hier eine Bierkiste herum. Genau dieselbe Marke, mit der die Brandsätze in das Haus der Grafs geworfen wurden. In seiner Schreibtischschublade liegt ein Buch über Pilze. Mehrere giftige Sorten sind markiert. Wie es aussieht, haben wir tatsächlich aufs falsche Pferd gesetzt. Der Täter war die ganze Zeit direkt vor unserer Nase!«

Hannes fluchte. Ob Bach und Meister dennoch in dieser Geschichte mit drinhingen, war erst mal nebensächlich. Den Drahtzieher hatten sie nun eindeutig identifiziert.

Einige Minuten früher, als vom Navigationsgerät vorhergesagt, rollte er auf den gekiesten Vorhof eines eingeschossigen Hauses am Rande einer kleinen Siedlung. Es verfügte über einen Seeblick, der bei schönem Wetter sicher beeindruckend war. Heute regnete es jedoch Bindfäden und ein eiskalter Wind wehte aus nördlicher Richtung. Hannes hatte ohnehin keinen Blick für die Schönheit der Landschaft übrig. Er rannte auf das Haus zu und riss die Tür auf. Hatte er im Inneren Gesang erwartet, so wurde er enttäuscht. Vier Augenpaare blickten ihm erschrocken entgegen. Auch Hannes war schockiert, denn um einen großen Holztisch saßen lediglich Rebecca Köhler, Wolfgang Hartmann, sein Freund Bengt und eine Frau, deren Namen ihm im Moment nicht einfiel. Von Elke und Herrn Beck keine Spur. Alle hielten Skatkarten in den Händen und hatten eine Tasse Kaffee vor sich stehen.

»Wo sind Elke und Herr Beck?«, fragte Hannes ohne Begrüßung.

»Die machen einen Spaziergang«, informierte ihn Frau Köhler.

»Bei dem Wetter? Ich dachte, Sie sind zum Singen hier?«

»Wir haben uns auch gewundert«, mischte sich Wolfgang Hartmann ein. »Gestern Abend wurde es allerdings spät, und wir sind heute Morgen erst ziemlich spät aus dem Bett gekommen. Elke und Thomas waren wohl schon früher wach und haben uns einen Zettel hingelegt, dass sie einen Spaziergang zum See machen.«

Hannes schaute auf die Uhr. Es war schon zwölf Uhr mittags. »Wo ist dieser Zettel?«

Rebecca deutete zur Küchenzeile. Hannes erkannte sofort Elkes Schrift. ›Guten Morgen, ihr Schlafmützen! Gestern zu tief ins Glas geschaut? ;) Thomas und ich machen einen kleinen Rundweg zum See. Wir sehen uns später, setzt schon mal Kaffee auf!‹

Hannes war erschüttert. »Wie lange sind sie bereits weg?«

»Das wissen wir nicht. Wir haben uns auch schon gewundert, dass sie noch nicht da sind. Sie werden ja nicht den gesamten See umrunden. Ist was passiert?« Herr Hartmann registrierte die Erregung des jungen Polizisten und wurde ebenfalls nervös.

Mit wenigen Schritten war Hannes zurück am Tisch. »Wann haben Sie den Zettel gefunden?«

»Ich war als Erster wach«, sagte der Kaufhausbesitzer. »Gegen zehn. Ich war noch ziemlich matschig im Kopf und brauchte eine Weile, um in Gang zu kommen. Dabei hatte ich gestern gar nicht übermäßig viel getrunken.«

Den restlichen Anwesenden war es ähnlich ergangen. Die Gruppe war gegen ein Uhr nachts zu Bett gegangen und hatte vorher ein paar Flaschen Wein geleert. Allerdings nicht so viele, dass der Alkohol den zähen Tagesstart hätte erklären können. Alle waren am Abend vorher übergangslos von heftiger Müdigkeit überfallen worden. Für Hannes war die Situation klar. Beck hatte eine letzte Runde serviert und dabei unauffällig ein starkes Schlafmittel in vier Gläser gegeben. Er selbst und Elke hatten nichts abbekommen, so waren sie lange vor den restlichen Chormitgliedern aufgewacht. Es dürfte ein Leichtes gewesen sein, Elke zu einem Spaziergang zu überreden, bis sich der Rest aus den Federn gequält hatte. Sie mussten vor mindestens zwei Stunden aufgebrochen sein. Hannes stürzte ans Fenster. Auf dem Parkplatz standen neben dem Polizeiwagen drei weitere Fahrzeuge.

»Mit wie vielen Autos sind Sie hier?«, fragte er.

»Drei«, antwortete Herr Hartmann und trat neben ihn. »Was ist eigentlich los?«

Hannes zog ihn vor die Haustür, und die anderen verfolgten seinen Auftritt mit skeptischen Blicken. Draußen informierte er den Mann kurz über die morgendlichen Funde sowie über den naheliegenden Verdacht. Herr Hartmann verlor sämtliche Gesichtsfarbe und schüttelte fassungslos den Kopf.

»Ich möchte keine Panik auslösen«, sagte Hannes eindringlich. »Behalten Sie es bitte zunächst für sich, aber achten Sie darauf, dass alle zusammen bleiben! In wenigen Minuten werden Kollegen von mir hier eintreffen. Ich glaube nicht, dass Sie in Gefahr sind. Elke dafür umso mehr! Haben Sie irgendeine Idee, wo die beiden langgegangen sein könnten?«

»Gestern schwärmte Thomas von einem wunderschönen Weg, der zum Gut Immenhof führt. Sie wissen, das ist dieser Landsitz, auf dem in den Fünfzigerjahren die Immenhof-Filme gedreht wurden. Der Weg soll direkt am Ende der Straße beginnen.«

Hannes setzte sich bereits in Bewegung. »Sobald meine Kollegen hier sind, schicken Sie mir bitte zwei hinterher!«

Er öffnete die Wagentür und ließ kurz darauf den Kies aufspritzen, als er mit durchdrehenden Reifen zurück zur Straße schoss. An deren Ende musste er das Fahrzeug jedoch wieder verlassen, da es sich bei dem Weg mehr um einen Trampelpfad handelte. Hannes verfiel in einen Laufschritt. Rechts von sich konnte er den See erkennen, während ihm der Regen in die Augen lief. Der eisige Wind stach ihm ins Gesicht, und Dampfwolken stiegen vor seinem Mund auf. Es war keine Menschenseele zu sehen. Er durchquerte ein kleines Waldstück, bevor er wieder offene Wiesen und Felder erreichte. Keuchend gab er Marcel telefonisch einen Lagebericht. Mehrere Kollegen waren inzwischen am Ferienhaus angekommen. Per und Isabell waren ihm bereits auf den Fersen.

Hannes kniff die Augen etwas zusammen. In der Ferne meinte er Rauch zu erkennen. Noch einmal beschleunigte er seine Schritte. Der aufgeweichte Boden erschwerte ihm das Vorwärtskommen, und auf dem glitschigen Untergrund drohte er wegzurutschen. Als er eine kleine Ansammlung von Bäumen umrundet hatte, war der Rauch deutlicher sichtbar. Panik ergriff ihn. Was konnte sich Beck diesmal ausgedacht haben? Kurz blieb er stehen und orientierte sich. Kurz entschlossen verließ er den Pfad und rannte querfeldein in die Richtung des aufsteigenden Qualms. Wenig später meinte er, vor sich einen Menschen auszumachen. Hektisch wischte er sich die Augen und blinzelte heftig.

Er hatte sich nicht getäuscht. Etwa fünfhundert Meter vor ihm bewegte sich eine menschliche Gestalt. Sie hatte keinen besonders sicheren Gang und schien leicht zu taumeln. Schwankend fiel sie in diesem Moment auf die Knie und rappelte sich mühsam wieder auf. Hannes versank bis zu den Knöcheln in der Erde, als er ein Feld überquerte und gezielt auf die Person mit der blauen Windjacke zuhielt. Hatte Elke nicht eine solche Jacke? Jetzt erkannte er lange blonde Haare und war erleichtert. Als die Frau jedoch endgültig zu Boden ging, verflog diese Erleichterung abrupt. Nach quälend langsamen Minuten war er endlich bei ihr. Vor ihm auf dem

Boden lag Elke und schaute mit trübem Blick zu ihm auf. Ihre Haare lagen wie ein goldener Fächer ausgebreitet auf der schlammigen Erde. Hannes fiel neben ihr auf die Knie und tätschelte leicht ihre Wange.

»Elke! Bin ich froh, dass ich dich gefunden habe!«

»Hannes?« Ungläubig murmelte sie seinen Namen. Ihre Augenlider flatterten.

Erneut schlug er ihr auf die Wange, diesmal etwas fester. »Elke! Du musst dich zusammenreißen! Bleib bei mir! Was hat Beck mit dir gemacht?«

»Ge…macht? Nichts. Wollten uns aufwärmen. Scheune. Dann … Feuer! Waren …«

Die restlichen Worte verstand Hannes nicht mehr, obwohl er sein Ohr fast auf Elkes Mund gelegt hatte. Er rüttelte sie leicht an den Schultern.

»Wo ist er, Elke? Wo ist Herr Beck?«

»Wollte mich retten. Ist gefallen. Ich … hab versucht … ihm zu helfen. War zu … schwer.«

»Wo, Elke?«

»Feuer. Scheune … brennt. Er … noch dort.«

Erneut klappten ihre Augen zu, und es gelang Hannes nicht, weitere Worte aus ihr herauszubekommen. Doch er konnte ihren Puls erfühlen, außerdem war die Atmung regelmäßig. Eine Rauchvergiftung vielleicht? Er richtete sich auf. Wo blieben Isabell und Per? Er zog sein Handy heraus. Per meldete sich sofort. Sein Schnaufen klang in Hannes Ohr, als der ihm erklärte, wo er sich gerade befand. Im Hintergrund hörte er, dass Isabell einen Notarzt anforderte. Wenig später sah er seine Kollegen hinter der Baumgruppe auftauchen, die er selbst erst vor wenigen Minuten passiert hatte. Er schwenkte seine Arme über dem Kopf.

»Elke ist hier«, schrie er ihnen entgegen. »Da hinten muss eine Scheune brennen. Beck ist wohl da drin. Kümmert euch um Elke! Ich laufe hin und sehe, ob ich noch was tun kann.«

Tatsächlich war das wohl die sinnvollste Idee, denn als die beiden bei ihm ankamen, waren sie völlig erledigt. Hannes dagegen hatte in der kurzen Pause neue Kräfte sammeln können. Nachdem er sie noch knapp über Elkes wenige Worte informiert hatte, lief er wieder los. Er schlug den direkten Weg ein, sodass er durch einen kleinen Bach waten und sich durch Dickicht durchkämpfen musste. Als er mit ausgreifenden Schritten über eine Wiese rannte, war klar, dass er Elkes Worte richtig verstanden hatte.

Aus dem Dach einer Scheune schlugen hohe Flammen, und er wunderte sich, wie dieses Gebäude trotz der Nässe so heftig brennen konnte. Die Scheune lag verlassen in der Landschaft, wahrscheinlich bewahrte ein Landwirt dort Maschinen und Gerätschaften für die Feldarbeit auf. Dass dort zugleich auch Strohballen eingelagert waren, erkannte Hannes, als er zur Tür trat, die sperrangelweit offen stand. Die heiße Luft war von beißendem Rauch erfüllt und nahm ihm fast den Atem. Schnell legte er den Ellenbogen vor Mund und Nase. Vorsichtig atmete er durch den nassen Stoff und blickte sich um.

Im hinteren Bereich der Scheune tobte ein Flammeninferno, und knisternd sprang das Feuer in diesem Moment auf einen weiteren Heuballen über. Laut rief Hannes nach Herrn Beck, erhielt jedoch keine Antwort. Er ließ seinen Blick über verschiedene landwirtschaftliche Anhänger gleiten. Sie standen auf der linken Seite der Scheune direkt hinter dem Tor, während rechts Heu aufbewahrt wurde.

Er begriff, warum das Dach bereits Feuer gefangen hatte. Auf der rechten Seite war eine Zwischendecke eingezogen worden, auf der ebenfalls trockenes Gras gelagert wurde. Viel war davon jedoch nicht mehr übrig, und auch die hölzerne

Decke stand in Flammen. In diesem Moment löste sich ein brennender Balken und erzeugte einen Funkenregen, als er krachend auf dem Boden aufschlug. Erschrocken trat Hannes einen Schritt zurück. Da meinte er ein leises Stöhnen zu hören. Prüfend schätzte er die Situation ein weiteres Mal ein. Bis zum Bereich des Tores war das Feuer noch nicht gelangt, sodass er gefahrlos ein paar Schritte ins Innere wagen konnte. Er schob sich vorsichtig an einem Anhängepflug vorbei und schaute in die Richtung, aus der er das Geräusch gehört zu haben glaubte.

Zum Heuboden führte eine Leiter hinauf, und Hannes stockte, als er zu ihrem unteren Ende blickte. In verdrehter Haltung lag dort ein menschlicher Körper neben lodernden Flammen, die ihn aber noch nicht erreicht hatten. Die Hitze musste mörderisch sein. Der Mann bewegte sich ein wenig und drehte stöhnend das Gesicht zu Hannes. Der zuckte zurück. Thomas Becks Vollbart war angesengt und die Haut von Brandblasen überzogen. Quer über seiner Brust lag ein schwerer Holzbalken, der von der Decke heruntergefallen sein musste. An einem Ende züngelten bereits erste Flammen. Hannes verstand, warum Elke den Mann in ihrem Zustand nicht hatte nach draußen ziehen können.

Abschätzend warf er einen Blick zum Dach. Sollte er für einen Mörder sein eigenes Leben riskieren? Zwar würde Beck auch in den Flammen eine schwere Strafe erhalten, aber er sollte sich hier nicht aus dem Staub machen und viele offene Fragen zurücklassen. Hannes war überzeugt, dass dieses Feuer nicht zufällig ausgebrochen war. Offenbar hatte es sich jedoch nicht so entwickelt, wie der Feuerteufel das geplant hatte. Er hustete. Der Rauch setzte ihm zu. Mit tränenden Augen tastete er sich weiter vor. Erneut löste sich ein Holzstück und schlug dicht neben dem bewegungsunfähigen Mann am Fuße der Leiter auf.

Thomas Beck streckte die Arme flehend dem vermeintlichen Retter entgegen, als der sich bis zu ihm vorgekämpft hatte. Hannes verlor keine Zeit. Mit beiden Enden hob er das feuerfreie Ende des Balkens vom Brustkorb des Mannes und warf es nach hinten weg. Es war unerträglich heiß. Hannes versuchte, nicht auf die Haut des Verletzten zu schauen. Er packte ihn unter den Schultern und zog den schweren Mann von den Flammen weg, die ihm jedoch unnachgiebig folgten. Der unangenehme Geruch angesengten Haars und verbrannter Haut stach in Hannes' Nase, und er meinte schon selbst zu glühen.

Mit dem Rücken stieß er gegen eine Egge, die den Weg zum offenen Tor und damit zu rauchfreier Luft versperrte. Kurz sammelte er seine Kräfte und blickte auf den regungslosen Thomas Beck herunter. Dessen Bein stand in einem unnatürlichen Winkel ab und musste glatt durchgebrochen sein. Zudem dürfte ihm der Holzbalken mehrere Rippen zerschlagen haben. Es bestand das Risiko, dass sich Knochensplitter in ein lebenswichtiges Organ bohrten. Größer war jedoch die Gefahr, dass dieser Mann hier hilflos verbrannte. Kurz entschlossen packte Hannes zu und warf ihn sich ächzend über die Schulter. Kein Schmerzensschrei erklang, Bewusstlosigkeit konnte so gnädig sein. Vorsichtig kletterte er über das Gerät und versuchte, sich keinen der Zinken ins Bein zu rammen. Kurz musste er innehalten, als ihn erneut ein schwerer Hustenanfall schüttelte.

Endlich hatte er das Hindernis überwunden und konnte die frische Luft in wenigen Metern Entfernung erahnen. Sein Körper zitterte, und das rechte Bein knickte ihm weg. Gerade noch rechtzeitig konnte er Becks Gewicht verlagern und einen Sturz verhindern. Donnernd brach hinter ihm der Heuboden endgültig in sich zusammen, und ein Wirbelsturm aus Funken wehte durch die Scheune. Hannes kniff die

Augen zusammen und legte schützend den freien Arm vor das Gesicht. Den Großteil der Funken bekam jedoch ohnehin Beck ab, der regungslos auf dem Rücken des Polizisten hing. Torkelnd setzte Hannes seinen Weg fort, die Augen starr auf die Öffnung des Scheunentores gerichtet. Mit zusammengepressten Zähnen zählte er die Schritte. Er brauchte Sauerstoff! Jetzt war es eine Sache des Willens, und er wollte in diesem Moment nichts anderes, als diesen Kerl in Sicherheit zu bringen. Ob der überhaupt noch lebte, stand auf einem anderen Blatt.

Als Hannes keuchend aus der Scheune wankte, hatte er das Gefühl, wie ein Feuerdrache Rauch auszuatmen. Es war jedoch nur sein Atem, der in der kalten Luft kondensierte. Er versuchte, so viele Schritte wie möglich zwischen sich und die Scheune zu legen, doch das Gewicht des kräftigen Mannes drückte ihn immer stärker zu Boden. Aus seiner gekrümmten Haltung konnte er noch unscharf erkennen, wie ihm Marcel und Isabell über die feuchte Wiese entgegengerannt kamen, bevor seine Beine endgültig einknickten. Als seine Wange den Boden berührte, freute er sich über die angenehme Kühle und Feuchtigkeit. Das Knistern der Feuersbrunst nahm er nicht mehr wahr, sondern gab sich widerstandslos der einsetzenden Dunkelheit hin.

KAPITEL 28

Vier Tage später blickte Hannes auf die Titelseite der Zeitung, die ihm Isabell ins Krankenhaus mitgebracht hatte. ›Polizei beendet religiösen Kreuzzug‹ stand dort etwas doppeldeutig in dicken Lettern, und darunter war ein Bild der halb abgebrannten Scheune zu sehen. Dennoch passte der Titel. Nach den letzten Erkenntnissen schien sich die Schöpferkirche wieder auf die Suche nach dem einzig wahren Weg zu Gott konzentrieren zu können. Noch saßen David Bach und Frank Meister zwar in Untersuchungshaft, allerdings bestanden große Zweifel, dass sie mit Thomas Beck zusammengearbeitet hatten.

Meister hatte als Begründung für seine überstürzte Reise nach Finnland angegeben, er habe seinen Freund David verdächtigt. Immer wieder hätte er ihn auf die Morde angesprochen, um herauszufinden, ob er etwas damit zu tun habe. Da er wiederholt mit Bach die Konfrontation mit dem ›Neuen Weg‹ gesucht hatte, fürchtete er, in die Ermittlungen hineingezogen zu werden. Es habe sich um eine Kurzschlussreaktion gehandelt, und auch Finnland wäre ein zufälliges Ziel gewesen. Kunden hätten ihm von der Einsamkeit in dem nordischen Land vorgeschwärmt. Die zwei Tage vor seiner Abreise hatte er in einem heruntergekommenen Motel am Rande der Stadt verbracht. Nach der Beschlagnahmung seines Laptops sei ihm klar gewesen, dass die Ermittler darauf Dinge finden würden, die ihn in ein schlechtes Licht setzten.

Matthias Böhm war am Sonntagabend wieder auf seinen Hof zurückgekehrt. Er hatte sich ein paar Tage Auszeit nehmen wollen, um Abstand zu den turbulenten Wochen zu gewinnen. Zugleich war er der Meinung gewesen, dass auch etwas Abstand zur Polizei nicht schaden dürfte. Spontan war er nach Dänemark gefahren und hatte sich für fünf Tage ein Ferienhaus gemietet.

Inzwischen waren die TV-Bilder des ersten Tatorts ausgewertet worden. Auf der Vergrößerung war eindeutig zu erkennen, dass sich Thomas Beck tatsächlich unter die Presseleute gemischt hatte. Auf seiner Spiegelreflexkamera hatte die Polizei Bilder des Tatorts gefunden, die teilweise ein paar Tage vor der Entdeckung des Kreuzes gemacht worden waren. Auch Sylvia Böhm war von ihm abgelichtet worden und hatte zu diesem Zeitpunkt noch gelebt. Mit schmerzverzerrtem Gesicht hatte sie in die Kamera geschaut, auch wenn ihr eingetrübter Blick darauf hindeutete, dass sie unter dem Einfluss von K.-o.-Tropfen gestanden hatte.

Von den anderen Opfern hatte Beck offenbar keine Aufnahmen gemacht, allerdings waren in einem kleinen Schuhkarton in seinem Schreibtisch Zutaten für K.-o.-Tropfen gefunden worden. Eine Auswertung seines Surfverhaltens im Internet hatte letzte Zweifel beseitigt. Zwar hatte sich auch Frank Meister über diese Tropfen informiert, allerdings wollte er lediglich in Erfahrung bringen, wie leicht ein derartiges Mittel herzustellen sei. Das Ergebnis seiner Suche hatte ihn darin bestärkt, seinem Freund David die Taten zuzutrauen, denn besondere Intelligenz war bei der Herstellung nicht gefordert.

In Becks Schuppen war ein ausgetretenes Schuhpaar gefunden worden. Das Profil passte mit dem am Tatort des Benjamin-Lück-Falls zusammen. Zugleich handelte es sich um dasselbe, das auch nach dem Hausbrand im Garten des Ehepaars Graf gefunden worden war. Auch der Busch neben Becks Schuppen, bei dem es sich tatsächlich um einen eingriffeligen Weißdorn handelte, war penibel untersucht worden. An einer Stelle hatte es eine recht frische Schnittspur gegeben, die mit dem Dornenzweig im Mund von Carlos di Santo übereinstimmte. Isabell fasste die derzeitige Beweislage gerade für Hannes zusammen.

»Der sonntägliche Telefonterror bei Wolfgang Hartmann geht wohl auch auf Beck zurück. Wir haben einen Kassenbeleg gefunden, nach dem er in einem Discounter eine Prepaid-SIM-Karte gekauft hat. In seinem Handy steckt aber eine Vertragskarte, die Prepaid-Karte hat er wohl entsorgt.«

»Was ist mit den anderen Vorfällen?«, fragte Hannes.

»Wir haben alle bei Frau Reichert gestohlenen Gegenstände bei ihm gefunden. Sie hatte ihm ihre Kleptomanie anvertraut, und als er sie einmal zu Hause besuchte, zeigte sie ihm außerdem ihre Erinnerungsstücke. Er verstand es geschickt, sie dazu zu bringen, ihm ihren Schwachpunkt zu offenbaren.«

»Er war ein perfekter Schauspieler! Das ist uns doch sogar aufgefallen, als wir ihn damals in der Theaterprobe gesehen haben. Habt ihr auch Frau Brinkmann befragt?«

»Natürlich! Sie hatte großes Vertrauen zu Beck, so wie eigentlich alle. Nicht umsonst ist er Seelsorger des ›Neuen Wegs‹ geworden. Sie hat sich immer mit ihren Problemen bei ihm ausgeweint. Dabei hat sie auch von ihren Eltern im Pflegeheim und von dem Vater ihrer Kinder erzählt. Auf Becks Computer wurde ein Dokument gefunden, das exakt dem Brief an ihre Kinder entspricht. Er war nicht einmal bemüht, seine Spuren zu verwischen.«

»Wahrscheinlich hat er sich absolut sicher gefühlt. Den ersten richtigen Fehler hat er auch erst bei dem Hausbrand der Grafs begangen, als er dort Schuhabdrücke hinterließ.«

»Genauso nachlässig war es, die Flaschen seiner eigenen Biermarke als Brandbeschleuniger zu verwenden! Auch da hat er sich wohl darauf verlassen, von niemandem verdächtigt zu werden.«

»Was ist mit dem Holzkreuz?«

»Wahrscheinlich hat er die beiden Balken in seinem Schuppen vorbereitet und dann vor Ort zusammengesetzt. Wir haben auch eine Packung der Nägel gefunden, mit denen er Alexander Kramer festgenagelt hat.«

Hannes ging schnell zum nächsten Todesopfer über, bevor das Gespräch mit Isabell von einer weiteren medizinischen Behandlung unterbrochen werden konnte.

»Sylvia Böhm hat das Für und Wider eines Schwangerschaftsabbruchs mit ihm diskutiert. Das hat er uns selbst erzählt. Bei einem seiner Besuche auf dem Pferdehof erklärte sie ihrem Mann gerade, wie er das Wurmmittel einsetzen musste. Dabei erwähnte sie auch, dass es für Menschen in hoher Konzentration gefährlich sei. Beck musste nur in einem unbeobachteten Moment ein paar Packungen mitgehen lassen.«

»Außerdem haben wir ihr Foto auf seiner Kamera als Beweis. Den Mord an Benjamin Lück können wir ihm aufgrund des Schuhabdrucks zuordnen, und bei Carlos di Santo reicht hoffentlich der Dornenzweig. Nur den Tod von Antje Kramer können wir ihm nicht nachweisen. Es gibt lediglich das Buch, in dem er mehrere Giftpilze markierte.«

»Das war gewieft«, meinte Hannes. »Er selbst hat damals bei uns angerufen. Angeblich hat er sich Sorgen um sie gemacht. Ich erinnere mich, dass er sagte, sie zuletzt ein paar Tage vorher getroffen zu haben. In der Werkstatt besprach er die Beerdigung ihres Bruders mit ihr. Bei dieser Gelegenheit könnte er ihr die Pilze untergemischt haben.«

»Zumindest wusste er, dass sie psychedelische Pilze konsumiert. Leider hatte Frau Kramer kein Geheimnis daraus gemacht.«

»Genauso wenig wie Elke aus ihrer Homosexualität«, sagte Hannes düster.

Rebecca Köhler machte sich große Vorwürfe, dass sie Elkes Vertrauen leichtfertig aufs Spiel gesetzt hatte, als sie diese Tatsache gegenüber Beck erwähnt hatte. Doch Elke war glimpflich davongekommen. Letztlich sogar besser als Hannes.

In ihrem Blut waren Spuren der K.-o.-Tropfen nachweisbar gewesen, Beck hatte auf sein bewährtes Vorgehen gesetzt. Die anderen Sänger hatte er mit einem Schlafmittel ans Bett gefesselt. Elke hatte keinen Verdacht geschöpft, als er sie am Samstagmorgen zu einem Spaziergang überredet hatte. Nachdem sie wieder zu Bewusstsein gekommen war, hatte sie sogar als Erstes mit bangem Blick nach ihm gefragt und sich schwere Vorwürfe gemacht, ihn in der Scheune zurückgelassen zu haben, um Hilfe zu holen. Behutsam war ihr die Realität beigebracht worden, und nach und nach ließ sich der Ablauf rekonstruieren.

Herr Beck musste die Scheune bereits am Vortag präpariert haben. Als er das Gebäude dann mit Elke passierte, schlug er vor, sich kurz vor dem eisigen Wind und dem Regen zu schützen. Elke stimmte völlig durchfroren zu, im Inneren des Gebäudes heißen Tee aus der Thermoskanne des Mannes zu trinken. Sie war noch immer fassungslos, sich so grundlegend in ihm getäuscht zu haben.

»Wir hatten uns den ganzen Weg nett unterhalten, und er war so gütig! In der Scheune kletterte er herum und rief dann vom Heuboden, dass er mir etwas zeigen wolle. Ich bin hochgeklettert, und er kniete vor einer kleinen Feuerstelle. Er meinte, es werde wohl ein Landstreicher durchgezogen sein und sich aufgewärmt haben. Es befand sich noch Asche auf einem Metallbrett, und außen rum lagen Steine. Trockenes Holz gab es auch, und das Stroh war eigentlich weit genug entfernt. Ich habe erst gezögert, als er vorschlug, das Holz anzuzünden. Doch es kam mir nicht gefährlich vor, da dort ja offensichtlich schon mal ein Feuer gebrannt hatte. Es war auch nur ein kleines, und wir setzten uns dicht an die Flammen. Er schenkte mir Tee ein, und nach ein paar Minuten bin ich unfassbar müde geworden. Er sagte, das wäre schon okay und ich solle mich kurz ausruhen.«

Als Elke kurz darauf die Augen aufgeschlagen hatte, zerrte Beck an ihr herum. Er schien überrascht zu sein, dass sie nicht schlief. »Es brennt«, schrie er, doch sie war zu benebelt, um reagieren zu können. Er zerrte sie zur Leiter, und Elke kam wieder etwas zu sich. Sie dachte, er wolle sie in Sicherheit bringen, und unterstützte ihn. Als er auf der Leiter stand, traf sie ihn bei ihren Krabbelbewegungen mit dem Fuß, und er stürzte ab, wobei er sich das Bein gebrochen hatte. Das Feuer war inzwischen stärker geworden, und das Adrenalin brachte Elke so weit zu sich, dass sie die Leiter heruntersteigen konnte. Sie zog an dem Abgestürzten herum, doch der schrie nur schmerzverzerrt, sie solle Hilfe holen. Dass sie es überhaupt bis zu Hannes hatte schaffen können, blieb ein Mysterium. Entweder waren die K.-o.-Tropfen zu sparsam dosiert oder Elkes Vermutung traf zu.

»Ich konnte schon immer ordentlich was wegstecken. Beim Zahnarzt wirken die Betäubungsspritzen oft nur so schwach, dass ich mehrere Injektionen benötige. Deshalb hat mich wohl auch dieses Zeug nicht völlig ausgeschaltet.«

Die Ermittler gingen davon aus, dass Beck einen Unfall inszenieren wollte. Schließlich hätte er sich die Frage gefallen lassen müssen, warum er lebte, während Elke in dem Gebäude verbrannt war. Wahrscheinlich hatte es genau andersherum ablaufen sollen. Hätte er sie vom Heuboden geworfen, wäre eine Aussage, dass sie in Panik abgestürzt und schwer verletzt gewesen war, nicht unglaubwürdig gewesen.

»Wie geht es ihm?«, fragte Hannes.

»Zumindest lebt er«, antwortete Isabell. »Er ist aber nicht vernehmungsfähig. Sollte er durchkommen, wird er sein Leben lang entstellt bleiben. Er hat schwere Brandverletzungen abbekommen und mehrere Hauttransplantationen hinter sich. Man könnte sagen, dass Gott ihn gestraft hat, als er dich zu seiner Rettung schickte.«

»Hör bloß mit Gott auf«, stöhnte Hannes. »Sein Name ist in letzter Zeit zu oft missbraucht worden. Ich frage mich, wie Frau Beck von all dem nichts mitbekommen konnte.«

»Vielleicht hat sie das ja! Sie sah zum Schluss wie eine lebende Leiche aus. Natürlich ist es allen an die Nieren gegangen, ihr aber besonders. Vielleicht aus gutem Grund? Wenn sie es gewusst oder zumindest geahnt hat, hätte sie uns schließlich informieren und damit dem Treiben ihres Mannes ein Ende setzen können. Stattdessen hat sie sich aber zurückgezogen und still vor sich hin gelitten.«

»Und als sie erfuhr, dass wir Kontakt zu ihrer früheren Kirchengemeinde in Nordrhein-Westfalen aufnehmen würden, war ihr klar, dass wahrscheinlich alles ans Licht käme. Ist inzwischen bekannt, ob es tatsächlich Selbstmord war?«

»Eindeutig. Zu ihrem Todeszeitpunkt nahm Herr Beck gerade den Schlüssel für das Ferienhaus in Empfang. Federsens Mitleid mit ihr hält sich übrigens ins Grenzen. Er vermutet, dass sie zumindest eine Ahnung gehabt haben muss, und wirft ihr Feigheit vor. Dein Einsatz hat ihn dagegen beeindruckt – soweit er sich so was eben anmerken lässt.«

Hannes winkte ab. »Warte ein paar Tage, dann verflüchtigt sich das wieder. Aber er hat mich tatsächlich kurz besucht und sogar etwas dagelassen.« Er deutete auf einen Blumenstrauß auf seinem Nachttisch.

Skeptisch, aber auch beeindruckt warf Isabell einen Blick auf das farbenfrohe Bukett. »Hätte ihm gar nicht zugetraut, dass er sogar so weit geht. Alle Achtung!«

»Ich hab auch schon überlegt, ob da nicht seine Frau dahintersteckt«, schmunzelte Hannes.

In diesem Moment kam Anna herein. Inzwischen hatte sie die Zusage von LightFire in der Tasche und würde dort im Februar anfangen. Doch erst allmählich setzte bei ihr die Freude darüber ein, nachdem sie die letzten Tage ganz von der Sorge um ihren Freund verschluckt worden war. Sie war kaum von seiner Bettkante gewichen und hatte auf einem Gästebett übernachtet. Hannes hatte sich eine mittelschwere Rauchvergiftung zugezogen, bleibende Schäden waren jedoch nicht zu erwarten. Ob dies auch auf seine Haut zutraf, blieb abzuwarten. Allerdings hatte er neben zahlreichen kleineren Brandflecken nur eine größere Brandblase an der Hand davongetragen. Seine restliche Haut war vor allem im Gesicht stark gerötet gewesen, hatte sich aber fast vollständig erholt. Er fühlte sich schon wieder ziemlich munter und würde das Krankenhaus am folgenden Tag verlassen können. Er freute sich auf sein eigenes Bett und war bereits so weit genesen, dass er darüber nachdachte, was er dort mit Anna als Erstes anstellen könnte.

An Heiligabend versprach es eine klare und kalte Nacht zu werden. Es war kurz vor Vollmond, und die weiße Scheibe mit den charakteristischen Kratern stand bereits hoch am Himmel, als Anna das Tau der ›Lena‹ löste. Hannes reichte ihr die Hand und zog sie an Bord. Beide waren in dicke Winterklamotten eingepackt. Dann eilte er zum Steuerhaus zurück und leitete das Ablegemanöver ein, wie er es vor einigen Wochen gelernt hatte. Er winkte Ole zu, der das Geschehen interessiert vom Steg aus verfolgte.

»Also noch rechtzeitig fündig geworden?«, hatte er Hannes kurz zuvor augenzwinkernd zugeraunt und auf Anna gedeutet.

»Das stimmt! Trotzdem wollen wir nach Dänemark fahren«, hatte Hannes grinsend geantwortet. »Zum Glück muss ich da aber nicht nach Blondinen Ausschau halten.«

Als er nun das Molenfeuer passierte und auf die offene Ostsee zusteuerte, glitten seine Gedanken zu den letzten Wochen zurück. Thomas Beck war eine Woche, nachdem Hannes aus dem Krankenhaus entlassen worden war, aus dem künstlichen Koma erwacht. Angesichts der Beweislast hatte er die Taten schnell gestanden. Der Tod seiner Frau, von dem er kurz nach seinem Aufwachen zum ersten Mal erfuhr, hatte ihm jede Widerstandskraft genommen. Er bestand darauf, sie wäre nicht eingeweiht gewesen, doch es lag auf der Hand, dass sie nicht völlig ahnungslos hatte sein können.

Es war ein weiteres Detail bekannt geworden, das den geheimen Radikalisierungsprozess des ehemaligen Priesters zumindest etwas erklärte. Tatsächlich hatte seine Frau einen abmildernden Effekt auf ihn gehabt, wie es bereits vor Jahren in seiner früheren Kirchengemeinde aufgefallen war. Er verließ sich zunehmend auf ihr Urteil, da er sich in seiner sanfteren Haut auch selbst wohler fühlte. Er hatte seine Frau vergöttert und wäre für sie wahrscheinlich zum Buddhismus konvertiert.

Als er aber bemerkte, wie gut sich seine Frau mit Alexander Kramer verstand, erfolgte der Bruch. Eifersucht war schon immer eines seiner Charaktermerkmale gewesen, und rückblickend bestätigten mehrere Mitglieder des ›Neuen

Wegs‹, dass er argwöhnisch über seine Frau gewacht hatte. Einige meinten sogar, er habe sie eingeengt. Als dann Frau Schweiger das Gerücht streute, dass der Pornostar wohl nicht nur mit Sylvia Böhm, sondern sogar mit der Frau des Seelsorgers angebändelt hatte, explodierte die Eifersucht.

Thomas Beck war noch immer überzeugt, dass es ein solches Verhältnis tatsächlich gegeben hatte. Als er davon berichtete, machte er auf die Ermittler einen geradezu wahnsinnigen Eindruck. Er hatte seine Frau abgöttisch geliebt und ihr zuliebe sein Leben, ja sogar seine frühere dogmatische Einstellung geändert. Was sicher kein einfacher Weg gewesen war, eine jahrelange Prägung ließ sich schließlich nur schwer abschütteln und manchmal auch nur mühsam überspielen. Umso heftiger hatte ihm der Verdacht der Untreue den Boden unter den Füßen weggezogen.

Die Beziehung des Ehepaares war zunehmend ins Schlingern geraten, nachdem er seine Frau wiederholt offen beschuldigt hatte. Zugleich hatte er das Treiben in seinem Verein immer kritischer beobachtet und dabei aus seiner Sicht anstößige Verhaltensweisen bemerkt. Schließlich hatte er begonnen, korrigierend einzugreifen. Als er die Wirkungslosigkeit seiner Bestrafungen bemerkt hatte, war die Intensität von ihm erhöht worden. Gott selbst habe ihm den Weg gezeigt, nachdem er endlich wieder zu ihm zurückgefunden hätte. Er sei lediglich sein Werkzeug gewesen. Der vorläufige Höhepunkt war die Kreuzigung gewesen, mit der er ein deutliches Signal hatte setzen wollen. Er war davon ausgegangen, dass der junge Mann rechtzeitig entdeckt werden würde, und hatte sorgfältig darauf geachtet, dass der ihn nicht als Täter würde identifizieren können. Alexander Kramer hatte an einem Sportkurs von Melissa Vogt teilgenommen, und Beck hatte ihm dabei unauffällig die K.-o.-Tropfen in die Getränkeflasche träufeln können. Auf dem Nachhauseweg hatte er den jungen Mann verfolgt, der bereits an der Bushaltestelle zusammengeklappt war. Dort hatte ihn Beck in seinen Wagen gezogen.

Auch bei Sylvia Böhm, Benjamin Lück und Carlos di Santo war ihm der Einsatz der K.-o.-Tropfen unauffällig gelungen. Ein Krimi im Fernsehen habe ihn auf diese Möglichkeit gebracht. Sein Alibi für den Mord an Frau Böhm hatte er geschickt fingiert. Die Eintrittskarte für das Sea Life hatte er bereits am Vormittag gekauft, bevor er seine Kunden in der psychologischen Beratung empfangen hatte.

Hannes schüttelte hinter dem Steuerrad den Kopf, als er darüber nachdachte, in welche Sackgassen ihre Ermittlungen zunächst geführt hatten. Doch zumindest hatte ihn sein Gefühl nicht getrogen, dass die Lösung innerhalb des ›Neuen Wegs‹ zu finden war – auch wenn er dabei eher an das Lehrerehepaar gedacht hatte. Ganz unschuldig war Frau Schweiger jedoch nicht, immerhin hatten die von ihr verbreiteten Gerüchte Becks dramatische Rückverwandlung zumindest mit ausgelöst. Als unschuldig konnten auch Frank Meister und David Bach nicht bezeichnet werden, die sich zumindest für die anderen Vorfälle, wie den Überfall auf Benjamin Lück oder die Sachbeschädigungen, zu verantworten hatten. Meister hatte sich in eine religiöse Verwirrung hineingesteigert und seinen Freund damit angesteckt. Ironischerweise würden sie auch für die Bedrohungen und Verleumdungen gegen Thomas Beck zur Rechenschaft gezogen werden. Lediglich Herrn Böhm konnte kein Vergehen nachgewiesen werden, sogar die Ermittlung wegen des Verdachts auf Steuerhinterziehung war eingestellt worden.

Fritz war mächtig stolz auf seinen ehemaligen Kollegen gewesen, als dieser ihn vor einigen Tagen besucht hatte. Sein eigener Beitrag zum Ermittlungserfolg war von ihm dagegen heruntergespielt worden. Die beiden hatten sich schließlich darauf einigen können, sich optimal ergänzt zu haben.

Gerührt hatte der frühere Kommissar die Schachtel mit den Weihnachtsplätzchen entgegengenommen, die Anna und Hannes für ihn gebacken hatten. Für einen Moment waren seine Augen verdächtig feucht gewesen, bevor er sich heftig in ein Taschentuch geschnäuzt hatte. Hannes überlegte gerade, wie wohl die Weihnachtstage für Fritz im Gefängnis aussahen, als Anna die Tür des Steuerhauses öffnete. Von hinten trat sie an ihn heran und legte ihre Arme um ihn.

»Na Käpt'n, alles im Griff? Übersiehst du auch keine Untiefe?«

»Bestimmt nicht! Bisher läuft alles super!«

»Wann ankern wir das erste Mal?«

»Hast du schon genug?«, lachte Hannes. »Oder wirst du seekrank?«

»Natürlich nicht. Die See ist ja fast spiegelglatt. Ich dachte nur an deine Geschenke unter dem Baum.«

Darum hatte sich Anna also so lange Zeit gelassen! Hannes schmunzelte und drückte ihr das Steuerrad in die Hände.

»Einfach immer geradeaus! Bin gleich wieder da.«

Er schritt über die Planken seines Schiffes und kletterte dann die Treppe zum ausgebauten Schiffsbauch hinunter. Die ›Lena‹ stampfte nur ganz leicht in dem schwachen Wellengang, als Hannes den gemütlich beleuchteten Raum betrat. Am Nachmittag hatte er noch einen winzigen Weihnachtsbaum gekauft, den sonst wahrscheinlich keiner hatte haben wollen. Für die ›Lena‹ war er aber perfekt geeignet. Aufgrund der Erfahrungen mit der brennenden Scheune hatte er ihn nicht mit echten Kerzen, sondern mit einer elektrischen Lichterkette verziert. Außerdem hatte er sich an Oles unmissverständlichen Ratschlag ›Kein offenes Feuer an Bord!‹ erinnert.

Tatsächlich hatte Anna bereits einen Berg kleiner Pakete vor dem kleinen Baum aufgehäuft. Hannes kramte seine etwas ungeschickt verpackten Überraschungen hervor und stapelte sie daneben auf. Er war froh, dass Anna sofort Feuer und Flamme gewesen war, Weihnachten auf dem Wasser zu verbringen. Er wollte sich gar nicht vorstellen, wie es wäre, wenn sie in diesem Augenblick im Wohnzimmer seiner Eltern hocken müssten. Sie wollten bis Kopenhagen fahren und erst kurz vor Silvester wieder zurückkommen. Dann würde auch schon die nächste Ausfahrt anstehen, die sicherlich einen anderen Charakter haben dürfte. Hannes schmunzelte in Erinnerung an die Diskussion mit seinen Freunden, welche Getränke für die Silvesternacht unverzichtbar wären. Er gab der Dekoration noch etwas Feinschliff, zupfte kleinlich ein paar Kissen zurecht und beeilte sich dann, Anna wieder am Steuer abzulösen.

Kurz vor der dänischen Insel Lolland warfen sie zum ersten Mal den Anker. Anna hatte bereits die Rotweinflasche entkorkt und erwartete ihn in der kleinen Kajüte. Als Hannes auf der Treppe stand und sie im sanften Licht vor dem winzigen Weihnachtsbaum sitzen sah, waren die Ermittlungen der vergangenen Monate endlich wie von einem milden Seewind verweht. Er beobachtete, wie Anna heimlich an einem ihrer Geschenke raschelte, und ein warmes Gefühl durchströmte seinen Körper. Mahnend räusperte er sich, und mit einem gespielt schuldbewussten Lächeln legte sie das Päckchen wieder zurück. Langsam ging Hannes die Stufen hinunter und zog die Luke hinter sich zu. Die dunkle Magie der letzten Wochen war in diesem Augenblick von einem hellen Zauber verdrängt worden. Der Mond legte ein glitzerndes Band auf das Wasser und aus einem kleinen Bullauge leuchteten die Lichter des jungen Tannenbaums über die Ostsee. Hoch über dem kleinen Boot stand in den unendlichen Weiten des Nachthimmels das Sternbild des Schwans, das auch unter dem Namen ›Kreuz des Nordens‹ bekannt ist.